btb

Aus Freude am Lesen

Buch: Im abgelegenen östlichen Hochland befindet sich das umstrittenste Bauprojekt Islands: Ein gigantischer Staudamm soll hier entstehen. Wo einst unberührte Natur war, schuften nun Billigarbeiter aus aller Herren Länder unter menschenunwürdigen Bedingungen. Da stürzt eines Morgens ein Felsüberhang in die Tiefe und begräbt sieben Männer unter sich. Der einzige Überlebende glaubt, eine Explosion gehört zu haben. War es vielleicht gar kein Unfall, sondern ein Terrorakt der militanten Umweltgruppe Grüne Armee? Die örtliche Polizei ist mit der Situation überfordert und bekommt Verstärkung aus Reykjavík.
Als Kommissar Árni Eysteinsson und seine Kollegen an dem unwirtlichen Ort eintreffen, stoßen sie auf katastrophale Zustände: Sicherheitsvorkehrungen werden nicht eingehalten, zudem blühen Drogenhandel und Prostitution. Das vermeintliche Jahrhundertprojekt erweist sich mehr und mehr als eine Schlangengrube aus krimineller Energie, Habgier und Rachsucht – zu viele Beteiligte haben Dreck am Stecken. Und die Grüne Armee droht neuerlich mit einem Anschlag …

Autor: Ævar Örn Jósepsson, Jahrgang 1963, studierte an der Albert-Ludwigs-Universität in Freiburg Philosophie und Englische Literatur. Seit 1994 arbeitet er als freiberuflicher Übersetzer und ist als Journalist für zahlreiche isländische Zeitungen und Magazine tätig. Jósepsson lebt in Reykjavík. »Blutberg« ist sein zweiter Roman, der bei btb erscheint.

Ævar Örn Jósepsson bei btb: Dunkle Seelen. Kriminalroman (73476)

Ævar Örn Jósepsson

Blutberg

Kriminalroman

Aus dem Isländischen
von Coletta Bürling

btb

Die isländische Originalausgabe erschien 2005 unter dem Titel »Blóðberg« bei Mál og menning, Reykjavík.

1. Auflage
Deutsche Erstveröffentlichung Dezember 2009

Umschlaggestaltung: semper smile, München
Umschlagfoto: Jeremy Woodhouse/Masterfile
Druck und Einband: CPI-Clausen & Bosse, Leck
KR · Herstellung: SK
Satz: Uhl + Massopust, GmbH
Printed in Germany
ISBN 978-3-442-73858-8

www.btb-verlag.de

Willkommen in Alcatraz …

(Ein portugiesischer Arbeiter in Kárahnjúkar zu einem ausländischen Fernsehberichterstatter, 2004)

Jorge fror. Er fror an Händen, Füßen, am Kopf und im Gesicht. Er fror an Schultern, Waden, Schenkeln, an der Brust und am Arsch. Nicht an den Zehen und Fingern, da hatte er nämlich schon seit langem kein Gefühl mehr, aber an sämtlichen anderen Körperteilen, sogar am Bauch und am Sack war ihm kalt. So etwas hatte er noch nie erlebt, bevor er vor zwei Monaten seine erste Schicht in der Hölle machte. Denn das hier war die Hölle, daran konnte nicht der geringste Zweifel bestehen.

Von Kindesbeinen an war ihm allerdings die Vorstellung eingetrichtert worden, dass es in der Hölle heiß sei. Der Pfarrer, der Lehrer, seine Eltern, Geschwister und Freunde kannten unzählige Geschichten darüber, was diejenigen, die im Diesseits nicht auf dem schmalen und dornigen Pfad der Tugend und Gottesfurcht wandelten, dort unten erwartete. Wie ein roter Faden durchzogen die unsäglichen Qualen des Verdammten in den Verderben bringenden Feuern diese Geschichten, die ansonsten ein beredtes Zeugnis für die lebhafte Phantasie gewissengeplagter Generationen ablegten.

Daheim in Terena war es in der sengenden Mittagssonne nicht schwierig gewesen, an solche Geschichten zu glauben. Er und sein Freund Joaquim hatten sogar einmal ein Experiment gemacht und sich um zehn Uhr morgens nur in der

Badehose auf eine Felsklippe an der Südseite der Burg gelegt und dort den ganzen langen, wolkenlosen und brennend heißen Tag verbracht, ohne einen Tropfen Wasser dabei zu haben. Als er endlich nach Hause gekrochen kam, hatte seine Mutter ihm zunächst eine Tracht Prügel angedroht, aber als sie die Brandwunden am ganzen Körper sah, hatte sie es nicht übers Herz gebracht, ihr Wort in die Tat umzusetzen. »Wir wollten herausfinden, wie es in der Hölle ist«, hatte er gerade noch hervorstöhnen können, bevor er das Bewusstsein verlor. Damals war er sieben Jahre alt gewesen. Und jetzt, dreißig Jahre später, stand er hier und wusste es besser. In der Hölle war es kalt. Höllisch kalt. Und finster, ständig finster, oder bestenfalls manchmal grau.

Jorge blickte zum schwer verhangenen Morgenhimmel hoch. Es war schon nach acht, aber nirgends auch nur ein Schimmer von Tageslicht. Irgendjemand hatte versucht, ihm weiszumachen, dass die Sonne hier im Sommer Tag und Nacht vom Himmel herunterschiene, aber das konnte er nicht so recht glauben. Er bezweifelte sogar, ob hier überhaupt jemals Sommer würde. Seit sie hier oben ihre Vertragszeit abbrummten, hatte er nur zweimal die Sonne gesehen, sie schien es gerade mal zu schaffen, über den Horizont zu lugen, doch nur, um gleich anschließend wieder zu versinken. Als wenn sie krank wäre, dachte Jorge. Vielleicht missfiel ihr aber auch einfach nur das, was sie hier oben sah, und sie verspürte nicht die geringste Lust, es anderen zu zeigen. Er konnte ihr das nicht verdenken. Ein Lächeln huschte über die zusammengekniffenen Lippen unter dem eisstarrenden Schnurrbart, das sich aber auf der Stelle in eine Schmerzgrimasse verwandelte, als die vom Frost ausgetrocknete Haut an drei Stellen riss. Es gab ja auch keinen Grund, sich zu amüsieren. Nicht mehr.

In den ersten Tagen hatten er und Joaquim darüber gewitzelt, hatten am Mittagstisch über dieses seltsame, harte und vegetationslose Land gelacht, wo nie die Sonne schien, und über die Dummköpfe, die sich damit abfanden, hier zu leben. Aber jetzt war es nicht mehr komisch, genauso wenig wie der eisige Wind, der manchmal aus allen Richtungen zugleich zu blasen schien und sich weder durch Schutzkleidung noch Hauswände abhalten ließ, sondern überall eindrang, Schnee oder Sand mit sich tragend, und manchmal sogar beides. Mittlerweile schwiegen Joaquim und er beim Essen meistens. Brummten vielleicht mal etwas Unverständliches vor sich hin, aber schwiegen ansonsten. Schlenderten wortlos in den gegenüberliegenden Aufenthaltsraum, um zu rauchen. Spielten schweigend Karten, schlürften den viel zu dünnen Kaffee und machten sich nicht mehr die Mühe, über ihn zu fluchen. Stattdessen stöhnten sie und dachten an zu Hause. Rauchten mehr. Vermieden es, einander in die Augen zu sehen, als würden sie sich gegenseitig die Schuld an der Lage geben, in der sie sich befanden. Oder vielleicht sich selber, Jorge war sich nicht ganz sicher. Und jetzt setzten sie sich nicht einmal mehr am Mittagstisch zusammen.

Wie so vieles andere, was Joaquim und er im Laufe ihres Lebens ausgeheckt hatten, war dieses Island-Abenteuer irgendwie aus Jux und Dollerei über einem Glas Rotwein beim Mittagessen zu Hause in Terena beschlossen worden. Beide hatten sie das Inserat gesehen, beide waren der Meinung gewesen, das sei auf jeden Fall besser als daheim arbeitslos zu sein, beide hatten ihre Familien zurückgelassen und waren zur Hölle gefahren.

Sechs Monate. Für sechs Monate hatte er sich verpflichtet, an diesem grauenvollen Ort zu bleiben. Und erst zwei davon waren abgebüßt, doch es hätten genauso gut zwei Jahre oder auch zwanzig sein können. Und vier Monate standen noch bevor. Eine ganze Ewigkeit.

Bei der Vorstellung durchfuhr Jorge ein noch heftigerer

Schauder. Die Erinnerung an heiße, sonnige Tage daheim in Portugal war so fern für ihn, wie er da auf dem Grunde der Schlucht stand und auf den nächsten Kipper wartete, dass es ihm durch den Sinn schoss, sie sei vollkommen unrealistisch. Er schloss die Augen und versuchte in Gedanken, sich unter die Markise vor dem Café Morinho am sonnenüberfluteten Marktplatz mitten in Terena zu setzen, sich das bunte Leben dort vorzustellen, den Lärm, und den Duft von dampfendem Kaffee zu spüren, der sich in der warmen Brise mit dem überwältigenden Duft von Rosen und Bougainvilleen mischte, die die weißgekalkten Häuserwände bedeckten. Je intensiver er diese seine schöne, alte Welt heraufzubeschwören versuchte, desto mehr rückte sie in die Ferne, und zum Schluss gab er es auf, öffnete die Augen und blickte sich um. Die starken Scheinwerfer ringsum kamen nicht gegen Schnee und Finsternis an, die über allem lasten. Durch das heftige Schneetreiben hindurch konnte er kaum bis zur zerklüfteten, senkrechten Felswand auf der anderen Seite der Schlucht hinüberblicken. Er war immer noch am gleichen Ort, und diese Vorstellung fand er niederschmetternd.

Vielleicht würde er nie wieder durch die engen, heißen, gepflasterten Gassen von Terena schlendern, überlegte er, nie wieder seine Frau und seine drei Kinder umarmen, deren Fotos sich auf seinem Nachttisch und in seiner Brieftasche befanden, um ihn daran zu erinnern, dass sie existierten, und dass er ihretwegen hier war. Ihm ging sogar in diesem Augenblick, um sieben Minuten nach acht am Samstag, dem 27. Februar 2005, der Gedanke durch den Kopf, dass er vielleicht nie wieder die Sonne sehen würde. Doch dann schüttelte er den Kopf, verwünschte die eigene Blödheit und Wehleidigkeit, stampfte mit den tauben Füßen auf und rief sich im Stillen ein fast vergessenes Gebet ins Gedächtnis.

Ein Motorengeräusch war zu hören, und Jorge starrte angestrengt in das weiße Dunkel. Er griff nach seiner Schaufel, doch dann hörte er, dass dieses Geräusch nur von einem wesentlich schwächeren Motor herrühren konnte, und nicht von einem Kipper. Er sah die Scheinwerfer auf dem holperigen Weg unruhig tanzen. Das Fahrzeug näherte sich rasch und hielt ein paar Meter von ihm entfernt. Vier Männer stiegen aus, alle trugen Helme. Jorge tastete instinktiv nach dem seinen und setzte ihn auf die Mütze, falls da einer von den Sicherheitsbeauftragten dabei war.

Die vier Männer blieben eine Weile dicht beim Wagen stehen, sie schienen auf etwas zu warten. Kurze Zeit später tauchte noch ein Auto hinten in der Schlucht auf, näherte sich rasch und hielt neben dem ersten. Zwei weitere Männer stiegen in das dichte Schneetreiben hinaus und begrüßten die anderen vier mit Handschlag. Und dann setzte sich die ganze Gruppe in Bewegung und näherte sich Jorge. Keiner von ihnen trug Arbeitskleidung. Jorge begriff nicht, weshalb irgendwelche Leute aus freien Stücken hierherkamen, zumal so früh am Morgen. Er glaubte aber zu wissen, dass es entweder Politiker, Journalisten oder irgendwelche Topmanager von der Baufirma sein mussten, die sich hier umsahen. So etwas kam ziemlich häufig vor. Der Vorderste in der Gruppe quasselte jedenfalls unentwegt und zeigte hierhin und dorthin, während die anderen hinter ihm hermarschierten. Jorge trat unwillkürlich zur Seite, und nickte dem vorderen Mann zu, als sie näher kamen.

Und auf einmal stand alles still.

Irgendwo oben über der Schlucht hörte man ein lautes Krachen, die Männer blieben stehen und sahen alle wie auf Kommando nach oben. Jorge auch.

Einen winzigen Augenblick lang verspürte er den Duft von blühenden Rosen und Bougainvilleen und lächelte seine Frau unter der Markise vor dem Café Morinho an. Sie erwiderte sein Lächeln.

1

Samstag

Es waren ungefähr zwanzig Männer, die da wie orangefarbene Ameisen von Fels zu Fels sprangen, krochen und kraxelten, Spalten ausleuchteten und sich etwas auf Isländisch, Chinesisch, Italienisch, Portugiesisch und Englisch zuschrien. Völlig planlos und unkoordiniert, aber umso emsiger. Manchmal rutschten sie aus und fielen hin, richteten sich aber sofort wieder auf und machten notfalls auf allen vieren weiter; sie bissen die Zähne zusammen und kämpften sich vor. Trotz der bitteren Kälte und des Schnees, der ihnen ins Gesicht peitschte, waren sie in ihren gefütterten Overalls nassgeschwitzt. Manchmal begegneten sich zwei mit Taschenlampen bewaffnete Gestalten auf einem der Felsbrocken, brüllten sich in dem tobenden Sturm etwas zu und schüttelten den Kopf, um dann jeder in seiner Richtung weiterzumachen. Ab und zu polterte oben aus der Schluchtwand über ihnen etwas herunter, kleine und größere Steine, die auf den Bergsturz prallten und in alle Richtungen weitergeschleudert wurden. Trotzdem machten die Männer weiter, genau wie die beiden Bagger, die am Rande des Bergsturzes arbeiteten und unter dem Poltern und Quietschen der zugreifenden Schaufeln einen Felsklotz nach dem anderen weggräumten. Als Erstes kamen die beiden Autowracks zum Vorschein, in denen sich aber anscheinend niemand befunden hatte. Gegen neun fanden sie die beiden ersten Leichen. Die eine hatte zwar noch ein halbes Gesicht, aber das war dann auch beinahe alles, was an einen Menschen erinnerte. Vielleicht noch der Overall, der das wenige, was übrig geblieben war, umschloss. Der andere Tote hatte einen heilen Arm und Schuhe an beiden Füßen. Eine halbe Stunde später fanden sie die dritte Leiche. Sie schien noch relativ unversehrt zu sein, sogar der Helm befand sich noch auf dem Kopf, und alle Extremitäten waren an ihrem Platz. Doch als sie den Geröllhaufen auf dem Bauch entfernt hatten und den leblosen Körper bei den Schultern packten, um ihn aus der Senke herauszuziehen, stellte sich heraus, dass diese Leiche in zwei Teilen transportiert werden musste. In diesem Augenblick löste sich ein mächtiger Brocken oben vom Rand der Schlucht, und die beiden Männer, die den Oberkörper zwischen sich trugen, waren gezwungen, ihre Bürde fallen zu lassen und sich flach auf den Boden zu werfen. Der dritte Mann, der die Beine hinter sich herzog, war so beschäftigt damit, sein Frühstück bei sich zu behalten, dass er auf nichts geachtet hatte. Der Felsbrocken zerschmetterte ihm das linke Bein unterhalb des Knies. Er wurde zusammen mit seiner Last im Krankenwagen abtransportiert, und die anderen setzten entgegen anderslautenden Anordnungen und trotz des tobenden Unwetters die Suche fort, und weitere Helfer stießen hinzu. Sie wussten, dass sich hier an dieser Stelle noch mehr Menschen befunden hatten, und auch wenn im Grunde genommen alles dagegen sprach, bestand immer noch Hoffnung. Keine große zwar, aber immerhin eine Hoffnung, dass da irgendwo zwischen oder unter den Felsen noch jemand am Leben war. Sie gaben erst auf, als sich ein Überhang aus der senkrechten Felswand hoch über ihren Köpfen löste und ein Geschosshagel von faustgroßen Steinen mit solcher Wucht herunterprasselte, dass einer von ihnen, spitz und scharfkantig wie all die anderen, halb in die Scheibe des Führerhauses auf dem Bagger eindrang, während die anderen mit Getöse und fliegenden Funken gegen die gegenüberliegende Schluchtwand donnerten. Erst dann gaben sie sich geschlagen, gehorchten ihren Vorgesetzten, die ihnen immer wieder befohlen hatten, sich in Sicherheit zu bringen, und zogen sich zurück. Das Gelände wurde geräumt und die Bagger zurückbeordert. Jetzt waren die Ingenieure am Zug. Man konnte nichts anderes tun als abwarten. Die Zähne zusammenbeißen und abwarten. Und hoffen, selbstverständlich.

Man kann zu wenig Knoblauch verwenden, man kann genug Knoblauch verwenden, aber es ist theoretisch unmöglich, zu viel davon zu nehmen. So lautet das erste Gebot des Knoblauchglaubens, und diesbezüglich sind sich seine sämtlichen Anhänger in allen Teilen der Welt vollkommen und uneingeschränkt einig. Árni, der als junger Mann auf einer Italienreise zum Knoblauchglauben bekehrt worden war, hatte nie daran gezweifelt. Er war ihm immer treu geblieben. Bis jetzt. Er saß in lachsrosa Boxershorts und Rokkland-T-Shirt an dem kleinen Küchentisch in seiner Wohnung im Pingholt-Viertel, mit einem Messer in der Hand und einem ansehnlichen Häufchen geschälter Knoblauchzehen vor sich auf einem Brett. Und er zweifelte.

»Bist du sicher, dass es vierzig sein müssen?«, fragte er.

»Nein«, antwortete Ásta, »aber weißt du, die Keule ist so groß, dass es ruhig auch fünfzig sein dürfen.« Sie reichte ihm eine weitere Knoblauchzwiebel und putzte die Lammkeule weiter.

»Vierzig sind bestimmt genug«, murmelte Árni und zückte

das Messer. Als er seine Kollegen zum Essen einlud, hatte er sich vergewissert, dass keiner von ihnen etwas gegen Knoblauch hatte. Trotzdem. Vierzig Knoblauchzehen für eine einzige Keule … Er kam sich vor wie ein Pastor der Staatskirche, der sich in einen Erweckungsgottesdienst verirrt hat.

»Was?«, fragte Ásta.

»Nichts«, sagte Árni und schärfte sich wieder einmal ein, nicht laut zu denken, wenn andere um ihn herum waren. Er zählte die Zehen ab, die fertig waren. Siebenunddreißig. Er zögerte, holte tief Atem und sagte sich im Stillen das erste Knoblauchgebot vor, wieder und wieder, aber das genügte nicht. Er schloss die Augen, atmete noch einmal tief durch und saugte den Geruch der Knolle ein. Der Knoblauch wirkte sein Wunder, Árnis Sinn kam zur Ruhe und lichtete sich.

Im Gegensatz zu Kant habe ich jetzt die Möglichkeit, die Richtigkeit meines Glaubens zu beweisen oder zu widerlegen, überlegte er. Das war doch eine einmalige Gelegenheit. Er beschloss, sie zu nutzen, öffnete die Augen und machte sich über die Knoblauchzwiebel her, die Ásta ihm gereicht hatte.

»Sechsundvierzig«, sagte er kurze Zeit später. »Ist das nicht genug?« Er stand auf, reichte Ásta das Brett und gab die Schalen in den Eimer für den Biomüll.

»Passt hundertprozentig«, sagte Ásta. Sie legte das Brett auf den Küchenschrank, schlang ihre Arme um ihn und drückte ihm einen stürmischen Kuss auf die Lippen. Árni zog sie mit einem Arm dichter an sich heran und ließ die andere Hand unter der Bluse den Rücken hinaufgleiten.

»Genau das meine ich auch«, murmelte er.

»Wo ist der Cognac?«, fragte Ásta.

»Was für ein Cognac?«

»Ich hatte dich gebeten, Cognac zu kaufen.«

»Hab ich vergessen. Kannst du nicht Whisky verwenden?«

»Natürlich kann ich Whisky verwenden«, sagte sie lächelnd. »Wo ist er denn?«

»Wozu brauchst du Whisky?«

»He, seit wann muss ich dir für meinen Whiskybedarf Rede und Antwort stehen?«, fragte Ásta, tätschelte ihm den schmalen Hintern und kniff in den Rettungsring, der sich oberhalb der Gürtellinie zu bilden begann. »Hol ihn einfach, Jungchen, und zwar ein bisschen dalli.« Sie verpasste ihm einen weiteren Kuss, befreite sich geschmeidig aus der Umarmung und gab die Keule in die siedend heiße Pfanne.

Árni gehorchte etwas enttäuscht und ging ins Wohnzimmer, wo es noch viel zu tun gab. Der Tisch war immer noch in der Verpackung und musste zusammengeschraubt werden, und erst drei von den sechs Stühlen waren benutzbar. Er hatte lange hin und her überlegt, ob er für diesen Abend in eine neue Esszimmergarnitur investieren sollte oder nicht. Die Beziehung zwischen ihm und Ásta war aus Árnis Perspektive im Begriff, etwas anderes und mehr zu werden, als sie bislang gewesen war, und deswegen war er darauf bedacht, gewisse Dinge vorsichtig anzugehen. Wie beispielsweise die Tatsache, dass er irgendwie an Esszimmermöbel herankommen musste. Als er seine Kollegen einlud, war ihm nicht im Traum eingefallen, wie kompliziert und heikel eine derartige Aktion sein könnte.

Die Essecke in dem grün gestrichenen Wohnzimmer hatte leer gestanden, seit Anna, Árnis Exfreundin, vor sechs Jahren mitsamt der Esszimmergarnitur und fast allem, was sie sich in den Jahren ihres Zusammenlebens angeschafft hatten, ausgezogen war. Fest stand, dass am Küchentisch kein Platz für sieben Leute war, auch wenn er ihn ins Wohnzimmer geschoben hätte. Außerdem besaß er einschließlich des alten hölzernen Hockers nur drei Stühle. Ásta hingegen hatte sehr nette Esszimmermöbel, und es wäre natürlich naheliegend gewesen, ihr vorzuschlagen, sie in seine Wohnung zu schaffen. Problematisch dabei war nur, dass dadurch der Eindruck entstehen konnte, er würde sie drängen, und das wollte Árni unter allen Umständen vermeiden.

Als Nächstes hatte er die Idee, sich bei den Leuten in der Wohnung über ihm die Esszimmergarnitur auszuleihen. Auf den ersten Blick fand er auch nichts dabei, doch bevor er bei den Leuten anklopfte, hatte er sich das Ganze glücklicherweise noch einmal durch den Kopf gehen lassen und erkannte die Falle, als er an den nächsten Schritt dachte. Ásta hatte ihn einmal gefragt, weshalb er keine Esszimmermöbel besaß. Daraufhin hatte er geantwortet, dass er keinen Bedarf dafür gehabt hatte. Seitdem Anna aus dem Haus war, hatte er kaum je Leute zum Essen eingeladen, und wenn, dann höchstens zwei auf einmal. Und falls er sich nun eine Esszimmergarnitur ausleihen würde, statt eine zu kaufen, hätte Ásta sich bestimmt gewundert und ihn gefragt, warum er dann nicht jetzt, wo er sie tatsächlich brauchte, eine kaufte. Und was hätte er darauf antworten sollen?

Sie wusste, dass er im Augenblick einigermaßen gut bei Kasse war, denn er hatte seinen Peugeot abgestoßen, was er eigentlich sehr bereute. Aber das Darlehen für den Autokauf, das er damit los war, vermisste er keineswegs. Er hätte aber auf diese Frage außer der Wahrheit keine glaubwürdige Antwort parat gehabt: dass es sich seiner Meinung nach gar nicht lohnte, da sie ja doch bald bei ihm einziehen würde. Was natürlich Drängelei der übelsten Art gewesen wäre, und deswegen eine überaus riskante Antwort.

Die dritte Möglichkeit bestand darin, einfach loszugehen und sich Esszimmermöbel zu kaufen. Árni brauchte gar nicht erst zweimal zu überlegen: Er wusste, dass diese Alternative völlig unakzeptabel war. Damit hätte er nämlich signalisiert, dass er nicht davon ausging, dass Ásta in absehbarer Zukunft zu ihm ziehen würde, und was vermutlich noch schlimmer war, es könnte sogar den Anschein erwecken, als habe er gar kein spezielles Interesse daran.

Zu diesem Zeitpunkt hätte Árni am liebsten die ganze Einladung abgeblasen, um sich aus dieser Zwickmühle zu befreien, in die er sich mit seiner spontanen Anwandlung selbst hineinmanövriert hatte.

Als er endlich die Lösung gefunden zu haben glaubte, erwies sie sich natürlich als unerhört einfach. Er ging sie wieder und wieder im Kopf durch und konnte keinen einzigen Haken daran entdecken. Ásta kam nach der Arbeit zu ihm, und beim Abendessen schritt er zur Tat und ließ den wohlgeübten Satz so unschuldig und natürlich wie möglich in ihr Gespräch beim Abendessen einfließen.

»Ganz schön verrückt«, erklärte er kopfschüttelnd, »dass man sich einen Haufen Leute einlädt und nicht einmal genug Stühle, geschweige denn einen anständigen Tisch besitzt.« Damit führte er schnell den nächsten Happen von dem gebratenen Kabeljau in Curry zum Mund und wartete auf die Reaktion. Die ließ dann auch nicht lange auf sich warten, und er hatte den Bissen noch nicht ganz runtergeschluckt, als ihm aufging, dass dieser Plan durchaus einen großen Haken hatte.

»Tja«, hatte Ásta ganz selbstverständlich geantwortet, »dann musst du dir eben Esszimmermöbel zulegen. Ich habe da neulich welche bei Ikea gesehen, die super hier ins Wohnzimmer passen würden. Die waren auch gar nicht so teuer, vierzigtausend Kronen oder so was, glaube ich.«

Sie hätte ihm genauso gut ganz direkt sagen können, dass sie nicht das geringste Interesse daran hatte, zu ihm zu ziehen. Oder ihm in den Sack treten können. Er hatte aber versucht, es wie ein Mann zu tragen, und irgendetwas dahergemurmelt.

Und war am nächsten Tag in der Mittagspause zu Ikea gefahren.

Valdimar rotzte durch das linke Nasenloch zur Tür des Arbeitsschuppens heraus. Die Hütte stand ungefähr hundert Meter von dem Bergsturz entfernt. Er wusste nur zu genau, dass es unverantwortlich war, noch mehr Menschenleben zu gefährden, um die anderen auszugraben, denn immer noch kollerten Geröll und Steine aus der senkrechten Felswand herunter. Ihm blieb nichts anderes übrig, als abzuwarten, bis diese verdammten Ingenieure das Problem gelöst hatten. Falls er auf eigene Faust weitermachte, würden sie ihn stoppen. Diese Erkenntnis ließ ihn aber nicht zur Ruhe kommen, ganz im Gegenteil. Noch nie in seinem sechzigjährigen Leben hatte er sich so entsetzlich gefühlt und nur selten so machtlos wie in diesen tatenlosen zwei Stunden, die vergangen waren, seit er den Befehl erhalten hatte, mit dem Graben aufzuhören.

Die drei Leichen, die bereits gefunden worden waren, hatte man zur Krankenstation gebracht, ebenso Valdimars Neffen, einen jungen Mann von knapp zwanzig Jahren, den Valdimar aus Südisland hierher gelockt hatte. Valdimar wusste, dass der Junge froh sein konnte, noch am Leben zu sein, er hatte Glück gehabt, dass der Brocken ihn am Bein und nicht am Kopf getroffen hatte. Ihm war aber mehr als klar, dass sein Bruder und seine Schwägerin das vielleicht ganz anders sehen würden. Der Junge mit seinem zerschmetterten Bein war bewusstlos zum Krankenwagen getragen worden, und Valdimar hoffte, dass er inzwischen schon im Krankenhaus von Egilsstaðir war oder besser noch auf dem Weg nach Reykjavík. Aber damit war wohl kaum zu rechnen. Die Straßen waren bestimmt alle unpassierbar, und daran würde sich erst etwas ändern, wenn der Schneesturm nachließ. Bei solchem Wetter wurde gar nicht erst versucht, die Straßen zu räumen. Drei

Tote, dachte Valdimar, und mindestens zwei weitere Männer wurden vermisst, wenn er es richtig verstanden hatte. Mindestens. Er griff ein weiteres Mal nach seinem Handy und drückte auf Wahlwiederholung, starrte vor sich hin und wartete, aber auch dieses Mal meldete sich niemand. Mit zittriger Hand steckte er den Apparat wieder ein.

»Es wird schon alles in Ordnung sein mit ihm«, murmelte Valdimar vor sich hin, »alles in bester Ordnung.« Als er ein Auto kommen hörte, wandte er den Blick von den Geröllmassen ab, die von Scheinwerfern erleuchtet wurden. Seine Miene verhärtete sich, als er sah, wer da ausstieg.

»Das ist ja wirklich eine furchtbare Katastrophe, mein lieber Valdi«, sagte der Mann mit unsicherer Stimme und trat in der Schneewehe vor dem Schuppen von einem Bein aufs andere. Er hatte zwar keine Mütze auf dem Kopf, war aber ansonsten wetterfest angezogen. Trotzdem zitterte er.

»Was du nicht sagst, eine furchtbare Katastrophe«, entgegnete Valdimar langsam und rotzte aus dem anderen Nasenloch. Das Geschoss war nicht so kräftig wie erhofft, landete aber an der richtigen Stelle. Der Mann starrte wie hypnotisiert auf den Schleim, der an der dreckigen Stahlkappe seines Schuhs herunterrann, sagte aber nichts. Valdimar trat in das Schneetreiben hinaus und ging vorbei an dem Mann, der ihm zögernd folgte.

»Ich hatte euch vor diesem Grat gewarnt, Ásmundur. Ich hatte *dich* vor ihm gewarnt.«

»Ich weiß, Valdi, ich weiß. Aber …«

»Ich hatte dich darum gebeten, ihn absprengen zu lassen«, fuhr Valdimar fort, als hätte er das Gemurmel von Ásmundur nicht gehört. »Zweimal mündlich und einmal schriftlich, und das ist alles registriert und dokumentiert. Was glaubst du, was die Verantwortlichen in Reykjavík davon halten werden?« Seine Stimme war hart und schroff, und die Anschuldigung drang Ásmundur nicht weniger scharf durch Mark und Bein als die Kälte.

»Mein lieber Valdi«, sagte er unterwürfig, »dies ist wohl kaum der richtige Augenblick, um nach Sündenböcken zu suchen.«

»Sündenböcke, was du nicht sagst. Mag sein. Die da in Reykjavík finden es immer richtig gut, wenn sie jemandem die Schuld an irgendeinem Schlamassel in die Schuhe schieben können. Dann haben sie selber den Hals nicht mehr in den Schlinge, verstehst du. Ich habe nichts für solche Typen übrig, Ásmundur, nicht das Allergeringste.«

»Valdi …«

»Aber diesmal haben sie zufälligerweise das Recht auf ihrer Seite, diese verdammten Arschlöcher. Was wissen die denn schon über irgendeinen Grat hier in der Einöde, diese feinen Pinkel, die in blankgewienerten Schuhen über Parkettböden wieseln.« Valdimar verstummte und sah zu Ásmundur hinüber, der es im Augenblick aufgegeben zu haben schien, zu protestieren. Stattdessen schwieg er beharrlich, und sein Gesichtsausdruck war ebenso resigniert wie mitgenommen. »Die wissen gar nichts über diesen Grat«, fuhr Valdimar erbarmungslos fort. »Genau das wissen sie über ihn, gar nichts. Aber du, der du angeblich hier als leitender Sicherheitsbeauftragter fungierst, du hast sehr wohl davon gewusst. Und das werden sie zugesteckt bekommen, das kann ich dir versprechen.« Er zog den Kopf ein und stapfte gegen den Wind in das Schneetreiben hinein.

Ásmundur stand noch eine Weile da und sah ihm nach, bevor er sich wieder ins Auto setzte und lange durch die Windschutzscheibe starrte, ohne zu blinzeln. Aber er sah nichts.

»Das geht alles zum Teufel«, murmelte er, »alles ist geradewegs auf dem Weg zum Teufel.« Ásmundur Arason, der

Hauptsicherheitsbeauftragte der National Power Company in Kárahnjúkar, ließ den Motor an und fuhr vorsichtig denselben Weg zurück, den er gekommen war.

»Wie ist das eigentlich, wann bekomme ich endlich den Whisky?«, fragte Ásta in der Tür zum Wohnzimmer, und Árni wurde bewusst, dass er ziemlich lange am Fenster gestanden und in das wilde Schneetreiben im Garten hineingestarrt hatte.

»Entschuldige«, sagte er und versuchte zu lächeln, »ich war mit meinen Gedanken woanders.«

»Was ist los? Weshalb bist du so klüterig?« Ihr kaffeebraunes Gesicht sah besorgt aus, und jetzt fiel Árni das Lächeln leichter. *Klüterig*. Er fand es irgendwie nett, wenn sie so redete. Vielleicht war es eine Art von Rassismus, aber daran war nichts zu ändern.

»Ach, es ist doch immer dasselbe mit diesem Ikea-Schrott«, log er. »Ich hab mich nur selbst bemitleidet, weil ich noch nicht weiter bin. Ich hasse diese verdammte Zusammenschrauberei.« Ásta lehnte sich mit verschränkten Armen an den Türrahmen. Ihre besorgte Miene war gewichen, nun hatte sie die vollen Lippen aufgeworfen, und in den dunklen, fast schwarzen Augen blitzte es.

»Ach, du armes Kerlchen«, sagte sie spöttisch, »ist das vielleicht zu kompliziert für dich? Oder zu schweißtreibend? Soll ich das nicht am besten für dich machen?«

Árni schüttelte den Kopf. »Nein.« Er knüllte das Klebeband zusammen, das er ganz unbewusst von der Verpackung des Tischs abgepult hatte, und griff nach der Whiskyflasche, die in Reichweite auf dem Bücherregal stand. »Das krieg ich schon hin. Ich brauche aber etwas Whisky in den Kaffee.«

»Nimm aber nicht zu viel davon«, sagte Ásta, als er an ihr vorbeiging. »Ich brauche etwas für die Sauce.«

»Ich lass einen Schluck übrig.« Er gab einen Daumen breit in seinen Kaffeebecher, bevor er Ásta die Flasche reichte. Sie spritzte einen ordentlichen Schuss auf die Keule, die in der Pfanne brutzelte, und hielt ein brennendes Streichholz daran. Auch wenn beide darauf gefasst waren und die Flamme fast unsichtbar war, zuckten sie unwillkürlich zurück, als es zischte und die Hitze ihnen entgegenschlug.

»Ich hab noch nie kapiert, wozu das gut sein soll«, erklärte Árni und füllte seinen Becher mit Kaffee auf. »Ändert das irgendwas? Ist das nicht nur Show, um bei Essensgästen in feinen Restaurants Eindruck zu schinden?«

»Vielleicht. Aber Mama macht das auch immer, und ich sehe keinen Grund, das Risiko einzugehen, damit aufzuhören. Tut es dir vielleicht leid um den Whisky?«

»Natürlich«, gab Árni zu. »Der ist gut in der Sauce, aber das da...« Er zuckte mit den Achseln, gab etwas Milch und Zucker in den Kaffee und rührte um. »Das verdampft doch einfach. Pure Verschwendung.«

Ásta ruckte mit dem Kopf, sodass die bunten Perlen in den unzähligen Zöpfchen auf und ab wippten.

»Meinst du wirklich?«

»Nein«, sagte Árni. Er trank einen Schluck. »Mach das noch mal.«

»Was? Flambieren?«

»Nein, das mit dem Kopf.«

Ásta sah ihn einen Augenblick verständnislos an. Dann überführte sie die Keule in den Brattopf, salzte und pfefferte und gab einen ordentlichen Schuss Weißwein über die Knoblauchzehen.

»So«, sagte sie, legte den Deckel auf, setzte den Topf in den Ofen und stellte die Temperatur auf knapp hundert Grad ein. »Jetzt lassen wir das bis zum Abend schmurgeln.«

»Aber es ist doch gerade erst zwölf...«

»Das habe ich dir doch gesagt, sieben Stunden. Anbraten, flambieren, vierzig Knoblauchzehen, Salz und Pfeffer, Weißwein und sieben Stunden bei ganz schwacher Hitze im Backofen. Hast du jemals schlecht bei mir gegessen?«

»Nein, nein, aber …«

»Dann hör auf zu mosern, Junge. Sieh zu, dass du in die Klamotten kommst und diese Möbel da zusammenbaust.«

Es war nicht schwierig, die Entscheidung zu begründen, dass alles, was noch von dem Grat übrig war, abgesprengt werden musste, eine andere Lösung gab es einfach nicht. Die Vernunft sagte ihnen auch, dass es nur Wunschdenken war, sich an die Hoffnung zu klammern, dass der- oder diejenigen, die man noch nicht gefunden hatte, am Leben sein könnten. Die Kälte, die Größe der Felsbrocken und der Zustand der drei Männer, die man gefunden hatte, gaben nicht den geringsten Anlass zu glauben, dass so etwas im Bereich des Möglichen lag. Die Entscheidung war trotzdem nicht einfach gewesen, denn sie bedeutete im gewissen Sinne eine Kapitulation, ein Eingeständnis, dass keine Hoffnung mehr bestand; Vernunft konnte jedoch niemals Hoffnung ersetzen. Zudem war diese Maßnahme auch nicht ungefährlich, denn das, was noch von diesem Grat übriggeblieben war, konnte auch jeden Moment einstürzen. Es war also ziemlich riskant, die Sprengladung anzubringen, nicht zuletzt deswegen, weil man wegen des unaufhörlichen Schneetreibens nicht die Hand vor Augen sehen konnte. Ásmundur erklärte sich bereit, das zu tun, doch sein Angebot wurde sofort abgelehnt und er höflich darauf hingewiesen, dass es mindestens zwanzig Jahre her war, seit er sich zuletzt mit so etwas abgegeben hatte, und deswegen sei es sicherer, derartige Aktionen von anderen und routinierteren Leuten ausführen zu lassen.

Eine halbe Stunde später erdröhnte die Schlucht von der

Explosion, doch der donnernde Nachhall wurde bald vom Toben des Unwetters geschluckt, das sich immer noch zu steigern schien. Drei Bulldozer schoben sich oben vorsichtig bis zur Steilkante vor und beförderten alles, was locker war, nach unten. Nach so genauer Überprüfung, wie es unter den gegebenen Umständen möglich war, gab das dreiköpfige Team von Ingenieuren zusammen mit Ásmundur und dem Sicherheitsbeauftragten von Impregilo grünes Licht, dass unten auf dem Grunde der Schlucht weitergearbeitet werden durfte.

Valdimar setzte sich ins Führerhaus des einen Baggers und sein jüngerer Sohn Birgir in den anderen. Sie machten sich zügig ans Werk, und die riesigen Baggerausleger, die in das grelle Licht der Scheinwerfer getaucht waren, wirkten beim Ausschwenken wie vorsintflutliche Fabeltiere mit langen Hälsen, die nach etwas Fressbarem scharrten. Valdimar und sein Sohn räumten die riesigen Brocken einen nach dem anderen weg wie Spielklötze. Als sie aber bis zu der Stelle des ursprünglichen Bergsturzes vorgedrungen waren, verlangsamten sie das Tempo, stellten die Arbeit ein und fuhren die Schaufeln hoch. Etwa dreißig Männer und zwei Hunde sprangen aus zwei großen, spezialausgerüsteten Trucks der Rettungsmannschaft heraus, die nach einer schwierigen Fahrt von Egilsstaðir endlich vor Ort eingetroffen war. Die Männer setzten sich Helme auf und nahmen im Gegensatz zu den Leuten, die sich einige Stunden zuvor hier abgemüht hatten, den Erdrutsch sehr gezielt in Angriff. Die meisten warteten mit Schaufeln in der Hand ab, und vier von ihnen kletterten in den Felsbrocken herum, während weitere vier den Fuß des Bergsturzes abschritten. Zwei von der Mitte aus und zwei von den Seiten. Sie leuchteten mit starken Handstrahlern zwischen die Felsbrocken. Die vier Männer auf dem Bergsturz gingen genauso vor, fanden aber ebenfalls nichts, genauso wenig die Hunde, die aufgeregt hin und her rannten. Valdimar und sein Sohn begannen, die äußeren Blöcke wegzuräumen, und die Präzision, die sie dabei an den Tag legten, hätte einem Chirurgen alle Ehre gemacht.

Ihnen folgten die Männer mit den Schaufeln, sie entfernten größere Steine mit der Hand und schaufelten dann das kleine Geröll weg, bis sie auf festen Grund stießen. Diese Prozedur wiederholte sich dreimal, bevor sie auf ein menschliches Bein stießen und schließlich auf den Rest der vierten Leiche.

Valdimar kletterte aus der Führerkabine heraus. Der Tote war schlimm zugerichtet, vor allem der Kopf, doch weder Haare noch Körperbau kamen ihm bekannt vor. Er hastete zum Bagger zurück, griff zu seinem Handy und versuchte ein weiteres Mal, Verbindung zu bekommen. Aber auch dieses Mal meldete sich nach langem Klingeln nur die automatische Voice-Mail. Er steckte den Apparat wieder in die Tasche und wartete ungeduldig auf das Zeichen zum Weitermachen.

Als Árni den sechsten Stuhl schon fast fertig hatte, stand er auf, zündete sich eine Zigarette an und kramte in einem Haufen von CDs, der neben der Stereoanlage lag. Kurze Zeit später fand er das, was er suchte, und Steve Harleys faszinierende Stimme erklang aus den Boxen. Drei Minuten und zwölf Sekunden später kam die Passage, auf die Árni wartete, und er sang mit, aus vollem Hals und total falsch, während er sich abmühte, die letzte Schraube ins letzte Loch zu drehen.

Then she flicked the back of her neck,
defiantly,
and for such gestures one could fall hopelessly
in love
for a lifetime…

Ásta lächelte zwar einen Moment, als sie das Lied hörte, aber wenig später runzelte sie die Stirn. Das war ja alles gut und schön, aber weshalb zum Kuckuck hatte Árni diese Esszimmergarnitur gekauft? Weshalb hatte er nicht widersprochen, als sie ihm das vorschlug, und sie stattdessen gebeten, ihre eigene hierher zu schaffen? Als er sich vor einigen Tagen den Kopf über diese Essenseinladung zerbrach, hatte sie überlegt, ob sie ihm das von sich aus anbieten sollte, es dann aber gelassen. Das wäre zu deutlich gewesen. Und zu viel Drängelei. Und sie wollte ihn nicht drängen. Der erste Anruf, die erste Verabredung waren seine Initiative gewesen. In den anderthalb Jahren seitdem war es immer sie gewesen, die die Initiative ergreifen musste, und jetzt reichte es ihr irgendwie. Nicht, dass sie den Eindruck hatte, als hätte er etwas dagegen, ganz im Gegenteil, manchmal wirkte er sogar zu willens und zu bemüht, es ihr um jeden Preis recht zu machen, als hätte er ständig Angst, etwas falsch zu machen. Was er auch hin und wieder tat, der Gute, und am häufigsten, wenn er sich besonders anstrengte, alles richtig zu machen.

Ásta seufzte und begann, die Muscheln zu säubern. Obwohl Árni nicht sonderlich gut aussah und manchmal fürchterlich lahmarschig sein konnte und ein unverbesserlicher Träumer zu sein schien, war er in vieler Hinsicht ein prima Typ. Er war sowohl lieb als auch rücksichtsvoll und außerdem ein total witziger und intelligenter Mann, mit dem man irgendwie fast über alles zwischen Himmel und Erde reden konnte, vorausgesetzt, dass es ihm gelang, seine eigenen Komplexe zu überwinden. Die hegte und pflegte er aber, und zwar für ihren Geschmack vielleicht ein bisschen zu sorgsam. Außerdem war er einer der ganz wenigen Männer, der tatsächlich Interesse an ihr als Mensch zu haben schien. Bei viel zu vielen anderen hatte sich herausgestellt, dass sie in erster Linie scharf darauf waren »es mal mit einer Schwarzen zu probieren«, wie sich einer von ihnen so geschmackvoll ausgedrückt hatte, dreißig Sekunden, bevor sie ihn achtkantig hinauswarf. Glücklicherweise hatte sie gehört, was dieser Idiot gesagt hatte, noch bevor er irgendetwas mit ihr probieren konnte, aber nicht immer hatte sie so viel Glück gehabt. Manchmal hatte sie sogar einige Wochen gebraucht, bis ihr aufgegangen war, wie ihre Liebhaber über sie dachten, und je länger sie dazu brauchte, desto schmerzlicher war die Erkenntnis.

Obwohl Árnis Mutter sie etwas zweifelnd angeschaut hatte, als er sie zum ersten Mal zur sonntäglichen Lammkeule bei seinen Eltern im Hlíðar-Viertel mitnahm, hatte seine Familie sie sehr nett aufgenommen, und das war mehr, als sie über die Eltern der zwei anderen Männer sagen konnte, mit denen sie davor zusammengelebt hatte. Nun bereitete sie sich darauf vor, seine Arbeitskollegen kennenzulernen. Manchmal ertappte sie sich sogar dabei, dass sie glaubte, ihn zu lieben. Sonst wäre ich ja auch wohl kaum hier, dachte sie, während sie die gereinigten Miesmuscheln in den leeren, heißen Topf warf und darauf wartete, dass sie sich öffneten. Sonst stünde ich doch wohl nicht hier wie ein Idiot und würde mir einen Stress machen wegen seinem Essen und seiner Einladung für die Kollegen. Oder? Er hatte sie schließlich nicht gebeten zu kochen, er war selber gar nicht so schlecht in der Küche, und genau genommen kochte er sogar öfter als sie. Sie hatte es ihm in einem Anfall von Hilfsbereitschaft angeboten, sich ihm sogar regelrecht aufgedrängt. Und bereute es nicht einmal, also war es nicht unwahrscheinlich, dass sie diesen Jungen liebte. Aber es änderte nichts daran, dass die Initiative von ihm ausgehen müsste, falls er tatsächlich wollte, dass sie zu ihm zog – was natürlich schon längst überfällig war, sollte es ihm mit dieser Beziehung wirklich ernst sein. Wenn das aber nicht der Fall war, was er ihr durch diesen Möbelkauf eigentlich ziemlich deutlich zu verstehen gegeben hatte, dann war's das eben, und sie müsste sich einmal mehr damit abfinden, sich in ihren Beziehungen zu Männern verkalkuliert zu haben, und hoffen, dass es beim nächsten Mal klappen würde. Sie fand das aber keine gute Perspektive.

Man hatte die fünfte Leiche gefunden und sie im Krankenwagen neben die vierte gelegt. Valdimar und sein Sohn arbeiteten sich weiter durch die Gesteinsmassen vor und räumten sie beiseite. Auch wenn die Baggerschaufeln ohne weiteres jede für sich vier Tonnen hätten heben können, ging es hier präzise zu wie bei einer archäologischen Ausgrabung. Valdimar war eben im Begriff, einen Klotz von mindestens zwei Tonnen von einem noch größeren herunterzuheben, als der Mann, der die Aktion leitete, seine Halogenleuchte hin und her schwenkte. Valdimar ließ den Felsbrocken sinken, fuhr den Ausleger hoch und sprang in das Schneetreiben hinaus.

»Was ist los?« Obwohl er eigentlich direkt neben dem Mann stand, musste er fast brüllen, damit der ihn durch das Toben des Sturms verstehen konnte.

»Ich glaube, da drunter ist etwas!«, schrie der Mann zurück und leuchtete zwischen die Felsbrocken. Er gab den Angehörigen der Suchmannschaften ein Zeichen, und zwei von ihnen näherten sich mit den Hunden, die sofort zu schnuppern und zu scharren begannen, als gelte es ihr Leben. »Okay«, brüllte der Mann Valdimar ins Ohr, »da drunter ist offensichtlich jemand! Versuch, diesen verfluchten Stein hochzukriegen, und zwar lieber nach rechts als nach links!« Valdimar starrte angestrengt auf die Stelle, die der Lichtkegel ausleuchtete, sah aber nichts. Trotz der Kälte war er nassgeschwitzt, und das Herz in seiner Brust hämmerte wie nach einem Sprint. Er versuchte, sich nichts anmerken zu lassen, wusste aber nicht, wie lange er das noch durchhalten würde, es hatte ganz den Anschein, dass seine Reaktionen jedes Mal, wenn sie ihn abstoppten, hektischer würden.

»Bist du sicher, dass da jemand ist?«

»Die Hunde sind es auf jeden Fall.«

»In Ordnung. Ich muss aber erst noch mal hier rechts Platz schaffen.« Er kletterte wieder in seinen Bagger, wischte sich den Schweiß und den schmelzenden Schnee von der Stirn, damit das Wasser ihm nicht in die Augen lief, und griff mit beiden Händen nach dem Schalthebel. Ließ aber gleich wieder los, um sich zur Ruhe zu zwingen. Er schloss die Augen, schlug sich ein paar Mal mit den geballten Fäusten auf die zitternden Knie, streckte die Finger und rieb seine feuchten Hände an den Hosenbeinen ab, atmete tief durch und begann von neuem. Diesmal hörten die Hände in dem Augenblick auf zu zittern, als sie sich um die Schalthebel schlossen. Er musste sich hart am Riemen reißen, um dem Steinhaufen nicht wutentbrannt und rabiat zu Leibe zu rücken, aber er schaffte es. »Einen nach dem anderen«, murmelte er mit zusammengebissenen Zähnen, »einen nach dem anderen, mein lieber Valdi«, wiederholte er, als er den Ausleger wieder herabsinken ließ.

Fünf Felsklötze später war er sich ziemlich sicher, den sechsten und wichtigsten entfernen zu können, ohne dass dabei etwas anderes ins Rutschen geriet. Er setzte die Schaufel unten links an der Ecke an und schob den Klotz sehr vorsichtig nach rechts hoch. Dreimal musste er ihn wieder zurück an dieselbe Stelle sinken lassen, bevor es ihm gelang, das Schaufelblatt so unter dem Stein zu platzieren, dass er ihn ganz hochheben und sicher entfernen konnte.

Drei von den Männern beugten sich über die Vertiefung und entfernten zu beiden Seiten kleinere Steine. Valdimar kletterte auf den Felsklotz links daneben und leuchtete ihnen nach besten Kräften, doch seine Hände begannen wieder zu zittern, sodass der Lichtstrahl unruhig hin und her tanzte. Schließlich gab er es auf und schaltete die Leuchte aus. Plötzlich richtete sich einer der drei Männer auf und blickte Valdimar entsetzt an. Sie sahen sich einen Augenblick in die Augen, Valdimar senkte den Kopf, stand eine Weile bewegungslos auf dem Felsen und begann dann, hinunterzuklettern.

»Wusstest du, dass …?«

»Nein«, antwortete Valdimar, »aber ich habe es befürchtet. Er … er hat gestern Abend erwähnt, dass er vielleicht in die Schlucht kommen würde, und ich habe ihn telefonisch nicht erreichen können.« Sein Blick ging hinunter in die Vertiefung, und er sah seinen Sohn, der zwischen groben Felsbrocken lag und halb von Steinen und Geröll begraben war. »Könnt ihr ihn so da herausholen, Ari?«

»Ich glaube, ja«, antwortete der Mann von der Rettungsmannschaft.

»Gut. Ich schicke euch meinen Birgir. Ich möchte, dass er seinen Bruder von hier wegbringt. Ich finde jemand anderen, der seine Maschine übernimmt.« Valdimar drehte sich um und wollte gehen, doch Ari fasste ihn an der Schulter.

»Du willst doch nicht etwa weitermachen, Valdi?«

»Ich muss weitermachen.«

»Aber du … Aber Halldór …«

»Für meinen Dóri kann ich nichts mehr tun. Aber ich kann graben. Hier sind noch mehr als genug von diesen verfluchten Brocken.«

»Aber …«

»Und der Mann, der die Kipper dirigiert hat, ist auch noch nicht gefunden worden, habt ihr nicht gesagt, dass er auch hier drunter sein muss?«

»Ja, aber …«

»Birgir begleitet euch. Behandelt meinen Dóri gut.«

Árni trank einen Schluck von dem lauwarmen Kaffee-Whisky-Gemisch, ordnete die Stühle um den Tisch herum an, rollte die Wellpappe zusammen und brachte sie in den Keller. Bei dem Wetter verspürte er nicht die geringste Lust, das Zeug ins Auto zu tragen und damit zur Deponie zu fahren. Als Nächstes tauschte er Steve Harley mit Bob Marley aus, setzte sich mit seinem Kaffeebecher in einen Sessel und zündete sich eine Zigarette an.

Ásta kam ins Wohnzimmer und trocknete sich die Hände an einem Küchentuch ab. »Sieht prima aus«, sagte sie und nickte mit dem Kopf in Richtung Esszimmergarnitur. »Bist du nicht zufrieden damit?«

Árni betrachtete die Möbel. Sie machten sich wirklich ganz gut dort, passten haargenau in die Ecke, so wie Ásta gesagt hatte, aber von Wohlgefallen konnte bei ihm keine Rede sein. Ein Fünfzigtausend-Kronen-Mahnmal für Ablehnung, dachte er, ich werde es nie genießen können, an diesem Tisch zu sitzen.

»Doch, doch«, sagte er dumpf, »es ist prima.«

Ásta sah ihn argwöhnisch an. »Aber?«

»Kein aber. Es ist prima.« Árni streckte die Hand nach seinem Becher aus und trank einen Schluck, um die Röte zu verbergen, die sein Gesicht überzog. Doch Ásta ließ sich nicht täuschen, sie setzte sich zu ihm auf die Sessellehne und schmiegte sich an ihn.

»Nun tu doch nicht so, was ist los?«

Árni räusperte sich und versuchte, möglichst entspannt zu wirken. »Nein, nein, das ist wirklich prima, und nichts ist los.«

»Okay.« Ásta nahm ihm den Becher aus der Hand und stand auf. »Willst du mehr?«

»Ja, danke«, sagte Árni, der froh war, dass das Verhör zu Ende war. Kurze Zeit später kam sie mit dampfendem Kaffee in einer und der Whiskyflasche in der anderen Hand zurück.

»Am besten mischst du das selber«, sagte sie. Er trank etwas von dem Kaffee, um Platz für den Whisky zu schaffen.

»Danke.«

»Keine Ursache. Schön, dass du mit den Möbeln zufrieden bist.«

Jetzt war es Árni, der bei ihr Untertöne heraushörte, und er stellte den Becher ab. Obwohl er wusste, dass er einen Fehler machte, konnte er sich nicht zurückhalten. »Was ist los?«, fragte er.

Ásta schwieg eine Weile. Öffnete den Mund, als wollte sie etwas sagen, schwieg aber weiter.

»Komm schon, was ist los?«

Ásta sah ihn an und traf eine Entscheidung, die völlig konträr war zu dem, was sie vor einer Stunde beschlossen hatte. Manche sind einfach so, dachte sie, die muss man ab und zu treten, damit sie in die Gänge kommen. »Zum Kuckuck noch mal, wieso hast du dir denn eigentlich diese Esszimmergarnitur gekauft?«, fragte sie. Árni starrte sie an. Und wurde rot. Starrte noch ein bisschen mehr. Es half nichts.

»Wieso … aber ich … aber du …«

»Warum hast du mich nicht gebeten, dass wir meine zu dir holen?«

»Aber ich … Du hast mir doch gesagt, ich soll mir eine kaufen. Bei Ikea. Neulich, erinnerst du dich, am Mittwoch …« Er verstummte, nahm einen Zug aus der Zigarette und hustete.

»Und machst du immer alles, was ich dir sage?«, fragte Ásta sanft.

»Ich … ja, nein …« Er geriet ins Stocken und zuckte die Achseln. »Oder doch ja, eigentlich … Ist das schlimm?«

Sie sah ihn an, lange, viel zu lange, wie er fand. Schließlich schüttelte sie resignierend den Kopf.

»Weißt du, das weiß ich wirklich nicht. Ehrlich, ich habe

keine Ahnung.« Sie sah Árni immer noch an, doch diesmal konnte er ihrer Miene nichts entnehmen. »Aber ich denke, ich werde das ausnutzen, so lange es möglich ist«, erklärte sie dann. Und lächelte.

Árni war erleichtert. »Komm, lass uns zusammen unter die Dusche gehen. Und anschließend müssen wir noch entscheiden, was es zum Nachtisch gibt, das Problem ist noch ungelöst.« Sie stand auf und reichte ihm die Hand.

Aus irgendwelchen Gründen hatte Árni große Schwierigkeiten damit, sich auf dieses Problem zu konzentrieren.

Es war schon fast halb fünf, als sie den Siebten fanden. Er lag auf dem Rücken in einem großen, fast grottenartigen Hohlraum, der zum Vorschein kam, als sie einen relativ kleinen Felsklotz an der Front des Bergsturzes weggeschafft hatten.

»Das ist, glaube ich, der Mann, der den Kipperfahrern gezeigt hat, wo sie kippen sollen, der Kippmann«, rief Ari, nachdem er den Hohlraum ausgeleuchtet hatte. »Das wär's dann also, er muss ja wohl der Letzte sein.«

Valdimar schüttelte den Kopf. »Das wissen wir nicht. Wir sind zunächst davon ausgegangen, dass es fünf waren, und daraus sind sieben geworden. Es können genauso gut noch mehr sein. Schafft jetzt den armen Kerl da weg, damit wir das vor dem Abend zu Ende bringen können.« Ari öffnete den Mund, um zu protestieren, besann sich aber eines anderen. Er glaubte zu wissen, dass der Kerl sich nichts sagen lassen würde, er hatte wie ein Roboter weitergemacht, nachdem sein Sohn gefunden wurde. Aber jetzt mussten einfach andere übernehmen. Sie hatten vier Stunden lang ununterbrochen Schwerstarbeit geleistet, und es war niemandem zuzumuten, diesem Wetter noch länger ausgesetzt zu sein. Er wandte sich wieder seinen Kameraden zu, die sich anschickten, die Leiche aus dem Hohlraum zu bergen.

»Wir bringen ihn in den Wagen, und dann hören wir auf!«, schrie er. Sie nickten zustimmend. Diese Leiche war nicht so zerschunden wie die anderen; das Gesicht war aschgrau, doch außer ein paar Schrammen an der Stirn und einem Knöchelbruch waren im Schein der Halogenlampe äußerlich keine Verletzungen zu sehen. Sie legten den Mann auf die Bahre und winkten den Krankenwagen herbei, der ganz in der Nähe stand. Ari beugte sich über die Bahre, richtete den Lichtkegel auf das Gesicht des Toten und hob die Augenlider an.

»Verdammt noch mal, her mit dem Krankenwagen, und zwar dalli!«, brüllte er, »ich glaube, der ist noch am Leben.«

2

Samstag/Sonntag

Matthías Jónsson war der Chefingenieur der National Power Company in Kárahnjúkar, ein Mann Mitte vierzig, mit Adlernase und Halbglatze. Der Outdoor-Fanatiker, den es immer wieder in die Berge trieb, saß am einen Ende des Tisches und am anderen Ricardo Valente, der Projektleiter von Impregilo. Er war etwa im gleichen Alter wie Matthías, aber wesentlich kleiner, und wirkte mit seiner schwarzen Mähne und den Bartstoppeln auch sehr viel jünger. Im bläulichen Schimmer des Neonlichts hatte es aber den Anschein, als wären beide gleich blass.

»Eigentlich hätte ich bei dieser Inspektion mit dabei sein sollen«, erklärte Matthías nach unangenehm langem Schweigen. Er sprach ein hartes, stockendes Englisch mit starkem isländischen Akzent.

»Ich auch«, entgegnete Ricardo zögernd, »aber ich hatte anderes zu erledigen.« Sein Englisch klang weicher und melodischer. »Und du?«

Matthías schüttelte den Kopf. »Ich … ich hatte auch … anderes zu tun.« Er strich sich über das schlecht rasierte Kinn, hörte das Knistern, das seine Finger hervorriefen, und starrte auf die Liste vor ihm. Sieben Namen auf einem Blatt, und hinter jedem die Berufsbezeichnung. Mehr nicht. Sieben Namen statt neun. Er wurde etwas gesprächiger. »Wie gesagt, ich hätte natürlich dabei sein sollen«, murmelte er, »aber ich bin trotzdem froh, dass ich es nicht war. Sehr froh.«

Ricardo lächelte schwach. »Ich auch. Selbstverständlich bin ich froh, dass ich nicht auf dieser Liste stehe.« Er tippte mit dem Zeigefinger auf das Blatt, das vor ihm lag. »Mit Barei und di Tommasso und … den anderen.« Er bekreuzigte sich unwillkürlich, als er die Namen nannte. Di Tommasso war sein zweiter Mann auf dem Werksgelände gewesen, Barei einer von den zahlreichen Topmanagern bei Impregilo. Beide waren bei dem Bergsturz ums Leben gekommen.

Matthías runzelte die Stirn. »Barei. Ich hab dich schon die ganze Zeit fragen wollen, was er dort mit denen zu suchen hatte? Was wollte er überhaupt hier?«

»Nichts Besonderes, glaube ich«, antwortete Ricardo achselzuckend. »Das Projekt inspizieren, sich mit den Gegebenheiten vertraut machen.« Obwohl er es in keinster Weise anklingen ließ, hatte er sich dieselbe Frage auch schon gestellt. Barei war völlig unerwartet vor drei Tagen in Kárahnjúkar aufgetaucht, ohne sein Kommen vorher anzukündigen, und die Antwort, die Ricardo Matthías gegeben hatte, war dieselbe, die er von Barei erhalten hatte. Überzeugt hatte sie ihn nicht. Leute wie Barei besuchten die im Bau befindlichen Projekte nur in Ausnahmefällen, und dazu mussten gewichtige Gründe vorliegen. Und schon gar nicht so einen Ort wie diesen und zu dieser Jahreszeit, wo das Wetter notorisch schlecht war. Nein, Ricardo war sich ziemlich sicher, dass da etwas anderes dahintersteckte, und er hatte di Tommasso im Verdacht. Dieser Verdacht hatte sich noch verstärkt, als er Bareis Namen auf der Liste der Toten entdeckte. Am Abend vorher hatte der nämlich kein Wort darüber verloren, dass er an einer Inspektionsfahrt teilnehmen würde.

»Ich hatte keine Ahnung, dass er beabsichtigte, mitzufahren«, sagte er nach einer Weile. »Wenn ich das gewusst hätte, wäre es vielleicht anders gekommen.«

Matthías sah ihn fragend an. »Ich meine, dann wäre ich selbstverständlich auch mitgefahren«, erklärte Ricardo achselzuckend. »Und wenn ich mitgefahren wäre, dann wären sie – wir – vielleicht an einer anderen Stelle gewesen, als der Bergsturz niederging. Wären später losgefahren oder vielleicht irgendwo aufgehalten worden, wer weiß?«

»Vielleicht«, stimmte Matthías ihm nachdenklich zu. »Vielleicht aber auch nicht. Es hat wohl kaum Sinn, darüber zu spekulieren.«

»Ich weiß. Aber trotzdem ...«

»Ich weiß, was du meinst«, sagte Matthías mit einer zustimmenden Handbewegung und stöhnte. »Wie gesagt, es hat keinen Sinn, darüber zu spekulieren. Sechs Tote und einer in Lebensgefahr. Irgendeiner von diesen armen Teufeln, der auf die Kipper wartete, soweit ich das verstanden habe. Aber ich weiß nicht, das Ganze ist doch irgendwie absurd. Dass genau diese Leute in genau dieser Absicht und genau in diesem Augenblick genau an diesem Ort gewesen sind.« Er rieb sich die kahlen Schläfen, bevor er sich auf die Ellbogen stützte und fortfuhr. »Beinahe zu absurd, um ein Zufall zu sein. Was meinst du?«

Ricardo starrte Matthías eine ganze Weile forschend an, bevor er antwortete. »Ja, meiner Meinung nach ist das ein unglaublicher Zufall. Aber er ist nun einmal passiert. Und wenn es kein Zufall war, weiß ich nicht, was sonst dahinterstecken könnte. Es sei denn, du willst über Schicksalsmächte sprechen?«

Matthías schüttelte den Kopf. »Nein, an die glaube ich nicht.«

»Was meinst du dann?«

»Ach, ich weiß nicht.«

Ricardo nickte. »Vielleicht solltest du lieber einfach schweigen.«

»*You lucky bastard*, Árni! Wie hast du das geschafft, Mensch?« Guðnis schleimiges Grinsen, als er sich mit einem Glas in der Hand an den Küchenschrank lehnte, sagte eigentlich alles, aber damit Árni kapierte, wovon er redete, fasste er sich zur Sicherheit noch in den Schritt. Árni schüttelte den Kopf und rührte weiter in der Mars-Schokolade auf dem Herd, die im Wasserbad vor sich hin schmolz. »Ich hätt's schon immer mal gern mit 'ner Negerin probiert«, fuhr Guðni unverblümt fort, »hab gehört, dass die richtig *fucking crazy* zwischen den Beinen sein sollen. Stimmt das?«

Árni konnte nur mit Mühe seine Wut im Zaum halten. Wäre es jemand anderes gewesen als Guðni, hätte er bestimmt versucht, einen von den drei Tricks anzuwenden, die er nach den fünf Judo-Trainingsstunden, zu denen er sich letztes Jahr nach Weihnachten aufgerafft hatte, schon fast beherrschte. Aber weil es Guðni war, ließ er es bei einem Achselzucken bewenden. Nicht aus Feigheit, auch wenn der Kerl ihm bestimmt mit dem ersten Hieb die Nase gebrochen und mit dem nächsten k.o. geschlagen hätte. Auch nicht, weil sie Kollegen waren, und noch weniger, weil er etwa glaubte, dass Guðni nur so großschnäuzig daherredete, in Wirklichkeit aber ein echt netter Kerl war. Ganz im Gegenteil, er wusste nur zu genau, was für ein rassistischer und faschistischer Macho Guðni war, und dass es genauso hoffnungslos wäre, dem Sturm draußen mit den Fäusten zu Leibe rücken zu wollen, wie die Vorurteile aus Guðnis Schädel herauszuprügeln. Außerdem wollte Árni dem Kerl auch nicht den Gefallen tun, sich mit ihm anzulegen. Es war allseits bekannt, sowohl bei der Kriminalpolizei als auch bei denen, mit denen sie sich am häufigsten abgeben musste, dass Guðni sich nie köstlicher amüsierte, als wenn es ihm gelang, sein Gegenüber zu provozieren. Wenn ihm jemand Kontra gab, war das nur Wasser auf seine Mühle. Diese Eigenschaft kam ihm zwar unter gewissen Umständen in seiner Arbeit zugute, war aber ansonsten nicht von Vorteil für ihn, weder am Arbeitsplatz noch anderswo.

»Einmal war ich sogar fast schon auf einer drauf«, sagte Guðni mit Bedauern. »In Amsterdam. Echt ein Rasseweib, Beine bis zu den Titten und Titten bis zum Nabel. Hatte bloß nicht genügend Kohle, sie hat nur *cash* genommen, verstehst du.« Guðni grunzte. *»No creditcards, nono, only cash, Mister«*, hat sie gesagt. Aber als ich mit *cash* zurückkam, waren bei ihr die Vorhänge zugezogen. Ich hatte keinen Bock zu warten, habe einfach die Nächstbeste gevögelt. Die kam aus Japan oder aus China, auf jeden Fall hatte sie Schlitzaugen. Erstklassiger Service bei der, eine absolute Fachkraft. So ein Service fehlt hier in Island total, das ist doch was ganz anderes als diese dünn gesäten und sündhaft teuren Schicksen hier.«

»Furchtbar, dieser Unfall da in Kárahnjúkar«, sagte Árni und rührte heftiger im Topf herum, als erforderlich war.

»Ja, furchtbar«, murmelte Guðni. Er holte sich einen Stumpen aus der Schachtel in seiner Brusttasche, steckte ihn in den Mundwinkel und begann, darauf herumzukauen. Gelächter aus dem Wohnzimmer glich das Schweigen aus, das sich über die Küche legte, während er nach Feuer suchte, um den Stumpen anzuzünden. »Aber was sagst du, Amigo, ist sie so ein bisschen *horny*, vielleicht irgendwie *kinky*?« Árni kapitulierte, legte den Schneebesen weg und sah Guðni wutentbrannt an.

»Unheimlich«, erklärte er, »man kriegt keine Ruhe vor ihr: Leder, Latex, Fesseln, die ganze Palette, den ganzen Tag und bis in den frühen Morgen. Ich bin total fertig, weiß überhaupt nicht, wie ich ihren Erwartungen nachkommen soll. Ich fresse Viagra wie bekloppt, aber das nützt auch nichts, okay? Können wir vielleicht jetzt über was anderes reden?«

Guðni zog die Brauen hoch und hob beschwichtigend die Hände. »Hey, *sorry*, Kumpel, *sorry*. Ganz *relaxt*, okay?«

»Und möglichst auf Isländisch.«

»*Allright*. Über etwas anderes reden, auf Isländisch.« Guðni kratzte sich am Bauch, der sowohl das Hemd als auch den Hosenbund zu sprengen drohte. »Das Essen war verdammt lecker, auf jeden Fall die Keule. Für Muscheln bin ich ehrlich gesagt nicht so zu haben, aber die Keule war *fucking brilliant*. Echt genial, meine ich«, korrigierte er sich und blinzelte Árni zu. »Ich hatte ja keine Ahnung, dass du kochen kannst.«

Árni griff wieder zum Schneebesen und rührte weiter.

»Ich kann zwar kochen«, entgegnete er, »aber das Essen heute Abend geht ganz auf Ástas Konto. Alles außer der Sauce, die ich hier fabriziere.«

Guðni schnalzte mit der Zunge. »Ey, genau wie ich gesagt habe, *you lucky bastard*. Ist das nicht das Mädchen, das du vor zwei Jahren vernehmen musstest? Die Freundin von dieser Computertussi, die umgebracht wurde?«

Árni nickte. »Ja, das ist sie.«

Guðni nickte ebenfalls. »Wie ich gedacht habe. Irgendwie konnte ich mich an den Namen erinnern.« Er zog die Nase hoch, öffnete den Schrank unter der Spüle und spuckte ein paar durchweichte Tabakfetzen in den Mülleimer. »Ásta, komischer Name für so eine Negerin. Hast du sie damals gleich gevögelt?«

»Wer hat wen wann gevögelt?«, fragte Katrín, die genau in dem Moment mit einem Glas Rotwein in der Hand in die Küche gestürmt kam, als Árni den Schneebesen auf Guðnis Glatze niedergehen lassen wollte.

Árni antwortete nicht, sondern schüttelte nur den Kopf und rührte wie besessen weiter. Guðni öffnete den Mund, doch bevor er noch ein Wort herausbringen konnte, packte Katrín ihn beim abgewetzten Schlips und zerrte ihn aus der Küche hinaus ins Wohnzimmer.

»Komm schon, du Drecksack«, sagte sie, »lass den Kleinen in Ruhe.«

Anschließend kehrte sie wieder in die Küche zurück. »Der verdammte Kerl ist unerträglich«, sagte sie, »und manchmal mehr als das.« Árni murmelte etwas Zustimmendes, nahm den Topf vom Herd, und rührte kräftig weiter. Katrín trank einen Schluck Rotwein. »Kommst du nicht bald wieder rein?«

»Ja«, sagte Árni, »ich komme gleich.« Er goss die Schokoladensauce in eine Schüssel, holte eine kleine Schöpfkelle und einen großen Löffel aus der zweitobersten Schublade, nahm die Schale mit Erdbeeren aus dem Kühlschrank und das Eis aus dem Gefrierfach. »Ich komme sofort.«

»Furchtbar, dieser Unfall da oben in Kárahnjúkar«, sagte Katrín, um etwas zu sagen.

»Ja, furchtbar«, pflichtete Árni ihr bei. Er stürzte das Eis aus der Verpackung auf eine Platte und reichte sie Katrín. »Nimmst du das bitte mit ins Wohnzimmer?«

Elf Personen waren um einen Tisch mit weißer Kunststoffplatte herum versammelt: zehn Männer und eine Frau; fünf Isländer, fünf Italiener und ein Schwede; sieben Ingenieure, drei Techniker und ein Betriebswirt. Ihre Gesichter waren im kalten Schein der Neonbeleuchtung ebenso weiß wie die Tischplatte oder die nackten Wände, und niemand sagte einen Ton, obwohl vier der Anwesenden im Konferenzzimmer, wo absolutes Rauchverbot herrschte, wie die Schlote rauchten. Sogar Matthías, der auch jetzt wieder Ricardo am anderen Ende des Tisches gegenübersaß, verspürte das starke Bedürfnis, eine Zigarette von seinem Sitznachbarn zu schnorren, obwohl er vor einem Vierteljahrhundert aufgehört hatte zu rauchen. Andere waren schon aus weit geringerem Anlass eingeknickt, dachte er, während er über die Ereignisse des Tages und die Lage, in der sie sich jetzt befanden, nachdachte. Und die war selbstverständlich katastrophal, egal, von welcher Perspektive aus man das betrachtete. Nicht zuletzt nach außen hin.

Das Kraftwerk war von Anfang an umstritten gewesen, und diese Geschichte würde die Lage nicht verbessern. Daher waren sich Ricardo und er, so zynisch es klingen mochte, darüber einig, dass es jetzt galt, mit allen Mitteln zu verhindern, dass der Tod dieser sechs Männer denjenigen wieder Auftrieb geben würde, die am heftigsten gegen das größte Bauprojekt der isländischen Geschichte gekämpft hatten. Und sie waren sich auch darin einig, dass ein wichtiger Punkt in diesem Kampf darin bestand, sämtliches Misstrauen und sämtliche Gerüchte bereits im Keim zu ersticken, um gegenseitige Anschuldigungen und Schlammschlachten zu vermeiden. Das, so hatten die beiden entschieden, sei am besten durch die enge Zusammenarbeit von beiden Unternehmen garantiert, aber nicht auch zuletzt dadurch, Fakten offen auf den Tisch zu legen, sobald sie vorlagen. Und von denen gab es bereits einige.

Zwei Vertreter vom Arbeitsschutzamt hatten ihr Kommen mit einem Hubschrauber der Küstenwache angekündigt, der dann auch die Verletzten nach Reykjavík bringen sollte, sobald das Wetter dies zuließ. Ebenso ging man davon aus, dass die Schneepflüge in den nächsten Stunden durchkommen würden, und in ihrem Gefolge die Polizei aus Egilsstaðir. Auch die Medien waren unterwegs zum Schauplatz und bombardierten bereits jetzt diverse Leute in Kárahnjúkar mit Anrufen und E-Mails. Deswegen war es wichtig, von Anfang an eine klare Linie zu führen.

Matthías räusperte sich: »Vell, nau ju hev in front off ju se list of se … se … dedd.« Er wurde rot, wohl wissend, dass das nicht sonderlich gut geklungen hatte. Er räusperte sich wieder. »Also, yes, hier …« Es brauchte seine Zeit, er verhaspelte sich wieder und wieder, zögerte und suchte nach Worten und Unterstützung bei den Anwesenden. Doch schließlich gelang es ihm, das zu sagen, was er sagen wollte, und niemand drängte ihn, niemand kicherte, runzelte die Stirn oder legte irgendwelche Anzeichen von Ungeduld an den Tag. »Am Abend zuvor«, sagte er, »kamen Johan Norling und Wolfgang Haase nach Kárahnjúkar …«

»Mein lieber Viktor, ich glaube, dass wir heute genug für unser Geld getan haben«, erklärte Björg, nachdem sie den Schwerverletzten zugedeckt und seinen Kopf auf dem Kissen zurechtgelegt hatte. Sie war als Krankenschwester in Kárahnjúkar tätig, hatte erst vor kurzem ihre Ausbildung beendet und war froh gewesen, dass sich ihr eine so gut bezahlte Arbeit wie diese geboten hatte, noch bevor sie mit dem Studium fertig gewesen war. »Er ist dem Tod noch mal von der Schippe gesprungen, der Ärmste, wer auch immer er sein mag«, fügte sie hinzu. Die Wortwahl erinnerte eher an eine bejahrte Frau aus Nordisland als an ein junges Mädchen aus Reykjavíks Westend, trotzdem klang der Satz vollkommen natürlich aus ihrem Mund.

»Ja, auf jeden Fall fürs Erste«, stimmte Viktor mit ein wenig zittriger Stimme zu. »Aber auch der andere«, sagte er, nickte in Richtung des jungen Mannes, dem bei den Rettungsarbeiten ein Felsbrocken das Bein zerschmettert hatte, und ließ sich auf einen Stuhl fallen. Seiner Meinung nach war es das reinste Wunder, dass der Portugiese nach all diesen Stunden unter den Geröllmassen überhaupt noch am Leben war; es stand sogar so gut wie fest, dass er praktisch die ganze Zeit bei Bewusstsein gewesen sein musste und sich trotz des zersplitterten Knöchels bewegt hatte, denn sonst hätte die Kälte das besorgt, wovor ihn der Erdrutsch auf so unglaubliche und unbegreifliche Weise verschont hatte.

»Aber er muss in ein richtiges Krankenhaus, wenn er die Nacht überleben soll«, sagte er. »Ist denn immer noch kein Ende mit dem verrückten Wetter abzusehen?«

Björg schüttelte den Kopf. »Der Wind hat ein bisschen nachgelassen, aber nicht viel«, sagte sie und klopfte ihm auf den Rücken. »Der wird das schon überleben, versuch jetzt, dich ein bisschen zu entspannen. Möchtest du einen Kaffee?«

Viktor nickte. »Unbedingt. Und, Björg …«

»Ja?«

»Danke.«

»Danke gleichfalls.« Sie verpasste ihm einen sanften Kuss auf die Wange. »Und jetzt setz ich den Kaffee auf, ich brauche ebenfalls dringend einen.«

Viktor war froh, als sie hinausgegangen war. Er brauchte Zeit für sich selber. Björg hatte zwar recht, die Operation als solche war gut verlaufen, aber er war sich absolut nicht sicher, ob er alles richtig gemacht hatte. Von dergleichen Eingriffen war in seiner Arbeitsbeschreibung keine Rede gewesen, und das hier war eine Erfahrung, auf die er durchaus hätte verzichten können.

Die Nasenspitze war ohne sein Zutun abgebrochen, und er hatte sich nicht getraut, die Erfrierungen an Schläfenbeinen und Ohren gründlich zu behandeln, sondern nur sehr vorsichtig obere Schichten abgeschabt, bis er ein Gewebe erreichte, das ihm noch unversehrt zu sein schien. Er hatte aber drei Finger der rechten Hand, zwei der linken und das vorderste Glied der noch verbliebenen Finger sowie drei Zehen am linken Fuß und den rechten zur Gänze unterhalb des Knöchels entfernen müssen; all das hatte er amputiert, geschnitten, zertrennt und abgesägt, und war sich dabei wie ein Metzger vorgekommen. Er wusste nicht, was er mehr fürchtete, dass er zu wenig oder zu viel abgenommen hatte.

Erfrierungen gingen selten so tief, dass amputiert werden musste, auf jeden Fall nicht unbedingt sofort, aber das hier war ein ungewöhnlich schlimmer Fall, und die Knochensplitter im rechten Fuß hatten den Ausschlag gegeben; hinzu kam die Tatsache, dass bei dem Wetter und der Vorhersage überhaupt nicht abzusehen war, wann der Patient nach Reykjavík überführt werden konnte. Die ganze Zeit während der Operation hatte er in telefonischer Verbindung zu seinen Kollegen in Reykjavík gestanden, die das Hauptaugenmerk darauf gelegt hatten, sämtliches Gewebe zu entfernen, wo bereits Nekrose eingesetzt hatte, da sonst die Gefahr bestand, dass die sich ausbreitete – dann gäbe es nur zwei Alternativen: weitere Amputationen oder Tod. Deshalb war es gar nicht so schwer zu begründen, dass es wirklich besser war, eher mehr als weniger zu entfernen. Doch Viktor war sich darüber im Klaren, dass solche Argumente wenig taugten, falls er später dem armen Mann Rede und Antwort stehen müsste, warum er ihm unnötigerweise Finger und Zehen und sogar einen Fuß abgesägt hatte. Der Fuß war allerdings in einem derartigen Zustand gewesen, dass ihn auch unter optimalen Bedingungen wohl kein Chirurg hätte retten können. Trotzdem war die Entscheidung, ihn abzunehmen, eine der schwierigsten gewesen, die Viktor in seiner bisherigen Laufbahn hatte treffen müssen.

Er schrak aus diesen Gedanken hoch, als die Außentür aufgerissen und gleich darauf heftig zugeknallt wurde. Im nächsten Augenblick wurde die Tür zum Krankenzimmer ebenso temperamentvoll geöffnet, und ein kleiner, dunkelhaariger

Mann mit Schnurrbart stürzte zu dem Krankenbett und fiel auf die Knie, ehe Viktor begreifen konnte, was da los war.

»Jorge«, sagte der Mann, »Jorge, *grasa á déus.*« Er stand auf und wandte sich Viktor zu, der aufgesprungen war und überlegte, ob er jemanden zu Hilfe holen sollte. »Jorge Fonsecas«, sagte der Mann und deutete auf den verstümmelten Patienten. »*My friend, my best friend.*« Dann lächelte er so breit, dass die strahlend weißen Zähne unter dem ausladenden Schnurrbart zum Vorschein kamen, und fing an, den Schnee von sich abzuklopfen. » Ssänk ju, *doutor.*«

»Die letzte Pulle«, erklärte Stefán, während er den Inhalt der Flasche auf die Gläser verteilte, nur nicht bei Guðni, denn der hatte sich den ganzen Abend an Wodka-Cola gehalten. »Zumindest die letzte dieses Jahrgangs.« Er stellte die leere Flasche auf den Tisch, öffnete eine neue und schnupperte am Korken. »Das hier ist die neueste Produktion. Ich glaube, die ist auch ziemlich gut gelungen, wir haben gestern schon probiert, um festzustellen, ob sie präsentabel ist.«

Katríns Mann Sveinn kostete den Rotwein. »Wirklich erstaunlich«, sagte er anerkennend zu Stefán und Ragnhildur, die ihm gegenübersaßen. »Einer von meinen Freunden panscht auch selber was zusammen, aber das Zeug ist absolut ungenießbar.« Er sah Katrín an. »Du hast das doch auch schon bei Eddi probiert, erinnerst du dich?«

»Das Schlimmste, was ich je getrunken habe«, stimmte sie ihm zu und schüttelte sich bei dem Gedanken. »Eigentlich kriminell, so etwas Wein zu nennen. Das hier ist was ganz anderes.« Sie hob das Glas. »Skál!«

»Ich hab auch mal versucht, selber Wein zu machen«, sagte Árni, nachdem alle angestoßen hatten. »Hier bei mir in der Garage. Hab mir alles, was man dazu braucht, bei meinem Bruder ausgeborgt und irgendein Zeugs gekauft, angeblich das Beste auf dem Markt. Und hab mich hundertprozentig an die Anweisungen gehalten.« Er nickte nachdenklich. »Wirklich hundertprozentig. Und mir echt Mühe gegeben.« Er nickte weiter vor sich hin, während die anderen höflich auf die Fortsetzung warteten, bis Ásta aufgab und ihm einen Tritt gegen das Schienbein versetzte.

»Und was weiter?«

»Weiter?«, fragte Árni erstaunt.

»Wie ging es weiter? Du hast versucht, Wein zu machen, hast dir riesige Mühe gegeben, und was dann?«

»Ach ja, sorry. Dann kam mein Bruder und wollte sein Equipment wiederhaben, ungefähr ein Jahr später, glaube ich. Den verdammten Kanister hatte ich aber völlig vergessen, weil ich die Garage nur als Abstellraum benutze. Ich musste das Zeug wegkippen, und ehrlich, ich hab noch nie so was Fürchterliches gerochen.« Er verzog das Gesicht und trank einen Schluck. »Seitdem halte ich mich an die Rotweinbeutel im Alkoholmonopol. Aber der hier ist eigentlich besser, ehrlich.«

»Auf jeden Fall nicht schlechter«, brummte Stefán zufriedener, als er zugeben wollte, und setzte seine giftgrüne Kappe zurecht.

»Ist doch sowieso alles dieselbe Plörre«, musste Guðni seinen Senf dazugeben. »Ich kapier nicht, warum ihr euch so anstrengt, um Rotwein zu panschen. Da macht es doch wesentlich mehr Sinn, Schnaps zu brennen.« Er schüttelte verächtlich den Kopf. »Dieses Zeugs ist doch höchstens was für Weiber und Schwule. Ich zieh einen anständigen Wodka vor.« Er trank sein Glas aus und rülpste laut und vernehmlich. »Und wo wir schon bei Schwulen sind«, fuhr er fort, »gibt's was Neues von unserem fünften Mann? Kriegen wir wirklich keinen Ersatz für Friðrik, *the fucking arsehole*? Sollen wir echt nur zu viert weitermachen?«

»Ja, wie ist der Stand der Dinge eigentlich?«, fragte Katrín und ließ sich nichts anmerken. »Das ist doch jetzt schon ziemlich lange her, fast anderthalb Jahre, oder?«

Stefán schüttelte den Kopf. »Ich weiß immer noch nichts. Habe gestern noch Svavar gefragt, aber er kann angeblich auch nichts dazu sagen.«

Katrín blies sich eine Locke aus dem Gesicht und sah ihn fragend an. »Sollte nicht Steini zu uns stoßen? Das habe ich jedenfalls irgendwo gehört.«

»Doch, das stand wohl zur Diskussion«, sagte Stefán etwas zögernd, »aber irgendwie scheint die Sache nicht so einfach zu sein.«

»Wer ist Steini?«, fragte Árni.

»Þorsteinn«, antwortete Katrín. »Du kennst ihn bestimmt, er ist bei der Verkehrspolizei. Groß, dunkelhaarig und etwas älter als du. Ein attraktiver Junge …«

»Attraktiv, *my arse*«, unterbrach Guðni sie, »der ist doch so schwul, wie er lang ist. Deswegen habe ich ja gefragt, ich hatte das nämlich auch gehört. Was meinst du Stefán, hat man das gestoppt?«

Stefán zog die Schultern hoch. »Wie ich schon sagte, ich weiß es einfach nicht. Irgendetwas ist da aber, weshalb sich die Sache so rauszögert.«

»Verdammt noch mal, ich will bloß hoffen, dass die Sache aus der Welt ist«, sagte Guðni. »Ich will keinen verdammten Arschficker in unserer Abteilung. Ich kapier nicht, wieso sie solche Typen überhaupt bei der Polizei zulassen.«

Nach kurzem, verlegenen Schweigen sprang Árni auf. »Leute, wie wär's mit Kaffee?«

»Kaffee wär prima«, sagte Katrín, »vielen Dank.«

»Ja, unbedingt«, pflichtete Ragnhildur ihr bei.

»Ja, danke, für mich auch«, sagte Sveinn.

»Wär vielleicht nicht schlecht«, stimmte Stefán ein.

»Ich hab ihn schon gekocht, er ist in der Thermoskanne«, erklärte Ásta.

»Scheiß was auf Kaffee«, sagte Guðni, »ich halt mich an den Wodka.«

Als Árni in der Küche verschwunden war, senkte sich wieder Schweigen über das Zimmer, bis Ragnhildur es nach Räuspern von verschiedenen Seiten, das aber zu nichts führte, entschlossen durchbrach.

»Grauenvoll, dieses Unglück da oben in Kárahnjúkar«, sagte sie, um einfach irgendetwas zu sagen.

Die Stille im Krankenzimmer war beinahe feierlich. Der junge Mann mit dem zerquetschten Bein schlief den tiefen Medikamentenschlaf, und Jorges Zustand schien einigermaßen stabil zu sein, der Herzschlag war schwach, aber regelmäßig, und die Temperatur schwankte zwischen achtunddreißig und achtunddreißigfünf.

Jorges Kumpel, der sich als Joaquim vorgestellt hatte, saß immer noch wie angeleimt an dessen Bett und ließ sich nicht vertreiben. Viktor hatte mehrmals versucht, ihm klarzumachen, dass Jorge nicht so bald wieder zu Bewusstsein kommen würde und es deswegen nichts brächte, bei ihm zu sitzen, doch schließlich gab Viktor auf und kümmerte sich nicht mehr um den Mann. Es gab genügend andere Dinge, über die er nachdenken musste.

Die Neonleuchten waren aus, es brannten nur zwei Wandlampen und ein kleines Teelicht, das Joaquim auf den Nachttisch seines Freundes gestellt hatte. Viktor stand am Fenster und starrte hinaus. Er hatte getan, was in seinen Kräften stand, und gemessen an den Umständen seine Sache gut gemacht: Er hatte ein Menschenleben gerettet, was doch wohl schwerer wiegen musste als ein paar Finger oder sogar ein Fuß; der hätte unter anderen und besseren Umständen möglicherweise gerettet werden können. Und das Wetter besserte sich auch langsam etwas. Der Schneesturm hatte sich zum größten Teil gelegt, auch wenn der Wind ab und zu noch einmal zu starken Böen aufdrehte. Zwischenzeitlich zumindest hatte sich das wüste Schneetreiben im rötlichen Schein der Außenbeleuchtung in ein richtig gemütliches Flockenrieseln verwandelt. Der Hubschrauber der Küstenwache konnte jeden Augenblick eintreffen, er würde die Verletzten nach Reykjavík transportieren.

Eigentlich müsste ich mich großartig fühlen, dachte Viktor. Trotz allem müsste ich mich eigentlich großartig fühlen.

Aber dieser Seelenmonolog änderte nichts an der Tatsache, dass er sich entsetzlich fühlte.

»Also das ist das, was wir wissen«, erklärte Matthías, »was wir nicht wissen, ist natürlich sehr viel mehr. Irgendwelche Fragen?« Die Versammelten schnieften leicht, räusperten sich und begannen, die vor ihnen liegenden Papiere einzusammeln. »Wir treffen uns dann wieder …«

»Nur eines noch«, sagte Ricardo mit erhobener Hand.

»Ja?«

»Wie du gesagt hast, ist da noch sehr vieles, worüber wir nicht Bescheid wissen. Die größte Frage ist natürlich die, was heute Morgen da oben passiert ist. Und wie in aller Welt es passieren konnte. Ich habe keine Ahnung, und meine Leute genauso wenig. Im Grunde genommen rechne ich auch nicht damit, auf der Stelle eine Antwort zu bekommen, aber ich frage trotzdem: Wie ist das bei euch? Lag bei euch irgendetwas vor, dass dieser Grat instabil war oder gewesen sein könnte? Ich meine, über das hinaus, was allgemein bekannt ist?«

Matthías zuckte mit den Achseln. »Tja, ich weiß nicht – Ásmundur, was sagst du dazu?«

Es war schon fast elf, und Árni bekam so langsam Zweifel, ob es wirklich eine gute Idee gewesen war, das Team zum Essen einzuladen. Sveinn trank hemmungslos und wurde mit jedem Glas redseliger und zotiger, was Katrín offensichtlich schwer auf die Nerven ging. Guðni tat sein Möglichstes, um die Spannungen zwischen ihnen zu vertiefen, und gab zwischendrin – zur sehr begrenzten Begeisterung der anderen – Geschichten von seinen Heldentaten, nicht zuletzt den sexuellen, zum Besten. Nur Sveinn feuerte ihn beständig an. Alle Bemühungen, das Gesprächsthema zu wechseln, hatten nichts gebracht, und obwohl Stefán mehrmals versucht hatte, Guðni zum Schweigen zu bringen, war der viel zu betrunken, um das wahrzunehmen. Außerdem schienen ihn Vorhaltungen letztlich nur zu animieren.

»Ich hätte zumindest Guðni nicht einladen sollen.« Árni stand an der Spüle und wartete darauf, dass das Wasser kochte. »Nicht zu fassen, wie der Kerl einem auf die Nerven gehen kann.« Er sah ziemlich geknickt aus, und Ásta konnte nicht anders, als ihm die rechte Wange zu streicheln und einen Kuss auf die linke zu geben.

»Ach, nimm das doch nicht so tragisch. Glaub mir, ich fand es total faszinierend zu hören, wie ihr diesen Einbrecher geschnappt habt. Okay, Guðni ist nervtötend, aber ob du's glaubst oder nicht, ich hab schon Schlimmere erlebt. Und Stefán ist ein Schatz.«

Árni lächelte schwach. »Er ist in Ordnung«, bestätigte er, fügte aber rasch hinzu: »Er ist verdammt in Ordnung. Und Katrín, die ist auch in Ordnung. Schwer in Ordnung.«

Ásta legte den Kopf schräg. »Wie schwer in Ordnung?«

Árni warf den Kopf in den Nacken, lehnte sich gegen den Küchenschrank und verschränkte die Arme.

»Ach, sie ist einfach schwer in Ordnung«, sagte er störrisch und ungewöhnlich cool. Seit dem Eintreffen der Gäste hatte er sich fünf Gläser Rotwein und zwei ordentlich mit Whisky verdünnte Becher Kaffee einverleibt. Doch als Ásta ihre kaffeebraunen Brauen lüftete und immer noch den Kopf schief hielt, verschwand sein voll alkoholisiertes Selbstvertrauen wie Tau vor der Sonne. Er wandte sich zur Seite, als die Februarblässe in seinem Gesicht der altbekannten Röte wich. »Sie ist einfach prima«, sagte er, nach dem Kaffeebecher tastend. Ásta musste laut lachen, trat von hinten an ihn heran und schlang ihre Arme um seine Taille.

»He, mein Kleiner, man könnte ja fast glauben, dass ich da eine empfindliche Stelle getroffen habe. Ist da vielleicht was im Busch? Muss ich mir Sorgen machen?«

Árni atmete zweimal tief durch und drehte sich dann zu ihr hin. »Nein, da ist nichts im Busch, du brauchst dir keine Sorgen zu machen.« Er senkte den Kopf und drückte seine Stirn gegen Ástas Nase. »Aber sie ist wie gesagt schwer in Ordnung. Und hervorragend in ihrem Job.«

»Und wie sind hervorragende Kriminalbeamte?«, fragte Ásta.

Árni zuckte die Achseln. »Weiß ich nicht.« Er befreite sich aus der Umarmung. »Hab nie so richtig darüber nachgedacht.«

»Und wenn du darüber nachdenkst?«, fragte sie. Árni dachte nach.

»Klar im Kopf«, antwortete er schließlich, »und sie sollten über eine ausgezeichnete Beobachtungsgabe verfügen. Sie müssen auch Geduld haben und tüchtig sein. Und entschlossen, vielleicht sogar hartnäckig. Die Phantasie muss stimmen, und, wie soll ich sagen, sie dürfen meiner Meinung nach keine Vorurteile haben. Oder sie sollten misstrauisch sein, vielleicht ist das das bessere Wort.«

»Seit wann sind denn vorurteilsfrei und misstrauisch dasselbe?«, spöttelte Ásta.

Árni schüttelte den Kopf. »Nein, so habe ich das nicht gemeint. Aber… Ach, ich weiß nicht, wie ich das erklären soll. Man muss einerseits offen für alles sein, aber zugleich auch immer skeptisch bleiben.«

Er blickte sie unsicher an. »Ergibt das Sinn?«, fragte er.

Ásta nickte. »Ja, das ergibt jede Menge Sinn.« Sie streichelte ihm wieder über die Wange, war aber plötzlich ernst geworden. »Und was ist mit dir?«, fragte sie. »Bist du ein guter Bulle?«

Árni schüttelte den Kopf. »Hm, ja… nein… Ich weiß es nicht. Jedenfalls nicht so wie die. Noch nicht.«

»Nein«, sagte Ásta. In ihrer Stimme schwang wieder ein belustigter Unterton mit, aber gleichzeitig wurde ihr Blick weich. »Du musst vielleicht daran arbeiten, etwas mehr Entschlossenheit an den Tag zu legen, und deine Tüchtigkeit unter Beweis stellen.« Árnis Miene war zu entnehmen, dass er sich getroffen fühlte. Trotzdem konnte sich Ásta ein Lächeln nicht verkneifen. »Mein Kleiner, sei doch nicht so empfindlich, meiner Meinung nach dürfen gute Bullen nicht zu empfindlich sein. Daran musst du nämlich auch arbeiten. Aber«, fuhr sie fort und lächelte jetzt strahlend, »auf jeden Fall stimmt's bei dir mit der Hartnäckigkeit und der Phantasie, so viel steht fest.« Árni schaffte es, sich ein kleines Lächeln abzuringen. »Was ist mit Guðni?«, fragte Ásta dann. »Was für ein Bulle ist er?«

»Guðni ist… Er ist keine totale Niete«, sagte Árni zögernd. »Aber wirklich gut ist er auch nicht.« Árni widmete sich wieder dem Kaffeefilter und gab ein paar Löffel Kaffee hinein. »Hast du mir zu verstehen gegeben, dass du zu mir ziehen willst?«

»Wir können morgen einen Möbelwagen bestellen.«

»Super, das machen wir. Und jetzt geh wieder ins Wohnzimmer und fang an zu gähnen. Ich wär die Truppe gern bald los.«

»Nun hab dich nicht so, die sind doch in Ordnung. Mach jetzt den Kaffee, und ich geh wieder rein, aber ich werde nicht gähnen. Ich hab nämlich das Gefühl, dass Ragnhildur und Katrín ein bisschen Unterstützung bei all diesen Kerlen gebrauchen können. Wieso seid ihr eigentlich so?«

»Wir sind doch gar nicht so«, sagte Árni. Er griff nach dem Wasserkocher, der sich endlich abgeschaltet hatte. »Auf jeden Fall nicht alle.«

Viktor, Mitte vierzig und praktischer Arzt, hatte vor acht Monaten ein Angebot bekommen, das er nicht ausschlagen konnte. Eine Woche später hatte er seinen Dienst in Kárahnjúkar angetreten, und einige Tage später war ihm ein weiteres Angebot unterbreitet worden. Das war allerdings nicht so direkt und offen gewesen wie das erste, aber zweifellos ein Angebot. Eines Abends, als die meisten sich auf ihre Zimmer zurückgezogen hatten oder im Gemeinschaftsraum vor dem Fernseher saßen, hatte er mit einem kalten Schokoladenpudding und einem Kreuzworträtsel ganz allein in der Kantine gehockt, als ein hochgewachsener, dunkelhaariger Mann um die vierzig hereingekommen war, der ihn sehr viel vertraulicher grüßte, als es ihrer bisherigen Bekanntschaft eigentlich entsprach, und ihm gegenüber Platz nahm.

Viktor hatte sich über diese Störung geärgert, er hatte soeben GER in zwölf waagerecht eingesetzt und war zu dem Schluss gekommen, dass acht senkrecht FAHRZEUG sein musste, als der Mann ihn ansprach. Er hieß Björn, glaubte Viktor sich zu erinnern, und war Sicherheitsbeauftragter oder so etwas ähnliches, was auch immer sich hinter dieser Berufsbezeichnung verbergen mochte. Sie waren einander gleich am ersten Abend vorgestellt worden, und seitdem hatte er ihn zu den Essenszeiten gesehen und ihm hin und wieder im Fernsehraum zugenickt, aber mehr Kontakt hatten sie nicht gehabt. Bis zu dem Augenblick, als er sich an diesem Abend an seinem Tisch vor ihm hinpflanzte.

Viktors Genervtheit wich jedoch relativ schnell Verwunderung, dann Unglauben und zum Schluss Empörung, als er begriff, was der ungebetene Gast von ihm wollte.

»Du bist also der neue Arzt hier oben?«, hatte Björn nach einigen allgemeinen und belanglosen Floskeln über das Wetter, den Straßenzustand und Fußball gefragt. Viktor hatte das so kurz angebunden, wie es im Rahmen allgemeiner Höflichkeit möglich war, bestätigt und gleichzeitig deutlich zu verstehen gegeben, dass er am liebsten mit seinem Kreuzworträtsel und dem Pudding in Ruhe gelassen werden wollte. Aber das hatte nichts genutzt.

»Ich bräuchte jemanden, der mir hilft«, war Björn unbeirrt fortgefahren. Viktor hatte ihn angesehen und gefragt, ob er krank sei, aber Björn hatte nur den Kopf geschüttelt. »Ich meine nicht solche Hilfe«, sagte er. »Das hier bleibt unter uns, okay?« Viktor hatte zwar zögernd, aber zustimmend genickt. »Gut«, hatte Björn daraufhin geantwortet und dabei die Stimme gesenkt. »Ich hab hier so ein kleines Business am Laufen, und zwar ein etwas kitzliges, wenn du verstehst, was ich meine. Und jetzt schwebt mir vor – wie soll ich das ausdrücken –, so etwas wie einen Vertrauensarzt in das Unternehmen hineinzuholen. Das ist angesichts der Lage der Dinge hier oben notwendig geworden. Und ich glaube, das könnte ein prima Deal für mich und den Arzt werden, der das übernimmt, wer auch immer es ist…«

Viktor hatte sofort protestiert und dem Mann gesagt, dass er mit dem verkehrten Arzt sprach. Er war aufgestanden und hatte Anstalten gemacht zu gehen, obwohl ihm das eigentlich sehr gegen den Strich ging, doch der Mann hinderte ihn daran und ließ sich in gedämpften Tönen, aber sehr eindringlich darüber aus, dass sein Service-Angebot durchaus Ähnlichkeit mit dem von Ärzten, Psychologen und Psychiatern aufwies. »Laufen wird das ohnehin«, sagte er, »die Nachfrage ist vorhanden, und sie wird auch nicht verschwinden. Wäre es insofern nicht für alle Beteiligten besser, wenn ein richtiger Arzt daran beteiligt ist?« Zu dem Zeitpunkt war Viktor bereits richtig wütend, die Dreistigkeit des Mannes war unfassbar. Björn hatte ihm dann präzise und überzeugend die Profitmöglichkeiten aufgelistet, die in diesem Angebot steckten. Doch Viktor hatte ihm deutlich zu verstehen gegeben, an wen er sich wenden würde, falls das Gespräch in diese Richtung weiterlief. Sein Gegenüber hatte nur gegrinst und ihm gesagt, er solle sich die Sache doch noch einmal durch den Kopf gehen lassen, und war dann hinausgegangen.

Normalerweise besprach Viktor seine sämtlichen privaten Probleme mit seiner Frau und die fachlichen mit seinem besten Freund aus der Studienzeit. Er hatte beide um Rat gefragt, bevor er sich entschloss, die Stelle in Kárahnjúkar anzunehmen. In dieser Situation kam es allerdings nicht in Frage, die beiden zurate zu ziehen, und außerdem wusste er nur zu gut, wie die Antworten ausfallen würden. Seine Frau würde ihn fragen, ob er übergeschnappt sei, und sein Freund, ob er sich denn nicht umgehend mit der Polizei in Verbindung gesetzt habe. Ebenso war ihm klar, dass diese Reaktionen nicht nur normal, sondern auch die einzig richtigen waren, er hatte ja schließlich den Mann auch achtkantig rauswerfen wollen. Deswegen begriff er absolut nicht, wieso er diesen inneren Zwiespalt verspürte, wo doch eigentlich klar auf der Hand lag, was er zu tun hatte. Trotzdem.

Bis zu diesem Zeitpunkt hatte Viktor sich für einen ordentlichen Arzt und einen anständigen Menschen gehalten. Er war vielleicht kein besonders unterhaltsamer Zeitgenosse, aber in seiner Arbeit verantwortungsbewusst und gewissenhaft und im Großen und Ganzen ein wohlmeinender Mensch.

Und keineswegs geldgierig. Er hatte sich eine solide Existenz geschaffen, und das, was ihm für diese Arbeit gezahlt wurde, reichte mehr als aus, um sich und die Seinen zu ernähren. Er konnte sich nicht vormachen, dass er mehr brauchte. Trotzdem. Die Summen, die in dem Gespräch, das eigentlich gar nicht stattgefunden hatte, genannt wurden, waren derart, dass selbst er mit sich zu Rate gehen musste. Das war nichts Unnatürliches, oder? Und die Argumente, die Björn angeführt hatte, waren gar nicht einmal so abwegig, wenn man es recht betrachtete …

Er war Björn aus dem Weg gegangen, solange er sich mit diesen Überlegungen herumschlug, doch am dritten Tag nickte er ihm während des Abendessens unauffällig zu. Noch am gleichen Abend setzten sie sich in Björns Zimmer zusammen und gingen die organisatorischen Dinge von A bis Z durch. Seitdem hatten sie kaum ein Wort über das hinaus gewechselt, was die allgemeinen Höflichkeitsregeln erforderten, wenn sie beide sich in der Kantine begegneten oder sich zufällig irgendwo über den Weg liefen. Und jetzt lag er hier, der Mann, der ihn an dem bewussten Abend beim Kreuzworträtsel gestört hatte; der Form halber fasste Viktor an die Halsschlagader, bevor er den vorläufigen Totenschein ausstellte. Er war überzeugt, dass Björns Tod das Ende dieses lukrativen Nebenerwerbs bedeutete, und obwohl der Profit voll mit dem in Aussicht gestellten übereingestimmt hatte und bislang alles problemlos gelaufen war, hatte Viktor nicht das Geringste gegen diesen Ausgang einzuwenden.

Das Schlimmste an allem war seiner Meinung nach dieses spontane Glücksgefühl, diese unsägliche Erleichterung, die er empfunden hatte, als er den Mann, der ihn auf Abwege geführt hatte, auf einer der Leichenbahren identifizierte. Sechs Menschen waren bei dem Unfall ums Leben gekommen, ein weiterer, schwer verletzter Mann kämpfte um sein Leben, und er, der Arzt, derjenige, der einen feierlichen Eid darauf geschworen hatte, zu retten, was gerettet werden konnte, war einfach nur erleichtert und froh. Viktor haderte mit sich und seiner Reaktion und nickte seinem düsteren Spiegelbild in der Scheibe zu.

»Einfach wunderbar«, murmelte er.

Im Nebenzimmer klingelte das Telefon, was sowohl der Stille als auch Viktors Nabelschau ein Ende setzte. Die präzisen Anweisungen von Björg waren deutlich durch die dünnen Wände zu hören, und insofern war er vorbereitet, als sie mit zwei einsatzbereiten Sanitätern im Gefolge das Krankenzimmer betrat.

»Der Hubschrauber landet gerade«, sagte sie leise. »Du solltest dich fertigmachen.«

Viktor nickte. »Ich bin bereit, ich muss mir nur noch den Anorak anziehen.« Er half Björg und den beiden Männern dabei, die beiden Verletzten auf die Bahren zu heben. Auf dem Weg nach draußen riss er den Anorak vom Haken. Joaquim folgte seinem bewusstlosen Freund wie ein Schatten. »*You stay*«, sagte Viktor und hielt ihm die erhobene Hand entgegen. Joaquim schüttelte energisch den Kopf. »*I go, I go*«, sagte er, zwängte sich an Viktor vorbei und stapfte durch den tiefen Schnee in Richtung des Krankenwagens.

Viktor stöhnte und sah Björg an, die ihm die Tür aufhielt und die dunklen Locken schüttelte. Verdammt hübsch, schoss es ihm unwillkürlich durch den Kopf. Vor allem mit dem offenen Haar. Dann schämte er sich ein wenig für diesen Gedanken, aber nicht lange.

»Lass ihn doch mitfahren«, bat sie. »Versetz dich in seine Lage. Hilf ihm doch, und sag ihnen, sie sollen ihn mitnehmen. Okay?«

Er zögerte einen Augenblick und nickte dann. »Okay«, stimmte er zu. Björg lächelte. Unheimlich hübsch, dachte

Viktor. Die Kälte, die ihn draußen empfing, unterband weitere Phantasievorstellungen, und er beeilte sich zum Krankenwagen. Am besten sollte ich vielleicht einfach mit ihnen fliegen, überlegte er. Heute Nacht zu Hause schlafen, bei der eigenen Frau. Die Räder des Wagens spulten zunächst im Schnee, doch als sie auf Widerstand trafen, ruckelte er los. Das Tempo, das sie auf dem holperigen und kurvenreichen Weg vorlegten, war höher, als der Straßenzustand eigentlich gestattete. Viktor schloss die Augen. Später, dachte er. Später. Er öffnete die Augen wieder und sah seine Patienten zu beiden Seiten. Der Portugiese war immer noch bewusstlos, aber der Isländer mit dem zerquetschten Bein sah ihn mit großen, fragenden Augen an. Viktor hatte das Gefühl, ganz genau zu wissen, was er dachte.

Obwohl niemand außer ihm selber und Ragnhildur etwas merkte, hatte Stefán ordentlich einen in der Krone, und das war ihm unangenehm.

»Sollten wir nicht zusehen, dass wir nach Hause kommen, Schatz«, sagte er mit ganz normaler Stimme. Sie nickte zustimmend, holte ihr Handy aus der Tasche und bestellte ein Taxi.

»Wenn ihr nichts dagegen habt, würden wir uns euch gern anschließen«, sagte Katrín, während ihre grünen Augen irritiert zum Sofa blickten, wo Sveinn und Guðni saßen und lautstark schlüpfrige Lieder zum Besten gaben. Einer sang falscher als der andere, und zwischendurch gab Guðni aufs Neue Geschichten über seine Großtaten zum Besten, die eher an amerikanische Soap-Krimis als die isländische Realität erinnerten.

»Selbstverständlich«, sagte Ragnhildur. Árni mit seinen wasserblauen Augen blickte sehnsüchtig zu Ásta hinüber und lächelte ihr unauffällig zu, aber doch so, dass Stefán es bemerkte und seine Schlüsse zog.

»Bestell ein Großraumtaxi«, sagte er zu Ragnhildur. »Wir nehmen Guðni mit.«

Guðni hörte auf zu grölen. »Nehmt mich mit wohin?«

»Weg von hier«, sagte Stefán, »wir gehen jetzt.«

»Mannomann, jetzt entspann dich doch mal, die Party fängt ja gerade erst an. Außerdem brauche ich gar kein Scheißtaxi, wenn ich überhaupt gehe, dann in meine Bar, und wir sind ja direkt beim Zentrum.«

Er ließ seine Hand auf Sveinns Schulter fallen und setzte wieder mit heiserer Stimme an: »*Scharlachsteif war der Zauberstab, und mächtig ging er auf und ab …*«

Sveinn wollte nicht nachstehen und fiel lauthals in die nächste Strophe ein: »*Er traf die Maid zwischen die Bein', da will die Maid verzaubert sein …*«

»Angeblich hatten sie also nicht die geringste Ahnung, nicht zu fassen«, murmelte Matthías mit zusammengebissenen Zähnen. Er und Ásmundur waren allein im Konferenzzimmer zurückgeblieben. »Sie haben alle von diesem verdammten Grat gewusst, und genau deswegen hat er auch gefragt.« Ein zustimmendes Kopfnicken begleitete seine Analyse der Lage. »Eine Schlammschlacht vermeiden, Mensch, leck mich doch.«

Er sah Ásmundur an, der mit leerem Blick auf die weiße Wand starrte und die Hände im Schoß gefaltet hatte. Sie kannten sich seit fast zwanzig Jahren und hatten – mit Unterbrechungen dazwischen – immer wieder zusammengearbeitet. Ásmundur war um einiges älter als Matthías und außerdem von Natur aus wesentlich zurückhaltender. Sie waren zwar nicht direkt Freunde, aber doch gute Bekannte, und bislang hatte ihre Zusammenarbeit immer ausgezeichnet geklappt. Zum dritten Mal innerhalb von sieben Jahren befanden sie sich nun in denselben Rollen zusammen am gleichen

Ort: Matthías als leitender Ingenieur und Ásmundur als leitender Sicherheitsbeauftragter der NPC. Obwohl oder vielleicht gerade weil dieses Projekt um ein Vielfaches größer und ganz anders war als die vorausgegangenen, war Matthías froh gewesen, einen Mann zur Seite zu haben, den er kannte und dem er im Hinblick auf die Sicherheit voll und ganz vertraute. Und ausgerechnet jetzt musste dieser blöde Depp alles vermasseln. Natürlich sollte er ihm eigentlich gehörig den Marsch blasen. Ihm den Kopf abreißen. Matthías sah Ásmundur wieder an und schüttelte den Kopf.

»Geh und versuch, ein wenig Schlaf zu bekommen, Ásmundur«, sagte er leise. »Die Inspekteure möchten zwar sicherlich sofort mit dir reden, aber ich glaube, du solltest dich lieber etwas hinlegen. Ich werde sie in die Schlucht begleiten, wenn sie das unbedingt noch heute Nacht in Augenschein nehmen wollen, du kannst dann einfach morgen früh noch einmal mit ihnen hingehen. In Ordnung?« Ásmundur antwortete nicht, nickte noch nicht einmal mit dem Kopf. Stand nur auf und verließ den Raum, gebückt und langsam, wie ein Schlafwandler. Oder ein Geist, dachte Matthías. Oder ein Mann in einem Leichenzug – vielleicht sogar seinem eigenen? Auf jeden Fall konnte er seine weitere Karriere begraben, so viel stand fest.

»Wenn irgendjemand dafür gehängt wird«, murmelte Matthías, als sich die Tür hinter Ásmundur schloss, »dann du.«

»Entweder kommst du jetzt mit mir mit«, erklärte Katrín scharf, »oder du brauchst gar nicht erst nach Hause zu kommen.« Sveinn hob kapitulierend die Hände und verdrehte die Augen.

»Siehst du, wie ich behandelt werde?«, fragte er Guðni, der schon halb aus dem Auto gestiegen war. »Ist sie in der Arbeit auch so?«

»Noch viel schlimmer«, sagte Guðni. »Was sagst du, Amigo, kommst du mit in die Bar oder lässt du dich von deiner Alten herumkommandieren?«

Sveinn überlegte einen Augenblick, bevor er Guðni entschuldigend anlächelte. »Ich glaube, ich geh lieber nach Hause«, sagte er. »Es ist schon so spät und …«

Guðni griente. »*Home, sweet home*«, sagte er höhnisch. »Okay. Aber ich werde einen draufmachen. *See you.*« Er hob die Hand zum Abschied und schlug die Wagentür zu. »*Sucker*«, murmelte er und spuckte einige Tabaksfetzen aus.

»Der verdammte Kerl hat keine Krone bezahlt«, sagte Katrín. »Typisch.«

»Das Geld werde ich ihm am Montag abknöpfen«, brummte Stefán auf dem Beifahrersitz und wandte sich dem Taxifahrer zu. »Dann nach Háaleiti und als Nächstes ins Vogar-Viertel.«

Guðni blickte dem Taxi nach und wartete, bis es um die Ecke gebogen war.

»Pack«, lallte er. »Verdammtes blödes Langweilerpack.« Dann schwankte er zur Hverfisgata, wo er ein Taxi anhielt und sich nach Hause fahren ließ. Nach einer Dreiviertelstunde und zwei Bieren war er eingeschlafen, er saß mit runtergelassener Hose im Fernsehsessel und verpasste infolgedessen die Szene, als die Blondine mit den blauen Augen und dem Schmetterlingstattoo auf der rechten Brust so tat, als würde sie den vierten Samenerguss, der ihr ins Gesicht spritzte, genießen, wimmernd vor schlecht bezahlter und schlecht gespielter Lust.

Ásmundur saß lange reglos in seinem kleinen Apartment am Schreibtisch und versuchte, seine Gedanken zu ordnen, bevor er sich daranmachte, sie niederzuschreiben. Er benutzte einen gelben Bleistiftstummel, kaum länger als sieben Zentimeter, doch der rosa Radiergummi an seinem Ende war so gut wie unbenutzt. Seine Bleistifte waren nie länger als acht Zentimeter, und es war schon vorgekommen, dass jemand ihn im Spaß gefragt hatte, ob er neue Bleistifte auf diese Länge herunterspitzte, bevor er sie in Gebrauch nahm. Er sagte immer ja, wenn ihm diese Frage gestellt wurde, doch aus irgendwelchen Gründen schienen ihm die Leute meist nicht zu glauben und lachten nur verlegen, als hätte er einen nicht sehr gelungenen Witz gemacht. So etwas war natürlich als Spleen einzustufen, der Meinung war zumindest seine Frau, aber ihm ging es einfach darum, dass die Bleistifte besser in die Taschen passten, wenn sie kürzer waren, und er fand nichts dabei, sich einen solchen Spleen zu leisten. Bleistifte waren ja schließlich keine Mangelware. Meist nahm er sich eine neue Schachtel mit einem ganzen Dutzend komplett vor, um ausreichend Vorräte zu haben, und dann musste er die durchsichtige Plastiklade unter dem Anspitzer mindestens viermal leeren, bevor der letzte auf die richtige Länge gebracht worden war.

In dieser Nacht schrieb Ásmundur noch langsamer als gewöhnlich, jedes Wort bekam die Zeit, die es brauchte, bevor es zu Papier gebracht wurde, und nichts wurde ausradiert. Viermal musste er beim Schreiben eine Pause machen, um anzuspitzen, und der Stummel inklusive Radiergummi war nur noch drei Zentimeter lang, als er den Punkt hinter den letzten Satz auf der siebenten und letzten Seite setzte. Zur Sicherheit las er das, was er geschrieben hatte, noch einmal durch, bevor er seine Anfangsbuchstaben daruntersetzte. Dann faltete er die Blätter zusammen und steckte sie in einen Umschlag. Er überlegte, ob er ihn an Matthías oder irgendjemand anderen adressieren sollte, kam aber zu dem Schluss, dass es gleichgültig war, wer ihn öffnete, und ließ ihn unbeschriftet auf dem ordentlich aufgeräumten Schreibtisch liegen.

Als er die Vorhänge am Fenster zugezogen, sich rasiert und die Zähne geputzt hatte, zog er sich sein hellblaues Hemd, die dunkelblaue Hose und seine besten Schuhe an und kämmte sich. Danach holte er die dunkelblaue Seidenkrawatte mit den roten und weißen Streifen aus dem Schrank, die ihm seine Frau voriges Jahr in London geschenkt hatte, wickelte die Enden um die Hände und ruckte kräftig daran. Das war ein qualitativ hochwertiger Schlips, unerhört stark. Damit könnte man bestimmt einen Elefanten aufknüpfen, dachte Ásmundur und lächelte matt, während er wieder zum Kleiderschrank ging und mit aller Kraft an der Stange zog. Die würde keinen Elefanten aushalten, glaubte er, aber ihn schon.

3

Sonntag

Auszuschlafen war eine Fähigkeit, die Stefán sich nie hatte antrainieren können, obwohl er es oft genug versucht hatte. Zwischendurch konnte er wann und wo auch immer ein kurzes Nickerchen halten, wenn ihm danach zumute war, aber nicht am frühen Morgen. Er wachte um halb acht auf, egal, was vorausgegangen war, und konnte frühestens drei Stunden später wieder einschlafen. Er hatte sich gerade die dritte Tasse Kaffee eingegossen und Zucker hineingegeben, als Ragnhildur in die Küche kam und sich zu ihm an den Tisch setzte. Sie war nicht schlafbehindert.

»Guten Morgen«, sagte sie. Stefán brummte. »Ist da noch etwas Kaffee übrig, oder hast du ihn ausgetrunken?« Stefán brummte wieder. Sie stand auf, verpasste ihm einen Kuss auf den verstrubbelten Kopf und holte sich eine Tasse aus dem Schrank. »Das Wetter will und will nicht besser werden«, sagte sie und schüttelte die Thermoskanne, in der es gluckerte. Stefán brummte. »Meinst du nicht, dass du bald genug gerührt hast?«, fragte sie belustigt. Stefán hielt sich ans Brummen und rührte weiter in seinem Becher. Der Unfall in Kárahnjúkar war die Hauptnachricht auf den Titelseiten der beiden Zeitungen, doch mehr, als bereits am

Abend vorher in den Rundfunk- und Fernsehnachrichten gesagt worden war, stand dort auch nicht. Trotzdem las Stefán beide Artikel so gründlich, wie es die Wollsocke, die ihm irgendjemand über den Kopf gezogen zu haben schien, gestattete.

»Gibt es etwas Neues über diesen Unfall?«, fragte Ragnhildur.

»Nein«, brummte Stefán. »Nichts Neues. Die Ursachen des Unfalls sind nicht bekannt und so weiter.«

»Das ist doch wohl nichts, was bei euch landet, oder?«

Stefán hörte endlich auf zu rühren und trank einen Schluck von dem zuckersüßen Kaffee. »Das glaube ich kaum. Damit muss sich das Arbeitsschutzamt befassen und natürlich unsere Kollegen im Osten. Die sind bestimmt schon allesamt da oben.« Er trank wieder einen Schluck Kaffee. »Vielleicht auch unser Erkennungsdienst, aber wir wohl kaum. Nicht, wenn das ein Unfall ist.«

Ragnhildur hob die Augenbrauen. »Was meinst du damit, *wenn* das ein Unfall ist?«

Stefán schüttelte den Kopf, bereute diese Geste aber unverzüglich. »Nichts. Es ist bloß …«

»Bloß was?«

»Ach, ich weiß nicht. Ich rede wahrscheinlich dummes Zeug.«

Ragnhildur sah ihn lange an, bevor sie die nächste Frage stellte. »Mehr Kaffee?«

»Ja, danke«, sagte Stefán, leerte seinen Becher und hielt ihn ihr hin. »Den brauch ich dringend.«

»Ich mach uns neuen«, sagte Ragnhildur.

»Gut. Erinnere mich bitte das nächste Mal daran, dass ich mich an Rotwein halte.«

»Meinst du so, wie ich es gestern Abend gemacht habe, als du unbedingt einen Whisky haben wolltest?«

»Ja, ungefähr so.«

Ragnhildur lächelte. »Mach ich. Aspirin?«

Stefán wollte schon zustimmend nicken, besann sich aber. »Nein, danke. Das geht schon vorüber.«

Jorges Rufen weckte Joaquim aus einem unruhigen Schlummer, und er drückte sofort auf den Notknopf beim Bett. Dann lehnte er sich zu seinem Freund hinüber, murmelte leise und beruhigend auf ihn ein und strich ihm mit einem feuchten Tuch über die Stirn, das die Krankenschwester bei ihrem letzten Besuch im Krankenzimmer auf dem Nachttisch zurückgelassen hatte. Jorge beruhigte sich bald wieder und war kurz vor dem Einschlafen, doch plötzlich öffnete er die Augen und schien hellwach zu sein. Als er Joaquim sah, versuchte er sofort zu sprechen, doch die Stimmbänder gaben nur ein heiseres Flüstern her, und die Worte kamen nur stoßweise. Dann verlor er wieder das Bewusstsein. In diesem Augenblick betrat die Krankenschwester das Zimmer und befahl Joaquim, hinauszugehen.

Kaum war er auf dem Flur, als noch eine Frau angerannt kam, sie war vom Scheitel bis zur Sohle grün gekleidet und verschwand in dem Zimmer. Kurze Zeit später tauchten zwei weiß gekleidete junge Männer auf, die ebenfalls zu Jorges Zimmer eilten. Joaquim kaute an seinen Nägeln und tigerte im Gang auf und ab, bis sich seine Sorge gegen die Angst durchsetzte, doch genau in dem Augenblick, als er die Tür aufmachte, kam ihm die ganze Truppe mit Jorges Bett im Schlepptau entgegen. Er blieb ihnen auf den Fersen, aber sie ließen ihn nicht in den Aufzug.

»*Emergency*«, sagte die grün gekleidete Frau, als sich die Aufzugtüren vor seiner Nase schlossen. Joaquim nahm den Lift daneben und drückte ebenfalls auf fünf.

Er traute sich nicht in den OP-Saal, sondern wartete draußen vor der Tür. Als die grün gekleidete Frau eine halbe Stunde später herauskam, sich die Maske abriss, müde lächelte und ihm den aufgerichteten Daumen zeigte, hätte er sie am liebsten umarmt und geküsst, doch irgendetwas sagte ihm, dass so etwas in diesem Krankenhaus nicht gern gesehen war. Vielleicht sogar auch nicht in diesem Land. Stattdessen faltete er wie ein Kind die Hände zum Gebet, verneigte sich leicht, und erhielt zum Dank ein etwas lebhafteres Lächeln, bevor die Frau sich entfernte.

Erst nachdem sie Jorge aus dem OP-Raum herausgerollt, auf die Intensivstation geschoben und Joaquim klargemacht hatten, dass er dort nicht bleiben dürfe, hatte er Zeit, darüber nachzudenken, was Jorge ihm da gesagt hatte; er wägte die Wahrscheinlichkeit ab, ob das etwas anderes gewesen war als das Fiebergefasel eines Mannes, der zwischen Leben und Tod schwebte. Er kam bald zu dem Ergebnis, dass er das nicht entscheiden könne, und hielt einen jungen Assistenzarzt an, dessen gerötete Augen übermüdet aussahen.

»Plis«, sagte Joaquim, »werr is telefone? I ken fone Portugal, yes? His vaif? Und sen ken I spik to polis, plis?«

Als man gegen Mittag immer noch nichts von Ásmundur gesehen oder gehört hatte und er auch nicht auf Telefonklingeln oder Klopfen reagierte, beschloss Matthías, die Tür zu seinem Apartment aufzubrechen. Falls er nicht dort war, musste eine Suchaktion gestartet werden. Er nahm die beiden Polizisten aus Egilsstaðir mit, und nach ein paar missglückten Versuchen, das Schloss aufzubekommen, besorgten sie sich ein Brecheisen und stemmten die Tür zu dem kleinen Holzhaus auf, in dem Ásmundur untergebracht war. Matthías drängte hinter ihnen hinein, doch der ältere Polizist verwehrte ihm mit ausgestreckter Hand den Zutritt.

»Es ist besser, wenn du draußen wartest, mein Lieber«,

sagte er leise, aber es war zu spät, Matthías hatte bereits mehr gesehen, als ihm lieb war. Er stützte sich auf das Geländer und atmete tief die eiskalte, glasklare Bergluft ein, während seine eigenen Worte von gestern Abend wieder und wieder in seinem Kopf nachhallten.

Der Wachleiter säuberte sich mit dem Ende eines weißen Kugelschreibers, der für Smirnoff-Wodka Reklame machte, die haarige Ohrmuschel.

»Und was für einen Eindruck hat dieser Kerl gemacht?«, fragte er zweifelnd. »War das nicht einfach ein Spinner?« Er betrachtete das Ergebnis seiner Aktion, bevor er den Kugelschreiber an der Hose abwischte und das andere Ohr in Angriff nahm. Die beiden Polizisten, die zum Krankenhaus gefahren waren, sahen einander an und zuckten einträchtig die Achseln.

»Er war natürlich Ausländer«, sagte der ältere und erfahrenere.

»Ein kleines Bürschchen mit einem riesigen Schnauzbart«, fügte der jüngere erklärend hinzu. »Und er hat genauso viel mit den Händen wie mit dem Mund geredet.«

Der ältere Beamte setzte eine nachdenkliche Miene auf. »Genau. Aber das war vielleicht ganz gut, denn sein Englisch war hoffnungslos.«

Der Wachleiter überlegte. »Seid ihr euch denn wirklich sicher, dass ihr ihn richtig verstanden habt?« Die beiden Polizisten sahen sich ein weiteres Mal an und waren sich wieder einig.

»Ja«, sagte der ältere, »das liegt eigentlich auf der Hand, meine ich.«

»Explosion kann ja auch nicht so viel anderes bedeuten«, fügte der jüngere hinzu.

»Und er hat Explosion gesagt, so viel steht fest.«

»Na schön«, stöhnte der Wachleiter. »Und wo befindet er sich jetzt?«

»Er ist noch im Krankenhaus. Wir wollten ihn hier auf die Wache bringen, um ein anständiges Protokoll zu erstellen …« Er blickte den Wachleiter an, um sich zu vergewissern, dass der alles mitbekam und sie nicht etwa einen Anpfiff wegen schlampiger Arbeitsweise zu erwarten hatten. »Aber er blieb dabei und weigerte sich rundheraus, mitzukommen.«

»Hm«, sagte der Wachleiter. Die beiden Polizisten hoben ratlos die Hände.

»Was hätten wir tun sollen?«, fragte der Ältere. »Den Mann festnehmen?«

»Hm«, wiederholte der Wachleiter. »Ja … nein, nein«, gab er schließlich zu, wenn auch widerstrebend. Die Polizisten atmeten erleichtert auf. »In Ordnung, ich gebe das weiter. Die Frage ist nur, an wen.« Er sah wieder auf seinen Kugelschreiber, wischte ihn am Hosenbein ab und steckte ihn in die Brusttasche seines Oberhemds. Die Säuberungsaktion war einstweilen beendet. »Eine entsetzliche Sache«, sagte er.

»Was?«, fragte der Jüngere.

»Dieser Unfall.«

»Ja«, stimmten beide im Chor zu.

»Sechs Menschenleben«, sagte der Wachleiter und schüttelte den kahlen Kopf. »Wahnsinn.«

»Ja, Wahnsinn«, pflichtete ihm der ältere Polizist bei. »Und der einzige Überlebende ist ein Ausländer.«

»Ein Portugiese«, fügte der jüngere hinzu.

»Nicht, dass das eine Rolle spielt«, beeilte sich der ältere einfließen zu lassen.

»So gesehen nicht«, stimmte ihm der jüngere zu.

»Aber trotzdem.«

»Ja, ja. Genau. Ich weiß genau, was du meinst. Total.«

»Wenn es denn ein Unfall war«, sagte der ältere.

»Genau«, erklärte der jüngere, »wenn es denn ein Unfall war.«

»Jawohl«, stöhnte der Wachleiter. »Wie gesagt, ich leite das weiter. Aber verflixt noch mal, kann das wirklich sein, Jungs? Was? Sechs Menschen?«

4

Sonntag

Svavar strich sich über die stahlgrauen, militärisch kurz geschnittenen Haare, zog die pfeilgerade Nase kraus und begann, seine Goldrandbrille hektisch mit einem Brillenputztuch zu bearbeiten. Stefán wartete geduldig.

»Also«, erklärte Svavar schließlich, nachdem er das Tuch sorgfältig zusammengefaltet und vor sich auf den Tisch gelegt hatte, »du hast vermutlich die Nachrichten von dem Unfall da im Osten mitverfolgt?« Stefán nickte. »Gut«, sagte Svavar. »Gut. Eins hast du aber noch nicht gehört, nämlich dass ein weiterer Mensch ums Leben gekommen ist. Der leitende Sicherheitsbeauftragte bei dem Projekt, Ásmundur Arason, hat sich heute Nacht erhängt.« Er öffnete die Mappe, die vor ihm auf dem Tisch lag, holte einige Blätter heraus und schob sie zu Stefán hinüber. »Das ist eine Kopie des Briefes, den er geschrieben hat, bevor er sich umbrachte. Er wurde uns vor anderthalb Stunden zugefaxt.« Er nahm noch einige Blätter zur Hand und reichte sie Stefán: »Und das ging heute Morgen bei uns ein. Ich möchte, dass du das liest, bevor wir weiterreden.«

»Hast du Ásmundur Arason gesagt?«, fragte Stefán. »Der Ingenieur?«

»Ich weiß nicht, ob er Ingenieur war, aber der Name ist auf jeden Fall Ásmundur Arason, ja. Weshalb fragst du?«

Stefán schüttelte den Kopf. »Spielt keine Rolle.« Er vertiefte sich in die Lektüre und Svavar putzte unterdessen weiter an seiner Brille herum.

»Wer ist dieser – wie spricht man das aus – Joakim?«, fragte Stefán.

»So ähnlich«, sagte Svavar. »Er ist mit dem Portugiesen befreundet, der überlebt hat.« Er räusperte sich. »Bist du fertig mit dem Lesen?«

Stefán legte die Papiere zur Seite und nickte. »Ja, ich krieg das aber nicht so richtig auf die Reihe.«

Svavar machte eine abwehrende Handbewegung, stand auf und begann, mit auf dem Rücken gefalteten Händen auf und ab zu gehen.

»Man kann beides jeweils für sich genommen ohne weiteres als völligen Blödsinn abtun«, sagte er. »Der im Krankenhaus ist ja mehr oder weniger aus der Welt, und sein Kumpel war der Einzige, der das gehört hat. Und dieser Sicherheitsbeauftragte war im Begriff sich umzubringen, als er diesen ellenlangen Schrieb verfasst hat, so dass der Mann wohl kaum in einer ausgeglichenen geistigen Verfassung gewesen ist. Außerdem versucht er ja eindeutig, die eigene Verantwortung an diesem tragischen Unfall zu minimalisieren. Aber wenn wir die beiden Sachen miteinander in Verbindung bringen, dann sieht es doch ein wenig anders aus, nicht wahr?« Er nahm wieder Platz und legte Stefán weitere Blätter vor, die zusammengeheftet waren. »Was ich dir jetzt zeige, ist streng vertraulich. Natürlich ist das alles vertraulich, aber ganz besonders gilt das für diese Papiere, und du musst dafür sorgen, dass deine Leute entsprechend damit umgehen.«

Fünfzehn Blätter waren zusammengeheftet worden. Auf jedem befand sich die Kopie eines E-Mail-Ausdrucks.

»Wenn wir das alles in einen Kontext bringen, ist die Angelegenheit ohne Zweifel sehr ernst, wie du sehen wirst.« Svavar räusperte sich ein paar Mal, um seine Worte zu unterstreichen. Als Stefán die erste Mail las, hätte nicht viel gefehlt, und er wäre rot angelaufen.

»Die Grüne Armee?«, fragte er vorsichtig.

»Die Grüne Armee.«

Stefán blätterte die E-Mails schnell durch, sie lauteten alle gleich, nur die gesetzte Frist verkürzte sich mit jedem Schreiben.

»*Wer das Land zerstört, zerstört die Nation*«, las er laut aus der ersten Mail vor. »*Wer das Land vergewaltigt, vergewaltigt die Nation. Ihr habt euch an beiden vergangen. Euch bleiben zwei Monate, um Vernunft anzunehmen. Entweder stellt ihr die Arbeit bis zum 28. Februar ein, oder wir werden das Urteil vollstrecken. Auge um Auge, Zahn um Zahn. Wer anderen eine Grube gräbt, fällt selbst hinein. Die Grüne Armee.*«

Er legte die Blätter ab. »Keine berauschende Prosa«, sagte er. »Woher stammt das? Wer hat diese Drohungen erhalten?«

»Sie gingen direkt an den Generaldirektor der National Power Company, an seine Mail-Adresse. Nur an ihn.«

»Hm. Die älteste ist zwei Monate alt. Ist man der Sache auf den Grund gegangen? Hat man versucht herauszufinden, woher das kommt?«

Svavar schüttelte den Kopf. »Ja, es wurde verfolgt, aber dabei ist nichts herausgekommen.«

Stefán räusperte sich. »Die neueste stammt vom Freitag, und da ist die Rede von drei Tagen und vom Achtundzwanzigsten.«

Svavar zuckte die Achseln. »Und?«

»Das in der Schlucht ist aber gestern passiert. Der Achtundzwanzigste ist erst morgen.«

»Pläne können sich ändern«, sagte Svavar kurz angebunden, »auch bei Terroristen. Die sind ja ohnehin nicht gerade für Zuverlässigkeit bekannt.«

»Das zwar nicht«, entgegnete Stefán, der sich Mühe geben musste, um sein antrainiertes Pokerface zu wahren. »Aber ist es nicht wahrscheinlicher, dass das hier eine Art – wie soll ich sagen – Dummejungenstreich ist? Irgendwelche Gymnasiasten, die sich vielleicht nicht über den Ernst der Dinge im Klaren sind, oder …«

»Denkbar ist das«, unterbrach ihn Svavar, »aber ich bin mir nicht sicher, ob es wahrscheinlich ist. Wir glauben es zumindest nicht.«

»Wir?«, echote Stefán.

»Wir, ja. Wir, die wir uns damit befasst haben«, sagte Svavar. »Wer das ist, spielt keine große Rolle«, beeilte er sich hinzuzufügen, als er Stefáns Gesichtsausdruck sah. »Die Hauptsache ist, dass uns beim gegenwärtigen Stand der Dinge keine Wahl bleibt, wir müssen das ernst nehmen.«

Stefán sah unzählige Möglichkeiten, wie man sich dem entziehen könnte, diese Briefe ernst zu nehmen, und verspürte das starke Bedürfnis, sie samt und sonders aufzulisten. Er ließ es aber dabei bewenden, sehr bedächtig und mit todernster Miene zu nicken. »Genau«, sagte er bedeutungsvoll, »und wie kommen wir da ins Bild?«

»Es versteht sich von selbst, dass angesichts dieser Situation die paar Leute im Osten nicht ausreichen. Es sind nicht genug, und sie haben auch viel zu wenig Erfahrung mit derartigen Ermittlungen, als dass es vertretbar wäre, ihnen die Angelegenheit zu überlassen. Deshalb wurden wir gebeten, ein Team in den Osten zu schicken. Nach dem augenblicklichen Einsatzplan scheint es mir am einfachsten zu sein, euch dort einzusetzen. Alle anderen stecken mehr oder weniger mittendrin in umfangreichen Ermittlungen, aber bei euch ist es im Augenblick wohl so, dass alles, womit ihr euch befasst, entweder aufgeschoben oder von anderen übernommen werden könnte, oder nicht?«

Stefán überlegte. Árni war praktisch fast fertig mit dem Körperverletzungsdelikt im Gaukur, hatte aber noch nicht mit der Massenschlägerei auf dem Frakkastígur angefangen, und die beiden Anzeigen wegen Vergewaltigung, die er und Katrín bearbeitet hatten, waren bereits beim Staatsanwalt. Andere Fälle bei Katrín befanden sich quasi in einem Patt, und bei denen, die sie in der letzten Woche in Angriff genommen hatte, war sie noch gar nicht so weit gekommen, dass es große Verzögerungen geben würde, wenn jemand anderes sie übernähme. Ähnliches galt für Guðni, der zudem in einer Sache ermittelte, bei der es nach Stefáns Meinung vielleicht sogar sehr gut wäre, wenn er etwas Distanz dazu bekäme. Die Beschwerden wegen seiner Vorgehensweise in dem Fall deuteten jedenfalls darauf hin, dass es nicht schaden würde. Und sein eigener Schreibtisch war leerer, als er seit langem gewesen war.

»Ja«, sagte er zögernd, »das stimmt wahrscheinlich.« Er nahm seine Kappe ab und kratzte sich im Nacken. »Und wie sieht es aus: Bekomme ich jetzt den fünften Mann, wenn die Sache so dringlich ist?«

Svavar schüttelte rasch und resolut den Kopf. »Nein, das ist alles noch in der Schwebe, uns fehlt nicht nur Geld, sondern auch der geeignete Mann, das weißt du selber.«

»Aber werden für diesen Fall nicht Sondermittel bereitgestellt? Meiner Meinung nach waren wir uns doch einig, dass Þorsteinn der …«

»Þorsteinn ist überhaupt nicht mehr im Bild.«

Stefáns buschige Brauen hoben sich. »Wieso nicht?«

»So ist es nun einmal. Im Übrigen wird ein fünfter Mann mit dir in den Osten fliegen und auch ein sechster, und zwar aus der Abteilung für Internationale Zusammenarbeit.« Svavar wedelte mit den Drohbriefen: »Deswegen.«

Stefán beschloss, dass es an der Zeit war zu ächzen, und tat es. Svavar überhörte das geflissentlich. »In einer Viertelstunde ist Besprechung oben im Sitzungsraum. Mit dem Boss und mit Leuten vom IKA. Und noch anderen. Es wird nicht lange dauern, maximal eine halbe Stunde, dort bekommst du alle weiteren Informationen. Nutz die Zeit bis dahin und ruf deine Leute an, damit sie ihre Koffer packen können. Ihr fliegt mit der Abendmaschine.«

Er stand auf, die Besprechung war beendet. Stefán machte keine Anstalten, sich zu erheben.

»Wer von der Abteilung für internationale Zusammenarbeit?«, fragte er.

Svavar räusperte sich, und als er endlich antwortete, sah er alle möglichen Dinge an, nur nicht Stefán. »Es … sie schicken Friðrik.«

»Friðrik?«

»Ja, Friðrik. Ich habe protestiert und sie gebeten, jemand anderen zu finden, aber das wurde abgelehnt.« Es war Svavar anzuhören und anzusehen, dass er sich schwer vor den Kopf gestoßen fühlte. Stefán kam es aber so vor, dass es nicht so sehr deswegen war, weil sie Friðrik abgestellt hatten, sondern weil sie nicht auf Svavars Ersuchen, das nicht zu tun, eingegangen waren. Diesen Verdacht behielt er jedoch für sich. »Angeblich hatten sie niemand anderen«, schnaubte Svavar, »behaupteten aber im gleichen Atemzug, dass das auch gar nichts zur Sache täte, er sei nämlich genau der richtige Mann für diese Aufgabe. Wenn ich richtig verstanden habe, gilt er bei denen wegen seiner Ausbildung in Amerika als Experte für terroristische Anschläge.« Svavar warf den Kopf zurück und sah Stefán an. »Sie haben sich erkundigt, ob das Probleme nach sich ziehen könnte. Wegen dem, was früher zwischen euch oder richtiger gesagt, zwischen uns, vorgefallen ist.«

»Und was hast du geantwortet?«

»Ich habe gesagt, es sei mir schleierhaft, wie ein Mann, der in einem wichtigen Fall seinen Kollegen und seinen Vorgesetzten in den Rücken gefallen ist, sich vorstellen könne, mit demselben Vorgesetzten und seinen ehemaligen Kollegen zusammenzuarbeiten, für die er seitdem untendurch ist. Trotzdem habe ich behauptet, dass es von unserer Seite keine Probleme geben würde. Ich hoffe, dass ich da nicht zu viel versprochen habe.«

Stefán rang sich ein kleines Lächeln ab. Svavar hatte gut reden. »Auf keinen Fall«, sagte er. »Vorausgesetzt, dass er sich an die Regeln hält. Und wer ist der andere?«

Svavar runzelte die Stirn. »Ich weiß es nicht«, gab er zögernd zu. »Sie haben nur gesagt, er sei ein Fachmann auf seinem Gebiet, aber irgendwie hatte ich das Gefühl, als gehöre er gar nicht zu der Abteilung. Womöglich ist es sogar ein Ausländer. Aber das wirst du früh genug herausfinden, die beiden fliegen mit derselben Maschine wie ihr.«

»Hm. Und wie soll diese Zusammenarbeit aussehen?«, fragte Stefán. »Wer macht was und wer entscheidet was?«

»Aus meiner Sicht sieht es so aus, dass du die Leitung der Ermittlung übernimmst, sobald ihr vor Ort seid. Offiziell untersteht natürlich alles dem Amtmann in Seyðisfjörður, und ihr assistiert ihm nur, aber er weiß genauso gut wie ich, dass du den Kurs bestimmst, und ich vertraue darauf, dass er das auch seinen Leuten klargemacht hat.«

Stefán nickte. »Und Friðrik?«

»Soweit ich verstanden habe, kümmern sich Friðrik und sein Kollege um ihre Sachen und du dich um deine. Es wird davon ausgegangen, dass ihr in irgendeiner Form kooperiert, um doppelte Arbeit zu vermeiden, und dass ihr euch gegenseitig über alles informiert, aber keiner von euch hat dem anderen etwas zu sagen. Falls es sich herausstellen sollte, dass es sich tatsächlich um einen Terroranschlag handelt, wird das IKA voll und ganz übernehmen. Und wahrscheinlich Verstärkung nach Kárahnjúkar schicken, und dann könnt ihr zurückkommen. Du gerätst auf keinen Fall in die Situation, Anweisungen von Friðrik entgegennehmen zu müssen, das zumindest kann ich dir versprechen.« Svavar schob seine Brille hoch und öffnete die Tür. »Das wird aber auf der Besprechung nachher alles noch mal genauer erklärt werden. Telefonier jetzt mit deinen Leuten und sag ihnen, dass sie sich reisefertig machen sollen.«

»Die Grüne Armee«, murmelte Stefán, als er den Korridor entlangging. »Was den Leuten nicht alles einfällt.«

»Dann nichts wie los«, sagte Katrín, als sie den Hörer auflegte. Und begann sofort zu packen.

Sveinn wollte sich keineswegs damit abfinden. Er hatte sich an seinen Teil der Abmachung gehalten, war mit Katrín zu dieser ätzenden Einladung mit diesen ätzenden Kollegen gegangen, die den ganzen Abend kaum über etwas anderes geredet hatten als unterschiedlich missratene Kleinkriminelle, und jetzt haute sie in den Osten ab, statt wie verabredet mit den Kindern zum Bowling zu gehen, während er sich mit seinen Freunden das Spiel anschaute. Mit dieser Entwicklung war er ganz und gar nicht einverstanden und hielt damit auch nicht hinter dem Berg.

»Und was ist da eigentlich so dringend, dass du sogar am Sonntag losmusst?«

»Nun hab dich doch nicht so, Svenni. Ich habe dir gesagt, was ich darüber weiß. Es hängt mit dem Unfall da in Kárahnjúkar zusammen. Und selbst wenn ich mehr wüsste, dürfte ich es dir nicht sagen.« Die Gereiztheit in ihrer Stimme war ebenso deutlich herauszuhören wie die miese Laune bei Sveinn. »Und außerdem ist es nun wirklich nicht so, als könnte ich darüber bestimmen.«

»Ach nee? Und wieso ist das denn so eilig? Was für eine verdammte Rolle spielt es denn, ob du heute Abend oder morgen früh fliegst? Als ob du dich nicht weigern könntest, sonntags Dienst zu machen, wo du noch nicht einmal Bereitschaftsdienst hast?«

»Nein. Ich kann mich nicht weigern, zum Dienst zu erscheinen, auch wenn ich keinen Bereitschaftsdienst habe. Nicht wenn es sich um einen Einsatzbefehl handelt. Das weißt du genauso gut wie ich.«

»Aber …«

»Hör auf damit. Wir sind das alles schon haarklein durchgegangen, und zwar zweimal.«

»Ich möchte das aber noch einmal durchgehen«, sagte Sveinn störrisch. »Was ist mit den Kindern?«

Katrín stopfte hektisch die lange Angoraunterhose in den Rucksack und sah mit hochrotem Gesicht auf. »Komm mir bloß nicht auf diese Tour.«

»Was meinst du damit? Das ist doch eine völlig normale Fra …«

»Nein, das ist keine völlig normale Frage. Nicht von dir. Wie oft habe ich sie dir gestellt, wenn du irgendwelche Jeep-Touren oder Dienstreisen gemacht oder sogar an Betriebsausflügen ins Ausland teilgenommen hast, um dich zu amüsieren?«

»Nie«, musste Sveinn nach kurzem Überlegen zugeben. »Aber …«

»Kein verdammtes Aber. Ich bin irgendwie zurechtgekommen, wenn du weg warst, und ich vertraue darauf, dass du auch zurechtkommst, wenn ich mal weg bin. Du bist erwachsen, Svenni, und du bist ihr Vater. Sie sind bis vier Uhr in der Schule beziehungsweise im Jugendcenter, und wenn du dir nicht zutraust zu kochen, kannst du eine Pizza bestellen oder zu McDonald's gehen oder zu deiner Mutter. Wo ist das Problem, frage ich mich. Und *das ist* eine normale Frage, damit du das weißt. Versuch nicht, die Kinder als Entschuldigung für deine eigene Faulheit vorzuschieben.«

»Es geht nicht um Faulheit, ich wollte nur …«

»Faulheit, Egoismus, nenn es, wie du willst. Im Augenblick denkst du nicht an die Kinder, sondern nur an dich selbst. Wir haben schon so oft darüber diskutiert, und jedes Mal hast du Besserung gelobt.« Sie stopfte zwei Paar Wollsocken in den Rucksack. »Jetzt ist die Gelegenheit, zu deinen großen Worten zu stehen, und vielleicht besitzt du so viel Verstand, sie auch umzusetzen. Ich glaube, ich kriege meine Tage. Hast du irgendwo meinen Mondbecher gesehen?«

Das Ding funktionierte wenn es darauf ankam besser als Tampons, dachte Katrin.

Für Sveinn war das ein geringer Trost.

»Aber was sollen wir mit diesen blödsinnigen Esszimmermöbeln machen?«, fragte Árni. Ásta stand auf und schlüpfte in ihre Unterhose. Árni blieb noch liegen.

»Da sagst du was. Kann man bei Ikea nicht innerhalb von vierzehn Tagen umtauschen?«

»Nicht, wenn man die Sachen aus der Verpackung genommen, zusammengeschraubt und benutzt hat«, antwortete Árni gähnend. »Zumindest glaube ich das nicht. Und ich glaube sogar, dass es mir gelungen ist, einen Kratzer in den Tisch zu machen.«

»Dann gibt es nur zwei Möglichkeiten«, sagte Ásta, während sie ein schwarzes T-Shirt mit dem isländischen Wappen über den Kopf zog. »Eine Anzeige in die Zeitung setzen und versuchen, das Zeug zu verkaufen, oder es wieder einzupacken und in der Garage aufzubewahren, bis die Kinder aus dem Haus sind.«

»Kinder?«, echote Árni verstört und war plötzlich hellwach. Ásta hatte eine Unschuldsmiene aufgesetzt. »Ja, Kinder. Du bist doch nicht etwa zeugungsunfähig?«

»Nein, nicht dass ich wüsste ... aber ...«

Ásta lachte. »Du brauchst dir keine Sorgen zu machen, ich bin nicht schwanger.« Ásta sah ihn an. So, wie er da mit flach ausgestreckten Beinen, splitternackt und kalkweiß im Bett lag, bot er einen geradezu bemitleidenswerten Anblick. »Und ich habe auch nicht vor, es in absehbarer Zeit zu werden«, fügte sie hinzu. »Komm, steh jetzt auf, ich bin hungrig.«

Árni zog sich die Bettdecke bis zum Kinn. »Ich nicht«, sagte er. »Ich bin bloß müde. Weck mich in einer Stunde.«

Ásta riss ihm die Decke weg. »Es ist schon bald drei Uhr, du stehst jetzt auf, du Faultier.«

Bevor Árni darauf antworten konnte, begann sein Handy auf dem Nachttisch zu klingeln.

»Árni.«

Er signalisierte Ásta Stefáns Namen mit den Lippen. Mit der Bettdecke in den Armen wartete sie auf das, was kommen würde.

»Was meinst du damit?«, fragte Árni. »In den Osten? Wohin denn?« Danach bestanden seine Gesprächsbeiträge aus nicht viel mehr als »Hm« und »Ha«, und zum Schluss kam ein »in Ordnung«. Er sah Ásta an, schwang sich aus dem Bett und begann sich anzuziehen, während er ihr in groben Zügen berichtete, was Stefán gesagt hatte.

»Und du weißt überhaupt nicht, wann du zurückkommst?«, fragte Ásta.

»Nö. Keine Ahnung.«

»Und was ist mit meinem Umzug?«

»Der muss warten«, sagte Árni und küsste sie auf die Wange. »Sorry.«

»Och«, sagte Ásta.

»Bist du so nett und kochst Kaffee?«

»Yess, massah«, sagte Ásta und verneigte sich. Árni wurde rot.

»Ich habe es nicht so …«

»Ach, mein Kleiner, sei still«, sagte Ásta lachend, »und sieh zu, dass du deine Siebensachen gepackt kriegst.«

Árni wusste, dass er diese Frau nicht verdient hatte. Dass das nicht von Dauer sein konnte und zum Scheitern verurteilt war. Dass er alles vermasseln würde.

»Dreimal verfluchte Scheiße«, murmelte er. Und begann zu packen.

»*Right*«, sagte Guðni, »ich komme.« Er steckte das Handy in die Brusttasche, stand auf und zog sich die Unterhose hoch. Dann schaltete er den Fernseher aus und ging ins Bad. Er leerte die zum Platzen volle Blase genüsslich in die Kloschüssel, bevor er sich die Zähne mit einer brandneuen gelben Zahnbürste putzte. Anschließend wusch er sich Gesicht und Hände. Einen Augenblick hatte er überlegt, unter die Dusche zu gehen, aber dann beschlossen, dass das nicht vordringlich war.

»Socken«, murmelte er, »und Wollsocken. Ich weiß, dass ich hier irgendwo irgendwelche dämlichen Wollsocken habe.« Er suchte und fand die Wollsocken in einem Pappkarton unter dem Bett; und außerdem zwei Paar Wollhandschuhe, ein Schal und ein kaputtes Radio. Genau wie er gedacht hatte. Guðni ließ sich auf das Bett fallen und betrachtete die Socken. Sie waren grün, grob gestrickt und nicht ganz gleich groß. Seine Mutter hatte sie selbst gemacht und ihm zum letzten Weihnachtsfest geschenkt, das sie erlebt hatte, eingepackt in ein knalliges Papier mit Engeln drauf. Sieben Jahre, überlegte er, und da unten haben sie nun sieben Jahre gelegen, ohne dass er sie angerührt hat. Er stöhnte und zog die Nase hoch. Und packte weiter. Fünf Minuten später ging er wieder ins Badezimmer und hielt einen schwarzen Plastikkamm unter den Wasserhahn. Nachdem er den Haarkranz um die ständig größer werdende Glatze so gut wie möglich geglättet hatte, steckte er sich ein Opal-Lakritz in den Mund und einen halb gerauchten Stumpen, der auf der Konsole lag.

»*Looking good, amigo*«, sagte er zu seinem Spiegelbild. »Verdammt gut.« Dann bestellte er ein Taxi.

5

Sonntag

Die Lagerhalle war kaum mehr als halbfertig und nicht isoliert. Sie bestand nur aus Wellblechplatten um ein Stahlgerüst herum, und deswegen eignete sie sich bei den augenblicklichen Witterungsbedingungen ausgezeichnet als Leichenhaus. Das ganze Gebäude hallte wider, als sie die Tür öffneten und den Aluminiumsarg, in dem Ásmundur lag, neben die anderen sechs stellten, die auf dem zementierten Fußboden nebeneinander aufgereiht worden waren. Ansonsten war die riesige Halle leer, und die grellen Neonröhren, die in zehn Meter Höhe in zwei Längsreihen von der Decke hingen, trugen das ihre dazu bei, die triste Stimmung und die Kälte da drinnen zu verstärken. Matthías schauderte. Trotz langer Unterhose und Angoraunterhemd spürte er, wie er eine Gänsehaut bekam.

»Und was geschieht als Nächstes?«, fragte jemand. »Wir können die doch wohl kaum für längere Zeit hier aufbewahren?«

»Ich weiß es nicht«, antwortete Matthías, »darüber haben andere zu entscheiden.« Er ging bei Ásmundurs Sarg in die Hocke, legte eine Hand auf das kalte Metall und schloss die Augen. Die drei Männer, die ihm geholfen hatten, den Sarg zu transportieren, traten verlegen von einem Fuß auf den anderen und warteten darauf, dass er sich wieder erhob. Als nichts dergleichen geschah, gab einer von ihnen den anderen unauffällig ein Zeichen, und sie zogen sich in den warmen Pickup zurück, der rückwärts an die Lagerhalle herangefahren worden war.

»Verzeih mir«, sagte Matthías leise, als die Männer sich entfernt hatten. »Verzeih mir, Ásmundur.« Er stand auf und betrachtete eine ganze Weile die sechs Särge. »Verzeiht mir, alle miteinander«, sagte er schließlich laut, und zuckte zusammen, als dieser Satz von den frostblauen Blechwänden zurückgeworfen wurde. Er beeilte sich nach draußen zu kommen, und das Geräusch der zuklappenden Tür hallte noch wider, als er längst losgefahren war – so schnell, wie es der Straßenzustand und die Sicht gestatteten. Vielleicht sogar ein wenig schneller.

Árni trat von einem Fuß auf den anderen, beide waren gleich kalt. Er hielt sich dicht an der Wand des Flughafengebäudes und rauchte. Ich hätte vielleicht im Hagkaup vorbeifahren und mir ein Paar bessere Schuhe kaufen sollen, überlegte er, als ihm plötzlich die Nachrichten von schlecht beschuhten Arbeitern auf der Kárahnjúkar-Baustelle einfielen. Vielleicht auch Wollsocken. Árni drückte die Zigarette aus und zündete sich gleich die nächste an. Ein junger Mann in sorgfältig zerschlissenen Jeans, einem schwarzen T-Shirt mit Totenkopf und einem grünen Parka mit der DDR-Fahne auf dem Ärmel kam aus dem Flughafengebäude und bat ihn um Feuer. Eine beeindruckende Stahlspitze ragte zwischen der dünnen Unterlippe und dem spärlichen Bärtchen fast waagerecht aus seinem Kinn heraus. Der Irokesenkamm auf seinem Kopf war rosa und blau gefärbt. Die stabilen Trekkingschuhe schienen ziemlich neu zu sein und weckten Neidgefühle bei Árni, als er sich vorbeugte, um die Hand vor die Flamme zu halten. Sogar dieser Typ hat bessere Schuhe als ich, dachte er ärgerlich, immer derselbe verdammte Leichtsinn … Kettchen und unzählige Ohrringe klingelten, als der Mann sich nach der Flamme bückte.

»Danke«, sagte er.

»Keine Ursache«, sagte Árni. Der Mann – der bei näherem Hinsehen kaum mehr als ein Junge war – lehnte sich gegen die Wand und inhalierte den ersten Zug tief und genüsslich. Als er den Rauch wieder ausblies, blickte er mit verträumten blauen Augen in die Ferne. Grüne Armee, dachte Árni. Ich könnte ihn, so wie er da steht, hier auf der Stelle festnehmen, Fall gelöst.

Árni drückte seine halb gerauchte Zigarette aus, nickte dem Punker zu und beeilte sich, wieder nach drinnen in die Wärme zu kommen. Die Nachmittagsmaschinen waren weg, und es blieb noch eine gute Stunde bis zu den Abendflügen, deswegen war die Halle so gut wie menschenleer. Ein altes Ehepaar saß auf einer Bank am Fenster, ein junges Paar mit einem Baby und einem etwas älteren Kind auf der Bank ihnen gegenüber, und außerdem zwei Männer, die sich an einem Tisch in der Nähe der Cafeteria anschwiegen. Sämtliche Leute schienen besseres Schuhwerk an den Füßen zu haben als er, dachte Árni, doch dann schüttelte er den Gedanken von sich ab. Das wird schon irgendwie gehen, überlegte er, ich werde ja wohl kaum viel draußen sein müssen … Die gemütliche Wärme drinnen wurde durch die dicken, nassen Flocken draußen noch unterstrichen, doch dadurch verstärkte sich bei Árni dieses irrationale Gefühl, das ihn ergriffen hatte, als Stefán sie über die wichtigsten Punkte in dem Fall informiert und ihnen die Drohbriefe gezeigt hatte. Nicht einen Augenblick glaubte er daran, dass irgendeine terroristische Organisation, die sich Grüne Armee nannte, in der Einsamkeit des isländischen Hochlands bei tobendem Schneesturm sechs Menschen umgebracht hatte. So etwas war völlig undenkbar, und Katríns und Guðnis Reaktionen nach zu urteilen, stand er nicht allein mit seiner Meinung.

»Ich dachte, du wolltest damit aufhören, Junge«, sagte Stefán, als Árni sich in einer Ecke der Cafeteria zwischen ihn und Guðni setzte. »Mit dem Rauchen, meine ich.«

Árni nickte. »Das habe ich auch gedacht.« Er trank einen Schluck Kaffee und schüttelte sich, ihm war entsetzlich kalt geworden.

»Ganz deiner Meinung«, erklärte Stefán, »der Kaffee schmeckt extrem scheußlich.«

»Wieso trinkt ihr ihn dann?«, fragte Guðni und hielt ihnen seine Bierflasche unter die Nase. »Skál.« Er leerte die Flasche, stellte sie geräuschvoll auf den Tisch und stöhnte vor Behagen. »Danach habe ich mich den ganzen Tag gesehnt«, erklärte er rülpsend. »Nach so einem Abend wie gestern …« Er zwinkerte ihnen vielsagend zu und rülpste noch einmal. »Oder eigentlich eher nach so einer Nacht. Ihr hättet mit mir kommen sollen, ihr habt echt was verpasst, sage ich euch.« Stefán und Árni warfen sich Blicke zu und nickten. Stefán zog sein Portemonnaie heraus und reichte Árni einen Tausendkronenschein.

»Ein Thule«, sagte er.

»Bring mir auch noch eins mit«, sagte Guðni. »Das Geld bekommst du nachher. Oder morgen.« Er stand auf. »Ich muss erst mal das andere loswerden.«

Árni sah Katrín an. Sie schüttelte den roten Schopf. »Nein, danke«, sagte sie. »Ich bleibe bei Wasser.«

Árni ging zur Bar und kehrte kurze Zeit später mit drei Flaschen zurück.

»Die Party bei dir war prima«, sagte Katrín, als er sich wieder gesetzt hatte. »Die Wohnung ist toll.«

»Danke«, sagte Árni, »ja, sie ist ganz nett.«

»Und eine tolle Frau, deine Ásta.«

Árni errötete, wusste aber nicht, wieso. »Jaah. Sie ist...« Er geriet ins Schleudern. Wollte »sehr nett« sagen, aber das Wort hatte er gerade für seine Wohnung verwendet. Er musste etwas anderes finden. »Sie ist prima«, murmelte er verlegen.

»Du musst entschuldigen ... wegen ... wie Sveinn sich benommen hat«, sagte Katrín.

Árni zuckte mit den Achseln. »Keine Ursache. Er war auch keineswegs der Schlimmste.« Er lächelte. »Sollten wir uns nicht einfach darauf einigen, dass er in schlechter Gesellschaft war?«

»Was hat Sveinn zu dieser Reise gesagt?«, fragte Stefán.

»Gar nichts«, erklärte Katrín prompt. »Was sollte er auch dazu sagen?«

»Ja, nein. Natürlich kann man da kaum etwas machen. Und die Kinder?«

Katrín zuckte die Achseln. »Was Kinder so sagen. Sie wollten mitkommen. Aber deine Frau, was hat Ragnhildur gesagt?«

Stefán lächelte. »Sie wollte auch mitkommen.«

»Und was hast du gesagt?«

Stefán verschränkte seine Arme und setzte eine ernste Miene auf. »Dass ich keine Lust habe, sie überallhin mitzuschleifen«, sagte er bedeutungsvoll. »Es ist ja schließlich mehr als genug, sie jeden Abend und jedes Wochenende um mich zu haben.«

Jetzt war es Katrín, die lächelte, doch nicht lange. Ihr schoss es durch den Kopf, dass Sveinn sich seinen Kollegen gegenüber auch so ausdrücken würde, aber im Gegensatz zu Stefán würde er es auch meinen.

»Klarer Kopf mit klarem Wasser«, ertönte eine bekannte Stimme hinter ihrem Rücken. Sie blickte sich nicht um und gab keine Antwort darauf. Stefán und Árni tranken einen Schluck Bier und schenkten Friðrik ebenfalls keinerlei Beachtung. »Wir sehen uns im Osten«, sagte der grinsend und ging weg.

»Der verdammte Scheißkerl«, kommentierte Stefán, »hat aber anscheinend gute Beziehungen.«

»Was meinst du damit?«, fragte Katrín.

Stefán schnalzte mit der Zunge. »Tja, ich hatte gedacht, mir wäre es da vor zwei Jahren gelungen, ihn zu exkommunizieren, nachdem er mir in den Rücken gefallen war. Uns allen in den Rücken gefallen war. Ich habe sogar Leifur gesteckt, dass er ihn ebenfalls belogen hat. Leifur wird das kaum gut gefunden haben, wenn ich ihn richtig kenne. In unserem Metier ist es nie gut, wenn man seinen Leuten nicht hundertprozentig vertrauen kann.« Er trank einen Schluck Bier und strich sich den Schaum vom Bart. »Trotzdem wurde er nach dem ruhmlosen Abgang bei uns direkt von der internationalen Abteilung übernommen, und Leifur wird ihn nicht los. Da muss also jemand an irgendwelchen Fäden gezogen haben, und zwar nicht zu knapp. Wer ist das da bei ihm, habt ihr den schon mal gesehen?« Ihre Blicke richteten sich auf den schwarzhaarigen, dunkelhäutigen Mann, der mit Friðrik an einem Tisch saß und sich hinter einer Sonnenbrille verbarg.

»Nein«, erklärte Katrín, »keine Ahnung. Sieht aus wie ein Ausländer.«

»Ja«, sagte Stefán, »das ist er. Svavar hat zu verstehen gegeben, dass es irgendein Ausländer ist. Es wird doch wohl nicht …«

»Was?«

»Sie haben von irgendeinem externen Experten gesprochen. Was glaubt ihr wohl, was damit gemeint war?«

»Das weiß ich nicht«, antwortete Katrín achselzuckend. »Was glaubst du?«

Stefán setzte ein unergründliches Lächeln auf und senkte die Stimme. »Er ist bei Friðrik«, sagte er. »Und Friðrik ist in der Abteilung für internationale Zusammenarbeit beim IKA, das ja eigentlich nur die isländische Variante eines Geheimdienstes und im Grunde genommen ein Witz ist. Ein schlechter noch dazu, was sich am besten daran ablesen lässt, dass Friðrik dem Vernehmen nach ihr wichtigster Sachverständiger in Sachen Terrorismus ist. Und zwar nur, weil er seine Ausbildung in Amerika gemacht hat, das muss man sich mal vorstellen. Diese Typen haben auf der Besprechung über Friðriks Kumpel nur gesagt, dass er ebenfalls ein Experte auf seinem Gebiet sei. Was vermutlich im Bereich Terrorismusabwehr bedeutet. Und wo findet man denn solche Experten, wenn nicht bei einer anderen und wesentlich größeren Geheimdienstorganisation, die dieser Tage nichts anderes zu tun zu haben scheint, als hinter tatsächlichen und imaginären Terroristen her zu sein?«

»Die CIA«, warf Árni eifrig ein. »Verdammt noch mal, ich glaube, du hast recht. Sie haben sich Verstärkung beim großen Bruder geholt.«

Stefán nickte nachdenklich. »Genau«, sagte er und lehnte sich bequem auf seinem Stuhl zurück. »Die CIA. Darauf trinken wir!«

Katrín sah ungläubig von ihren Kollegen zu den beiden Männern auf der anderen Seite der Halle. Dann musste sie laut lachen, irgendwie konnte man nicht anders darauf reagieren.

»*What's so funny*?«, fragte Guðni, der zurückgekehrt war und mitten in das Gelächter hineinplatzte. Seine Miene war ein einziges Fragezeichen.

»Frag lieber nicht«, sagte Stefán, »frag nicht.« Mit einem Kopfnicken deutete er in die Richtung von Friðrik und seinem Begleiter am Tisch auf der anderen Seite. »Wie du siehst, ist der Fall in guten Händen. Ich begreife nicht, wieso sie uns auch noch da in den Osten schicken.«

Guðni röchelte. »Das darf doch nicht wahr sein, dieses Arschloch! Und wem gehört diese verdammte Visage da neben ihm, die mit dem Sonnenschutz? Ist die CIA auch schon zur Stelle?«

Katrín verschluckte sich so heftig an ihrem Wasser, dass es über den ganzen Tisch spritzte. »Tschuldigung, Jungs«, sagte sie, als der Anfall vorüber war. Sie versuchte, den Tisch mit einer Serviette abzuwischen. »Das ist überhaupt nicht komisch. Im Ernst. Sieben sind tot, und ich sitze hier und lache wie bescheuert.« Sie schüttelte den Kopf und kapitulierte. »Die CIA«, murmelte sie. »Ihr tickt doch nicht ganz richtig.« Sie stand auf, um einen Wischlappen zu holen. Árni sah, dass sie richtig flotte Bergschuhe an den Füßen hatte. Und Wollsocken. Heimlich schielte er nach den Füßen seiner männlichen Kollegen. Die beiden trugen zwar keine Stiefel, aber zumindest ordentliche Winterschuhe, und Guðni darüber hinaus sogar grüne Wollsocken, wie es schien. Unwillkürlich versteckte er seine schlecht isolierten Füße unter dem Stuhl und verschränkte sie. Scheiße, Scheiße, Scheiße, dachte er.

Róbert, der hinter seinem Rücken manchmal Teddy genannt wurde, auch wenn weder in seinem Benehmen noch seiner Gestalt irgendetwas an ein solches Geschöpf erinnerte, knallte die Tür heftig hinter sich zu. Er war keine einssiebzig groß, auch wenn in seinem Pass etwas anderes stand, und wog nur zweiundsechzig Kilo. Trotzdem vibrierte und ächzte der Boden unter seinem Gewicht, und die dünnen Trennwände wackelten, als er mit so großen Schritten, wie seine kurzen Beine erlaubten, wütend durch den Korridor stapfte.

»Diese verdammten Itaker«, stieß er mit zusammengebissenen Zähnen hervor, »diese verfluchten Scheißitaliener.« Das Zuknallen der Tür trug nur wenig dazu bei, seinen Zorn zu mildern, und noch weniger dazu, diejenigen umzustimmen, die im Zimmer zurückgeblieben waren, glaubte er zu wissen. Es war ein schwacher und im Grunde genommen kindischer Protest gewesen, den er besser unterlassen hätte. Beim Gedanken daran, wie die Bosse hinter ihren verschlossenen Türen auf seine Rebellion reagierten, geriet er noch mehr in Rage. Er sah sie vor sich, einer arroganter als der andere, wie sie die geschniegelten Köpfe über diesen Gewerkschaftspinocchio schüttelten und gestikulierten, diese verdammten Italiener. Alle durch die Bank Mafiosi, und überdies eingebildete Laffen. Das Schlimme war, dass die Isländer keinen Deut besser waren als sie. Er erhielt keinerlei Unterstützung durch die Bosse der NPC, und genauso wenig gaben ihm die Sicherheitsbeauftragten Rückendeckung, weder dieser eine, der noch von der NPC übrig war, noch die von Impregilo. Das Gelände sei sicher, behaupteten sie, und deswegen bestand angeblich kein Grund, das Projekt noch mehr in Verzug zu bringen, als es ohnehin schon der Fall war. Er wusste nur zu gut, dass sie das Recht auf ihrer Seite hatten. Jetzt, wo sogar das Amt für Arbeitsschutz abgesegnet hatte, dass die Arbeiten überall weitergehen durften, nur nicht in der Nähe des Bergsturzes, konnte er weder auf gesetzliche Verordnungen noch Verträge hinweisen, um die Arbeit in der Schlucht zu stoppen. Aber er begriff nicht, wie sie sich nach dem, was passiert war, so verhalten konnten. Die Arbeiter waren verunsichert und beunruhigt, vor allem die Isländer und die Portugiesen, aber auch die anderen. Die Chinesen bildeten natürlich eine Ausnahme. Sie ließen anscheinend alles ungerührt über sich ergehen; egal, was passierte, sie waren stets bereit und willens, das zu tun, was ihnen befohlen wurde. Die meisten von ihnen jedenfalls. Verdammte Schlitzaugen.

Als Vertrauensmann hatte er bislang einiges zuwege gebracht: Er hatte aufgedeckt, wie die Arbeiter durch die Arbeitsverträge der Leih-Agenturen verschaukelt wurden, und hatte erzwungen, dass die Portugiesen menschenwürdige Arbeitsbedingungen erhielten. Das hatte ihn eine Menge Arbeit gekostet, und ohne die direkte Zusammenarbeit mit den Betroffenen wäre es nie gelungen; nur an die Chinesen kam man nicht heran. Anders als die Portugiesen waren sie nicht bereit, zu sehen und zu verstehen, dass ihre Rechte verletzt wurden. Vielleicht war das aber nur eine Frage der Zeit, dachte Róbert, sie würden schon noch einsichtig werden. Er riss die Außentür auf, verkniff es sich aber, sie zuzuknallen, hüpfte in seinen Pickup mit Allradantrieb und pflügte sich durch die Schneewehen, die sich gegenwärtig so schnell erneuerten, dass kein Schneeräumer dagegen ankam.

Das Stimmengewirr in dem nicht ganz fertiggestellten und ungemütlichen Aufenthaltsraum verstummte augenblicklich, als er zur Tür hereinstürmte. Zweihundert Gesichter starrten ihm erwartungsvoll entgegen. Seine Miene sagten ihnen alles, was gesagt werden musste. Sie verließen einer nach dem anderen den Saal, kleideten sich in ihre Overalls – schweigend oder etwas vor sich hin murmelnd oder in verschiedenen Sprachen laut fluchend.

»Wie viele müssen krepieren, bevor etwas unternommen wird?«, fragte ein Mann, den Róbert nur vom Sehen kannte, ein Baggerführer, wenn er das richtig in Erinnerung hatte, ein hochgewachsener Mann mit Vollbart. Gute Frage, dachte Róbert, ich wüsste gern die Antwort darauf.

»Sie sagen, jetzt sei alles sicher«, sagte er.

»Ach nee, dann war es also nicht sicher, als das passierte?« Der Zorn in der Stimme war nicht zu überhören, aber Furcht schwang ebenfalls mit, auch wenn der Mann versuchte, das zu kaschieren. »Und weshalb waren dann diese Männer da unten in der Schlucht, als ihnen die Brocken auf die Köpfe donnerten? Wie können wir wissen, ob es da jetzt so sicher ist, wie es angeblich gestern auch gewesen sein soll?«

Róbert schüttelte wieder den Kopf. »Ich kann nichts machen, ich habe alles versucht. Wenn du nicht da unten in der Schlucht arbeiten willst, dann mach es nicht. Das geschieht aber auf deine Verantwortung, ich kann wenig für dich tun, wenn sie dich deshalb feuern.«

»Aber wenn sie mich umgebracht haben, kannst du dann etwas für mich tun?«

»Dich umgebracht haben?«, fragte Róbert. »Was soll denn dieser Quatsch, Mensch?« Eine kleine Gruppe Isländer hatte sich um die beiden geschart und verfolgte den Wortwechsel interessiert. Die Ausländer in der Garderobe warfen ihnen ebenfalls neugierige Blicke zu. Er wusste, wie wichtig es war, sich nicht zu einem Streit hinreißen zu lassen, aber gleichzeitig musste er sich behaupten und durfte nicht klein beigeben. »Ich habe alles versucht, um die Arbeit zu stoppen, bis alles in der Schlucht genau untersucht worden ist«, fuhr er fort, »aber wie gesagt, dann …«

»Sechs Menschen. Sechs Menschen sind bei diesem Unfall ums Leben gekommen. Und es ist das reinste Wunder, dass es nicht sieben waren. Und wir sollen einfach da unten weiterarbeiten, als sei nichts vorgefallen?« Der Mann schüttelte den Kopf. »Sind diese Leute total übergeschnappt? Weißt du, was die Portugiesen sagen, ey? Weißt du das?«

Róbert wich geschickt dem ausgestreckten Zeigefinger aus, mit dem der Mann vor ihm herumfuchtelte. »Nein«, gab er zu und klang wütender, als er eigentlich wollte. »Was sagen die Portugiesen?«

»Sie sagen, dass es kein Unfall war«, erklärte der Mann. »Sie sagen, dass es Mord war. Und weißt du, warum sie das sagen?«

»Jetzt hör aber auf, es gibt nichts, was darauf...«

»Weißt du, warum sie das sagen?«, wiederholte der Baggerführer störrisch. Róbert blickte sich um. Den Mienen der Umstehenden war deutlich anzusehen, dass dieses Gerücht nicht nur seinem Gegenüber zu Ohren gekommen war; es kursierte offensichtlich bereits überall, und er hatte unterdessen eine fruchtlose Besprechung nach der anderen über sich ergehen lassen müssen, um diese Leute dazu zu bringen, den Arbeitsstopp zu verlängern. Die Spannung, die in der Luft lag, war beinahe mit den Händen zu greifen, und jetzt erst wurde ihm etwas klar, was er schon beim Betreten des Raums hätte merken müssen – in diesen Gesichtern spiegelte sich in erster Linie Angst. Viel mehr Angst, als ein Arbeitsunfall erklären konnte, so schlimm er auch sein mochte. Diese Männer waren es alle gewohnt, unter gefährlichen Bedingungen zu arbeiten; diejenigen, die es bei ihrem Eintreffen noch nicht gewesen waren, hatten sich inzwischen daran gewöhnt. Sie erhofften sich von ihm keine Versprechungen oder Zusicherungen über sicherere Arbeitsbedingungen, es ging nicht um Schutzzäune oder Schutznetze oder bessere Helme. Das hier war etwas ganz anderes. Róbert befeuchtete seine Lippen. Er musste taktisch vorgehen.

»Nein, das weiß ich nicht«, erklärte er mit so normaler Stimme wie möglich. »Weshalb sagen sie das?«

»Weil dieser Mann, der überlebt hat – war er nicht Portugiese?« Róbert nickte. »Weil der das gesagt hat«, sagte der Mann. »Er hat gesagt, dass irgendjemand den verfluchten Grat abgesprengt hat.« Róbert wurde blass und wich unwillkürlich einen Schritt zurück. Der Mann nutzte die Gelegenheit, und diesmal gelang es ihm, seinen Finger auf Róberts Brust zu platzieren. »Und wer sagt, dass die aufgehört haben zu sprengen?«

Eine berechtigte Frage, dachte Róbert, sagte aber nichts.

Stattdessen schlüpfte er wortlos an dem Mann vorbei in die praktisch menschenleere Kantine und holte sich einen Kaffee im Kunststoffbecher. Dann setzte er sich an einen leeren Tisch in der Ecke, um in Ruhe über die Situtation nachzudenken. Das war auch bitter nötig.

»Wer sagt, dass die aufgehört haben zu sprengen?«, murmelte er in seinen Becher und trank einen Schluck Kaffee. Der war heißer als erwartet, und er zog eine Grimasse. Dann lächelte er schwach. »Ja, wer sagt das?« Er blies in den Becher und rührte langsam und ruhig mit dem dafür vorgesehenen Plastikstäbchen darin herum. Nichts ist so übel, dass es nicht doch zu etwas gut sein könnte, überlegte er, und dieser Widerling di Tommasso ist jedenfalls tot, das ist natürlich die Hauptsache. »Mausetot«, flüsterte Róbert, »richtig mausetot, der Scheißkerl.« Zwei Männer am übernächsten Tisch warfen ihm verstohlen neugierige Blicke zu, aber das störte ihn nicht. Sie verstanden sowieso kein Wort von dem, was er gesagt hatte, auch wenn sie es gehört hatten, diese schlitzäugigen Deubel.

6

Sonntag

»Da oben sind die Straßen absolut unpassierbar«, sagte der Polizist, der sie vom Flughafen abholte, ein stämmiger und griesgrämig wirkender Mann um die fünfzig. Er hatte einen Ketchupfleck auf dem Hemd und war, soweit sie wussten, der einzige Polizist in Egilsstaðir, der zu dieser Stunde nicht in Kárahnjúkar war. »Sie haben schon zweimal geräumt, aber es weht alles gleich wieder zu, und das nächste Räumfahrzeug fährt erst morgen früh durch. Es hat überhaupt keinen Sinn, es heute Abend noch auf Teufel komm raus zu versuchen, deswegen habe ich Hotelzimmer für euch reservieren lassen. Hoffentlich ist euch das recht?« Sie murmelten alle irgendetwas angemessen Neutrales vor sich hin, doch sogar Stefán empfand diese Verzögerung als angenehm, obwohl er darauf achtete, dies nicht vor seinen Mitarbeitern zu zeigen. Das Nächste, was ihr Chauffeur sagte, klang jedoch wesentlich unangenehmer. »Wegen dieses Unfalls ist das Hotel leider voll von Reportern und Journalisten, die lungern schon seit gestern wie die Aasgeier hier herum. Sie haben es heute geschafft, zum Schauplatz zu gelangen, und einige sind am Nachmittag hinter den Schneeräumern her wieder nach Egilsstaðir gekommen, und sie übernachten ebenfalls im Hotel. Diese Typen rücken einem dauernd auf die Pelle.«

»Etwas anderes war wohl kaum zu erwarten«, brummte Stefán. Er rechnete nicht damit, dass die Pressevertreter lange brauchen würden, um eins und eins zusammenzuzählen, wenn er mit seinem Team im Hotel auftauchte. Er sah aber keine realistische Möglichkeit, das zu verhindern, da es nun einmal ausgeschlossen zu sein schien, direkt nach Kárahnjúkar zu fahren. Einen Augenblick überlegte er, nach einem anderen Hotel zu fragen, kam aber bald zu dem Schluss, dass damit das Unvermeidliche nur aufgeschoben würde. Unangenehmes bringt man am besten sofort hinter sich, dachte er und zog eine Grimasse. Er wandte sich dem Fahrer zu.

»Wenn wir eingecheckt haben, setzt du dich vielleicht für einen Augenblick mit uns zusammen und informierst uns über den Stand der Dinge.«

»Ich weiß nicht, was ich euch dazu sagen könnte«, antwortete der Polizist mürrisch. Offensichtlich hielt er von dieser Idee genauso wenig wie von seinen Kollegen aus Reykjavík. »Ich weiß bestimmt weniger als ihr. Aber der Amtmann wird euch wahrscheinlich alles sagen, was ihr wissen müsst. Er erwartet euch im Hotel.« Er schaltete das Radio ein. Das Gespräch war beendet, nun kam der Wetterbericht. Und der war alles andere als rosig.

»Wie zum Teufel hat sich das so schnell herumgesprochen?«, stieß Matthías hervor. Allen, die um den Tisch herumsaßen, war es anzusehen, dass er nicht der Einzige war, der sich darüber ärgerte, doch außer Róbert schien sich niemand über Matthías' Reaktion zu wundern.

»Willst du damit etwa zum Ausdruck bringen, dass das etwas anderes als dummes Gerede ist?«, fragte er entgeistert.

Matthías begriff, dass er zu viel gesagt hatte. »Ja«, gab er zögerlich zu, »oder eigentlich eher Jein. Das mit dieser Explosion ist natürlich nur ein Gerücht, nichts deutet darauf hin, dass etwas dahintersteckt. Es stimmt allerdings, dass dieser Portugiese, der überlebt hat, es in die Welt gesetzt hat.« Urplötzlich schlug er mit der Faust so heftig auf den Tisch, dass sämtliche Trinkgefäße tanzten. »Dieser Freund, der ihn nach Reykjavík begleitet und mit der Polizei gesprochen hat, der muss irgendwelche Kumpel hier angerufen haben, verflucht noch mal!« Die dünne Tischplatte bekam ein weiteres Mal seine Faust zu spüren, bevor er sich zusammenriss, sich zweimal räusperte und sich dann etwas gefasster Róbert zuwandte. »Und was, ahem, was reden eigentlich die Leute sonst noch?«

Aller Augen waren jetzt nicht mehr auf Matthías, sondern auf Róbert gerichtet, der sich gebührend Zeit für seine Antwort nahm.

»Die wildesten Theorien sind im Umlauf«, sagte er schließlich, »und wenn ich wild sage, meine ich das auch. Angefangen von original-isländischen Gespenstern bis hin zu internationalen Terroristen und so ziemlich alles dazwischen.« Er sah Matthías an und legte den Kopf schräg. »Ich würde allerdings außerordentlich gerne wissen, weshalb du dir so sicher bist, dass das völlig aus der Luft gegriffen ist. Hat man das denn bereits untersucht?«

Wieder explodierte Matthías, und die kunststoffüberzogene Tischplatte bekam ein weiteres Mal seinen Zorn zu spüren. »Untersuchen? Da braucht verdammt noch mal nichts untersucht zu werden! Kein halbwegs vernunftbegabter Mensch würde auf den Gedanken kommen, dass das etwas anderes als ein Unfall war! Wer würde denn auf die Idee kommen, so etwas zu tun, sechs Menschen auf einen Schlag umzubringen? Hier bei uns in Island?« Er ließ den Blick nach Zustimmung heischend in die Runde schweifen, und die bekam er von einigen nickenden Untergebenenköpfen. »Man braucht doch einfach nur gesunden Menschenverstand anzuwenden, um zu sehen, dass das Schwachsinn ist«, fuhr er fort, »kompletter Schwachsinn.«

Die meisten nickten immer noch zustimmend, aber Róbert ließ sich dadurch nicht beirren.

»Trotzdem ist es genau das, worüber alle hier reden«, sagte er ruhig. »Und auch das, was alle hier glauben. Natürlich nicht alle, klar, aber sehr viele. Darunter auch Isländer«, beeilte er sich hinzuzufügen, als er sah, dass Matthías zu einer Entgegnung ansetzte. »Und vielleicht in erster Linie deswegen, weil ein weiteres Gerücht hier die Runde macht, nämlich dass heute Abend Kripobeamte aus Reykjavík eingeflogen werden. Die würden ja wohl kaum hier aufkreuzen, wenn alles in Butter wäre. Stimmt das oder ist das tatsächlich nur ein Gerücht?«

Die Röte bei Matthías, die sich bislang nur auf seine Adlernase beschränkt hatte, breitete sich jetzt über das ganze Gesicht und den ziemlich haarlosen Schädel aus. Ein weiteres Mal ging seine Faust in die Luft, aber er stoppte sie im letzten Moment ab und zuckte kapitulierend die Schultern. »Nein«, gab er zu, »das ist kein Gerücht.« Er schüttelte ärgerlich den Kopf. »Aber es muss keineswegs bedeuten, dass da irgendetwas nicht stimmt. Das war ein schrecklicher Unfall, und abgesehen von den Menschenleben, die das Meer gefordert hat, ist es der größte Arbeitsunfall in der isländischen Geschichte. Deswegen ist es kein Wunder, dass die Polizei das unter die Lupe nimmt. Alles andere wäre im Grunde genommen unnormal.« Wieder blickte Matthías in die Runde, um Bestätigung zu bekommen, und immer noch gab es einige Köpfe, die zustimmend nickten, doch es waren bereits weniger geworden. »Und die Lage wird keineswegs besser, wenn die anfangen, hier herumzuwieseln und alle nach allem auszufragen«, stieß er hervor. »Da sich das schon so herumgesprochen hat, werden wir als Nächstes die Zeitungsfritzen am Hals haben und die ganze Bagage vom Radio und vom Fernsehen. Die haben sich sowieso schon wie die Geier auf die Geschichte gestürzt, und was werden die erst veranstalten, wenn ihnen dieses Gerücht zu Ohren kommt? Herrgott noch mal, das ist ja hier oben schlimmer als in einem Nähkränzchen, alle wissen alles.«

Einige murmelten zustimmend, doch Róbert schüttelte den Kopf. »Nein, hier wissen keineswegs alle alles.« Er war wütend, und das war ihm deutlich anzuhören. »Ganz im Gegenteil, niemand weiß nichts, und nicht einmal ich, der ich angeblich Vertrauensmann bin. Und das ist genau der springende Punkt. Die Leute hören irgendwelches Gemunkel, greifen es auf und geben es weiter. Wisst ihr, wovor die Leute jetzt die meiste Angst haben?« Róbert sah einen nach dem anderen fragend an. Er war in Fahrt. »Vor der nächsten Explosion«, sagte er. »Die Leute fragen sich – und mich –, ob jemand ihnen zusichern kann, dass der Attentäter aufgehört hat zu sprengen. Genau diese Frage wurde mir heute gestellt. Wann werdet ihr es endlich raffen, dass die Leute, solange sie nichts wissen, ihrer Phantasie freien Lauf lassen?«

Niemand antwortete, nicht einmal Matthías, der bislang das Wort für die anderen geführt hatte. Róbert brachte eine wirkungsvoll resignierende Geste ein. »Du hast doch über gesunden Menschenverstand geredet, Matthías, *come on.*« Er stützte seine Ellbogen auf und starrte auf einen unsichtbaren Punkt auf der Tischplatte. »Also, nach diesem Gespräch könnte ich den Raum verlassen und verlangen, dass die Arbeiten eingestellt wurden, zumindest, bis wir genau wissen, ob es ein Unfall war oder nicht. Wenn ihr das wollt, okay. Wenn nicht, glaube ich, dass ihr mir alles sagen solltet, was ihr wisst. Ich werde es dann an die richtigen Stellen weiterleiten, streng vertraulich selbstverständlich, und dann sehen wir zu, wie es weitergeht. In Ordnung?«

Matthías spähte noch einmal in die Runde, aber dieses Mal fand er nirgends Unterstützung. Die anderen starrten entweder in die Luft oder auf ihre Hände. Das war seine Entscheidung, das wussten sie alle, und niemand wollte maßgeblichen Anteil daran nehmen. Sogar Lárus, der einzige noch lebende Sicherheitsbeauftragte der National Power Company auf dem Gelände, schwieg vor sich hin. Das hatte er im Übrigen auch schon die ganze Zeit getan. Lárus war ein pragmatischer junger Mann, der Karriere machen wollte.

»In Ordnung«, sagte Matthías schließlich. »In Ordnung. Wir wissen Folgendes …« Er zählte die Hauptpunkte in Ásmundurs Abschiedsbrief auf und wiederholte das, was ihm der Polizist aus Egilsstaðir über Joaquims Aussage berichtet hatte.

Die Grüne Armee und deren Drohungen erwähnte er aber nicht. Was auch immer wer gesagt haben möchte – einiges blieb besser unausgesprochen.

»Ich möchte, dass eines vollkommen klar ist«, sagte der Amtmann aus Seyðisfjörður. Er war ein Mann um die sechzig mit stahlgrauen Augen unter weißen Brauen, der trotz seines vernarbten Gesichts gut aussah. »Dieser Fall untersteht uns. Ihr seid hier, um uns zu assistieren, nicht umgekehrt.« Sie saßen in einer Sitzgruppe am Nordfenster der Hotelbar, die sie im Augenblick ganz für sich allein hatten.

»Ist vollkommen klar, da kannst du völlig unbesorgt sein«, antwortete Stefán. »Wir sind nicht gekommen, um auf irgendwelchen Zehen herumzutrampeln.« Er gab Zucker in seinen Kaffee und rührte gut um. »Aber was ist mit der Koordinierungsabteilung? Der junge Spund vom IKA und sein Kollege, die mit uns hergeflogen sind?«

Der Amtmann räusperte sich. »Das gilt genauso für sie. Es sei denn, dass sich Dinge herausstellen, die ihnen Anlass dazu geben, den Fall zu übernehmen, aber das ist deren Entscheidung.«

»Ich kenne den einen, den jüngeren«, sagte Stefán möglichst unbefangen, »aber nicht den anderen. Weißt du, wer das ist?«

»Keine Ahnung. Ich weiß bloß, dass sie im Hotel Valaskjálf übernachten und nach Kárahnjúkar fahren wollen, sobald es möglich ist. Wie ihr vermutlich auch, denke ich. Ihr arbeitet wohl zusammen daran, nicht wahr?«

Stefán nickte. »Doch, doch, natürlich tun wir das. Wir treffen sie selbstverständlich morgen. Und die Leute von der Spurensicherung ebenfalls, hoffe ich. Soweit ich weiß, sind sie auch auf dem Weg hierher, aber sie waren nicht in der Abendmaschine.«

»Nein«, sagte der Amtmann. »Sie sind schon nachmittags gekommen. Irgendein schräger Vogel mit langen Haaren und Nickelbrille, noch dazu im Hawaiihemd mitten im Winter. Und außerdem ein kleines, fettes Frauenzimmer mit Stoppelfrisur und noch zwei andere, die wirkten aber eher normal. Sie sind vermutlich bereits in Kárahnjúkar, sie haben sich sofort einen Jeep gemietet und sind losgebraust. Als die Maschine ankam, war die Strecke gerade geräumt worden.« Er trank einen Schluck Kaffee und zog eine Schnupftabakdose hervor.

»Typisch«, brummte Stefán.

»Was?«

»Ach, nichts.«

»Der Mann kam mir bekannt vor, war er nicht im vergangenen Jahr in Neskaupstaður?«, fragte der Amtmann, während er ein kleines Häufchen auf den Handrücken gab. »Wegen der Leiche, die im Hafen gefunden wurde?«

Stefán nickte. »Ja.«

»Das dachte ich mir, war eine schlimme Angelegenheit.« Er saugte mit einem Ruck das ganze Pulver ins linke Nasenloch. »Und dann haben die nur zweieinhalb Jahre bekommen«, murmelte er in das karierte Taschentuch, das er nach dem Schnupfen aus der Tasche gezogen hatte. »Wie denkt ihr darüber?«

»Kein Kommentar«, sagte Stefán zurückhaltend. Er hatte schon lange aufgehört, sich den Kopf über Gerichtsurteile zu zerbrechen, und schärfte in regelmäßigen Abständen seinem Team ein, sich nicht durch absonderliche Kapriolen der isländischen Justiz vom Kurs abbringen zu lassen. Ihre Aufgabe war es schlicht und ergreifend, in den ihnen übertragenen Fällen gewissenhaft und genau zu ermitteln, die Ergebnisse an den Staatsanwalt weiterzuleiten und, falls erforderlich, in den Zeugenstand zu treten. Punkt. Was danach geschah, stand nicht mehr in ihrer Macht, und es brachte überhaupt nichts, wenn man sich darüber aufregte. Solange die Leute härtere Strafen dafür bekamen, ein paar Kilo Hasch einzuschmuggeln, als für grobe Körperverletzungen und Vergewaltigungen, von denen die Opfer fast immer für den Rest ihres Lebens gezeichnet waren, konnten derartige Überlegungen nur auf zweierlei Weise enden: Entweder ging man dazu über, in den Ermittlungen in Übereinstimmung mit den Schwerpunkten der Gerichte zu priorisieren, statt nach dem eigenen Gewissen und Gerechtigkeitsgefühl zu handeln, oder man wurde depressiv und schmiss alles hin. Und keine dieser Optionen war gut.

Stefán verschonte aber ausnahmsweise den Amtmann und die anderen mit einem Vortrag dieser Art. Jedoch nicht, weil er glaubte, er habe sich schon zu oft darüber ausgelassen, sondern weil plötzlich die Schwingtür aufgerissen wurde. Drei Männer und eine Frau kamen aus der Lobby des Hotels zu ihnen hereingestürmt.

»Ich glaube, das ist für dich«, sagte Stefán zum Amtmann und deutete in Richtung der vier Leute, denen offensichtlich einiges auf der Seele brannte. Einer der Männer hatte drei Kameras um den Hals hängen, und der andere schwenkte ein Mikrofon. Der Amtmann drehte sich in seinem Sessel um.

»Oh«, sagte er und erhob sich, »verdammt noch mal.« Kaum war er aufgestanden, kam der fünfte Reporter angerannt. Er trug eine Filmkamera auf der Schulter, und ihm folgte der sechste auf den Fersen, ebenfalls mit einem gezückten Mikrofon. Und der letzte sollte der erste sein, wie es manch mal der Fall ist.

»Soweit wir wissen, wurde der Bergsturz durch eine Explosion ausgelöst«, sagte er keuchend. »Stimmt das? Geht ihr davon aus, dass es sich um vorsätzlichen Mord handelt?«

Die Erleichterung, die Viktor verspürte, als er zu dem Schluss gekommen war, dass Björns Tod ihn aus der furchtbaren Zwangslage befreien würde, in die er sich selber hineinmanövriert hatte, war verflogen, als er am Sonntagmorgen erwachte, und im Lauf des Tages mehrten sich seine Zweifel wieder. Nach und nach ging ihm auf, dass die Sache keineswegs so simpel war, denn er konnte ja nicht einfach mir nichts, dir nichts aufhören. Auch wenn er nicht mehr zu denen hinfuhr, bedeutete das nicht, das alles ausgestanden war. Er musste höchstwahrscheinlich seinen Verpflichtungen wohl oder übel noch eine ganze Weile nachkommen, und sei es auch nur seines Gewissens wegen. Etwas anderes wäre denjenigen gegenüber, die darauf vertrauten, dass er das seine tat, nicht fair gewesen. Er kicherte höhnisch. Pflichten, Gewissen, Anstand, nichts weniger als das. Fehlte bloß, dass er auch noch seinen ärztlichen Eid ins Feld führte, um diesen Sumpf zu rechtfertigen, in den er geraten war. Aber trotzdem verhielt es sich so. Er trug unbestreitbar eine

Verantwortung, der er sich nicht guten Gewissens entziehen konnte.

Als er am frühen Abend ins Bett kroch, hatte er angefangen, an seinen Nägeln zu kauen und sich nach dem Cognac zu sehnen, den er in der Krankenstation aufbewahrte; das schwere Abendessen lag ihm im Magen, und er fühlte sich todmüde nach den Anstrengungen der letzten vierundzwanzig Stunden. Kaum hatte sein Kopf jedoch das Kissen berührt, als ihm ein neuer Gedanke durch sein gequältes Hirn schoss.

War es nicht beinahe undenkbar, dass Björn allein hinter dem Ganzen stand? Und selbst wenn er das getan hätte, da würde doch sehr wahrscheinlich bald jemand an seine Stelle treten. Jemand, der sehr genau wusste, wie alles gelaufen war, und davon ausging, dass er weiterhin zur Verfügung stand.

Trotz des Pyjamas und der Bettdecke die er bis zum Kinn hochgezogen hatte, zitterte er am ganzen Körper bei dem Gedanken, dass er wahrscheinlich weit davon entfernt war, den Kopf aus der Schlinge gezogen zu haben; und kaum hatte er diesen Gedanken zu Ende gedacht, als sich ihm eine weitere und noch unerquicklichere Möglichkeit aufdrängte: Was, wenn es gar kein Unfall gewesen ist, wie ihm heute Nachmittag von verschiedenen Seiten angedeutet worden war?

Viktor argwöhnte ebenfalls, dass Björn womöglich Konkurrenz gehabt hatte. Aufgrund des beträchtlichen Umfangs dieser Aktivitäten war sich Viktor jedoch ziemlich sicher, dass er die größten Marktanteile gehabt haben musste, wie es in der Wirtschaftswelt heißt. Eine marktbeherrschende Position, lautet die klischeehafte Phrase nicht so? Eine Konkurrenz, die nicht mit ihrem Marktanteil zufrieden war, würde sich aber gewiss nicht beim Kartellamt beschweren. Leute in dieser Branche kannten andere Mittel und Wege, um da Abhilfe zu schaffen, glaubte Viktor. Und wenn das kein Unfall gewesen war, wer würde dann noch behaupten wollen, dass die – wer auch immer sie waren – es dabei bewenden ließen? War es nicht genauso wahrscheinlich, dass er selber als Nächster auf der Abschussliste stand? Oder dass der Konkurrent unter Androhung von Enthüllungen denselben Service von ihm verlangte?

Viktor versuchte, diesen Gedanken von sich wegzuschieben. Er war absurd, überlegte er, total absurd. Er wusste, dass es in dieser Welt hart zuging, er las Zeitung, er hörte Storys. Aber das hier war weder New York noch Amsterdam. Nicht einmal Kopenhagen, sondern nur Klein-Island. Ihm war es egal, was die Leute über die Internationalisierung der Kriminalität redeten, dass Island inzwischen keineswegs vor internationalen Verbrecherbanden sicher war, sogar in Reykjavík liefen die Dinge nicht so, und erst recht nicht hier oben im Hochland. Allerdings war das Dorf, das hier in der Wildnis aus dem Boden gestampft worden war, ziemlich international und die Zusammensetzung der Bewohner durchaus ungewöhnlich. Er hatte die Tätowierungen bei manchen gesehen, die zu ihm kamen, diese kleinen, die entweder direkt am Handgelenk waren oder auf dem dünnen Hautlappen zwischen Daumen und Zeigefinger, und er wusste auch, was sie zu bedeuten hatten. Die Leih-Agenturen, die Impregilo die billigen Arbeitskräfte vermittelten, machten offensichtlich ein einwandfreies Führungszeugnis nicht zur Bedingung, so viel stand fest. Und trotzdem … Er wälzte sich auf die andere Seite.

Eine halbe Stunde später kapitulierte er, sprang aus dem Bett, zog sich den Winteroverall über den Pyjama, stieg barfuß in seine dicken Stiefel und rannte nach draußen. Sämtliche Fenster des Jeeps waren dick verschneit und vereist. Er fluchte ein paar Sekunden unentschlossen vor sich hin, entschied sich dann aber dafür, zu Fuß zur Krankenstation zu gehen, statt das Auto abzukratzen. Obwohl er sich an die Straße hielt, musste er durch tiefe Wehen waten. Und der wild stiebende Schnee, der ihnen beständig Nachschub lieferte, drang auch in seine nachlässig geschnürten Stiefel und die Halsöffnung des Overalls, denn er hatte seinen Schal vergessen. Als sich Viktor endlich zur Krankenstation durchgekämpft hatte, zitterte er am ganzen Körper und kam zu dem Schluss, dass Cognac wenig nutzen würde.

Deswegen ging er zum Arzneischrank, streckte seine Hand nach dem Glas mit Zopiklon aus und hatte seine liebe Müh und Not mit dem Verschluss. Als er ihn endlich aufbekam, schüttelte er zwei Tabletten heraus, zögerte, gab eine wieder zurück ins Glas und schluckte die andere. Als er die Außentür wieder öffnete, wirbelte der Schnee hoch, und für einen Augenblick wurde er geblendet.

»Verdammt«, sagte er laut, »nicht noch mal das Ganze.« Er schloss die Tür wieder, zog sich Schuhe und Overall aus und legte sich in eines der Krankenbetten. Björg wird sich morgen früh wundern, dachte er, ich muss mir irgendeine Erklärung ausdenken. Er schlief ein, bevor er diesen Vorsatz ausgeführt hatte, und träumte gar nichts.

7

Sonntag

Nach der Besprechung bat Matthías Róbert, noch zu bleiben, und telefonierte mit Ricardo, der zehn Minuten später eintraf. Kurze Zeit darauf lagen sie sich schon in den Haaren. Trotz unterschiedlicher Englischkenntnisse gab es keine Verständnisprobleme. Matthías war bereits nach fünf Minuten auf dem Siedepunkt.

»Weißt du, was es kostet, die Arbeit für einen Tag zu stoppen? Oder auch nur für eine Stunde?« Ricardos Miene war finster, doch Róbert ließ sich nicht aus dem Gleichgewicht bringen.

»Ja«, antwortete er, »das hast du mir irgendwann einmal gesagt, Matthías. Also dann noch einmal, beim gegenwärtigen Stand der Dinge ist es nicht vertretbar, weiterzumachen. Nicht unten in der Schlucht und auch nicht im Stollen, wo ja ohnehin dieser Tage nicht sonderlich viel passiert. Wir müssen alles stoppen, das musst du doch auch sehen.«

»Nein«, schnaubte Matthías, »das sehe ich keineswegs so. Auf gar keinen Fall. Das Gelände ist sicher …«

»Was für ein Gelände?«, unterbrach Róbert ihn. »Was für ein Gelände ist sicher, Matthías, wenn es tatsächlich kein Unfall war? Wir sind im Zweifelsfall doch noch nicht einmal hier drinnen sicher«, sagte er mit ausgebreiteten Armen. »Wir könnten jederzeit in die Luft gesprengt werden.«

»Blödsinn«, erklärte Ricardo, »und das weißt du auch. Wenn wir hier tatsächlich genauso in Gefahr sind wie in der Schlucht und im Stollen, dann können wir ebenso gut in der Schlucht oder im Stollen weiterarbeiten, anstatt hier rumzuhängen. *Comprende*?«

»Das ist doch der reinste Quatsch«, entgegnete Róbert kopfschüttelnd. Dann sah er Matthías an und ging zum Isländischen über. »Was ist noch das englische Wort für Ausflüchte?«

»Ach was«, entgegnete Matthías, »das sind doch gar keine Ausflüchte, das ist einfach nur logisch. Selbst wenn, und ich meine, *wenn* es Mord war, was natürlich hirnrissig ist, spielt es trotzdem überhaupt keine Rolle, ob wir hier weiterarbeiten oder nicht. Leute kann man überall umbringen, wenn man es darauf abgesehen hat – in der Schlucht, im Stollen, in der Kantine, in den Büros, in den Schlafquartieren, wo auch immer. Also entweder schicken wir alle nach Hause, oder wir machen weiter. Und du musst doch auch einsehen, dass es nicht möglich ist, auf Grund von irgendwelchen unklaren Verdachtsmomenten und Gerüchten den ganzen Laden hier dichtzumachen. Ich weigere mich schlicht und ergreifend zu glauben, dass das nötig ist.«

»Meine Leute sagen, dass es nötig ist«, erklärte Róbert scharf, »sonst würde ich nicht darauf bestehen. Während wir auf Ricardo gewartet haben, habe ich mit unserem Rechtsberater telefoniert.«

»Ich glaube, euer Rechtsberater ist ein Depp«, sagte Ricardo, »aber ich muss erst mit unserem Juristen sprechen, um das bestätigt zu bekommen. Und du unternimmst jedenfalls nichts, bevor ich das nicht getan habe.«

»Und ich mit unserem«, fügte Matthías hinzu.

Ricardo stand auf und ging zur Tür, wo er innehielt. »Bedenke eines, Róbert«, sagte er, »wir haben gestern auch zwei Männer verloren, zwei gute Leute. Meinen zweiten Mann hier und einen von den geschäftsführenden Direktoren meiner Firma, der hier zu Besuch war. Trotzdem habe ich klare Anweisung vom Hauptquartier, dass weitergemacht wird. Und ich weiß gar nicht, wieso du dich eigentlich so anstellst, das einzige Unfallopfer, für das du zuständig bist, hat überlebt. Falls du dafür sorgst, dass es jetzt zu einem totalen Arbeitsstopp kommt, kann ich dir versprechen, dass wir euch den Prozess machen, wenn sich herausstellt, dass er rechtswidrig ist.« Er marschierte hinaus und knallte die Tür hinter sich zu. Matthías stöhnte. Róbert rümpfte die Nase. Dieser Scheißitaliener, dachte er. Verdammter Mafioso.

»Im Ernst, Róbert«, sagte Matthías nach einigen Minuten des Schweigens, so väterlich, wie es seine seelische Verfassung gestattete, »wer hätte denn diese Männer umbringen wollen?«

»Ricardo beispielsweise«, antwortete Róbert prompt. »Unser Freund Ricardo, der gerade hinausmarschiert ist.«

»Mensch, was redest du da für einen Stuss?«, fragte Matthías, der sich bei dieser unerwarteten Behauptung unwillkürlich aufgerichtet hatte.

Róbert lehnte sich mit gefalteten Händen vor und sah Matthías direkt in die Augen. »Wie ich vorhin sagte, sind da verschiedene Spekulationen im Umlauf. Einige davon sind natürlich totale Spinnereien, purer Blödsinn mit nichts dahinter. Andere klingen aber bei näherer Betrachtung durchaus nicht so abwegig, gar nicht zu reden davon, wenn sie aus unterschiedlichen Richtungen kommen und sich gegenseitig stützen, oder sogar mehr als das.«

Matthías sah Róbert eine ganze Weile an, bevor er den Blick senkte und begann, seine Stirn mit all der Kraft zu massieren, über die er zur Zeit verfügte. Es nutzte aber nichts, er konnte sich keinen Reim darauf machen, worauf sein Gegenüber hinauswollte. Aber seine Neugier war erwacht.

»Na schön«, sagte er, »dann schieß los. Das ist natürlich komplett hirnrissig, aber was sind das für Geschichten über Ricardo, die so glaubwürdig klingen?«

Der höhnische Unterton entging Róbert keineswegs, zumal Matthías gar nicht erst versuchte, ihn zu kaschieren.

»Also, ich verstehe gut, dass du das nicht glauben möchtest. Das möchte ich selber ebenfalls nicht. Und wahrscheinlich ist das auch alles nur Quatsch, aber wie gesagt, hör zu.« Er rutschte auf seinem Sitz hin und her und musste dreimal die Stellung wechseln, bevor er die richtige Formulierung fand. »In erster Linie geht es um Dóri. Halldór Valdimarsson.«

Jetzt war es an Matthías, auf seinem Sitz hin und her zu rutschen, denn er glaubte zu wissen, was kommen würde. »Was ist mit Halldór?«, fragte er trotzdem. Vielleicht ging es ja um etwas ganz anderes, als er dachte.

»Okay, er arbeitete für euch«, sagte Róbert. »Für dich. Als Kontrollingenieur und Hauptverbindungsmann zu Impregilo, nicht wahr?« Matthías nickte ungeduldig. »Auf jeden Fall ist die Geschichte im Umlauf«, fuhr Róbert fort, »wie soll ich das ausdrücken – dass er sehr viel engere Beziehungen zu Signora Ricardo unterhielt als zu Signore Ricardo. Und das ist mir von mehr als einem zugetragen worden.«

Matthías räusperte sich. »Klatsch und Tratsch«, sagte er und versuchte, so schockiert zu klingen, wie es ihm in Anbetracht dessen möglich war, was er selber über die Beziehung zwischen Halldór und Ricardos Frau wusste. Oder zu wissen glaubte. Nicht nur Vertrauensleute hörten Geschichten. Er räusperte sich noch einmal. »Das ist doch der typische Klatsch und Tratsch an einem Ort wie diesem hier.«

»Vielleicht«, gab Róbert zu, »vielleicht. Aber er ist immerhin sehr verbreitet. Und zumindest einer von denen, der mir das erzählt hat, ist in einer Position, dass er wissen sollte, wovon er spricht. Aber das ist noch nicht alles. Da gibt es nämlich noch eine andere Schiene und zwar die italienische.«

»Die italienische?«, fragte Matthías, der nun wirklich ahnungslos war.

»Die italienische«, sagte Róbert mit Nachdruck. »Ich meine, das ist natürlich alles ein bisschen undurchsichtig und vage, das gebe ich gerne zu, aber trotzdem. Darüber wird geredet.«

Matthías kapitulierte. »Worüber, Róbert, worüber wird geredet?«

»Dass Ricardo hier Mist gebaut hat. Pass auf...« Róbert öffnete die Mappe, die vor ihm lag, drehte sie um und schob sie Matthías hin. »Francesco di Tommasso und Gianluca Barei. Der eine ist Ricardos Stellvertreter hier und der andere einer der geschäftsführenden Direktoren von Impregilo in Italien, wie Ricardo sagte. Beide kommen bei dem Bergsturz um. Was hatte Barei hier zu suchen? Weshalb tauchte er hier so plötzlich auf? Und warum hat di Tommasso ihn herumgeführt und nicht Ricardo selber?« Er zuckte mit den Achseln. »Das ist es jedenfalls, worüber sich einige hier den Kopf zerbrechen«, erklärte er, »mehr will ich gar nicht sagen.«

Matthías schob die Mappe zurück. »Inwiefern Mist gebaut?«

»Woher soll ich das wissen«, antwortete Róbert halsstarrig. »Vielleicht hat er sie beschummelt. Geld hinterzogen oder was weiß ich. Oder vielleicht wird er einfach den Erwartungen nicht gerecht, das Projekt hinkt jetzt bereits Monate hinter der Planung her. Auch wenn das vielleicht eher zu euren Lasten geht und ihm vielleicht so gesehen keine Schuld daran gegeben werden kann, so ist es doch nicht gerade eine gute Reklame für Impregilo, und das geht natürlich auf sein Konto. Und auch uns gegenüber hält er nicht das, was er verspricht, so viel steht fest. Und du weißt es, aber du unternimmst nichts.« Matthías wollte protestieren, aber Róbert war nicht zu bremsen. »Wir bekommen immer noch nicht, was wir bekommen sollen«, sagte er, »und genausowenig der Staat oder die Kommune. Egal, was du sagst, Matthías, du weißt, dass ich weiß, dass ihr alles wisst, obwohl ihr so tut, als wüsstet ihr nichts und als ginge euch das einen Scheißdreck an. Das steht aber auf einem anderen Blatt. Ich möchte nur sagen, dass wir – oder unsere Leute, und vor allem die Ausländer von diesen Leih-Agenturen – trotzdem viel mehr bekommen, als diese Arschlöcher ihnen eigentlich zugestehen wollten. Das steht jedenfalls hundertprozentig fest, was auch immer wer sagt. Also in diesem Sinne könnte es vielleicht so ausgelegt werden, als würde Ricardo gegen sie arbeiten. Das Projekt läuft zu langsam. Es wird womöglich zu teuer und der Profit zu gering, viel geringer, als sie sich ausgerechnet hatten. Vielleicht finden die da in Italien, dass er zu nachgiebig ist. Möglicherweise hat di Tommasso dieser Ansicht Vorschub geleistet, um Ricardos Position zu untergraben, und vielleicht hat Ricardo davon gewusst.«

»Und möglicherweise war der Obmann es leid, auf Verbesserungen zu warten«, entgegnete Matthías höhnisch, »und vielleicht hat dieser genervte Obmann beschlossen, etwas zu unternehmen. Ist das vielleicht auch eine von diesen wilden Theorien, die im Umlauf sind? Du und di Tommasso, ihr wart alles andere als Busenfreunde, nach dem, was mir zu Ohren gekommen ist.«

Róbert hob resignierend die Hände. »Du wolltest wissen, was für Geschichten hier kursieren, und du hast gefragt, wer ein Interesse am Tod dieser Leute haben könnte. Ich hab dir bloß sagen wollen, dass hier zweierlei Geschichten über Ricardo kursieren, und wenn man sie ernst nimmt und miteinander in Verbindung setzt, dann hätte er allen Grund dazu, mindestens drei von den sechs, die ums Leben kamen, umzubringen. Okay? Es bringt nichts, den Boten für die schlechte Nachricht zu bestrafen.«

Zwei Minuten vergingen in Totenstille. Beide vermieden es, einander anzusehen, doch schließlich gab sich Matthías einen Ruck.

»Na schön«, sagte er müde. »Das sind die Geschichten, wie du sagst. Aber ich würde nicht eine einzige Sekunde an den Gedanken verschwenden, dass Ricardo hinter dem Ganzen steckt, und ich weiß, du auch nicht. Auf jeden Fall nicht ernsthaft.« Er schluckte ein paar Mal, bevor er fortfuhr. »Aber selbst wenn, was dann? Dann hat er doch wahrscheinlich alle beseitigt, die er beseitigen wollte, und wird wohl kaum noch andere umbringen müssen, oder? Und falls jemand anderes dahintersteckt, beispielsweise der erste Serienkiller seit Axlar-Björns berüchtigten Zeiten im sechzehnten Jahrhundert, so grotesk das auch klingen mag, wer könnte dann schon wissen, ob er nicht auch die Kantine oder die Aufenthaltsräume mit zwei- oder dreihundert Müßiggängern in die Luft sprengt, wie Ricardo gesagt hat?«

Matthías hielt es für ein gutes Zeichen, dass Róbert nicht darauf reagierte. »Wir sollten jetzt erst einmal die Polizei zum Zuge kommen lassen«, fuhr er fort. »Nun ist es an ihnen, den Fall zu untersuchen und den Schuldigen zu finden, so es denn einen gibt. Gib ruhig diese Klatschgeschichten über Ricardo an sie weiter, wenn du es für richtig hältst. Und all die anderen Geschichten auch, unbedingt, egal welche. Aber halte auch Rücksprache mit deinen Leuten, sowohl in Reykjavík als auch hier, und versuch, ihnen klarzumachen, dass die Arbeit weitergehen muss. Mach deinen Job, beruhige die Leute. Wenn du unbedingt willst, sag ihnen das, was wir wissen, aber sag ihnen auch, dass die Sache in guten Händen ist. Dass die ersten Leute von der Kriminalpolizei eingetroffen und weitere unterwegs sind. Niemand profitiert davon, wenn hier Hysterie aufkommt, die Situation ist sowieso schon schlimm genug. Okay? Ich meine, wenn es unglaublicherweise tatsächlich kein Unfall gewesen sein sollte, was hätten wir davon, die Arbeit einzustellen?«

»Aber …«, setzte Róbert an.

»Kein Aber«, sagte Matthías. »Denk doch einfach mal in Ruhe darüber nach und gib mir dann Bescheid. Ich muss mit dem Chef und noch ein paar anderen Leuten in Reykjavík sprechen, die Leichen müssen nach Reykjavík überführt werden, und wir müssen uns Gedanken über eine Gedenkstunde für die Opfer machen, sowohl hier als auch in Reykjavík.« Matthías sammelte seine Papiere zusammen und stand auf. »Es sei denn, du hättest auch dagegen etwas einzuwenden?«

Róbert fühlte wieder die Wut in sich hochsteigen. »Das ist unfair, Matthías. Das ist echt unfair, und das weißt du.«

Matthías nickte erschöpft. »Ja, ich weiß«, gab er zu. »Entschuldige. Ich bin einfach müde, verdammt müde. Aber du versprichst mir vielleicht, das alles noch einmal sehr genau zu überprüfen, bevor du uns hier das Leben noch schwerer machst, als es ohnehin schon ist.« Er hob die Hand zum Abschied und ging hinaus.

Dreißig Minuten und vier Telefongespräche später kam Róbert sehr zu seinem Leidwesen zu dem Ergebnis, dass Matthías wahrscheinlich nicht ganz unrecht hatte.

»Scheiße«, sagte er laut. Dann holte er sich ein Stück Sandkuchen als Betthupferl. Während er den trockenen Kuchen mampfte und mit eiskalter Milch hinunterspülte, zerbrach er sich den Kopf darüber, ob es ein Fehler gewesen war, Matthías so billig davonkommen zu lassen. Dessen Anspielung auf das gespannte Verhältnis zwischen ihm und di Tommasso hatte ihn aus dem Konzept gebracht, und durch die boshafte Bemerkung mit der Gedenkstunde war er noch mehr in Rage gekommen. Doch jetzt blickte er wieder durch und glaubte zu wissen, dass Matthías einfach einen Schuss ins Blaue abgegeben hatte und in Wirklichkeit kein bisschen mehr über die Streitigkeiten zwischen ihm und di Tommasso wusste als alle anderen. Im Gegensatz dazu wusste er sehr viel mehr über Matthías und seine Belange. Aber es war gar nicht nötig, sämtliche Trümpfe auf einmal auszuspielen, dachte Robert, und man wusste nie, wann man sie wirklich brauchen würde.

Björn Egilsson, Sicherheitsbeauftragter (The National Power Company)
Halldór Valdimarsson, Ingenieur (The National Power Company)
Francesco di Tommasso, Ingenieur (Impregilo)
Gianluca Barei, geschäftsführender Direktor (Impregilo)
Johan Norling, Geologe (Subunternehmer, Impregilo)
Wolfgang Haase, Informatiker (Subunternehmer, Impregilo)
Jorge Fonsecas, Arbeiter (Selecta /Impregilo) (lebt)

Sie sahen einander an, alle vier, und schüttelten wie auf Kommando die Köpfe.

»Das hilft uns kaum weiter«, sagte Stefán, »wir müssen mehr über diese Männer in Erfahrung bringen.« Sie hatten sich aus der Hotelbar auf Stefáns Zimmer zurückgezogen. Er saß bequem in dem einzigen Sessel und Katrín auf dem Schreibtischstuhl, während Guðni und Árni jeweils auf einer Bettkante hockten. »Und das wird eine von zwei Hauptaufgaben sein, zumindest für den Anfang, alles Relevante über sie herauszufinden – Arbeitsbereich, Familie, Freunde, Feinde, Verbindungen untereinander, alles. Wenn wir den finden wollen, der das getan hat, und es keine Tatzeugen gibt, müssen wir vom Opfer ausgehen, beziehungsweise den Opfern. Irgendjemand wollte irgendeinen von diesen Leuten umbringen, und wer es auch war, er muss Gründe dafür gehabt haben. Auch wenn wir hier heute die ganze Nacht grübeln und herumrätseln und spekulieren, hilft uns das gar nicht weiter, bevor wir nicht mehr über diese Leute wissen.«

»Okay«, sagte Guðni, »dann hören wir am besten gleich damit auf und gießen uns einen hinter die Binde.«

»Es geht also um den Hintergrund von sieben Menschen«, sagte Katrín, Guðnis Vorschlag geflissentlich überhörend. »Und fünf von denen sind Ausländer. Es wird uns bis auf weiteres kaum an Beschäftigung fehlen. Und ich melde mich für ein Ticket nach Italien«, fügte sie mit schwachem Lächeln hinzu.

»Es sei denn, es ist ein terroristischer Anschlag gewesen«, warf Árni ein, doch seine Bemerkung fiel auf keinen fruchtbaren Boden, zumal er auch keineswegs überzeugend geklungen hatte.

»Ein weiterer Aspekt hat Priorität, und zwar gilt es herauszufinden, ob tatsächlich niemand etwas gesehen hat«, erklärte Stefán. »Es kann zwar gut sein, dass niemand etwas gesehen hat, was ihm verdächtig vorkam, dass niemand jemanden gesehen hat, der irgendwo Dynamit anbrachte oder eine Sprenguhr zündete, oder wie das Zeug heißt, aber zum Kuckuck noch mal, da muss doch irgendwo jemand in Sichtweite gewesen sein und beobachtet haben, wie der Erdrutsch abging, oder zumindest die Detonation gehört haben. Diese Leute müssen wir finden und vernehmen. Vielleicht reicht das, um klären zu können, ob es sich überhaupt um eine Explosion oder nur um einen Bergsturz gehandelt hat. Doch bis dahin gehen wir vom Erstgenannten aus.«

Sie waren sich auch einig, dass man unbedingt ein weiteres Mal mit diesem Portugiesen sprechen musste. Das Problem war nur, dass der in Reykjavík war und sie in Egilsstaðir, und es war völlig ungewiss, wann sie zurückkehren würden.

»Und er ist wohl kaum in nächster Zukunft wieder auf dem Weg hierher«, sagte Stefán. »Am besten wäre es natürlich, wenn man mit dem anderen, dem Verletzten, reden könnte, aber wenn ich richtig verstanden habe, wollen sie ihn noch eine ganze Weile im künstlichen Koma halten. Schwer zu sagen, wann wir etwas Vernünftiges aus ihm herausbekommen können.« Die anderen drei nickten zustimmend.

»Trotzdem ist es doch eigentlich ziemlich klar«, sagte Árni. »Explosion kann nichts anderes als einen Knall bedeuten, egal, wie wenig Englisch die Leute können.«

»Doch, ja«, sagte Stefán, »das stimmt natürlich. Aber was für ein Knall? Dynamit? Eine Fehlzündung? Und wo? Auf dem Gelände wird doch bestimmt überall rumgesprengt, war das genau oberhalb von ihm?« Er nahm seine Kappe ab und rieb sich die Schläfen. »Außerdem ist so ein Bergsturz mit viel Gedröhn und Krach verbunden«, fuhr er müde fort. »Wie kann sich also dieses arme Schwein so sicher sein, dass es eine Explosion war und nicht nur einfach das Gestein, das nachgegeben hat? Und noch dazu in diesem Zustand.« Er schüttelte den Kopf und streckte seine Hand nach seiner Aktentasche am Tischbein aus.

»Deswegen müssen wir Zeugen finden. Wenn ich den Amtmann richtig verstanden habe, haben unsere Kollegen am Schauplatz bereits damit angefangen, die Schichtlisten und die Sprengstoffregistrierung zu überprüfen, und man hat auch bereits eventuelle Zeugen gebeten, sich zu melden. Meines Wissens war das Gelände oberhalb zwar für den Verkehr gesperrt, aber nicht abgesperrt, und vielleicht besteht eine Chance, dass dort jemand unterwegs gewesen ist.«

Stefán zog Ásmundurs Abschiedsbrief aus der Tasche und überflog ihn noch einmal.

»Ich weiß im Grunde genommen nicht so genau, was mit B-Gelände gemeint ist, wie Ásmundur sich ausdrückt, aber hier stellt er also fest, dass eine erste Inspektion nichts ergeben hätte, *was auf eine unmittelbar drohende Gefahr hindeutete, doch angesichts diverser Hinweise und Beanstandungen beschloss ich, diesen Bereich als B-Gelände einzustufen, bis weitere Untersuchungen stattgefunden hatten, nicht zuletzt in Anbetracht der Tatsache, dass sich der Grat direkt über einer Verwerfung befand. Die Möglichkeit, dass das Einfluss auf Dichte und Stabilität des Oberflächengesteins hatte, war nicht auszuschließen. Infolgedessen habe ich jeglichen Verkehr in der näheren Umgebung untersagt, was durch meine schriftliche Anweisung vom 12. Februar d.J. bestätigt wird. Auch bei einer weiteren Inspektionsfahrt, auf der mich eine Woche später der Ingenieur Björn Egilsson, der bei dem Unfall ums Leben kam, und der Geophysiker Lárus Einarsson begleiteten, stellte sich nicht heraus, dass weitere Maßnahmen erforderlich waren, zumal Lárus' Messungen darauf hindeuteten, dass der Gesteinsgrund unter dem Tuffgrat trotz der Verwerfung relativ fest war, und dass die Spalten, gemessen am Berggrund, nicht tiefer oder mehr waren, als normalerweise bei einem derartigen Untergrund zu erwarten ist. Obwohl es dazu im Grunde genommen keinen Anlass gab und es eigentlich auch nicht vertretbar war, trafen wir trotzdem die Entscheidung, die Arbeiten in der Schlucht unterhalb des Grats zu stoppen, bis eine Einsturzgefahr vollständig ausgeschlossen werden konnte. Was aber erst möglich war, wenn Norling und Haase die Ergebnisse der geologischen Untersuchungen vorgelegt hatten. Allerdings …*«, jetzt musste Stefán das nächste Blatt zur Hand nehmen, »… *besteht erheblicher Bedarf zu äußerster Vorsicht, und das lässt sich auf Dauer nicht ignorieren.*« Stefán legte den Brief zur Seite und sah seine Leute an. »Und in dem Stil geht es immer so weiter, letzlich sagt er immer wieder dasselbe – dass es nicht voraussehbar gewesen ist und dass es deswegen nicht seine Schuld war.«

»Aber trotzdem hat er sich umgebracht«, sagte Guðni, »und das deutet nicht gerade darauf hin, dass er selber daran geglaubt hat.«

»Das ist zwar richtig«, gab Stefán zu, »aber es könnte auch bedeuten, dass er nicht damit gerechnet hat, andere davon überzeugen zu können, dass es tatsächlich stimmte.«

»Steht hundertprozentig fest, dass er sich erhängt hat?«, warf Árni dazwischen. »Ich meine, er selber?«

»Wer denn sonst?«, fragte Katrín.

»Weiß ich doch nicht. Wer auch immer«, antwortete Árni achselzuckend.

»Die Jungs von hier sind sich ziemlich sicher«, sagte Stefán. »Da hat nichts auf irgendetwas anderes hingedeutet, sagen sie. Und dieser Brief ist zweifelsohne ziemlich – wie soll ich sagen? Er klingt ziemlich nach Selbstmord, wenn ich es so ausdrücken darf.« Er setzte sich die Kappe wieder auf und trank sein Bier aus. »Wir gehen auf jeden Fall davon aus, zumindest einstweilen, die Situation ist ja sowieso schon schlimm genug.«

»Von was für geologischen Untersuchungen redet er da eigentlich?«, fragte Árni.

»Weiß ich nicht«, antwortete Stefán achselzuckend. »Aber es hat vermutlich etwas mit dieser Verwerfung zu tun, die er da erwähnt, was auch immer das sein mag. Und wenn das Ding – also diese Verwerfung – direkt unter dem Berggrat war, dann liegt es doch eigentlich auf der Hand, dass diese Leute sich das genau ansehen wollten, als der Bergsturz herunterkrachte. Doch das gehört natürlich zu all dem, was wir genauer unter die Lupe nehmen müssen, wenn wir erst mal an Ort und Stelle sind.«

»Mit anderen Worten, wir haben hier eine Liste von sieben Leuten«, sagte Katrín und zählte an ihren Fingern ab. »Sechs von ihnen sind umgekommen, und einer hat überlebt. Bis jetzt sagt uns diese Liste so gut wie nichts. Uns liegt ein Bericht von zwei Kollegen vor, die kaum Englisch können, über die Aussage eines Mannes, der noch weniger Englisch kann, und das, was er gesagt hat, stammt von einem Schwerverletzten, der womöglich im Fieberwahn war. Der hat also angeblich direkt oberhalb eine Explosion gehört, bevor der Bergsturz niederging, und das passiert in einem Sperrgebiet. Und außerdem liegt uns ein Brief von einem anderen Mann vor, einem Experten, der sich auf diese Dinge verstehen sollte und der davon ausging, dass an dieser Stelle eigentlich kaum die Gefahr eines Bergsturzes bestand, auch wenn andere da anderer Meinung waren. Ein Abschiedsbrief zwar, von einem Mann, der die Verantwortung von sich abwälzen möchte, aber trotzdem ziemlich überzeugend, zumindest auf den ersten Blick.« Sie sah ihre Kollegen einen nach dem anderen an, um sich zu vergewissern, dass sie ihrer Argumentation folgten, bevor sie fortfuhr. »Und dann haben wir noch diese grotesken Briefe an die National Power Company, von irgendwelchen Idioten, die sich die Grüne Armee nennen und nicht näher bezeichnete Maßnahmen am achtundzwanzigsten Februar androhen, mit anderen Worten morgen, wenn nicht bis dahin die Arbeit komplett eingestellt wird. Hinzu kommt der Bergsturz, sechs Tote und ein Überlebender auf der Intensivstation. Und natürlich der Selbstmord. Und daraus lesen unsere Intelligenzbestien im dritten Stock und an der Skúlagata und im Ministerium etwas, wonach sie sich schon lange gesehnt haben, nämlich einen richtigen Terroranschlag auf Island. Und dass die Grünen die Bösen sind, passt natürlich hervorragend in das Weltbild dieser Herren. Und Damen, wir dürfen ja die liebe Wirtschaftsministerin nicht vergessen.«

»Wenn ich ehrlich sein soll, ist dieses Kraftwerk für mich der schlimmste Terroranschlag, aber das ist eine andere Sache.«

»Was soll das denn jetzt auf einmal«, fiel ihr Guðni wütend und schockiert ins Wort. »Das Kraftwerk ein Terroranschlag? Du bist wohl unter die verfluchten Kommunisten gegangen? Was gibt es denn überhaupt da oben in Kárahnjúkar? Was ist denn da so Besonderes? Das kann ich dir sagen: gar nichts, rein gar nichts, verdammt noch mal.« Er schüttelte den Kopf. »Wer hat sich denn schon in diese gottverlassene Gegend verirrt, bevor sie mit dem Bau des Kraftwerks angefangen haben? Kein Schwanz. Der eine oder andere Rucksacktourist vielleicht, der sich von Teebeuteln und Ginseng ernährt. Und jetzt soll das auf einmal ein richtiges Naturparadies sein, das uns Milliarden einbringen wird, wenn wir es in Ruhe lassen? *Come on*. Meinethalben können die da ruhig alles versenken. *Holy shit*, diese Naturschützerbagage werde ich nie begreifen«, schnaubte er. »Verwendest du vielleicht keinen Strom? Trinkst du vielleicht nicht aus Aluminiumdosen?« Er starrte Katrín herausfordernd an und hatte es offensichtlich auf einen Streit angelegt. Katrín wich seinem Blick nicht aus und überlegte, ob das wieder einmal ein Versuch von Guðni war, durch Zoff ein bisschen Leben in die Bude zu bringen, wenn er genau die entgegengesetzte Meinung zu seinen Kollegen vertrat. Sie kam aber zu ihrem Erstaunen zu dem Schluss, dass er dieses Mal keinen Streit vom Zaun brechen wollte, sondern tatsächlich seine innerste Überzeugung zum Ausdruck brachte.

Es überraschte sie im Grunde nicht, dass Guðni für dieses Kraftwerk war, nachdem er sich einmal eine Meinung gebildet hatte. Aber dass er generell eine Überzeugung in einer strittigen politischen Frage hatte, die ihn nicht direkt berührte, und darüber hinaus anscheinend bereit war, dafür auf die Barrikaden zu gehen – das hatte Katrín nie zuvor erlebt. Stefán und Árni schienen über Guðnis Reaktion genauso erstaunt zu sein wie sie, sagten aber keinen Ton, sondern warteten gespannt auf die Fortsetzung. Zu ihrer Enttäuschung schüttelte Katrín aber nur den Kopf, denn sie war entschlossen, sich diesmal nicht auf einen Streit einzulassen.

»Wie gesagt, das ist eine ganz andere Sache«, erklärte sie ruhig. »Wir können uns später darüber streiten, wenn du möchtest. Ich habe nur versucht zu sagen, für wie unwahrscheinlich ich es halte, dass es hier um einen Terroranschlag geht. Meiner Meinung nach war es ein schrecklicher Unfall – oder im schlimmsten Fall ein sträfliches Versäumnis. Seht ihr das nicht auch so?«

Árni druckste ein wenig herum, aber nicht lange. »Ja«, sagte er, »das sehe ich auch so, glaube ich.«

»Ich sehe gar nichts, nur *bullshit*«, sagte Guðni. Er war immer noch gereizt und wusste nicht, was ihn mehr ärgerte, dass er in diesem Punkt einer Meinung mit Katrín war, oder dass er keine Gelegenheit bekam, sich in Sachen Kraftwerk ordentlich mit ihr zu fetzen. Alle sahen Stefán an, der den Kopf schüttelte.

»Genau wie ihr gestatte ich mir, meine Zweifel daran zu haben, dass wir es hier mit einem Terrorakt zu tun haben«, erklärte er nachdenklich. »Und ich glaube auch, dass die Grüne Armee kaum mehr ist als das Hirngespinst irgendeines Umweltfanatikers oder irgendwelcher Gymnasiasten mit makabrem Humor. Natürlich gibt es Umweltschützer, und zwar auch hierzulande, die man auf einer bestimmten Skala als Fanatiker einstufen könnte, aber ich kann mir kaum vorstellen, dass sie so weit gehen würden, Menschen für ihre Ziele umzubringen.«

»Und wieso das?«, knurrte Guðni. »Den verdammten katholischen Kinderschändern in Amerika hat man auch nichts Böses zugetraut. Und war da nicht neulich etwas in den Nachrichten, dass griechische Pfaffen und Richter in großem Stil Rauschgift ins Land schmuggeln? Damit hatten die Griechen wohl auch nicht gerechnet, oder was? Eine Verschwörung an den höchsten Stellen, Krankenschwestern und Ärzte, die ihre Patienten umbringen, Hollywood-Stars, die diesen und jenen umbringen, und Popstars, die sich an kleinen Jungs vergehen – es gibt doch endlos und überall Beispiele. Weshalb sollten diese Grünen eine Ausnahme bilden? Solange die Wale und die Gänse und die Blumen es gut haben, ist denen doch alles andere scheißegal. Menschen sind doch nur Nebensache.«

Stefán hob eine Pranke, um ihn zum Schweigen zu bringen. »Ja, ja, ich weiß, spar dir deine Worte. Aber es fällt mir trotzdem sehr schwer, mir isländische Grüne in dieser Rolle vorzustellen. Und falls sich irgendwelche ausländischen Umweltterroristen hier in Island herumtreiben würden, hätten wir selbstverständlich davon erfahren. Doch das bedeutet keineswegs, dass unser Einsatz hier völlig verfehlt ist.«

Er zögerte. Etwas war seltsam bei diesem Unfall, davon war er überzeugt. Er war zwar genau wie viele andere Isländer in dem Glauben aufgewachsen, dass Ingenieure am allerwenigsten Bescheid wussten, wenn es um die praktische Realisierung von was für Bauprojekten auch immer ging. Aber in den letzten Jahren war er doch mehr und mehr zu der Überzeugung gekommen, dass sie manchmal auch etwas von dem verstanden, was sie sagten und in Angriff nahmen. Der Kontakt zwischen ihm und Ásmundur Arason war so gut wie völlig abgebrochen, seit sie vor fündunddreißig Jahren in Akureyri das Abitur bestanden hatten. Doch auf dem Gymnasium waren sie gute Freunde gewesen, und dem Ásmundur von damals hatte es weder an Verstand noch Tatkraft gefehlt. Und außerdem hatte Stefán es am Magen gehabt, seit ihm die ersten Nachrichten von dem Unglück zu Ohren gekommen waren. Der Kater mochte vielleicht eine Erklärung dafür sein, dass er sich heute schlechter als gestern fühlte, aber das allein konnte es nicht sein. Stefán hatte es schon lange gelernt, auf seinen Magen zu hören. Er wusste nicht genau, warum, denn die Erfahrung hatte wiederholt gezeigt und bewiesen, dass die prophetische Gabe dieses Organs vielleicht sogar noch geringer war als die der Wetterfrösche beim Wetteramt. Trotzdem vertraute er weiterhin diesen beiden Institutionen. Er war sich allerdings nicht sicher, ob seine Mitarbeiter ebenfalls dazu bereit waren.

»Auf jeden Fall spielt das keine so große Rolle«, fuhr er schließlich fort. »Wie du gesagt hast, Katrín, sechs Menschen sind ums Leben gekommen. Unsere Aufgabe ist es schlicht und ergreifend herauszufinden, wie es dazu kam, und bis sich etwas anderes herausstellt, gehen wir davon aus, dass es kein Unfall gewesen ist. Und dann erhebt sich natürlich die Frage, wer umgebracht werden sollte und weshalb, um euch mal wieder an die Grundsätze zu erinnern.«

8

Sonntag/Montag

»Ich habe dir bei unserem gestrigen Telefonat alles gesagt, was ich weiß«, erklärte Matthías und klang wütender als beabsichtigt. »Und als du heute hier warst, habe ich das alles noch einmal wiederholt. Mehr kann ich dazu einfach nicht sagen. Wende dich an die Polizei.« Er brach das Gespräch ab und schaltete sein Handy aus. »Wegen dieser verdammten Zeitungsfritzen kommt man überhaupt nicht zum Arbeiten.«

Er und Lárus saßen in der leeren Kantine des NPC-Camps, schlürften Kaffee, der nicht einmal einem Meerschweinchen schlaflose Nächte bereiten könnte, und knabberten an zuckersüßen Biskuitschnitten. Lárus war erst vor einem Jahr vom Studium in Deutschland zurückgekehrt, ihm fehlten sechs Monate bis zum dreißigsten und genauso viele, um es auf ein Jahr Berufserfahrung zu bringen. Nichtsdestotrotz war er die Selbstsicherheit in Person, wie so viele andere mit seinem Hintergrund und seinem Aussehen; groß, blond, mit wasserblauen Augen und einer Kerbe in dem kantigen Kinn unter der scharfen Nase; seine schmalen Lippen hatten die Muttermilch aus einem silbernen Löffel aufgeleckt. »Wer war das?«, fragte er teilnahmslos. »Was wollte er?« Nachdem Ásmundur sich erhängt hatte und Björn, der Nächste in der Hackordnung, bei dem Erdrutsch den Tod gefunden hatte, war er nunmehr der leitende Sicherheitsbeauftragte der National Power Company, auf jeden Fall bis jemand anderes diesen Posten erhielt, und er hatte nicht das Geringste dagegen.

»Sie«, schnaubte Matthías, »diese Tussi von *Morgunblaðið*. Die wollte dasselbe wie der Typ von *Fréttablaðið* und dieses Jüngelchen von *DV*. Und die Leute vom Fernsehen und alle die anderen. Überall geistert es jetzt herum, dass das ein Mord war. Zwar weiß niemand etwas, aber alle sind überzeugt davon, dass es sich um Mord handelt. Richtiger gesagt, mehrfachen Mord, und es hat durchaus den Anschein, als ob alle das großartig finden. Was ist eigentlich mit denen los? Und woher bekommen sie diese Informationen?« Abgesehen von den roten Augen und den dunklen Ringen darunter war Matthías leichenblass. Er war zwar einigermaßen fit, doch der Stress und die Schlaflosigkeit der letzten achtundvierzig Stunden forderten ihren Tribut. Lárus war wesentlich besser in Form, er war allerdings auch fünfzehn Jahre jünger und hatte sich zudem in der Nacht etwas aufs Ohr legen können.

»Hier oben sind über tausend Menschen«, entgegnete er achselzuckend. »Da kann jeder x-Beliebige sich mit den Zeitungen in Verbindung gesetzt haben. Oder mit jemand anderem und der hat sich dann an die Medien gewandt. Vielleicht hat auch der Portugiese im Krankenhaus nicht nur mit der Polizei gesprochen. Das spielt doch keine Rolle.«

»Spielt keine Rolle?«, fauchte Matthías. »Das spielt keine Rolle? Willst du mir etwa sagen, dass es keine Rolle spielt, wenn irgendjemand Gerüchte über geplante Morde hier bei uns in die Welt setzt?« Seine Augen schienen vor Wut aus dem Kopf springen zu wollen.

Lárus beeilte sich, das Missverständnis zu klären. »Ich meine doch nur, es spielt keine Rolle, *wer* diese Geschichten in die Welt gesetzt hat«, sagte er rasch. »Wichtig ist nur, dass sie in Umlauf sind und dass sie ein Ende haben müssen. Aber das ist nicht unsere Aufgabe.« Da Matthías nicht völlig überzeugt zu sein schien, fuhr Lárus fort: »Die Leute vom Amt für Arbeitsschutz sind da, die Polizei ebenfalls, und die Kriminalpolizei ist unterwegs. Die einzige Möglichkeit, die Sache aufzuklären, besteht darin, diese Leute ihre Arbeit tun zu lassen und ihnen nach Kräften behilflich zu sein. Je eher das ins Reine gebracht wird, desto besser, das weißt du genauso gut wie ich, Matthías. Du hast es doch auch selber gesagt, erinnerst du dich nicht?«

Müde nickend massierte Matthías sich das unrasierte Kinn und sackte auf seinem Stuhl zusammen. »Ja doch, ich erinnere mich.« Er schloss die Augen und atmete ein paar Mal tief durch, bevor er sie wieder öffnete. »Ich kann nicht mehr. Ich kann einfach nicht mehr, ich muss mich hinlegen«, sagte er und stand auf. »Du weckst mich, falls irgendetwas passiert, das heißt, wenn ich überhaupt einschlafen kann.«

Lárus blieb sitzen und drehte den Kugelschreiber in seiner Hand, während sich Matthías' Schritte auf dem langen, hellhörigen Korridor entfernten und schließlich erstarben, als sich die Zwischentür hinter ihm schloss. Er begriff nicht, weshalb Matthías es so schlimm fand, dass die Leute eher an Mord als an einen Unfall glauben wollten. Wenn es ein Unfall gewesen war, dann lag die Verantwortung zumindest zum Teil bei der National Power Company und ihren Verantwortlichen und deren Mitarbeitern. Handelte es sich hingegen um vorsätzlichen Mord, konnte doch kein vernünftiger Mensch jemand anderem als dem Mörder die Schuld daran geben. Falls es denn ein Mord war, überlegte er, und das Vibrieren seiner Mundwinkel sah verdächtig nach Grinsen aus. Die Leute taten sich offensichtlich schwer damit, daran zu glauben. Verständlicherweise vielleicht. Es gehörte zwar gewiss nicht in seinen Aufgabenbereich, die Gerüchte aus der Welt zu schaffen, aber trotzdem überlegte er, ob es nicht vielleicht einen Versuch wert wäre, sie in vorteilhaftere Bahnen zu lenken.

Er warf noch einmal einen Blick auf die Liste der Opfer. Wer hätte ein Interesse daran haben können, diese Männer umzubringen, grübelte er, oder zumindest einen von ihnen? Wer kam für diese Rolle in Frage? Er hatte keine Probleme, einige Kandidaten aufzulisten, fand aber die Idee, eine solche Liste den Medien zu präsentieren, nicht opportun, zumindest im Augenblick noch nicht. Er stand auf und holte sich ein Stück Marmorkuchen.

»Wer bringt Menschen um«, murmelte er, »so ganz allgemein gesprochen?«

»Wie ich vorhin gesagt habe«, erklärte Stefán, »irgendjemand muss einen Grund haben oder sich zumindest einen einbilden, um einen oder mehrere von diesen sieben Männern umzubringen, die unter der Gesteinslawine landeten. Wenn ich es richtig verstanden habe, war derjenige, der überlebt hat, der Einzige, der von Rechts wegen an diesem Ort sein sollte, soweit ich weiß, haben die anderen nur eine Art Inspektionsfahrt gemacht. Ein absoluter Zufall, dass sie sich genau an dieser Stelle befanden, als es passierte.«

»Was wollten die sich da eigentlich ansehen?«, fragte Árni.

»Keine Ahnung«, antwortete Stefán kopfschüttelnd. »Wie bereits gesagt, vielleicht diese Verwerfung, von der Ásmundur in seinem Brief spricht, aber das ist natürlich etwas, was wir herausfinden müssen. Meines Wissens waren sie gerade erst dort eingetroffen, als es passierte. Die meisten Leichen wurden in unmittelbarer Nähe der Autos gefunden, und das deutet vielleicht eher darauf hin, dass der Anschlag dem Einzigen gegolten hat, der bereits vorher an Ort und Stelle war, nicht wahr?«

Katrín und Árni nickten zustimmend, aber Guðni schüttelte den Kopf. »Ich finde, es kann genauso gut darauf hindeuten, dass einer von den anderen erledigt werden sollte«, sagte er, »einer oder mehrere.«

»In Ordnung, aber warum?«, fragte Stefán.

Guðni nahm sich den zerkauten Stummel aus dem Mund und warf ihn in den Papierkorb. »Weil es sonst ein absolut unglaublicher verfluchter Zufall gewesen wäre. Irgendjemand beschließt, ein kleines Schwein von einem portugiesischen Arbeiter abzumurksen, der arm wie eine Kirchenmaus ist, und das tut er ausgerechnet genau in dem Augenblick, als sich ein halbes Dutzend Topmanager da herumtreibt? Und zur Krönung des Ganzen ist der Portugiese der Einzige, der überlebt? *I don't buy it.*«

»Okay«, sagte Katrín, »sehen wir uns das mal genauer an. Nehmen wir an, dass der Anschlag einem oder mehreren aus dieser Gruppe gegolten hat. Das bedeutet, dass irgendjemand sehr genau gewusst hat, wohin sie fuhren, nicht wahr? Und er hat an dieser Stelle auf sie gewartet?«

»Jawohl«, sagte Stefán, »und nicht nur das. Wer auch immer es getan hat, kannte sich dort sehr gut aus, wusste genau, dass diese Stelle bestens geeignet wäre, um einen Unfall zu inszenieren. Außerdem kann er mit Sprengstoff umgehen und weiß, wie er wirkt und wie – ach, ihr wisst, was ich meine. Wie und wo er angebracht werden muss, um eine Lawine ins Rutschen zu bringen. Das gilt im Übrigen ganz allgemein, egal wer umgebracht werden sollte.«

»Falls es denn Mord war«, brummte Árni.

»Himmel, Arsch und Zwirn, Junge«, sagte Stefán ärgerlich, »wie oft muss ich das denn noch sagen? Vielleicht bringt der Hund morgen den Beweis, dass es ein Unfall war, vielleicht erwacht der Portugiese aus seinem Koma und sagt uns, dass er dummes Zeug gefaselt hat, oder vielleicht passiert etwas ganz anderes. Etwas, das uns zeigt, dass es sich um einen Unfall gehandelt hat, dass Frost und Wasser und Gestein und Schwerkraft oder was auch immer diese Männer umgebracht haben.« Er beugte sich vor und ließ seine Blicke von einem zum anderen gleiten. »Doch bis dahin tun wir alles, was wir können, um der Sache auf den Grund zu gehen. Verstanden?«

Er lehnte sich stirnrunzelnd zurück und verschränkte finster dreinblickend die Arme. Árni bekam während dieser Zurechtweisung einen knallroten Kopf und ließ es dabei bewenden, beschämt zu nicken. Die Rolle, das dramatische Schweigen zu durchbrechen, fiel Guðni zu.

»*Right*, du meinst, dass der Portugiese am ehesten ein Mordopfer sein könnte«, sagte er und zog einen neuen Stumpen aus der Schachtel, um darauf zu kauen, »aber wie ich gesagt habe, weshalb sollte jemand den umbringen wollen? Und noch dazu auf diese Weise? Warum ihm nicht einfach eines Abends ein Messer in den Bauch jagen?« Er biss das Ende des Stumpens ab und spuckte in Richtung des Papierkorbs. »Ich tippe eher auf die Spaghettifresser.«

»Tatsächlich?«, entgegnete Stefán erstaunt. »Weshalb?«

Guðni verdrehte die Augen und gestikulierte wie ein Italiener. »Die sind davon ausgegangen, dass sie hier oben in Island machen können, was sie wollen, und haben sich geweigert, das zu zahlen, was sie normalerweise da unten in Italien zahlen müssten«, sagte er, und dem Ton seiner Stimme war zu entnehmen, dass das etwas war, was jedes Kind wissen müsste. »Und irgendjemandem gefiel das nicht, kapiert ihr? Der Mafia gefiel das gar nicht, und schwupps ist die Cosa Nostra zur Stelle.« Er grinste so breit, dass seine tabakgelben Zähne zum Vorschein kamen. »Irgendein Top-Manager aus dem Ausland kommt zu Besuch, präzise der richtige Moment, um die richtige *Message* an die richtige Stelle zu senden. Und um Missverständnisse auszuschließen, wurde nicht gekleckert, sondern geklotzt.«

Katrín traute ihren eigenen Ohren nicht. Stefán und Árni erging es ebenso. »Erst die Grüne Armee, dann die CIA und jetzt die Mafia?«, fragte sie ungläubig. »Was könnte einem sonst noch einfallen? Die Freimaurer? Oder vielleicht irgendein mittelalterlicher katholischer Geheimbund?« Sie hob resignierend die Hände. »Mensch, ich glaube, hier ticken alle nicht mehr ganz richtig, ehrlich. Willst du ernsthaft behaupten, dass die italienische Mafia einen Massenmord hier oben in Kárahnjúkar inszeniert hat, weil Impregilo sich weigert, Schutzgelder zu zahlen?«

Guðni strich sich über die Glatze und sagte achselzuckend: »Weshalb nicht? Die Mafia ist doch wohl kaum eine unwahrscheinlichere Variante als irgendwelche mordwütigen Umweltterroristen, oder?«

»Nein«, gab Stefán nach kurzem Schweigen zu, »das stimmt zwar, klingt aber trotzdem irgendwie noch unglaublicher als alles andere.«

Guðni hievte sich mit Mühe von dem niedrigen Bett hoch, zog die grüne Hose zurecht und blinzelte seinem Chef zu. »Ganz sicher?« Das Grinsen war noch an seinem Platz, als er gute Nacht sagte und zur Tür hinauswankte.

»In einer Sache hat der Kerl allerdings recht«, sagte Stefán, als sie lange genug die Köpfe geschüttelt hatten, nachdem Guðni das Zimmer verlassen hatte. »Es ist Zeit, schlafen zu gehen.«

Die kahle Erhebung zwischen den Camps der National Power Company und dem Hauptquartier von Impregilo war etwa hundert Meter breit und mindestens einen Kilometer lang und wirkte wie eine Art Niemandsland. Leere Kabelrollen, Bretterstapel, Ölfässer, zerbrochene Abwasserrohre von fast einem Meter Durchmesser und ausgediente Gerätschaften aller Art lagen verstreut wie Strandgut herum und ragten unterschiedlich hoch aus dem Schnee heraus. Auf der Seite der NPC stand eine kleine Hütte ganz allein für sich, ein moosgrüner Holzkasten der gleichen Bauart wie die Arbeiterunterkünfte. An den weißen Wänden drinnen befanden sich drei Kleiderhaken, ein elektrischer Heizstrahler und ein Aushang in Din-A4-Format mit einigen Telefonnummern. Der Fußboden war grau, und von der Decke, die ebenso weiß war wie die Wände, hing eine lange Neonröhre ohne Abdeckung. Im Fenster zur Straße stand ein Pappschild mit dem Logo der Polizei, und darunter befand sich eine Pressspanplatte, die von einer Wand zur anderen reichte, einen halben Meter breit war und als Schreibtisch diente. An ihr saßen die beiden Polizisten aus Egilsstaðir auf ihren Kunststoffstühlen und zankten sich, ob sie weiterhin versuchen sollten, etwas aus den Schichtverteilungslisten von der National Power Company, Impregilo und den Subunternehmern herauszulesen. Der ältere und schläfrigere schien sich gerade durchzusetzen, als die Tür aufgestoßen wurde und ein eiskalter Windstoß von draußen sämtliche losen Blätter auf der Schreibtischplatte durch die Luft wirbelte.

»Dealer«, sagte Lárus, als die Tür wieder hinter ihm ins Schloss gefallen war. Er lehnte sich keuchend und schnaufend mit dem Rücken gegen sie.

»Was?«, fragte der ältere Polizist, dessen altmodische Nickelbrille kaum noch Halt auf der rosa verschnupften Nase fand, weil er sich so weit über die Tischplatte vorgebeugt hatte. Er hieß Steinþór und war um die Mitte etwas füllig geworden, wirkte aber ansonsten einigermaßen fit.

»Wovon redest du eigentlich?«, fragte Auðunn, der jüngere

Polizist. Er trug ebenfalls eine Brille und hatte eine hohe Stirn, war aber lang und dünn. Keiner von beiden machte Anstalten, die Papiere aufzusammeln, die überall verstreut lagen.

»Sollte es sich tatsächlich um Mord handeln, wie viele behaupten«, erklärte Lárus, »dann glaube ich, dass da höchstwahrscheinlich Dealer dahinterstecken.«

»Was sagst du da?«, fragte Steinþór.

»Ich hab mir einfach mal ein paar Gedanken darüber gemacht, weshalb Menschen andere Menschen umbringen«, sagte er achselzuckend, während er sich den Schnee abklopfte, so gut es ging. »Meistens sind das doch irgendwelche zugedröhnten oder sturzbesoffenen Blödmänner, die keine Kontrolle mehr über sich haben, aber wenn nicht – wenn nicht, dann würde ich auf Dealer tippen. Denkt doch bloß an den Fall in Neskaupstaður im letzten Jahr. Die Leiche war vollgestopft mit Drogen.«

Die Polizisten nickten. Das klang sehr vernünftig in ihren Ohren. Von allen Orten der Welt hatte man ausgerechnet im Hafen von Neskaupstaður die Leiche eines litauischen Kuriers gefunden. Da lag es doch auf der Hand, daraus den Schluss zu ziehen, dass die Drogen in seinen Eingeweiden für Kárahnjúkar bestimmt waren, darüber waren sich alle auf dem Polizeirevier seinerzeit einig gewesen. Sie wussten auch, dass sie nicht die Einzigen waren, die so dachten, und dass auch bei denjenigen, die mit den Ermittlungen betraut waren, dieser Gedanke anfänglich im Vordergrund gestanden hatte. Im Grunde genommen war diese Theorie nie vollständig ausgeschlossen worden, auch wenn einige anscheinend inzwischen glaubten, es besser zu wissen. Überdies hatten sie seit langem den Verdacht gehabt, dass Drogen unterschiedlicher Art hier auf dem Kraftwerkgelände im Umlauf waren. Sie waren sich sogar ihrer Sache ziemlich sicher, auch wenn es ihnen nie gelungen war, Beweise dafür zu erbringen. Nicht nur einmal, sondern mehrmals waren sie hierhergekommen, um nach Drogen zu fahnden, und hatten sogar einen Spürhund dabeigehabt; manchmal aufgrund von Hinweisen, die sie erhalten hatten, doch einige Male waren sie auch unangekündigt aufgetaucht. Sie hatten aber nie mehr als das ein oder andere Gramm Haschisch bei irgendwelchen armen Schluckern gefunden, die daraufhin ohne Umschweife in ihre Heimatländer zurückexpediert wurden, und zwar ohne Strafanzeigen oder andere Formalitäten, um sich die damit verbundenen Umstände und die Negativpropaganda zu ersparen. Sie hatten das seltsam gefunden, sogar außerordentlich seltsam, wenn nicht sogar mysteriös, wie Steinþór sich einmal ausgedrückt hatte.

»Schön und gut«, sagte Steinþór, »nehmen wir also an, dass es Drogenhändler gewesen sind. Aber weshalb? Weshalb haben sie diese Leute umgebracht? Ingenieure, Informatiker, Geologen …«

»Und Bjössi«, sagte Lárus. »Vergesst Bjössi nicht, Björn Egilsson«, fügte er erklärend hinzu. »Wisst ihr nicht, wer das war? Er war unser Sicherheitsbeauftragter, er hat mit mir zusammengearbeitet. Und mit Ásmundur, der sich erhängt hat.«

»Ach ja, richtig«, sagte Steinþór. »Den habe ich einige Male getroffen. War er auch unter den Toten?« Lárus nickte mit seinem geschniegelten Kopf. »Mein Gott«, fuhr Steinþór kopfschüttelnd fort, »das war mir noch gar nicht klar. Ein guter Mann.« Er nickte bekräftigend, bevor er fortfuhr. »Ein guter Mann. Schade, dass er tot ist. Was war mit ihm?«

Lárus leckte sich über die schmalen Lippen, bevor er darauf antwortete. Es galt, seine Worte sehr sorgfältig zu wählen, um Missverständnisse zu vermeiden. Solche Polizisten fühlten sich allzu schnell auf den Schlips getreten. »Björn hat sich in den letzten Wochen sehr viel Gedanken wegen Dope gemacht, er sprach oft darüber, dass hier viel zu viel davon kursierte. Seiner Meinung nach war das gefährlich. Ich meine, das Gelände hier ist ja ohnehin schon gemeingefährlich, und die Vorstellung, dass hier Leute in bedröhntem Zustand auf Fünfzigtonnern Steilhänge mit engen Serpentinen runterdonnern, ist nicht gerade beruhigend.«

»Und woher hatte er diese Informationen?«, fragte Steinþór. »Ich meine, dass hier so viel Drogen kursierten?«

Lárus befeuchtete ein weiteres Mal seine Lippen, bevor er antwortete. »Das ist natürlich etwas, was … was hier in aller Munde ist, das weiß man einfach«, antwortete er mit beinahe verlegenem Gesichtsausdruck. »Ich meine, ihr wisst das doch genauso gut, ihr seid ja oft genug hierhergekommen, um danach zu suchen. Das war ja wohl kaum einfach so ins Blaue hinein? Und manchmal sieht man es den Männern einfach an, dass sie nicht … dass sie nicht so sind, wie sie vielleicht sein sollten.« Er räusperte sich. »Ihr wisst, was ich meine.«

Steinþór setzte seine Amtsmiene auf. »Und was weiter?«, fragte er. »Habt ihr nichts unternommen? Ihr habt gewusst, dass die Leute hier Rauschgift genommen haben, und habt nichts unternommen? Weshalb nicht?«

Lárus hob resignierend die schmalen Hände. »Was hätten wir denn tun können? Wir haben euch manchmal angerufen, wenn wir dachten, dass dabei etwas herauskommen würde, und wir haben mit den Kollegen von Impregilo gesprochen. Die tragen ja schließlich die Verantwortung für diese Leute. Wir sind nicht befugt, bei ihnen Blutproben entnehmen zu lassen, das ist deren Sache. Beziehungsweise eure.« Er warf den beiden Polizisten unruhige Blicke zu und beeilte sich mit der Fortsetzung, bevor sie sich beleidigt fühlen oder protestieren konnten. »Aber in erster Linie ist es natürlich Sache der Italiener. Ich glaube aber, dass die den Weg gewählt haben, geflissentlich darüber hinwegzusehen.« Er breitete die Arme aus wie jemand, der die Wahrheit auf seiner Seite hat. »Ich meine, für diese Leute gibt es überhaupt keine Abwechslung hier oben, absolut gar nichts. Wahrscheinlich finden die Italiener einfach, dass man ihnen nicht auch noch das Dope wegnehmen kann.« Er zuckte mit den Achseln. »Überlegt euch das doch mal. Was würden diese Typen womöglich sonst anstellen, wenn sie sich nicht zudröhnen könnten? Das würde vielleicht einen richtigen Aufstand geben.«

Steinþór und Auðunn starrten erst Lárus und dann einander an. Schließlich schüttelte Steinþór zutiefst schockiert den Kopf. »Was du nicht sagst.« Als er aufstand, herrschte auf einmal eine drangvolle Enge in der Hütte. »Was du nicht sagst, mein Lieber.« Er öffnete die Tür, und wieder wirbelten die Papiere in die Luft. »Wir unterhalten uns aber vielleicht lieber morgen darüber. Vielen Dank für deine Informationen.«

Lárus blickte verdutzt drein und zögerte einen Moment, doch dann nickte er und ging zur Tür hinaus. Steinþór machte sie hinter ihm zu. »Als wüssten wir nicht, wer Björn Egilsson war«, sagte er, nachdem die Tür lautstark ins Schloss gefallen war. »Nach allem, was vorausgegangen ist. Dieser Bursche hält uns anscheinend für vollkommene Idioten!«, schnaubte er. »In seinen Augen sind wir einfältige Landpolizisten.«

»Wieso hast du so getan, als wüsstest du nicht, wer Björn war?«, fragte Auðunn.

»Weil er nicht alles zu wissen braucht, was wir wissen. Das geht ihn gar nichts an. Und er darf auch gerne glauben, dass wir unbedarfte Landpolizisten sind. Vielleicht ist das sogar besser so.«

»Aber wieso denn? Du hast doch wohl nicht ihn im Verdacht, dass er …«

Steinþór schüttelte den Kopf. »Ich habe niemanden im Verdacht. Noch nicht. Aber er hat mit Björn zusammengearbeitet. Und man weiß nichts, bevor man es nicht weiß, kapierst du?« Er setzte sich seine Dienstmütze auf. »Du sammelst vielleicht noch diese Papiere wieder auf«, sagte er und öffnete die Tür ein weiteres Mal mit denselben Folgen wie zuvor. »Morgen früh sehen wir uns das Ganze noch einmal genauer an.«

»Man weiß nichts, bevor man es nicht weiß«, äffte Auðunn seinen Vorgesetzten leise nach und streckte ihm die Zunge heraus, nachdem sich die Tür wieder geschlossen hatte und die Papiere wieder auf den Boden gefallen waren. »Määh, määh, määh«, fügte er sehr viel lauter hinzu, als er sich sicher zu sein glaubte, dass Steinþór außer Hörweite war. »Dämlicher Klugscheißer.«

Das Schluchzen war zwar leise, aber man hörte es unangenehm deutlich durch die dünne Wand, die Schlafzimmer und Wohnzimmer in diesem Behelfsbau trennte, den sie derzeit ihr Zuhause nannten, und zerschnitt ihm Ohren und Seele. Ricardo stand breitbeinig mit den Händen auf den Hüften mitten im Wohnzimmer und starrte auf den Fußbodenbelag. Es war einfach unerträglich. Weshalb zum Kuckuck nahm diese Frau keine Schlaftablette? Oder heulte zumindest richtig?

Am liebsten wäre er ins Schlafzimmer gegangen, hätte sie in die Arme genommen und ihr langes, rabenschwarzes Haar gestreichelt, wie er es sonst immer tat, wenn etwas vorgefallen war. Diesmal aber traute er sich nicht, weil er nur zu gut wusste, dass sie sich nicht in seine Arme werfen, sondern ihn rotäugig, rotnasig und verschreckt abweisen würde. Und er fürchtete, dass er darauf in einer Form reagieren könnte, die er später bereuen würde. Er drehte sich auf dem Absatz um, ging in den Küchenbereich und griff nach der letzten Flasche seines Chiantis. Morgen mehr bestellen, nahm er sich vor und lächelte deprimiert auf das Glas hinunter, während er es halb füllte.

Probleme. Endlose Probleme, wohin man auch blickte. Als ihm die Stelle des leitenden Ingenieurs bei diesem Großprojekt angeboten wurde, hatte er keinen Augenblick gezögert. Er musste sich sogar richtig zusammenreißen, um nicht ja zu sagen, noch bevor sein Chef ausgeredet hatte, und an Ort und Stelle einen Freudentanz mit entsprechendem Gejohle aufs Parkett zu legen. Endlich, endlich zeigen sie, dass sie meine Fähigkeiten zu schätzen wissen und vertrauen mir ein bedeutendes Projekt an. Endlich bin ich da, wo ich hinwollte. Susanna hatte sich mit ihm gefreut, sie hatten auf bessere Zeiten angestoßen, auf ein besseres Gehalt und auf eine noch glänzendere Karriere in absehbarer Zukunft. Sie war allerdings nicht sonderlich begeistert von der Idee gewesen, ihm hierher in den hohen Norden zu folgen, in die Kälte und die Einsamkeit, aber es war ihm gelungen, sie zu überreden. Leider. Er hob das Glas, hielt es sich unter die Nase und atmete tief ein.

»*Salute*«, sagte er leise zu sich selbst. Wenigstens habe ich es geschafft, diesem Gewerkschaftsbonzen das Maul zu stopfen, dachte er. Ewig das Gejaule von diesen Typen, die sind nie zufrieden. Warum hat mir niemand gesagt, dass es so werden würde? Wie zum Teufel hätte man wissen können, dass es so werden würde? So einen Affenzirkus hatte er noch nie erlebt. Löhne, Unterkünfte, Kantine, Arbeitszeit – es gab nichts zwischen Himmel und Erde, woraus sie nicht ein Theater machen konnten, diese Isländer. Fühlten sich allesamt wie kleine Könige. Und die Portugiesen waren keinen Deut besser. Schwächlinge, die es nicht einmal ein Jahr aushielten, einige machten schon schlapp, bevor das halbe Jahr um war, für das sie sich verpflichtet hatten. Nur gut, dass die Behörden hierzulande gefügig und verständnisvoll waren. Und die Lage hatte sich auch gebessert, nachdem das chinesische Kontingent erhöht worden war. Die Chinesen stellten sich jedenfalls nicht quer, das musste man ihnen lassen. Genauso wenig wie die Behörden.

Aber das hatte nicht ausgereicht, um di Tommasso einen Dämpfer zu verpassen, der saß tagaus, tagein auf dem hohen Ross. Je mehr er darüber nachdachte, desto sicherer war er, dass Bareis unerwarteter Besuch mit di Tommassos Machenschaften in Verbindung stand. Warum zum Teufel hatten sie von allen Leuten ausgerechnet ihn zu seinem Stellvertreter gemacht? Es war doch bekannt, dass sie überhaupt nicht miteinander auskamen, dass er nach den Vorfällen in Brasilien nicht das geringste Interesse daran haben konnte, wieder mit diesem Kerl zusammenzuarbeiten. Und es hatte sich ja auch wieder herausgestellt, dass di Tommasso an allem, was er in Angriff nahm, etwas auszusetzen hatte; er sah ihm ständig auf die Finger, meckerte an allem herum und schnalzte dabei idiotisch mit der Zunge … Als hätte er das besser gekonnt, der Scheißkerl. Auf jeden Fall bin ich diese Laus jetzt los, dachte Ricardo und schnupperte wieder an dem Wein. Wen würden sie wohl an seiner Stelle schicken?

»Que sera, sera«, murmelte er und trank endlich von dem exquisiten Rebensaft. Di Tommasso, Barei, dieser Depp von einem Sicherheitsbeauftragten und der verdammte Zuhälter – alle tot. Er schlürfte den Wein. Haase und Norling ebenfalls. Nicht, dass das irgendetwas ausmacht, dachte er und verzog säuerlich den Mund, bevor er einen weiteren Schluck zu sich nahm. Aber es gibt mir ein bisschen Zeit. Kostbare Zeit.

Ricardo setzte das Glas ab, stand auf und schaltete den CD-Player ein. Vivaldi war drin, und er stellte die Lautstärke so ein, dass die Musik das Schluchzen seiner Frau übertönte.

Árni lag mit einer leeren Bierdose auf dem Bauch im Bett. Er verwendete sie als Aschenbecher. In diesem hypersterilen Zimmer war natürlich Rauchverbot, und deswegen hatte er das Fenster halb geöffnet, damit der Qualm nach draußen ziehen konnte. Okay, dachte er, sagen wir also, dass es kein Unfall war. Was dann? Oder richtiger gesagt, wer dann? Welcher dieser Männer hatte umgebracht werden sollen, und weshalb? Obwohl er der gleichen Ansicht wie Stefán und Guðni war, dass es kaum Zweck hatte, viel darüber nachzudenken, bevor sie mehr über die Leute wussten, die umgekommen waren, hatten sie den ganzen Abend genau das gemacht, und er konnte immer noch nicht damit aufhören. Er glaubte weder an die Grüne Armee noch an die Mafia, so viel stand fest. Und es war einfach zu absurd, sich vorzustellen, dass einer aus der Gruppe beseitigt werden sollte, der Täter es aber für das Beste gehalten hatte, einfach alle umzubringen. Das wiederum würde wahrscheinlich bedeuten, dass der Portugiese trotz allem das mutmaßliche Opfer gewesen war. Oder? Aber was sich dieses arme Schwein hatte zuschulden kommen lassen, war ein vollkommenes Rätsel. Das galt im Übrigen auch für die anderen sechs Männer. Wir müssen mehr über sie in Erfahrung bringen, dachte er, und damit war er er wieder zum Ausgangspunkt zurückgekehrt.

Árni schüttelte ärgerlich den Kopf, und in der Hoffnung auf eine Erleuchtung warf er einen weiteren Blick auf die ausgedruckte Liste.

Björn Egilsson, Sicherheitsbeauftragter (The National Power Company)
Halldór Valdimarsson, Ingenieur (The National Power Company)
Francesco di Tommasso, Ingenieur (Impregilo)

Gianluca Barei, geschäftsführender Direktor (Impregilo)
Johan Nording, Geologe (Subunternehmer, Impregilo)
Wolfgang Haase, Informatiker (Subunternehmer, Impregilo)
Jorge Fonsecas, Arbeiter (Selecta /Impregilo) (lebt)

Zwei Isländer, zwei Italiener, ein Schwede und ein Deutscher. Tot. Und ein Portugiese schwebte zwischen Leben und Tod. Auch diesmal sagte die Liste ihm nichts. Er legte sie zur Seite, steckte den Zigarettenstummel in die Bierdose und schüttelte sie, bevor er sie auf den Nachttisch stellte. Dann klopfte er sein Kopfkissen zurecht und knipste das Licht aus.

»Komplett hoffnungsloser Fall«, murmelte er. Und schlief ein.

9

Montag

Viktor wachte kurz vor halb sechs auf und fühlte sich elend. So ging es ihm die erste halbe Stunde nach einem Pillenschlaf immer. Er schlich wie ein Gespenst mit Gewissensbissen herum. Das besserte sich meist nach der zweiten Tasse Kaffee, doch diesmal war es schlimmer als sonst. Sein Herz hämmerte wie wild in seiner Brust, und er lag nass geschwitzt unter dem dicken Federbett. Trotzdem wagte er kaum, es zurückzuschlagen, er traute sich einfach nicht aufzustehen. Einige Minuten später sah er sich aber dazu gezwungen, und auf dem Weg zur Toilette dachte er krampfhaft darüber nach, wie seine Blase trotz des Schwitzens so voll sein konnte.

Nachdem er sie geleert hatte, kroch er in ein anderes Bett und versuchte, wieder einzuschlafen, aber das Unwohlsein wurde immer schlimmer und hielt ihn wach. Dieser neue Tag, der noch nicht angebrochen war, verhieß nichts Gutes. Seine Frau würde wie gewöhnlich in drei Stunden anrufen, um sich zu erkundigen, wie er sich fühlte. Viktor wollte ihr nicht vorlügen müssen, dass es ihm blendend ging. Dass alles in schönster Ordnung sei. Dass er sich bestens von den Strapazen vom Samstag erholt hätte. Sie war voller Sorge, das hatte er ihr anhören können, als sie ihn gestern Morgen anrief, und da hatte er sein Zaudern und das Zittern in der Stimme problemlos erklären können. Man legte ja schließlich nicht jeden Tag sechs Männer in den Sarg und verstümmelte einen siebenten.

Ásmundur, dachte er, ich kann ihr das mit Ásmundur erzählen. Der Mann, der sich umgebracht hatte, weil er der Belastung nicht standhielt. Aber würden ihre Sorgen dadurch nicht noch größer werden? Falls er ihr diese Geschichte unter Tränen erzählte, würde sie dann nicht anfangen, sich etwas über ihn zusammenzuphantasieren und sich ausmalen, dass die Belastung auch ihn fertigmachen könnte? Denn die Tränen würden ihm kommen, sobald er anfing, in seinem gegenwärtigen Zustand über diese Dinge zu reden, so gut kannte er sich. Es war gar nicht möglich, ihr weiszumachen, dass ihm der Tod eines Mannes derartig zu Herzen ging, mit dem er sich höchstens sporadisch über die Plörre, die der Koch der National Power Company Kaffee nannte, und die Cholesterinbomben, die er ihnen Tag für Tag auftischte, unterhalten hatte? Sie würde das sofort durchschauen und wissen, dass etwas anderes auf seiner Seele lastete, und anfangen zu bohren.

Er hatte sich immer schwer damit getan, seiner Frau etwas vorzulügen, und die letzten Monate waren in der Beziehung die reinste Hölle gewesen. Sie wusste, dass irgendetwas los war, und er spürte wiederum, dass sie das spürte. Selbst wenn sie sich mit seinen ausweichenden Antworten über die Einsamkeit und die Dunkelheit und die Isolation in Kárahnjúkar abzufinden schien, wusste er ganz genau, dass sie keineswegs überzeugt war.

Und dann Björg, was sollte er ihr sagen? Wie sollte er ihr erklären, dass er es heute Nacht vorgezogen hatte, in der Krankenstation zu schlafen?

Viktor legte sich auf die Seite und stützte sich auf den Ellbogen. Vielleicht konnte er zumindest ihren lästigen Fragen aus dem Weg gehen. Er sprang aus dem Bett, strich das Bettzeug glatt und ging zu dem Bett, in dem er geschlafen hatte, und versuchte es aufzuschütteln, gab es aber auf. Die Bezüge waren schweißnass, er müsste sie wechseln, falls diese Aktion irgendeinen Sinn haben sollte. Er überlegte, ob ein Kaffee ihm weiterhelfen würde. Er könnte sich in der Aufnahme einen kochen und dann weitermachen, dazu war noch ausreichend Zeit, Björg würde erst um acht Uhr ihren Dienst antreten …

Die Sinnlosigkeit seines Tuns ging ihm auf, als er das Wasser in die Kaffeekanne laufen ließ. Björg ist das geringste Problem, dachte er und drehte den Hahn zu, leerte die Kanne ins Waschbecken, stellte sie an ihren Platz und ließ sich auf den nächstbesten Stuhl fallen. Das allergeringste Problem und in krassem Gegensatz zu all den anderen schnell zu lösen.

Viktor stand mit schlotternden Knien auf und musste sich auf den Tisch stützen. Als er sicher war, dass er die Strecke bis zum Arzneimittelschrank schaffen würde, setzte er sich in Bewegung und holte sich zwei weitere Zopiklon. Als Nächstes kritzelte er ein paar Worte auf ein Blatt, das er auf den Nachttisch neben dem schweißgetränkten Bett legte, bevor er wieder hineinkroch, sich zudeckte und darauf wartete, dass die Pillen wirkten. Das kriegen wir alles auf die Reihe, dachte er, das wird sich schon irgendwie deichseln lassen.

Árni schnappte sich noch zwei Bananen vom verlockenden Frühstücksbüfett und rannte damit zum Parkplatz. Nachdem er seine Reisetasche verstaut und sich neben dem übelgelaunten Guðni auf dem Rücksitz des angenehm vorgeheizten Jeeps niedergelassen hatte, fuhr Katrín ruckend an.

»Ist es immer so schwierig, dich aus den Federn zu holen?«,

fragte sie gereizt, als sie unterhalb von Supermarkt und Tankstelle auf die Ringstraße Nummer eins einbog.

»Nein, nicht immer«, gähnte Árni und biss in die erste Banane. »Sollten wir nicht in zwei Autos fahren?«

Stefán nickte. »Ja, eigentlich. Aber bei der Autovermietung gab es nur noch diesen einen Jeep. Wir bekommen hoffentlich morgen einen zweiten.« Árni nickte zerstreut, schluckte den letzten Bissen von der Banane, sah zum Fenster hinaus und erschrak. Es waren ja kaum mehr als zwei Minuten vergangen, seit sie vom Hotel losgefahren waren, doch trotz der Straßenbeleuchtung war draußen nichts zu erkennen, bis auf die Straße vor ihnen. Links sah man undeutlich die Lichter von vereinzelten Häusern, und noch kleinere und noch verstreutere Lichter blinkten rechts in der Ferne, sonst nichts.

»Äh, das Hotel, liegt das nicht mitten im Ort?«, fragte er.

»Nein«, antwortete Katrín, »es liegt eher am Rand, sozusagen direkt an der Ringstraße.« Árni, der die Stadtgrenzen von Reykjavík nur verließ, wenn es absolut nicht zu umgehen war, und schon beim Überqueren der Brücken über die beiden Arme der Elliðaá das Gefühl hatte, auf dem Land zu sein, fand das sehr verdächtig. Kein Ort konnte so verdammt klein sein. Er kam zu dem Schluss, dass er über der Banane eingenickt sein musste. Und dann wurde ihm plötzlich schwarz vor den Augen. Als er wieder nach vorne blickte, begriff er, dass nicht seine Augen, sondern die Straßenlampen ihn ihm Stich ließen, die schnell im Dunkel hinter ihnen verschwanden. Sie schossen unangenehm schnell über die kurvige, unebene und vereiste Straße, die am Lagarfljót-See entlangführte. Wo zum Teufel bin ich eigentlich gelandet, dachte er schaudernd.

»Verdammt noch mal«, erklärte Stefán plötzlich, »es ist schon acht.« Er schaltete das Radio ein.

…aber wie wir aus sicherer Quelle wissen, befinden sich die Mitarbeiter des Erkennungsdienstes bereits vor Ort, und auch die Verstärkung aus den Reihen der Reykjavíker Kriminalpolizei ist bereits in Egilsstaðir eingetroffen und wird nach Kárahnjúkar fahren, sobald es die Straßenverhältnisse erlauben. Der Amtmann in Seyðisfjörður wollte gegenüber unserer Nachrichtenredaktion die Gerüchte, dass der Bergsturz in der Hafrahvammar-Schlucht, der sechs Menschen das Leben gekostet hat, die Folge einer von Menschenhand ausgelösten Sprengung gewesen ist und dass der Fall jetzt als Tötungsdelikt eingestuft wird, weder bestätigen noch dementieren. Der verstärkte Polizeieinsatz deutet aber fraglos darauf hin, dass diese Möglichkeit ernsthaft in Erwägung gezogen wird. Sollte sich diese Annahme als korrekt erweisen, kann es keinen Zweifel geben, dass es sich um eines der größten Kapitalverbrechen in der isländischen Geschichte handelt. Soviel von Björn Malmquist, der sich zur Zeit in Kárahnjúkar befindet…

»Mach doch den Quatsch aus«, brabbelte Guðni vor sich hin, »ich versuch hier zu schlafen.«

»Klappe«, sagte Stefán und stellte lauter.

…Theorien darüber, wer dort am Werk gewesen sein könnte? Selbstverständlich gibt es Theorien darüber, und wohl nicht nur eine oder zwei, doch sie klingen zum Teil recht unglaubwürdig. Die meisten tendieren zumindest im Augenblick zu der Ansicht, dass Rauschgifthandel und Vertrieb von Drogen im Spiel sind. In diesem Zusammenhang wird häufig auf den Leichenfund in Neskaupstaður vor einem Jahr verwiesen, obwohl man offiziell nicht davon ausgeht, dass diese Drogen für Kárahnjúkar bestimmt waren. Die Polizei hat sich bislang noch nicht zu dieser Theorie geäußert, doch der Vertrauens-

mann der Gewerkschaft Róbert Finnsson behauptet, dass der Konsum von illegalen Drogen seit langem Anlass zur Besorgnis gegeben hat. Lárus Einarsson, einer der Sicherheitsbeauftragten der National Power Company, bestätigt, dass Drogenhandel durchaus im Spiel sein könnte. Ich habe Lárus hier am Mikrofon: Lárus, kannst du mir sagen, ob in Kárahnjúkar tatsächlich Drogen im Umlauf sind?
Ja, das lässt sich nicht leugnen.

»Interessant«, sagte Stefán. Als zu der einzigen anderen Nachricht in dieser Sendung übergegangen wurde, die nichts mit Kárahnjúkar zu tun hatte, schaltete er das Radio aus.

»Glaubst du, dass da etwas dran sein könnte?«, fragte Katrín, während sie geschickt und ohne das Tempo zu drosseln an den Straßenrand auswich, als ihnen auf der schmalen Straße ein riesiger Laster entgegendonnerte.

»Ich weiß es nicht«, entgegnete Stefán schleppend. »Auf jeden Fall hat das hier nichts mit der Sache in Neskaupstaður zu tun. Diese Drogen waren überhaupt nicht für Kárahnjúkar bestimmt, wie der Reporter sagte, oder zumindest deutet nichts speziell darauf hin. Aber mit diesem Vertrauensmann müssen wir uns eingehend unterhalten, wie hieß er noch? Róbert. Und auch mit diesem Lárus, das liegt ja wohl auf der Hand.«

»Er wurde als Sicherheitsbeauftragter der National Power Company betitelt«, sagte Katrín.

»Hmm«, stimmte Stefán zu.

»Der letzte Mohikaner«, murmelte Guðni.

»Was?«, sagte Árni.

»Was zum Teufel hast du dir eigentlich dabei gedacht, Mensch?« Das bisschen Seelenfrieden, das ein unruhiger Schlaf Matthías beschert hatte, war mit den Morgennachrichten im Nu zerstoben, und sein Blutdruck war extrem in die Höhe geschnellt. Lárus hingegen saß seelenruhig mit der dampfenden Kaffeetasse in der Hand da und ließ sich nicht aus der Ruhe bringen.

»Darf ich dich daran erinnern, dass du selber gesagt hast, wir sollten nichts geheim halten. Offen sein, alles tun, was in unserer Macht steht, um Klarheit darüber zu gewinnen, was …«

»Da haben wir aber geglaubt, dass es ein Unfall war!«, schrie Matthías und schlug mit der Faust auf den Tisch. »Und damit habe ich das Arbeitsschutzamt und die Polizei gemeint und nicht die Medien.«

»Du hast aber auch über die Medien geredet«, sagte Lárus immer noch vollkommen ruhig, »ich erinnere mich ganz genau, was du …«

»Ich erinnere mich auch genau, was ich gesagt habe! Ich weiß sehr genau, dass ich über Fakten gesprochen habe und nicht über Spekulationen und Gerüchte!«

»Du weißt ebenso gut wie ich, dass hier massiv Drogen im Umlauf sind, Matthías.« Lárus trank einen Schluck Kaffee und verzog das Gesicht. »Und das ist kein Gerücht.«

Matthías platzierte seine Faust ein weiteres Mal auf Lárus' Schreibtisch, diesmal aber etwas beherrschter als zuvor. »Selbstverständlich ist das ein Gerücht!«, fauchte er leise. »Und das bleibt es auch so lange, bis die Polizei das Gegenteil nachgewiesen hat, verstanden?«

Lárus war zwar etwas verunsichert, bewahrte aber immer noch seine Ruhe. »Nein, das verstehe ich absolut nicht«, erklärte er mit einer resignierenden Handbewegung. »Aber wenn du es so willst, dann werde ich mich daran halten. Ich nehme alles zurück und halte von jetzt an die Schnauze. Okay?« Ein schwaches Lächeln umspielte seine Lippen, als er aufstand und mit zwei Schritten direkt vor Matthías stand.

»Ich glaube aber, dass es ein Fehler wäre«, sagte er. »Diese sensationsgeilen Reporter müssen irgendetwas vorgesetzt bekommen, worüber sie sich auslassen können, denn herumschnüffeln werden sie hier allemal. Hör zu, es gibt zwei Gründe, weshalb ich gesagt habe, was ich gesagt habe. Zum einen halte ich das so ganz privat und persönlich einfach für die wahrscheinlichste Erklärung – das heißt, wenn es denn tatsächlich kein natürlicher Erdrutsch war, ganz gleich was Ásmundur über diesen verdammten Berggrat geschrieben hat. Wir haben ihn nämlich nicht genau genug untersucht, um das ausschließen zu können, wie du weißt. Zum anderen glaube ich, dass es nicht schlecht wäre, wenn die Medien die Spekulationen über Drogen auswalzen, so lange knien sie sich nicht in etwas anderes hinein. Oder hättest du lieber gewollt, dass ich ihnen etwas über die Grüne Armee erzähle?«

Es fehlte nicht viel, und Matthías wäre mitsamt dem Schreibtisch umgekippt, als er zurückwich, aber er fing sich rasch wieder. »Was weißt du darüber?«, fragte er scharf, »und wie hast du davon erfahren?«

Lárus schnalzte leise mit der Zunge und trank einen Schluck aus der Tasse, die er immer noch in der Hand hielt. »Das, was ich wissen soll.« Er stellte die Tasse ab und verschränkte die Arme vor der Brust. »Ásmundur hat Halldór und mich darüber informiert, sobald er selber davon erfahren hatte. Er hatte auch schon zusammen mit den Sicherheitsbeauftragten von Impregilo einen Krisenplan für den Fall der Fälle entwickelt, falls sich wider Erwarten herausstellen würde, dass etwas hinter diesem Blödsinn steckt. Und Björn und ich waren von Anfang an mit dabei, was ja wohl auch normal ist. Wann hättest du mich denn eingeweiht?«

»Ich …«

»Ásmundur und Björn sind beide tot«, fuhr Lárus fort, »und infolgedessen bin ich bis auf weiteres der einzige Sicherheitsbeauftragte hier am Ort. Ich weiß, dass das kaum lange so bleiben wird, und ich rechne auch nicht damit, die Stelle von Ásmundur zu bekommen. Aber falls wirklich etwas hinter diesen E-Mails steckt, dann soll heute etwas geschehen. *Heute*, Matthías. Hast du vielleicht vorgehabt, mir morgen davon zu erzählen? Oder bist du der Meinung, dass mich das gar nichts angeht?« Er nahm seine Mappe vom Schreibtisch, schloss sie und öffnete die Tür. »Mach dir keine Gedanken. Wie ich sagte, Ásmundur hat mir vertraut, auch wenn du das nicht tust, und deswegen bin ich ziemlich gut im Bild. Und sofort, nachdem das am Samstag passiert war, kam der Krisenplan zum Tragen, auch wenn das Datum nicht mit den Drohbriefen übereinstimmte.«

Es hatte ganz den Anschein, als sei plötzlich sämtliche Luft bei Matthías heraus. Er stützte sich krumm und müde auf den Schreibtisch und erinnerte eher an einen gerügten Schuljungen als an den entschlossenen und wütenden Vorgesetzten, der dort noch vor einigen Minuten gestanden hatte.

»Und was bedeutet das?«, fragte er leise.

Fehlt bloß, dass er die Nase hochzieht und sie am Ärmel abwischt, dachte Lárus. »Es bedeutet, dass ich zu spät zu der Besprechung mit den Jungs von Impregilo komme, wenn ich mich nicht beeile«, sagte er. »Ich melde mich bei dir, wenn ich zurückkomme.«

Árni fand, dass Katrín die scharfen Kurven auf der eisglatten Straße viel zu schnell nahm, und schätzte sich glücklich, dass es noch nicht richtig hell war. Zweimal hatte er in einem ungünstigen Augenblick an einem Steilhang durch das Seitenfenster nach unten geblickt, und obwohl er kaum mehr als irgendwelche Lichter erkennen konnte, reichte es, um ihm Schwindelgefühle zu verursachen. Sein Befinden besserte sich nicht, als ihnen genau in dem Augenblick ein großer Laster mit Schneepflug vorne entgegenkam, als sie am Rande eines Abgrunds entlangfuhren, und er schloss unwillkürlich die Augen, als die beiden Fahrzeuge einander begegneten.

»Schwindelig?«, griente Guðni hämisch in seiner Ecke. Árni murmelte etwas Unverständliches und konzentrierte sich krampfhaft auf Stefáns Hinterkopf, bis die größte Gefahr vorüber war.

»Phantastisch«, seufzte Stefán begeistert, als sie in dem Augenblick, wo auch die Sonne aufging, ankamen. »Einfach phantastisch.«

Árni wagte einen Blick aus dem Fenster, aber wohin er auch schaute, sah er nichts, was zu diesem Adjektiv passte. Er sah nichts als eine endlose, schneebedeckte, mehr oder weniger hügelige Ödnis, soweit das Auge reichte, und ein paar Berge in der Ferne. Das Einzige, was Abwechslung in dem weißen Einerlei bot, waren jede Menge Steine, die allenthalben wie misslungene Tortenverzierungen aus dem Schnee herausragten. Sie waren unterschiedlich groß und unterschiedlich geformt, aber alle kohlschwarz, wie ihm schien, zumindest in diesem Licht. Daran änderte sich auch mit steigender Sonne nichts, wenn überhaupt schienen sie nur noch schwärzer zu werden. Und der Schnee weißer.

»Steine und Geröll«, murmelte er.

»Was?«, fragten Katrín und Stefán im Chor.

»Nichts«, gähnte Árni. »Wie weit ist es noch?«

»Im Grunde genommen ist das hier natürlich ein schlechter Witz«, sagte Steinþór. »Ein Telefon, zwei Stühle, und ein Brett als Schreibtisch. Und so was nennt sich Polizeidienststelle.« Auðunn nickte. Sie hatten sich auf ihren Plastikstühlen in der Hütte niedergelassen und blätterten ohne großes Interesse durch die Schichtverteilungspläne vor ihnen. »Hier leben und arbeiten das ganze Jahr über mehr als tausend Menschen, wahrscheinlich sogar an die fünfzehnhundert, wenn wir die drei anderen Camps mitrechnen, die da irgendwo im Hochland verstreut sind, und trotzdem ist die Polizei hier überhaupt nicht vertreten. Es gibt hier nur diese schäbige Hütte, die uns die seltenen Male zur Verfügung steht, wo wir es schaffen, hier oben nach dem Rechten zu sehen.«

»Aber warm ist es hier jedenfalls«, sagte Auðunn, der sich genüsslich mit dem Zeigefinger in der Nase bohrte, der ab und zu unter dem Schreibtisch verschwand, um genetische Fingerabdrücke zu hinterlassen. »Einen richtigen Arbeitsplatz kann man das allerdings kaum nennen, und wie soll das überhaupt werden, wenn jetzt noch das Team aus Reykjavík dazukommt. Sind die nicht schon unterwegs?«

»Ja«, antwortete Steinþór, »sie sind heute Morgen von Egilsstaðir losgefahren.«

»Kennst du sie?«

Steinþór kratzte sich mit einem Bleistift hinter den Ohren. »Nicht die vom IKA und nicht dieses Frauenzimmer«, sagte er, »und auch nicht diesen Árni. Aber Stefán kenne ich, ich war auf einem Seminar von ihm. Er ist in Ordnung. Und natürlich kenne ich auch Guðni.«

»Guðni?«

»Pálsson.« Steinþór sah Auðunn ungläubig an. »Guðni Páll Pálsson, sag bloß, dass du noch nie von ihm gehört hast.«

Auðunn schüttelte den Kopf.

»Das kann doch nicht wahr sein«, sagte Steinþór und schlug sich auf die Schenkel. »Das war natürlich vor deiner Zeit, aber trotzdem – hab ich dir die Geschichte wirklich noch nie erzählt?«

Auðunn schüttelte noch einmal den Kopf.

»Du erinnerst dich aber doch an den Mord von Seilingsstaðir, oder nicht?«

»Natürlich erinnere ich mich daran«, antwortete Auðunn leicht gekränkt. »Das war am Tag meiner Konfirmation, am Pfingstsonntag 1986.«

»An deinem Konfirmationstag«, griente Steinþór. Auðunn errötete leicht, was Steinþór aber nicht bemerkte. »Wie dem auch sei«, fuhr er fort, »ich selbst hatte gerade erst bei der Polizei angefangen, als das geschah. Alle glaubten zu wissen, dass der Kerl es selber getan hatte, die ganze Gegend wusste ja, dass seine Alte fremdging. Er hatte aber ein Alibi, weil er nach eigenen Aussagen gar nicht zu Hause war, sondern angeblich bis zum frühen Morgen bei Ketill auf Hóll gesoffen hatte. Und Ketill hat das bestätigt, und die zwei Kerle waren nicht von ihrer Aussage abzubringen. Außerdem war keine der beiden Schrotflinten auf dem Hof in letzter Zeit verwendet worden, und obwohl behauptet wurde, er hätte drei besessen, bestand keine Möglichkeit, das nachzuweisen, und er selber stritt das selbstverständlich hartnäckig ab. Wir mussten uns damit abfinden, und das war unsere Ausgangslage. Nach drei Wochen haben dann diejenigen, die hier das Sagen hatten, das Angebot angenommen, Verstärkung aus Reykjavík zu holen. Und das war wie gesagt dieser Guðni.« Steinþór starrte nachdenklich aus dem Fenster, während er die Geschichte rekapitulierte. »Er hat eine Viertelstunde gebraucht«, sagte er nach kurzem Schweigen. »Wir hatten uns drei Wochen damit rumgeschlagen, bevor Guðni eintraf, und er brauchte nur eine Viertelstunde. Er verlangte sofort, mit dem Kerl zu sprechen, und ich wurde abkommandiert, um ihn zu chauffieren. Als wir dort vorfuhren, sagte er mir, wie ich mich zu verhalten hatte. Du sitzt neben mir, sagte er zu mir, blickst den Kerl unverwandt an und machst den Mund nicht auf. Was auch immer passiert, du sitzt da einfach nur auf dem Arsch, starrst den Kerl an und hältst die Klappe. Und das habe ich gemacht. Wir setzten uns Seite an Seite an den Küchentisch, der Kerl saß uns gegenüber, und ich habe ihn die ganze Zeit angestarrt. Er war echt widerlich.«

»Der Typ?«

»Nein, Guðni.« Steinþór schüttelte den Kopf. »Ich war mehrmals kurz davor, einzugreifen und ihm zu sagen, dass er zu weit ging, aber ich habe mich zurückgehalten. Es war nicht einfach, aber ich habe es geschafft. Weshalb lügst du, du dämlicher Idiot, fragte er, weißt du nicht, dass es besser für dich ist, gleich zu gestehen? Du lügst, und dein Kumpel auch, du selber hast deine Alte umgebracht. Du hast gewusst, dass sie mit Jón auf dem Nachbarhof herumgevögelt hat. Als sie nach Hause kam, roch sie im Schritt noch nach dem Sperma von Jón, diese Nutte, und da hast du bereitgestanden und sie mit deiner Schrotflinte abgeknallt, und die hast du dann anschließend in den Fluss geworfen. Ich verstehe dich gut, sagte er, ich hätte das auch gemacht, wenn ich so eine verdammte Nutte zur Frau hätte.

Und in dem Stil hat Guðni die ganze Zeit weitergemacht. Der arme Kerl schaltete zunächst auf stur, aber dann brach sein Widerstand zusammen, er fing an zu winseln und hat alles gestanden. Es stellte sich heraus, dass es in etwa so gewesen war, wie Guðni gesagt hatte. Der Alte war zu Ketill nach Hóll gefahren und hatte mit ihm gesoffen, bis Ketill umfiel. Dann ist er auf einem Traktor nach Hause gezuckelt, doch da war die Alte ausgeflogen, und als sie endlich wiederkam, erwartete er sie mit der Flinte vor sich auf dem Tisch. Er glaubte zu wissen, bei wem sie gewesen war, und rastete komplett aus. Schnappte sich die Flinte und erschoss sie, bevor sie noch einen Mucks von sich geben konnte. Und das war keine normale Flinte, sondern eine Spezialwaffe für die Rentierjagd, wie du bestimmt weißt. Anschließend fuhr er auf dem Traktor zurück zu Ketill nach Hóll und schlief dort seinen Rausch aus, doch vorher hat er noch die Flinte unter einem Stapel alter Heuballen in Ketills Pferdestall versteckt, so ein gutes Stück wirft man ja schließlich nicht einfach weg. Eine Viertelstunde, nachdem wir bei ihm in Seilingsstaðir vorgefahren waren, bretterten wir mit dem Kerl in Handschellen schon wieder zurück nach Egilsstaðir. Guðni übernachtete im Hótel Valaskjálf, schwängerte Dedda und flog am nächsten Tag nach Reykjavík zurück.«

»Dedda?«

»Dedda Karlsdóttir. Sie arbeitete damals in der Bar des Hotels. Die kleine Helena ist Guðnis Tochter.«

»Typisch Dedda«, erklärte Auðunn in abfälligem Ton. »Dieser Guðni ist also ziemlich in Ordnung?«

»Nein, er ist eigentlich ein echter Kotzbrocken«, entgegnete Steinþór kopfschüttelnd. Er stöhnte und wandte sich wieder dem Papierstapel vor ihm zu. »Na denn, Märchenstunde beendet, am besten stürzen wir uns wieder in diesen verdammten Papierkram.« Steinþór konzentrierte sich auf das oberste Blatt in dem Stapel, kapitulierte aber bald und zog eine Grimasse. »Das ist doch völlig sinnlos«, erklärte er, »da kommt nichts dabei heraus.«

»Hast du nicht gesagt, wir müssten wissen, wer wo gewesen ist?«, fragte Auðunn und runzelte die fast unsichtbaren Brauen. »Oder zumindest, wer wo hätte sein müssen, als es passierte?«

Steinþór nickte. »Ja, das habe ich gesagt. Aber was nützt das? Es handelt sich um ein paar hundert Leute, von denen die Hälfte noch dazu keine Schicht hatte.«

»Und?«

»Und ich glaube, wir kommen nur dann weiter, wenn wir das etwas einengen. Vielleicht besorgen wir uns erst einmal die Liste, die ich bei denen von Impregilo angefordert habe, mit all denjenigen, die irgendwo da in der Nähe waren und etwas gesehen haben könnten, und danach knöpfen wir uns den Kerl im Sprengstoffdepot und sein Inventarverzeichnis vor. Vielleicht hat er ja inzwischen alles überprüft, so wie ich ihm aufgetragen habe. Wenn das vorliegt, können wir anschließend sondieren, wer die Möglichkeit hatte, Dynamit zu entwenden, und wer damit umgehen konnte. Und außerdem sollten wir uns vielleicht noch etwas genauer mit Björn und den Leuten befassen, mit denen er den meisten Umgang hatte, falls sich das feststellen lässt. Es geht um zwanzig, dreißig oder allerhöchstens vierzig Leute«, sagte Steinþór und stand auf. »Meines Erachtens macht das mehr Sinn, mit denen zu beginnen, als hier mühsamst jeden einzelnen Chinesen, jeden Portugiesen und Italiener und wen weiß ich noch ausfindig zu machen.« Er zog den Reißverschluss bis zum Hals hoch, der vor allem um die Taille ziemlichem Druck ausgesetzt war, denn die Jacke war bereits fünf Jahre alt, außerdem trug Steinþór darunter einen dicken Sweater. »Los, das nehmen wir jetzt in Angriff.« Er wartete die Anwort gar nicht erst ab, sondern riss die Tür weit auf und stiefelte zum zweiten Mal an diesem Tag in den relativ stillen, aber eiskalten Morgen hinaus, und dabei war es noch nicht einmal neun.

»Hast du etwas vom Erkennungsdienst gehört?«, fragte Auðunn kurzatmig, als er seinen Vorgesetzten eingeholt hatte.

»Pah!«, erklärte Steinþór abschätzig. »Nein, nicht seitdem ich die Typen gestern Abend da unten in die Schlucht gelotst habe.« Die beiden wateten durch die Schneewehen hinüber zum Parkplatz vor dem NPC-Camp, wo ihr völlig zugeschneiter Jeep stand.

»Der Typ ist ein ziemlich seltsamer Vogel«, erklärte Auðunn. »Der in dem Hawaiihemd, meine ich, mit dem Pferdeschwanz.«

»Seltsam?«, sagte Steinþór und riss die vereiste Tür auf der Fahrerseite auf. »Friðjón? Der ist viel mehr als nur ein seltsamer Vogel, das kann ich dir sagen. Natürlich ist er ein Genie, aber total schräg. Er wird der Spürhund, oder einfach kurz der Hund genannt, wusstest du das? Das hat auch seine guten Gründe. Hier, nimm den Schaber, ich lass inzwischen den Motor an. Ich kann dir etliche Geschichten über den Hund erzählen …«

10

Montag

Árni wachte zwar nicht davon auf, dass Katrín voll auf die Bremse trat, doch das Knirschen beim Schalten in den Rückwärtsgang drang bis in seine wirren Träume, und er schreckte hoch.

»Was ist los?«, fragte er benommen. »Sind wir da?«

»Nein«, antwortete Katrín, »noch nicht.« Sie stoppte wieder und zog die Handbremse an, bevor sie sich ihre dunkelgrüne Goretexjacke anzog. Sie und Stefán stiegen aus, doch Stefán machte sich nicht die Mühe, sich etwas überzuziehen. Árni sah sich um und entdeckte einen anderen Jeep zwei Meter vom Straßenrand, der bis weit über die Räder in einer Schneewehe steckte. Die Rücklichter leuchteten, und gemessen an den Dieselabgasen aus dem Auspuff konnte es nicht lange her sein, seitdem er von der Straße abgekommen war. Katrín und Stefán waren schon dicht bei dem Wagen, als die weißen Rücklichter aufleuchteten und der hochstiebende Schnee der durchdrehenden Räder in ihre Richtung geschleudert wurde. Der Jeep rührte sich jedoch nicht vom Fleck. Einige Sekunden später stiegen zwei Männer aus und stapften zu ihnen herüber.

»Mensch, ist das nicht unser *fucking Secret Service, stuck in the middle of nowhere*«, kommentierte Guðni schadenfroh, und Árni amüsierte sich ebenfalls, als er sah, wie Friðrik wild mit den Armen fuchtelnd anzudeuten schien, dass sich diese Kurve quasi der Majestätsbeleidigung schuldig machte, indem sie unverschämterweise so verdammt scharf war.

»Die haben heute Nacht im Hotel Valaskjálf übernachtet«, sagte Katrín, als sie sich den Schnee abgeklopft und wieder ans Steuer gesetzt hatte. »Sie haben sich vor fünf Minuten da festgefahren.«

Ein eiskalter Wind blies Árni in den Nacken, als Stefán die Hecktür öffnete, um nach einem Abschleppseil zu suchen.

»*Shit*«, stieß Guðni aus tiefster Überzeugung hervor. »Sonst stiebt der verdammte Schnee hier doch immer wie blöde durch die Gegend, aber ausgerechnet jetzt natürlich nicht, damit sie diese dämlichen Typen entdecken konnte.«

Das Gebet, nach dem Ricardo so intensiv gesucht hatte, rann ihm immer wieder sofort durch die gefalteten Hände. Er saß zusammengekrümmt auf einem Schemel am Fußende des Betts und betrachtete seine schlafende Ehefrau, nicht wissend, wann sie eingeschlafen war. Sie hatte sich an den letzten beiden Abenden in den Schlaf geweint. Ricardo zweifelte daran, dass irgendein Priester sie in absehbarer Zukunft trösten konnte, ganz gleich, wie inbrünstig sie zwischen den Weinkrämpfen ihren Gott anflehte. Ricardo dachte in dieser schlaflosen Nacht nicht nur lange, sondern auch über vieles nach, während er die Rotweinflasche leerte und etliche Male Vivaldi durch die Jahreszeiten folgte. Es ging ihm auch nicht darum, ihr das, was sie getan hatte, vorzuwerfen, ganz im Gegenteil, er gab sich selbst die Schuld daran. Er fürchtete aber, dass sie ihn nichtsdestotrotz hasste.

Kinder, überlegte er. Das wäre nie geschehen, wenn ich eingewilligt hätte, ihr die Kinder zu schenken, nach denen sie sich so sehnt, als sie mich darum bat. Und wenn ich sie nicht dazu überredet hätte, mir an den Arsch der Welt zu folgen, wo kein Gott wohlgefälliger Mensch gezwungen sein dürfte, sich aufzuhalten.

Im Gegensatz zu seiner Frau konnte Ricardo nur wenig Interesse für religiöse Dinge aufbringen, und das Wenige hatte sich proportional zum steigenden beruflichen Erfolg noch verringert. Doch nun, genau in diesem Augenblick, wo er auf den nächsten Anruf aus Mailand wartete, vor dem ihm graute, konnte er sich durchaus vorstellen, Trost und vielleicht sogar Weisung bei ebendem Gott zu suchen, den er all diese Jahre vernachlässigt hatte. Er war völlig überzeugt, dass Barei weder zu einem Zufalls- noch zu einem Höflichkeitsbesuch gekommen war; dahinter steckte wahrscheinlich – nein, ganz bestimmt – di Tommasso, was auch immer wer sagen mochte. Und er war sich darüber im Klaren, dass er die Galgenfrist, die ihm der nicht unwillkommene Tod der beiden und aller anderen verlieh, nach besten Kräften nutzen musste, wenn er sich heil aus der Affäre ziehen wollte. Trotzdem war da etwas, was ihn lähmte, ihm Tatkraft und Elan raubte, und er schämte sich, Gott in dieser Situation um Hilfe anzuflehen. Jenen Gott, den er jahrelang verschmäht und sogar verspottet hatte, um Kraft zu bitten, damit er sich der Verantwortung für sein Tun entziehen konnte. Kein Wunder, dass ihm dieses verdammte Gebet im Halse stecken blieb.

Vielleicht hätte ich verlangen sollen, dass ein Priester hierher geschickt wird, dachte er, vielleicht hätte ich auf einer Kapelle und einem Priester hier oben in dieser Hölle bestehen sollen, wo fünfhundert katholische Seelen an jedem dieser dunklen Tage mit dem Höllenfürsten persönlich konfrontiert waren. Vielleicht wäre mir dann trotz allem geholfen gewesen. Ricardo schüttelte den Kopf, er verachtete sich selbst wegen seiner Charakterschwäche. Er hatte sich an den katholischen Bischof in Reykjavík gewandt, der ihm versprochen hatte, seine beiden Landsleute in angemessener Form in Empfang zu nehmen, wenn sie in Reykjavík eintrafen, und bei erster Gelegenheit einen Priester in die Ostfjorde zu schicken, um dort eine Seelenmesse lesen zu lassen und den Überlebenden seelischen Beistand und Befreiung vom Joch ihrer vielfältigen Sünden zu gewähren. Ricardo zweifelte jedoch daran, dass es ihm persönlich helfen würde, zumindest nicht hier im Diesseits. Es gab ja schließlich Grenzen dafür, wie viele Ave-Marias man beten konnte. Und sein Rosenkranz war ihm im Übrigen schon vor langer Zeit abhanden gekommen.

Drei Wegweiser an ebenso vielen Abzweigungen und zwei einsame Baracken bildeten die einzige Abwechslung in dieser kargen und eintönigen Landschaft, die einschläfernd auf Árni wirkte, während die endlose Weite bei Stefán die altbekannte Ehrfurcht vor diesem Land hervorrief. Bei Katrín löste der Anblick eher gemischte Gefühle aus. Im Gegensatz zu ihren drei Mitreisenden fuhr sie nicht zum ersten Mal durch diese Gegend; die Straßen waren zwar inzwischen wesentlich besser geworden, doch das hatte nur zur Folge, dass ihr noch mehr vor dem Anblick graute, der sie am Ende der Straße erwartete. Zwischendurch stellte Guðni immer wieder provozierende Fragen, wozu dieses kahle Land und die Steine dort unter Schutz gestellt werden sollten. Da er keine Reaktion darauf erhielt, konzentrierte er sich stattdessen zur Erleichterung aller auf Friðrik und dessen stümperhafte Fahrkünste. Friðrik war ihnen wie ein Schatten gefolgt, nachdem sie seinen Wagen aus der Schneewehe gezogen hatten. Guðni mokierte sich ausführlich über ihn und generell über die Überflüssigkeit und Unfähigkeit der Abteilung, der Friðrik jetzt angehörte. Katrín hatte kurz davor gestanden, Guðni aus dem Auto zu werfen, aber als er es endlich aufgab, sie zu provozieren, musste sogar sie über die boshaften Storys von Guðni lachen, der sich der zweifelhaften Ehre rühmen konnte, am engsten mit Friðrik zusammengearbeitet zu haben, als der noch zu ihrem Team gehörte.

Árni lachte ebenfalls hemmungslos über Guðnis Geschichten, doch mitten in einem solchen Lachanfall nahm Katrín eine scharfe Rechtskurve und bretterte im nächsten Moment einen Steilhang hinunter, der senkrecht in die grauenvolle Schlucht zu führen schien, die sich urplötzlich vor ihnen auftat. Árnis Gelächter verwandelte sich schlagartig in ein erbärmliches Röcheln, gleichzeitig krallte er sich krampfhaft an die Rücklehne vor ihm. Liebend gerne hätte er einfach den Blick abgewendet oder die Augen zugemacht, doch er konnte nicht anders, als entsetzt in diesen Abgrund zu starren, der auf sie zuraste. Obwohl Katrín jetzt das Tempo stark drosselte, konnte er sich des Gefühls nicht erwehren, dass ihnen der Absturz in den entsetzlich tief unter ihnen schäumenden und sich in seinem Bett wälzenden Tod gewiss war. Katrín bog aber gelassen nach links ab und gleich darauf wieder nach rechts, und einen Augenblick später hatten sie die Brücke über den tosenden Gletscherfluss heil und unbeschadet überquert. Viel weiter kamen sie jedoch nicht, denn kurz hinter der Brücke versperrten zwei Pick-ups die Straße.

Katrín hielt an und Friðrik ebenfalls. Jeweils zwei Männer entstiegen den Autos und schlenderten auf sie zu. Ein nicht sehr großer, schwarzhaariger Mann in einem orangefarbenen Winteroverall und giftgrünem Helm auf dem Kopf bedeutete Katrín mit breitem Lächeln, die Scheibe herunterzulassen. Sie tat das und blickte den Mann fragend an.

»*Papers, please.*«

»*Police*«, erklärte Katrín kurz angebunden und hielt ihm ihren Ausweis unter die Nase.

Der Mann lächelte noch breiter. »*Welcome, amigos*«, sagte er, »*welcome to Alcatraz.*«

Kárahnjúkar.

Árni hatte in den Zeitungen über diesen Ort gelesen und unzählige Berichte und Luftaufnahmen des fliegenden Fernsehreporters Ómar Ragnarsson gesehen, sowohl aus der gewaltigen Hafrahvammar-Schlucht als auch von dem ganzen Gebiet, aber trotzdem kam es ihm so vor, als hätte der portugiesische Wachposten, der sie an der Brücke in Empfang nahm, wahrscheinlich diesen Ort am besten beschrieben. Umgebung und Klima waren hier natürlich ganz anders, aber er wusste sehr genau, was der Mann gemeint hatte. Er drückte seine weiße Stirn an die kalte Scheibe des Autos, während sie über eine Piste mit zahlreichen Schlaglöchern holperten, und starrte entsetzt auf den Anblick, der sich ihm bot.

Die wenigen Leute, die dort zu Fuß unterwegs waren, steckten fast alle in den gleichen orangefarbenen Overalls wie die Leute bei der Brücke. Wo kein Schnee lag, war nur Gerümpel, Geröll oder nackter, schwarzer Fels zu sehen. Und unten in der Schlucht wälzte sich der schmutzig braune Gletscherfluss. Auf dem Weg von der Brücke zu den Camps begegneten ihnen ein paar von den gelben, dreckigen Kippern, die im Schneckentempo an den Hängen herumkrochen. Sie fuhren an der Zapfsäule beim Kiosk vorbei, an riesigen Lagerhallen und unzähligen Containern, rostigen Ölfässern und zerbrochenen Abwasserrohren, die senkrecht aufragten, an Hängern und Baumaschinen jeder Art und Größe, die wahllos in der Gegend herumstanden. Alles war mehr oder weniger unter Schnee begraben, genau wie die niedrige Wohnsiedlung, die sie kurze Zeit später passierten. In dem trüben Licht machte sie einen trostlosen Eindruck. Árni fühlte sich an isländische Pferde erinnert, die bei Unwetter den Hintern in den Wind drehten, oder eine einsame Bergkate aus längst vergessenen Erzählungen von Menschen in Bergnot. Trotz der freundlich wirkenden erleuchteten Fenster und der völligen Abwesenheit von Einzäunungen wirkte alles so abweisend auf Árni wie die Vorstellung von der berüchtigten Gefängnisinsel. Er konnte sich aber des Gedankens nicht erwehren, dass der Begriff Gulag noch besser zu diesem Ort passte. Zumindest hatte er das Gefühl, dass er hier festsaß und zu einem langen, entsetzlichen Aufenthalt an diesem gottverlassenen Ort verdonnert war.

In dem Augenblick, als sie vor dem Verwaltungsgebäude vorfuhren, legte der Nordsturm von neuem los und wirbelte den glitzernden Pulverschnee meterhoch durch die Gegend, was nicht dazu beitrug, Árnis klaustrophobische Gefühle zu verringern. Er musste sich regelrecht zwingen, aus dem warmen Auto auszusteigen und hinter seinen Kollegen her durch das beißende Schneetreiben zu einem zweistöckigen grünen Kasten zu stapfen, der eher an aufeinandergestapelte Container als an ein Bauwerk von Menschenhand erinnerte. Auf dem Boden im Eingangsbereich lagen haufenweise Schuhe herum, und vielfarbige Helme sowie blaugraue Anoraks an Haken gaben zu verstehen, dass man sich gewisser Kleidungsstücke zu entledigen hatte, bevor man das Gebäude betrat. Árni tat es den anderen nach und zog sich die ausgelatschten Turnschuhe aus, passte aber nicht auf und stieg in eine Schneematschpfütze, die sich neben einem Paar stahlkappenbewehrter Arbeitsstiefel gebildet hatte. Der Linoleumbelag unter seinen Füßen fühlte sich eiskalt an, und Árni wurde ein weiteres Mal bewusst, wie schlecht er für diese Expedition gerüstet war. Er kam aber nicht dazu, seine Wollsockenlosigkeit zu verfluchen, denn ein schlecht rasierter Mann kam die Treppe gegenüber dem Eingangsbereich heruntergerannt und starrte sie aus stark geröteten Augen an.

»Matthías«, stellte er sich vor, und seine durchdringende Stimme klang ziemlich zittrig. »Ich bin der leitende Ingenieur vor Ort. Ihr seid vermutlich von der Kriminalpolizei?« Stefán nickte zustimmend. »Gut, sehr gut. Ich habe euch schon erwartet, das heißt, wir haben euch erwartet. Es ist alles … es ist nichts … ich meine – bitte schön, kommt herein, ich … wir haben alles für euch vorbereitet.« Er verneigte und verbeugte sich vor ihnen wie ein Lakai früherer Zeiten, und gab ihnen mit seinen Handbewegungen zu verstehen, dass sie die Treppe hinaufgehen sollten. Stefán warf seinen Mitarbeitern, die ihn fragend ansahen, einen vielsagenden Blick zu, bevor er Matthías zunickte.

»Danke«, sagte er, während er hinter Matthías die Treppe erklomm. »Ich würde gerne unsere Kollegen aus Egilsstaðir treffen, sind die nicht hier irgendwo?« Katrín, Guðni und Árni folgten ihnen.

»Doch, ich glaube, die sind auf der Polizeistation«, antwortete Matthías, »die habt ihr vielleicht gesehen?« Stefán schüttelte den Kopf. »Nein«, sagte Matthías beinahe entschuldigend. »Die ist … an der seid ihr vorbeigefahren, sie befindet sich hier gleich in der Nähe, aber sie macht nicht sonderlich viel her. Ich werde ihnen Bescheid geben, dass ihr da seid.« Er bog nach links um eine Ecke. »Ich … wir haben die Büros von Halldór und Björn für euch geräumt. Sie … sind ums Leben gekommen. Es sind nur zwei Büros, aber bei Bedarf könnten wir euch noch mehr Räume zur Verfügung stellen. Im Augenblick jedoch …« Er blieb vor einer offenen Tür mitten auf dem Flur stehen und fing wieder an, sich zu verneigen. Der Mann kroch offensichtlich auf dem Zahnfleisch. »Es geht um die Überführung der Leichen nach Reykjavík«, erklärte er kurzatmig, »deswegen lasse ich euch hier jetzt allein. Ich muss mich um den Transport kümmern.« Er rieb sich die Handflächen, und sein unablässiges Kopfnicken erinnerte an eine Witzfigur in einem schlechten Film.

»Lárus müsste eigentlich schon hier sein«, murmelte er. »Er wird euch behilflich sein und eure Fragen beantworten.

Euch alles sagen, was … was ihr … bitte schön, es ist alles da: Telefon, Internetanschluss, alles was ihr braucht. Ich muss zusehen, dass die Leichen nach Reykjavík kommen. Bitte sehr.« Er senkte den Kopf mit dem Bürstenschnitt und stiefelte an ihnen vorbei, ohne sie eines weiteren Blickes zu würdigen, brummte etwas vor sich hin und verschwand um die nächste Ecke.

»Also ich denke …«, begann Stefán, doch der Rest des Satzes ging in einem erstickten Schrei und lautem Gepolter unter. Alle vier rannten in Richtung Treppe. Matthías lag mit ausgebreiteten Armen, offenem Mund und geschlossenen Augen bewegungslos auf dem Treppenabsatz. Stefán nahm die Treppe in zwei Sprüngen und beugte sich über ihn, während die anderen drei dicht nebenaneinander oben an der Brüstung stehen blieben. Ein paar neugierige Gesichter spähten aus einigen Türöffnungen, und nach und nach füllte sich der Korridor mit Menschen.

»Gibt es hier einen Krankenwagen?«, fragte Stefán. »Und einen Arzt?« Irgendjemand bestätigte das und erklärte sich bereit, die Anrufe zu übernehmen. Katrín bat einen Mann, der neben ihr stand und unablässig schniefte, irgendwelche Wolldecken oder Mäntel zu organisieren, um Matthías zuzudecken, bis die ärztliche Hilfe eintraf. Dann ging sie die Treppe hinunter und hockte sich neben Stefán.

»Wie sieht es aus?«, fragte sie.

»Der wird schon wieder. Er hat zwar das Bewusstsein verloren, der Ärmste, aber sein Atem ist regelmäßig und der Puls ebenfalls.« Der erkältete Mann kam schneller als erwartet mit zwei alten Wolldecken, einem wattierten Anorak und einem Winteroverall, die sie über Matthías breiteten beziehungsweise ihm unter den Kopf schoben. Der Erkältete und eine attraktive Frau um die vierzig mit Sommersprossen, die das dunkle Haar in einem dicken Zopf trug, lösten

Stefán und Katrín an diesem ungewöhnlichen Krankenlager ab.

»Ihr sagt mir Bescheid, wenn etwas sein sollte«, sagte Stefán und folgte Katrín nach oben, wo immer noch einige Leute standen und von einem Fuß auf den anderen traten, sich leise unterhielten und besorgt zu Matthías hinunterblickten. Unruhe und Angst waren ihnen deutlich anzumerken, am liebsten hätten sich wohl alle wieder hinter ihre Schreibtische verkrochen, doch niemand traute sich. Katrín und Stefán hatten oft genug vergleichbare Situationen erlebt, um zu wissen, dass einer oder vielleicht zwei oder drei schließlich abziehen würden, doch die anderen würden bis zum Abtransport bei ihm ausharren.

»Typisch«, murmelte Katrín, als sie und Stefán sich einen Weg gebahnt hatten und den Korridor mit den knarrenden Dielen entlanggingen.

»Normal«, brummte Stefán.

»Ja, natürlich«, pflichtete Katrín ihm sofort bei, »was anderes wollte ich ja auch gar nicht sagen.« Sie öffnete die Tür zu dem Büro, das Matthías ihnen gezeigt hatte, und Stefán folgte ihr.

»Und?«, fragte Guðni, der es sich mit den Daumen am stramm sitzenden Hosenbund auf dem Schreibtischstuhl gemütlich gemacht hatte. »Lebt er noch?«

Stefán nickte. Er ging zum Fenster und sah hinaus. Auf der anderen Seite der Straße befand sich das Camp von Impregilo. »Die Behausungen sehen ja einigermaßen ordentlich aus«, sagte er, »auf jeden Fall aus dieser Entfernung. Aber Schnee und Sand halten sie nicht stand, soweit ich weiß.« Er richtete sich auf und sah seine Mitarbeiter an. »Komisch«, sagte er. »Das erinnert mich an die Häuser in Hveragerði, die seinerzeit vom Katastrophenfonds für die Evakuierten von den Westmännerinseln errichtet wurden, wenn der Regen waagerecht daherkam, leckte es rein. Könnt ihr euch an die erinnern?« Guðni nickte, Katrín und Árni schüttelten die Köpfe. »Übrigens, was ist eigentlich aus unseren Geheimdienstlern geworden? Habt ihr gesehen, wohin die gefahren sind?« Nun schüttelte Guðni ebenfalls den Kopf. »Na ja, das wird sich schon noch früh genug herausstellen«, sagte Stefán. »Wir fangen damit an, uns hier so gut es geht einzurichten, und dann gehen wir einen Kaffee trinken und planen die nächsten Schritte.« Er wandte sich Árni zu, der auf seinem Stuhl halb eingeschlafen zu sein schien. »Árni?«

»Ja«, gähnte Árni.

»Würdest du bitte irgendjemanden da draußen fragen, wie wir diesen Lárus erreichen können. Der wird uns ja wohl sagen können, wo wir untergebracht werden, und uns den Weg dorthin zeigen.« Árni stand gemächlich auf und reckte sich. »Nun mach mal zu, Junge«, sagte Stefán und klang ungewöhnlich ungeduldig. »Wir müssen ihn erreichen, bevor die Leichen nach Reykjavík abtransportiert werden, die müssen wir uns nämlich zuerst anschauen.«

Árni sah seinen Vorgesetzten misstrauisch an. »Wir?«, fragte er. Stefán nickte. Árni gähnte wieder und schlenderte auf den Gang hinaus. Er war sich nicht sicher, wie das zu interpretieren war. Als Kriminalbeamten konnte man Stefán im Grunde genommen nur einen einzigen Vorwurf machen, nämlich den, dass er sich nach Möglichkeit um eine Leichenbeschau herumdrückte. Hin und wieder war es aber für ihn nicht zu umgehen, sich Leichen ansehen zu müssen, und zwar in unterschiedlichen Zuständen. Aber wenn irgend möglich, überließ er seinen Mitarbeitern diesen Teil der Tatortbegehung. Am liebsten Katrín. Wenn es die Umstände erforderten, dass jemand von der Kriminalpolizei anwesend sein musste und außer ihm niemand anderes verfügbar war, versuchte er manchmal sogar, eine Leichenschau hinauszuschieben.

Der Rechtsmediziner Geir, der meistens diesen ebenso unerfreulichen wie unverzichtbaren Teil einer Ermittlung übernahm, wenn es um einen Todesfall ging, nannte das Nekrophobie. Er fügte gern hinzu, dass ihm das aber wesentlich sympathischer sei als Nekrophilie.

Árni musste unwillkürlich lächeln, als er an Geir dachte, seinen ehemaligen Schwiegervater in spe, der ihm nicht wenige, meist ungebetene und vollkommen nutzlose Ratschläge gegeben hatte, was Frauen und Liebschaften betraf. Das Lächeln verging ihm aber gleich wieder, als ihm Geirs Tochter einfiel, Anna, Árnis Exehefrau in spe. Er beschloss, sich stattdessen auf Ásta zu konzentrieren, um auf angenehmere Gedanken zu kommen. Das klappte so gut, dass er bereits vergessen hatte, wonach er fragen sollte, als er dem ersten Menschen, der ihm über den Weg lief, auf die Schulter klopfte.

»Was für ein Scheißwetter«, sagte er stattdessen, »ist das hier immer so?«

Der Mann sah aus dem Fenster und zuckte mit den Achseln. »Zu dieser Jahreszeit – eigentlich ja.«

Birgir Valdimarsson hatte eine nicht abgeschlossene Ausbildung als Mechaniker. Er war achtundzwanzig Jahre alt und auf seinem mausgrauen Scheitel zeigten sich einige Stellen mit kreisrundem Haarausfall; das grobknochige Gesicht mit der dreimal gebrochenen und dreimal verheilten Nase zog einige Frauen an, stieß aber die meisten ab, ebenso wie das Maori-Tattoo am Hals. Er machte sich Sorgen um seinen Vater. Bislang war das umgekehrt gewesen. Niemand, außer vielleicht Birgirs Mutter, hatte einen genauen Überblick darüber, wie oft Valdimar seinen Sohn nach durchzechten Nächten aus den Arrestzellen der Polizei in Reykjavík, Selfoss, Hvolsvöllur, Hella und sogar in Höfn oder Borgarnes herausgeholt hatte. Und nicht einmal sie wusste, wieviel Geld dabei draufgegangen war, Strafanzeigen aus sämtlichen Landesteilen wegen Körperverletzung abzublocken. Zweimal hatte Birgir sich in größere Schwierigkeiten gebracht, als mit Geld aus der Welt zu schaffen waren, und hatte dafür in geschlossener Gesellschaft unter noch schlimmeren Rambos büßen müssen, als er selbst einer war. Vor acht Monaten hatte Valdimar seinem Sohn ein Ultimatum gestellt: Entweder er geht mit ihm nach Kárahnjúkar und nimmt Vernunft an, oder seine Eltern werden ihn gemeinsam wegen Einbruchs, Körperverletzung und grober Diebstahlsdelikte anzeigen, was natürlich ein sonnenklarer Verstoß gegen die Bewährungsauflagen gewesen wäre und mindestens ein weiteres Jahr im Knast bedeutet hätte. Birgir hatte in dieser Nacht seinem Vater in die Augen geblickt und ganz genau gewusst, dass der Alte zwar den Mund sehr voll nahm, aber zu seinem Wort stehen würde. Er wusste immer noch nicht, was ihm ermöglicht hatte, sich aus der Scheiße zu ziehen und sich selbst in den Arsch zu treten. Aber er hatte es geschafft und seitdem keinen Tropfen Alkohol mehr angerührt und sieben Tage in der Woche härter gearbeitet als je zuvor in seinem Leben. Das war mehr, als man über die Erfolge seiner zahlreichen Entzugstherapien in der Suchtklinik Vogar sagen konnte, denn von dort aus hatte er stets unverzüglich Kurs auf die nächste Kneipe genommen.

Und jetzt saß er hier und musste mit ansehen, dass sein alter Vater noch vor Mittag sturzbetrunken war, nichts als dummes Geschwafel von sich gab und immer wieder mit der Stirn gegen die vereiste Fensterscheibe schlug. Kaum zu glauben, dass dies derselbe Mann war, der zwei Tage zuvor den Gesteinsmassen des Bergsturzes mit übermenschlicher Disziplin und Gefasstheit zu Leibe gerückt war, sogar nachdem sie seinen Bruder Halldór gefunden hatten. Birgir hatte keine Ahnung, was er tun sollte. Er hatte seine Mutter angerufen, aber die wusste auch keinen Rat, denn in den nunmehr fünfunddreißig Jahren ihres Zusammenlebens war so etwas noch nie passiert. Birgir hatte das Gefühl, dass sie ihm gar nicht richtig glaubte, als er ihr sagte, wie es um seinen Vater stand. Er konnte ihr das nicht verdenken, schließlich tat er sich ja selbst auch schwer damit, es zu glauben, obwohl es sich vor seinen eigenen Augen abspielte. Außerdem stand sie noch unter Schock wegen Halldór, des älteren – und besser geratenen – Sohns, der im Gegensatz zu ihm die Erwartungen seiner Eltern voll und ganz erfüllt hatte.

»Vater«, begann er zum siebten Mal an diesem Morgen, kam aber auch jetzt genauso wenig weiter wie bei den früheren Versuchen. Er fand keine Worte, wusste nicht, was er als Nächstes sagen sollte. Er wäre am liebsten aufgestanden und hätte ihm seinen tätowierten, muskulösen Arm um die Schultern gelegt, genau wie es sein Vater so oft getan hatte, wenn es ihm selbst dreckig gegangen war. Aber er konnte sich nicht dazu durchringen, es ging einfach nicht. Er fand es unpassend und war sich sicher, dass sein Vater der gleichen Meinung war und völlig verquer reagieren würde, falls er die Rolle des Trösters übernahm, die Rolle des Vaters. Deswegen war er wie vom Donner gerührt, als Valdimar sich endlich vom Fenster abwandte und mit ausgebreiteten Armen und tränennassen Wangen auf ihn zuwankte.

»Mein Biggi«, lallte der Alte, »Birgir, mein lieber Junge …« Birgir stand auf und wich in Richtung Tür zurück. Seine verwirrte Miene drückte keineswegs die Empfindungen aus, die da in seinem Inneren rumorten. Das war peinlich, unangenehm, scheußlich. Das durfte nicht wahr sein. Sein Vater, dieser knallharte Kerl, der konnte doch nicht total besoffen sein, ein flennendes Häufchen Elend, und das bereits am Vormittag. Mitleid und Besorgnis waren im Nu verflogen, als er diesem jammernden, besoffenen Wrack ins Gesicht blickte. Er wich aus, als Valdimar ihn umarmen wollte, zog eine Grimasse und riss die Tür weit auf.

»Hättest du so geflennt, wenn ich krepiert wäre, du verdammter Hornochse?«

Valdimar stolperte rückwärts, starrte seinen Sohn völlig verständnislos an, sagte aber nichts.

»Mensch, reiß dich doch zusammen«, sagte Birgir, sah seinen Vater verächtlich an und schlug die Tür hinter sich zu. »Verfluchter Mist«, murmelte er und biss die Zähne zusammen, »verfluchte Kacke. Verfluchter Dóri.« Er schwang sich ins Auto, knallte die Tür zu und startete. »Dreimal verfluchter Dóri.« Als er losbretterte, wirbelte der Schnee zu allen Seiten hoch, und die Scheibenwischer schafften es kaum, ihm die Sicht auf die fast unkenntliche Piste zu ermöglichen, die farblich keinerlei Kontrast zum allgegenwärtigen Schnee bot. Er fuhr sich rasch mit den tätowierten Handknöcheln über die Augen und beschimpfte sich selber. »Du verdammtes Weichei, verdammte Scheiße! Verfluchter Dóri! Scheiße, Scheiße, Scheiße!« Birgir hatte keine Ahnung, wohin er fuhr, behielt aber trotzdem die Richtung bei, und das Selbstgespräch ging die ganze Zeit im gleichen Stil weiter.

Valdimar sank zu Boden, als die Tür hinter Birgir ins Schloss gefallen war. Er zog die Schnapsflasche aus dem Anorak und setzte sie an den Hals, um das wenige, was noch übrig war, herunterzukippen, bevor er die Flasche in die Ecke schleuderte. Dabei zerbrach sie aber nicht, sondern kam seelenruhig wieder zurückgerollt. Wie hypnotisiert beobachtete er ihren Trip und stieß sie wieder von sich, als sie in seine Reichweite gekommen war.

»Verzeih«, lallte er hinter der Flasche her. »Es ist alles meine Schuld, verzeih.« Er war sich nicht ganz sicher, an wen diese Worte gerichtet waren, aber das war ja auch egal. Die Flasche verlangsamte ihre Fahrt und kam zum Stillstand, rollte dann aber ein weiteres Mal zurück. Valdimar war jedoch bereits eingeschlafen, als sie bei seinen Füßen Halt machte.

Das Camp der National Power Company war nicht sehr groß. Es bestand aus einem zweistöckigen Verwaltungsgebäude und einigen kleinen Doppelunterkünften östlich davon, vor denen sich ein langgestrecktes, niedriges Gebäude befand. Alle Bauten hatten dieselbe moosgrüne Farbe und machten den Eindruck, als seien sie aus hölzernen Bauteilen zusammengesetzt, und erinnerten an Container. Einige davon waren auch kaum mehr, insofern passte der Vergleich gar nicht schlecht. Am westlichen Ende des langgestreckten Gebäudes befanden sich Küche und Kantine, und daneben der Aufenthaltsraum mit dem Fernseher. Dahinter lag ein langer schmaler Flur mit unzähligen Türen zu beiden Seiten und einem Fenster am anderen Ende. Ungefähr in der Mitte des Flurs blieb das Mädchen stehen und drehte sich um.

»Hier sind die Toiletten«, sagte sie mit den entsprechenden Handbewegungen, »und gegenüber die Duschen.« Sie sah Katrín entschuldigend an. »Leider gibt es keine Extratoilette für Frauen, aber vorne bei der Kantine ist noch eine, die wird viel weniger benutzt. Und in den Duschen kann man von innen abschließen.« Katrín nickte, und das Mädchen setzte sich wieder in Bewegung. »Ihr seid in den vordersten Zimmern. Es gibt noch einige andere, die leer stehen, aber die sind über den Gang verstreut. Matthías hat gesagt, ihr würdet bestimmt gern zusammenliegende Zimmer haben.«

»Ja«, sagte Stefán, »das ist prima so.«

»Die Schlüssel stecken, in Ordnung? Und Kaffee steht in der Kantine bereit.« Mit diesen Worten marschierte sie den Flur entlang.

»Also wir verstauen jetzt erst mal unsere Sachen«, erklärte Stefán, »und treffen uns anschließend in der Kantine. Der Hund wartet.«

Von den ihnen zugewiesenen Türen öffnete jeder diejenige, die ihm am nächsten war, und betrat sein Zimmer.

Árni blickte sich um. Der Raum hatte seiner Einschätzung nach kaum mehr als sechs Quadratmeter. Unter dem Fenster diente eine Sperrholzplatte als Schreibtisch; es gab eine einfache Liege und einen Kleiderschrank auf der linken Seite, beide mehr oder weniger orangefarben. Die hellgelben Bettbezüge waren orange und braun geblümt. Die weißen Wände waren kahl bis auf ein winziges, ebenfalls orangefarbenes Bücherregal über dem Bett und eine altmodische verchromte Bettlampe am Kopfende. Die beiden Stühle hatten zwar zumindest ein Polster mit hellbraunem Bezug, aber als Komfort konnte man das nicht gerade bezeichnen. Unter der Schreibtischplatte stand ein Plastikpapierkorb, und an der Wand unter dem Fenster befanden sich zwei Steckdosen. Der Grundton in dem gesprenkelten Linoleumbelag auf dem Fußboden war beige.

Alcatraz, dachte Árni. Oder Gulag. Vielleicht nicht ganz, aber beinahe. Er packte seine Reisetasche aus und brachte die Klamotten im Schrank unter. Das nahm nicht viel Zeit in Anspruch.

Friðrik Sophusson, der Generaldirektor der National Power Company, starrte auf den Monitor und schwankte einen Augenblick, ob Wut oder Angst die angemessene Reaktion war. Beides brachte nichts, das wusste er, nichtsdestotrotz behielt die Wut die Oberhand. Er war aus seinen früheren Zeiten als Politiker einiges gewöhnt, und die Verunglimpfungen waren so gesehen mit seiner neuen Position nicht weniger geworden. Er hatte sich zwar ein ziemlich dickes Fell zugelegt, doch das hier ging seiner Meinung nach einfach zu weit. Er überlegte, ob diese Leute überhaupt keine Nachrichten hörten oder ob sie ganz einfach nicht bei Trost waren. Er kam zu dem Schluss, dass das letzten Endes keine Rolle spielte, und griff nach dem Telefonhörer.

»Ich muss in den Osten«, sagte er, »und zwar mit der nächsten Maschine. Buche bitte den Flug für mich und sage alle anderen Termine ab.«

»Auch den mit dem Minister?«, fragte seine Privatsekretärin.

Friðrik hätte am liebsten laut losgelacht, konnte sich aber gerade noch beherrschen. »Ja«, erklärte er gefasst, »auch den mit dem Minister.«

Er legte den Hörer auf und wählte im nächsten Moment eine Nummer, die er inzwischen auswendig konnte.

»Ich bin's«, sagte er, »bei mir ist wieder eine E-Mail eingegangen, die leite ich an dich weiter. Und ich fliege mit der nächsten Maschine nach Egilsstaðir.« Er lauschte geduldig den Ausführungen des Protegés seines früheren Kollegen, warum er nicht tun sollte, wozu er sich entschlossen hatte. »Ich weiß«, antwortete Friðrik, »das hast du schon einmal gesagt. Ich werde aber trotzdem fliegen, und das hätte ich schon längst tun sollen.«

Er legte auf, ohne sich zu verabschieden, und las die E-Mail noch einmal, bevor er sie weiterleitete.

»Wer das Land zerstört, zerstört die Nation. Wer das Land vergewaltigt, vergewaltigt die Nation. Ihr hattet zwei Monate, um Vernunft anzunehmen. Jetzt bleibt euch nur noch eine Stunde. Wenn ihr die Arbeiten nicht vor heute Mittag zwölf Uhr einstellen lasst und eine Erklärung abgebt, dass sie nicht wieder aufgenommen werden, vollstrecken wir das Urteil. Auge um Auge, Zahn um Zahn. Wer anderen eine Grube gräbt, fällt selbst hinein. Die Grüne Armee.«

Er schaltete den Rechner aus und griff wieder zum Telefonhörer, um den Premierminister zu informieren. Er tat sich zwar schwer damit, diese Drohungen ernst zu nehmen, hielt es aber trotzdem für angebracht, andere auf das Schlimmste vorzubereiten.

11

Montag

»Ich kann dir gar nichts sagen«, blaffte der Hund Stefán in dem Augenblick an, als Árni in die Kantine kam. Dort sah es ungefähr genauso kalt und abweisend aus wie draußen in der Natur; die meisten Flächen bestanden aus weißem Kunststoff, Glas und poliertem Stahl, und die Menschen machten den Eindruck, als würden sie am liebsten ein heißes Bad nehmen und sich wieder im Bett verkriechen. »Sie haben den Rest von dem Berggrat abgesprengt. Hinterher. Angeblich mussten sie das tun. Da oben ist überhaupt nichts mehr zu finden und unten auch nicht. Über die Felsbrocken unten in der Schlucht lässt sich unmöglich etwas sagen. Einige davon sind sicherlich abgesprengt worden, aber offensichtlich wurde das Unterste nach oben gekehrt. Kann auch alles von der zweiten Sprengung stammen. Mehr ist nicht herauszufinden. Dynamitspuren und Sprengkapseln und Zündschnüre, aber nichts, was uns sagen könnte, ob sie von der ersten oder zweiten Sprengung stammen – falls es denn zwei waren. Eine Sprengkapsel fehlt, aber die könnte sich ja überall befinden. Besser wär's, wenn da eine zu viel wäre, das wäre relevant, aber dem ist nicht so.«

Árni setzte sich neben Guðni und verfluchte im Stillen seinen Ordnungssinn. Es lag auf der Hand, dass sogar Katrín nur ihre Reisetasche ins Zimmer gestellt hatte und sofort in die Kantine gegangen war.

»Du kannst also eine Sprengung nicht einmal im ersten Fall ausschließen?«, fragte Stefán.

»Nein«, schnappte der Hund, »das habe ich doch gerade gesagt, oder etwa nicht?«

»Und Ásmundur?«, fragte Stefán ohne eine Miene zu verziehen oder die Tonlage zu verändern.

»Am Ort des Geschehens ist nichts zu holen. Dafür haben die gesorgt.« Der Hund ruckte irritiert mit dem Kopf in Richtung der zwei uniformierten Polizisten, die am anderen Endes des Tischs saßen. »Da ist alles vollgeschmiert und durcheinander, Fingerabdrücke überall. Du musst auf die Analyse warten. Und auf die Autopsie.«

»Wir wussten nicht…«, begann Steinþór, aber Stefán brachte ihn mit einer Handbewegung zum Schweigen.

»Das wird sich alles herausstellen«, sagte er ruhig. »Was ist mit diesem Brief? Und dem Umschlag?«

Friðjón verdrehte die Augen. »Dieselbe Geschichte. Der ist durch viele Hände gegangen. Armleuchter.«

Jetzt reichte es Steinþór, er war feuerrot geworden. »Wir hatten die Anweisung, den Brief zu fotokopieren und nach Reykjavík zu faxen«, sagte er, »und zwar zack, zack.«

»Ja, ja. Ewig irgendwelche Entschuldigungen!«, schnappte Friðjón. »Vielleicht kann man da aber noch ein paar Fingerabdrücke retten. Ich möchte am liebsten den Vergleich mit denen der Leiche erst dann durchführen, wenn ich anständige Geräte zur Verfügung habe. Wir werden sehen.«

Stefán nickte. »Und was jetzt?«

»Wir fahren wieder nach Reykjavík«, antwortete der Hund achselzuckend. »Wie gesagt, hier gibt es nichts mehr für uns zu tun. Das Wenige, was wir wissen, steht hier. Bitte sehr.« Er schob ein Blatt über den Tisch, das Stefán entgegennahm.

»In Ordnung. Mir wäre es aber lieb, wenn wenigstens einer von euch hierbleiben würde. Falls etwas passiert«, fügte er hinzu, bevor der Hund protestieren konnte. »Man weiß ja nie.«

»Selbstverständlich weiß man«, entgegnete der Hund. »Aber bitte sehr.« Er blickte sich um. »Wer will hierbleiben?« Eydís hob ohne zu zögern die Hand. »Gut«, knurrte Friðjón. »Dann bleibst du hier. Ich haue ab.« Er stand auf, und die beiden anderen vom Erkennungsdienst folgten ihm.

»*Sorry*«, sagte Eydís, »du weißt, wie er ist.«

Stefán grinste. »Ja, ich weiß, wie er ist.« Er sah Steinþór an. »Habt ihr irgendwelche Leute ausfindig machen können, die da in der Nähe waren, als der Bergsturz niederging?«

Steinþór nickte. »Ja. Oder sagen wir lieber, wir haben einige Namen. Wir sind aber bislang noch nicht dazugekommen, mit ihnen zu reden, denn dazu fehlt uns ein Dolmetscher, oder besser gesagt mehrere. Es handelt sich um Chinesen und Portugiesen, die entweder gar kein oder nur sehr schlechtes Englisch sprechen. Soweit ich weiß, sind auch Polen darunter, aber kein Isländer. Bislang jedenfalls noch nicht, doch ich gehe mal davon aus, dass wir heute weitere Namen bekommen werden.«

»Gut. Wir teilen sie unter uns auf und fangen heute Nachmittag damit an. Wie steht es um die Sprengstoffregistrierung, habt ihr da etwas herausgefunden?«

Jetzt schüttelte Steinþór den Kopf. »Noch nichts Konkretes. Im Depot fehlt nichts, das glaubte jedenfalls der Kerl, aber er hat Eingang und Ausgang noch nicht abgestimmt, obwohl ich ihn darum gebeten hatte. Da ist jede einzelne Dynamitstange registriert, und ebenso alles andere, was sonst noch dazu gebraucht wird, deswegen müsste es möglich sein, herauszufinden, ob irgendwo etwas fehlt. Ich habe Kopien davon bekommen, die sind auf unserer Station.«

Stefan nickte. »Gut«, sagte er, »aber bleib diesem Mann im Nacken. Falls er das nicht bis morgen früh klargestellt hat, müssen wir alles selber durchforsten. Und jetzt zu den Männern, die umgekommen sind. Wisst ihr etwas über sie? Oder darüber, was sie dort gemacht haben?«

Steinþór kam nicht zu einer Antwort, denn Stefáns Handy begann zu klingeln. »Stefán«, sagte er. »Ja.« Árni bat Guðni flüsternd darum, ihm zu sagen, was er verpasst hatte, aber Stefán bedeutete ihnen zu schweigen. »Ja, alles klar, danke.« Er beendete das Gespräch, steckte das Handy in die Tasche und blickte auf die Uhr. »In gut einer halben Stunde«, sagte er ungewöhnlich heiser, »genauer gesagt nach sechsunddreißig Minuten wird sich herausstellen, ob die Grüne Armee Witze macht oder es ernst meint. Die sechzehnte E-Mail ist eingetroffen, und derzufolge läuft das Ultimatum Punkt zwölf Uhr ab.«

»Und was passiert dann?«, fragte Katrín.

»Das stand nicht darin, genauso wenig wie zuvor«, sagte Stefán kopfschüttelnd und sah Eydís an. »Versuch bitte, Friðjón zu erreichen, und richte ihm aus, dass er noch etwas bleiben soll.« Sie nickte und ging mit dem Handy in der Hand auf den Flur. »Und wir«, fuhr Stefán fort, »wir verteilen uns, so gut wir können, über das Gelände.«

»Steht es denn fest, dass es hier passieren soll?«, fragte Katrín. »Das heißt, falls überhaupt etwas passiert?«

Stefán schüttelte wieder den Kopf, diesmal ungeduldig. »Was meinst du eigentlich?«

»Einfach so. Ich hab vorhin nur überlegt, dass in diesen Schreiben nichts darüber steht, was oder wo etwas passieren soll. Könnte das nicht genauso gut in Reykjavík sein? Oder in Akureyri? Oder wo auch immer?«

Stefán nahm sich die Kappe vom Kopf und kratzte sich. »Vielleicht. Aber wir sind hier und nicht wo auch immer.« Er setzte seine Kappe wieder auf. »Wo zum Teufel ist dieser Lárus – er ist doch angeblich Sicherheitsbeauftragter hier? Haben wir nicht die Handynummer von diesem Menschen?«

Katrín holte ihr Handy aus der Tasche, gab eine Nummer ein und reichte es Stefán. Der schüttelte abwehrend den Kopf. »Sprich du mit ihm, sag ihm, er soll schleunigst hierherkommen. Sag ihm, dass er sich unterwegs überlegen soll, wie wir uns am besten verteilen, damit die neuralgischsten und wichtigsten Orte abgedeckt sind, und bitte ihn, Autos mit Fahrern für uns bereitzustellen, um uns dorthinzubringen, denn wir kennen uns ja hier nicht aus. Und das ganze Werksgelände muss geräumt werden, da darf sich niemand ohne triftigen Grund herumtreiben.« Stefán nickte Steinþór und Auðunn zu, die wie von der Tarantel gestochen aufsprangen. »Habt ihr eine Ahnung, wo sich unsere Geheimdienstler befinden?« Die Mienen der beiden verrieten völlige Verständnislosigkeit. »Die zwei, die da heute Morgen gleichzeitig mit uns gekommen sind«, erklärte Stefán. »Einer hatte eine Sonnenbrille auf der Nase.«

»Nein«, erklärte Steinþór. »Keine Ahnung, die haben wir nicht gesehen.«

»Versuch, sie zu erreichen, Árni. Svavar muss doch die Nummer von Friðrik haben. Er kann sie auf jeden Fall irgendwo bekommen. Diese Weihnachtsmänner können sich ja schließlich auch nützlich machen, wo sie nun schon einmal hier sind.« Árni zog rasch sein Handy aus der Tasche und tat, wie ihm aufgetragen worden war. Der Fußboden knarrte, und das Besteck rasselte in den Behältern, während Stefán mit auf dem Rücken gefalteten Händen zwischen den Tischreihen auf und ab tigerte und unentwegt vor sich hin murmelte, bis Katrín ihn stoppte.

»Ich habe Lárus erreicht«, sagte sie, »sie haben wegen der Drohbriefe seit Mitternacht überall Leute postiert. Er selber befindet sich im Augenblick unten in der Schlucht, aber er hat versprochen, sowohl Autos als auch Fahrer für uns zu organisieren und alle anderen zum Essen zu schicken.«

»Gut«, brummte Stefán und tigerte weiter.

Guðni stand auf und gähnte. »Zum Essen, sagst du? Ja, wie steht es denn hier überhaupt mit dem Essen? Ich hab einen mordsmäßigen Kohldampf.«

»Mit dem wirst du wohl noch eine Weile leben müssen«, knurrte Stefán und drehte sich auf dem Absatz um.

»Pah.« Guðni stiefelte an ihm vorbei durch die weiße Schwingtür zwischen Küche und Speisesaal. Sie schwang ein paar Mal hin und her, und der durchdringende Geruch von heißem Frittierfett drang den Zurückgebliebenen in die Nase. Árni spürte, wie sich sein ausgehungerter Magen erwartungsvoll meldete, versuchte aber, sich dadurch nicht beeinträchtigen zu lassen.

»Und was ist nun mit unseren Geheimdienstlern?«, fragte Stefán ungeduldig. »Hast du eine Nummer bekommen?

Árni nickte und wedelte mit seinem Handy. »Es klingelt.«

»Ewig dieses Gewese mit diesen Typen. Sag ihnen, sie sollen sich schleunigst hier einfinden, verdammt noch mal. Die müssen genauso ihre Wachposten beziehen, je mehr Leute, desto besser.« Árni nickte weiter vor sich hin, mit dem Handy am Ohr. Friðrik antwortete im gleichen Augenblick, als Guðni mit einer Schüssel voller Pommes frites wieder aus der Küche kam, den Koch im Schlepptau, der ein Stahltablett mit einem Stapel gut gebräunter panierter Schweineschnitzel trug. Von seiner ausladenden Figur her zu urteilen schien eine Mahlzeit wie diese einigermaßen typisch für seine Kochkünste zu sein.

»Die Sauce bringe ich gleich«, erklärte der Koch kurzatmig,

als er die Platte geräuschvoll vor ihnen auf den Tisch stellte. »Teller und Besteck sind da auf dem Schrank an der Wand.«

Ungläubig starrte Stefán abwechselnd Guðni und das Essen an. »Mensch, was soll denn das?«, schnaubte er und prustete dabei über die Schnitzel.

Guðni grinste und streckte die Hand nach den Tellern aus. »Ich bin hungrig«, erklärte er, während er die Teller verteilte. »Und mit leerem Magen ist kein Verlass auf mein Sehvermögen.« Er holte sich Besteck, lud sich zwei große Schnitzel auf den Teller, gab eine ordentlich Portion Pommes dazu, die er großzügig mit Salz bestreute, und fiel dann über das Essen her, ohne auf die Sauce zu warten. Die kam aber sehr bald, und Guðni lehnte sich zurück, um den feisten Koch mit der Saucenkelle an seinen Teller zu lassen. Anschließend aß er seelenruhig weiter. Nach einem winzigen Zögern folgten die beiden Polizisten aus Egilsstaðir seinem Beispiel. Das tat Árni ebenfalls, nachdem er Stefán mitgeteilt hatte, dass Friðrik auf dem Weg sei. Stefán, der nach einer milden Herzattacke vor einigen Jahren auf Anraten seines Arztes fettes Essen vermeiden sollte und deswegen jegliche Gelegenheit wahrnahm, sich verbotenes Essen einzuverleiben, sprang mit verzerrtem Gesicht geräuschvoll auf die Beine.

»Drei Minuten«, sagte er scharf, »ihr habt drei Minuten, um euch das reinzuziehen, und dann kommt ihr nach vorn und seid einsatzbereit, verstanden?« Árni und die beiden Polizisten aus Egilsstaðir nickten so heftig, dass ihnen die Sauce aus den Mundwinkeln spritzte, und Guðni verschlang ohne mit der Wimper zu zucken ein halbes Schnitzel.

Friðrik und sein stummer Kollege trafen rechtzeitig ein, und das Zuschlagen der Türen, als sie sich einer nach dem anderen in die Autos setzten, war in der kalten Stille weithin zu hören. Lárus hatte Wort gehalten, und zwanzig Minuten vor zwölf standen sieben Isuzu-Pickups und zwei Landrover auf dem Parkplatz vor der Kantine. Zehn Minuten später befanden sich alle an ihren Standorten, und sämtliche Beschäftigten auf dem Gelände, die keine Kontrollaufgaben hatten, waren entweder in ihren Behausungen oder in ihren jeweiligen Kantinen.

Der Einzige, der weder Auto noch Fahrer benötigte, war Auðunn, der jüngere Polizist aus Egilsstaðir. Ihm war die undankbare Aufgabe zugefallen, oben auf dem Dach der primitiven Polizeistation Wache zu schieben, die mitten im Niemandsland zwischen den Camps von Impregilo und der National Power Company lag. Dort stand er, stampfte mit schlecht beschuhten Füßen auf das Dach und versuchte vergeblich, sie vor dem Erfrieren zu bewahren. Mit einem Fernglas vor den tränenden Augen drehte er sich immer wieder wie ein Wetterhahn um sich selbst.

Einige von ihnen verteilten sich auf das Impregilo-Camp und das Gelände östlich davon, wo sich Werkstätten und das Verwaltungsgebäude befanden. Fünf fuhren auf die östliche Seite der Hafrahvammar-Schlucht, und vier weitere Leute bezogen Stellung oben auf dem Kárahnjúkar-Massiv. Steinþór, der fünfte, platzierte seinen Jeep dort, wo die Piste, die auf den Gipfel führte, von der Hauptstraße abzweigte. Guðni und Katrín mitsamt ihren Fahrern postierten sich im Abstand von fünfhundert Metern am westlichen Rand der Schlucht und Friðjón oben auf dem provisorischen Staudamm. Zwei Wachposten befanden sich auf dem Fundament der Hauptstaumauer, die etwas weiter nördlich davon im Entstehen war, und das Auto mit Árni und seinem Fahrer stand mitten auf der Brücke über die Jökulsá. Stefán selber war unten in der Schlucht, zwischen der Brücke und dem provisorischen Staudamm, wo Lárus Posten bezogen hatte. Lárus hatte in Zusammenarbeit mit seinen Kollegen von Impregilo dafür gesorgt, dass die Schlucht menschenleer war, ebenso wie die zahlreichen Stollen, die das Gelände unterirdisch kreuz und quer durchzogen.

»Und außerdem sind mindestens noch zwanzig andere im Einsatz«, sagte er, »und zwar über das ganze Gelände verteilt. Bei allen Stollenmündungen, oben am Berg, einfach überall. Und die anderen Arbeitsgelände sind ebenfalls abgedeckt.«

»Die anderen Arbeitsgelände?«, fragte Stefán.

»Zum Werksgelände gehören vier oder vielleicht sogar fünf Standorte, aber ich bezweifle, dass bei unserem Informationscenter unten im Tal etwas geschieht. Und wohl auch nicht beim Staudamm der Úlfarsá, das ist vielleicht so gesehen der sechste Bereich, aber da sind eigentlich die Arbeiten noch nicht so weit fortgeschritten, dass man da irgendetwas beschädigen könnte. Deswegen mache ich mir darüber keine Gedanken. Es geht also primär um dieses Gelände hier und dann auch die Zuführstollen Nummer eins, zwei und drei.«

»Sagt mir gar nichts«, erklärte Stefán.

»Also …«

»Nicht jetzt, die Uhr tickt. Wo sollen wir uns hinpflanzen?«

Lárus hatte Stefán versichert, dass die Verteilung der Leute über das Gelände ihnen einen so optimalen Überblick über das gesamte Areal gab, wie es in Anbetracht der Umstände möglich war. Stefán zweifelte zwar nicht an der Korrektheit dieser Behauptung oder an Lárus' Fachkompetenz, doch trotzdem spürte er, dass irgendetwas bei dieser Aktion total verkehrt lief, und das machte ihn unruhig. Während er durch das dichte Schneetreiben hindurch auf die zerklüfteten Steilwände zu beiden Seiten starrte, ging es ihm durch den Kopf, dass die moderne Technik – so widersprüchlich es klang – eines der schlimmsten Handicaps war. Wegen der ausgezeichneten Netzverbindung für Handys hier oben gab es nicht in jedem Auto ein Funkgerät. Vor zehn Jahren noch wären alle Fahrzeuge an so einem Ort mit Mobilfunk ausgestattet gewesen, und man hätte mit Leichtigkeit alle auf denselben Kanal einstellen können. Funkgeräte wurden zwar bis zu einem gewissen Grade auch noch eingesetzt, aber hauptsächlich in den verschiedenen Stollen, die man durch diese und jene Berge bohrte, und nur knapp die Hälfte der Autos, die für sie bereitgestellt wurden, verfügte über solche Geräte. Ein weiteres Handicap war natürlich die Sicht oder besser gesagt die fehlende Sicht. Wie hieß noch der Song, den er seinerzeit im amerikanischen Soldatensender gehört hatte, den hatten die Soldaten selbst geschrieben und gesungen.

»*Horizontal snowstorm blues*«, gab er sich halblaut die Antwort.

»Was?«, fragte der Fahrer.

»Nichts«, sagte Stefán. Er versuchte, sich mit dem Gedanken zu trösten, dass es wahrscheinlich gar keine Rolle spielte, da die Drohung der Grünen Armee wahrscheinlich ebenso leer wie kindisch war. Das half jedoch nicht viel. Nie in seinem Leben hatte er sich so gestresst gefühlt wie in diesem Augenblick, und obwohl er sich die größte Mühe gab, sich einzureden, dass es völlig grundlos war, änderte das kaum etwas. Unruhig auf seinem Sitz hin und her rutschend spähte er in alle Richtungen. Binnen kurzem hatte er den Fahrer angesteckt, der angestrengt auf seinen Nägeln kaute und sich offensichtlich sehnlichst wünschte, woanders zu sein als gerade jetzt hier mitten in der Schlucht. Zwei Minuten vor zwölf hielt Stefán es nicht länger aus. Er stieg aus dem Auto, kletterte auf die Ladefläche des Pickups und drehte sich im Kreis, um die gesamte Schlucht und die senkrecht aufragenden Felswände zu beiden Seiten im Auge zu behalten. Außer dem Zifferblatt seiner Uhr, auf das er alle zehn Sekunden starrte, sah er aber gar nichts. Es wurde zwölf, und er hielt den Atem an. Nichts geschah. Die Sekunden schlichen voran und wurden zu Minuten. Abgesehen vom Heulen des Windes und dem Knirschen des Schnees unter seinen Füßen herrschte vollkommene Stille.

»Fünf vor halb«, murmelte Árni gähnend. »Jetzt wird ja wohl kaum noch etwas passieren.« Sein Fahrer, ein knapp zwanzigjähriger, rothaariger und sommersprossiger junger Mann in einem dunkelblauen Overall, gähnte zur Gesellschaft mit.

»Was hätte denn eurer Meinung nach hier passieren sollen?«, fragte er dann. »Auf was warten wir eigentlich hier?«

»Spielt keine Rolle«, antwortete Árni.

»Wie lange müssen wir noch hier herumhängen?«, nörgelte der Junge und kratzte sich am Ohr. »Ich habe Hunger.«

»Weiß nicht«, antwortete Árni, der erst vor kurzer Zeit wiederentdeckt hatte, welche Unmengen von Essen man sich in aberwitzig kurzer Zeit hineinstopfen konnte. »Es wird sich schon herausstellen.« Er blickte aus dem Autofenster und versuchte zu begreifen, was eigentlich in den Köpfen dieser Naturschützer vorging, kam aber zu keinem Ergebnis. Er selbst sortierte sehr gewissenhaft seinen Müll, er hatte sich sogar eine Kompostanlage im Garten für den organischen Abfall eingerichtet und versuchte nach besten Kräften, in allen Bereichen den eigenen Beitrag zur Umweltverschmutzung zu reduzieren. Er war nämlich überzeugt vom Wahrheitsgehalt der Weltanschauung, derzufolge jedes Individuum für seinen eigenen Dreck verantwortlich ist und ihn zugunsten kommender Generationen einschränken sollte. Diese seine Überzeugung führte ihn aber nicht zu der Schlussfolgerung, dass deswegen auf dieser Insel nichts angetastet werden durfte. Die Aussicht, die sich ihm zurzeit bot, änderte daran nicht das Geringste. Außer dem braunen Gletscherfluss, der sich unter der Brücke durchwälzte, sah man nichts als Schotter und Geröll. Natürlich war das in gewissem Sinne wild und großartig, vielleicht sogar auch grandios, aber er konnte nicht verstehen, warum es für nachfolgende Generationen eine Rolle spielen sollte, ob die Gegend hier unter Wasser gesetzt wurde oder nicht. Vielleicht bin ich kurzsichtig, dachte er, während er gleichzeitig froh und dankbar war, dass er keine Übelkeit verspürte, obwohl er mitten über dem klaffenden Abgrund schwebte. Vielleicht bin ich auch einfach nur beschränkt, vielleicht müsste ich das einmal im Sommer sehen. Er blickte wieder nach draußen und korrigierte sich: Vielleicht sollte ich das überhaupt erst mal richtig sehen. Man konnte ja wirklich nicht sagen, dass er irgendetwas gesehen hatte. Bei dieser miserablen Sicht hätte eine ganze Rentierherde an ihm vorbeitrappeln können, ohne dass er es merkte, vorausgesetzt, dass die Tiere so schlau waren, sich in etwa zwanzig Metern Entfernung zu halten.

Fünfzehn Minuten später knarrte es im Funkgerät und ein ungewöhnlich verzerrt klingender Stefán gab die Anweisung, dass sie zurückkommen konnten.

»Wer noch nicht gegessen hat«, verkündete er, »kann das jetzt tun. Wer abreisen will, kann abreisen. Die anderen treffen sich um halb zwei zu einer Besprechung in der Kantine, jeder bezieht das für ihn Geltende auf sich. Bis dann.«

»Okay«, sagte Árni, »du hast gehört, was er gesagt hat. Fahr los.« Der Junge legte den Rückwärtsgang ein und setzte mit Karacho zurück. Sobald sie festen Boden unter den Füßen hatten, wendete er. Eine Handbremsenkurve. Gut gemacht, dachte Árni, fand das aber trotzdem ein bisschen infantil. Verdammt, ich werde alt, dachte er. Kaum hatten sie die Brücke hinter sich, passierte es.

Die Erde unter den Reifen erzitterte einen Sekundenbruchteil, bevor sie die Detonation hörten. Der Junge stieg voll auf die Bremse. Das Dröhnen schien aus allen Richtungen zu kommen, trotzdem blickten sie beide zurück.

»Heiliger Strohsack«, sagte Árni und sog die Luft scharf ein. Er sprang aus dem Jeep, rannte nach hinten und starrte mit offenem Mund auf den Anblick, der sich ihm bot.

»Was zum Teufel ist hier los?«, fragte der Rotschopf, der ebenfalls ausgestiegen war.

»Ich … wir …« Árni verstummte und schüttelte den Kopf. Es hatte ihm die Sprache verschlagen. Obwohl die Sicht kein bisschen besser war als zuvor, reichte sie dennoch aus, um zu sehen, dass die Brücke über den Gletscherfluss, auf der sie eben noch gestanden hatten, eine ganz andere und erheblich schiefere Form angenommen hatte.

12

Montag

Im nächsten Augenblick war die Hölle los. Zuerst in Kárahnjúkar, wo sich die Nachricht wie ein Lauffeuer verbreitete, und innerhalb von fünf Minuten, nachdem die Brücke beinahe von ihren Befestigungen abgesprengt worden war, herrschte praktisch auf dem gesamten Gelände Ausnahmezustand. Aufgebrachte und verschreckte Menschen sammelten sich in kleineren und größeren Gruppen und empörten sich in diversen Sprachen. Wohin man auch blickte, wurden Handys gezückt, und ein paar Minuten später brach das Netz unter der Belastung zusammen. Das trug nicht dazu bei, die Stimmung unter den Arbeitern zu verbessern, die anschließend zuhauf zum Brückenende strömten und ratlos und wütend die Brücke anstarrten, die gefährlich schräg hing, da eine Halterung abgesprengt worden war.

Es gab nur wenige Überlandleitungen für das Festnetz von Kárahnjúkar, sie hielten ebenfalls der Belastung nicht stand, und kurz nach ein Uhr war das gesamte Telefonnetz zusammengebrochen. Doch zu diesem Zeitpunkt hatten die Nachrichten bereits alle erreicht, die sie hören sollten, und noch zahlreiche andere, die wiederum dafür sorgten, dass sie sich mit abenteuerlicher Geschwindigkeit landesweit verbreiteten, bis quasi jede Menschenseele in Island mindest drei Versionen von dem Ereignis gehört hatte, eine haarsträubender als die andere.

Obwohl die Brücke noch hing und niemand ums Leben gekommen war – und niemand auch nur eine Schramme am kleinen Finger davongetragen hatte –, ließ der Wirbel, der in den isländischen Nachrichtenredaktionen ausgelöst wurde, eigentlich nur den Schluss zu, dass im zentralen isländischen Hochland der dritte Weltkrieg ausgebrochen sein musste. Die Chefredakteure riefen sämtliches verfügbares Personal auf den Plan, sie versuchten zwar, Ruhe zu bewahren, doch die war schon längst flöten gegangen. Fotografen und Kameraleute mieteten Flugzeuge, Jeeps, Hubschrauber und sogar Schneemobile an, und der fliegende Fernsehreporter Ómar Ragnarsson befand sich bereits in der Luft, noch bevor das Echo in der Schlucht verstummt war.

Sämtliche Rundfunkstationen machten eine Sondersendung nach der anderen, und die Fernsehstationen standen ihnen in nichts nach. Immer wieder wurde die Pressenotiz verlesen, die den Redaktionen fünf Minuten nach der Detonation zugegangen war:

»*Wer das Land zerstört, zerstört die Nation. Wer das Land vergewaltigt, vergewaltigt die Nation. Sie wurden gewarnt, aber sie haben nicht reagiert. Deswegen sind wir zur Tat geschritten. Das hier war nur der Anfang. Wenn sie weitermachen, machen wir auch weiter. Auge um Auge, Zahn um Zahn. Wer anderen eine Grube gräbt, fällt selbst hinein. Die Grüne Armee.*«

Die Kommentatoren wetteiferten darin, weitere Nachrichten in wenigen Augenblicken in Aussicht zu stellen, und zwischendurch interviewten sie Politiker, Ingenieure, Historiker, Politologen, Polizeiangehörige und letzten Endes alle, die sich dazu äußern wollten. Darunter befanden sich auch einige, die im Sommer 1970 an der Sprengung der Staumauer am Laxá-

Kraftwerk in Nordisland beteiligt gewesen waren. Die verbaten sich aber jegliche Parallelen zwischen den beiden Ereignissen und wiesen darauf hin, dass es nie ein Geheimnis gewesen war, wer für die Sprengung damals verantwortlich zeichnete, sie sei ja auch wesentlich unbedeutender gewesen und habe keine Menschenleben gefährdet. Diese Leute klangen zwar durchaus schockiert, doch einigen von ihnen konnte man recht gut anhören, dass sie diese Aktion unterschwellig gar nicht so schlecht fanden.

Der fliegende Reporter machte eine Zwischenlandung am Mývatn. Zwar wurde die historische Protestaktion von 1972 in den Fernsehnachrichten viel später als im Rundfunk aufgefrischt, doch Ómar Ragnarsson kompensierte das mit Filmaufnahmen und viel Dramatik, und zugleich spekulierte er darüber, was wohl aus dem Mývatn geworden wäre, wenn die Bauern dort vor fast vierzig Jahren nicht die Staumauer gesprengt hätten.

Und es waren nicht nur die Medien, die sich so aufführten, als stünde der dritte Weltkrieg vor der Tür. In den Ministerien, beim IKA, beim Katastrophenschutz, bei der National Power Company und bei Impregilo hetzten atemlose Menschen mit offenem Mund und wirrem Haar aus einem Konferenzzimmer ins andere, von einem Telefon zum anderen.

Auch im Parlament ging es drunter und drüber, die Opposition nutzte die erste Gelegenheit zu einer dringlichen parlamentarischen Anfrage, was die Regierung in dieser Angelegenheit zu unternehmen gedenke. Die Regierungsparteien hingegen warfen der Opposition vor, in Anbetracht des Ernstes der Lage in unverantwortlicher Weise die Zeit auf müßiges Geschwätz zu verschwenden. Der Justizminister ließ sich zwischen Krisenbesprechungen mit den höchsten Gremien diverser Institutionen für eine Viertelstunde im Plenarsaal blicken, unterstrich wieder einmal die Notwendigkeit einer

Sicherheitspolizei und eines Geheimdienstes und stellte eine bereits mehrfach angekündigte Vorlage dazu in den allernächsten Tagen in Aussicht.

»Glücklicherweise ist das Sondereinsatzkommando der Polizei in Übereinstimmung mit den Änderungen an den Verordnungen, die in der letzten Sitzungsperiode verabschiedet wurden, bereits erheblich verstärkt worden«, erklärte er gegen Ende seiner Rede. »Und auch wenn es noch nicht auf dem Stand der Leistungsfähigkeit ist, die wir für die Zukunft anstreben, ist es trotzdem heute schlagkräftiger als noch vor einem Jahr. Und wie die Damen und Herren Abgeordneten sehr wohl wissen, ist es laut Gesetz eine der Aufgaben des Isländischen Kriminalamts, eine Spezialabteilung zu unterhalten, die sich mit Landesverrat und Verstößen gegen die Verfassung unseres Landes und dessen oberste Instanzen befasst. Die entsprechende Abteilung hat bereits vor einiger Zeit ihre Arbeit aufgenommen, ihr obliegen unter anderem die operative Aufklärung und Gefahreneinschätzung. In den vergangenen Jahren wurde diese Spezialabteilung auf vielerlei Weise gefördert, sie wurde den Anforderungen der heutigen Zeit angepasst, was uns eben in Augenblicken wie diesen zustatten kommt, und meiner Meinung nach dürften mir alle Anwesenden in diesem Punkt zustimmen können.«

Der hämische Unterton in seiner Stimme entging niemandem. Am allerwenigsten der Opposition, die dem Minister Scheinheiligkeit und Ablenkungsmanöver vorwarf. Drei Abgeordnete aus ihren Reihen machten einen Versuch, den Minister dazu zu bewegen, die Bedeutung seines letzten Satzes zu erläutern; er ließ es aber dabei bewenden, die Formulierung zu wiederholen und gleichzeitig dem Parlament und dem Volk zu versichern, dass sich alles im gesetzlichen Rahmen bewege, allerdings ohne präzise zu sagen, um welche Gesetze es ging, trotz lautstarker Proteste der Opposition. Im

Anschluss daran stürmte er hocherhobenen Hauptes und mit wichtigtuerischer Miene aus dem Saal, denn seine Zeit war zu kostbar für derartiges Geschwätz. Die nationale Sicherheit steht auf dem Spiel, besagte sein Gesichtsausdruck, aus dem Weg.

Der Premierminister erübrigte ebenfalls ein paar Minuten und erschien im Plenarsaal. Er bezichtigte die Opposition der Schaumschlägerei und versicherte, dass nicht nur alles Menschenmögliche getan werden würde, sondern auch die erforderlichen Maßnahmen bereits in die Wege geleitet worden seien, ohne aber näher darauf einzugehen, um was für Maßnahmen es sich handelte; er bat die Anwesenden, Besonnenheit an den Tag zu legen, endete mit einem Appell an die Nation, das ebenfalls zu tun, und kündigte eine Pressekonferenz an.

Die ebenso schockierte wie skeptische Nation überhörte diesen Appell geflissentlich; die Gemüter erhitzten sich in Cafés, auf der Straße und am Arbeitsplatz, in Taxis und öffentlichen Verkehrsmitteln, in Klassenzimmern und nicht zuletzt in den heißen Pools im Schwimmbad. In Kárahnjúkar war ein Terroranschlag verübt worden, der erste wirkliche Terrorakt in Island. Diejenigen, die sich noch an die Sprengung der Staumauer am Laxá-Kraftwerk erinnern konnten, ließen sich darüber aus und hielten sie entweder für einen Dummejungenstreich oder eine gemeinnützige Aktion, und möglicherweise sogar für beides. Das hier dagegen war echt, es war ein großes Ereignis, und es geschah jetzt, und die Allgemeinheit ließ sich durch die Obrigkeit nicht daran hindern, sich in angemessener Weise die Köpfe heiß zu reden. Außer Kindergärtnerinnen, die sich Mühe gaben, vor den Kindern so zu tun, als sei nichts vorgefallen, und Grundschullehrern, die nach besten Kräften versuchten, ihre Schützlinge zu beruhigen und auf andere Gedanken zu bringen, setzten die meisten anderen alles daran, so viel Aufhebens wie möglich von diesem Großereignis der isländischen Geschichte zu machen. Obwohl bei diesem Anschlag niemand ums Leben gekommen war, brauchten die Leute gar nicht lange, um eins und eins zusammenzuzählen und auf die sechs Opfer zu kommen. Wer es etwa wagte, darauf hinzuweisen, dass mit dieser Rechenmethode der Anschlag auf die Brücke automatisch zum zweiten Terrorakt wurde, wurde prompt als Querulant eingestuft und gefragt, ob er so etwas womöglich völlig in Ordnung fände. Wiederholte Versicherungen seitens der Polizei, dass absolut nichts vorläge, was den Schluss auf einen Zusammenhang zwischen den beiden Vorfällen in Kárahnjúkar zuließe, konnten nichts gegen die verbreitete Meinung ausrichten, denn die halbherzigen Verlautbarungen klangen nicht sehr überzeugend.

Und jeder stellte sich selber und allen anderen die gleiche Frage: Wer oder was ist die Grüne Armee?

Aus purem Zufall waren zwei der vier Sikorsky-Hubschrauber der amerikanischen Schutztruppen an diesem Tag im Lande. Es war noch nicht zwei Uhr, als Friðrik Verstärkung erhielt. Der Helikopter landete etwas westlich vom Camp der National Power Company, und zwanzig schwarz gekleidete Gestalten mit Skimasken und Helmen entsprangen ihm, rannten durch den Schneewirbel, den die Rotoren produzierten, und legten ihre halbautomatischen Karabiner an, während sie sich formierten. So standen sie steif und breitbeinig da, bis der Hubschrauber wieder in die Luft gegangen war, der Schnee sich wieder gelegt hatte, und ein schlanker Mann um die fünfzig zum Vorschein kam, der nichts als einen Anzug trug. Auf ein knappes Nicken seines Stoppelkopfs hin rannten sie los.

Leifur Hauksson, der Chef der Abteilung für Internationale

Zusammenarbeit, strich sich den Schnee von den Schultern, zog die silbergrauen Hemdmanschetten mit einem Ruck aus den Ärmeln und tippelte auf glattsohligen, hochglanzpolierten und handgemachten italienischen Schuhen hinter seinen Leuten her. Ihm war scheißkalt, aber das war Nebensache. Die Hauptsache war, das zu kaschieren. Das gelang ihm aber nicht wirklich.

13

Montag

Das einzige schwarze Objekt in der Kantine der National Power Company war eine Bibel, die aus irgendwelchen Gründen in einem durchsichtigen Plexiglaskasten in einer Ecke aufbewahrt wurde, so als handele es sich um Equipment für den Notfall, ähnlich wie eine Hausapotheke oder ein Feuerlöschgerät. Oder ein Feuermelder, überlegte Árni, fehlte bloß noch die Aufschrift. »Wenn das Leben keinen Sinn mehr zu haben scheint, schlagen Sie die Scheibe ein …«

»Was?«, fragte Stefán. Guðni und Katrín zogen die Brauen hoch.

»Nichts«, murmelte Árni knallrot im Gesicht. »Ich hab bloß laut gedacht.«

»Und was, verdammt noch mal?«

Árni schüttelte den Kopf. »Gar nichts, einfach so.«

»Das bringt wohl kaum etwas«, sagte Stefán barsch. »Du solltest lieber darüber nachdenken, was unsere Aufgabe hier ist, Jungchen, egal, ob laut oder leise.« Árni nickte, immer noch rot im Gesicht. »Also dann«, fuhr Stefán fort, »ich habe Leifur getroffen, und er hat die Direktiven für das weitere Vorgehen gegeben. Entweder arbeiten wir hier auf dem Gelände unter seiner Leitung oder wir hören auf und gehen nach

Reykjavík zurück.« Er blickte sie der Reihe nach an. Árnis Röte vertiefte sich noch, Katrín runzelte die Brauen, und Guðni nahm den Stumpen aus dem Mund.

»Was zum Teufel hat dieser dämliche Leifur uns zu …«

Stefán fiel ihm ins Wort. »Er hat mit irgendeinem Wisch gewedelt, der von diesem und jenem Großkotz unterzeichnet worden ist. Svavar hat's gesagt, bevor wir losfuhren: Wir bestimmen, wo's langgeht, bis sich etwas anderes herausstellt. Und jetzt hat sich etwas anderes herausgestellt, und das SEK ist zur Stelle. Und Leifur in eigener Person, wie gesagt.«

»Sind wir jetzt tatsächlich diesem Scheißkerl unterstellt?«, fragte Guðni mit allen Anzeichen der Empörung.

»Nein«, erklärte Stefán, »das sind wir nicht.«

»Nicht? Willst du damit etwa sagen, dass wir den Rückzug nach Reykjavík antreten?«

Stefán schüttelte die wuschelige Mähne. »Nein, noch nicht. Nicht, dass ich mich unbedingt danach sehne, bei diesem Wetter hier oben herumzuhängen, aber wir haben das, wozu wir gekommen sind, noch nicht erledigt, und wir gehen nicht von hier weg, bevor wir das nicht geschafft haben, was auch immer Leifur sagt. Wir müssen aber vorsichtig zu Werke gehen, der Mann hat nämlich jetzt endlich die Gelegenheit, sich wie ein General aufzuspielen. Wir müssen darauf achten, ihm und seiner Truppe nicht in die Quere zu kommen. Diese Explosion heute geht uns nichts an, die kann er für sich haben. Kapiert?« Alle nickten zustimmend. »Und viel Spaß dabei. Soweit ich weiß, hat niemand etwas gesehen. Wir waren an die vierzig Leute und haben uns die Augen aus dem Kopf gestarrt, aber niemand hat etwas bemerkt. Umgekehrt haben uns aber diejenigen, die dafür verantwortlich sind, im Blickfeld gehabt. Scheißsituation!«

»Wie kommst du denn darauf?«, fragte Árni. »Wieso meinst du, dass sie uns im Blickfeld hatten?«

»Uns ist vielleicht zu viel gesagt«, gab Stefán zu. »Aber dich haben sie zumindest gesehen, beziehungsweise das Auto, in dem du warst. Was glaubst du wohl, weshalb die Sprengung nicht wie angekündigt um zwölf Uhr erfolgte?« Árni öffnete den Mund, aber Stefán schüttelte den Kopf. »Nein«, sagte er, »was auch immer man sonst über diese Leute sagen kann, Mörder sind es offensichtlich nicht. Sie haben eindeutig gewartet, bis ihr von der Brücke runter wart. So viel steht fest, glaube ich.« Árni hätte gern widersprochen, denn Stefán vermasselte ihm die Lebensgefahr, in der er geschwebt hatte. Das passte ihm gar nicht, aber er musste sich wohl damit abfinden.

»Und was machen wir als Nächstes?«, fragte Katrín nach kurzem Schweigen.

»Wie zum Teufel soll ich das wissen«, knurrte Stefán, »aber irgendwas müssen wir tun. Auf keinen Fall lassen wir uns von diesem Lackaffen nach Reykjavík schicken, oder was meint ihr?«

Während die Angehörigen des SEK mit angelegtem Gewehr in die Unterkünfte eindrangen und das armselige Hab und Gut der zu Tode erschrockenen Leiharbeiter aus Portugal, China, Polen, Rumänien, Island, Kroatien, der Slowakei und noch ein paar anderen Ländern ebenso übereifrig wie unsystematisch durchwühlten, da sie keine Ahnung hatten, wonach sie eigentlich suchten, holperten Stefán und Árni in einem Landrover über eine Piste voller Schlaglöcher. Lárus hatte ihnen den Wagen nach einigem Drängen überlassen. Hinten saßen Eydís und der Hund, ihr Vorgesetzter. Der war genau wie alle anderen auf dem Gelände eingeschlossen, denn die Brücke war unpassierbar, und das ging ihm gewaltig auf die Nerven. Seine miese Laune steigerte sich noch erheblich durch die Tatsache, dass die beiden anderen Leute vom

Erkennungsdienst auf der anderen Seite der Brücke gewesen waren und sich wahrscheinlich schon auf dem Flughafen in Egilsstaðir befanden.

»Wo zum Kuckuck ist das Ding eigentlich?«, fragte Stefán ungeduldig. »Hat er nicht gesagt, es sei nur ein Katzensprung?«

Árni wies nach links. »Da drüben«, sagte er, »ist das nicht eine Lagerhalle? Auf jeden Fall ist sie blau. Und groß. Bieg da vorn nach links ab, der Weg führt bestimmt dorthin.«

Vor der blauen Halle standen reihenweise Baumaschinen, Kräne, Planierraupen und Hydraulikbagger, die meisten gelb, aber einer war blau und ein anderer leuchtend orange. Árni starrte fasziniert auf einen großen Kranwagen, ihm kam es so vor, als stimmte da etwas nicht. Erst, als sie schon daran vorbei waren, wurde ihm klar, was das war: Der Ausleger war nämlich völlig zusammengedrückt. Aber nicht nach unten, wie es vielleicht normal sein könnte, sondern seitwärts.

»Habt ihr das gesehen?«, fragte er, »habt ihr den Kran gesehen? Wie zum Teufel …«

Stefán bog scharf um die Ecke der Lagerhalle, bremste abrupt und hatte den Motor abgestellt, noch bevor Árni den Satz zu Ende bringen konnte.

»Hier muss es sein«, sagte Stefán und sprang aus dem Wagen. Sie folgten ihm im Gänsemarsch, während er an der Wand des Schuppens entlangstiefelte und sämtliche Türen probierte, bis er eine unverschlossene fand und sie heftig auftrat. Das Scheppern, als der Türgriff gegen die Blechwand knallte, war noch nicht verklungen, als Árni die Tür hinter ihnen zumachte. Zwar wussten alle, was ihnen bevorstand, aber auf den Anblick, der sich ihnen bot, waren sie dennoch nicht gefasst.

Sieben Aluminiumsärge standen mitten in der Lagerhalle nebeneinander aufgereiht auf dem nackten Zementboden.

Alle waren offen. Eine blasse große Frau mit langen schwarzen Haaren stand am Ende der Reihe, musterte die Ankömmlinge mit großen braunen Augen und breitete die Arme aus wie eine Hausfrau, die ihre Gäste einlädt, Platz zu nehmen. Bitte schön, sagten die Hände, aber der Gesichtsausdruck gab zu verstehen, dass es sich hier nicht um eine ausgelassene Geburtstagsfeier handelte, sondern um ein Leichenmahl. Schneewittchen, schoss es Árni unwillkürlich durch den Kopf, Schneewittchen und die sieben Zwerge. In diesem Fall waren es aber die Zwerge, die tot in ihren Särgen lagen, und nicht einmal diese Frau konnte sie mit einem Kuss zum Leben erwecken … Es gelang ihm, ein albernes Kichern im Keim zu ersticken. Idiot, dachte er.

»Entschuldigung«, sagte die Frau, als sie begriff, dass der Anblick ihnen etwas in die Glieder gefahren war. »Es war nicht meine Absicht, euch mit diesem Empfang einen Schock zu bereiten. Ich ging nur davon aus, dass ihr sehen wollt, was in den Särgen ist, und nicht nur die Särge als solche, und deswegen habe ich mir erlaubt, die Deckel abzunehmen. Ich habe nicht darüber nachgedacht, wie das … wie das wirken würde.« Sie lächelte entschuldigend, doch ihre Stimme war keineswegs so gelassen wie ihre Mimik.

Stefán brummte etwas und nahm seine Kappe ab. »Kein Problem«, sagte er. »Du bist Björg, vermute ich?« Die Frau nickte. »Und der Arzt?«, fragte Stefán. »Heißt er nicht Viktor?« Sie nickte noch einmal. »Wo ist er? Ich hatte darum gebeten, ihm auszurichten …«

»Mir ist es nicht gelungen, ihn zu wecken«, unterbrach Björg ihn rasch. »Er hat so unheimlich viel zu tun gehabt … Er hat sich etwas hingelegt.« Sie blickte zur Seite. Beinahe, als würde sie sich schämen, war Árnis Eindruck, aber er hätte nicht darauf wetten wollen.

»Hingelegt?«, fragte Stefán, der keinen Hehl daraus machte,

wie seltsam er diese Antwort fand. Sieben Leichen auf einen Streich schafften es eindeutig, ihn aus seinem legendären Gleichgewicht zu bringen. »Los, weck den Mann, und hol ihn, und zwar dalli«, schnaubte er. »Árni, du fährst mit ihr und notfalls bringst du den verdammten Kerl mit Tritten auf die Beine, wenn nichts anderes hilft.« Er klatschte sich die schäbige Kappe wieder auf den Schädel und murmelte etwas vor sich hin, was zwar nicht in dem Riesenraum widerhallte, aber Árni glaubte es trotzdem zu verstehen. Er gab Björg ein Zeichen, dass es besser wäre zu schweigen und schleunigst mit ihm hinauszugehen. Sie folgte seinem Rat.

»Und was sollen wir jetzt machen?«, fragte der Hund, nachdem sich die Tür hinter Björg und Árni geschlossen hatte. »Ich bin ja schließlich kein Rechtsmediziner. Das habe ich dir schon gesagt, bevor du uns hierher verfrachtet hast.«

»Friðjón Hörður Karlsson«, sagte Stefán, jede Silbe betonend, »ich bin mir vollkommen im Klaren darüber, dass du kein Rechtsmediziner bist. Aber du hast Augen im Kopf, und ihr beide seid zumindest wesentlich erfahrener als irgendjemand sonst hier an diesem gottverlassenen Ort. Ihr sollt herausfinden, ob in Anbetracht der uns bekannten Tatsachen irgendetwas hier anders ist als es sein sollte. Ich bitte um kein Wunder, ich bitte auch nicht um eine Todesursache. Ich möchte bloß, dass ihr diese Leichen so genau wie möglich untersucht und die Schlüsse zieht, die ihr ziehen könnt. Ich möchte, dass ihr das zusammen macht und eure Ergebnisse miteinander vergleicht. Falls es unterschiedliche Meinungen gibt, möchte ich das wissen und auch, wenn ihr derselben Meinung seid. Und ich möchte, dass ihr hier beginnt«, sagte er und ging vor dem Sarg von Ásmundur in die Hocke. »Ihr habt den Tatort inspiziert, nun ist die Leiche dran.« Er war selbst überrascht, als er unwillkürlich das Zeichen des Kreuzes über seinem Schulkameraden schlug, bevor er aufstand. »Alles klar?«

Eydís wartete geduldig, während der Hund seine Nickelbrille abnahm, sie sorgfältig mit einem Hemdzipfel putzte und wieder aufsetzte. Er rümpfte die Nase und hüstelte.

»Wie du willst«, sagte er kurz angebunden, »wir sehen uns das an. Aber das, was wir sagen, ist weder endgültig noch offiziell. Das muss ganz klar sein«, erklärte er und ließ seine Blicke zwischen Eydís und Stefán hin und her gehen.

»Das ist ganz klar«, sagte Stefán. Er begab sich zur Südwand der Halle und ließ sich auf einem Querbalken nieder, schloss die Augen und versuchte, nur durch den Mund zu atmen. Obwohl der Leichengeruch durch die Kälte, den Durchzug und die Größe der Halle merklich gemildert wurde, war er trotzdem wahrnehmbar, unangenehm süßlich und penetrant. Stefán dachte an Ragnhildur. An das Ferienhaus in Nordisland, das sie sich zulegen wollten. An die Kinder und Enkelkinder. An den Duft der Birken im Vaglir-Wald und an die neueste Rotweinproduktion in der Waschküche zu Hause. Trotzdem drang ihm der Leichengeruch in die Nase, und er wünschte sich heiß und innig, eine Zigarre rauchen zu können. Die flüsternde Unterhaltung zwischen Eydís und dem Hund war in der eiskalten Leere nur allzu deutlich zu hören und verschlimmerte alles nur. Unwillkürlich begann er, sich mit der flachen Hand die unrasierten Wangen zu reiben, und wiegte sich vor und zurück wie ein Kind, das versucht, die Vorhaltungen der Eltern zu ignorieren. Und damit hörte er erst auf, als die beiden einige Minuten später vor ihm standen.

»Und?«, fragte er.

»Wie ich bereits sagte, bin ich kein …«, setzte der Hund mit erhobenem Zeigefinger an.

»Ja, ja, du bist kein Rechtsmediziner«, schnaubte Stefán ungeduldig, »aber was ist Sache?«

»Er hat eindeutig versucht, sich zu erhängen«, erklärte der

Hund ungewöhnlich zahm, »und wir sind beide der Ansicht, dass ihm das gelungen ist. Zumindest ist nichts anderes zu sehen. Keinerlei Verletzungen, außer natürlich die Spuren vorne am Hals, die noch ein Stück weiter nach hinten gehen. Es passt alles ganz genau zu den Beschreibungen, wie man ihn vorgefunden hat. Du hast ihn gekannt, nicht wahr?«

»Ja, ich habe ihn gekannt«, gab Stefán zu. »Ein wenig gekannt. Wir waren zusammen im Gymnasium.« Er räusperte sich. »Das spielt aber kaum eine Rolle. Seht euch die anderen an.«

Er setzte sich wieder auf den kalten Stahlträger an der Südwand und versuchte, das Getuschel von Eydís und Friðjón zu verdrängen, die sich über einen Sarg nach dem anderen beugten. Er konnte nicht verstehen, was sie sagten, und war froh darüber. Am liebsten wäre er nach draußen gegangen, aber das Wetter war schlimmer als der Leichengeruch, und Árni war mit dem Wagen unterwegs. Deswegen blieb er an seinem Platz und wartete ab.

»Wieso waren sie eigentlich genau hier?« Katrín schlug sich auf die Oberarme und stampfte ein paar Mal gut beschuht auf dem steinigen Boden der Schlucht auf, während ihre Blicke an der Steilwand hochgingen. Trotz Goretex außen und Angora am Körper sowie Fleece dazwischen fror sie erbärmlich. Das Gleiche galt für Guðni, der neben ihr stand, obwohl auch er von Kopf bis Fuß vermummt war und seine grünen Socken und Winterschuhe trug. Lárus hielt sich wesentlich besser.

»Seht ihr die Linie dort?« Sie blickten in die Richtung, in die er zeigte, und schüttelten die Köpfe. »Dort, ein bisschen rechts von dem Felsvorsprung, und von da nach oben, seht ihr die nicht?« Sie sahen immer noch nichts. »Okay, das ist vielleicht nicht direkt eine Linie, und sie ist auch nicht gerade, sondern verläuft ein bisschen im Zickzack, aber seht euch mal das Gestein dort links und das da rechts davon an. Und was dazwischenliegt, ist etwas anders, wenn man genau hinsieht. Der Unterschied ist vielleicht nicht groß, aber trotzdem. Dazwischen ist das alles etwas – wie soll ich sagen, etwas lockerer in sich, unregelmäßiger, nicht so glatt. Seht ihr das nicht?«

Egal, wie intensiv sie da hinaufstarrten, in ihren Augen waren das nur normale Felswände, und auch wenn sie sich zwischenzeitlich einbildeten, darin irgendwelche Strukturen zu erkennen, lief doch im nächsten Augenblick alles wieder zusammen mit dem anderen Gestein. Lárus gab es auf.

»Es ist vielleicht schwierig, das auszumachen, wenn man nicht weiß, wonach man sucht«, sagte er. »Aber für diejenigen, die sich auskennen, ist es leicht. Deswegen waren diese Leute meiner Meinung nach hier, nämlich um sich die Verwerfung anzusehen. Von hier aus kann man sie am besten sehen.«

»Die Verwerfung?«, fragte Katrín mit klappernden Zähnen. »Die, die Ásmundur in seinem Abschiedsbrief erwähnt?«

Lárus nickte. »Ja. Am besten gehen wir jetzt wieder zum Auto.« Niemand widersprach.

»Du meinst also, dass sie sich diese Verwerfung angesehen haben?«, nahm Katrín den Faden wieder auf, als sie wieder in dem warmen Jeep saßen. »Norling, und wie hieß er doch noch, dieser Deutsche?«

»Haase«, sagte Lárus.

»Genau, also die Verwerfung, die die beiden untersucht haben«, fuhr Katrín fort. »Haben sie irgendetwas herausgefunden?«

»Das weiß ich nicht, ich habe ihre Ergebnisse nicht zu Gesicht bekommen«, erklärte Lárus achselzuckend.

»Aber die wurde doch wohl auch bereits früher untersucht, oder nicht?«

»Ja, ja, natürlich, und zwar gründlich und gut. Was stellst du dir eigentlich vor, Mensch?«, entgegnete Lárus und schlug sich auf die Schenkel. Katrín musste beinahe lächeln. »Damals, noch bevor hier überhaupt mit den Arbeiten angefangen wurde«, fuhr er fort, »hat man hier alle möglichen Untersuchungen im Gelände durchgeführt, und nicht zuletzt geologische. Das Wichtigste war natürlich, sich Klarheit darüber zu verschaffen, ob das Gestein dicht und kompakt genug ist, um sowohl den eigentlichen Staudamm als auch den Stausee dahinter zu tragen. Seht ihr die Piste da am Kárahnjúkar-Massiv?« Er wies beinahe senkrecht in die Höhe, und dort waren drei Wege zu erkennen, die den Berghang querten. Sie reckten die Köpfe und nickten.

»Die Piste da in der Mitte ist ungefähr hundertfünfzig oder hundertsechzig Meter über uns und gut hundertneunzig Meter über dem Boden der Schlucht. Das ist mehr als dreimal höher als der höchste Kirchturm in Island. Dort wird die oberste Kante der Staumauer sein. Und die wird mehr als siebenhundert Meter lang werden. Insgesamt kommen zwischen acht und neun Millionen Kubikmeter Geröll und Beton in die Staumauer rein, aber das ist nur ein Klacks im Vergleich zu dem Druck, der hier unten am Boden entsteht, wenn das Reservoir erst mal mit Wasser gefüllt ist. Hier verschwinden siebenundfünfzig Quadratkilometer unter Wasser, und die durchschnittliche Tiefe beträgt rund vierzig Meter, also sprechen wir von zweieinhalb Milliarden Tonnen Wasser! Das Land, also der Boden des Stausees, wird einige Meter absinken und sich stattdessen an anderen Stellen etwas heben. Damit meine ich das Land rings um den Stausee. Jedenfalls könnt ihr euch vielleicht vorstellen, dass unter solchen Umständen der Untergrund möglichst stabil sein sollte. Man kam zu dem Ergebnis, dass alles in Ordnung sei, auch wenn es hie und da die eine oder andere kleinere Spalte gibt.

Ein oder zwei Geologen waren zwar anderer Meinung und haben irgendwelche kritischen Gegenargumente von wegen Spalten mit Erdwärme oder vergleichbarem Quatsch vorgelegt, doch die Umweltverträglichkeitsprüfung durchlief das ganze System glatt und wurde abgesegnet. Und der Bau des größten Kraftwerks in Island konnte beginnen.« Enthusiasmus und Begeisterung in seiner Stimme waren nicht zu überhören. Katríns Gesicht verzog sich unter Lárus' Lobeshymne und seiner unzutreffenden Darstellung der Umweltverträglichkeitsprüfung zu einer Grimasse, doch sie biss die Zähne zusammen und schwieg.

»Tja, und dann«, fuhr Lárus fort, »dann fing man mit dem Betonieren der Herdmauer an.«

»Herdmauer?«, warf Katrín fragend ein.

Lárus wies auf ein Bauwerk, das etwas weiter nördlich in der Schlucht entstand. »Das Fundament für die Staumauer, auf dem alles lasten wird. Und dabei stellte sich heraus, dass das Gestein in den Schluchtwänden, vor allem in der östlichen, also auf der Seite des Kárahnjúkar-Massivs, weniger kompakt war als erwartet. Deswegen kam es zu erheblichen Verzögerungen, aber zum Schluss gelang es, das Gestein zu verdichten und zu stabilisieren, und dann konnte man mit Betonieren beginnen. Ähnliche Probleme sind auch hier in den Stollen aufgetreten, einer der Bohrer ist wegen einer Verwerfung bereits seit längerer Zeit auf halbem Weg gestoppt, da kommen wir im Augenblick nicht weiter. Oder besser gesagt, wir trauen uns nicht weiter, bevor wir nicht genauer überprüft haben, was da Sache ist. Also wurde die Entscheidung getroffen, alles noch einmal abzuchecken, ob auch nur die geringste Möglichkeit besteht, dass alles zum Teufel geht, entschuldigt die Ausdrucksweise. Und damit haben sich Norling und Haase befasst.«

Nach so eingehender Untersuchung, wie es die gegebenen Umstände erlaubten, deutete nach Meinung Friðjóns nichts darauf hin, dass die sechs Männer, die man unter den Geröllmassen des Bergsturzes ausgegraben hatte, nicht an den Verletzungen gestorben waren, die sie durch die herabstürzenden Gesteinsmassen erlitten hatten.

»Behaupten will ich nichts«, sagte er, »aber wir finden nichts, was dieser Annahme widerspricht.«

»Und wie steht es mit dieser angeblichen Explosion?«, fragte Stefán. »Gibt es an den Leichen irgendwelche Indizien, die diese Theorie stützen beziehungsweise sie entkräften würden?«

»Nicht hier und nicht jetzt«, blaffte der Hund grimmig, »möglicherweise unter akzeptableren Bedingungen. Aber ich bezweifle das eigentlich. Falls wirklich jemand gesprengt hat, war das ja hoch oben. Sie befanden sich alle nahe der Steilwand. Die Brocken hätten dann senkrecht runterfallen müssen, was unwahrscheinlich ist. Wir hätten vielleicht im äußeren Bereich zersprengtes Gestein finden können, was wir auch getan haben, doch das könnte genauso gut von der zweiten Sprengung stammen. Wie gesagt, das ist alles unbrauchbar, so wie die da herumgewühlt haben. Ich weiß nicht, wie …«

Sein Handy klingelte. »Ach nee«, sagte er, »auf einmal gibt's wieder eine Verbindung. Purer Luxus.« Die ersten Takte aus *Golden Road* von Grateful Dead hallten durch den Schuppen, als er sein Handy aus der Tasche zog. »Friðjón.«

Der Klang einer wütenden Stimme drang aus dem Lautsprecher, und der Hund schnitt eine Grimasse. Stefán und Eydís schwiegen. »Wir kommen«, sagte er und beendete das Gespräch. »Leifur«, erklärte er, immer noch mit verzerrtem Gesicht. »Er hat beschlossen, dass er uns jetzt auf einmal braucht. Leider. Warum zum Teufel war ich nicht schon auf der anderen Seite der Brücke?« Er wandte sich Eydís zu.

»Komm. Draußen wartet ein Auto auf uns und eine demolierte Brückenhalterung unten in der Schlucht. Angestrahlt.«

Die beiden stiefelten nach draußen und begegneten Árni in der Tür, gefolgt von Björg und einem unrasierten Mann mit wirren Haaren zwischen vierzig und fünfzig. Árni nannte sie im Stillen immer noch Schneewittchen, und aus Angst vor einem Versprecher vermied er es, sie anzureden.

Árni ging zu Stefán hinüber und flüsterte ihm etwas ins Ohr. »Entschuldige, dass es so lange gedauert hat, aber der Mann war einfach nicht wachzukriegen. Der hat irgendwelches Pillenzeugs geschluckt, das hat er sogar selbst zugegeben.«

»Viktor, nehme ich an?«, fragte Stefán. Der Mann nickte verschlafen und klapperte unentwegt mit den Augenlidern. »Wie geht es Matthías?«, fuhr Stefán fort.

»Matthías?« Viktor sah Stefán verständnislos an.

»Matthías Jónsson.«

»Matthías geht es gut«, erklärte Björg. »Ihm fehlt nichts, was nicht mit ein bisschen Schlaf zu kurieren wäre. Ich habe ihm zwei Schlaftabletten gegeben und ihm gesagt, er soll sich hinlegen. Ich hoffe, dass er diesen Rat befolgt hat und jetzt tief schläft.«

»Gut«, sagte Stefán und wandte sich wieder Viktor zu, gab es aber bald auf, ihm Fragen zu stellen, denn der Mann war offensichtlich absolut nicht in der Lage, sie zu beantworten. Er ging zur Tür, drehte sich dort aber um. »Diese Särge müssen für den Transport fertiggemacht werden«, sagte er, »darum müsst ihr euch kümmern. Wo kommen die denn überhaupt her? Ich meine, habt ihr die hier auf Lager?«

Björg senkte den Blick und hüstelte. »Das kann man vielleicht so ausdrücken«, antwortete sie. »Hier oben gibt es einen Container voll mit Särgen.« Sie blickte wieder hoch und ihre Handbewegung schien eine derartige Vorsorgemaßnahme entschuldigen zu wollen. »An einem Ort wie diesem – man wollte wahrscheinlich auf alles vorbereitet sein.«

Stefán sah sie aufmerksam an. »Container? Ein ganzer Container voller Särge?«

»Vielleicht nicht voll, aber doch, ja, es sind eine ganze Menge. Vierzig, fünfzig Stück.« Sie hüstelte wieder.

Stefán schüttelte äußerst erstaunt den Kopf. »Na, da kann man ja nur hoffen, dass das reicht«, sagte er. »Árni, komm, wir müssen uns beeilen.« Als die Tür hinter ihnen ins Schloss gefallen war, blieb er eine Weile in dem dichten Schneetreiben stehen und atmete tief durch die Nase ein. »Vierzig, fünfzig Särge«, sagte er, als sie wieder im Auto saßen, »das zeugt ja von einer außerordentlich optimistischen Einstellung!«

»Oder vielleicht einfach von einer realistischen«, entgegnete Árni. »Hier gibt's bestimmt Bedarf dafür, und wahrscheinlich könnten es ruhig noch mehr sein. Ich meine, man braucht sich doch bloß hier umzusehen.«

»Was meinst du damit?«, fragte Stefán verblüfft und fuhr los. »Ich seh hier nichts.«

»Genau«, sagte Árni, »genau das meine ich. Falls ich hier oben am Arsch der Welt Wochen und Monate arbeiten müsste, würde ich mich bestimmt früher oder später umbringen.«

»Na hör mal«, sagte Stefán, »was soll das denn? Das Wetter ist zwar im Augenblick widerlich, aber die Gegend hier ist doch einfach grandios. Glaub mir, ein einmaliger Ort. Warte einfach, bis sich die Sicht bessert.«

»Ich sehe nicht, dass sich dadurch etwas ändern würde«, knurrte Árni. »Entweder ist das ein schauerlicher Ort – und ich behaupte, dass er das ist – und dann kriegt man unweigerlich schwere Depressionen, wenn man hier länger als ein paar Tage bleiben muss. Oder es ist ein einmaliger und grandioser Ort, wie du sagst, und dann kriegt man ebenfalls Depressionen, weil man zusehen muss, wie er zerstört wird.«

»Du klingst ja echt aufmunternd, Junge. Ein Sonnenstrahl in der Finsternis ist nichts dagegen, mein lieber Herr Gesangverein.« Árni wurde rot und erwiderte nichts darauf, sondern starrte nur nach vorn auf die Straße. Aber da war rein gar nichts zu sehen. »Auf jeden Fall habe ich jetzt Hunger«, sagte Stefán, als er vor der Kantine vorfuhr, »und zwar mordsmäßig. Sehen wir mal nach, ob noch etwas von den Schnitzeln übrig ist, bevor wir herausfinden, ob Matthías aufgewacht ist.« Árni nickte, gegen diese Planung hatte er nichts einzuwenden, auch wenn er selbst keinen Hunger hatte. Aus unerfindlichen Gründen bekam Stefán nach einem Besuch im Leichenhaus oder einer Tatortbegehung, wo das Opfer noch nicht abtransportiert worden war, immer gewaltigen Kohldampf. Das hatte auch nichts damit zu tun, ob er sich während des Einsatzes übergeben musste oder an sich halten konnte. Weshalb, wusste Árni nicht, und irgendwie hatte er sich nie getraut zu fragen.

Eine Stunde später standen sie auf der Veranda vor dem Holzhaus, in dem Matthías wohnte, und hämmerten an die Tür. Matthías war offensichtlich noch nicht aufgewacht.

14

Montag

Árni gähnte vernehmlich auf dem Beifahrersitz, doch Stefán am Steuer des Landrovers schien ganz in seinem Element zu sein. Sie hatten sich mit etlichen Personen unterhalten, sie hatten alle Wege und alle Sackgassen, die sie fanden, inspiziert und sich vergewissert, dass der einzige Zufahrtsweg zu den Camps früher über die Brücke und jetzt über den provisorischen Damm führte, und zu der Brücke konnte man nur über die neu angelegte Straße von Fljótsdalur herauf gelangen. Den Landkarten zufolge gab es zwar auch alte und schwierige Pisten, die in dieses Gebiet führten, vom letzten Hof Brú im Jökuldalur aus und zu beiden Seiten der Hafrahvammar-Schlucht, aber die waren zu dieser Jahreszeit für normale Fahrzeuge unpassierbar und höchstens mit Motorschlitten oder Schneemobilen zu bewältigen, versicherte Matthías, den sie nach einigen Anstrengungen endlich hatten wecken können. Ihre Erkundungsfahrt mit dem Jeep, zuerst westlich des Camps und dann auf der östlichen Seite der Schlucht am Kárahnjúkar-Massiv entlang, hatte sie vom Wahrheitsgehalt seiner Worte überzeugt. Jetzt waren sie zu Árnis großer Erleichterung auf dem Weg zurück in die Wärme.

Blickte er nach rechts, sah er nichts als Geröll und Steine, und blickte er nach links, war da noch mehr davon. Und geradeaus vor ihnen waren noch mehr Steine, die sich seiner Meinung nach in nichts von der Szenerie hinter ihnen unterschieden. Und außerdem noch Sand und Schotter in unterschiedlich hohen Haufen, die hier und da aus dem Schnee herausragten. Aber so gesehen waren Sand und Schotter ja letztlich auch nichts anderes als verkleinerte Steine. Geröll, Kies und Sand, so unweit das Auge wegen Dunkelheit und Schneetreiben reichte. So war es mehr oder weniger den ganzen Tag gewesen. Abgesehen von den Kippern und Baggern, den Männern in ihren orangefarbenen Overalls und zwei blauen Lagerhallen war alles weiß und schwarz, oder bestenfalls grau. Je mehr Árni vom Projektgelände sah, desto negativer wurde sein Eindruck, und als er endlich das angestrahlte Camp der National Power Company durch das dichte Schneetreiben erkennen konnte, kam er zu dem Schluss, dass ihm wahrscheinlich kein schönerer Anblick unter die Augen gekommen war, seit er Reykjavík verlassen hatte. Es war schon nach zehn Uhr, als sie endlich vor der Kantine vorfuhren.

»Dann wollen wir mal sehen, ob der Koch noch etwas für uns hat«, sagte Stefán.

Sechs Stunden waren verstrichen, seit er sich heißhungrig ein Schnitzel einverleibt hatte, und jetzt machte er sich hemmunglos über gebratene Hähnchen mit Pommes und dunkler Sauce her, die auf ihn und Árni warteten, als sie die Kantine betraten, obwohl die Abendessenszeit längst verstrichen war. Das Fleisch war ausgetrocknet, die Pommes lappig, und die Sauce hatte sich schon fast in einen Pudding verwandelt. Sie waren aber viel zu hungrig, um an solchen Nebensächlichkeiten Anstoß zu nehmen. Stefán fluchte immer noch über diese Deppen vom SEK, die ihn an diesem Tag dreimal gestoppt hatten und jedes Mal verlangten, dass sie sich auswiesen und Auskunft über ihre Unternehmungen gaben.

»So packt man die Dinge an«, brummte er, während er sich Mais, Tomaten und Gurken aus der mickrigen Salatbar auf den Teller schaufelte. »Bewaffnete Typen postieren und Autos anhalten. Was erwarten die eigentlich? Ein Auto voll maskierter Insassen mit Minenwerfern über der Schulter und Dynamit im Kofferraum?«

Árni besaß soviel Verstand, um weder diese noch andere Fragen zu beantworten, die Stefán im Anschluss daran ausstieß. Die Abstände dazwischen wurden allerdings immer größer, und seine Verärgerung flaute ab, je mehr er sich an diesen verbotenen Erzeugnissen einer isländischen Großküche gütlich tat, und schließlich war nichts mehr zu hören als das halb unterdrückte Rülpsen und genießerische Stöhnen eines Menschen, der sich zweimal am gleichen Tag den Bauch mit Fett und Kalorien vollgeschlagen und es beide Male extrem genossen hatte. Dann stand er auf, schob Gurken und Tomaten in einen Abfalleimer und stellte den Teller auf den Wagen mit dem schmutzigen Geschirr.

»Komm«, brummte er, »wir müssen uns mit Katrín und Guðni besprechen.« Árni ließ ohne irgendwelche Anzeichen des Bedauerns die ungegessenen Reste der unappetitlichen Mahlzeit den gleichen Weg gehen wie Stefáns Gemüse und schnappte sich noch einen Apfel.

Es waren kaum mehr als zweihundert Meter von der Kantine bis zum Verwaltungsgebäude, aber trotzdem schlotterte Árni schon wieder vor Kälte, als sie dort angekommen waren und die Tür öffneten. Diesmal ließ er es dabei bewenden, den Schnee von seinen ausgelatschten Tretern abzustampfen, bevor er die Treppe hochging.

Guðni und Katrín saßen über Papiere gebeugt in ihren Büros. Stefán wies Guðni an, einen Stuhl mit in das andere Büro zu nehmen, und er selber ließ sich auf den Extrastuhl in Katríns Büro fallen.

»Am besten gehen wir jetzt erst einmal die Lage durch«, sagte er, als Guðni die Tür zugemacht hatte. »Ich habe mit Svavar gesprochen, nachdem die Telefonverbindung einigermaßen wieder funktioniert hat, mit dem Ergebnis, dass wir noch etwas länger hierbleiben werden. Wie lange, wird sich noch herausstellen, aber der Amtmann in Seyðisfjörður ist auf unserer Seite. Leifur muss sich neue und bessere Papiere beschaffen, wenn er uns loswerden will. Es war nicht ganz einfach, Svavar zu überzeugen, aber es hat geklappt. Ob dieser Bergsturz von selbst gefallen ist oder nicht – der Amtmann, Svavar und ich sind uns einig, dass man nicht einfach von vornherein eine Verbindung zu der heutigen Explosion herstellen kann. Vor allem deswegen, weil diese Sprengung an der Brücke so eindeutig zeigt, dass niemand dabei zu Schaden kommen sollte, und schon gar nicht zu Tode. Insofern ist es schwierig, sich vorzustellen, dass da dieselben Leute am Werke gewesen sind.«

Wieder hätte Árni am liebsten protestiert, aber er riss sich zusammen, und Stefán konnte ungestört fortfahren.

»Svavar liebäugelt zwar ein bisschen mit dieser Terrorismusschiene«, sagte er, »aber er weiß auch, dass er alles daransetzen muss, die beiden Fälle klar auseinanderzuhalten, wenn er sich die Sache nach dem heutigen Vorfall nicht von Leifur und Co. aus den Händen reißen lassen will. Auf jeden Fall machen wir weiter«, sagte er ebenso entschlossen wie satt und sah sie der Reihe nach an. »Árni und ich haben versucht, etwas Vernünftiges aus diesem Arzt herauszuholen, aber dabei ist nicht viel rausgekommen. Der machte einen komplett weggetretenen Eindruck und gab auch zu, dass er ein Schlafmittel genommen hat, weil er wegen all dem, was passiert ist, keinen Schlaf finden konnte. Verständlicherweise vielleicht, aber trotzdem ist es meines Erachtens ein ziemlich eigenartiges Verhalten, denn er ist ja schließlich der einzige Arzt am Ort. Das steht aber auf einem anderen Blatt.

Wir müssen uns auf jeden Fall noch intensiver mit ihm befassen, er kam mir nämlich reichlich gestresst vor, obwohl er so gedopt war. Vielleicht ist er es aber auch deswegen – was weiß ich, wie so was wirkt. Brauchbar von dem, was wir aus ihm herausbekommen haben, ist nur eines, nämlich dass seiner Einschätzung nach Ásmundur gestern mindestens sechs Stunden tot gewesen sein muss, als er hinzugerufen wurde, vielleicht sogar noch etwas länger. Nun, und dann hat sich noch herausgestellt, dass sich Björg, die eine der beiden Krankenschwestern hier am Ort, die andere hat anscheinend Urlaub, heute Morgen um Matthías gekümmert hat, und der war ähnlich daneben wie der Arzt, als wir bei ihm angeklopft und ihn geweckt haben. Er hatte etliche Stunden geschlafen, wusste noch gar nichts von der Sprengung bei der Brücke, und ich bin mir nicht sicher, ob er das überhaupt richtig gerafft hat, als wir ihn darüber informierten. Wir haben versucht, etwas über die Männer, die zu Tode kamen, aus ihm herauszuholen, und über Ásmundur. Die beiden kennen, nein kannten sich gut, Matthías und Ásmundur, sie haben bereits früher zusammengearbeitet. Ásmundur und er wohnten sozusagen Seite an Seite, in den Holzhäusern dahinten.«

»Moment, wohnt nicht Lárus ebenfalls neben Ásmundur?«, fragte Guðni. »Der Sicherheitsbeauftragte? Habe ich das nicht irgendwo gelesen?«

Stefán nickte. »Lárus wohnt in der anderen Hälfte des Hauses, in dem Ásmundur war. Es gibt jeweils zwei Zimmer oder Apartments oder wie man das nennt, in jedem Haus. Also sind da zwei Apartments zwischen Matthías und Ásmundur. Lárus ist in dem einen, und in dem anderen – der anderen Hälfte des Hauses, in dem Matthías lebt – war der dritte Sicherheitsbeauftragte, der bei dem Bergsturz ums Leben kam.«

»Björn«, warf Katrín ein.

»Björn«, bestätigte Stefán. »Und im nächsten Haus, auf der anderen Seite von Matthías, wohnte ein weiterer Mann, der unter den Gesteinsmassen landete, Halldór. Das ist der, der als Kontrollingenieur betitelt wurde. Dort steht jetzt also jede zweite Bude leer. Keine besonders angenehme Vorstellung.« Er verstummte, aber niemand von den anderen schien darauf erpicht zu sein, das Wort zu ergreifen. Die Scheibe hinter Katrín begann zu beschlagen, und das leise Summen der Neonleuchte über ihren Köpfen war das einzige Geräusch, das die Stille unterbrach. Bis Stefán ein Räuspern von sich gab und sich aufrichtete.

»Also«, sagte er und versuchte, munterer zu klingen, als er tatsächlich war, »wir haben wie gesagt mit Matthías geredet, doch in seinem Zustand war das verlorene Liebesmüh. Deswegen habe ich das lieber auf morgen vertagt. Wir haben aber mit seinem Stellvertreter gesprochen, wie heißt der noch, Árni?«

Árni zuckte zusammen und begann, in allen Taschen zu kramen. »Pétur, glaube ich. Oder Páll. Oder vielleicht …«

»Spielt ja keine große Rolle«, sagte Stefán. »Er hatte aber alle Informationen über die Leute der National Power Company, die ums Leben kamen.« Er nickte Árni zu, der jetzt endlich seinen zerknitterten Notizblock gefunden hatte.

»Björn Egilsson«, las er vor, »Sicherheitsbeauftragter der NPC. Ist hier praktisch von Anfang an dabei gewesen, arbeitet seit elf Jahren für das Unternehmen. Verheiratet, zwei Kinder, dreiundvierzig Jahre …«

»Wir brauchen doch keinen Lebenslauf«, unterbrach Guðni ihn, »das wird ja alles in den Nachrufen stehen, falls das jemanden interessiert. Irgendetwas Nachteiliges über ihn?« Árni lief wieder einmal rot an. Warum zum Teufel muss ich bloß immer rot werden?, dachte er und blätterte in seinen Notizen weiter. »Nach dem, was Pétur sagt – oder Páll, ja, er heißt Páll, das steht hier. Also nach dem, was er sagt, war Björn gewissenhaft und zuverlässig…«

»Und ein reizender Kollege und vorbildlicher Staatsbürger, wie alle, die gerade gestorben sind«, schnaubte Guðni. Diesmal ließ sich Árni nicht aus dem Konzept bringen, sondern fuhr unbeirrt fort. »… gewissenhaft und zuverlässig, und er war Ásmundurs Stellvertreter als leitender Sicherheitsbeauftragter. Und zwar für die NPC, denn Impregilo hat eigene Sicherheitsleute, und es hat wohl in Bezug auf Sicherheitsfragen ständig Ärger mit den Bossen bei Impregilo gegeben. Er fand, dass er mit seinen Verbesserungsvorschlägen nicht durchkam, und das waren nicht wenige. Zudem hatte er sich wohl auch ziemlich viele Gedanken über Drogen auf dem Gelände gemacht, sowohl Konsum als auch Verkauf. Das hat er häufig zur Sprache gebracht, auf Arbeitsbesprechungen und auch sonst, wenn er sich mit Leuten unterhalten hat. Er war wohl deswegen ziemlich besorgt und sauer auf alles und alle, weil niemand etwas unternehmen wollte. Vor allem auf die Polizei, mit der er sich häufig in Verbindung gesetzt hatte, und außerdem auf die Leute von Impregilo, die er dafür verantwortlich machte. Aber auch auf Ásmundur und Matthías. Aber so ganz allgemein hat Pétur, nein, ich meine natürlich Páll, gesagt, dass sich niemand über Björn beschweren konnte.«

»So ziemlich das Gleiche hat Lárus erzählt«, warf Katrín ein. »Sie haben eng zusammengearbeitet. Lárus hatte ihm eigentlich nur vorzuwerfen, dass er sich etwas zu wichtig machte. Und manchmal zu sehr auf dieses Drogenproblem fixiert war.«

»Und was ist damit? Hat er das Problem nicht selbst heute Morgen in den Nachrichten angeschnitten?«, fragte Stefán.

Katrín nickte. »Doch, ja. Er sagte, er sei sich sicher, dass hier Drogen im Umlauf sind. Aber nicht in dem Ausmaß, wie Björn glaubte.«

»Hm. In Ordnung.« Stefán schob die Kappe hoch und kratzte sich am Kopf. »Damit befassen wir uns später genauer. Árni, mach weiter.«

»Halldór Valdimarsson. Ingenieur«, fuhr Árni blätternd fort. »Kontrollingenieur genauer gesagt, war …«

»Was macht ein Kontrollingenieur?«, fragte Katrín. »Ich kenne Bauingenieure, Elektroingenieure und alle möglichen Ingenieure, aber Kontrollingenieur?«

»Er war Bauingenieur«, sagte Stefán erklärend. »Er hatte zusammen mit drei oder vier anderen die Aufgabe, die Arbeiten zu überwachen und dafür zu sorgen, dass alles mit der Planung und den Entwürfen übereinstimmte und dergleichen mehr. Dass sie den richtigen Beton verwendeten, das richtige Material, die richtigen Methoden und so weiter. Etwas in der Art. Vermutlich um zu garantieren, dass der ganze Kladderadatsch nicht aufs Meer hinausgespült wird, noch bevor da unten im Reyðarfjörður die Schmelztiegel heiß werden können.«

Katrín nickte. »Okay.«

»Halldór Valdimarsson«, wiederholte Árni, »Kontrollingenieur. Fündunddreißig Jahre, geschieden, ein Sohn. Genau wie Björn hat er sich mit den Leuten von Impregilo angelegt, vielleicht noch mehr als andere in vergleichbarer Position. Er war wohl auch kein Typ, der die Dinge mit Samthandschuhen anfasste, und er war kein Freund von endlosen Besprechungen. Er tendierte dazu, sich die Top-Leute aus dem anderen Lager direkt vorzuknöpfen und ihnen gehörig die Meinung zu sagen, wenn ihm etwas nicht passte. Soweit ich weiß, hat er allein in diesem Jahr die Betonierungsarbeiten drei- oder viermal stoppen lassen, und fünf oder sechs Betonmischer mussten dann jeweils ihre Ladung in einer Senke hier irgendwo in der Pampa auskippen, weil er unzufrieden mit der Materialmischung war und eine neue verlangte. Mehr hatte er eigentlich nicht über Halldór zu sagen. Barei und di Tommasso …«

»Schluss jetzt mit diesem Gewäsch«, fuhr Guðni ihm dazwischen, »das müsstest du doch nach zwei Jahren bei uns langsam kapiert haben – oder sind's schon drei? So was lesen wir – und zwar vor allem Stefán – in Berichten, wenn wir Lust dazu haben. Mit anderen Worten, später.« Er nahm sich den zerkauten, feuchten Stumpen aus dem Mund, stützte die Ellbogen auf die Knie und lehnte sich vor. Árni zog es vor zu schweigen. »Jetzt wollen wir bloß die wesentlichen Punkte, und die liegen vor. Björn hat sich mit den Bossen von Impregilo angelegt, und Björn war beunruhigt wegen Drogen. Und wer bringt so etwas unter die Leute? Irgendwelches Gesocks, unter anderem auch die Mafia. Halldór lag ebenfalls im Clinch mit denen von Impregilo, hat dauernd rumgemeckert wegen diesem und jenem, wie du sagst, wegen Beton und Armierungen und allem möglichen Scheiß. Der eine Spaghettifresser, der Vize von dem Hauptmacker hier, ist auch bei dem Erdrutsch umgekommen, und nicht nur er, sondern dazu auch noch eine ganz große Nummer aus dem Hauptqartier, *Headquarters*, verstehst du. Der Hauptmacker hier, Don Ricardo, fetzte sich dauernd mit seinem Vize, mit diesem di Tommasso. Und diese große Nummer aus Italien, Barri oder wie auch immer er heißt, der steckte die ganze Zeit, wo er hier war, mit dem Vize zusammen. Es gab zwar alle möglichen Besprechungen, aber darüber hinaus wurde Don Ricardo einfach außen vor gelassen und durfte alles mit sich selbst besprechen. Und das hat er wohl auch ständig getan. Also, da war eindeutig irgendein Komplott gegen ihn im Gange. Und dann die beiden anderen, der Deutsche und dieser schwedische Kommunist …«

Katrín konnte nicht an sich halten und unterbrach ihn. »Ich kann mich nicht erinnern, etwas über seine politischen Ansichten gehört zu …«, begann sie, aber Guðni bedeutete ihr mit seinem Stumpen zu schweigen.

»Die Schweden sind durch die Bank Kommunisten, Schwuchteln oder Weicheier, *take your pick*. Viele sind sogar sowohl Kommunisten *als auch* Schwuchteln *und* Weicheier. Natürlich mit Ausnahme von Ingemar Stenmark. Egal wie, der Deutsche und der Schwede sind erst am Freitag eingetroffen, und die Sitzungen mit all diesen Typen waren *heavy*, mit Don Ricardo, di Tommasso, Barracuda oder wie immer diese große Nummer hieß, aber wohlgemerkt auch mit diesem Matthías, mit Halldór und Ásmundur und Björn und irgendwelchen Sicherheitsheinis von Impregilo und anderen. Und als sie aus den Besprechungen herauskamen, war das Todesurteil bereits gefällt. *Dead men walking.*« Er lehnte sich großspurig zurück und steckte sich den Stumpenstummel wieder in den Mund. »Und wieso wohl eigentlich? Euer Pétur oder Páll ist doch wahrscheinlich auch dabei gewesen, habt ihr ihn danach gefragt?«

Stefán schüttelte den Kopf. »Nein. Wir wussten nichts von irgendwelchen Besprechungen und haben infolgedessen nicht danach gefragt. Aber wir haben uns nach diesem Schweden und dem Deutschen und deren Untersuchungen erkundigt, die Ásmundur in seinem Brief erwähnt. Soweit ich weiß, haben sie ein paar vorläufige Ergebnisse vorgelegt und kamen hierher, um die zu präsentieren und sich mit den Leuten hier über das weitere Vorgehen zu unterhalten. Wahrscheinlich waren das diese Besprechungen, von denen du geredet hast, aber der Mann ist nicht näher darauf eingegangen. Soweit wir wissen, stand diese Inspektionsfahrt in Verbindung damit. Mehr weiß ich nicht, aber du scheinst offensichtlich mehr als wir zu wissen. Woher hast du diese ganze Weisheit?«

»Von Lárus«, erklärte Katrín, noch bevor Guðni zu Wort kommen konnte. Der zog eine Grimasse, aber das war ihr völlig egal. »Diese Untersuchungen hingen, wie gesagt, mit der Verwerfung in der Schlucht zusammen, und die befindet sich genau unter dem Gesteinsgrund, der nachgab, wie Ásmundur geschrieben hat. Sie zieht sich quer durch den Boden der Schlucht. Irgendwelche Leute haben wohl schon vor geraumer Zeit darauf hingewiesen, noch bevor die Arbeiten hier begonnen haben, und zwar ganz formell, aber auf sie wurde nicht gehört.«

Sie berichtete ihnen das Wichtigste von dem, was Lárus ihnen gesagt hatte, und zwar größtenteils ohne Einmischung von Guðni.

»Also die haben tatsächlich mit den Arbeiten hier angefangen, bevor in der Sache Klarheit bestand?«, fragte Stefán, nachdem Katrín geendet hatte. »Obwohl sie von einer Verwerfung wussten, die sich sozusagen genau dort befindet, wo die Staumauer errichtet werden soll?« Katrín nickte.

»Mensch, das war nicht das, was er gesagt hat«, schnaubte Guðni. »Das ist alles gründlichst erforscht worden, das hat die Umweltverträglichkeitsprüfung und all dieses Zeug durchlaufen. Da gab es bloß zwei Typen, die sich unbedingt wichtig machen mussten. Ganz bestimmt irgendwelche verdammten Umweltheinis. Man kann doch nicht einfach irgendwelche x-beliebigen Querulanten alles stoppen lassen, da käme ja nie irgendwas zustande.«

»Es waren aber doch wohl mehr als nur ein paar Querulanten, die vor diesem Kraftwerk gewarnt und dagegen gekämpft haben«, warf Katrín ein. »Oder zählt das Staatliche Planungsamt nicht mit? Möglicherweise arbeiten da ja auch nur irgendwelche x-beliebigen Querulanten und Umweltheinis?«

Guðni wischte sich Tabakskrümel vom Bauch. »Staatliches

Planungsamt? Und, was hat das denn damit zu tun? Haben die sich diese Verwerfung angeschaut? Wie ich gesagt habe, niemand hat da Theater gemacht, außer diesen zwei oder drei Stänkern, und damit basta.« Der Stumpen wanderte an seinen Platz im rechten Mundwinkel zurück und rührte sich nicht mehr.

Stefán nickte. »Das kann gut sein«, sagte er, »aber trotzdem wurde beschlossen, der Sache auf den Grund zu gehen. Und dazu hat man Norling und Haase hinzugezogen, beziehungsweise die Firma, für die sie arbeiteten. Was ist bei deren Untersuchungen herausgekommen?«

»Lárus wusste das nicht«, antwortete Katrín kopfschüttelnd. »Er hat nur gesagt, dass die Leute nicht gerade fröhlich aus diesen Besprechungen gekommen sind. Er hat zwar Ásmundur daraufhin angesprochen, aber nichts aus ihm herausbekommen.«

»In Ordnung. Das müssten wir morgen klären können. Trotzdem seltsam …«

»Was ist seltsam?«, fragte Katrín, als Stefán keine Anstalten machte, seinen Satz zu Ende zu bringen.

»Ich hab nur über diesen Brief von Ásmundur nachgedacht. Habt ihr den irgendwo hier?« Katrín nickte und reichte ihm eine Mappe, die auf dem Schreibtisch lag. Stefán blätterte darin, bis er das gefunden hatte, was er suchte.

»Hier«, sagte er, »hört euch das an: *Trotzdem trafen wir die Entscheidung, obwohl es dazu im Grunde genommen keinen Anlass gab und es eigentlich auch unverantwortlich war, die Arbeiten in der Schlucht unterhalb des Grats zu stoppen, bis eine Einsturzmöglichkeit vollständig ausgeschlossen werden konnte. Das war aber erst möglich, nachdem Norling und Haase die Ergebnisse der geologischen Untersuchungen vorgelegt hatten. Allerdings …*« Stefán blätterte um und las auf der nächsten Seite weiter: »*… besteht erheblicher Anlass zu äußerster Vor-*

sicht, und das lässt sich auf Dauer nicht ignorieren.« Er blickte hoch. »Und dann kommt aber nichts. Der Brief geht weiter, insgesamt sechs dicht beschriebene Seiten, insofern hat der arme Mann sich weder beeilt noch seinen Bleistift geschont, aber diese Ergebnisse erwähnt er mit keinem Wort. Weshalb nicht?«

»Vielleicht, weil sie gar nicht vorlagen?«, schlug Árni vor. »Oder weil er sie noch nicht zu Gesicht bekommen hatte?«

Stefán schüttelte den Kopf. »Die lagen vor, auf jeden Fall zu Teilen, denn Norling und Haase kamen doch eigens zu dem Zweck, um sie zu präsentieren. Und wie Guðni und Katrín sagen, dann haben sie gleich am Freitag damit angefangen, und bei diesen Besprechungen scheint Ásmundur dabei gewesen zu sein.«

»Vielleicht waren sie ja völlig unerheblich«, gab Guðni zu bedenken. »Vielleicht haben sie einfach nur das bestätigt, was bereits bekannt war, und haben dieses Querulantengeschwätz widerlegt, dass diese Verwerfung angeblich Anlass zu Besorgnissen gab.«

»Möglicherweise, aber dann kommt es mir noch seltsamer vor, dass Ásmundur das überhaupt nicht erwähnt«, stimmte Stefán ihm zu und tippte mit dem Finger auf den Brief, der vor ihm lag. »Das hier wurde am Samstagabend geschrieben, und da war noch keine Rede von einer Explosion. Alle gingen einfach davon aus, dass der Grat eingekracht ist, und wie ich bereits gestern sagte, soll der Brief anscheinend in erster Linie nachweisen, dass Ásmundur das unmöglich hätte voraussehen können und dass ihm deswegen keine Schuld an dem Unfall gegeben werden konnte.

Er geht sehr detailliert darauf ein, wie sie sich den Berggrat angeschaut haben, was sie dabei herausfanden, und weshalb sie keinen Grund sahen, etwas zu unternehmen – auf jeden Fall nicht, bevor die Ergebnisse der neuen Untersuchung vorlägen. Und dann kommt aber gar nichts über diese neuen Ergebnisse, obwohl er wahrscheinlich zu dem Zeitpunkt, als er diesen Brief schrieb, alles darüber gewusst hat, was zu wissen war. Wenn die Ergebnisse, wie du meinst, Guðni, tatsächlich keine Rolle spielen, würde das doch einfach nur seine Sicht der Dinge unterstützen, und das hätte er dann bestimmt auch hervorgehoben, oder nicht? Falls aber diese Ergebnisse alles auf den Kopf stellten, weshalb dann Schweigen darüber bewahren?

Er hatte nichts mit den ursprünglichen Untersuchungen zu tun, die grünes Licht für den Baubeginn gaben, und es hat nicht den Anschein, als sei er in der Position gewesen, sie anzuzweifeln. Er konnte nichts anderes tun, als diesen Grat noch einmal von außen inspizieren zu lassen und sich die vorliegenden Informationen genau anzusehen. Und gemessen am Rest des Briefs würde man dann doch wohl eine Art Rechtfertigung erwarten, irgendeine Entschuldigung dafür, dass sie – oder besser gesagt, er – sich nicht über die Gefahr im Klaren gewesen sind, wenn sie denn tatsächlich vorhanden war. Oder was meint ihr dazu?« Er sah alle der Reihe nach an, wobei die eine Augenbraue fast bis zum Schirm der Kappe reichte.

»Okay«, sagte Guðni, »sagen wir also meinetwegen, dass das etwas seltsam ist. Aber ist es das wirklich? Ich meine, der Mann hatte doch vor, sich umzubringen, vielleicht hat's da bei ihm im Oberstübchen nicht mehr so richtig funktioniert. Was denkst du?«

Stefán schüttelte den Kopf. »Ach, ich weiß nicht. Ich finde es einfach seltsam.« Er schloss die Mappe und schob sie von sich. »Egal, stellen wir das im Augenblick zurück. Mir ist da noch etwas anderes durch den Kopf gegangen. Wieso waren da eigentlich genau diese Leute zur Inspektion unterwegs, und beispielsweise weder Matthías noch Ásmundur, oder dieser, wie heißt der noch, dieser Italiener, der bei Impregilo das Sagen hat? Die Top-Leute hier, wie gesagt, wenn diese Untersuchung wirklich so wichtig war? Wir haben versucht, Matthías danach zu fragen, aber dabei kam nichts Vernünftiges heraus. Und sein zweiter Mann hier von der NPC sagt, dass er von gar nichts gewusst hat. Habt ihr Lárus danach befragt?«

»Ja«, antwortete Katrín, »aber im Grunde genommen sagt er genau dasselbe, er hat erst im Nachhinein davon erfahren.« Achselzuckend fügte sie hinzu: »Anscheinend fühlte er sich deswegen etwas auf den Schlips getreten.«

»Aber er wusste doch von der Grünen Armee«, brummelte Stefán, »und von der Frist. Und das bedeutet, dass Ásmundur ebenfalls davon gewusst haben muss, nicht wahr?«

»Doch, ja«, bestätigte Katrín nickend. »Die beiden wurden sehr bald eingeweiht, nachdem diese Drohbriefe einzutrudeln begannen. Ásmundur berief eine Sitzung nach der anderen ein, an der Björn, Lárus und ihre Kollegen bei Impregilo teilnahmen, und hat ihnen die ersten E-Mails gezeigt. Die haben das nicht so richtig ernst genommen, sagt Lárus, aber sie haben doch irgendeine Form von Krisenplan entwickelt, der gestern Abend kurz vor Mitternacht in Kraft trat. Es ging hauptsächlich um die Überwachung von besonders exponierten Stellen, soweit ich weiß.« Sie hob den Finger, um ihre nächsten Worte zu unterstreichen: »Erinnert ihr euch an das Empfangskomitee, das uns heute Morgen bei der Brücke erwartet und Ausweise verlangt hat?« Stefán und Árni erinnerten sich. »Seit Mittwoch sind hier Wachen postiert, und seitdem sind sämtliche Unbefugten schon bei der Brücke zurückgewiesen worden, und darüber hinaus hat man genau registriert, wer kam und wer ging. Wir bekommen morgen eine Kopie dieser Liste.«

»Gut«, sagte Stefán, »Prima. Die kommt auch hier in den

Stapel. Aber ist das nicht auch wieder ein Beispiel dafür, worüber ich vorhin geredet habe – weshalb erwähnt Ásmundur in seinem Brief mit keinem Wort die Grüne Armee? Schön, der Grat kam zwei Tage vor dem angedrohten Termin zum Einsturz, aber trotzdem – Menschen, die wie Ásmundur ganz offensichtlich nach Rechtfertigungen suchen, greifen die nicht nach jedem verfügbaren Strohhalm?«

Guðni kniff die Augen zusammen. »Moment mal, hast du nicht gerade eben noch ausgeschlossen, dass die Grüne Armee aus potentiell mordwütigen Knallköppen besteht? Nicht, dass ich das so einszweidrei unterschreiben würde, nur weil unser kleiner Árni hier nicht in die ewigen Jagdgründe befördert wurde, aber …«

»Ja, habe ich. Nachdem die Brücke gesprengt wurde. Aber Ásmundur? Vorgestern Abend auf der Suche nach Sündenböcken? Ich weiß nicht. Was hat Lárus gesagt? Er muss doch am Samstag mit Ásmundur gesprochen haben, haben die sich da keine Gedanken über die Grüne Armee gemacht?«

Katrín schüttelte die rote Mähne. »Das glaube ich nicht. Wie du gesagt hast, alle gingen davon aus, dass es sich um einen natürlichen Bergsturz handelte. Wir konnten Lárus allerdings keine weiteren Fragen dazu stellen, denn Leifur hat ihn sozusagen mitten in unserem Gespräch entführt. Der ist wohl komplett ausgerastet, er rief Lárus an und beorderte ihn unverzüglich zur Brücke. Ich hab ihn dort hingefahren, war aber schon wieder weg, bevor Leifur mich stoppen konnte. Es reicht ja, wenn man ihm einmal sagt, dass man genauso wenig wie die anderen irgendetwas gesehen hat. Weißt du etwas darüber, wie es bei denen läuft, kommen sie vorwärts?«

»Keine Ahnung«, entgegnete Stefán. »Mir ist nichts zu Ohren gekommen. Weiß bloß, dass die hier mit ihrem Affentheater alles auf den Kopf stellen, die fuchteln mit ihren Knarren herum und stoppen an jeder Ecke die Autos, man könnte fast den Eindruck haben, als stünde wegen einer kleinen Sprengung an einer Brücke der Weltuntergang bevor.« Er warf einen Blick auf die Uhr an der gegenüberliegenden Wand. »Wem gehörte dieses Büro, Halldór oder Björn?«

»Björn«, antwortete Katrín.

»Habt ihr beide Büros durchforstet?«

Katrín und Guðni nickten. »Da ist nichts herausgekommen«, sagte Guðni, »zumindest nichts, was einen im Augenblick auf irgendeine Spur bringen könnte. Es sei denn, das hier …« Er nickte in Richtung des Schreibtischs, auf dem außer einem Computer, einigen Papieren und einem Foto von einer dunkelhaarigen, sommersprossigen Frau mit kurzen Haaren und zwei noch sommersprossigeren Jungen nichts zu sehen war.

»Das …?«

»Seine Alte, Mensch, und diese zwei Kinder. Ich würde lieber krepieren, als so ein Kleeblatt auf dem Hals zu haben.«

»Ich glaube, wir können ausschließen, dass dieser Erdrutsch ein Selbstmord war«, entgegnete Stefán trocken. »Falls du nichts Intelligenteres beizutragen hast, schlage ich vor, dass du am besten ins Bett gehst.« Guðni grinste. Stefán stand auf. »Árni, du machst aus dem, was auf deinem Notizblock steht, noch einen ordentlichen Bericht. Katrín, du hast wahrscheinlich bereits alles in den Computer eingegeben, was Lárus dir gesagt hat?« Katrín nickte. »Prima. Druck es für mich aus, und auch alles andere, was du fertig hast, du ebenfalls, Guðni, ich brauche vor dem Einschlafen etwas zu lesen. Habt ihr es geschafft, mit allen auf der Liste zu reden?«

Katrín schüttelte verneinend den Kopf. »Nein, mit den meisten, aber nicht mit allen.« Sie schaute auf ihren Notizblock und zählte durch. »Neun Personen, doch dabei ist nicht viel herausgekommen. Wir drucken das aber aus. Was ist mit euch? Habt ihr alle geschafft?«

»Nein, nur sechs – oder waren es sieben?«

»Sieben«, bestätigte Árni.

»Sieben«, wiederholte Stefán. »Diesen Róbert haben wir allerdings noch nicht erreicht. Das ist der Vertrauensmann, der in den Nachrichten heute Morgen die Drogen erwähnt hat. Vermutlich muss er sich im Augenblick um vieles kümmern. Von den anderen wusste niemand etwas, das von Belang sein könnte. Und morgen ist auch wieder ein Tag. Wir treffen uns hier morgen früh um acht.« Er sah Árni scharf an: »Und zwar pünktlich auf die Minute.«

15

Dienstag

… doch obwohl die Nachrichtenredaktion mehrfach versucht hat, eine präzisere Stellungnahme zu der Behauptung der Grünen Armee zu erhalten, dass Warnungen ausgegeben wurden, sind bislang weder die Polizei noch die Verantwortlichen bei der National Power Company und bei Impregilo darauf eingegangen. Deshalb kann zurzeit weder mit Sicherheit gesagt werden, ob diese Behauptung den Tatsachen entspricht, noch worin diese Warnungen bestanden haben, beziehungsweise wann sie ausgegeben wurden. Laut unbestätigten Informationen ist der erste Drohbrief bereits vor zwei Monaten bei der National Power Company eingegangen. Darin war, ebenso wie in den nachfolgenden, fast gleichlautenden Briefen an den Generaldirektor der NPC, stets die Rede vom achtundzwanzigsten Februar. Der Bergsturz, der sechs Menschen das Leben gekostet hat, kann deswegen kaum auf das Konto der Grünen Armee gehen, zumindest hat sich im Gegensatz zur heutigen Sprengung diese Organisation nicht verantwortlich dafür erklärt. Entschuldigung, hier muss ich korrigieren, im Gegensatz zur gestrigen Sprengung, die die Brücke über den Gletscherfluss unpassierbar machte, aber keine Menschenleben forderte.

Festgenommen wurde bislang niemand im Zusammenhang mit dem Fall …

Stefán seufzte, schaltete sein kleines Reiseradio aus und riss sich die Stöpsel aus den Ohren. Sie werden es nie lernen, dachte er, immer wieder dieselbe Geheimniskrämerei. Er selbst gab nicht selten ausgewählte Häppchen an ausgewählte Journalisten weiter, denn es hatte sich immer wieder herausgestellt, dass richtig servierte Tatsachen sehr viel besser als Schweigen funktionierten, wenn es darum ging, die Medien in Schach zu halten. Und das galt ganz besonders für diesen Fall, wo ohnehin schon die halbe Wahrheit ans Licht gekommen war. Alle Versuche, die andere Hälfte zu verstecken, führten nur dazu, die Allgemeinheit noch misstrauischer zu machen und die Zudringlichkeit der Journalistenmeute zu steigern, die auch dem Rest auf die Spur kommen wollte. Was meistens gelang, wie sich an diesem Beispiel ablesen ließ. Stefán überlegte, wer da nicht dichtgehalten hatte und wie lange seine Vorgesetzten diesmal alles von sich abwimmeln würden, aber dann schob er diese Gedanken wie andere müßige Überlegungen von sich und wandte sich wichtigeren Dingen zu.

Der Portugiese Jorge Fonsecas war rund acht Stunden unten in der Schlucht gewesen, als der Erdrutsch niederging. Man war dabei, das riesige Loch zwischen der schnell anwachsenden Herdmauer und der provisorischen Staumauer zu füllen, und Jorge hatte die wenig beneidenswerte Aufgabe gehabt, die allgemein unter der Bezeichnung Kippmann lief und darin bestand, den Fahrern der Kipper Anweisung zu geben, wo die Ladung hingeschüttet werden sollte. Die zwei Fahrer, mit denen gesprochen worden war, hatten beide ausgesagt, dass Jorge meist im Schutz eines Felsvorsprungs gewartet hatte, der unweit der Kippstelle aus der Schluchtwand herausragte, und nicht in dem ungeheizten Schuppen, der gut hundert Meter entfernt war, denn man machte sich bei den Fahrern unbeliebt, wenn man sie warten ließ, auch wenn es nur um ein paar Sekunden ging. Die Zeit, so hatten beide ausgesagt, war kostbar an diesem Ort, wie ihre Vorgesetzten nicht müde wurden, ihnen einzubläuen.

Die sechs Männer hingegen, die nicht so viel Glück gehabt hatten wie Jorge, waren allem Anschein nach gerade erst eingetroffen, als die Gesteinsmassen niedergingen. Es musste ungefähr um zehn nach acht Uhr passiert sein, soweit sich ermitteln ließ, denn kurz vor acht waren die Herren noch beim Frühstück in den jeweiligen Kantinen gesehen worden. Außerdem war keiner von ihnen mehr als dreißig Meter von den Wagen entfernt gewesen, falls man Lárus' Angaben Glauben schenken konnte, der sich wiederum auf die Aussagen von Angehörigen der Rettungsmannschaft berief. Sie hatten die Opfer ausgegraben, mit Hilfe des Vaters und des Bruders von einem der Opfer. Stefáns Brauen hoben sich.

»Das muss grauenvoll gewesen sein«, murmelte er und blätterte weiter.

»Entschuldige, Biggi«, sagte Valdimar beschämt. »Ich weiß nicht, was da heute Morgen in mich gefahren ist.« Birgir nickte zurückhaltend, sagte aber nichts. Valdimar ließ sich auf der Bettkante nieder. »Ich … es tut mir wirklich leid, wie ich mich benommen habe. Im Ernst, mein lieber Biggi. Und das vor deinen Augen. Du … du hast nichts …« Er blickte zur Seite und zog die Nase hoch. »Du bist nicht in Versuchung gekommen … du weißt schon, was ich meine?« Birgir richtete sich halb auf und stützte sich auf den Ellenbogen.

»Nein«, sagte er, »das weiß ich nicht.« Er starrte seinen Vater an, der seinem Blick auswich. »Sag's doch einfach. Sag doch einfach, was du meinst, du alter Depp! In was für eine Versuchung soll ich gekommen sein?« Valdimar stand erschrocken auf. Birgir sprang aus dem Bett. »Mich zu besaufen? Zu koksen? Zu fixen? Los, rück schon einfach raus damit, du alter Idiot!« Sein Vater wich zurück und tastete hinter sich nach der Türklinke. »Hättest du Dóri auch so etwas gefragt, wenn es umgekehrt gewesen wäre?«, zischte Birgir mit geballten Fäusten und dem Gesicht dicht vor dem seines Vaters. »Was denn? Hättest du Dóri auch gefragt, ob er gekokst hätte, wenn er es gewesen wäre, der mich aus dem Steinhaufen herausgebuddelt hätte?« Valdimar starrte seinen Sohn mit offenem Mund an, blieb ihm aber die Antwort schuldig. Dann begann seine Unterlippe zu zittern. Nicht viel, aber doch so, dass Birgir es bemerkte und verächtlich den Kopf schüttelte.

»Nein«, sagte er und warf sich wieder aufs Bett. »Den hättest du nicht danach gefragt. Nicht dein Mustersöhnchen, den Herrn Ingenieur! Pah!«

Valdimar ließ die Klinke los und versuchte, seine Haltung wiederzugewinnen. Irgendetwas hatte den Jungen aufgebracht. »Mein lieber Biggi«, sagte er vorsichtig und setzte sich auf einen klapprigen Stuhl neben dem Bett. »Was ist denn eigentlich los?«

»Das willst du doch gar nicht wissen.«

»Hör auf damit, Biggi. Natürlich will ich das wissen. Wie anders sollte ich dir denn helfen können?«

»Und weshalb solltest du mir helfen wollen?«

Valdimar zog die Schultern hoch. »Weil das meine Aufgabe ist. Du bist hier, nicht wahr, und du arbeitest für mich. Trotz allem, was vorausgegangen ist, trotz allem, was du deiner Mutter in all diesen Jahren angetan hast. Du solltest doch allmählich begriffen haben, dass wir alles für dich tun wollen, Biggi. Du bist vielleicht der Ansicht, dass wir euch beide unterschiedlich behandelt haben, aber deine Mutter und ich haben bei Gott alles in unserer Macht Stehende getan, um euch beide gleichermaßen zu fördern. Vielleicht ist uns das nicht immer gelungen, das kann ich natürlich nicht so recht beurteilen. Ich bin zwar prinzipiell der Meinung, dass jeder seines Glückes Schmied ist, doch deine Mutter hat immer sich selbst – und mir natürlich auch – die Schuld daran gegeben, was für einen Weg du eingeschlagen hast. Jedenfalls zum Teil. Vielleicht hat sie recht damit, was weiß ich. Es war aber zumindest nicht die Schuld von unserem Halldór, darin sind wir uns doch wohl einig. Und deswegen muss jetzt etwas Schlimmes vorgefallen sein, wenn du so über ihn redest, du täuschst mich nicht mit diesem Verhalten, mein lieber Junge. Ich weiß, dass du ihn auch gern hattest.«

»Ich?«, fauchte Birgir. »Dass ich Dóri gern hatte?« Er legte sich wieder lang, deckte sich zu und drehte sich auf die Seite. »Nicht zu fassen, was du auf einmal labern kannst. Ich glaube, ich hör dich zum ersten Mal so lang an einem Stück reden, und zwar totalen Blödsinn. Lass mich schlafen.«

»Was soll denn das, Biggi?«, jammerte Valdimar. »Ich versuche doch nur zu helfen.«

»Ich weiß. Vielen Dank dafür, okay? Geh ins Bett.«

»Was ist los?«

Birgir kapitulierte »Was los ist? Ich will dir sagen, was los ist. Ich glaube, ich weiß, wer da mit dem Erdrutsch umgebracht werden sollte. Wenn es eine Sprengung war, meine ich.«

Valdimar starrte ihn an. »Was meinst du damit, Junge?«

»Ich meine, wenn es ein Mord war, dann war es wahrscheinlich Halldór, der da umgebracht werden sollte. Das ist los. Bist du jetzt zufrieden?«

»Dóri?«

Birgir nickte. »Ja.«

»Unser Dóri? Was zum … Weshalb … Was redest du denn da für einen Blödsinn, Junge?«

»Dóri, ja. Der tüchtige tolle Dóri, der tüchtige patente Halldór. Hast du es nie komisch gefunden, wie patent er war? Wie unwahrscheinlich fit und munter er schon frühmorgens war, obwohl er von morgens früh bis tief in die Nacht malocht hat, und zwar Tag für Tag und Nacht für Nacht?«

Valdimar schüttelte den Kopf. »Ich verstehe dich nicht. Ich verstehe nicht, was du … was du da …«

»Du verstehst es sehr genau.«

»Ich will keinen solchen Quatsch hören.« Valdimar klang nicht mehr ganz so sicher.

Birgir zuckte die Achseln. »Ich weiß. Ich hab dir ja gesagt, dass du es nicht hören willst. Wie wär's, mir hin und wieder doch einmal zuzuhören?« Er zog sich die Bettdecke über den Kopf und drehte sich wieder zur Wand. »Und mach die Tür hinter dir zu, wenn du gehst.«

Katrín ging im Geiste den Tag noch einmal durch und war einigermaßen zufrieden. Sie hatten zwar bislang noch nichts über die Ursachen des Bergsturzes herausgefunden, und es gab keinerlei Anhaltspunkte, um die Theorie, dass es sich um ein Verbrechen handelte, bestätigen oder widerlegen zu können. Und noch weniger wussten sie, wer dieses Verbrechen verübt haben konnte. Aber das war nichts, worüber man sich Kopfzerbrechen machen musste, zumindest bis jetzt noch nicht. Sie hatten ja gerade mal erst mit sechzehn der rund tausend Menschen gesprochen, die sich in diesem Camp aufhielten, das hier an einem Ort aus dem Boden gestampft worden war, wo sich sonst nur Vögel und Rentiere aufhielten. Die hatten sich natürlich andere Weidegebiete suchen müssen, hatte sie gehört, sie trieben sich viel weiter südlich und westlich im zentralen Hochland herum, in Gebieten, wo sie sich nie zuvor hatten blicken lassen. Und wahrscheinlich nagten sie eine Flora ab, die nie zuvor dem Viehverbiss ausgesetzt gewesen war, und trampelten auf einem Boden herum, der nie zuvor einer Belastung durch so schwere Tiere ausgesetzt war. Und bald würden Jäger in ihren Jeeps hinter ihnen her sein. Und trotzdem gab es Leute, die allen Ernstes behaupteten, dass dieses Kraftwerk keine nennenswerten Auswirkungen auf das Ökosystem haben würde … Katrín zwang sich dazu, diese Gedanken von sich abzuschütteln, sie mussten auf bessere Zeiten vertagt werden.

Sie hatte es geschafft, um die Abendessenszeit mit ihren Kindern Íris und Eiður zu telefonieren und ihnen zu versichern, dass alles in Ordnung sei. Sie wäre hier bloß wie gewöhnlich bei der Arbeit. Eiður war putzmunter und fand das alles unerhört spannend. Er wusste zwar nicht mehr, als dass es da einen großen Bums gegeben hatte und dass die Brücke zwar kaputt aber keiner tot war, doch er konnte das überhaupt nicht in Verbindung zu seiner Mama oder seiner eigenen Welt setzen. Íris dagegen klang eher bedrückt, sie war ja nicht nur älter, sondern auch grüblerischer veranlagt als ihr Bruder; sie war durchaus imstande, sich die Bedeutung dessen klarzumachen, was sie zusammen mit ihrem Vater in den Fernsehnachrichten gesehen hatte.

Sveinn hatte auch sehr viel nachgiebiger geklungen als beim Abschied am Tag vorher, wo sie halbwegs verkracht auseinandergegangen waren. Er schien sich wirklich Sorgen um sie zu machen, und er fragte, und zwar eindeutig nicht nur aus egoistischen Gründen, ob sie nicht ganz bestimmt bald wieder nach Hause käme, wo doch jetzt das SEK zur Stelle sei. Als sie entgegnete, das sei alles noch völlig unklar, ging er sogar so weit, sie zu bitten, gut auf sich aufzupassen, und ihr zu sagen, dass er sie liebe, bevor sie dem Gespräch ein Ende machen konnte. Und außerdem hatte der überfällige Streit mit Guðni über das Kárahnjúkar-Kraftwerk aufmunternde Wirkung auf sie gehabt.

Sie hatte sich zunächst lange zurückgehalten und ihm gestattet, sich ausgiebig über dieses phantastische Projekt auszulassen, über den Triumph der Technik, über die Bedeutung der Schwerindustrie für den östlichen Landesteil und die isländische Wirtschaft und, nicht zu vergessen, über die Borniertheit und Verantwortungslosigkeit von diesen beknackten Umweltheinis, die nie ihre Finger in kaltes Wasser getaucht hatten oder über Reykjavíks Stadtgrenzen hinausgekommen waren. Guðni hatte sämtliche Klischees auf Lager und genoss es sichtlich, sie damit zu bombardieren. Sie war aber nicht darauf eingegangen und hatte nur vor sich hin gelächelt. Bis er irgendwann zum zehnten Mal in die graue Weite deutete und fragte, was denn da wohl unbedingt wert sei, geschützt zu werden. Das hatte das Fass bei ihr zum Überlaufen gebracht, sie hatte ihm ausgiebig und detalliert aufgelistet, was ihrer Meinung nach schützenswert war, und ihn anschließend gebeten, er solle gefälligst aufhören, derartig idiotische Fragen zu stellen. Daraufhin war es natürlich erst richtig losgegangen. Katrín bildete sich zwar keinen Augenblick ein, dass Guðni auch nur einen Millimeter von seinen vorgefassten Meinungen abzubringen war, aber sie hatte das Gefühl, dass dieser Streit ihr selbst gut getan hatte. Bei dem Gedanken musste sie unwillkürlich lächeln, aber nicht lange.

»Na schön«, sagte sie laut zu sich selbst und öffnete die Mappe, die auf dem Schreibtisch lag. Sie versuchte, sämtliche Gedanken an diese unverzeihliche Zerstörung von sich wegzuschieben, die einen überall anstarrte, wohin man auch blickte, und sich auf die vorliegende Aufgabe zu konzentrieren. Menschenleben mussten doch wichtiger sein als Landschaft, sagte sie sich immer wieder vor. »Wer ist wer, und wer wollte wen weswegen umbringen?«

Auf die Ellenbogen gestützt, las Katrín zum vierten Mal Ásmundurs letzte schriftliche Äußerungen durch. Stefán hat recht, dachte sie, dieser Brief ist tatsächlich etwas seltsam.

Als Stefán zum vierten Mal im gleichen Abschnitt den Faden verlor, gab er es auf und griff nach dem Telefon, auch wenn es schon nach eins war.

»Hab ich dich geweckt?«, fragte er, obwohl er die Antwort wusste.

»Kein Problem«, antwortete Ragnhildur gähnend. »Wie geht's dir, Schatz?« Obwohl die Telefonverbindung nicht gerade die beste war und sie ihren besorgten Unterton zu unterdrücken versuchte, kannte Stefán sie nach fünfunddreißigjährigem Zusammenleben nicht weniger gut als sie ihn.

»Mir geht's prima«, sagte er so beruhigend und aufmunternd wie möglich. »Und dir?«

»Doch, mir auch, abgesehen von der Tatsache, dass mir der Mann im Haus fehlt.« Sie gähnte wieder, und Stefán biss sich auf die Unterlippe. »Ich habe in den Nachrichten gehört, dass sie inzwischen wieder irgendeine Straßenverbindung zu euch hergestellt haben?«

»Ja, das ging relativ schnell, da gab es schon irgendeine Baggerpiste runter zu dem provisorischen Staudamm, und die haben sie, soweit ich weiß, nach einigen Stunden auch für andere Fahrzeuge passierbar machen können.«

»Und überall Männer mit Karabinern, die sämtlichen Verkehr stoppen und niemanden durchlassen, weder Reporter noch sonst wen?«

»Sie lassen die durch, die durchmüssen, Schatz. In beide Richtungen. Und ich bin ehrlich gesagt froh, dass uns auf diese Weise die Pressegeier vom Hals gehalten werden, es reicht auch so schon. Sag nicht, dass der Faschismus total von Übel ist.« Er versuchte, herzlich und unbefangen zu lachen, aber es war ein ziemlich misslungener Versuch.

»Ja, ja, wenn dir das hilft, darfst du das gern ins Lächerliche ziehen«, erklärte Ragnhildur. »Aber jetzt sag mal ehrlich, wie geht es dir da oben in dieser Einöde?«

»Gemessen an den Umständen geht's mir eigentlich erstaunlich gut«, antwortete Stefán wahrheitsgemäß und strich sich über den dicht behaarten und vollen Bauch. »Heute Morgen war ich relativ gestresst, aber es ist alles besser verlaufen, als ich befürchtet hatte, wurde ja auch niemand verletzt. Und jetzt bin ich auch nicht mehr wütend. Das war ich erst, aber jetzt nicht mehr. Ich sollte es vielleicht sein, aber mir ist die Lust dazu vergangen. Wenn die hier unbedingt so ein Zinnsoldatenspiel spielen wollen, dann ist das ihre Sache.« Er seufzte und bemühte sich angestrengt, Kappe und Kissen zurechtzurücken, bevor er sich an die Wand am Kopfende des Betts lehnte und zur Sache kam. »Da ist nur eines«, sagte er, »erinnerst du dich an Mundi? An Ásmundur Arason?«

»Der in deiner Klasse war? Den Bruder von Ásgerður, die in meiner Klasse war?«

»Genau.«

»Natürlich erinnere ich mich an den. Ich war doch die ganzen Jahre im Gymnasium jeden zweiten Sonntag bei ihm zu Hause oder besser gesagt bei Ásgerður zu Hause zu Kaffee und Pfannkuchen eingeladen. Der Vater ist, glaube ich, vor zwei Jahren gestorben, aber Dísa, ihre Mutter, habe ich letzten Sommer getroffen, als wir in Akureyri waren. Und zwar bei diesem legendären Kaufmannsladen Brynja, wo es hausgemachtes Eis gibt. Sie hat sich da ein Eis gekauft, genau wie ich. Die alte Dame war erstaunlich gut drauf. Weshalb fragst du?«

Da Árni befürchtete, dass der Rauch auf den Korridor hinausdringen würde, sah er sich gezwungen, das Fenster einen

Spalt zu öffnen, auch wenn der Schnee die ganze Zeit hereinwirbelte und sich wie ein Teppich auf den Schreibtisch legte. Er war ständig damit beschäftigt, den Schnee zusammenzustreichen und ins Waschbecken zu tragen, was mit einer Zigarette in der einen und Telefon in der anderen Hand nicht ganz einfach war. Glücklicherweise hatte er aber sein Freisprech-Set mitgenommen, sonst wäre es richtig schwierig gewesen.

»Ich weiß es nicht«, sagte er. »Stefán behauptet, dass derjenige, der dahintersteckt, die Brücke observiert und mit der Sprengung gewartet haben muss, bis wir runtergefahren sind, aber ich bin mir da nicht so sicher.«

»Aber ist das nicht wahrscheinlich?«, fragte Ásta, die Gelassenheit und Vernunft in Person. »Ich meine, das passierte doch genau in dem Augenblick, als ihr von der Brücke runter wart, und nicht um zwölf, wie in dem Drohbrief stand?« Árni murmelte etwas und schniefte. Er fand, dass nicht nur seine Kollegen sondern auch seine Partnerin es sowohl an Mitleid als auch Bewunderung erheblich mangeln ließen. Er hatte in akuter Lebensgefahr geschwebt und war mit knapper Not einem tragischen Tod entronnen, aber alle miteinander waren anscheinend fest entschlossen, ihm Ehre und Anerkennung zu verweigern. Nur seine Mutter nicht. Sie war die Einzige, die ihn richtig verstand und unablässig versucht hatte, ihn anzurufen, nachdem sie die ersten Nachrichten über die Ereignisse gehört hatte. Sie war vor Sorge um ihren Jungen fast umgekommen, bis sie endlich mit ihm sprechen konnte. Und wenigstens sie hatte auch angemessen aufgestöhnt, als er ihr erzählte, wie wenig daran gefehlt hatte, dass ihr Sohn ein kaltes und frühes Grab gefunden hätte – gar nicht zu reden davon, dass er eventuell sogar mit den Gletscherfluten ins Meer gespült und auf den Atlantik hinausgetrieben worden wäre.

Ásta dagegen ließ ihm keine Zeit, um sich derartig tragischen Phantasien hinzugeben.

»Wieso, stimmt das nicht?«, fragte sie.

»Vielleicht«, gab Árni widerwillig zu. »Vielleicht ist das logisch. Und wahrscheinlich. Es war aber – ein entsetzliches Erlebnis. Ich meine, wir waren wirklich *gerade* erst von der Brücke runter, als …«

»Ich weiß«, unterbrach Ásta ihn, »das war natürlich entsetzlich. Das verstehe ich total. Ich meine, wenn so etwas passiert, denkt man ja nicht logisch, selbstverständlich nicht. Es muss ja ein irrer Schock gewesen sein.« Sie wartete. Árni bekam einen Kloß im Hals und verspürte ein Brennen im Rachen, und gleichzeitig schlotterte er am ganzen Körper. Die angestaute Spannung musste sich entladen. Da verstand sie ihn endlich auch. Das Gespräch zog sich sehr in die Länge, doch Ásta legte eine bewundernswerte Geduld an den Tag.

Guðni spähte übellaunig in den Kühlschrank in der Kantine, der Tag und Nacht allen zur Verfügung stand. Er enthielt Yoghurt, Obst, Sauermilch und irgendwelchen anderen Pamps, aber nichts Genießbares.

»Da findest du nichts Vernünftiges.« Guðni blickte hoch. Der Koch stand in der Küchentür und blinzelte ihm zu. »Komm in die Küche, ich hau uns eine Omelette in die Pfanne.« Acht Eier, eine Dose Pilze, eine abgepackte Lage Kochschinken, und sieben Minuten später saßen die beiden vor ihren Tellern und schaufelten die Köstlichkeiten in sich hinein.

»Es geht doch nichts über eine Omelette mitten in der Nacht«, erklärte der Koch mit vollem Mund. Guðni grunzte zustimmend. »Wie kommt ihr denn überhaupt vorwärts, wisst ihr schon, wer die Brücke gesprengt hat? Was für Leute stecken eigentlich hinter der Grünen Armee?«

Guðni schüttelte den Kopf. »Bestimmt irgendwelche fanatischen Umweltheinis, aber das ist nicht unsere Angelegenheit.«

»Nee, natürlich nicht.« Der Koch kratzte sich mit seinen dicken, kurzen Fingern an seinem Doppelkinn. Die Nägel waren bis aufs Fleisch heruntergekaut. »Aber die andere Sache? Der Bergsturz? Wisst ihr darüber schon mehr?«

»Nein, nichts von Belang«, antwortete Guðni unter weiterem Kopfschütteln.

»Aber einen Unfall schließt ihr aus?«, bohrte der Koch unter so viel Kopfnicken weiter, wie es sein Stiernacken erlaubte.

Guðni sah hoch und war auf einmal hellwach. »Wie kommst du denn darauf?«

»Na, tu doch nicht so. Das war doch kein Unfall, das wissen hier alle. Es ist nur die Frage, wer von diesen sogenannten ehrbaren Leuten«, er signalisierte mit den Zeige- und Mittelfingern an beiden Händen die Anführungszeichen, »umgebracht werden sollte. Hier hatten genug Leute allen Grund dazu, etliche von denen umzubringen, wenn du verstehst, was ich meine.« Der Koch unterstrich seine Worte, indem er ein Auge zukniff, sodass es hinter den Tränensäcken, die es umgaben, verschwand. »In meinem Job hört man so das eine oder andere, das kann ich dir sagen.«

Guðni lehnte sich bequem auf seinem Stuhl zurück. »Erzähl mir mehr«, sagte er und zog die Schachtel mit den Stumpen aus der Brusttasche.

»Ich hol uns einen Kaffee«, sagte der Koch. »Milch, Zucker?«

»Etwas Zucker«, antwortete Guðni.

»Vielleicht auch Cognac?«

»Unbedingt«, erklärte Guðni grinsend. Er fühlte sich wohl. Sauwohl. Das war ein guter Tag gewesen. Sie waren zwar kaum vorangekommen, aber er hatte es tatsächlich geschafft, die dämliche Tussi zu einem ordentlichen Streit über das Kraftwerk zu provozieren. Und sie richtig fertiggemacht. Rentiere und Tuffberge und Thymian, wem war das nicht scheißegal? Sie hatte zwar noch ein paar Dinge mehr genannt, aber nichts, was seiner Meinung nach ein echter Verlust sein würde. Die Rentiere konnten sich woandershin verkrümeln, Platz gab's ja schließlich genug, und von all dem anderen Zeug gab es ebenfalls reichlich auf dieser Schäre. Mehr als genug. Er zündete sich den Stumpen an. Außerdem hatte er sich königlich amüsiert über den Affenzirkus, den die SEK-Truppe aufgeführt hatte, und Katríns Ärger darüber, sie hatte sich gar nicht wieder einkriegen können, nachdem sie zum zweiten Mal angehalten und um ihre Papiere gebeten worden waren. Und jetzt hatte er gut gegessen, und als Nächstes standen Kaffee, Cognac und Klatsch auf dem Programm. Besser konnte es nicht laufen.

»Also«, sagte der Koch, als er sich wieder auf den ächzenden Stuhl fallen ließ und das Tablett auf den Tisch stellte, »fangen wir doch einfach mit Bjössi an. Björn Egilsson, seines Zeichens angeblich Sicherheitsbeauftragter.« Kichernd schenkte der Koch den Cognac ein. »Sicherheitsbeauftragter, *meine Fresse*. Also, eins kann ich dir sagen, der Bjössi, der …«

Der Koch konnte gut erzählen und bedurfte keiner Ermunterung. Guðni brauchte bloß in passenden Abständen zu nicken und darauf zu achten, das Gesicht nicht allzu sehr zu verziehen, wenn er an der Kaffeeplörre nippte.

Eine halbe Stunde später ging er in sein Zimmer, wo er den Stumpen zu Ende rauchte und den Cognac austrank, während er sich das, was ihm der Koch gesagt hatte, durch den Kopf gehen ließ.

»Verdammt genial«, murmelte er wieder, öffnete das Fenster einen Spalt und warf den Stummel in die Schneewehe vor dem Fenster. Er zog sich aus, kratzte seinen Bauch unter dem Achselhemd, setzte sich auf die Bettkante und besah sich seine Zehennägel. Die schienen so ziemlich in Ordnung zu sein. Er streckte sich aus, zog die Bettdecke hoch, löschte das Licht und schlief ein.

16

Dienstag

»Er war was?«, fragte Stefán entgeistert.

»Zuhälter«, grinste Guðni, »und zwar in ziemlich großem Stil, soweit ich weiß.«

»Und wo… wie…?« Stefáns, Katríns und Árnis zweifelnde Mienen brachten Guðni nicht aus der Ruhe.

»Hier in diesem Camp leben über tausend Menschen«, sagte er, »und außerdem noch fünf- oder sechshundert an drei oder vier anderen Stellen. Hier gibt es aber nur etwa hundert Frauen, und die meisten sind potthässlich. Chinesische Walzenführerinnen und italienische Bürotrampel mit Bart auf der Oberlippe.« Dabei blinzelte er Katrín zu, was sie geflissentlich übersah. »Männer müssen hin und wieder mal eine Frau besteigen, das ist doch wohl das Mindeste, wenn man in so einem Gulag arbeitet. Und es war wie gesagt Björn, der das arrangiert hat. Soweit ich weiß, haben fünfzehn oder zwanzig Nutten für ihn gearbeitet, hauptsächlich aus dem Baltikum. Die hat er auf irgendeinem Hof in Fljótsdalur einquartiert, und sie kamen regelmäßig hierher. Lieferung frei Haus.« Wieder zwinkerte er Katrín zu. Sie blickte zur Seite, denn sie war fest entschlossen, sich von dem dämlichen Kerl nicht zu einem weiteren Streit provozieren zu lassen.

»Und ist das schon lange im Gange?«, fragte Stefán. »Hat der Koch das auch gewusst?«

»Mindestens ein Jahr, glaubt er, aber vielleicht auch schon länger.«

Stefán schüttelte ungläubig den Kopf. »Das klingt einfach verrückt. Es ist doch gar nicht möglich, fünfzehn oder zwanzig ausländische ...« Er kratzte sich am Kopf, während er nach dem passenden Wort suchte, »... ausländische Prostituierte auf irgendeinem Bauernhof auszuhalten, ein ganzes Jahr lang, ohne dass bei irgendjemand der Groschen fällt, zum Kuckuck noch mal!«

»Hier in der Gegend ist doch der Aufschwung in vollem Gange, oder? Jede Menge Häuser in Egilsstaðir und auf dem Land werden an alle möglichen Leute vermietet, die an diesem Projekt beteiligt sind. Es wohnen längst nicht alle hier oben, verstehst du. Ein paar ausländische Weiber, die in den Geschäften in Egilsstaðir einkaufen, da fällt bei niemand der Groschen. Sie unterscheiden sich in nichts von den anderen, das passt ganz genau in die Kárahnjúkar-Kiste, Büromiezen, Putzfrauen, was auch immer. Da denkt doch niemand drüber nach, Hauptsache, die Kassen klingeln.«

»Aber hier oben? Willst du mir sagen, dass hier oben niemand etwas gemerkt hat? So etwas spricht sich doch herum, auf die Dauer lässt sich das an einem Ort wie diesem doch nicht geheim halten.«

»Doch, ja, selbstredend hat sich das hier rumgesprochen, sonst wäre ja wohl auch kein Geld damit zu machen gewesen«, entgegnete Guðni achselzuckend. »Das muss aber nicht bedeuten, dass alle es gewusst haben, hier kommen und gehen die Leute zu allen Tages- und Nachtzeiten. Wer verfolgt das denn alles genau? Höchstens die Sicherheitsbeauftragten, und da war Björn natürlich in der optimalen Position, um alles unter Kontrolle zu haben. Und selbst wenn irgendwelche

Top-Leute davon wussten, brauchte das keineswegs dazu führen, dass sie einen Aufstand gemacht und das gestoppt hätten. Vielleicht fanden sie es ja einfach völlig in Ordnung. Ein bisschen Zeitvertreib für die Kerle an den langen Abenden.« Er zwinkerte Katrín ein weiteres Mal zu, und jetzt reichte es ihr.

»Etwas zum Zeitvertreib für die Kerle?«, wiederholte sie mit gefährlicher Ruhe. »Ist es dir wirklich wichtiger, mich zu provozieren, als dass wir in unserer Sache weiterkommen?« Guðni lief rot an und wollte protestieren, doch Katrín ließ ihn nicht zu Wort kommen. »Mir fällt jedenfalls keine andere Erklärung für dein Verhalten ein. Sogar mir kommt es nicht in den Sinn, dich für so pervers zu halten, dass du es einfach nur komisch findest, wenn zwanzig Frauen als sexuelle Zwangsarbeiterinnen nach Kárahnjúkar gebracht werden. Oder bist du so dämlich zu glauben, dass sie sich um den Nuttenjob beworben haben, weil sie Spaß am Bumsen haben? Trotzdem führst du dich hier wie ein bescheuerter Halbstarker auf, nur um mich zu ärgern. Wie wär's, wenn du dich damit abfinden würdest, dass wir zusammenarbeiten, und endlich aufhören würdest, dich wie ein Idiot zu benehmen?«

Árni verfolgte die Szene interessiert, er hatte Guðni noch nie so verdattert gesehen. Guðni war stinkwütend, denn offensichtlich hatte Katrín den Nagel genau auf den Kopf getroffen, und er fühlte sich beschämt. Stefán gab keinen Ton von sich und verzog keine Miene, als Guðni ihn hilfesuchend ansah. Árni fand die Stille hochspannend und unterdrückte ein Rülpsen, um die Stimmung nicht zu ruinieren. Die Sekunden tickten. Stefán sah auf seine Armbanduhr und dann zu Guðni.

»Okay«, murmelte Guðni endlich mit zusammengebissenen Zähnen, »okay, sorry. Was ich versucht habe zu sagen …«

Er richtete sich auf und war gezwungen, Katrín in die Augen zu sehen. »Ich wollte damit nur sagen, dass die Männer hier oben am Arsch der Welt sechs Tage in der Woche Zwölfstundenschichten haben, und in der freien Zeit gibt es nichts, womit sie sich beschäftigen können. Es handelt sich mehr oder weniger um Ausländer, die hier monatelang festsitzen und höchstens jeden zweiten Sonntag nach Egilsstaðir kommen. Einen halben Tag. Was glaubt ihr, wie oft diese Leute Lust dazu haben? Und was glaubt ihr, was ihnen das bringt? Hier gibt es eine Bar oder besser, einen Gemeinschaftsraum, aber da wird kein Alkohol verkauft. Es gibt zwei Fernsehräume, einen für die Raucher und einen anderen für Nichtraucher. Bei den Wohnbaracken gibt es keine Antennenanschlüsse, die Leute müssen also das anglotzen, was jeweils die Mehrheit sehen will. Darüber hinaus gibt es zwei Tischfußball-Sets und einen Billardtisch. *And that's it!* Für acht- oder neunhundert Männer! Und an den anderen Orten ist noch weniger. Ein Fernseher, basta.«

Katrín zog die Augenbrauen hoch. »Und das rechtfertigt also Menschenhandel und sexuelle Zwangsarbeit und …«

»Nein«, fauchte Guðni, »das rechtfertigt gar nichts. Habe ich das behauptet? Aber es erklärt vielleicht, weshalb ein paar von den Top-Managern hier beschlossen haben, darüber hinwegzusehen. Falls sie überhaupt davon gewusst haben, in Internaten passiert ja beispielsweise auch viel, wovon die Lehrer keine Ahnung haben.«

»Was soll das denn?«, stöhnte Katrín.

»Du weißt sehr genau, was ich meine. Hast du nicht gerade selber darüber geredet, dass wir mit diesem verfluchten Quatsch aufhören und uns auf unsere Aufgabe hier konzentrieren sollen?«

Katrín hielt es für geraten, das zu schlucken. »Entschuldige, mach weiter.«

Guðni nahm sie beim Wort. »Den Bossen hier, vor allem denen von Impregilo, denen geht es gut. Sie wohnen ganz für sich, einige sind mit ihren Frauen und sogar Kindern hier, und sie haben selbstverständlich einen eigenen Fernseher, Netzverbindung, ein Auto, und so weiter und so weiter. Und das bei erstklassigem Gehalt. Die Arbeiter hier haben nichts dergleichen. Einen Scheißlohn und ein Scheißleben auf dieser Scheißinsel. Okay, also genau das, worüber die Linken dauernd schwadronieren. Und nach dem, was der Koch sagt, sind die Arbeiter ziemlich frustriert wegen dieses Zustands. Und nicht nur er, sondern mindestens drei von denen, mit denen wir gestern sprachen, haben etwas in der Art angedeutet. Darunter auch Lárus.«

Er sah Katrín an. »Erinnerst du dich, als wir ihn nach Drogen gefragt haben? Und Schnaps?« Katrín nickte.

»Genau«, fuhr Guðni fort, »Alkohol ist hier verboten, aber trotzdem gibt's Schnaps in rauen Mengen. Es ist sogar bekannt, dass zwei von den Leuten, die die Wäsche abholen und bringen, den Fusel für die Leute besorgen, aber unternommen wird nichts. Die Kerle nehmen nämlich auch die Bestellungen von den Bossen entgegen. Ebenso wird davon ausgegangen, dass hier einiges an Rauschgift im Umlauf ist, aber auch dagegen unternimmt man aus denselben Gründen nichts.

Alle wissen, dass die Arbeiter hier tagaus, tagein vor Langeweile, Dunkelheit und Kälte beinahe durchdrehen und beim geringsten Anlass ausrasten. Deswegen mischt sich niemand in diese Dinge ein, solange es keine Probleme gibt. Weshalb das Risiko eingehen, dass hier die Hölle losbricht? Ungefähr das haben uns die Leute gestern gesagt. Und *come on*, weshalb sollte das nicht auch für die Nutten gelten? Es ist doch viel gescheiter, wenn man den Leuten im Rahmen gewisser Grenzen Schnaps, Dope und Sex gönnt, falls man sie dadurch bei Laune halten kann. Es hat nicht den Anschein, als wäre die

Polizei hier präsent, hier *in the middle of nowhere* geht es zu wie im Wilden Westen, alle möglichen Subjekte aus aller Herren Länder und keine Polizei. Man tut halt einfach das, was man will, da sich hier normalerweise niemand um irgendwas kümmert. Korrekt?«

»Korrekt«, gab Stefán nach kurzem Zögern zu. »Gehen wir also davon aus, dass Björn Zuhälter gewesen ist. Gehen wir davon aus, dass zwanzig Prostituierte hier ein- und ausgegangen sind, ohne dass jemand eingegriffen hat. Wo aber sind diese Frauen jetzt?«

Guðni hob achselzuckend die Hände. »Wie zum Teufel soll ich das wissen? Wahrscheinlich sind die irgendwo auf ihrem Bauernhof. Björn steckte auch bestimmt nicht allein hinter diesem Business, denn er hat sie wohl kaum selber hin- und herkutschiert, der hatte ja schließlich in seinem Top-Job genug zu tun. Die können also so gesehen überall sein.«

Er hob den Stumpen mit einer ausladenden Bewegung. »Aber nur damit eins klar ist, es war tatsächlich die Rede von Lieferung frei Haus, diese Formulierung stammt nicht von mir. Erotisches Büfett wurde das genannt, chinesische, thailändische, lettische, litauische, russische, polnische und isländische Lolitas zu einem unglaublichen Preis. So lief die Sache.« Guðni strich sich Tabakreste aus den Mundwinkeln. Katrín war speiübel, aber sie konnte ihre Blicke nicht von Guðni abwenden. »Hat da irgendjemand behauptet, die Mafia sei eine absurde Idee?«

Viktor watete gegen den Wind durch die Schneewehen und genoss das Gefühl von beißendem Frost und Schnee an Ohren, Stirn und Nase. Immer noch hatte niemand angerufen, und niemand war zur Krankenstation gekommen. Vielleicht wartete jetzt jemand dort, er wusste, dass es nur eine

Frage der Zeit sein würde. Björn war tot, doch je mehr er darüber nachdachte, desto sicherer war sich Viktor, dass er nicht allein dahintergesteckt haben konnte. Hinzu kam, dass die Damen auch das ein oder andere benötigten, und sie wussten, an wen sie sich wenden konnten. Die Damen, dachte Viktor, und seine Mundwinkel verkrampften sich noch mehr. Wie konnte man ein derartiger Heuchler sein. Sklavinnen war wohl die zutreffendere Bezeichnung. Er hielt einen Augenblick inne und schloss die Augen. Was für ein verfluchter, elender Heuchler er war …

Die Polizei, überlegte er, dieser haarige Bulle da in der Lagerhalle, dieser Bursche durfte nicht herausfinden, worauf er sich in den letzten Monaten eingelassen hatte. Niemand durfte das herausfinden, korrigierte er sich. Seine Ehre stand auf dem Spiel. Die ärztliche Zulassung. Die Ehe. Und vielleicht sogar die Freiheit.

Er öffnete die Augen, spähte in das von Scheinwerfern erhellte Schneetreiben und setzte sich wieder in Bewegung. Es war verlockend, eine weitere Zopiklon zu nehmen. Oder zwei. Vielleicht sogar dreißig? Gab es einen anderen Ausweg aus dieser Hölle? Er sah die Schlagzeilen in der Regenbogenpresse vor sich. Sah den Gesichtsausdruck seiner Frau, während sie die Wahrheit von ihm verlangte. Er sah so ziemlich alles vor sich – nur keine helle und sorglose Zukunft. Er riss die Tür zur Krankenstation auf und klopfte sich den Schnee ab.

»Hi«, rief Björg aus der Rezeption, »möchtest du einen Kaffee?«

»Okay«, sagte Guðni, der sich von seiner Schlappe erholt zu haben schien und wieder in der Offensive war. »Soweit Björn. Und jetzt zu Halldór. Halldór Valdimarsson. Er hat mehr getan, als sich wegen Beton und anderem Quatsch mit den Spaghettifressern anzulegen, das kann ich euch sagen. Er hat nämlich mit der Alten des Obermafioso rumgemacht, mit der Frau von Don Ricardo.« Er setzte sich mit selbstzufriedener Miene zurecht. »Es sind schon Leute aus geringerem Anlass umgebracht worden.«

Ricardo und Matthías saßen in Ricardos Büro und warteten. Abgesehen von den notwendigen Tätigkeiten in den Kantinen und Büros lag die gesamte Arbeit danieder. Über zwanzig Personen, die meisten Isländer und Portugiesen, waren bereits aus unklaren Gründen festgenommen und in der nicht beheizten Lagerhalle eingesperrt worden, die zuvor als Leichenhaus gedient hatte. Die beiden waren sich darin einig, dass es so nicht weitergehen könne, aber nach unzähligen Telefonaten und Gesprächen mit den übergeordneten Stellen und den Behörden war ihnen klar geworden, dass sie gar nichts unternehmen konnten. Matthías war auf den Beinen gewesen, seit ihn die Kriminalbeamten aus Reykjavík am Tag zuvor mit der Nachricht von dem Anschlag aus dem Bett geholt hatten. Erfolglos hatte er versucht, den Chef des SEK zur Vernunft zu bringen, der gelinde gesagt im Begriff war, das ganze Werksgelände auf den Kopf zu stellen. Er hatte auch mit Friðrik Sophusson, dem Generaldirektor der National Power Company, gesprochen, der sich in Egilsstaðir befand und sich auf den Weg nach Kárahnjúkar machen würde, sobald die Straße geräumt worden war. Der hatte es rundheraus abgelehnt, seine politischen Beziehungen spielen zu lassen, um Einfluss auf die Aktionen des SEK zu nehmen.

Die anderen, mit denen sie gesprochen hatten, waren ebenso ratlos gewesen wie sie selbst. Es blieb nichts anderes als abzuwarten.

»Deine Leute in Italien«, sagte Matthías, um irgendetwas zu sagen, »was meinen die dazu?«

»Sie sagen, dass es nicht unser Problem ist. Sie sagen auch, dass ihr und die Bullen hier nicht richtig tickt. Dass das nur ein kleines Explosiönchen gewesen ist, niemand tot, bloß geringfügiger Sachschaden. Sozusagen fast gar nichts. Sie sagen, dass ihr – wie drückt man das noch aus? – viel zu mimosenhaft seid und das viel zu ernst nehmt. Und sie gehen davon aus, dass sich die veranschlagte Projektzeit um die Zeit dieses Arbeitsstopps verlängert. Wir wollen weitermachen, die Verzögerung geht nicht auf unser Konto, sagen sie. Deswegen entfallen Regressansprüche. Das sagen sie.« Er lächelte breit, und Matthías nickte zustimmend.

»Nun ja, das überlassen wir den Juristen«, sagte er, »ich habe jedenfalls nicht vor, mich damit herumzuschlagen. Aber wie denkst du persönlich über das Ganze? Die Brücke, den Bergsturz und das ganze verdammte Theater?«

Ricardo lehnte sich über seinen Schreibtisch, die Hände gefaltet und die Schultern bis zu den Ohren hochgezogen. »Ich finde es grauenvoll«, erklärte er. »Alles. Den Erdrutsch, die Brücke, diesen Ort, dieses Land, das Wetter. Grauenvoll.« Er lehnte sich wieder zurück. »Deswegen höre ich auf. Ich hab es ihnen heute Morgen mitgeteilt, und sie haben zugestimmt.«

»Was sagst du da, du hörst auf? Wann?«

»In einer Woche – puff – bin ich weg«, sagte Ricardo und gestikulierte mit sorgfältig manikürten Händen.

»Und was wirst du machen? Du bleibst aber bei Impregilo, oder?«

»Nein, so großzügig sind die nicht. Sie haben mich vor die Alternative gestellt – entweder hierbleiben oder ganz aufhören. Das war keine schwierige Wahl. Aber ich mache mir keine Sorgen, ich finde schon irgendwo Arbeit. Hoffentlich in Italien. Oder zumindest irgendwo, wo die Sonne jeden Tag aufgeht und Wein weniger kostet als Wasser.«

Matthías kratzte sich unauffällig in der Leistengegend. Es war heiß in dem Büro, und in seiner warmen Unterwäsche war er ins Schwitzen geraten. Die Büros der Italiener waren total überheizt, fand er. Auch die Wohnungen. Seltsame Angewohnheit, aber ihnen setzte wohl die Kälte zu. Ricardos Ankündigung hatte ihn überrascht. Sie waren gut miteinander ausgekommen, auch wenn es Querelen bei ihren Untergebenen gegeben hatte, und er hatte nie den Eindruck gehabt, dass Ricardo unzufrieden mit seiner Tätigkeit in Kárahnjúkar war. Eigentlich eher das Gegenteil, er war stets guter Laune gewesen und hatte immer mit einem Lächeln im Gesicht so viel Tatendrang an den Tag gelegt, dass es Matthías manchmal zu viel gewesen war. Zumindest anfangs, er musste zugeben, dass Ricardos Eifer und Einsatz in den letzten Wochen und Monaten etwas nachgelassen hatten. Da war natürlich Diverses passiert, unerwartete Verzögerungen und Zwischenfälle, die Probleme mit den Leih-Agenturen und den isländischen Gewerkschaften, das mangelnde Durchhaltevermögen der Portugiesen. So gesehen gab es da genug. Außerdem hatte das Wetter in letzter Zeit völlig verrückt gespielt. Und dann war da auch noch die Sache mit Ricardos Frau. Ob da nicht vielleicht doch etwas Wahres an den Klatschgeschichten war …

»Was sagt denn deine Frau dazu?«, fragte Matthías unwillkürlich. »Sie wird wohl froh sein, von hier wegzukommen?«

»Sehr froh«, sagte Ricardo, während er die Füße in den blankpolierten Schuhen auf dem Schreibtisch übereinanderlegte. »Im Grunde genommen hatte sie schon Heimweh, noch bevor wir hierhergekommen sind. Und ehrlich gesagt habe ich diese Entscheidung in erster Linie ihretwegen getroffen. Sie muss einfach wieder zurück in die Sonne, hier geht sie ein wie eine Primel. Ich begreife nicht, wie ihr das schafft, es muss doch gesundheitsschädigend sein, ständig in Dunkelheit und Kälte zu leben. Ich kann ihr das einfach nicht länger zumuten. Und noch weniger dem Kind. Das braucht Sonne, viel Sonne.«

»Doch, ja«, pflichtete Matthías ihm bei, doch dann stutzte er und sah Ricardo fragend an. »Dem Kind?«

Ricardo lächelte verlegen. »Ja. Es wird im September zur Welt kommen, sagt der Arzt.« Seine Miene verfinsterte sich wieder. »Und dann wird es hier schon wieder dunkel.«

»Ja, das stimmt natürlich. Aber wie dem auch sei, herzlichen Glückwunsch.«

»Danke. Es ist trotzdem irgendwie zynisch, dass …«

»Was?«

Ricardo schüttelte den Kopf und schwang die Beine vom Tisch herunter. »Nein, nichts.« Er verstummte, aber nicht lange. »Ich habe nur an den Erdrutsch gedacht«, sagte er zögernd.

»Und?«

»Wenn … wenn sie nicht bei diesem Erdrutsch umgekommen wären … di Tommasso und Barei, meine ich …« Ricardo befeuchtete seine Lippen und wirkte verunsichert. Ihm lag offenbar irgendetwas auf der Seele, und Matthías war entschlossen, herauszufinden, was das war.

»Und dieser di Tommasso da oder wie er heißt«, fuhr Guðni unverdrossen fort, »der war wohl ein echter Kotzbrocken. Soweit ich weiß, wurden er und Ricardo Valente, der Obermafioso, nie zusammen gesehen, ohne dass sie sich wegen irgendeinem Scheiß an die Kehle gingen. Und er, dieser di Tommasso, war für die Kontakte zur NPC, zu den Subunternehmern, den Gewerkschaften und dergleichen zuständig und hat sich anscheinend nirgendwo beliebt gemacht. Kein großer Diplomat, möchte ich meinen, der hat sich mit allen angelegt, die ihm mit irgendwelchen Beschwerden kamen …« Er sah die anderen der Reihe nach an und unterzog sich sogar der Mühe, den völlig durchweichten Stummel, der die ganze Zeit in seinem linken Mundwinkel getanzt hatte, aus dem Mund zu nehmen. »Was ist?«

Katrín und Árni unterdrückten ein Kichern und schüttelten die Köpfe.

»Nichts«, sagte Stefán, der keine Miene verzogen hatte. »Mach weiter.«

»*Fucking idiots*«, brummte Guðni, bevor er wieder hochsah. »Jedenfalls, wenn ich das richtig verstanden habe, herrschte hier so eine Art Krieg zwischen den Portugiesen und den Italienern. Die Itaker tragen die Nase hoch und behandeln die Portugiesen wie Dreck, und zwar nicht nur die italienischen Bosse, sondern auch die untergeordneten Bürohengste. Und die haben es ja auch wesentlich besser als die Portugiesen, sie haben die besseren Unterkünfte, das bessere Gehalt, alles besser, und sie blasen sich wer weiß was auf. Klingt alles nach purem Rassismus, soweit ich sehen kann. Nicht, dass ich irgendeinen Unterschied zwischen diesen Typen sehe, aber darum geht es wohl.

Die Portugiesen sind natürlich stinksauer, und zwar vor allem auf diesen di Tommasso, also der war so etwas wie, wie nennt man das noch? Eine symbolische Figur? Auf jeden Fall ein Mann, der sich überall wichtig machte, viel mehr als dieser Ricardo. Der hängt wohl mehr oder weniger nur in seinem Büro herum und kümmert sich überhaupt nicht um den täglichen Kleinkram. Di Tommasso aber, der führte wie gesagt Krieg. Er war es, der den Portugiesen TV-Anschluss in ihren Schlafbaracken verweigerte. Er war es, der behauptete, es könnten keine weiteren Internetanschlüsse zur Verfügung gestellt werden, obwohl die Italiener problemlos welche bekamen. Er hat denen rundheraus erklärt, sie sollen die Schnauze halten und sich an den Vertrauensmann wenden, wenn sie nicht mit den Schichten oder dem Bonus einverstanden waren oder mit was auch immer. Und er war es auch, der den Vertrauensmann verdroschen hat, den Betriebsobmann, diesen Róbert.«

»Verdroschen?«, fragte Stefán. »Weshalb?«

»Keine Ahnung, das wurde mir nicht gesagt. Aber er hat wohl vor ungefähr einem Monat Hackfleisch aus ihm gemacht. Blaues Auge, geplatzte Lippe, gebrochene Nase, die ganze Palette.«

»Und was dann, hat dieser Róbert ihn angezeigt?«

»Nein.«

»Komisch. Man sollte doch glauben, dass ein Mann in seiner Position Anzeige erstatten würde. Erst recht, wenn er die Spuren dieser Schlägerei im Gesicht trug und sie dem Klassenfeind persönlich zu verdanken hatte.«

»Es gab keine Zeugen«, entgegnete Guðni achselzuckend. »Es wussten nur einige, dass sie sich irgendwo treffen wollten, um über bestimmte Probleme zu reden, und als er das nächste Mal gesichtet wurde – dieser Róbert –, war er schwer lädiert, behauptete aber, hingefallen zu sein. Er ist so ein kleiner Gnom, und die sind meistens am schlimmsten. Hat selbstverständlich nicht zugeben wollen, dass ein blöder Itaker ihn zu Brei geschlagen hat, da er nichts beweisen konnte. Das ist jedenfalls das, was die Leute sagen.«

Stefán runzelte die Stirn. »Die Leute *wissen* also nicht, ob ...«

»Ey, ich wiederhole doch nur, was ich da heute Nacht gehört habe«, fiel ihm Guðni ins Wort. »Natürlich ist das mehr oder weniger Klatsch und Tratsch, aber das ist doch wenigstens etwas Greifbares. Es ist ja nicht so, als würden wir hier in Hinweisen und Informationen ertrinken. Und es ist auch nicht so, als hätten wir uns nie zuvor Klatschgeschichten angehört, und zwar manchmal mit gutem Erfolg.«

Stefán nickte. »Ich weiß, entschuldige. Wir müssen uns aber auf jeden Fall mit diesem Róbert unterhalten, wo auch immer er steckt. Wir haben mehrere Nachrichten auf seiner Mailbox hinterlassen, aber der Mann scheint wie vom Erdboden verschluckt zu sein. Okay, Björn war also Zuhälter, Halldór hat dem Impregilo-Boss Hörner aufgesetzt und den Fortschritt der Arbeit mit irgendwelchem Kleinkram behindert, und di Tommasso war ein gewalttätiger und großschnäuziger Rassist. Was ist mit den anderen? Barei, Norling und Haase? Und diesem Arbeiter, der überlebte, wie heißt er noch?«

»Jorge«, sagte Katrín, »Jorge Fonsecas.«

»Jorge Fonsecas«, wiederholte Stefán. »Was hat der Koch über die gesagt?«

»Hör mal«, sagte Guðni, »er ist doch bloß Koch. Er kann verdammt noch mal nicht alles wissen.«

Eine Ladung Schnee und ein großer Mann in einem Winteroverall mit einer roten Mütze auf dem Kopf fielen herein, als sich die Tür der eiskalten Lagerhalle öffnete. Róbert, bewaffnet mit einem Kugelschreiber, war zur Stelle, noch bevor die Tür wieder zugefallen und der Mann auf die Beine gekommen war.

»Zweiunddreißig«, sagte Róbert und machte einen weiteren Strich auf das Blatt. »Wie heißt du?«

Der Mann stand auf, und Róbert musste den Kopf in den Nacken legen, um ihm in die Augen sehen zu können.

»Was zum Teufel geht dich das an?«, sagte der Mann und klopfte sich erst den Schnee ab, bevor er sich ein blutiges Rinnsal aus dem Mundwinkel wischte.

»Mein Name ist Róbert Finnsson, und ich bin der Vertrauensmann hier.«

»Und?«

»Ich stelle eine Liste über alle zusammen, die festgenommen und ohne irgendwelche Erklärungen hier in diese Gefriertruhe gesperrt wurden. Diese Festnahmen sind völlig illegal, und ich werde sofort Anzeige erstatten, wenn ich hier rauskomme, und zwar in unser aller Namen. Die dürfen nicht damit durchkommen, hier einfach so die Leute zu verhaften. Es muss zumindest irgendwelche Gründe für so drastische Maßnahmen geben. Und bei dir ist offensichtlich auch Gewalt angewendet worden.«

»Ich bin Birgir Valdimarsson«, sagte der Mann. Róbert zückte den Kugelschreiber, doch Birgir umschloss Róberts Hand mit seiner Pranke und verhinderte das. »Weiß nicht, was dich betrifft«, sagte er, »aber ich glaube kaum, dass ich auf deine Liste gehöre.«

Róbert versuchte, seine Hand aus diesem Griff zu befreien, was ihm aber erst gelang, als Birgir sich entschloss, sie loszulassen. »Weshalb nicht?«, fragte er und klang schriller, als ihm lieb war. Einige der anderen Gefangenen blickten zu ihnen hinüber, als diese Frage überall widerhallte.

Birgir lächelte. Im Oberkiefer fehlte ein Zahn, und aus der Wunde sickerte noch das Blut. »Beispielsweise weil ich 1997 in den Westfjorden eine popelige Brücke gesprengt habe. Und geschnappt wurde.« Er musste lachen, als er Róberts Gesichtsausdruck sah. »Was denn, Mensch, ich war besoffen, und die Brücke war sowieso total altersschwach. Ich und meine Kumpel haben das aus Jux gemacht. Man kann also wohl kaum sagen, dass sie mich völlig grundlos festgenommen haben, oder?«

Róbert schüttelte unsicher den Kopf. »Vielleicht nicht, aber ...«

»Und diese Lappalie«, fuhr Birgir fort, indem er auf den blutigen Gaumen deutete, »das zählt doch gar nicht. Ich hab mich zur Wehr gesetzt. Ich hatte zuerst keine Ahnung, was da los war, diese Typen haben ja schließlich nicht angeklopft und mich höflich gebeten mitzukommen. Und du darfst mir gerne glauben, dass es denen nicht besser ergangen ist als mir.«

Róbert glaubte ihm das gern, fügte ihn aber trotzdem seiner Liste hinzu.

17

Dienstag

Steinþór und Auðunn saßen in der Polizeibaracke und starrten vor sich hin. Steinþór war stinksauer, und Auðunn war schlau genug, keinen Versuch zu machen, ihn zu beruhigen.

»Ausweise von mir zu verlangen«, murmelte Steinþór zum dritten Mal. »Pah! Eher sollten die sich ausweisen, schwarz vermummt von Kopf bis Fuß, wie die sind. Keine Chance, einen Kerl vom anderen zu unterscheiden.« Steinþór hatte sich auf der anderen Seite der Brücke befunden und war nach Egilsstaðir gefahren, nachdem die Brücke zerstört worden war. Es nutzte ja schließlich nichts, in Kárahnjúkar auf der anderen Seite der gähnenden Schlucht herumzuhängen, vielleicht bis abends oder spät in die Nacht, bis sie eine neue Zufahrt über den provisorischen Staudamm fertiggestellt hatten. Das waren zumindest die Gründe, die er dafür anführte, um sich abzusetzen, und da sich seine Frau damit zufriedengab, konnten andere es auch tun. Als er jedoch an diesem Dienstagmorgen wieder seinen Dienst antreten wollte, wurde ihm ein wesentlich unsanfterer Empfang zuteil als bei seiner Frau, und das konnte er nicht einfach so wegstecken. Als Auðunn ihm zudem noch berichtete, dass weder das SEK noch Stefán und sein Team nach ihm gefragt oder Auðunn um Mitarbeit gebeten hatten, der ja an Ort und Stelle gewesen war, war er schockiert.

»Was die sich hier aufspielen, diese Typen aus Reykjavík«, sagte er bissig. »Die tun so, als wären wir gar nicht da. Was bilden die sich eigentlich ein?«

Auðunn war wieder so klug, keine Antwort darauf zu geben. Er starrte stattdessen beharrlich auf die Kopien der Sprengstofflisten, die auf dem Tisch lagen, obwohl er sie bereits ein paar Mal durchgegangen war. Steinþórs Ärger war immer noch nicht verraucht. »Und weshalb hast du dich nicht an sie gewandt?«, fragte er. »Es ist unser gutes Recht, an dieser Ermittlung teilzunehmen, jedenfalls, was diesen verdammten Bergsturz betrifft. Wieso hast du dich nicht bei Stefán gemeldet? Was hast du eigentlich die ganze Zeit gemacht?«

»Ich habe diesen Árni getroffen und ihn gebeten, Stefán zu sagen, dass ich hier wäre. Falls er mit mir sprechen wollte. Aber er ist nicht gekommen, und angerufen hat er auch nicht.«

»Und? Ist das vielleicht ein Grund, hier einfach auf deinem Arsch zu sitzen? Weil irgendein junger Spund vielleicht vergessen hat, etwas auszurichten, sitzt du hier auf deinem Hintern und bohrst in der Nase?«

Auðunn zog rasch den Zeigefinger aus der Nase und setzte sich gerade. Das war unfair. »Was hätte ich denn schon tun können?«, fragte er sauer. »Ich habe dem Mann Bescheid gegeben und keine Antwort bekommen. Hätte ich vielleicht zu ihm gehen und fragen sollen, ob ich bei ihnen mitspielen kann?«

»Ja«, antwortete Steinþór prompt, »genau das hättest du tun sollen, wenngleich du dich vielleicht etwas gewählter hättest ausdrücken können. Weshalb hast du das nicht gemacht?«

»Weil ich … ich …«

»Du, du?« fiel Steinþór ihm ins Wort und zog eine Grimasse.

»Ich … ich fand das zu blöde«, gab Auðunn schließlich etwas beschämt zu.

»Du fandest es zu blöde?«, imitierte Steinþór ihn mit allen Anzeichen der Entrüstung. »Du fandest es blöde, deine Arbeit zu tun, und deswegen hast du es einfach gelassen?«

Auðunn murmelte etwas vor sich hin, was Steinþór nicht hören konnte.

»Was?«, fragte er.

»Ich habe meine Arbeit getan«, sagte Auðunn störrisch. »Es hört sich aber so an, als würdest du mir das nicht zutrauen!«

»Ach nein, und was für eine Arbeit war das, und was ist dabei herausgekommen? Und weshalb hast du mir noch nicht darüber berichtet, Junge?«

»Weil es gar nicht möglich ist, mir dir zu reden, wenn du in so einer miesen Laune bist.« Auðunn war hörbar eingeschnappt. »Du hörst einem ja auch sowieso nie zu.«

»Ich höre nicht zu? Was soll denn dieser verdammte …« Weiter kam Steinþór nicht, denn in dem Augenblick wurde die Tür aufgerissen und die Holzbaracke in ihren Grundfesten erschüttert, als Stefán sich den Schnee von den Schuhen stampfte. Die hatten Größe neunundvierzig und erinnerten eher an Schneeschuhe.

»Hallo«, sagte er und blickte sich um, was nicht allzu viel Zeit in Anspruch nahm. »Du musst entschuldigen, dass ich mich gestern nicht mit dir in Verbindung gesetzt habe«, fuhr er fort, indem er seine Worte an Auðunn richtete. »Wir hatten alle Hände voll zu tun, und ich bin davon ausgegangen, dass du dich schon wieder melden würdest, wenn es etwas Wichtiges gäbe. Du hast ja wahrscheinlich auch genug zu tun gehabt, nicht wahr? Und ihr beide, selbstverständlich«, fügte er hinzu und nickte Steinþór zu. »Seit wann bist du wieder zurück?«

»Vorhin gekommen«, brummte Steinþór, »vor etwa einer halben Stunde.«

»Sie haben dich ohne Schwierigkeiten rübergelassen?« Stefán musste lächeln, als er Steinþórs Miene sah. »Alles klar, das sind verdammte Trottel. Die haben mich gestern auch wer weiß wie oft angehalten. Wie dem auch sei, wir haben einiges herausgefunden, und dem könnt ihr sicher noch das eine oder andere hinzufügen. Trotzdem möchte ich euch bitten, eine bestimmte Aufgabe zu übernehmen.«

Die beiden Männer sahen zunächst Stefán an, dann einander und dann wieder Stefán. »Was für eine Aufgabe?«, fragte Steinþór misstrauisch.

»Ihr sollt für mich einen Bauernhof finden«, sagte Stefán, »wahrscheinlich im Fljótsdalur. Er wurde vermutlich im Zusammenhang mit dem Kraftwerkbau angemietet. Ich weiß nicht, ob ihr davon gehört habt, aber uns ist da ein Gerücht zu Ohren gekommen …«

Von dem Gerücht hatten sie nichts gehört und trauten ihren Ohren nicht. Aber sie wussten sehr genau, welcher Hof für fünfzehn oder zwanzig Frauen aus verschiedenen Ländern angemietet worden war, die hier in Kárahnjúkar arbeiteten. Sie wussten nichts anderes, als dass sie im Zusammenhang mit dem Kraftwerk-Projekt tätig waren.

»Was sie natürlich tun«, kicherte Auðunn. »Auf ihre Weise.« Er hätte sich am liebsten die Zunge abgebissen, als er Stefáns Miene sah. »Ja … nein, nein. Das ist natürlich eine ernste Sache.«

»Das ist eine sehr ernste Sache«, korrigierte Stefán ihn scharf, »und Prostitution ist absolut nichts Komisches, höchstens in den Köpfen von irgendwelchen Kerlen, die selber nie zu so etwas gezwungen worden sind.«

Auðunn drehte und wand sich verlegen auf seinem Sitz. Steinþór fiel es schwer, ein Grinsen zu unterdrücken, das geschah dem dämlichen Burschen recht. Sehr recht. Doch im nächsten Augenblick wurde auch er kleinlaut.

»Ich begreife aber nicht, wie zum Teufel euch das ein ganzes Jahr lang oder mehr entgehen konnte«, sagte Stefán. »Wenn es tatsächlich stimmt. Sozusagen direkt vor eurer Nase?«

Steinþór war sichtlich aus der Fassung gebracht. »Wie gesagt, ich bin mir nicht sicher, ob da tatsächlich was dran ist, ich meine, es gibt doch hier einen Haufen von Ortsfremden ...«

Stefán stoppte ihn ungeduldig mit seiner Pranke. »Spielt keine Rolle. Auf jeden Fall müssen wir der Sache jetzt auf den Grund gehen. Meiner Meinung nach ist es am besten, wenn ihr euch darum kümmert, es ist ja schließlich auch euer Zuständigkeitsbereich, und ihr wisst, wo das ist. Wahrscheinlich wäre es aber nicht schlecht, noch ein paar Leute mehr mitzunehmen, da es sich um so viele Frauen handelt. Könnt ihr da Verstärkung zusammentrommeln? Gibt es nicht ein oder zwei weitere Kollegen in Egilsstaðir und in den Dörfern unten in den Fjorden, die euch begleiten könnten? Meine Leute kann ich im Augenblick nicht entbehren.«

Steinþór sprang auf, ganz und gar Amtsperson.

»Das kriegen wir hin«, sagte er mit gewichtiger Miene. »Ich werde die Sache unverzüglich in Angriff nehmen.«

»Gut«, sagte Stefán. »Aber sagt mir vorher noch, ob ihr irgendwelche anderen Informationen habt, von denen wir nichts wissen. Zum Beispiel über die, die bei der Sache ums Leben gekommen sind, ihre Freunde oder mögliche Feinde, was auch immer.«

»Da ist natürlich die Sache mit diesem Björn«, antwortete Steinþór und kratzte sich im Nacken. »Wir hatten zwar keine Ahnung von dem ... von diesem Geschäft, wie gesagt, von der

Prostitution, aber …« Er sah Auðunn an, als erwarte er Einwände, und als keine kamen, fuhr er fort. »Aber trotzdem hatten wir ihn seit einiger Zeit im Verdacht, aber wegen etwas anderem.«

Stefán zog fragend die Brauen hoch.

»Wegen Drogen«, sagte Steinþór.

Stefáns Brauen senkten sich nicht um einen Millimeter.

Steinþór seufzte und ließ sich müde wieder auf den Stuhl fallen, von dem er kurz zuvor so zackig aufgesprungen war. »Also, dieser Björn«, stöhnte er, »von dem du jetzt sagst, dass er ein Zuhälter in großem Stil war, der hat uns dauernd wegen Rauschgift zugesetzt. Er hat ständig angerufen und behauptet, hier wären jede Menge Drogen im Umlauf, und er verlangte, dass wir das abstellten. Er hat uns sogar auf Orte hingewiesen, wo wir suchen sollten. Tja, und wir haben natürlich die ersten Male darauf reagiert, sind hierher gefahren und hatten sogar einen Hund dabei, aber gefunden haben wir nie etwas. Oder sagen wir lieber, nichts von Belang. Der ein oder andere Ausländer wurde nach Hause zurückgeschickt. Das wurde aber nie an die große Glocke gehängt, denn bei den Betroffenen wurden nur sehr geringe Mengen gefunden, die eindeutig zum persönlichen Konsum bestimmt waren, und keiner von denen wusste angeblich etwas darüber, woher sie das Zeug hatten. Diejenigen, die sich dazu äußerten, sagten, dass sie es entweder irgendwo gefunden hatten oder dass es ihnen ungebeten zugeschickt worden war, selbstverständlich von einem unbekannten Absender. Auf jeden Fall haben wir seit geraumer Zeit das Gefühl, dass dieser Björn ein Spiel mit uns spielte. Dass er vielleicht selber dahintersteckte und uns hierher bestellte, wenn er sich sicher war, dass wir nichts finden würden, und anschließend darauf vertraute, dass wir nicht so bald wiederkommen würden. Wenn er anrief, haben wir uns immer gleich auf den Weg gemacht und hier alles untersucht. Wir haben aber nie etwas gefunden und fuhren mit leeren Händen wieder zurück. Und auch wenn wir gleich am nächsten oder übernächsten Tag noch einmal hergekommen sind, es war immer das Gleiche.« Er zuckte mit den Achseln. »Wir haben nichts gefunden.«

»Hm«, brummte Stefán. »Warst du selber immer bei diesen Einsätzen dabei?«

»Ja, immer. Und Auðunn auch. Und manchmal sogar ein Hund mit seinem Trainer. Der ist in Seyðisfjörður stationiert, weil da die Fähre ankommt.«

Stefán nickte. »Ja, ja. Und ihr wart immer in Uniform?«

»Selbstverständlich«, versicherte Steinþór.

»Und seid wahrscheinlich mit dem Polizeijeep gekommen?«

Steinþór fing an, unruhig auf seinem Stuhl hin- und herzurutschen. »Ja. Ich sehe aber nicht, was …«

»Und seid wahrscheinlich immer aus derselben Richtung über dieselbe Straße gekommen«, fuhr Stefán erbarmungslos fort. »Auf der ist kaum Verkehr, und sie ist über weite Strecken hervorragend zu überblicken, zumindest bei passabler Sicht, oder nicht?« Aus den Augenwinkeln sah er, dass Auðunn darauf brannte, etwas zu sagen, und er glaubte auch zu wissen, was. Er beschloss aber, Steinþór nicht über Gebühr zu piesacken. Er zweifelte nicht daran, dass Auðunn bei erster Gelegenheit seinem Vorgesetzten diese Fehlleistung unter die Nase reiben würde. Stefán war aber darauf angewiesen, Steinþór noch eine Weile bei Laune zu halten, deswegen streute er kein weiteres Salz in die Wunden, sondern preschte weiter vor. »Aber ihr wart, wie du sagst, so langsam zu der Überzeugung gekommen, dass Björn selber in Verbindung mit dem Rauschgifthandel stand?«

Steinþór, der bleich geworden war, nickte jetzt froh. »Ja.«

»Und? Habt ihr etwas herausgefunden, was darauf hingedeutet hat, dass das stimmte?«

Steinþór schüttelte den Kopf. »Nein, nicht das Geringste.«

»Was ist mit den anderen, die bei dem Bergsturz ums Leben gekommen sind?«, fragte Stefán. »Wisst ihr etwas über die?«

Steinþór blickte Auðunn fragend an, der ebenfalls den Kopf schüttelte.

»Nein, gar nichts«, wiederholte Steinþór.

»Das ist ja nicht gerade sehr ergiebig. Ihr meldet euch sofort, wenn ihr da unten auf dem Hof im Fljótsdalur etwas herausgefunden habt.«

Als er zum Abschied mit seiner Pranke an die grüne Kappe tippte, räusperte Auðunn sich und hielt ihn zurück.

»Ja?«

»Ich, also ich bin die Schichtverteilungspläne vom Samstagmorgen durchgegangen, denen ist auch nichts zu entnehmen, höchstens die Namen von etwa dreißig Männern, die so positioniert waren, dass sie möglicherweise etwas gesehen oder gehört haben könnten. Die stehen hier auf dieser Liste, die Namen, und ich habe diejenigen angekreuzt, mit denen ich gestern gesprochen habe …« Er verstummte und sah Stefán entschuldigend an. »Ich habe bloß mit Isländern gesprochen, sechs Stück, also die Ausländer sind alle noch übrig. Und außerdem noch zwei Isländer.«

»Das kriegen wir schon geregelt«, sagte Stefán. »Und haben die, mit denen du gesprochen hast, irgendetwas gesehen oder gehört?«

»Nein, sie waren zu weit weg, haben sie gesagt, und außerdem war ja auch total verrücktes Wetter. Keiner von denen war unten in der Schlucht. Wenn ich es richtig verstanden habe, ist die Sicht dort oft besser. Einer war sich nicht ganz sicher, ob er etwas gehört hatte, was eine Explosion gewesen sein *könnte*, aber wie gesagt, er war sich nicht sicher. So gesehen hätte es aber auch das Gedröhne von dem Erdrutsch sein können. Oder etwas völlig anderes.« Auðunn zuckte mit den Achseln. »*Sorry*.«

»Du brauchst dich nicht zu entschuldigen, das ist schon in Ordnung. Tja, sollten wir dann nicht zusehen, dass ...«

»Da ist aber noch etwas«, sagte Auðunn eifrig. »Ich bin auch das, wie heißt es doch gleich, das Sprengstoffinventarverzeichnis durchgegangen, du weißt, was ich meine?« Stefán nickte ermunternd. Auðunn wedelte mit einer Mappe herum. »Da stimmt etwas nicht. Soweit ich sehen kann, fehlen da achtzehn Kilo Dynamit, die scheinen sich in Luft aufgelöst zu haben. Das heißt, wenn ich richtig gerechnet habe.«

»Nutten?«, echote Lárus, der seiner Miene nach zu urteilen zu der Ansicht zu tendieren schien, dass Guðni ziemlich einen an der Waffel haben musste.

»Genau, das habe ich gesagt, Nutten. Fünfzehn, zwanzig Stück, wenn nicht sogar mehr«, erklärte Guðni seelenruhig. »Ist das nicht etwas, worüber so ein Sicherheitsheini wie du Bescheid wissen müsste?«

Lárus schüttelte ungläubig den Kopf. »Das würde ich meinen, ja«, gab er zögernd zu, »und deswegen fällt es mir sehr schwer, das zu glauben. Gar nicht zu reden davon, dass Björn seine Finger dabei im Spiel gehabt haben soll ...«

Guðni brach in schallendes Gelächter aus.

»Was ist?«, fragte Lárus eher erstaunt als ärgerlich über dieses seltsame Benehmen.

»Mensch«, schnaufte Guðni, als der Lachkoller abebbte. »Seine Finger im Spiel gehabt hat, das fand ich komisch. Seine Finger in den Nutten, verstehst du.«

»Nein«, entgegnete Lárus kühl, »das verstehe ich nicht. Und ich finde es auch absolut nicht komisch.«

»*Come on*«, erklärte Guðni mit verächtlicher Gebärde, »sag mir bloß nicht, dass du genauso ein Softie bist wie alle anderen hier, die einem was von diesen, ach so armen Nutten vorsäuseln, die von allen so schrecklich missbraucht werden. Die machen doch was aus sich, diese Mädels, da springt doch prima was für sie dabei raus.« Guðni grinste schleimig und warf Lárus einen anbiedernden Blick zu, doch der reagierte nicht darauf. »Na schön«, erklärte Guðni schließlich, »du hast also nichts darüber gewusst?«

»Ja. Oder vielmehr nein, ich meine, ich hatte keine Ahnung. Und diesen Quatsch über Björn glaube ich einfach nicht. Woher wisst ihr das überhaupt, habt ihr irgendwelche Beweise dafür, dass er …«

»Wir wissen das, was wir wissen«, erklärte Guðni mit dem Zeigefinger vor Lárus' Gesicht, »und es geht dich überhaupt nichts an, woher wir es wissen. Du bist dir sicher, dass es nicht genauso gewesen ist wie mit dem Dope?«

»Was meinst du damit?«

»Ihr wusstet, dass hier Drogen im Umlauf sind, habt aber nichts unternommen. Hast du das nicht selber gestern gesagt?«

Lárus lief rot an. »Ich habe gesagt, dass wir den *Verdacht* hätten, dass *vielleicht …*«

»Blabla, *whatever*. Ganz wie du willst. Ihr habt aber keinen Verdacht gehabt, dass hier möglicherweise Prostitution im Gange war, oder? Du und Ásmundur, meine ich. Björn wusste es selbstverständlich.«

»Nein. Wie ich gesagt habe, keine Ahnung. Nicht den geringsten Verdacht.«

»Hm«, sagte Guðni, »komisch.«

»Wieso?«

»Ich meine bloß, dass es komisch ist, dass du keine Ahnung hattest. Hier oben scheinen nämlich praktisch alle davon gewusst zu haben, und du siehst nicht so aus, als seist du auf den Kopf gefallen.« Er stand auf und knöpfte sich den Mantel zu. »Aber vielleicht bist du das doch und kaschierst es einfach nur gut.«

Matthías wusste von keinen Gerüchten über Prostitution auf dem Werksgelände und wies rundheraus zurück, dass Björn in so etwas verwickelt gewesen sein könnte, selbst wenn sich der Verdacht bestätigen sollte.

»Das ist einfach absurd«, fauchte er, als Katrín ihm das unterbreitete, »vollkommen abwegig.« Er verschränkte sowohl Arme als auch Beine, um seine Worte zu unterstreichen.

Katrín ließ sich nicht beirren. »Wieso?«

»Einfach so. Es wäre mir zu Ohren gekommen, wenn etwas … wenn so etwas hier im Gange wäre, und Björn ist … Björn war ein durch und durch anständiger Mensch. Ich habe jedenfalls nie Grund gehabt, etwas anderes von ihm zu glauben.«

»Wie bekommt man so einen Job? Als Sicherheitsbeauftragter, meine ich. Gibt es da bestimmte Auflagen oder irgendwelche besonderen Anforderungen?«

»Eine Grundausbildung wird verlangt, ja«, sagte Matthías, »oder vielleicht Erfahrung auf dem Gebiet und selbstverständlich ein einwandfreies Führungszeugnis – das gilt für alle, die im Sicherheitsbereich tätig sind. Die leitenden Angestellten müssen eine Spezialausbildung vorweisen können und ebenso ihre Vertreter. Björn hat diese Anforderungen erfüllt. Er war Bautechniker und hatte in Deutschland studiert.«

»Und sein Führungszeugnis war wohl auch in Ordnung?«, fragte Katrín, obwohl sie sehr genau wusste, dass dem so war. Ihr ging es um Matthías' Reaktionen, die ihr in höchstem Grade seltsam vorkamen.

»Selbstverständlich«, fauchte Matthías, »sonst hätte er diesen Posten doch nicht bekommen, habe ich das nicht gerade gesagt?«

»Ja, das hast du. Hast du früher schon einmal mit ihm zusammengearbeitet?«

»Nein.«

»Und wer traf die Entscheidung, dass er hierherkam, warst du das, oder …?«

»Nein.«

»Sondern wer?«

»Wahrscheinlich die Zentrale. Oder vielleicht Ásmundur, das weiß ich nicht. Das gehört nicht in meinen Aufgabenbereich.«

»Aber du warst wie gesagt einverstanden mit seiner Einstellung?«

Das reichte, um ihn aus der Fassung zu bringen, er schlug mit den flachen Händen auf den Tisch.

»Weshalb hätte ich das nicht sein sollen?«, schrie er wütend, bereute aber im nächsten Moment seinen Ausbruch. »Entschuldige«, sagte er und bemühte sich angestrengt, die Kontrolle über sich zurückzugewinnen. »Es war nicht meine Absicht, mich aufzuregen. Ich habe bloß seit gestern Nachmittag nicht geschlafen, und der Zustand, der hier seit einigen Tagen herrscht, ist einigermaßen bizarr.«

Katrín hielt seinem Blick mühelos stand, zog die Augenbrauen hoch und trommelte mit dem Kugelschreiber auf ihrem Notizblock herum. Das hatte auch den gewünschten Effekt.

»Ich weiß wirklich nicht, was ihr eigentlich wollt«, beklagte sich Matthías, jetzt wieder ärgerlich. »Ich begreife nicht, was in euren Köpfen vor sich geht. Nichts deutet darauf hin, dass es etwas anderes als ein Unfall gewesen ist, der Meinung ist auch das Arbeitsschutzamt. Die haben hier alles überprüft und uns nach Strich und Faden ausgequetscht. Und du sitzt da und faselst etwas über Prostitution und sonstigen Blödsinn. Dir scheint wohl entgangen zu sein, dass hier gestern eine Brücke gesprengt wurde, und zwar, soweit ich weiß, direkt vor eurer Nase. Warum zum Teufel seid ihr nicht hinter denen her, die dafür verantwortlich sind? Da habt ihr doch zumindestens ein richtiges Verbrechen und richtige Verbrecher, und wie wäre es, die zu schnappen, statt die Zeit auf solchen Unsinn zu verschwenden?« Er lehnte sich wieder zurück und verschränkte Arme und Beine.

»Diese Untersuchungen von Norling und Haase«, sagte Katrín, »was ist dabei herausgekommen?« Es kam ihr fast so vor, als sei Matthías bei dieser unerwarteten Richtungsänderung etwas zusammengezuckt, zumindest löste er sich mit einem Ruck aus der selbstverordneten Zwangsjacke und begann stattdessen, an einer Briefklammer herumzufingern, zu der er nervös gegriffen hatte.

»Tja, ich weiß nicht, was ich dir sagen soll, das ist eine ziemlich komplizierte Angelegenheit, jedenfalls für Leute, die keinen wissenschaftlichen Hintergrund haben, was das Ingenieurwesen und die Geologie betrifft.«

Katrín schüttelte den Kopf. »Dann versuch doch einfach, mir das in Normalsprache zu erklären.«

»In Ordnung.« Er dachte einen Augenblick nach. Katrín wartete geduldig, doch ihr Stift blieb in Aktion. »In Ordnung«, wiederholte Matthías kurze Zeit später, »diese Untersuchungen haben ans Licht gebracht, dass das Gestein hier an einigen Stellen weniger kompakt ist, als wir angenommen hatten. Das ist eigentlich das wichtigste Ergebnis.«

»Aha. Und was bedeutet das?«

»Was meinst du damit? Es bedeutet das, was ich gesagt habe, dass das Gestein …«

Katrín fiel ihm wieder ins Wort. »Was bedeutet es für das

Projekt? Geringe Verzögerung? Erhebliche Verzögerung? Müsst ihr das Ganze vielleicht sogar abblasen und stattdessen woanders ein Kraftwerk bauen, Milliarden für die Katz? Du weißt, was ich meine.«

Das Lächeln, das Matthías jetzt aufsetzte, erinnerte Katrín an die Reaktionen bei einigen von diesen Jeep-Freaks, mit denen sie und Sveinn manchmal zusammen Abenteuertouren unternahmen, wenn sie es wagte, ihre Meinung dazu zu äußern, wie man am besten eine Furt in Angriff nahm oder auf eine Gletscherzunge hinauffuhr. Sie lächelten dann genauso. Aber selten lange.

»Nein, nein«, sagte Matthías, »so ernst ist das nicht. Es kostet uns natürlich einige Verzögerungen, und für bestimmte Probleme müssen neue Lösungen gefunden werden, aber das stoppt uns nicht. Ganz und gar nicht.«

Sehr schade, dachte Katrín, ließ sich aber nichts anmerken. »Bist du sicher?«, fragte sie. »Soweit ich weiß, wart ihr nach dem Treffen mit diesen Leuten nicht gerade fröhlich gestimmt.«

Matthías lächelte zwar immer noch, doch die Mundwinkel verkrampften sich verdächtig. »Ich bin mir sicher. Selbstverständlich gab es keinen Anlass zur Freude, denn es bedeutet ziemliche Verzögerungen und zusätzliche Kosten, aber …«

»Ich brauche die Ergebnisse dieser Untersuchung«, fuhr ihm Katrín dazwischen. »Hast du sie hier?«

Jetzt verschwand das Lächeln vollständig. Genau wie bei den Jeep-Freaks, wenn sie von dort, wo sie sich hoffnungslos festgefahren hatten, hinter Katrín hersahen, wie sie den Fluss querte oder die Gletscherzunge hinauffuhr.

»Die bekommst du nicht«, sagte er brüsk.

»Was?«

»Das sind vertrauliche Unterlagen, die …«

»Und wir untersuchen einen möglichen mehrfachen Mord«,

unterbrach Katrín ihn ein weiteres Mal. »Wir müssen diese Unterlagen einsehen, und wir werden sie bekommen, entweder hier und jetzt oder morgen, wenn die gerichtliche Verfügung vorliegt, dass ihr sie uns aushändigen müsst.«

»Herrgott noch mal, es geht hier doch nicht um Mord!«, schnaubte Matthías. »Wie oft muss ich es dir noch sagen, es war ein Unfall! Ein schrecklicher Unfall und nichts anderes!«

Katrín zog die Brauen hoch. »Wie kannst du dir da so sicher sein? Steht da vielleicht etwas in den neuen Untersuchungsergebnissen, was dich so sicher sein lässt? Wenn dem so ist, müssen wir sie auf jeden Fall einsehen.«

Matthías schüttelte den kurz geschorenen Kopf und sog lautstark die Luft durch die Adlernase ein.

»Nein«, sagte er, »darin steht nichts über eine potenzielle Gefahr, dass der Grat abstürzen könnte. Dann wären sie ja wohl auch nicht da unten herumspaziert, oder?« Der höhnische Unterton war nicht zu überhören.

»Kaum«, sagte sie mit verhaltenem Lächeln, »und genau deswegen gehen wir davon aus, dass es sich um Mord gehandelt hat, nicht wahr? Wer wollte wen umbringen? Hast du da irgendeine Idee?«

Matthías öffnete den Mund, machte ihn aber gleich wieder zu. Er lehnte sich über den Schreibtisch und die Grimasse, die er schnitt, verlangsamte den Takt von Katríns Kugelschreiber etwas, doch ihre Brauen blieben oben. Sie wartete geduldig. Er gab nach einer halben Minute auf.

»Also …«, begann er zögernd. Katrín ließ den Kugelschreiber ruhen und legte den Kopf schräg. »Ja?« Das klang fast neutral, aber gleichzeitig auch neugierig und aufmunternd, hoffte sie. Matthías verdrehte die Augen und stöhnte.

»Na schön. Wenn … also *wenn* das kein Unfall war …« Er schlug mit der flachen Hand auf den Tisch, um seine Ansicht über diese absurde Theorie zu unterstreichen, »dann …« Er zögerte wieder. »Nein«, murmelte er, »das ist doch vollkommen abwegig.«

Nach einigen Sekunden Schweigen überlegte Katrín, dass sie wahrscheinlich die Taktik wechseln und den aufrichtigen Gesichtsausdruck aufsetzen müsse.

»Wir suchen nicht nach Sündenböcken«, sagte sie so souverän und überzeugend wie möglich, »sondern nur nach Informationen. Wenn es ein Unfall war, dann war es ein Unfall, und damit hat sich's dann. Das wird sich früher oder später herausstellen. Bis dahin müssen wir jedoch unsere Pflicht tun. Genau wie du. Wir können nicht einfach abwarten und hoffen. Wenn es kein Unfall war, so unglaublich das auch klingen mag, dann müssen wir darauf vorbereitet sein. Verstehst du, was ich meine?«

Es dauerte seine Zeit bei Matthías, aber schließlich begriff er. »Je mehr Zeit verstreicht, desto weniger Chance, denjenigen zu finden, der das getan hat?«

Wie in amerikanischen Krimi-Soaps, dachte Katrín, doch sie nickte ruhig und zustimmend; wer behauptet, dass die pure Zeitverschwendung sind? Sie verkniff sich ihr Lächeln, aus ihren Augen und ihrer Miene sprach nur der Ernst der Lage. »Genau. Wie ich sage, ich hoffe, dass du recht behältst.« Sie machte eine kleine Pause, zuckte leicht mit den Schultern und öffnete die grünen Augen weit. »Aber wenn du irgendetwas weißt, was uns helfen könnte, dann …«

Matthías nickte wieder, langsam und ruhig, genau wie sie zuvor. Nun darf nichts schiefgehen, dachte Katrín, jetzt gilt es, das Gesicht zu wahren. Die Haltung. Die Stimmung.

»Da ist eine Sache«, gab Matthías zögernd nach einer halben Ewigkeit zu, »oder vielleicht sogar zwei, aber …«

Katrín atmete erleichtert auf. Ich habe es geschafft, dachte sie. Mensch, ich habe es geschafft …

»Geschlechtskrankheiten?« Viktor blinzelte unablässig und befeuchtete beide Mundwinkel mit der Zungenspitze. Das entging Árni nicht.

»Ja,«, bestätigte er, »Geschlechtskrankheiten.«

Viktor schüttelte den Kopf. »Nein«, sagte er, »oder … nicht in dem Sinne, nicht mehr als man an einem Ort wie diesem als normal bezeichnen würde.«

Árni zog fragend die Brauen hoch. »An einem Ort wie diesem?«

»Ja.«

»Was meinst du damit?«

Viktor schluckte schnell und oft. Das entging Árni ebenfalls nicht.

»Nein … nur …«, stammelte der Arzt, »du weißt doch …«

Árni beschloss, nichts zu wissen, und zog die Brauen in eine seiner Meinung nach angemessene Höhe. Das reichte nicht, oder vielleicht hatte er sie zu hoch gezogen. Viktor zumindest wich seinem Blick nur aus.

»Nein«, sagte Árni, »ich weiß nicht. Was ist normal an einem solchen Ort und weshalb?«

»Ach, du weißt schon.« Viktor zuckte nicht mit den Schultern, es sah eher so aus, als höben sie sich ohne sein Zutun von selbst. »Tausend Männer. Insgesamt sogar fünfzehnhundert. Mehr oder weniger eingeschlossen. Und hundert Frauen.«

Árni blieb bei seinem Kurs. »Und?«, fragte er, die Begriffsstutzigkeit in Person.

»Und dann ist man gezwungen, auf andere Weise zurechtzukommen. Du weißt, was ich meine, du hast solche Filme gesehen, solche Geschichten gehört.«

»Das hängt davon ab, was für Filme und was für Geschichten du meinst«, sagte Árni, sich immer noch dumm stellend.

Viktor verlor die Geduld. »Amerikanische Filme beispielsweise«, stieß er hervor. Er war etwas sicherer geworden, nachdem er entdeckt zu haben glaubte, dass er einen geistig Behinderten vor sich hatte. »Über Gefangene und Gefängnisse. Hast du noch nie solche Filme gesehen?«

Árni lächelte schwach. »Doch, einige«, gab er zu. »Ich verstehe, was du meinst.« Er breitete die Arme aus und versuchte noch einmal, die Brauen in Positur zu bringen. »Aber das hier ist doch kein Gefängnis, oder? Ich meine, die Leute haben doch auch frei und so was, und sie können hier weg, wenn sie wollen?«

Viktor sah ihn mitleidig an. »Einmal pro Woche haben sie frei«, sagte er, »einen halben Sonntag. Manchmal auch nur jeden zweiten Sonntag. Und wo sollen sie dann hin? Nach Egilsstaðir? Was glaubst du wohl, wie oft die Leute Lust haben, am Sonntagnachmittag nach Egilsstaðir zu fahren? Die Leute im Büro haben es gut, die haben das ganze Wochenende frei, aber die Arbeiter ...« Er schüttelte den Kopf. »Das ist doch kein Leben.« Árni wusste nur zu gut, was er meinte, er hatte ja schließlich selber einen Sonntagabend in Egilsstaðir verbracht und sehnte sich nicht besonders nach einem weiteren Erlebnis dieser Art.

»Ich weiß genau, was du meinst«, sagte er. »Ich war am Sonntag in Egilsstaðir und kann es nicht empfehlen. Aber das will nichts besagen, ich bin eine unverbesserliche Großstadtpflanze.« Er schüttelte den Kopf und schnalzte mit der Zunge. »Und was sagst du da, das reicht, um normale Männer so mir nichts, dir nichts in Schwule zu verwandeln? Ist das vielleicht sogar eine anerkannte Theorie innerhalb der Medizin?«

Viktor verwandelte sich erneut in ein Nervenbündel und murmelte etwas Unverständliches.

Árni konnte nicht aufhören. »Und was für Geschlechtskrankheiten sind dann üblich an so einem Ort?«, fragte er, und beglückwünschte sich gleichzeitig dazu, wie verdammt routiniert er schon geworden war. »In so einer Schwulenbrutstätte wie Kárahnjúkar?«

»Du drehst mir die Worte im Munde um«, schnaubte Viktor. »Du kannst dich wieder mit mir unterhalten, wenn du erwachsen bist.« Mit diesen Worten stand er auf, marschierte hinaus und knallte die Tür hinter sich zu. Scheiße, dachte Árni. Scheiße, Scheiße, Scheiße. Er klatschte sich ein paar Mal mit der flachen Hand vor die Stirn. Das half aber nichts.

Die Gruppe hatte sich noch vergrößert, auf Róberts Liste standen mittlerweile siebenunddreißig Namen. Birgir deutete mit dem Kopf in Richtung einiger portugiesischer Arbeiter, die am Ende der Halle dicht beieinander standen.

»Guck dir die an«, sagte er.

Róbert, der vor Kälte zitterte und sich unablässig in die Hände hauchte, versuchte zu nicken. »Was ist mit ihnen?« Vor lauter Zähneklappern war er kaum zu verstehen.

»Mann, du musst dich bewegen«, sagte Birgir und erhob sich von dem Stahlträger, auf dem sie saßen. »Du bist ja viel zu dünn angezogen. Los, marsch.«

»Ich war gerade im Büro, als sie kamen«, sagte Róbert und sah ärgerlich auf seine Hausschuhe herunter. »Die haben mir keine Chance gegeben, mir was anzuziehen. Immerhin hatte ich den Fleece-Pullover und Wollsocken an.«

»Ich hatte Glück«, erklärte Birgir grinsend, »ich war gerade auf dem Weg nach draußen, als sie kamen. Hatte mir auch schon die Mütze aufgesetzt. Die meiste Wärme verliert man am Kopf, wusstest du das?« Er ließ seine Pranke auf die zierlichen Schultern seines Kameraden niedergehen, um ihn in die richtige Richtung zu drehen. »Jedenfalls, was diese Typen betrifft«, sagte er und wies mit dem Kinn in Richtung der

Portugiesen. »Achte mal auf die Hände von denen, wenn wir da vorbeikommen.«

Róbert reckte sich, um Birgir fragend anzusehen, doch der schüttelte nur den Kopf. »Sieh dir die Hände an. Aber nicht hinstarren, das macht sich nicht bezahlt.« Róbert tat, wie geheißen. Das Flüstern der Männer verstummte, als sie sich näherten, und sie machten den Mund erst wieder auf, als die beiden sich wieder weit genug entfernt hatten. Einige von ihnen hatten zur Seite geblickt, andere hatten sie alles andere als freundlich angestarrt. Birgir grinste ihnen zu. Róbert hatte schon wegen der Kälte eine ordentliche Gänsehaut, aber im Vorbeigehen verstärkte sie sich noch.

»Weshalb verhalten die sich jetzt auf einmal so?«, fragte er leise. »Ich habe vorhin mit denen allen gesprochen, sie haben mir ihre Namen genannt, und da war ihr Verhalten ganz anders.«

»Ja, da kamen sie einzeln«, sagte Birgir, »da hatten sie sich noch nicht zusammengerottet. Außerdem bin ich mir gar nicht so sicher, ob du ihre richtigen Namen bekommen hast.« Er grinste breit. »Die sind bestimmt nicht scharf darauf, auf so einer Liste zu stehen, wie du sie da erstellst.«

»Weshalb nicht? Und was bedeutet dieses Tattoo?« Einige von den Portugiesen hatten die geballten Fäuste in die Taschen gesteckt, aber nicht alle. Zwei von denen, die sie unverwandt angeglotzt hatten, hielten sogar die Hände so gekreuzt, dass die linke oben war, wie um sicherzustellen, dass die Tätowierung zu sehen war.

»Ich hab dir doch von dieser Brücke erzählt, die ich in die Luft gesprengt habe?«, fragte Birgir. Róbert nickte. »Okay, das war ja eigentlich mehr ein Witz. Ein schlechter Witz, meine Kumpel und ich hatten gesoffen und wollten unbedingt irgendwas in die Luft jagen, und dazu war die alte Brücke ideal. Ich meine, am nächsten Tag sollte die neue dem Verkehr übergeben werden, wir haben da einfach die getane Arbeit gefeiert. Den Brückenbau, wie gesagt.«

»Und was hat das mit dieser Sache zu tun?«

Birgirs Mund entströmten Dampfwolken, während er überlegte, wie viel er dem kleinen Knirps neben sich erzählen sollte.

»Für diese Gaudi war ich nicht lange im Knast«, sagte er schließlich. »Es kam zu einem Deal. Ich habe eine Strafe bezahlt und durfte wieder meiner Wege gehen. Oder besser gesagt, mein Vater hat die Strafe bezahlt, ich war natürlich total blank. Der ganze Lohn war schon vorab für Alkohol und Dope und ähnliche Vergnügen draufgegangen, wie es sich für echte Isländer um die zwanzig gehört. Aber ich bin im Knast gewesen, sogar zweimal. Spielt keine Rolle, für was«, beeilte er sich hinzuzufügen, als er Róberts Gesichtsausdruck bemerkte. »Aber keine Angst, ich hab niemanden umgebracht. Aber du siehst, trotzdem arbeite ich jetzt ganz normal hier. Dagegen kann keiner was machen, ich habe meine Strafe abgebrummt und arbeite für meinen Vater, der hier einstellen kann, wen er will. Es ist aber keineswegs sicher, ob alle so begeistert davon wären, wenn sie spitzkriegten, dass man hier scharenweise portugiesische Ganoven einfliegt, um dieses verfluchte Kraftwerk zu bauen.«

Róbert ging ein Licht auf. »Du meinst …?«

Birgir nickte. »Ja. Die meisten von ihnen sind natürlich nur normale arme Schweine, die keiner Fliege was zuleide getan haben. Doch nach dem, was ich gesehen und gehört habe, ist ungefähr jeder zehnte Portugiese hier ein ehemaliger Sträfling. Vielleicht sogar noch mehr. Ich weiß natürlich nicht, was sie auf dem Kerbholz haben, aber soweit ich weiß, deutet dieses Tattoo darauf hin, dass sie mindestens ein paar Jahre eingesessen haben. Es ist also nicht die Rede von Ladendieben oder so was. Man bekommt so ein Tattoo nicht einfach so verpasst, dafür muss man schon was Ordentliches leisten.«

»Meine Güte«, sagte Róbert, denn ihm fiel nichts anderes ein. »Das wusste ich nicht.«

»Nein. Aber die Bullen haben das offensichtlich gewusst, deswegen werden bestimmt noch ein paar mehr von diesen Typen kommen.«

Róbert zuckte zusammen. »Aber wie ... wieso haben sie davon gewusst?«

Birgir zuckte die Achseln. »Die haben ihre Informationen. Die sind doch mehr oder weniger vernetzt. Global.«

»Und weil diese Leute irgendwann mal in Portugal etwas verbrochen haben, werden sie jetzt hier in diese Halle gesperrt?« Róbert war sichtlich schockiert. »Die haben ja wohl kaum alle irgendwelche Brücken in die Luft gesprengt. Das ist doch ungeheuerlich!«

»Aber genauso läuft es«, sagte Birgir, und ein Lächeln huschte über sein Gesicht. »Da passiert irgendwas, und als Allererstes kassieren die verdammten Bullen alle ein, die jemals was ausgefressen haben. Erst schnappen, dann fragen. Das ist jedenfalls meine Erfahrung.«

Róbert war ebenso erstaunt wie entrüstet. »Und was ist mit uns anderen? Weshalb sind wir hier?«, fragte er kopfschüttelnd.

»Was mit dir ist, weiß ich nicht«, sagte Birgir, »aber siehst du den Grauhaarigen dort?« Er hob den kleinen Finger seiner Hand, die auf dem Oberschenkel ruhte, um auf einen schlanken, graumelierten Mann um die vierzig zu deuten, der allein in einer Ecke hockte und eine Zigarette rauchte. »Das ist Gvendur Ragg. Der hat 1992 einem Mann zum Rollstuhl und zur Dialyse verholfen und ist seit etwa fünf Jahren wieder auf freiem Fuß. Gvendur, wie gesagt, der andere sitzt immer noch im Rollstuhl. Und die da ...«

Róbert folgte seinem Blick und sah zwei schmächtige, kurz geschorene junge Männer um die dreißig, die beide nervös wirkten. »Bjarni Steina und Siggi GeEss«, sagte Birgir. »Kleinkriminelle und Junkies. Die sind praktisch schon seit der Konfirmation abwechselnd in irgendwelchen Anstalten oder im Knast.« Er zuckte die Achseln. »Mehr kenne ich hier nicht, aber das spricht wohl für sich. Wie gesagt, die haben uns hier zusammengepfercht.« Er blickte Róbert fragend an: »Aber wie du selber sagst, die Frage ist natürlich, was hast du eigentlich verbrochen?«

Auf diese Frage bekam er keine Antwort, denn Róbert dachte nämlich genau in diesem Augenblick ebenfalls darüber nach. Nicht dass er tatsächlich nach einer Antwort suchte, die hatte auf der Hand gelegen, seit er diese Lagerhalle betreten und einige von denen erkannt hatte, die sich bereits dort befanden; das Problem war, dass er sich nicht damit abfinden konnte. Nicht daran glauben konnte oder *wollte*, dass es wirklich stimmte.

»Ich kenne hier auch welche«, gab er nach längerem Schweigen zu. »Das heißt richtiger gesagt, ich weiß, wer sie sind. Der da auf der anderen Seite, direkt gegenüber von uns ...«

Birgir blickte zu einem graubärtigen Glatzkopf hinüber, der schon weit über sechzig zu sein schien und irgendwie verloren aussah.

»Ja, der kommt mir auch bekannt vor. Ist das nicht Einar Magg? Der Schreiner?« Róbert bestätigte das. »Ich habe auch gerade überlegt, was der hier macht«, sagte Birgir, »was ist mit dem?«

»Wie du sagst, das ist Einar Magnússon, er ist Schreiner, aber auch ehemaliges Vorstandsmitglied einer kommunistischen Vereinigung, und ich glaube, vor einigen Jahren war er auch Sprecher von Greenpeace hier in Island.« Róbert deutete auf einen anderen Mann, der etwas jünger und wesentlich kräftiger war. Er stand ganz allein mitten in der Halle, und versuchte, sich an den Armen warm zu klopfen. »Der da heißt Kristján Guðmundsson. An den kann ich mich vom letzten Protestmarsch nach Keflavík erinnern und von einigen Gewerkschaftsversammlungen. Bevor wir uns hier in Kárahnjúkar wiedertrafen, haben wir beide vor zwei Jahren an einer organisierten Besichtigungsfahrt von Kraftwerksgegnern im Eyjabakkar-Gebiet nicht weit von hier teilgenommen. Und die drei da an der Nordwand sind erst vorgestern eingetroffen. Sehr komisch, dass man die nach dem Bergsturz überhaupt aufs Gelände gelassen hat, aber offensichtlich werden sie nicht so bald von hier wegkommen.«

»Wer sind die?«

»Einer von ihnen, der Große da, ist im Vorstand des Naturschutzverbands. Die anderen beiden sind entweder Engländer oder Amerikaner, glaube ich, von den entsprechenden Verbänden im Ausland. Sie hatten die Genehmigung, sich das Werksgelände und die Konstruktionsarbeiten anzusehen. Ich hätte morgen einen Termin mit ihnen gehabt.«

Birgir zog die Nase hoch. »Und du?«, fragte er. »Was ist mit dir?«

Róbert zuckte die Achseln. »Ich bin natürlich Vertrauensmann hier, ich bin Mitglied bei den Linken Grünen, ich war im Zentralrat des Gewerkschaftsbunds und bin außerdem aktiv im Landschaftsschutzverband. Das ist wohl mehr als genug für diese Herren.«

»Mehr als genug«, stimmte Birgir zu. »Ich kapier echt nicht, dass die sich überhaupt mit uns abgeben, wenn sich derart gemeingefährliche Leute wie ihr hier auf dem Gelände befinden.«

Statt nach rechts bog Árni nach links ab, und bevor er sich versah, musste er um sein Leben rennen. Riesige Kipper mit

Rädern so groß wie seine Küche zu Hause donnerten an ihm vorbei. Typisch, dachte Árni, kaum verlässt man die Stadt, ist man seines Lebens nicht mehr sicher, obwohl es doch angeblich auf dem Land so friedlich ist. Genauso war es auch gewesen, als er als kleiner Junge gezwungenermaßen zwei Sommer auf dem Land verbringen musste. Er hatte beide Male protestiert, vor allem beim zweiten Mal, doch seine Eltern waren felsenfest davon überzeugt, dass ein Landaufenthalt ihm und seinen Brüdern guttun würde. Ihrer Meinung nach war es ein Privileg, immer noch Leute zu kennen, die bereit waren, über den Sommer Stadtkinder aufzunehmen. Árni hatte eine völlig andere Meinung dazu, es waren entsetzliche Sommermonate für ihn gewesen. Die seltenen Male, wo die Leute auf dem Hof mal nicht arbeiteten – für seinen Geschmack viel zu selten –, hockten sie vor dem Radio oder spielten Karten. Genau das schienen die Kerle hier oben auch zu tun, wann immer sich die Gelegenheit bot. Auf dem Land hatten Gefahren hinter jeder Ecke gelauert, genau wie hier. Dumme und schwerfällige Riesenviecher von Kühen, gemeingefährliche Gäule und noch gefährlichere Trecker mit allen möglichen mörderischen Teufelsmaschinen, die ihnen angehängt wurden. Wie angenehm war dagegen das sichere und abwechslungsreiche Leben in der Stadt.

Árni blickte sich um und versuchte, sich zu orientieren. Direkt vor ihm war die blaue Lagerhalle, das Leichenhaus. Die Leichen waren zwar weg, aber für ihn blieb es das Leichenhaus. Ein schwarzer Hummer-Jeep bretterte auf die Halle zu, und instinktiv behielt Árni ihn im Auge.

»Na, da schau her«, sagte er und rieb sich die kalten Hände, »so verhält sich das also.« Er war bereits blau vor Kälte und sehnte sich nach nichts mehr, als in die Wärme zu kommen, trotzdem harrte er an seinem Platz aus und beobachtete das seltsame Vorgehen der Kollegen vom SEK. Zurzeit konnte er allerdings nicht umhin, sie um ihre alberne Aufmachung zu beneiden, vor allem um die Skimützen, die Handschuhe und die Stiefel. Jeans und Turnschuhe waren letztendlich nicht das richtige Outfit bei diesen mörderischen Temperaturen.

18

Dienstag

Für Katrín waren zwar Zugfahrten nichts Außergewöhnliches, diese aber schon, da sie zum ersten Mal in Island mit einem Zug fuhr. Das war alles andere als angenehm – nicht nur wegen der begrenzten und monotonen Aussicht, sondern auch wegen des automatisch gesteuerten Triebwagens, der keineswegs im Hinblick auf die Bequemlichkeit der Passagiere konstruiert worden war. Es hatte nicht wenig Mühe gekostet, und erst nach einigen Telefonaten, Gesprächen und unklaren Drohungen wurde sie an den richtigen Ort verwiesen, der mitten unter der Hochebene Fljótsdalsheiði lag. Dorthin konnte man nur zu Fuß oder auf den Schienen gelangen, die dem Bohrer in den Stollen folgten.

»Probleme?«, fragte sie auf Englisch, als sie sich an dem riesigen Bohrkopf vorbeigezwängt hatte, der den Stollen beinahe ausfüllte, aber jetzt ein paar Meter von der Bohrstelle zurückgefahren worden war. Ricardo blickte sich nicht um, sondern starrte auf die angestrahlte Felswand vor ihm.

»*Si*«, sagte er, »Probleme. Große Probleme. Verwerfung.«

Katrín überlegte eine Weile, bevor sie glaubte, das Wort, das er verwendet hatte, verstanden zu haben. »Ähnlich wie in der Schlucht?«, fragte sie. »Da, wo der Erdrutsch niederging?«

»*Si*«, nickte Ricardo, »nur schlimmer. Viel größeres Problem.« Er drehte sich um. »*Politia?*«

Katrín nickte. »Wie viel größer ist das Problem?«

Ricardo breitete die Arme aus. »Viel größer.« Er deutete auf den monströsen Bohrer hinter ihnen. »Der hier hat seit drei Wochen Stopp. Und wir wissen nicht, wann oder ob wir ihn wieder in Gang setzen können.« Er lächelte. »Und im Stollen Nummer zwei steht alles unter Wasser. Da ist auch alles gestoppt. Aber, Signorina, Sie sind wohl kaum hierhergekommen, um mich danach zu fragen, wie wir mit den Bohrungen vorankommen, oder?«

»Signora«, korrigierte Katrín lächelnd. »Nein, deswegen bin ich nicht gekommen. Oder nicht nur deswegen.« Sie blickte auf die sieben Meter hohe Wand, sah überall Wasser aus Spalten und Ritzen sickern, das sich in ansehnlichen Pfützen sammelte, bevor es plätschernd zu beiden Seiten des Bohrkopfs abfloss. »Norling und Haase«, sagte sie, »haben die auch dieses Gelände untersucht?«

»Ja.«

»Und?«

»Ihre Messungen haben ergeben, dass diese gefährliche Zone noch ein paar Meter so weitergeht. Zehn, vielleicht zwanzig. Nun müssen wir herausfinden, wie wir durch diese Meter hindurchkommen, ohne dass das Ganze hier einstürzt.« Er lächelte wieder. »Aber das können Sie alles den Berichten entnehmen. Sie befinden sich in meinem Büro, wenn Sie die brauchen.«

»Später«, sagte Katrín, ohne Ricardo zu informieren, dass sie die bereits von Matthías erhalten und Stefán übergeben hatte, der sie an Sachverständige weiterleiten würde. Sie fühlte sich sehr merkwürdig hier im Inneren der Fljótsdalsheiði, genau im Norden ihres Lieblingsberges Snæfell, der irgendwo hoch über ihr in die Unendlichkeit aufragte. Das Plätschern des Wassers klang ungewöhnlich laut, und ihre Stimmen schienen über eine Lautsprecheranlage zu kommen, denn das leiseste Flüstern wurde zu einem heiseren Rufen. »Später«, wiederholte sie leiser als zuvor und sah Ricardo an. Es war nicht einfach gewesen, Matthías dazu zu bringen, ihr diese Unterlagen auszuhändigen, deswegen überraschte es sie, wie bereitwillig sein italienischer Kollege sie ihr geben wollte, ohne dass er darum gebeten worden war. Ob das irgendeine besondere Bedeutung hatte, und wenn ja, welche, war ihr jedoch im Augenblick noch ein Rätsel, und sie beschloss, diese Überlegungen auf bessere Zeiten zu verschieben.

»Weswegen sind Sie hier?«, fragte sie stattdessen. »Soweit ich weiß, liegt doch im Augenblick die gesamte Arbeit danieder?«

»Ebendeswegen«, antwortete Ricardo, »genau deswegen bin ich hier. Hier lässt sich gut nachdenken. Und etwas Besseres habe ich im Moment nicht zu tun. Ich warte nur. Und denke nach.«

»Über was?«

Ricardo zuckte die Achseln. »Alles und nichts.«

»Die Zukunft?«

Ricardo sah sie misstrauisch an. »Auch die, selbstverständlich. Weshalb fragen Sie?«

»Weil Sie, soweit ich weiß, hier aufhören.«

»Sie haben mit Matthías gesprochen«, brummte Ricardo, »er hat Ihnen das gesagt.«

»Ja«, gab Katrín zu, »und von ihm habe ich auch noch mehr erfahren. Und nicht nur von ihm, ehrlich gesagt.«

Ricardo sah sie mit einer Miene an, als würde er am liebsten die Flucht ergreifen wollen, aber sie machte sich deswegen keine Gedanken, denn es gab nur einen Fluchtweg, der ihn nicht sehr weit führen würde.

»Was meinen Sie?«, fragte er.

Katrín schenkte ihm ein strahlendes Lächeln. »Sie mochten Björn nicht besonders, nicht wahr?«, fragte sie, aber Ricardo antwortete nicht. »Soweit ich weiß, hat er Sicherheitsforderungen gestellt, die Impregilo nicht unbedingt bereit war zu erfüllen?« Ricardo schwieg weiter, Katríns Lächeln blieb. »Und Sie und di Tommasso waren wie Hund und Katz, das habe ich nicht nur von Matthías, sondern auch von anderen. Wenn man etwas darauf geben kann, was er mir gesagt hat, kommt es Ihnen sehr gut zupass, dass di Tommasso und Barei da in der Schlucht umgekommen sind.«

Jetzt entströmte Ricardo ein Schwall von Worten in seiner Muttersprache, doch verstand Katrín so viel, dass er keine Nettigkeiten über seine Kollegen bei der NPC enthielt. »Ich glaube, es reicht«, sagte er dann auf Englisch. »Ich brauche mir solche anzüglichen Unterstellungen nicht gefallen zu lassen. Ich brauche auch nicht mit Ihnen zu reden. Oder?«

Katrín schüttelte den Kopf. »Nein, aber ich muss mit Ihnen reden. Wenn Sie also möchten, dass ich Sie lieber offiziell zur Vernehmung bestelle, dann mach ich das. Es ist Ihre Entscheidung.«

»*Bene*«, sagte Ricardo schließlich, nachdem er eine ganze Weile überlegt und die Augen nicht von Katrín abgewandt hatte. »Reden wir also jetzt miteinander. O ja, man kann schon sagen, dass… dass, wie sagt man noch? Obwohl das in erster Linie selbstverständlich eine Tragödie ist, habe ich vielleicht…« Er kapitulierte. »Ich weiß nicht richtig, wie ich das ausdrücken soll, ohne den Anschein zu erwecken, als sei ich ein regelrechtes Monster.«

Katrín setzte ihre verständnisvolle Miene auf. »Ich verstehe, was Sie meinen. Aber es drehte sich, wenn ich Matthías richtig verstanden habe, um die Abfindungssumme? Sogar um eine ziemlich hohe Abfindungssumme, die Sie vielleicht nicht bekommen hätten, wenn … wenn die beiden nicht umgekommen wären?«

Ricardo nagte einige Sekunden lang wütend an seiner Unterlippe, bevor er antwortete. »Ja, vielleicht kann man es so ausdrücken. Meine Abfindung ist ausgezeichnet, das ist richtig. Ich hatte angeboten, was für ein Projekt auch immer zu übernehmen, es müsste bloß in einer anderen Weltgegend sein, aber das lehnten sie ab und wollten lieber, dass ich ganz aufhöre. Deswegen habe ich das Recht auf eine Abfindung, das steht so im Einstellungsvertrag.« Er hatte sich augenscheinlich nicht so recht unter Kontrolle, und die Worte kamen beinahe wie Geschosse aus ihm heraus.

»Matthías hat Ihnen bestimmt auch gesagt, dass di Tommasso mich hier weghaben und selber das Kommando übernehmen wollte. Das hat er früher schon einmal versucht.« Die Verachtung war Ricardo anzuhören und anzusehen, als er Katrín anblickte. »Wir haben schon einmal zusammengearbeitet, da unten in Brasilien. Dort kamen gewisse Schwierigkeiten auf. Sowohl in Bezug auf die Mitarbeiter als auch den Projektpartner, aber es ging auch um das Projekt als solches. Damals war ich in der Position, in der di Tommasso hier ist, ich meine, war, und er eine Stufe unter mir. Er behauptete, dass alles, was schieflief, mehr oder weniger auf mein Konto ginge. Er diffamierte mich bei unserem Chef und schickte Berichte und Beschwerden an unsere Zentrale, wie ein Schuljunge, der beim Lehrer petzt.« Er schüttelte den Kopf. »Sie haben dann einen Inspekteur geschickt, um mit mir und dem Chef und anderen Leuten zu sprechen, sie haben mich und den Projektleiter zu einer Besprechung nach Mailand geholt, es war ein endloses Hin und her. Und wozu? Rausgekommen ist dabei nichts. Nicht das Geringste. An meiner Arbeit ist nichts auszusetzen.«

Er strich sich über den Kopf und sah auf einmal erschöpft

aus. Er zwängte sich an dem Bohrkopf vorbei. Katrín folgte ihm, und sie gingen ein Stück an dem Ungetüm entlang, bevor sie sich auf einer stählernen Strebe an seinem Ende niederließen.

»Und damit hat er hier wieder angefangen?«, fragte Katrín nach kurzem Schweigen. »Dieser di Tommasso? Hat er wieder beim Lehrer gepetzt?«

Ricardo nickte und senkte dann den Kopf. »Ja, zumindest gehe ich davon aus. Ich habe sonst keine Erklärung dafür, wieso Barei hierherkam, ohne mich vorher davon in Kenntnis zu setzen. Und mir ist zu Ohren gekommen, dass die beiden am Freitagabend eine lange Besprechung hatten. Und dann unternimmt er mit di Tommasso diese Inspektionsfahrt … Ich weiß nicht, dazu haben sie sich in der Zentrale nicht geäußert, sie haben alles abgestritten, als ich sie danach gefragt habe, aber trotzdem …«

»Was ich nicht verstehe«, sagte Katrín, als Ricardo keine Anstalten zu weiteren Erklärungen machte, »ist, weshalb …« Sie verstummte und zog die Nase kraus. Bis zu diesem Zeitpunkt hatte sie außer dem schwachen metallischen Geruch des Gesteins und dem noch schwächeren Ölgeruch des Ungetüms, auf dem sie saßen, keinerlei Gerüche wahrgenommen. Der Gestank, der ihr jetzt in die Nase drang, war sehr viel unangenehmer, aufdringlicher und penetranter.

»Was ist?«, fragte Ricardo.

»Dieser Geruch, dieser … Gestank. Woher kommt der eigentlich?«

Ricardo lächelte matt und wies auf eine im Schatten liegende Stelle etwas weiter vorn im Stollen, ganz in der Nähe des Triebwagens.

»Da, wo der Schatten ist, wurde eine kleine Nische gesprengt, eigentlich sogar eine richtige kleine Höhle. Dort werden später automatische Messgeräte und Sperrvorrichtungen und noch einige andere technischen Einrichtungen sein. Aber im Augenblick ist dort die Latrine.«

Einen Augenblick überlegte Katrín, ob das ein blöder Witz von Ricardo war, doch der Geruch überzeugte sie bald, dass er es ernst gemeint hatte. Ihr Gesicht verzerrte sich zu einer Grimasse.

»Was … und warum …?«

»Was soll man sonst machen?«, fragte Ricardo achselzuckend. »Dieser Bohrer muss plangemäß tagein, tagaus in Aktion sein, rund um die Uhr. Er darf nicht stoppen. Wir haben hier drinnen keine Reservemannschaft, wenn er arbeitet, das ist eine gefährliche und schmutzige Arbeit. Alle die hier sind, müssen hier sein. Immer. Sie fahren nicht einmal zur Mittagspause hinaus, das Essen bekommen sie hierher geschickt. Die Schichten dauern jeweils zwölf Stunden, und es sind acht Kilometer bis zum Ausgang, bis zu einer Toilette. Also wenn die Leute mal, wenn sie … Sie wissen schon …«

»Scheiße«, entfuhr es Katrín aus tiefster Seele.

»Genau«, sagte Ricardo etwas verlegen.

»So habe ich das nicht gemeint«, setzte Katrín an, ersparte sich dann aber weitere Richtigstellungen und beschloss, wieder zur Sache zu kommen. »Was ich sagen wollte war, dass ich nicht verstehe, wieso sich Ihre Lage dadurch ändert, dass di Tommasso und Barei tot sind. Hätten Sie nicht dieselben Konditionen bekommen, wenn sie noch lebten?«

»Nein.«

»Weshalb nicht?«

Ricardo rieb sich müde die Schläfen. »Das ist sehr kompliziert. Wenn di Tommasso eine Beschwerde eingereicht hätte und sie geprüft würde …«

»Dann hätte es damit geendet, dass Sie gefeuert würden? Haben Sie mit anderen Worten hier Mist gebaut?«

»Nein, ich habe keinen Mist gebaut!« Beide fuhren zusammen, als seine Worte mit vielfacher Stärke widerhallten.

»*Scusi*, Signora«, sagte Ricardo leise, aber viel Entschuldigung klang in seiner Stimme nicht mit. »Ich habe nichts zu fürchten, überhaupt nichts.« Er machte eine Kopfbewegung in Richtung des Bohrkopfs. »Dieser ganze Schlamassel hier, diese Verwerfung, die Verwerfung in der Schlucht, die Lecks in anderen Stollen, all diese Verzögerungen und all dieser Kram, das ganze Theater mit den Gewerkschaften und den Leiharbeitern – alles, buchstäblich alles ist die Folge von dem, was gemacht beziehungsweise nicht oder nur unzulänglich gemacht wurde, bevor ich einstieg. Mehr oder weniger alles Sachen, die man mit besserer Vorbereitung hätte verhindern oder zumindest voraussehen können.«

»Besserer Vorbereitung von welcher Seite?«

»Von allen. Von euch Isländern, meine ich, und von uns bei Impregilo. Die Geologie war eure Angelegenheit, wir hätten uns besser um die anderen Bereiche kümmern müssen. Um die gesetzlichen Regelungen und die Tarifverträge.«

»Hm«, murmelte Katrín. »Ich verstehe trotzdem nicht …«

»Begreifen Sie doch«, erklärte Ricardo, jetzt wieder ziemlich ungeduldig und gereizt, »das ist nicht meine Schuld. Aber so eine Untersuchung braucht ihre Zeit. Sie ist lästig, schwierig und unangenehm. Ich hatte die Wahl, sie ein weiteres Mal über mich ergehen zu lassen, und zwar so lange, bis, wie sagt man das noch, bis mein Ruf wiederhergestellt sein würde. Hätte ich mich darauf eingelassen, wäre ich gezwungen gewesen, noch viele Wochen, vielleicht sogar Monate hierzubleiben, zumindest für die Zeit der Kündigungsfrist. Und auch wenn wieder nichts dabei herauskommen würde, irgendetwas bleibt doch hängen. Das passiert jetzt schon zum zweiten Mal, da kommen die Leute auf Gedanken, sie kriegen ihre Zweifel, verstehen Sie?« Katrín ging mit einem zustimmenden Kopfnicken auf seine Argumentation ein.

»*Bene*. Aber ich hatte die Möglichkeit, sofort aufzuhören. Doch dann taucht dieser Barei plötzlich hier auf«, fuhr Ricardo fort, während er mit seinem Zeigefinger vor Katríns Nase herumfuchtelte, »um mich und meine Arbeit unter die Lupe zu nehmen, und ich sage, dass ich sofort aufhören will. Das geht nicht. Das sieht ja so aus, als würde ich mich aus dem Staub machen, bevor sie etwas finden, als versuchte ich – wie sagt man noch? Als versuchte ich, meine Haut zu retten. Und dann wären die in einer guten Position und würden vielleicht sagen, *prego*, du kannst aufhören, du bekommst auch ein Zeugnis, aber es gibt kein Geld. Verstehen Sie? Und wenn ich trotzdem gemäß meinem Einstellungsvertrag mein Geld verlange, weil sie mich nirgendwo anders einsetzen wollen, dann sagen sie vielleicht, in Ordnung, aber dann bekommst du keine Empfehlung von uns. Aber jetzt, jetzt wollen sie bloß noch mehr Komplikationen vermeiden. Genug Schlamassel, finden sie, genug Negativpropaganda. Wenn ich in dieser Situation unbedingt gehen will, bin ich vielleicht nach deren Meinung illoyal, aber sie wollen nicht noch mehr Theater. Lieber mich auszahlen und *ciao*. Verstehen Sie? Jetzt habe ich es gesagt, jetzt haben Sie ein Motiv. Werden Sie mich festnehmen?«

Katrín schüttelte den Kopf. »Wohl kaum«, entgegnete sie ruhig. »Das ist etwas zu weit hergeholt für meinen Geschmack.«

»Das habe ich mir gedacht«, knurrte Ricardo. »Und ich begreife nicht, warum Sie mich damit behelligen, meiner Meinung nach ist das ein Erdrutsch gewesen. Ein Erdrutsch, den man allerdings hätte verhindern können, wenn die Isländer ordentliche Arbeit geleistet hätten. Vor allem dieser Ásmundur.« Er bekreuzigte sich instinktiv, als er den Namen nannte. »Man soll nicht schlecht über die Toten sprechen, ich weiß, vor allem nicht über die, die man gar nicht richtig gekannt hat, aber …«

»Es fehlen achtzehn Kilo Dynamit«, sagte Katrín und stand auf, »wussten Sie das?«

Ricardo sah sie zweifelnd an. »Fehlen, wieso?«

»Einfach so. Da ist eine Diskrepanz von achtzehn Kilo zwischen dem, was im Sprengstoffdepot unter Eingang und Ausgang registriert wird, beziehungsweise dem, was sich noch an den Stellen befindet, wo gesprengt werden soll.«

Ricardo war aufgestanden und breitete die Arme aus. »Und was ist damit? Wurde nicht gestern Dynamit bei der Brücke verwendet?«

»Doch, aber kaum achtzehn Kilo, dann würde sie wohl nicht mehr an ihrem Platz sein.«

Ricardo zuckte die Achseln. »Das System ist nicht perfekt. Es sollte natürlich garantiert sein, dass sämtlicher Sprengstoff registriert ist, aber das bedeutet noch lange nicht, dass dem auch so ist. Wissen Sie, wie viel Sprengstoff hier oben verwendet wird?« Katrín schüttelte den Kopf. »Seit dem Beginn haben wir mehrere hundert Tonnen Dynamit verbraucht«, sagte Ricardo. »Vielleicht sogar mehrere tausend Tonnen, eine Differenz von achtzehn Kilo ist sozusagen gar nichts.«

»Aber die sind in den letzten drei Monaten abhanden gekommen«, sagte Katrín. »In der Zeit wurden wohl kaum viele hundert Tonnen verbraucht?«

»Das nicht«, gab Ricardo zu, »aber doch ziemlich viel. Es ist sehr viel wahrscheinlicher, dass jemand sich verrechnet hat, als dass jemand es gestohlen hat.«

»Vielleicht«, sagte Katrín. »Aber wie steht es mit Ihnen, können Sie mit Dynamit umgehen?«

»Selbstverständlich kann ich mit Dynamit umgehen.« Ricardo versuchte zu lächeln. »Ich bin nicht immer in der Position gewesen, in der ich mich jetzt befinde. Hätte ich den Grat absprengen können? *Si*, das hätte ich können. Aber haben Sie nicht gerade eben selber gesagt, dass meine Motive zu … Wie haben Sie sich noch ausgedrückt?«

»Zu weit hergeholt sind«, ergänzte Katrín. »Doch, das habe ich gesagt, dieser Grund, den Sie genannt haben, ist ziemlich weit hergeholt. Ich würde aber noch gern auf etwas anderes zu sprechen kommen. Wenn ich Matthías richtig verstanden habe, wird es bald Nachwuchs bei Ihnen geben?«

Ricardos zaghaftes Lächeln war mit einem Nu weggewischt. »Und?«

»Sind Sie sicher, dass Sie der Vater sind?«

Erst dachte sie, Ricardo sei nur erblasst, als er diese Unterstellung hörte. Sie musste aber feststellen, dass das eine Fehleinschätzung war. Er war weißglühend vor Wut. Seine Augen verengten sich zu einem schmalen Spalt, der Mund wurde zu einem geraden Strich. Im nächsten Moment ging er auf sie los, und sie spürte, wie seine Hände sich mit viel mehr Kraft um ihren Hals legten, als sie ihm zugetraut hätte.

»Sag das noch mal«, befahl Stefán scharf. »Was zum Teufel hast du gesehen?« Árni zitterte immer noch vor Kälte nach dem Fußmarsch, der viel länger gedauert hatte als geplant. Kälte und Schnee draußen kamen ihm aber im Vergleich zu dem tobenden Stefán im Augenblick geradezu einladend vor. Es war zwar in den drei Jahren, die er nun unter Stefáns Leitung bei der Kriminalpolizei arbeitete, schon mal vorgekommen, dass Stefán wütend wurde. Nicht oft zwar, aber es war vorgekommen. Derartig in Rage wie jetzt hatte er ihn aber noch nie erlebt, und deswegen drückte er sich in eine Ecke, um ihm nicht in die Quere zu kommen. Stefán tigerte in seinem Büro auf und ab, und aus seinen gutmütigen Zügen sprach mörderische Wut.

»Ich hatte den Arzt gerade verlassen, ich meine die Krankenstation,« wiederholte Árni zögernd, »und ich bin in die falsche ...«

»Ja, ja, du hast dich verlaufen, ich bin doch nicht taub, zum Donnerwetter noch mal. Du bist beinahe von einem dieser Laster überfahren worden und warst dann bei der Lagerhalle, und was dann?«

Árni schoss es durch den Kopf, Stefán zu fragen, weshalb er ihm das noch einmal sagen sollte, wo er doch angeblich nicht taub war, kam aber schnell zu dem Schluss, dass das keine gute Idee wäre.

»Und da kamen zwei von den Schwarzen in einem Jeep angedüst, aus dem zogen sie irgendeinen Mann heraus, den sie in die Halle schleiften, und dann ging die Tür wieder zu. Und zwei von diesen schwarz Vermummten standen Wache davor, selbstverständlich bewaffnet.« Stefán warf sich auf den Schreibtischstuhl, der mit einem leisen Geräusch auf die niedrigste Stufe hinuntersauste. Árni atmete auf und wagte sich aus seiner Ecke heraus.

»Das geht zu weit«, sagte Stefán. »Das geht verdammt noch mal entschieden zu weit. Denken die vielleicht, dass sie hier nach Belieben Leute verhaften können?« Seine Augen unter der grünen Baseballkappe fixierten Árni. »Hast du gesehen, wie viele da drin waren?«

»Nein. Ich hab bloß beobachtet, wie sie den einen Mann da hineinbugsierten und die Tür wieder zumachten. Ich hielt es auch nicht für angebracht, zu ihnen hinzuschlendern und sie danach zu fragen.« Sein Zähneklappern hatte etwas nachgelassen, und es kam ihm auch so vor, als belebten sich seine Zehen wieder. Er war sich aber nicht sicher, ob das wirklich ein gutes Gefühl war, vielleicht wäre überhaupt kein Gefühl jetzt sogar besser. Aber er ließ sich nichts anmerken.

»Himmel, Arsch und Zwirn«, ächzte Stefán, »gibt es denn wirklich keine Grenzen für die Blödheit dieses Mannes?« Obwohl die Frage nicht gestellt worden war, weil er ernsthaft eine Antwort darauf erwartete, sah er seinen Untergebenen an. Und was er sah, gefiel ihm bei näherer Betrachtung gar nicht. »Wie siehst du denn aus, Junge, du solltest schleunigst unter eine heiße Dusche und dir trockene Sachen anziehen. Hast du denn nichts Wärmeres als das da?« Árni schüttelte den Kopf. Das tat Stefán ebenfalls. »Mensch, was hast du eigentlich gedacht, wo wir hinfahren? Los jetzt, ab mit dir unter die heiße Dusche, und dann frag den Koch, ob er dir nicht irgendwelche anständigen Schuhe besorgen kann. In dem kleinen Laden hier müsstest du zumindest Wollsocken und eine lange Unterhose bekommen können, der hat bestimmt offen, auch wenn hier sämtliche Arbeiten gestoppt worden sind.«

Árni gehorchte ohne Widerrede. Stefán gönnte sich den Luxus, sich einige Sekunden über die Entfremdung des modernen Menschen zur Natur und die Tatsache aufzuregen, dass die heutige Jugend keinerlei Verbindung mehr dazu hatte, bevor er seine Hand nach dem Telefon ausstreckte. Sein Handy klingelte, noch bevor er Svavars Nummer eingetippt hatte.

»Stefán«, schnaubte er.

»Hier Steinþór.«

Stefán richtete sich auf und nahm Papier und Bleistift zur Hand. »Hallo. Seid ihr auf dem Hof?«

»Ja, und wir sind zu sechst. Aber das wäre gar nicht nötig gewesen. Das Haus ist leer.«

»Was sagst du?«

»Was ich sage? Was sagst du?«

Stefán biss sich auf die Zunge. »Nichts. Das Haus ist also leer. Es ist aber hoffentlich das richtige Haus?«

»Ja. Hier herrscht ein wüstes Tohuwabohu, Frauenkleidung überall. Die sind Hals über Kopf abgehauen. Es sieht ganz so aus, als wären sie gewarnt worden.«

Stefán runzelte die Brauen. »Von wem denn?«

»Wie soll ich das denn wissen?«, stieß Steinþór hervor. »Ich weiß bloß, dass sie nicht mehr da sind. Bestimmt sind sie schon auf dem Weg nach Reykjavík. Sicherheitshalber habe ich einen Mann zum Flughafen in Egilsstaðir beordert, aber sie werden wohl kaum so blöd sein, sich alle zusammen dort einzufinden, wenn sie gewarnt wurden. Eine haben wir aber geschnappt«, fügte er hinzu, »vielleicht weiß sie ja etwas über die anderen. Ich habe allerdings meine Zweifel daran, sonst wäre sie ja wohl kaum hier aufgetaucht.«

»Hast du nicht gerade erst gesagt, sie seien alle weg gewesen?«, fragte Stefán, dem der Kollege zusehends auf die Nerven ging.

»Ja«, antwortete Steinþór, »das waren sie. Diese ist aber gerade vorgefahren, als wir wieder loswollten. Sie hat sofort gewendet und versucht abzuhauen, aber wir haben sie geschnappt. Sie sitzt jetzt hinten bei mir im Wagen, wir sind auf dem Weg zu euch.«

»Zu uns?«

»Ja.«

»Weshalb?«

»Das …«, setzte Steinþór an, zögerte aber.

»Spielt keine Rolle«, erklärte Stefán ungeduldig. »Und was sagt sie?«

»Tja, das ist es ja eben. Wir müssen sie natürlich verhören, aber da gibt es ein gewisses Problem.«

»Spricht sie kein Englisch?«

»Doch, das tut sie wahrscheinlich, aber dafür besteht kein Bedarf.« Er stöhnte. »Dieses Mädchen ist isländisch, sie ist noch keine achtzehn und …«

Stefán verlor die Geduld. »Verdammt noch mal, es spielt doch überhaupt keine Rolle, woher sie kommt«, knurrte er, »oder wie alt oder fett oder dünn sie ist oder was für eine Haarfarbe sie hat. Sie muss verhört …«

»Nein … ja … darum geht es gar nicht«, unterbrach Steinþór ihn, »aber, äh, ich weiß nicht, wie ich das ausdrücken soll, die Sache ist ein bisschen heikel. Das arme Ding ist hier aus Egilsstaðir, und …« Er stöhnte noch einmal tief, und nun war Stefán mit seiner Geduld gegenüber einem stöhnenden Landpolizisten am Ende. »Und was?«, fragte er scharf. »Handelt es sich um die Tochter des Bürgermeisters oder des Pastors oder des Amtmanns? Was ist eigentlich das Problem?«

»Nein, sie ist nicht die Tochter des Bürgermeisters oder des Pastors … aber …« Er verstummte wieder, und Stefán verfluchte ihn im Stillen.

»Raus mit der Sprache, Mann!«

»Sie heißt Helena«, sagte Steinþór, »und sie ist die Tochter von Guðni.«

19

Dienstag

Valdimar fühlte sich elend. Nichts war, wie es sein sollte. Halldór war tot, Birgir war verschwunden, und überall wimmelte es von schwer bewaffneten Polizisten. Ihm lag etwas wie Blei im Magen, und er konnte weder in die Arme seiner Frau flüchten noch in seinen Bagger. Und an einen Spaziergang war bei dem Wetter nicht zu denken. Blieb also nur der Schnaps, aber danach war ihm jetzt auch nicht mehr zumute, denn dessen Trost war nur von kurzer Dauer, wie ihn die Erfahrung gelehrt hatte. Er versuchte ein weiteres Mal, seinen Sohn anzurufen, er musste sich unbedingt Klarheit verschaffen, was Birgir mit diesem Unsinn über seinen Bruder gemeint hatte. Wo zum Kuckuck steckte der Junge bloß? Jetzt war nur noch er übrig, dieser nicht zu bändigende Goliath, das Problemkind, das ihm bereits im Konfirmationsalter über den Kopf gewachsen war. Dísa, ihr kleiner Engel, hatte nur sechs Jahre leben dürfen, bevor der Herr sie zu sich nahm. Leukämie, hatte der Arzt gesagt, als sei es vollkommen selbstverständlich, dass Kinder Krebs bekamen. Es hatte ihn und seine Frau furchtbar mitgenommen, doch sie waren darüber hinweggekommen, sie hatten nicht aufgegeben. Ein Jahr nach dem Tod des Mädchens hatte er ein kleines Unternehmen gegründet, damals war Halldór ein Jahr alt gewesen. Und nun war er auch tot, und nur noch Birgir, der ihnen ständig Schwierigkeiten gemacht hatte, war übrig geblieben. Aber er lebte, und Valdimar spürte das dringende Bedürfnis, ihn zu sehen und sich zu vergewissern, dass er wohlauf war. Weshalb ging er nicht ans Telefon? Valdimars Unruhe steigerte sich von Minute zu Minute.

»Und es ist alles deine eigene Schuld, Valdimar«, murmelte er, »du bist seit jeher ein Unglücksmensch gewesen und bist es immer noch.« Dreimal hatte er eine Beschwerde bei Ásmundur eingelegt, zweimal mündlich und einmal schriftlich, und verlangt, dass der Grat abgesprengt wurde. Er und Birgir arbeiteten nicht selten direkt unterhalb in der Schlucht, und er empfand die Situation als bedrohlich. Er hatte sich auf Ásmundur verlassen, ihm vertraut und mit niemand anderem geredet. Nicht mit Matthías, nicht mit dem Kerl von Impregilo, nicht mit dem Arbeitsschutzamt, sondern nur mit Ásmundur. Und Birgir natürlich, wie oft hatte er sich nicht in den Kaffeepausen darüber ausgelassen. Halldór gegenüber hatte er aber nichts erwähnt. Natürlich hätte er mit Halldór sprechen müssen. Der hätte vielleicht etwas ausrichten können und die Sache vernünftig in Angriff genommen.

Valdimar stand auf, zog sich seinen Overall und die Arbeitsschuhe an und ging hinaus. Nach zwanzig Minuten hatte er das Gefühl, wieder klar denken zu können, und da stand er auf der Veranda vor Halldórs Unterkunft.

»Nicht zu fassen«, sagte er und wich einen Schritt zurück, als er sah, wo er sich befand. »Wie bin ich denn hierhergekommen?«

Er schüttelte den Kopf. Ich werde senil, dachte er, verdammt noch mal, bin ich denn wirklich schon ein närrischer alter Zausel? In Anbetracht der Umstände schien ihm das vielleicht gar keine so unangenehme Perspektive. Ein gelbes

Absperrband mit dem Polizeilogo war vor die Tür gespannt, an der ein Zettel befestigt worden war. Das Papier war zerfetzt und unleserlich geworden. Valdimar hatte jedoch eine ungefähre Vorstellung, was da gestanden haben musste. Nicht zu fassen, wie blöd diese Leute waren, dachte er, zu dieser Jahreszeit an diesem Ort so einen Wisch an die Tür zu hängen. Dann zog er einen Schlüsselbund aus der Tasche, fand den passenden Schlüssel und steckte ihn, ohne zu zögern, ins Schloss.

Der Geruch von Halldór umgab ihn, sobald er über die Schwelle getreten war. Er schloss die Tür hinter sich und zog die Schuhe aus. Wie gewöhnlich. Er ging ins Schlafzimmer, nahm ein gerahmtes Bild vom Schreibtisch und legte sich auf das ungemachte Bett. Holte tief Luft. Da waren sie alle, er selbst, Halldór und dessen Sohn, Klein Valdi. Der Junge war im Herbst sieben geworden. Das Foto war im vergangenen Sommer entstanden, als Klein Valdi seinen Papa und seinen Opa oben in den Bergen besuchen durfte. Sie hatten zu dritt eine Angeltour unternommen. Valdimar zog die Nase hoch, war aber entschlossen, nicht sentimental zu werden. Sich aus dieser Scheiße herauszureißen. Etwas zu unternehmen.

Das hast du oft genug zu Birgir gesagt, du alter Depp, dachte er und setzte sich auf. Wie wär's, das selbst auch einmal zu beherzigen? Er stellte das Bild wieder an seinen Platz und sah sich um. Wonach suchte er eigentlich? Valdimar war sich nicht sicher, aber er war entschlossen, es zu finden. Jetzt hätte ich Birgir hier gebraucht, um mir zu helfen, dachte er und versuchte ein weiteres Mal, ihn anzurufen. Es meldete sich aber immer nur die dämliche elektronische Tante.

»Verdammt, wie siehst du denn aus«, sagte Guðni und rülpste herzhaft, während er sich in seine Stiefel zwängte. »Anscheinend höchste Zeit, dass du was zu futtern bekommst.« Árni saß ihm gegenüber auf der Bank im Eingangsbereich und zog sich vorsichtig die abgewetzten Turnschuhe aus.

»Mach ich«, murmelte er wehleidig, während er sich der Socken entledigte und Wärme und Leben in die Zehen zu massieren versuchte. »Was gibt's zu essen?«

»Klippfisch«, sagte Guðni und strich sich über die Wampe. »Du kriegst bestimmt noch eine ordentliche Portion, wenn du hübsch darum bittest. Und dazu Roggenbrot.« Er hob das rechte Bein und lehnte sich nach links, ließ einen fahren und lachte. »Das pumpert wenigstens anständig.« Er knöpfte sich den Wintermantel bis zum Hals zu. »*See you, amigo.*«

»Wo gehst du hin?«

Guðni zuckte die Achseln. »Zum Büro. Stefán will mich sprechen.«

»Weswegen?«

»Keine Ahnung. Wer weiß, vielleicht will er mich losschicken, um ein paar von diesen Nutten zu testen und abzuchecken, ob die was taugen.« Er blinzelte Árni zu, klappte den Mantelkragen hoch und verschwand hinaus ins Schneetreiben. Klippfisch, dachte Árni, ich hab keine Lust auf Klippfisch.

Er massierte weiter seine Füße und zog eine schmerzliche Grimasse. Die Zehen waren also trotz allem noch nicht völlig abgestorben.

Katrín stützte sich mit der linken Hand auf die Motorhaube des Pickups und lehnte sich an das Seitenfenster. Ricardo ließ die Scheibe herunter, er sah immer noch kleinlaut und zerknirscht aus.

»Sind Sie sicher, dass Sie fahrtüchtig sind?«, fragte Katrín. Er nickte. »Sonst können Sie auch gern mit mir kommen.« Er schüttelte den Kopf.

»Aber Sie versprechen mir, zur Krankenstation zu fahren und sich behandeln zu lassen.« Sie drohte ihm wie eine Lehrerin mit dem Zeigefinger. »Ich fahre hinter Ihnen her, verstanden?« Er antwortete nicht, sondern starrte mit der Miene eines geprügelten Hundes auf den Boden. Sie nickte ihm entschlossen zu, versetzte der Motorhaube einen leichten Klaps und ging zu ihrem Jeep.

Temperament haben sie, diese Italiener, dachte sie, das ist keine Übertreibung. Sie ließ den Jeep an und fuhr gemächlich hinter Ricardo her. Ihr gingen die Ereignisse der letzten Minuten durch den Kopf, und unwillkürlich massierte sie ab und zu ihren Hals. Es war relativ einfach gewesen, der Mann war ein absoluter Dilettant, was körperliche Auseinandersetzungen betraf. Er war direkt von vorn mit ausgebreiteten Armen auf sie zugekommen und hatte breitbeinig und wie angewachsen dagestanden, als er zupackte. Ihre Reaktion war einwandfrei gewesen, glaubte sie, daran gab es nichts auszusetzen. Im gleichen Augenblick, als sich Ricardos Finger um ihren Hals schlossen, ließ sie die geballten Fäuste mit aller Kraft auf seine Ellbogen niedergehen und stieß ihm gleichzeitig das linke Knie in den Sack, gefolgt von einem kräftigen Rechtsausleger in den Bauch. Da er völlig außer Gefecht gesetzt war, hatte sie ihm problemlos Handschellen anlegen können. Nein, wahrscheinlich konnte niemand sich über diese Abfertigung beklagen, höchstens sie selber. Sie ging das Ganze mehrmals durch, kam aber immer wieder zu demselben Ergebnis: Dazu hätte es gar nicht kommen müssen. Ich hätte ausweichen sollen, er hätte gar nicht erst mit meinem Hals in Berührung kommen dürfen. Ich habe nicht richtig reagiert.

»Quatsch«, sagte sie laut zu sich selbst. »Jetzt red dir bloß nicht so was ein.« Sie schob diese Gedanken von sich weg. Die Schuld lag nicht bei ihr, sondern eindeutig bei Ricardo. Er hatte sie ja schließlich angegriffen, und sie hatte vollkommen richtig reagiert. Schluss aus, Punkt. Natürlich hätte sie ihn an Ort und Stelle festnehmen und ihn in Handschellen ins Camp bringen und Anzeige gegen ihn erstatten können. Aber sie hatte sich entschlossen, das nicht zu tun, weil sie der Meinung war, dass eine drohende Anzeige besser als Druckmittel zu benutzen war, und das Versprechen, keinen Gebrauch davon zu machen, als Köder. Im Bedarfsfall konnte sie ja immer noch ihre Meinung ändern. Im Gegenzug hatte sie ihm das Versprechen abgenommen, so etwas nicht noch einmal zu versuchen. Als er sich wieder etwas beruhigt hatte und sich nicht mehr zu ihren Füßen vor Schmerzen wand, hatte sie ihm die Handschellen abgenommen. Seine erste Tat war, sich die Schmerzenstränen von den Wangen zu wischen, und als Nächstes begann er sein bestes Stück zu massieren.

»Ich würde das lieber lassen«, hatte sie ihm empfohlen, »oder zumindest nur sehr vorsichtig, das macht es nämlich nur noch schlimmer.« Er nickte, massierte aber trotzdem weiter. Er konnte wahrscheinlich nicht anders, dachte sie, eine instinktive Reaktion … Sie hoffte, keine dauerhaften Schäden angerichtet zu haben, und falls doch, dass dann das Kind zumindest sein eigenes war. Ricardos Worten zufolge schien er ganz ähnliche Gedanken gehabt zu haben, nachdem er eine erste Entschuldigung hervorgestammelt hatte.

»Das ist mein Kind«, stieß er mühsam hervor. »Susanna hat Halldór seit Monaten nicht mehr getroffen.«

»Es ist also richtig, dass Halldór und Ihre Frau etwas miteinander hatten?«

Ricardo nickte. »*Si*. Aber das war vorbei. Und zwar schon lange.«

»Sie sind sich da sicher?«

Ricardos sämtliche Gesichtsmuskeln strafften sich, und einen Augenblick lang glaubte Katrín, er wolle wieder auf sie losgehen, doch als er ihre Reaktion sah, winkte er wie wild ab, um Missverständnisse zu vermeiden.

»*Si*. Ich bin mir sicher, sehr sicher.«

»Wieso?«

»Wieso was?«

»Wieso sind Sie sich so sicher? Wie können Sie das wissen? Entschuldigen Sie, aber ich muss da nachhaken…«

Er nickte. Es fehlte nicht viel, und sie hätte ihn bemitleidet.

»Das verstehe ich«, sagte er, »das verstehe ich. Ist es in Ordnung, wenn ich… Darf ich mich setzen?«

Sie nahmen wieder auf der Stahlstrebe Platz. »Halldór war kein guter Mensch«, sagte er. »Halldór war, wie sagt man das? Wenn einer vorgibt, so oder so zu sein, in Wirklichkeit aber ganz anders ist?«

»Falsch?«, schlug Katrín vor.

»Genau«, sagte Ricardo. »Falsch. Halldór war falsch. Susanna – meine Frau – ist sensibel. Ihr geht es hier in dieser Dunkelheit und Kälte nicht gut. Ich hätte sie nie darum bitten sollen, mit mir zu kommen.« Er verstummte. Katrín beschloss, ihm das Schweigen zu gestatten, und sie saßen im Halbdunkel des Stollens und hörten, wie es ringsum von den Wänden tropfte und wie sich zu ihren Füßen ein Bach bildete.

»Sie wollte arbeiten«, sagte er schließlich. Seinem verzerrten Gesichtsausdruck und seinem Tonfall nach zu urteilen hörte es sich so an, als würde er ihr ein Geheimnis anvertrauen, das auf gar keinen Fall aus dem Inneren der Erde nach draußen gelangen durfte. »Schon nach ein paar Wochen hat sie gesagt, dass sie sich langweilte und arbeiten wollte, irgendwo im Büro, in der Kantine oder wo auch immer. Oder wieder zurück nach Italien fahren. Das ging aber nicht, ich war dagegen. Es ist… es ist nicht richtig, wenn die Frau des Chefs arbeitet.«

Katrín öffnete unwillkürlich den Mund zu einem Protest, konnte sich aber im letzten Moment noch zurückhalten. Ricardo lächelte matt. »Ich weiß, das ist hierzulande anders. Es ist auch in Italien bei vielen Leuten anders, die Zeiten ändern sich. Aber nicht bei uns. Wir stammen beide aus alten Familien. Altmodischen, traditionellen, *si*? Aber das spielt vielleicht keine Rolle. Ich wollte nicht, dass sie hier arbeitet. Ich wollte aber auch nicht, dass sie nach Italien ging. Aber sie fühlte sich schlecht.«

Ricardo machte eine kurze Pause. »Hier in Kárahnjúkar waren noch ein paar andere Italienerinnen«, fuhr er fort, »die haben zusammengehalten und versucht, sich irgendwie die Zeit zu vertreiben, aber die Verhältnisse hier bieten kaum Möglichkeiten zu irgendwelchen unterhaltsamen Aktivitäten. Vor allem nicht im Winter.« Susanna war diesbezüglich womöglich in einer schlimmeren Position als die anderen, das musste er zugeben, die hatten entweder irgendeine Arbeit oder Kinder, was ihnen seiner Ansicht nach den Aufenthalt etwas erträglicher machte.

Katrín hatte immer nur verständnisvoll genickt und zugestimmt, aber als sie das Gespräch jetzt rekapitulierte, verzerrte sich ihr Gesicht unwillkürlich. Ja, ja, die arme reiche Frau, dachte sie. Sie darf weder arbeiten noch vollgeschissene Windeln wechseln … Aber vielleicht war da etwas dran, musste sie zugeben. Es war wohl kaum eine beneidenswerte Situation, längere Zeit in einer Umgebung leben zu müssen, die in den Augen einer Oberklassen-Italienerin sowohl fremd als auch feindlich war, weit weg von Familie und Freunden, und den lieben langen Tag überhaupt nichts zu tun zu haben.

Sie hatten ein paar Einladungen gegeben, sagte Ricardo, keine großen, aber es schien ihr Spaß zu machen, Gäste zu haben und sich um die Vorbereitungen zu kümmern. Meistens waren dabei die Italiener unter sich, manchmal wurden aber auch noch andere dazu eingeladen, und dann meistens Isländer. Unter anderem auch Halldór.

Katrín war so in ihre Gedanken vertieft, dass sie eine Notbremsung machte, um nicht auf Ricardos Pickup aufzufahren, als er bei der Straßensperre anhielt, die Unbefugten den Zugang zur Hauptbaustelle verwehren sollte. Sie wies sich ohne Einwände aus und durfte ebenso wie Ricardo weiterfahren. Die Brücke war immer noch für jeglichen Verkehr gesperrt. Die Umleitung führte über einen holperigen, schmalen und nicht beleuchteten Weg am Steilhang des Kárahnjúkar-Massivs entlang und von dort hinunter zum provisorischen Staudamm, der sich etwas weiter nördlich von der Brücke befand. Es war zwar fast taghell, doch diese Helligkeit war grau und die Sicht miserabel. Katrín musste sich voll und ganz aufs Fahren konzentrieren, und sei es nur, um nicht auf Ricardo aufzufahren, der die Strecke bis zum Damm beinahe im Schritttempo zurücklegte. Sie hatte Übung darin, auf noch viel schlechteren Pisten mit wesentlich höherem Tempo zu fahren. Nach all den verbeulten Pickups und Jeeps auf dem Gelände zu urteilen, hatten Ricardos Landsleute genauso wenig Erfahrung im Umgang mit isländischen Straßenverhältnissen wie er, und sie hätten sich vielleicht besser seine Fahrweise zum Vorbild genommen.

Jenseits des Damms war der Weg besser und breiter, und Katrín konnte wieder an wichtigere Dinge denken. Wie Ricardos Worte, dass er seine Frau dazu gebracht habe, Reue und Besserung zu geloben, indem er ihr versprach, »ihr zu gestatten, sich ein Kind von ihm schenken zu lassen«. Dieser Satz hatte Katrín so aus der Fassung gebracht, dass sie sich nicht verkneifen konnte, ihn zu fragen, was er denn damit meinte. Und hatte herausgefunden, dass seine Ausdrucksweise nichts mit seinem nicht sonderlich flüssigen Englisch zu tun hatte.

»Ihr zu gestatten, sich ein Kind von ihm schenken zu lassen«, prustete sie, während sie gewissenhaft den Blinker betätigte, als sie hinter Ricardo zum Impregilo-Camp einbog. »Wie nobel.« Diese Äußerung hatte sie eigentlich mehr berührt als das, was danach kam. Susanna hatte sich nämlich so gefreut, erklärte Ricardo, dass er beschlossen hatte, ihr zu gestatten, sich ein Kind von ihm schenken zu lassen, dass sie gelobt hatte, Halldór nicht mehr zu treffen und sofort mit dem ganzen Unfug aufzuhören. Und was noch wichtiger war, fuhr Ricardo fort, sie hatte ihr Wort auch gehalten. Frauen sind fabelhafte Wesen, das sind sie einfach, hatte er gesagt. Allein der Gedanke an die Mutterschaft genügte, um unverzüglich das Lotterleben einzustellen. Zu dem Zeitpunkt hatte Katrín sich bereits mehrmals auf die Zunge beißen müssen, um Spötteleien und Fragen zu unterdrücken, die ihr im Kopf herumgingen, und sich auf das Wesentliche zu konzentrieren. Sie war schweigend aufgestanden und hatte ihm bedeutet, dass er ihr zum Triebwagen folgen sollte. Der ratterte schlingernd durch den schlecht beleuchteten Tunnel zurück, und erst als in der Ferne die helle Tunnelöffnung zu sehen war, traute sie sich endlich, wieder den Mund zu öffnen.

»Weswegen haben Sie sie nicht verlassen?«, schrie sie, um das Rattern zu übertönen. »Warum haben Sie sich nicht scheiden lassen?«

»Ich glaube nicht an Scheidung«, antwortete Ricardo kategorisch. »So etwas macht man nicht in meiner Familie.«

So einfach war das. Dann blieb nur noch eine Frage.

»Sie haben gesagt, dass Ihre Frau mit Halldór Schluss gemacht hat, aber auch mit all dem anderen Unfug?«

Er nickte und war jetzt wieder beschämt. »*Si.*«

»Was für ein Unfug?« Er druckste herum, aber Katrín ließ nicht locker. »Sie haben damit nicht gemeint, dass sie Rotwein oder Weißwein getrunken hat, nicht wahr? Ging es bei Susanna vielleicht um Drogen?«

Ricardo blickte erschrocken zur Seite.

»Nein«, sagte er, »es war nur der Wein. Wie Sie sagten, sie trank zu viel davon. Viel zu viel.«

»Das glaube ich Ihnen nicht«, erklärte Katrín rundheraus. »Ich bin mir sicher, dass Sie Drogen gemeint haben.«

Ricardo vermied es noch immer, ihr in die Augen zu sehen, er befeuchtete die Lippen und blickte starr geradeaus. Der helle Schimmer wurde immer grauer, je mehr sie sich der Öffnung des Stollens näherten.

»Susanna ist schwanger«, sagte er schließlich, »und wir verlassen diesen Ort. Ich möchte nicht …«

»Ich habe nicht vor, Ihrer Frau etwas anzuhängen«, unterbrach Katrín ihn, »und selbst wenn ich das vorhätte, würde ich so auf die Schnelle niemals ein Ausreiseverbot erwirken können. Sie könnten schon für morgen einen Flug für sie buchen, wenn Sie mir nicht vertrauen, und ich könnte nichts tun, um sie aufzuhalten. Sie hat Rauschgift genommen, die Frage ist nur, was?«

Sie fuhren aus dem Stollen heraus und der Triebwagen hielt unter lautem Quietschen. Ricardo machte Anstalten aufzustehen, aber sie hielt ihn zurück.

»Was für Drogen?«, wiederholte sie.

»Alles Mögliche«, sagte er. »Wie ich gesagt habe, sie ist sensibel, sie langweilte sich …« Er zuckte mit den Achseln. »Sie hat Pillen genommen, Amphetamin, und sie hat gekifft. Es war hauptsächlich Haschisch.«

»Woher hatte sie das?«

Ricardo sah ihr zum ersten Mal, seit sie ihn niedergestreckt hatte, in die Augen. »Von Halldór selbstverständlich«, sagte er erstaunt. »Das war natürlich der Hauptgrund – der einzige Grund –, weshalb sie sich mit ihm eingelassen hat.«

Das hatte selbstverständlich noch weitere Fragen nach sich gezogen, aber egal, wie sehr sie nachhakte, Ricardo wusste angeblich nichts darüber, woher Halldór die Drogen bezog. Ricardos einzige Erklärung dafür, sich nicht unverzüglich an die Polizei gewendet zu haben, war die, dass Susanna damit in die Sache hineingezogen worden wäre. Die Folgen davon hätte er sich nicht vorstellen wollen und erst recht nicht erleben mögen.

Katrín betätigte ein weiteres Mal den Blinker, diesmal nach rechts, und hielt kurze Zeit später neben Ricardos Auto. Er stieg aus und winkte ihr ziemlich bedrückt zu, bevor er jämmerlich humpelnd in der Krankenstation verschwand. Mit eingekniffenem Schwanz, der Ärmste, dachte sie, während sie den Rückwärtsgang einlegte. Eigentlich hatte sie ihn auch nach der Prostitution befragen wollen, aber das konnte warten. Jetzt musste sie erst einmal mit Stefán sprechen.

Guðni war knallrot angelaufen und schüttelte heftig den Kopf. »Meine Tochter ist keine Hure.«

»Keiner behauptet, dass sie das ist, Guðni. Wir werden nachher hören, was sie sagt. Bestimmt war sie nur …«

»Bestimmt war sie gar nichts, verdammt noch mal!«, fauchte Guðni. »Meine Tochter ist keine verdammte Nutte, basta!«

Stefan nickte. »Nein, nein, in Ordnung. Hast du Verbindung zu dem Mädchen?«

»Was zum Teufel meinst du damit?«

Stefán hatte zwar Mitleid mit Guðni, doch es hielt sich in Grenzen.

»Genau das, was ich sage«, antwortete er schroff. »Und ich bin der Meinung, dass du dich gefälligst an die Spielregeln halten solltest. Wir sind hier schließlich alle miteinander darum bemüht, sicherzustellen, dass die Sache nicht an die große Glocke kommt. Was glaubst du, weshalb sie hierher gebracht wurde und nicht nach Egilsstaðir? Es ist wohl das Mindeste, dass du in dieser Situation ein etwas anderes Verhalten an den Tag legst. Also frage ich noch einmal, und ich möchte eine Antwort und keine pampigen Gegenfragen. Hast du Kontakt zu Helena?«

Guðni schüttelte verdrossen und störrisch den Kopf. »Nein«, gab er nach langem Schweigen zu, »sozusagen überhaupt keinen.« Er griff in seine Brusttasche und zog die Schachtel mit den Stumpen heraus. »Aber das Mädchen ist in Ordnung.« Der Stumpen wanderte an seinen Platz, und er zückte sein Feuerzeug.

Stefán streckte sich nach dem Fenster hinter ihm aus und öffnete es einen Spalt. »Gib mir auch einen«, sagte er. Sie zündeten sie an und pafften beide eine Weile, während jeder in seine eigene Leere starrte.

»Wie geht es weiter?«, fragte Guðni schließlich.

»Wir unterhalten uns mit ihr«, erklärte Stefán, »und finden heraus, was das arme Ding über diese Sache weiß.« Er zuckte die Achseln. »Wenn es nur die geringste Möglichkeit gibt, halten wir sie aus dem, was danach kommen wird, heraus. Aber du weißt, wie so etwas läuft.«

»Ja, ich weiß, wie so etwas läuft.« Guðni räusperte sich und stand auf. »Ich weiß, dass … dass ich erst mit ihr sprechen kann, wenn ihr mit ihr fertig seid. Aber …« Er zögerte.

»Aber?«, wiederholte Stefán. »Raus mit der Sprache, mein lieber Guðni. Wie gesagt, wir tun alles, was wir können, damit …«

»Ich weiß, ich weiß.« Guðni räusperte sich wieder. »Ich möchte dich nur bitten, dass du das selber machst«, sagte er heiser. »Sie zu verhören, meine ich. Ich wäre dir sehr dankbar. Ich weiß, dass du nicht … nicht …« Er hatte offensichtlich Formulierungsschwierigkeiten. Stefán nickte. Du weißt, dass ich mich nicht verhalte wie du, dachte er, du weißt, dass ich sie nicht so lange drangsaliere, bis sie zusammenbricht, dass ich ihr nicht alles Mögliche androhe und nicht ausfällig werde …

»Ich rede mit ihr«, versicherte er. »Oder Katrín. Vielleicht wäre sie noch besser. Mach dir keine Sorgen.« Überraschenderweise schien Guðni geradezu erleichtert zu sein, als Stefán Katríns Namen ins Spiel brachte.

»Danke.« Er drehte sich um, öffnete die Tür und verließ das Büro gebückt und mit schleppenden Schritten. Stefán stöhnte.

»Mein lieber Guðni«, murmelte er. Das hatte er nie zuvor gesagt. Auf jeden Fall nicht in diesem Ton, nicht in all den elf Jahren, die sie nunmehr zusammenarbeiteten. Guðni war einfach nicht der Typ, der Mitgefühl bei seinen Mitmenschen hervorrief, eigentlich sogar eher genau das Gegenteil. Der verdammte Kerl. Oft genug waren sie in diesen elf Jahren aneinandergeraten, meist deswegen, weil der Kerl seine Anordnungen durchkreuzte oder sich schlichtweg über sie hinwegsetzte. Manchmal mit vorhersehbaren Folgen, aber Stefán musste – zumindest vor sich selbst – zugeben, dass sein Verhalten manchmal zu konkreten Ergebnissen geführt hatte, die mit anderen und üblicheren Methoden nicht zu erzielen gewesen wären. Oft genug hatte er den Kerl feuern, seltener ihn in die Arme schließen wollen, und ein paar Mal hätte er am liebsten zugeschlagen. Nie zuvor jedoch hatte er ihn bemitleidet, und er war sich auch gar nicht sicher, ob das angebracht war. Der arme Kerl, dachte Stefán. Er schreckte aus seinen Gedanken hoch, als es klopfte und Katrín ihren Kopf zur Tür hereinsteckte.

»Komm rein«, sagte er. »Was gibt's Neues?«

»So einiges, kann ich dir sagen«, erklärte Katrín und ließ

sich auf den Stuhl fallen, den ihr Kollege zuvor angewärmt hatte. »Aber was war denn mit Guðni los?«

»Was meinst du?«

»Nichts Besonderes. Wäre es nicht Guðni gewesen, hätte ich schwören können, dass der Mann am Heulen war, als ich ihn vorhin im Eingang getroffen habe. Was ist hier los?«

20

Dienstag

Nach fünf Minuten unter der heißen Dusche zitterte Árni kaum noch, und nach weiteren fünf Minuten fühlte er sich wieder einigermaßen warm. Er rubbelte sich energisch ab und zog sich die Sachen an, die er zum Wechseln mitgenommen hatte. Dünne Unterwäsche, dünne Socken und ein dünnes Hemd, alles aus Baumwolle, und Jeans. Was hab ich mir eigentlich dabei gedacht, ging es ihm durch den Kopf, ich hätte doch wissen müssen, wohin ich fahre. Die Vorstellung, wieder in die Kälte und den Schnee hinauszumüssen, war alles andere als attraktiv. Aber er hatte keine andere Wahl, wenn er sich anständige Unterwäsche beschaffen wollte, die vor ihm noch niemand getragen hatte. Er griff nach seiner Brieftasche und ging hinaus auf den Korridor.

Beim Eingang warteten Wollsocken, ein Winteroverall, Arbeitsstiefel, Mütze und Handschuhe auf ihn, und das Wohlwollen, mit dem Árni jetzt an den Koch dachte, war erheblich größer als jenes, das er ihm bislang für seine Kochkünste entgegenbringen konnte. Sogar der Klippfisch hatte Árnis Erwartungen bei weitem übertroffen, wahrscheinlich war das sogar das beste Essen, das er bislang bei ihm bekommen hatte. Und zweifellos das Gesündeste.

Der knisternde Overall war zwar viel zu groß und weder neu noch sauber, doch Árni war trotzdem froh, sich damit ausstaffieren zu können. Er war nicht orangefarben, sondern dunkelblau, und das war ein enormes Plus. Keiner von den Sträflingen also, dachte Árni, sondern der Gefängnisaufseher. Die grau gesprenkelten Socken waren sauber und passten einigermaßen, die Schuhe hingegen waren wie der Overall etwas reichlich bemessen, und die Stahlkappen sahen ziemlich ramponiert aus. Im Gegensatz zu seinen eigenen Schuhen, die da auf dem Fußboden auftauten, waren sie aber trocken, wasserdicht, gut isoliert und frei von unangenehmem Geruch. Als Nächstes kamen die violetten Handschuhe, die sonnengelbe Mütze und der Helm. Musste er wirklich einen Helm aufsetzen? Guðni trug keinen ... Árni stülpte sich den weißen Helm über, blickte sich um, sah aber keinen Spiegel. Im Grunde genommen brauchte er auch gar keinen, er wusste ganz genau, dass er grotesk aussah. Die Außentür wurde aufgerissen, und Guðni fegte mit dem Sturm auf den Fersen herein. Er schlug die Tür hinter sich zu und trat sich den Schnee von den Füßen ab.

»Was meinst du, Guðni, ist das nicht ein schickes Outfit? Wollen wir heute einen draufmachen?«

»Schnauze«, knurrte Guðni.

»Sie behauptet, dass sie nur für Botengänge und Raumpflege zuständig war«, sagte Steinþór. »Das, was das Mädel anhat, kann man aber wohl kaum als Putzkleidung bezeichnen. Die könnte direkt aus einem von diesen Videoclips entsprungen sein, die man heutzutage dauernd sieht. Oder letzten Endes auch aus einer Pornozeitschrift. Dick angemalt, und das an einem Dienstagvormittag.«

»Das muss nicht unbedingt etwas zu bedeuten haben«, widersprach Stefán. »Du weißt ja, die Mode.«

Steinþór nickte. »Ja, ja, das stimmt natürlich. Schon zehn, zwölf Jahre alte Gören donnern sich auf wie Nutten …«

»Ach, meine Herren, nun habt euch nicht so«, sagte Katrín genervt. »Wenn man euch so hört, fühlt man sich an irgendwelche unverbesserlichen alten Knacker aus dem Bibelgürtel erinnert. Wo ist das Mädchen?«

»Und wo befindet sich dieser Bibelgürtel?«, fragte Steinþór zurück, genauso genervt.

»In Amerika«, antwortete Stefán prompt und warf Katrín ein verschmitztes Lächeln zu. »Ja, ja. Wir sind wahrscheinlich unverbesserliche alte Knacker, ganz sicher.« Er stand auf. »Was sagst du, wohin habt ihr sie gebracht?«

Steinþór bedeutete ihm, sich wieder zu setzen. »Sie ist immer noch im Auto, Auðunn ist bei ihr. Ist es nicht am besten, wenn wir sie hier ins Büro bringen?«, sagte er und murmelte etwas vor sich hin, während er hinausstiefelte. Katrín hörte es zwar nur undeutlich, verstand aber trotzdem.

»Scheint sauer zu sein, der Typ«, sagte sie.

Stefán grunzte zustimmend. »Ja, er ist ja auch in keiner beneidenswerten Situation, der arme Kerl. Ist ja vielleicht auch nachvollziehbar, dass er sauer ist. Erst dieser Bergsturz, und deswegen werden wir ihm vor die Nase gesetzt. Als Nächstes die Brücke, und dann fällt das SEK ein. Beides brisante Fälle, die in seinem Zuständigkeitsbereich passieren, aber er wird gar nicht rangelassen. Und dann stellt sich das mit der Prostitution heraus, endlich etwas, womit er und seine Leute sich selber befassen dürfen, und er greift ins Leere und bekommt nur ein Mädchen zu fassen, und das ist dann ausgerechnet noch die Tochter von Guðni. In Anbetracht der Umstände rechne ich es ihm eigentlich hoch an, dass er diesen Weg eingeschlagen hat. Er hätte sie genauso gut nach Egilsstaðir bringen, sie einbuchten, verhören und sogar Strafanzeige erstatten können.« Er zuckte die Achseln. »Prostitutionsskandal aufgedeckt, blabla, Pressekonferenz mit ihm und dem Amtmann, viel Furore.«

»Aber wie gehen wir jetzt vor?«

»Wir unterhalten uns mit ihr, und dann sehen wir weiter.«

Róbert hämmerte einige Male mit der ihm zur Verfügung stehenden begrenzten Kraft an die Tür, um die Aufmerksamkeit der Wächter draußen auf sich zu lenken, bevor er loslegte.

»Mein Name ist Róbert Finnsson«, rief er laut und vernehmlich. »Ich bin der Vertrauensmann des Gewerkschaftsbunds hier auf dem Werksgelände, ich bin seit kurz vor neun heute Morgen hier eingesperrt und einige von den anderen sogar noch länger. Unsere Festnahme ist ungesetzlich, und wir verlangen, dass wir unverzüglich freigelassen werden. Falls ihr dieser Forderung nicht nachkommt, könnt ihr mit einer Strafanzeige rechnen, sobald wir hier rauskommen. Außerdem ist es wohl das Mindeste, dass wir Essen und Getränke bekommen, und zwar sofort.« Er schlug wieder gegen die Tür. »Hört ihr mich? Lasst uns entweder sofort raus, oder verschafft uns was zu essen und zu trinken. Und Decken, uns ist kalt. Verdammt kalt.« Róbert beendete seine Rede mit einem Tritt gegen die Tür und erntete lautes Pfeifen und Klatschen von den meisten der dreiundvierzig Männer, die man in die Lagerhalle gesperrt hatte. Er verneigte sich elegant wie ein Schauspieler auf der Bühne, klein und schmächtig, aber selbstbewusst und entschlossen.

»Jetzt schlottern ihnen die Knochen, den Helden da draußen« sagte Birgir, als Róbert sich wieder neben ihm auf dem Stahlbalken niedergelassen hatte.

Róbert lächelte matt. »Könnte ich mir gut vorstellen. Kalt genug ist es ja da draußen.« Er selber war vollkommen ausgekühlt und schlotterte vor Kälte. Von den anderen schienen etliche noch schlimmer dran zu sein. »Und hier drinnen ist es ja nun wirklich kalt genug.«

»Yes.« Birgir nahm seine Mütze ab und reichte sie Róbert. »Hier, das Wichtigste ist, dass man eine Mütze hat. Wir können uns abwechseln.« Er stand auf und schlenderte in die eine Ecke der Halle, die in schweigendem Einvernehmen zur Toilette umfunktioniert worden war.

»Du hättest auch ein paar Eimer verlangen sollen«, sagte er, als er zurückkam, »und zwar mit Deckel. Das stinkt ja schon fürchterlich. Nur gut, dass die verdammte Halle so groß ist.«

Róbert starrte ihn mit weit aufgerissenen Augen an, und Birgir wich unwillkürlich ein paar Schritte zurück. »Was ist denn mit dir los?«, fragte er.

»Hast du nicht vorhin gesagt, dass du der Sohn von Valdimar bist?«

»Und, ist was dabei?«

Róbert schüttelte den Kopf, den jetzt Birgirs rote Mütze zierte. »Nein, aber bei mir ist der Groschen erst gefallen, als du gerade zurückgekommen bist. Du hast den gleichen Gang wie dein Vater.«

»Kennst du ihn?«, fragte Birgir mit gerunzelten Brauen.

»Natürlich kenne ich ihn. Der einzige Subunternehmer hier, mit dem es keine Probleme gibt. Steht hundertprozentig zu allem, was er verspricht, und steht auch zu seinen Leuten.«

Birgir lächelte widerstrebend. »Doch ja, das kann passen.«

»Aber ich verstehe nicht …« Róbert verstummte.

»Was verstehst du nicht?«

»Nein, nichts.«

»Los, raus damit! Mensch, was verstehst du nicht?«

»Nein, nur …« Er blickte Birgir beinahe schockiert an. »Du wirkst nur so … Du bist so guter Laune.«

Birgir sah ihn erstaunt an. »Weshalb sollte ich das nicht

sein? Selbst wenn man für ein paar Stunden hier in dieser verdammten Lagerhalle eingesperrt ist, geht doch die Welt noch nicht unter. Wie du gesagt hast, diese Festnahmen sind total gesetzeswidrig, die müssen uns bald rauslasssen, und dann erstatten wir Anzeige, kriegen einen Haufen Schmerzensgeld und lassen uns vollaufen. Wieso sollte man da nicht guter Laune sein?«

»Aber …« Wieder verstummte Róbert.

»Aber was?«

Róbert räusperte sich. »Hast du nicht gerade erst deinen Bruder verloren?«

Birgir zog die Nase hoch. »Ja«, sagte er. Zog noch einmal die Nase hoch, rotzte und spuckte einen ansehnlichen Klacks weit von sich. »Wie gesagt, einem fehlt nichts, wieso sollte man nicht guter Laune sein.« Er stand auf, riss Róbert die Mütze vom Kopf und schlenderte hinüber zu den Jungs, die er aus dem Knast kannte. Er ballte die Hände in den Hosentaschen und achtete darauf, das richtige Grinsen aufzusetzen, bevor er sich unter die Gruppe mischte.

Helena war ein spirrliger Teenager, kaum einssechzig groß und eher unter fünfzig Kilo als darüber, hatte Katrín den Eindruck, dennoch war sie gut proportioniert. Ein hübsches, blondes Mädchen, das ihrem Vater überhaupt nicht ähnlich sah. Nach kurzer Unterhaltung mit dem armen Ding war Stefán zu der Ansicht gekommen, dass es besser sei, Katrín mit ihr allein zu lassen. Sie hatte Helena schweigend ins nächste Büro geführt und kein Licht gemacht. Es war zwar erst vier Uhr, doch der fahle Schein der Straßenlaterne draußen vor dem Fenster war bereits stärker als das Tageslicht.

Es war nicht schwierig gewesen, Helena zum Reden zu bringen. Ganz im Gegenteil, es hatte eher den Anschein, als habe sie nur auf eine Gelegenheit gewartet, jemandem das anzuvertrauen, was auf ihr lastete. Katrín bekam mehr als einmal eine Gänsehaut, während sie dem schniefenden Mädchen zuhörte, das zusammengekrümmt und bemitleidenswert vor ihr saß und sich alles von der Seele redete.

Vor drei Monaten war Helena in einer Disko in Egilsstaðir von einem Mann angesprochen worden. Er sah gut aus und war elegant gekleidet. Bestimmt aus Reykjavík, hatte sie gedacht. Ein bisschen alt vielleicht, aber doch nicht so, er war irgendwie cool. Sie hatte nichts gegen ältere Männer, erklärte sie, die waren oft viel cooler als die dämlichen Jungs, die sie kannte. Sie hatten sich unterhalten, getanzt und getrunken, er spendierte ein Glas nach dem anderen. Und ja, sie war zum Schluss mit ihm auf sein Hotelzimmer gegangen. Sie musste sich einschleichen, um nicht vom Nachtportier gesehen zu werden, denn der kannte sie. Und am nächsten Morgen musste sie sich hinausschleichen, denn die Frau an der Rezeption kannte sie auch. Danach hatten sie sich häufiger getroffen. Sie wusste, dass er verheiratet war und keinerlei Interesse an einer festen Beziehung hatte, das hatte er ihr ziemlich bald klargemacht, doch das war ihr egal. Er war nett zu ihr, bei ihm gab es immer genug zu trinken, klasse Rotwein und Weißwein und so was, und auch Dope. Nicht Hasch oder Schnee oder Speed oder solches illegale Zeugs, sondern irgendwelche Pillen aus der Apotheke und völlig legal, aber die wirkten trotzdem super. Kurz vor Weihnachten, bevor er über die Feiertage nach Reykjavík fuhr, hatte er zum ersten Mal seinen Freund dabei.

»Seinen Freund?«

»Ja.«

Sie hatte nichts dagegen gehabt. Genauso wenig wie gegen die Freundin, Analverkehr, masochistische Praktiken, Videoaufnahmen oder anderes, was er vorgeschlagen hatte, Das hatte sie alles schon mal irgendwo gesehen und zum Teil auch gemacht. Bloß nicht gegen Bezahlung, jedenfalls nicht in Form von Bargeld.

»Das war einfach so ähnlich wie in diesen Filmen, verstehst du, du weißt, was da in solchen Filmen abgeht. Und genauso auf den Partys, kapierst du?« Katrín wusste es nicht, ließ es aber dabei bewenden, trotz ihrer Verständnislosigkeit verständnisvoll zu nicken. Natürlich hatte sie von solchen Dingen gehört, und zwar nicht nur einmal, sondern mehrfach. Hatte von jugendlichen Zusammenkünften gehört, wo ältere Jungs kleine Mädchen mit dem Versprechen auf eine wilde Party anlockten, mit reichlich Alkohol und noch Potenterem, und als Gegenleistung Oralverkehr verlangten. Oder noch mehr. Sie hatte das nie richtig glauben wollen, auch wenn sie wegen ihres ungewöhnlichen und meist unerquicklichen Berufsalltags einiges gewohnt war. In der Arbeit hörte sie immer wieder haarsträubende Geschichten, und Katrín hatte sich damit begnügt, solche Geschichten entsprechend einzuordnen. Vielleicht hatte sie es sich zu einfach gemacht, denn jetzt saß dieses halbe Kind vor ihr und erzählte ihr, zwar stammelnd und schniefend und doch irgendwie abgebrüht, genau von solchen Zusammenkünften. Und das in Egilsstaðir, von allen Orten der Welt. Verschlimmert wurde das Ganze noch durch die Tatsache, dass dieses arme Geschöpf überhaupt keinen Begriff von der Erniedrigung hatte, die das für sie bedeutete. Für sie war es einfach so. Punkt. Trotzdem schien sie aber mit ihrer neuen Rolle nicht ausgesöhnt zu sein. Nicht völlig überzeugt, dass es selbstverständlich war, sich zu verkaufen. Immerhin das, dachte Katrín, immerhin das.

»Aber so ist es doch«, schluchzte Helena in krassem Widerspruch zu ihrer innersten Überzeugung, die so tief verborgen war, dass sie kaum selbst davon wusste. »Genau das hat Björn auch gesagt, mein Körper gehört mir, er ist mein Kapital, oder so etwas, verstehst du, und es gibt massig Kerle, die den wollen. Also dann kann man doch auch genauso gut Geld damit verdienen, oder nicht? Der muss Zinsen bringen, solange es möglich ist. Warum etwas gratis tun, wenn man Geld dafür bekommen kann?«

Katrín war wie vor den Kopf geschlagen. Sie hatte unzählige Antworten auf diese Frage, aber ihr Gefühl sagte ihr, dass die im Augenblick kaum etwas bringen würden.

»Hat Björn das allein organisiert?«, fragte sie mit erzwungener Ruhe, »oder hast du noch andere kennengelernt?«

»Da war nur noch der Fahrer«, antwortete Helena achselzuckend.

»Der Fahrer?«

»Ja. Jón hieß der oder so. Der kommt auch aus Reykjavík. Ein total ätzender Typ.«

»Was hat er gemacht?«

Helena schaute hoch, zum ersten Mal, seitdem sie angefangen hatte, zu erzählen.

»Was meinst du damit, was hat er gemacht?«

»Du sagst, dass er total ätzend war?«

»Ach, das meinst du. Nein, der hat eigentlich nichts gemacht, nicht so. Er war einfach ätzend. Hat immer dämlich gegrinst, hat sich wohl für 'nen geilen Typen gehalten, immer mit 'nem Kaugummi in der Schnauze. Total verpickelt und außerdem fett. Oder vielleicht nicht fett, nur die Figur war das Letzte. Ein richtig mieser Typ, ein Looser.«

Katrín nickte. »Und die anderen?«

»Was für andere?«

»Die Freier.« Trotz des schummrigen Lichts sah Katrín, dass das Mädchen heftig zusammenzuckte.

»Die waren … unterschiedlich …« Und dann fing sie an zu weinen. Endlich, dachte Katrín. Es begann verhalten, doch bald heulte sie Rotz und Wasser, und das unkontrollierte Schluchzen schien kein Ende nehmen zu wollen. Katrín stand auf, ging zu Helena hinüber, ging vor ihr in die Hocke und ergriff die Hände des Mädchens. Und wartete.

Stefán beendete das Gespräch, steckte sein Handy in die Brusttasche und lehnte sich mit den Händen im Nacken auf dem quietschenden Stuhl zurück. Als er einige Minuten vollkommen reglos dagesessen und die weiße Decke angestarrt hatte, stand er auf und stapfte auf den Korridor hinaus. Klopfte an die Tür zum nächsten Büro, öffnete sie einen Spalt und bedeutete Katrín, herauszukommen.

»Wie läuft es?«, fragte er.

»Viel zu gut«, antwortete Katrín schaudernd, »aber andererseits auch wiederum nicht. Ist was?«

»Ich möchte, dass du das Mädchen in den Schlaftrakt bringst und dafür sorgst, dass sie ein Zimmer bekommt. Sag Guðni, dass er jetzt mit ihr sprechen darf. Punkt sechs hat er aber wieder hier zu erscheinen. Dasselbe gilt für dich. Ich gebe Árni Bescheid und auch den Jungs aus Egilsstaðir, wir können wirklich jeden gebrauchen. Die Sache mit der Prostitution muss warten.«

Katrín trat ganz auf den Flur hinaus und schloss die Tür vorsichtig hinter sich. »Was ist los?«, fragte sie leise. »Hat sich etwas Neues ergeben?«

Stefán blickte nach rechts und links. Einige Türen standen halb offen, und in den Zimmern war Licht. Er schüttelte den Kopf.

»Bring jetzt das Mädchen weg und komm um sechs. Ich muss nachdenken.« Er ging zurück in sein Büro und machte die Tür hinter sich zu. Er rief Árni an, der ihm ungefragt verkündete, dass er jetzt stolzer Besitzer von langen Unterhosen, Wollsocken, Fleecehandschuhen, Fleecemütze und einem Unterhemd mit langen Ärmeln sei. Stefán beglückwünschte ihn dazu und sagte ihm, dass er Punkt sechs in seinem Büro zu erscheinen hätte. Anschließend beendete er das Gespräch ohne weitere Erklärungen und rief Steinþór an.

»Wo bist du gerade?«

»Wir sind hier auf der Station, in unserer Bude hier. Soll ich vor die Tür treten und dir winken?« Er war hörbar verstimmt. Stefán war zu keinem Gespräch aufgelegt gewesen, als sie Helena zu ihm brachten, er hatte sie beinahe vor die Tür gesetzt.

»Spar dir das«, sagte Stefán. »Es wäre aber gut, wenn ihr euch um sechs Uhr hier einfinden könntet.«

»Ach nee. Haben Euer Gnaden vielleicht noch weitere Wünsche?«

»Ja, in der Tat«, sagte Stefán, den höhnischen Unterton seines Kollegen geflissentlich überhörend. »Da ist noch etwas. Ihr habt keine Spur, keinen Trampelpfad bemerkt, der zum Haus von Ásmundur führte oder von ihm wegführte, als ihr am Sonntag dort wart?«

»Weshalb fragst du danach?«

»Weil ich das wissen muss.«

Stefáns Worte forderten zwar eine spitzzüngige Antwort geradezu heraus, aber nicht sein Tonfall, und Steinþór hatte jahrzehntelange Übung darin, gewisse Unterschiede herauszuhören.

»Nein«, sagte er, »da war keine Spur. Hier werden alle Spuren verweht.«

21

Dienstag

»Hast du den Schlüssel?«, fragte Stefán, der mitten im Gespräch seine Meinung geändert und sich entschlossen hatte, Steinþór zu bitten, ihn zu Ásmundurs Unterkunft zu begleiten, statt allein dorthin zu gehen und seinen wichtigsten Verbündeten vor Ort noch mehr zu vergrätzen. Der Wind hatte sich zwar gelegt, als sie sich auf dem Parkplatz zwischen den Verwaltungsgebäuden und der Polizeistation trafen, doch der sternenklare Himmel verhieß mehr Kälte. Steinþór schwenkte den Schlüssel vor sich her, und sie stiefelten auf einem unebenen Trampelpfad durch bauchhohe Schneewehen.

»Ásmundur lebt – äh, lebte im dritten Haus von hier«, erklärte Steinþór. »Da sind immer zwei Apartments nebeneinander. In dem einen Teil wohnt Lárus, und zwar in dem, der näher zu uns liegt.« Abgesehen von der Außenbeleuchtung über der Veranda war alles dunkel. Das Haus, an dem sie gerade vorbeigingen, war jedoch zur einen Hälfte voll erleuchtet, und jemand hatte das Absperrband der Polizei, das vor die Tür gespannt worden war, auf einer Seite gelöst, und es hing herunter. Stefán blieb stehen.

»Wer hat hier gewohnt?«, fragte er.

Steinþór besah sich die Häuserreihe und zählte an den Fingern ab.

»Halldór«, sagte er verblüfft, »da bin ich mir ziemlich sicher. Halldór Valdimarsson. Der ist auch bei dem Bergsturz ums Leben gekommen.«

»Habt ihr seine Unterkunft schon durchsucht?«

»Nein. Wir haben die erst einmal alle versiegelt, als der Verdacht auf eine Sprengung aufkam. Bislang haben wir es noch nicht geschafft, das alles genauer zu inspizieren. Genauso wenig wie ihr.« Sie blickten sich um. Im Schnee waren außer ihren eigenen keine Spuren zu erkennen.

»Werfen wir einen Blick hinein«, sagte Stefán. Sie erklommen vorsichtig die vereisten Stufen, und der Schnee knirschte unter ihren Füßen. Auch vor der Tür waren keine Spuren zu sehen. Das Siegel war aufgebrochen, und obwohl die Tür im Schloss war, klaffte da ein Spalt. Stefán drückte sie mit Wucht auf, rief hinein und trat einen Schritt zur Seite. Nichts geschah. Vorsichtig betraten sie das Apartment, Stefán zuerst. Ein Teil des Fußbodens in der Diele war voller Schnee. Stefán bedeutete Steinþór zu warten und trat zwei Schritte vor, um in das Zimmer sehen zu können. Dort war keine Menschenseele, aber das Chaos, das sich ihm bot, war unbeschreiblich. Das Bettzeug lag zusammengeknüllt auf dem Boden, obendrauf der Schreibtischstuhl. Papiere, Kleidungsstücke und andere Gegenstände waren über den ganzen Raum verstreut. Der größte Teil davon entstammte sicherlich den Schreibtischschubladen, die samt und sonders weit aufgerissen waren oder auf dem Boden lagen. Stefán ging auf der Türschwelle in die Hocke.

»Wer auch immer das getan hat, war wütend. Wahrscheinlich hat er – oder sie – nicht das gefunden, wonach er oder sie suchten.«

»Da bin ich mir aber nicht so sicher«, erklärte Steinþór.

Stefán stand auf und drehte sich um. Steinþór deutete auf etwas zu seinen Füßen. Eine kleine, durchsichtige Plastiktüte, die direkt neben der Schwelle halb aus dem Schnee herausragte. »Ich gehe jede Wette mit dir ein, dass das kein normaler Schnee ist. Und auch kein Waschpulver.«

Die Tür zur Lagerhalle wurde aufgestoßen, und zwei Männer vom SEK stellten sich mit angelegtem Gewehr zu beiden Seiten des Eingangs auf. Leifur ging in die Mitte des Raums und stampfte sich den Schnee von seinen handgearbeiteten und ebenso teuren wie ungeeigneten Schuhen. Friðrik und sein sonnengebräunter Kollege begleiteten ihn, gingen aber nicht ganz bis zur Mitte vor. Das Stimmengewirr in der Halle ließ merklich nach und verstummte dann.

»Nun denn, meine Herren«, erklärte Leifur nach angemessen dramatischem Schweigen, »mir ist zu Ohren gekommen, dass ihr hungrig seid. Da wird bald Abhilfe geschaffen werden. Ich möchte euch bitten, euch hier hintereinander aufzustellen. Wenn ihr diese Reihe gebildet habt, geht ihr zu meinen Kollegen da hinter mir. Aber bitte langsam und ohne Hast, einer nach dem anderen. Sie werden euch fotografieren. Anschließend dürft ihr zur Kantine gehen und etwas essen. Einige von euch müssen damit rechnen, heute Abend oder morgen Besuch von uns zu bekommen. Wer uns sein Handy überlassen hat, erhält es am Eingang zurück. Und niemand darf das Gelände verlassen, bevor wir es ausdrücklich genehmigen.« Anschließend leierte er das Ganze noch einmal auf Englisch herunter, drehte sich auf dem Absatz um und ging wieder zum Ausgang. Das Stimmengewirr setzte von neuem ein und nahm an Lautstärke zu, während die Männer sich hintereinander aufstellten. Róbert lief auf seinen kurzen, steifen Beinen quer durch den Raum und trat Leifur in den Weg, der stehen blieb und sich mit den Händen auf dem Rücken in Positur warf.

»Ich habe keine Kamera«, sagte Róbert, »aber ich will deinen Namen wissen.«

Leifur lächelte. »Was du willst, spielt überhaupt keine Rolle, Freundchen.«

»Diese Festnahmen sind völlig ungesetzlich, und das weißt du. Ich lass mich hier nicht fotografieren, und das braucht auch keiner von den Leuten hier zu tun. Ihr müsst uns jetzt unverzüglich und ohne irgendwelche Bedingungen freilassen. Und ich will deinen Namen wissen. Jetzt.«

»Stell dich in die Reihe«, sagte Leifur, »und hol dir anschließend etwas zu essen, damit du groß und stark wirst, mein Kleiner.« Er nickte und drehte sich wieder um, aber Róbert griff nach seinem Mantel und hinderte ihn am Weitergehen. Friðrik trat einen Schritt auf die beiden zu, doch Leifur schüttelte den Kopf und legte Róbert die Hand auf die Schulter.

»Weißt du was«, sagte er, »bei näherer Betrachtung brauchst du dich gar nicht anzustellen, ich glaube, wir benötigen gar kein Foto von dir.« Er grinste breit. »Du bist Róbert, nicht wahr? Von dir besitzen wir genug Fotos. Raus ins schöne Wetter mit dir, aber halt dich gefälligst in der Nähe.«

Katrín hatte Árni über die wichtigsten Entwicklungen informiert, die er verpasst hatte, und sie hatten die Zeit bis zu der angesetzten Besprechung dazu genutzt, sich zu beratschlagen und zu versuchen, irgendwelche neuen Aspekte zu finden, waren aber nicht viel weitergekommen. Nun saßen sie im Konferenzraum im Erdgeschoss des Verwaltungsgebäudes und warteten. Guðni hatte sich ebenfalls eingefunden, er konnte seine Ungeduld kaum verbergen, rutschte unablässig auf seinem Stuhl hin und her, drehte seinen Kugelschreiber zwischen den Fingern und kaute auf seinem Stumpenstummel. Alle atmeten auf, als sich die Tür öffnete und Stefán und

Steinþór hereintraten. Sie nahmen jeweils am Ende des Tischs Platz.

»Also dann«, sagte Stefán, verstummte dann aber wieder. Alle blickten ihn an, mit Ausnahme von Guðni, der in die Luft starrte. »Also dann«, wiederholte Stefán, »die Dinge haben inzwischen eine völlig neue Wendung genommen.« Er räusperte sich. »Ich weiß eigentlich nicht, wo ich anfangen soll. Vielleicht am besten mit dem Allerneuesten.« Er schilderte ihnen in kurzen Worten das Chaos in Halldórs Unterkunft, trotzdem gab es aber keine direkten Hinweise auf einen Einbruch. »Die Tür war unverschlossen«, sagte er, »und sie war eindeutig nicht aufgebrochen, aber vielleicht aufgestemmt worden. Das wird sich vermutlich herausstellen, wenn Eydís wieder zu uns stößt, was hoffentlich bald sein wird. Ich habe Friðjón vorhin erreicht, als er seine Sachen an der Brücke zusammenpackte. Er hat vor, mit der nächsten Maschine nach Reykjavík abzuhauen. Ich habe versucht, ihm das auszureden, doch darauf ist er nicht eingegangen. Eydís bleibt aber noch hier, und ich habe darum gebeten, dass sie sich sobald wie möglich mit uns in Verbindung setzt. Also, auf dem Fußboden in der Diele war Schnee, aber ohne irgendwelche Fußabdrücke, und es gab auch keine Spuren zum Haus. Demzufolge muss derjenige, der sich Zutritt verschafft hat, wieder gegangen sein, bevor der Wind sich legte, also vor etwa einer Stunde. Ich bezweifle, dass er sehr viel früher dagewesen ist, denn sonst wäre noch viel mehr Schnee zur Tür hereingewirbelt worden. Aber wie gesagt, da ist jemand in der Wohnung gewesen und hat alles auf den Kopf gestellt, weil er nach irgendetwas suchte, und dieses Etwas ist wahrscheinlich Rauschgift. Es hat den Anschein, als hätte der Betreffende es auch gefunden. Das sind zwar letzten Endes im Augenblick nur Spekulationen, aber wir haben beim Hinausgehen ein Tütchen mit ein paar Gramm eines weißen Pulvers gefunden, das jemand verloren hat. Vielleicht ist das kein Rauschgift, und vielleicht ist es demjenigen, der da herumgewühlt hat, einfach aus der Tasche gefallen. Wahrscheinlicher ist aber wohl, dass es sich tatsächlich um Rauschgift handelt und dass der Betreffende eine Tüte von vielen verloren hat, als er sich mit der Beute aus dem Staub machte. Es passt auch ausgezeichnet zu dem, was Ricardo Katrín über die Beziehung zwischen seiner Frau und Halldór gesagt hat. Und aus dem Ganzen ist zu schließen, dass – wer immer es war – wohl eine Art Kompagnon von Halldór gewesen sein muss und genau gewusst hat, wo der seine Vorräte aufbewahrte.«

»Halldór war also der Dealer hier auf dem Gelände?«, fragte Árni, auch wenn er ziemlich genau wusste, wie die Antwort ausfallen würde.

»Es scheint praktisch alles darauf hinzudeuten, dass er derartige Geschäfte betrieben hat«, antwortete Stefán. »Aber ob er der einzige Dealer war, wissen wir natürlich nicht. Und wie ich gesagt habe, wer auch immer da in seiner Behausung gewesen ist, muss davon gewusst haben. Er beabsichtigt wahrscheinlich, das Zeug jetzt selber zu Geld zu machen, also dürfte Halldór kaum allein am Werke gewesen sein. Auðunn schiebt dort jetzt sicherheitshalber Wache, zumindest so lange, bis Eydís kommt.«

»Was sagst du, hat er seine Vorräte einfach bei sich zu Hause aufbewahrt?«, fragte Guðni ungläubig. »Beziehungsweise in dieser Bude, in der er gewohnt hat, meine ich? Ist das nicht ein bisschen *crazy*?«

Stefán schüttelte den Kopf und sah Steinþór an, der vergebliche Anstrengungen unternahm, sich auf seinem Stuhl zu verkriechen.

»Nein«, erklärte Stefán. »Wahrscheinlich war es sogar der beste Ort. Steinþór sagte mir, dass sie nie hier im Camp der NPC gesucht haben.«

»Du willst mich wohl verarschen«, sagte Guðni, der sich anscheinend wieder etwas berappelt hatte.

Steinþór zuckte die Achseln. »Wir haben uns auf … auf die Ausländer konzentriert«, gab er schließlich zu. »Haben uns bloß im Impregilo-Camp umgesehen. Nicht, dass es dort nicht auch Isländer gäbe, aber auf jeden Fall nicht viele. Wir waren auch in den anderen Camps bei den Zuführstollen«, erklärte er, um seine Kollegen und sich zu verteidigen. »Es sind insgesamt drei, und auch dort ist die Arbeiterschaft gemischt. Irgendwie sahen wir aber nie einen Grund, hier Nachforschungen anzustellen. Hier sind ja bloß … bloß …« Er sank wieder auf seinem Stuhl zusammen.

»Hier sind ja bloß die feinen Herren«, führte Katrín den Satz zu Ende. »Und solche feinen Herren dealen nicht mit Rauschgift, geht es nicht darum? Und Frauen selbstverständlich auch nicht. Mein Gott!«

Stefán räusperte sich. »Nun ja, so war es nun einmal. Sie sind ein paar Mal gekommen, eigentlich sogar ziemlich oft, um nach Drogen zu fahnden, aber hier im Camp haben sie nie gesucht. Man musste also kein Genie sein, um spitzzukriegen, dass es demzufolge der sicherste Aufbewahrungsort war. Aber es gibt zwei Dinge, die mir Kopfzerbrechen bereiten. Einerseits die Tatsache, dass Björn relativ häufig die Polizei in Egilsstaðir angerufen hat und verlangte, dass sie hier eine Razzia durchführen. Er hat sogar auf Stellen hingewiesen, die er für wahrscheinlich hielt. Dabei kam aber nie etwas heraus, im besten Fall wurde das ein oder andere Gramm bei irgendeinem armen Kerl gefunden, der daraufhin unverzüglich nach Hause geschickt wurde. Was also bedeutet – und genau das ist der zweite Punkt, der mir Kopfzerbrechen macht –, dass entweder Björn und Halldór Partner in diesem Business waren oder …«

»Drogen und Prostitution sind wohl keine ganz seltene Kombination«, warf Katrín ein.

»Oder dass sie Konkurrenten waren«, fuhr Stefán fort, »und dass Björn nicht gewusst hat, wer sein Konkurrent war. Sonst hätte er uns ja vermutlich direkt auf Halldór angesetzt.«

Steinþór schüttelte den Kopf. »Ich glaube nicht, dass sie Konkurrenten waren«, sagte er. »Die beiden müssen zumindest voneinander gewusst haben, ob sie nun zusammengearbeitet haben oder nicht. Diese Siedlung hier oben ist doch wie jede andere Kleinstadt, hier macht alles sofort die Runde, vielleicht sogar noch mehr als in normalen Dörfern, würde ich meinen. Das ist eine geschlossene Gemeinschaft hier, und da ist es unter Umständen möglich, solche Dinge vor uns Außenstehenden geheim zu halten – wie es allem Anschein nach der Fall war«, gab er ziemlich kleinlaut zu. »Aber dass die Leute, die sich hier oben mit so etwas abgeben, nichts voneinander wissen, das kann ich nicht glauben. Es würde auch einiges erklären, wenn Björn ebenfalls da mitgemischt hat. Wenn das der Fall war, ist es ja auch nicht komisch, dass wir auf seine Tipps hin nie etwas gefunden haben.«

Árni konnte sich nicht mehr zurückhalten, er musste fragen. »Und euch ist tatsächlich nie der Verdacht gekommen, dass er selber vielleicht …«

»Nein«, fauchte Steinþór. »Auf jeden Fall nicht zu Anfang. Er war Sicherheitsbeauftragter hier, schien sehr besorgt zu sein wegen des Drogenkonsums und war deswegen um Zusammenarbeit mit uns bemüht. Keine Ahnung, wie das da bei euch in Reykjavík ist, hier bei uns sind wir jedenfalls nicht auf die Idee gekommen, dass ein Mann in seiner Position ein Täuschungsmanöver für uns inszeniert – oder wie man das nun nennen soll. Es gab keinen Grund zu einer solchen Annahme. Absolut keinen. Zumindest anfangs nicht.«

»Tut mir leid«, sagte Árni, »ich wollte nicht …«

Steinþór machte eine abwehrende Handbewegung. »Schon gut. Mir war der Mann von Anfang an unsympathisch, ich hätte Verdacht schöpfen müssen.« Ärgerlich schlug er mit der geballten Faust auf die nicht sehr robuste Tischplatte. »Ich hätte auf meine innere Stimme hören sollen.« Alle Augen waren auf ihn gerichtet, doch er starrte nur mit beschämter Miene Guðni an.

»Solchen miesen Typen darf man kein Vertrauen schenken. Wie ich dir sagte, Stefán, wir waren bereits zu der Überzeugung gelangt, dass er mit dem Drogenhandel hier zu tun hat. Es war ja schon nicht mehr normal, dass da nie etwas von den Angaben stimmte, die er uns machte. Mir ist irgendwann sehr wohl durch den Kopf gegangen, ob er uns da bewusst auf eine falsche Fährte führt, ihr wisst, was ich meine.« Alle nickten zustimmend. »Genau. Leider blieb es aber bei diesen Überlegungen, ich habe keine Konsequenzen daraus gezogen. Aber es geht nicht nur darum«, sagte er und blickte Stefán entschuldigend an. »Ich habe dir heute Morgen nicht alles gesagt. Ich wusste, dass er ein Mistkerl war, ich wusste, dass er verheiratet war. Aber ich wusste auch … ich erfuhr es beinahe im gleichen Augenblick, als sie, ja, was soll man da sagen, dass sie … dass er und Helena etwas miteinander hatten.« Guðnis Stumpen ging mit einem Biss entzwei, und er bekam einen derartigen Hustenanfall, dass Árni sich gezwungen fühlte, aufzustehen und ihm kräftig auf den Rücken zu schlagen.

Birgir klopfte sich den Schnee ab, so gut es ging, zog die Schuhe aus und marschierte direkt ins Bad.

»Einmal Krimineller, immer Krimineller«, murmelte er. Er nahm die Mütze ab, zog sich aus und stellte sich unter die heiße Dusche, um wieder richtig warm zu werden. Anschließend raffte er seine Sachen vom Boden und ging nackt ins Zimmer. Er warf die schmutzige Wäsche auf den Boden und streckte die Hand nach dem Lichtschalter aus. »Verfluchte Scheiße«, stöhnte er, als der erste Schock vorüber war. »Verdammt noch mal, habe ich mich erschrocken. Was willst du denn hier?«

Valdimar saß vornübergebeugt auf der Bettkante und starrte vor sich hin.

»Zieh dich an, Junge«, sagte er ernst und ohne aufzublicken. »Wir müssen miteinander reden.«

»Über was?«, fragte Birgir misstrauisch und rührte sich nicht vom Fleck.

»Über deinen Bruder. Los Junge, zieh dir etwas an.«

Birgir zögerte, aber nicht lange. Er griff in den Schrank und zog sich Unterwäsche und eine Hose an. Erst als er sich auf den Stuhl gegenüber vom Bett setzte, um sich Socken anzuziehen, sah er den Haufen auf seinem Bett und erstarrte.

»Was zum Teufel ist das, Papa?«, schnaubte er. »Was soll das?«

Valdimar zog sein rotes Taschentuch heraus und schnäuzte sich. »Das wirst du wohl besser wissen als ich, Junge«, sagte er leise. »Ich weiß gar nicht, wie das alles heißt. Ich habe es im Schrank bei deinem Bruder gefunden.« Er nahm eine kleine Plastiktüte mit weißem Pulver, hielt sie gegen das Licht und ließ sie dann wieder auf den Haufen neben sich fallen. »Du weißt das schon lange, nicht wahr?«, fragte er und sah dabei Birgir zum ersten Mal direkt in die Augen. »Das hast du doch damals in der Nacht gemeint, nicht wahr? Dass dein Bruder … dass unser Halldór … Warum hast du nie etwas gesagt? Hat er dich vielleicht sogar dazu verführt? War es unser Dóri, der …?« Wieder griff er zu seinem Schnupftuch und schnäuzte sich. »Warum hast du nie etwas gesagt, Biggi?«

Birgir zog sich die Socken an, stand auf, zündete sich eine Zigarette an und setzte sich wieder. Betrachtete seinen Vater eine ganze Weile, bevor er sich vorbeugte und die Ellbogen auf die Knie stützte. Er blies ihm den Rauch ins Gesicht und nahm einen weiteren Zug.

»Hättest du mir zugehört?«, fragte er. »Hättest du mir geglaubt?«

Zum Glück hinderte der Hustenanfall Guðni daran, aufzuspringen und Steinþór an die Kehle zu gehen, bevor ihn einer von den anderen hätte daran hindern können. Steinþór versicherte rasch, er habe doch nicht gewusst, dass Björn Prostituierte für sich arbeiten ließ, geschweige denn, dass er Helena dazu gebracht hatte, sich zu verkaufen. Sonst hätte er längst eingegriffen.

Guðni fand das eine ziemlich klägliche Rechtfertigung, und daraufhin verwandelte sich die Besprechung in ein heftiges Wortgefecht zwischen den beiden. Sie fetzten sich über die Verantwortung seitens der Polizei beziehungsweise der Eltern, und beschuldigten sich gegenseitig mangelnder Intelligenz und Unfähigkeit. Stefán mischte sich ein, und es gelang ihm, sie zeitweilig zum Schweigen zu bringen.

»Wir haben wirklich keine Zeit für derartigen Blödsinn«, erklärte er barsch. »Wenn ihr meint, dass ihr nicht zusammenarbeiten könnt oder wollt, dann könnt ihr beide zusammenpacken und nach Hause gehen, und zwar auf der Stelle. Verstanden?« Beide nickten nach einigem Zögern, zuerst Steinþór und dann Guðni. Beide waren stinkwütend, aber sie schienen ihre geballten Fäuste für den Augenblick zurückhalten zu können. »Gut«, erklärte Stefán, »sehr gut. Dann bleiben uns vielleicht zusätzliche Schlagzeilen über Prügeleien zwischen Polizeiangehörigen erspart. Wir können also weitermachen?« Niemand widersprach. »Irgendwelche Fragen?«

Katrín sah ihn an. »Ja, eine Frage. Was wolltet ihr da eigentlich in Halldórs Wohnung? Ich meine …«

Stefán hob die Hand. »Darauf wollte ich gerade zu sprechen kommen.« Er verstummte, nahm seine Kappe ab und warf sie auf den Tisch. »Wir sind aus demselben Grund dorthin gegangen, wegen dem ich diese Besprechung anberaumt habe«, sagte er. »Halldór wohnte direkt neben Ásmundur, und eigentlich wollten wir dorthin. Wie ihr wisst, konnten die Leichen gestern Abend endlich transportiert und heute Morgen mit der ersten Maschine nach Reykjavík gebracht werden. Ich hatte Geir gebeten – das ist unser Rechtsmediziner«, fügte er erklärend für Steinþór hinzu, »sie sich sofort anzusehen und mit Ásmundur zu beginnen, da er der Einzige ist, der nicht bei dem Bergsturz ums Leben kam. Er hat ihn noch nicht obduziert, ihn aber gründlich genug in Augenschein genommen, um zu einem vorläufigen Ergebnis zu gelangen. Er ist sich ziemlich sicher und fand die Sache so wichtig, dass er mich gleich davon unterrichtet hat. Ásmundur ist ermordet worden.«

»Aber …«, sagten Árni und Katrín, doch Guðni sah Stefán nur fragend an. Der schüttelte den Kopf.

»Ich weiß«, sagte er, »wir sind davon ausgegangen, dass er sich erhängt hat, und Geir meint, es sind eindeutige Spuren zu sehen, dass er das auch versucht hat, aber genauso eindeutig ist auch, dass es ihm nicht gelungen ist. Sich zu erhängen ist nämlich schwieriger, als man denkt, meint Geir. Zum einen dauert es ziemlich lange, es sei denn, dass man sich das Genick bricht, und dazu braucht es eine ordentliche Fallhöhe und eine gut geknüpfte Schlinge. Sonst wird nur die Luftzufuhr abgeschnitten, und das Blut fließt weiter – oder umgekehrt, ich habe es nicht so genau im Kopf. Man bekommt Schwindelgefühle, verliert vielleicht sogar für kurze Zeit das Bewusstsein, kommt aber wieder zu sich und beginnt instinktiv zu kämpfen, weil man die Entscheidung bereut. Steht auf, löst die Schlinge und lässt es damit gut sein. Natürlich nicht alle, das wissen wir, aber viele. Geir ist wie gesagt der Meinung, dass das auf Ásmundur zutrifft. Der arme Mann hing ja auch nur an einer Kleiderstange und lag halb auf dem Boden, da ist es schwierig, sich zu erhängen, aber umso einfacher, wieder aufzustehen.«

»Und was weiter?«, fragte Katrín, »Wie ist er dann gestorben?«

»Er wurde erwürgt«, sagte Stefán leise. »Mit dem Schlips, mit dem er sich erhängen wollte. Was so aussah wie ein breiter Abdruck am Hals sind wohl drei, wenn man genauer hinsieht. Einer davon stammt von seinem eigenen Versuch, meint Geir, und der reicht bloß bis knapp hinter die Ohren, was gut dazu passt, dass er versucht hat, sich zu erhängen, dabei aber halb auf dem Boden gelegen hat. Und dann ist da ein anderer Abdruck, mitten in dem ersten, der von vorne bis in den Nacken geht. Er liegt etwas unterhalb des ersten Abdrucks und ist außerdem sehr viel schmaler. Wahrscheinlich stammt er auch von der Krawatte, aber er verläuft ein bisschen anders, geht nicht so weit rauf wie der andere Abdruck, ist aber auch nicht ganz gerade. Und schließlich ist da noch ein dritter, sehr viel schwächerer Abdruck, der verläuft etwas anders als die beiden anderen. Geir ist sich ziemlich sicher, dass der post mortem entstanden ist. Fast keine Quetschungen, nur eine leichte Vertiefung, und die oberste Hautschicht ist vorne unterhalb des Hauptabdrucks und etwas oberhalb bei den Ohren in Mitleidenschaft gezogen.« Stefán verstummte und gab ihnen ein bisschen Zeit, um das zu verdauen.

»Er war also entschlossen, sich umzubringen«, sagte Katrín nach kurzem Überlegen, »hat den Brief geschrieben, hat versucht, sich zu erhängen, und dann einen Rückzieher gemacht.

Zum Schluß wurde er aber erwürgt und wieder aufgehängt? Willst du das damit sagen?«

Stefán nickte. »Ja. Geir konnte natürlich nichts Endgültiges sagen, das ist ja auch nicht seine Aufgabe, aber er glaubt wie gesagt, dass es so gewesen sein *könnte*, und er hält das sogar für die wahrscheinlichste Erklärung für die Spuren am Hals. Das soll mir reichen, bis sich etwas anderes herausstellt. Ásmundur wurde ermordet.«

»*Jesus Christ*«, entfuhr es Árni.

»Ja, er auch«, sagte Stefán, »aber das ist nicht unser Fall.«

Róbert führte sechzehn Telefongespräche und entwarf eine E-Mail, die er an noch mehr Leute schicken wollte, bevor er sich die Zeit dazu nahm, seinen ärgsten Hunger zu stillen. Er entschied sich für ein chinesisches Gericht in der Kantine für die allgemeine Belegschaft. Die Reaktion bei den meisten, mit denen er telefoniert hatte, war die gleiche gewesen: erst Ungläubigkeit, dann Entrüstung und schließlich Wut, genau wie er erwartet und gehofft hatte. Seine Vorgesetzten beim Gewerkschaftsbund und die Oppositionsparlamentarier waren außer sich. Es kam ihm aber ganz so vor, als sei der heilige Zorn der Letztgenannten durchaus mit Schadenfreude gemischt. Aus purer Bosheit rief er auch den Vorsitzenden des Parlamentsauschusses für Wirtschaft und Technologie an, der sich in seiner Einfalt selbstverständlich weigerte, ein einziges Wort von dem zu glauben, was Róbert sagte, und ihn ein weiteres Mal beschuldigte, subversive Ziele zu verfolgen und eine negative Einstellung zu den ländlichen Regionen, vor allem denen im Osten, zu haben.

Der stellvertretende Vorsitzende dagegen kochte vor Wut, wie Róbert erwartet hatte, und versprach eine harte Hand bei derartigen Übergriffen, die parteipolitischen Richtlinien konnten ihm in dem Zusammenhang gestohlen bleiben. Die

Journalisten gingen in die Luft, wie Róbert erwartet hatte, sogar der Mann vom konservativen *Morgunblaðið* schien entrüstet zu sein. Und Egill, seit sechzehn Jahren Róberts Lebenspartner, ein fünfzigjähriger Koloss von einem Mann mit Bodybuilding-Spleen, bedurfte längeren beschwichtigenden Zuredens, bevor er davon Abstand nahm, nicht geradewegs zum Chef des IKA zu marschieren und den verdammten Kerl windelweich zu prügeln, was er am liebsten getan hätte.

Bei der Vorstellung musste Róbert unwillkürlich lächeln. Er schaufelte den Rest vom Reis mit der scharfen Sauce in sich hinein. Wie die hieß, wusste er nicht, aber sie war vorzüglich und hatte nicht das Geringste mit dem zu tun, was in chinesischen Restaurants in Reykjavík angeboten wurde. Rings um ihn saßen die Leute, redeten, gestikulierten, flüsterten und schüttelten die Köpfe. Sie ließen ihn aber in Ruhe essen. Er wusste nicht, ob er sich darüber freuen oder ärgern sollte. Eigentlich hätte man erwarten können, dass sich alle um ihn scharten, Informationen verlangten, Reaktionen, Maßnahmen, irgendwas. Warum sie das nicht taten, war ihm ein Rätsel. Vielleicht haben die Leute genug am Hals, dachte er, vielleicht rechnet niemand damit, dass in einer Situation wie dieser die Gewerkschaft oder *ich* irgendetwas ausrichten kann. Und vielleicht haben sie ja recht, fügte er im Stillen hinzu. Er stand auf, stellte sein Tablett weg und holte sich Kaffee. Was könnte ich denn mehr tun, als das, was ich bis jetzt schon getan habe.

Róbert schlenderte mit dem Kaffee in den Gemeinschaftsraum auf der anderen Seite des Korridors, obwohl das streng genommen eigentlich verboten war. Er setzte sich auf ein Sofa in der Ecke, rührte heftig in dem Becher herum und blies auf den Kaffee. Er hatte doch schon einiges getan, überlegte er, viel mehr, als man fairerweise von ihm verlangen konnte.

Er hatte sogar sehr viel mehr getan, als sich diese Typen da vorstellen konnten, und ebendiese Typen hatten von seiner Arbeit profitiert. Die Löhne waren gestiegen, und ein größerer Geldanteil floss in die Tasche der ausländischen Arbeiter. Und selbst wenn es immer noch viel zu viele Arbeitsunfälle gab, hatte sich die Lage in allem, was die Sicherheit betraf, doch erheblich gebessert.

»Undankbares Pack«, murmelte er in den Kaffeebecher und blickte sich dann um. Er nickte vorsichtig zu einigen Isländern hinüber, die mit gerunzelter Stirn am nächsten Tisch saßen. Und noch vorsichtiger war das Lächeln, das den drei strahlenden Portugiesen galt, die mit ihm in der Lagerhalle eingesperrt gewesen waren. Sie blinzelten ihm wie auf Kommando zu und hoben ihre Gläser. Dann spielten sie weiter. Das war so ungefähr das Einzige, was diese Leute taten: Sie arbeiten, aßen, schliefen, saßen vor der Glotze oder spielten Karten. Jedes Mal, wenn er in die Kantine kam, den Gemeinschaftsraum oder die Baubuden auf dem Gelände, saßen seine Schützlinge da und spielten Karten. Trotzdem wusste er immer noch nicht, was sie da eigentlich spielten, und sie hatten ihm nie angeboten, daran teilzunehmen.

Er beobachtete die drei Männer aus der Lagerhalle eine Weile, die Tätowierungen auf den Händen waren deutlich zu sehen, da sie die Karten immer mit Schwung auf den Tisch knallten. Róbert ließ die Augen durch den Saal schweifen. Die Chinesen nahmen das Tischfußballspiel und das ganze Nordende des Raums in Beschlag. Sie lächelten viel, lachten jedoch selten. Es war schwierig gewesen, das Vertrauen der Portugiesen zu gewinnen, aber das war doch wenigstens zum Teil gelungen. Sie hatten ihm ihre Lohnabrechnungen ausgehändigt, die Verträge und andere Unterlagen, die nach seiner Meinung und der der Gewerkschaftsjuristen eindeutig zeigten, dass sowohl die Arbeiter als auch der isländische

Fiskus übers Ohr gehauen wurden. Die Auswirkungen ließen nicht auf sich warten, doch sie waren völlig anders, als Róbert sich vorgestellt hatte. Es war nämlich keineswegs die Hölle los gewesen, und weder von den Politikern noch in den Medien wurden diese Dinge ein für alle Mal bereinigt, sondern das Ergebnis bestand schlicht und ergreifend darin, dass zwar die Löhne der Portugiesen ein wenig revidiert wurden, doch im nächsten Zug verlängerte man ihre Verträge nicht. Man stellte einfach weniger Portugiesen ein und holte stattdessen mit Billigung der Behörden scharenweise Chinesen ins Land. Und zu denen bekam er überhaupt keinen Draht, sie lächelten bloß und schwiegen, wenn er ihnen seine Rolle zu erklären versuchte und warum sie sich nicht bescheißen lassen sollten. So seltsam das anmutet, dachte Róbert, diese Chinesen scheinen nicht die geringste Ahnung von den Grundprinzipien des Sozialismus zu haben. Noch nicht, dachte er, noch nicht.

Die noch verbliebenen Portugiesen beanspruchten das Südende des Gemeinschaftsraums für sich, aber ihre Domäne verkleinerte sich zusehends. Die wenigen Isländer, die sich überhaupt hier blicken ließen, saßen entweder so wie er selbst auf den Sofas nahe beim Ausgang oder an der Bar. Die Italiener hatten eine eigene Bar, das war ein geschlossener Club, der für sie und einige wenige Auserwählte anderer Nationalitäten aus der gleichen Gesellschaftsschicht reserviert war. Dort gab es diverse Weine und Grappas und noch einiges mehr. Das Stärkste, was man hier bekommen konnte, war alkoholfreies Bier.

Róbert trank einen Schluck Kaffee. Der ist verdammt gut, dachte er, viel besser als in der Kantine der NPC. Er blickte sich wieder um. Die Rückenansicht von einem der Männer an der Bar kam ihm bekannt vor, doch erst als der sich umdrehte, erkannte Róbert den Baggerführer wieder, der ihn am

Sonntag angesprochen und ihn gefragt hatte, wieso er wüsste, dass »die« aufgehört hatten zu sprengen. Der ihm diese verrückte, wahnsinnige Idee eingegeben hatte. Er setzte den Kaffeebecher so heftig ab, dass der Kaffee herausspritzte.

»Wie kann man nur so ein verdammter Idiot sein«, murmelte er, stand auf und lief schnell nach draußen.

22

Dienstag

Björn Egilsson: Sicherheitsbeauftragter & Zuhälter. Zahlr. Anrufe wegen Drogencheck, weshalb? Keine Eintr. Strafregister.
Halldór Valdimarsson: Kontrollingenieur, Techtelmechtel mit Frau von Impregilo-Chef (Ric. Val.) & Drogen im Spiel (wahrsch. Dealer). Häufige Beschwerden, verzögerte Bauarbeiten. Keine Eintr. Strafreg.
Francesco di Tommasso: Ingenieur & Kontrahent seines Chefs (Ric. Val.). Beschwerde bei der ital. Zentrale?? Nicht der erste Clash mit Ric. Val.
Jorge Fonsecas: Arbeiter, war an seinem normalen Arbeitsplatz.
Gianluca Barei: Vizegeneraldirektor Impregilo, unerwarteter Inspektionsbesuch.
Johann Norling & Wolfgang Haase: externe Sachverständige, präsentieren Untersuchungsergebnisse.
Ásmundur Arason, leitender Sicherheitsbeauftr. Misslungener Selbstmordversuch, wird kurz darauf getötet. Motiv?

Das Quietschen des Filzstifts auf der Kunststofftafel war derart unangenehm, dass alle erleichtert aufatmeten, als Stefán die Kappe aufsetzte und wieder Platz nahm. Er hatte Tafel und Stift ausgiebig eingesetzt.

»So sieht es also aus«, sagte er. »Ásmundur ist so gut wie sicher ermordet worden, die anderen vielleicht, aber ich bin mir ziemlich sicher, dass es eine Verbindung gibt, obwohl wir keinerlei Beweise dafür an der Hand haben. Ich weiß nicht, worin diese Verbindung besteht, zumindest noch nicht, aber das wird sich herausstellen. Deswegen gehen wir das Ganze noch einmal durch. Zuerst war der Bergsturz, dabei sind sechs Menschen ums Leben gekommen, das siebte Opfer liegt noch auf der Intensivstation. Ich glaube, wir können ausschließen, dass sie alle unter den Geröllmassen landen sollten, dazu haben diese Leute schlichtweg einen viel zu unterschiedlichen Hintergrund. Zwischen Björn und Halldór kann man möglicherweise eine Verbindung herstellen und vielleicht auch zwischen di Tommasso und Barei, und das sollten wir uns nachher noch einmal genauer ansehen. Meiner Meinung nach können wir die drei Letzten, Barei, Norling und Haase, als mögliche Ziele abschreiben. Alles Außenstehende, die nur auf Besuch hier waren. Die Untersuchungsergebnisse von Norling und Haase liegen vor, deswegen konnte es kaum darum gehen, sie zum Schweigen zu bringen. Zu anderen Leuten hier gibt es, soweit wir wissen, keine Verbindung. Bei Barei bestehen natürlich Querverbindungen zu anderen Leuten von Impregilo, aber dieser Besuch scheint in erster Linie di Tommasso gegolten zu haben, und nichts deutet darauf hin, dass irgendjemand vorab gewusst hat, dass er an dieser Inspektionsfahrt teilnehmen wollte. Wir können also diese drei vergessen oder zumindest zurückstellen. Sehen wir uns die anderen der Reihe nach an, zuerst Björn. Was wissen wir noch über ihn?«

»Eine Frage noch, bevor wir weitermachen«, sagte Árni zögernd, »falls du nichts dagegen hast.«

»Ja?« Stefán sah Árni fragend an, und der richtete sich unwillkürlich auf seinem Stuhl auf.

»Also, ich habe überlegt – du sagst, dass niemand vorher davon gewusst hat, dass Barei an der Inspektionsfahrt teilnehmen würde. Und ich frage mich, ob überhaupt jemand gewusst hat, dass sie stattfinden sollte.«

»Und weiter?«

»Okay. Diese Typen Norling und Haase, die sind am Freitag hier eingetroffen. Sie hatten Besprechungen mit zehn, maximal fünfzehn Leuten. Alle diejenigen, mit denen wir uns unterhalten haben und die an diesen Besprechungen teilgenommen haben und wussten, dass diese Besichtigungsfahrt bevorstand, sind der einhelligen Meinung, dass das erst da am Freitagabend vereinbart wurde. Korrekt?«

»Korrekt«, sagte Stefán. »Und?«

»Und deswegen kapiere ich das nicht so richtig. Weshalb befassen wir uns so intensiv mit denen, die umgekommen sind? Nicht nur, dass die Leute erst sehr spät von der Inspektionsfahrt erfahren haben, sondern von denen wusste auch niemand, wo sie überhaupt hingehen sollte, geschweige denn, wann sie wo sein würden. Versteht ihr, das passt doch vorne und hinten nicht zusammen.«

Er blickte einen nach dem anderen an und glaubte ihren Mienen zu entnehmen, dass er getrost weitermachen konnte. »Also, selbst wenn wir annehmen, dass irgendjemand darauf getippt hat, dass sie irgendwann dort eintreffen würden, um sich diese Verwerfung oder wie das heißt anzusehen, ja, oder es vielleicht im Gespräch mit jemandem von diesen Typen, die kre … die umgekommen sind, erfahren hat, das Ganze ergibt trotzdem überhaupt keinen Sinn.« Er sah Stefán an. »Wie du selber am Sonntag gesagt hast, hätte es nichts gebracht, da oben herumzuspazieren und irgendwo Dynamit hinzuschmeißen. Wenn es eine Explosion war, dann muss da jemand am Werk gewesen sein, der sich auf so etwas verstand, und er musste die Ladung so anbringen, dass der Grat wirklich herunterkrachte, nicht wahr, also entweder in einer Spalte oder einem gebohrten Loch oder was weiß ich. In dieser Nacht war aber total verrücktes Wetter, überhaupt keine Sicht, schwärzeste Finsternis, und da oben gibt es, soweit ich weiß, überhaupt keine Beleuchtung. So eine Spalte findet man nicht so mir nichts, dir nichts, würde ich meinen, und niemand hat bislang eine Aussage gemacht, dass er da in der Nacht einen Pressluftbohrer gehört hat, oder was auch immer sie dazu verwenden, um solche Löcher zu bohren. Also ich sehe nicht, wie das zusammenpassen soll, ich glaub einfach nicht, dass jemand mitten in der Nacht dorthin gefahren ist, eine Sprengladung präzise am richtigen Ort angebracht hat, ihnen morgens nachgefahren ist und gezündet hat, als sie an Ort und Stelle waren, verstehst du?«

»Sondern was?«, fragte Stefán. »Was ist dann passiert?«

»Ich weiß es nicht«, sagte Árni achselzuckend. »Du hast gesagt, dass wir so lange von einer Sprengung ausgehen sollten, bis sich etwas anderes herausstellt. Wenn wir uns aber einfach nur den Zeitrahmen und die Umstände vor Augen führen, ist das dann nicht so gut wie ausgeschlossen? Ich meine, da gab es Spalten, und vielleicht waren sie tiefer, als die Leute gedacht haben, das Gestein instabiler, als sie erwartet hatten, und all das, wovon Ásmundur in seinem Brief spricht und was andere uns ebenfalls versucht haben zu erklären. Das Gestein gab nach, der Erdrutsch ging los, und sie wurden darunter begraben. Weshalb bist du so sicher, dass es sich um eine Explosion gehandelt hat?«

»Fertig?«, fragte Stefán.

»Ich bin fertig«, sagte Árni, der feuerrot geworden war.

Dieser lange Diskussionsbeitrag hatte ihn einige Mühe gekostet, aber er war angebracht gewesen.

»Hm«, sagte Stefán, »na schön, das ist natürlich eine sehr berechtigte Frage, das gebe ich zu. Und ich weiß auch nicht genau, was ich dir darauf antworten soll. Oder euch, ihr habt vielleicht alle darüber nachgedacht?« Keiner sagte etwas, doch die Antwort lag nichtsdestotrotz in der Luft.

Stefán kratzte sich unter dem Kinn, rückte die Kappe zurecht und stützte sich mit gefalteten Pranken auf die Ellbogen. »Also«, fuhr er fort, »da ist zunächst einmal der Arbeitsschutz. Mit denen habe ich gestern und heute geredet. Die untersuchen das immer noch. Könnte sowohl Sprengung als auch Bergsturz sein.«

Árni öffnete den Mund, doch Stefán bedeutete ihm zu schweigen.

»Und zum anderen ist da der Hund. Könnte eine Explosion sein, könnte ein natürlicher Erdrutsch sein, er hat keine Ahnung. Mit anderen Worten, da ist nichts, was darauf hindeutet, dass es unbedingt eine Sprengung gewesen sein muss, das stimmt so weit. Aber …« Er hob die Hand und begann, an den Fingern abzuzählen. »Erstens, in Reykjavík liegt ein Mann auf der Intensivstation, der eine Explosion gehört zu haben glaubt, kurz bevor er unter den Brocken begraben wurde. Zweitens, es fehlen achtzehn Kilo Dynamit. Drittens, uns liegt ein Brief von einem Mann vor, der von dem Grat wusste und es für wenig wahrscheinlich hielt, dass er einstürzen würde, obwohl er die Möglichkeit einräumte. Und dieser Mann, Ásmundur Arason, hatte viertens eine vieljährige untadelige Laufbahn als Sicherheitsbeauftragter hinter sich.«

Er sah sie einen nach dem anderen an, bevor er den Daumen hob. »Und fünftens – ich weiß, dass ich das vielleicht schon gleich zu Anfang hätte sagen sollen –, fünftens war ich vor langer Zeit mit Ásmundur Arason befreundet, und einen zuverlässigeren Zeitgenossen kenne ich nicht. Deswegen tendiere ich dazu, ihn ernst zu nehmen. Okay?« Er legte die Hände wieder übereinander und räusperte sich. »Das sind wie gesagt die Hauptgründe dafür, dass ich mich immer noch daran halte, dass dort eine Sprengung erfolgt ist. Vielleicht irre ich mich, das kann durchaus sein. Aber in Anbetracht der Informationen, die uns über einige der Opfer vorliegen, ist die These wohl nicht zu weit hergeholt, dass jemand von ihrem Tod profitiert, oder?«

Sie kauten eine Weile daran herum, bis Guðni das Schweigen brach, seinen Hosenbund losließ und sich einen neuen Stumpen aus der Brusttasche fischte, um darauf herumzukauen.

»*Allright*«, sagte er, »sagen wir also, dass es eine Sprengung war. Und ja, okay, einige von den Opfern hatten vielleicht hier Feinde, denen es in den Fingern juckte, sie abzumurksen. Und zumindest einer von ihnen hatte es auch wirklich verdient, wenn er nicht tot wäre, würde ich ihn eigenhändig massakrieren wollen. Trotzdem glaube ich aber, dass der Junge recht hat, wir müssen der Tatsache ins Auge sehen, dass in dem Zeitraum zwischen der Entscheidung zu dieser Inspektionsfahrt und ihrer Durchführung weder Zeit noch Gelegenheit war, den Sprengstoff dort anzubringen.«

Katrín musste Guðni zustimmen. »Die Sprengladung muss also schon dort gewesen sein, bevor die Fahrt beschlossen wurde, und demzufolge war der einzige Überlebende derjenige, der umgebracht werden sollte«, sagte sie. »Der Portugiese Fonsecas.«

»Der im Übrigen der Einzige ist, über den wir so gut wie nichts wissen«, führte Árni den Gedanken weiter und sah Stefán entschuldigend an.

»Aber weshalb zum Kuckuck sollte den jemand umbringen wollen?«, fragte Steinþór zweifelnd, »einen ganz gewöhnlichen Arbeiter?«

Stefán schüttelte den Kopf. »So etwas wie den ganz gewöhnlichen Arbeiter gibt es nicht. Wie Árni sagt, wir wissen nichts über ihn. Er könnte durchaus der Rädelsführer von etwas gewesen sein.« Er warf Guðni einen listigen Blick zu, froh, dass der Kerl schon fast wieder zu früherer Form auflief. »Mir dämmert, dass ich etwas in der Art am Sonntagabend im Hotel erwähnt habe, nämlich dass der Portugiese, weil er als Einziger mit Sicherheit stets an diesem Ort anzutreffen war, das wahrscheinlichste Opfer ist. Du hattest eine andere Theorie, wenn ich mich richtig erinnere. Bedeutet das, dass du die Mafia von der Liste der Verdächtigen gestrichen hast?«

»*Come on*«, sagte Guðni und grinste breit, aber müde, »die Mafia macht doch nicht vor Portugiesen Halt, oder?«

Birgir wunderte sich am meisten darüber, dass nichts von Halldórs Beständen ihn auch nur im Geringsten reizte. Der Geruch von Hasch stieg ihm in die Nase, direkt vor ihm lag ein Haufen von abgepackten Amphetamintüten und ein anderer mit Geldscheinbündeln. Unbegreiflicherweise ging ihm jegliche Lust zu kiffen oder zu koksen vollständig ab, und nicht einmal das Geld stellte eine Versuchung dar. Und noch weniger der Gedanke, das Zeug an sich zu nehmen und zu Geld zu machen.

»Schaff mir das aus dem Haus«, sagte er. »Ich will nicht wieder in den Knast und schon gar nicht wegen Dope, das anderen gehört. Schaff das weg, und zwar sofort!«

»Weshalb solltest du denn deshalb im Gefängnis landen, mein Junge?«, fragte Valdimar und sah Birgir verständnislos an. »Ich hab das doch hierher gebracht. Und wer sollte denn schon hier hereinkommen?«

Birgir stand auf, holte eine Plastiktüte aus einer Schublade und begann, das Ganze hineinzupacken.

»Wenn der Stoff hier bei mir gefunden wird, lande ich im Knast, egal, was du sagst. Einfach deshalb, weil ich ich bin, und du bist mein Vater. Selbstverständlich lügt er für seinen Sohn, denken die. Denen würde es keinen Augenblick einfallen, dir zu glauben. Würd ich an ihrer Stelle auch nicht tun.«

»Aber wer sollte das hier finden? Wieso sollte jetzt irgendjemand kommen?«

Birgir stopfte das letzte Notenbündel in die gelbe Plastiktüte und verknotete die Griffe, bevor er sie seinem Vater in den Schoß warf.

»Weil ich ich bin«, wiederholte er, »weil ich das getan habe, was ich getan habe.« Er verschränkte die tätowierten Arme und lehnte sich gegen die Wand. »Als ich mein Telefon zurückbekam, habe ich gesehen, dass du den ganzen Tag angerufen hast. Was glaubst du, weshalb ich nicht geantwortet habe?«

Valdimars Miene zeugte von immer größerer Verwirrung. »Als du dein Telefon zurückbekommen hast – ich verstehe nicht. Ja, ich habe versucht, dich anzurufen und geglaubt, dass du einfach nicht mit mir reden willst. Ich hatte mir schon richtig Sorgen deinetwegen gemacht und deine Mutter auch. Wo warst du denn, weshalb hast du nicht geantwortet? Was meinst du damit, als du dein Telefon zurückbekommen hast, ich verstehe das nicht …«

»Nein«, sagte Birgir brüsk, »du verstehst nichts. Ich war den ganzen Tag eingesperrt. Ich und noch vierzig, fünfzig andere Leute. Sie haben uns die Telefone abgenommen, uns in die eiskalte Lagerhalle gesperrt und uns dort neun Stunden lang ohne etwas zu essen oder zu trinken festgehalten. Kannst du dir vorstellen, wie das war? Da drin ist nämlich gar nichts, keine Stühle, keine Bänke, nichts. Kein Klo. Das war genau wie in diesem verdammten Guantanamo, nur viel kälter, und, wie gesagt, es gab noch nicht mal ein Klo. Und dann haben sie jeden Einzelnen fotografiert und uns anschließend sozusagen mit einem Tritt hinausbefördert. Keine Erklärung, keine Entschuldigung, nur mit dem Befehl, das Gelände nicht zu verlassen. Aber unsere Handys haben wir zurückbekommen.«

»Aber … aber …« Valdimar hockte inzwischen völlig entgeistert auf der Bettkante und wiegte sich vor und zurück. Er hielt die gelbe Tüte so fest umklammert, als enthielte sie sein Lebenselixier. »Aber weshalb?«, brachte er endlich hervor. Er sah Birgir mit fassungslosem Blick an, doch der hatte nur ein kaltes Lächeln für ihn übrig.

»Sie suchen nach dem oder denen, die die Brücke gesprengt haben«, sagte Birgir immer noch lächelnd, »und ich komme sehr stark für die Hauptrolle in Betracht.« Er drückte sich von der Wand ab und streckte die rechte Hand aus. »Wie alle anderen, die dort eingesperrt waren«, fuhr er mit ausgestreckter Hand fort. »Ich gehe davon aus, dass wir da zusammen eingepfercht wurden, damit sie in der Zwischenzeit unsere Telefone abchecken und unsere Zimmer durchsuchen konnten.« Er deutete mit dem Kopf in Richtung Schreibtischplatte. »Siehst du meinen Wecker da hinter dem Buch, direkt an der Wand? Ich stell ihn aber immer hier vorn auf die Ecke, damit er runterfällt, wenn ich danach taste. Dann muss ich nämlich aus dem Bett, um ihn abzustellen. Das war ein Schnitzer von denen, oder vielleicht haben sie es auch absichtlich gemacht. Ich stehe jedenfalls auf dieser Liste, und sie haben mich im Visier. Deswegen will ich, dass das verfluchte Zeug so schnell wie möglich von hier verschwindet.«

Valdimar nahm die linke Hand von der Tüte, griff nach der ausgestreckten Hand seines Sohnes und stand wie in Trance auf.

»Weshalb glauben sie das?«, fragte er kläglich. »Weshalb glauben sie, dass du etwas mit der Brücke zu tun hast?«

Birgir lachte. »Nun tu doch nicht so. Das solltest du doch wissen, du hast mir doch selber oft genug gesagt, wie kriminell ich bin. Das ist es aber nicht, davon haben sie offensichtlich keine Ahnung, und deswegen haben sie einfach alle da eingesperrt, die irgendwann mal irgendwas verbrochen haben.« Er schlug seinem Vater so kräftig auf die Schulter, dass Valdimar einen Schmerzenslaut von sich gab. »Ich bin als Gewalttäter verurteilt worden, liebes Väterchen, als Junkie, als Dieb und als ich weiß nicht was. Und außerdem habe ich doch vor ein paar Jahren eine ganze Brücke in die Luft gesprengt, erinnerst du dich nicht? Na, vielleicht keine ganze, aber trotzdem, und du warst deswegen auch tierisch sauer. Ich bin ein Mann mit Erfahrung, und ich kann mit Dynamit umgehen. Was brauchen sie mehr?«

»Ich kann aber auch mit Dynamit umgehen«, murmelte Valdimar. »Weshalb haben sie mich nicht festgenommen?«

Birgir grinste. »Ich wurde nicht festgenommen. Ich wurde nur für ein paar Stunden in Verwahrung genommen. Sie haben mich geschnappt, als ich das Gelände verlassen wollte – ich wollte nach Hause, zu Mutter. Eigentlich hatte ich das bereits am Sonntag vor, aber sie hat mich gebeten, noch zu bleiben. Und gestern wollte ich auch nach Hause, aber sie bestand darauf, dass ich bleibe. Weißt du, warum?« Valdimar schüttelte den Kopf. »Weil sie sich deinetwegen Sorgen macht«, schnaubte Birgir. »Weshalb bist du nicht schon längst weg? Euer Sohn ist tot, und Mama ist ganz allein zu Hause! Was bist du eigentlich für ein Mensch? Ich komm jetzt nicht mehr hier weg, ich darf das Gelände nicht verlassen, aber du kannst überall hin. Trotzdem hängst du blödsinnigerweise immer noch hier rum.«

Er öffnete die Tür und schob Valdimar auf den Korridor

hinaus. »Fahr nach Hause. Siggi oder Steini können hier übernehmen, fahr nach Hause.«

Valdimar senkte den Kopf. »Vielleicht tu ich das«, sagte er. »Aber was soll ich damit machen?«

Er hob die Tüte hoch. Birgir schüttelte den Kopf.

»Das musst du selber entscheiden. Es ist natürlich ein Teil des Erbes, vielleicht solltest du Klein Valdi die Entscheidung überlassen? Wer weiß, vielleicht wird er ja in ein paar Jahren das Geschäft übernehmen, dann braucht er natürlich ein bisschen Startkapital.«

Valdimar starrte ihn entsetzt an. »Du musst deinen Bruder sehr gehasst haben«, sagte er leise, »sonst würdest du nicht so reden, Biggi. Aber du solltest es vielleicht nicht an seinem Sohn auslassen.«

Birgir schnaubte, trat dicht vor seinen Vater und beugte sich zu ihm herunter. »Du bist so dumm. Du bist und bleibst ein so verdammter Trottel, dass es noch nicht mal mehr komisch ist. Ich soll Dóri gehasst haben? Meinen Bruder? Meinen einzigen Bruder? Warum zum Teufel hätte ich das tun sollen?«

»Aber du … Als ich gestern gesagt habe, dass du ihn doch auch gemocht hast …«

»Da habe ich gesagt, du würdest Blödsinn verzapfen«, sagte Birgir, »ich weiß. Du hast auch Blödsinn verzapft. Du hast angedeutet, dass ich Halldór nicht mochte. Was natürlich totaler Blödsinn ist, genau wie das meiste andere, was du von dir gibst.« Er richtete sich wieder auf. »Nein, ich habe Dóri mit Sicherheit nicht gehasst. Aber dich, dich hasse ich schon hundert Jahre.«

Die Unterkünfte für die Angestellten des Subunternehmers waren nicht groß. Sie bestanden aus den gleichen Einheiten wie die im Camp der National Power Company, Aufenthaltsraum, sanitäre Anlagen und zwölf Zimmer hintereinander.

Das Haus erzitterte in seinen Grundfesten, als Birgir seinem Vater die Tür vor der Nase zuschlug. Der stand auf dem Gang und hielt mit einer Hand die Plastiktüte umklammert. Das Kinn war auf die Brust gesunken.

»Schnodder und Brotsuppe mit Sahne und Rosinen«, stöhnte Stefán und klopfte sich auf den Bauch, nachdem er sich wieder am Ende des Konferenztisches niedergelassen hatte. »Über das Essen hier kann man sich wirklich nicht beklagen.«

»Schnodder?«, fragte Árni entgeistert.

»Genau«, sagte Stefán, »Fleischcurry.«

»Heißt das so?«

»Ja.«

»Sollte das wirklich Curry sein? Diese grüngelbe Pampe?«

»Ja. Mein Gott, Junge, was hast du denn gedacht?«

Árni schnitt eine Grimasse. »Keine Ahnung. Mit Curry hab ich das jedenfalls nicht in Verbindung gebracht.«

»Und ob man sich hier über das Essen beklagen kann«, mischte sich Katrín ein. »Es ist wirklich lange her, dass ich in so einer Cholesterin-Brutstätte essen musste – ein echter Fetttempel!«

»Anständiges Essen für gestandene Männer«, rülpste Guðni. »Wir sind hier irgendwo mitten im Hochland, und das bei knackigem Frost, falls dir das entgangen sein sollte. Die Männer hier brauchen Energie.«

»Mag sein, dass wir mitten im Hochland sind«, entgegnete Katrín abfällig, »aber dieses Essen hier wird für Ingenieure, Techniker und alle möglichen Schreibtischtäter gekocht, und die arbeiten drinnen in den Häusern in wohliger Wärme, nicht für Arbeiter, die für einen miesen Lohn bei Wind und Wetter draußen schuften müssen. Zum Kaffee nachmittags gibt's nur Kuchen und keinerlei Brot – außer in Form von dieser vollfetten Brotschichttorte mit Mayonnaisesalat dazwischen.« Sie schnitt eine Grimasse. »Ich begreife nicht, dass die Leute hier nicht schon längst einen Aufstand gemacht haben. Mich würde dieses Essen auf die Dauer wahnsinnig machen.«

»Mich nicht«, erklärte Stefán, während er mit einem Zahnstocher herumwerkelte. »Schon wegen des Essens würde ich hier liebend gern einen Job übernehmen.«

Katrín drohte ihm mit dem Zeigefinger. »Du weißt, dass du an deine Gesundheit denken musst. Du darfst so etwas doch wahrscheinlich überhaupt nicht essen?«

»Ich darf essen, was mir passt«, entgegnete Stefán bockig. »Bei mir ist alles in Ordnung. Kommen wir zur Sache.« Er öffnete die Mappe, die vor ihm lag. »Wo waren wir stehen geblieben?«

Lárus warf zwar neugierige Blicke zu Halldórs Unterkunft hinüber, hielt sich aber mit Fragen an den Polizisten, der frierend vor der Tür Wache schob, zurück und ging unverzüglich weiter zu seinem eigenen Apartment. Ihm war beinahe übel nach dem Essen, wahrscheinlich hätte er die Brotsuppe weglassen sollen, überlegte er. Oder zumindest die Sahne. Er zog sich die Arbeitsstiefel aus und schlüpfte in die Hausschuhe, befreite sich von Schal, Mütze und Anorak, die er ordentlich ablegte, bevor er das Licht im Zimmer anknipste und sich an seinen Schreibtisch setzte. Er hatte kaum die Word-Datei geöffnet, an der er in den letzten Tagen gearbeitet hatte, als jemand heftig gegen die Tür schlug und eintrat, nein, es mussten mehrere sein. Lárus klappte schnell seinen Laptop zu und drehte sich um. Ein hochgewachsener Mann mit eisgrauem Haar und Stahlbrille stellte sich breitbeinig an der Tür auf, die Hände hinter dem Rücken verschränkt. Hinter ihm standen noch zwei andere, sehr viel jüngere Männer. Der eine war offensichtlich ein Farbiger, er trug trotz der Dunkelheit draußen eine Sonnenbrille.

»Lárus Einarsson.« Der Mann in der Tür fragte gar nicht, sondern konstatierte nur. »Du hast in Deutschland studiert, genauer gesagt in Mannheim. Und hast im vergangenen Jahr deinen Abschluss gemacht.«

Lárus war sehr danach zumute, laut loszulachen, doch die Wut, die in ihm hochstieg, verhinderte das. Er stand auf und stemmte die Hände in die Hüften.

»Und wer bist du?«, fragte er scharf. »Was hat das zu bedeuten, dass ihr einfach so bei mir eindringt? Was wollt ihr von mir?«

»Beispielsweise uns deinen Computer ansehen«, erklärte Leifur lächelnd, marschierte zum Schreibtisch und klappte den Laptop auf. Lárus hatte die Datei nicht schließen können. Er kam zu dem Schluss, dass es zwecklos war, den Mann daran hindern zu wollen, deshalb wartete er schweigend, während Leifur las und unmelodisch vor sich hin summte. »Gewiss interessant«, erklärte Leifur nach beendeter Lektüre, »aber vielleicht nicht genau das, wonach wir suchen. Das finden wir aber sicherlich später noch.« Er klappte den Laptop zu und reichte ihn Friðrik. »Wie bei den Hardy-Boys. Bist du Frank oder Joe? Ich persönlich habe eine Vorliebe für Frank, ehrlich gesagt. Aber das hier hast du gut gemacht, ich kenne Leute, die bestimmt gerne einen Blick darauf werfen würden. Sie sind hier ganz in der Nähe auf einer Besprechung. Doch die können warten, erst müssen wir diesen Rechner untersuchen, bevor wir ihnen gestatten, deine interessanten Überlegungen zu lesen.«

Lárus gab sich alle Mühe, keine Miene zu verziehen und seine drohende Stellung beizubehalten, was ihm angesichts der Umstände erstaunlich gut gelang.

»Wer bist du?«, wiederholte er. Das Zittern in seiner Stimme war kaum zu hören. »Und was willst du?«

Leifur zog sich überaus gemächlich die Lederhandschuhe

aus, indem er an einem Finger nach dem anderen zupfte, und diese absurde und affektierte Aktion ließ Lárus das wenige, was von seinem Selbstvertrauen verloren gegangen war, wiedergewinnen. »Ich möchte, dass ihr hier verschwindet, und zwar auf der Stelle«, sagte er entschlossen. »Und ich will meinen Computer wiederhaben, sonst verständige ich die Polizei. Du hast ja gesagt, dass sie hier ganz in der Nähe ist.«

Leifur begann, sich den anderen Handschuh auszuziehen.

»Du hast in Mannheim studiert«, fuhr er fort, als sei nichts vorgefallen, »und dort unter anderem mit einem Mann namens Nikolaus Grötsch verkehrt.« Er steckte die Handschuhe in die Manteltaschen und blickte sich um. »Richtig gemütlich hast du's hier«, sagte er, während er die nackten, weißen Wände betrachtete, »hast du das selber so eingerichtet?«

Lárus befeuchtete seine Lippen. Sein Widerstand erlahmte, aber die Wut bewirkte, dass er sich kerzengerade hielt und den Kopf in den Nacken warf. »Nicht, dass dich das etwas angeht, aber Klaus war mein Freund, das stimmt«, sagte er trotzig. »Wieso weißt du das? Wer bist du?«

Leifur lächelte immer noch. »Klaus, richtig, so wurde er genannt. Und Dörte … Lüttjohann, spreche ich das richtig aus?« Er ging zu Lárus hinüber, baute sich direkt vor ihm auf und drückte ihn hinunter auf den Stuhl. Lárus gab nach und setzte sich. »Und dann war da noch ein anderer Nicholas, der wurde Nick genannt und kam aus Australien. Und dann noch die Heide. Und Sabine, natürlich. Vorbildliche Studenten, alle miteinander. Weißt du, wo sich dein Freund Klaus im Augenblick befindet?« Lárus schüttelte den Kopf. »Jetzt tu bloß nicht so, selbstverständlich weißt du das«, sagte Leifur. »Eure Freundin Dörte hat dich zuletzt heute Morgen angerufen, sie muss es dir doch gesagt haben. Falls sie es aber vergessen haben sollte …«, Leifur setzte sich auf das gemachte Bett und lehnte sich bequem gegen die Wand, »… dann werde ich es dir sagen. Er ist im Gefängnis. Und zwar schon seit der letzten Woche, wegen radikaler Umtriebe. Was hat er noch gleich gemacht? Friðrik, rekapitulier das für uns.«

Friðrik erschien im Türrahmen, und das Lächeln in seinem Gesicht ähnelte dem seines Vorgesetzten. »Er ist in den Bundestag in Berlin eingedrungen und hat versucht, den deutschen Umweltminister mit Farbe zu bespritzen.«

»Eben«, sagte Leifur. »Das passt, mit grüner Farbe. Das ist ihm aber nicht gelungen. Genauso wenig, wie er es geschafft hat, damals den Zug zu stoppen, den mit dem Atommüll, der auf dem Weg nach … Friðrik, wie heißt der Ort noch?«

»Gorleben«, sagte Friðrik.

»Gorleben, ja. Diese deutschen Namen sind so seltsam, die kann man sich gar nicht merken. Das ist ihm nicht gelungen, und auch nicht all den anderen Verrückten, die das versucht haben, darunter auch Dörte und Nick, Heide und Sabine – und du.« Er seufzte effektvoll auf. »So kann es gehen. Mehr als vierzig Leute mussten heute den ganzen Tag ohne etwas zu essen oder zu trinken in der kalten Lagerhalle abbrummen, und das ist alles deine Schuld. Wie denkst du darüber?«

Lárus war leichenblass geworden, aber er beherrschte sich.

»Was soll denn der Quatsch? Worauf willst du eigentlich mit diesem Blödsinn hinaus?«

Leifur legte den Kopf schräg und lächelte wieder. »Also wenn du einfach nur deinen richtigen Namen angegeben hättest, als sie dich seinerzeit da mit all den anderen Freaks auf den Schienen festgenommen haben, wäre dein Name bei uns gleich gestern aufgetaucht, und wir hätten heute niemanden einzusperren brauchen. Genau genommen wäre er wahrscheinlich schon vor ein paar Wochen aufgetaucht, und dann hätten wir überhaupt nicht hierherzukommen brauchen.« Leifur richtete sich auf und blickte Lárus vorwurfsvoll an. »Aber du hast die deutsche Polizei belogen, was natürlich absolut unzulässig ist, du hast einen falschen Namen angegeben. Das hatte zur Folge, dass wir etliche Umwege gehen mussten und du erst vor zehn Minuten auf unserem Radar geortet werden konntest. Außerdem mussten wir jede Menge zusätzliche Arbeit auf uns nehmen, um all die anderen abzuchecken. Tz, tz, das gefällt uns eigentlich ganz und gar nicht, nicht wahr, Frikki?«

»Ganz und gar nicht«, bestätigte Friðrik.

Wenn ich im Kino wäre, müsste ich jetzt bestimmt lachen, dachte Lárus. Aber er lachte nicht.

»Das ist absurd«, sagte er stattdessen. »Was wollt ihr von mir?«

Leifur schnalzte wieder. »Was für eine Frage! Mein lieber Lárus, du weißt sehr genau, was wir von dir wollen. Wir möchten wissen, ob du allein am Werke warst oder ob es dir bereits gelungen ist, hier in Island neue Freunde und Gesinnungsgenossen zu mobilisieren.«

»Was meinst du damit, am Werke warst?«

Leifur stöhnte noch effektvoller. »Ach, Jungchen, nun hör schon auf damit. Wir wissen von diesen Typen, mit denen du dich in Deutschland herumgetrieben hast. Die deutsche Polizei arbeitet gründlich. Glaubst du wirklich, dass wir nicht wissen, wie ihr euch genannt habt? Für was habt ihr euch eigentlich gehalten? Habt ihr geglaubt, dass ihr die Welt retten könnt? All die bösen Kapitalisten stoppen, die unsere Mutter Erde zerstören, und bis in alle Ewigkeit auf Blumenwiesen tanzen?«

Lárus gab ihm keine Antwort, sondern starrte Leifur nur wie vom Donner gerührt an, der sich köstlich zu amüsieren schien.

»Die Grüne Armee, so habt ihr euch doch genannt, oder nicht?«, fragte Leifur. »Die Grüne-Armee-Fraktion? So wie die Rote-Armee-Fraktion, nicht wahr? Großartige Vorbilder. Ich begreife nicht, warum du nicht Poster von deinen Helden hier an der Wand hast. Wie viele Menschen haben diese Typen von der RAF umgebracht, Frikki?«

»Viele«, sagte Friðrik.

Leifur nickte. »Genau so habe ich es auch in Erinnerung.« Er stand auf. »Jetzt habe ich keine Lust mehr, wir werden uns später noch eingehender unterhalten.«

»Wenn du wirklich so gut über meine Freunde in Deutschland informiert bist«, entgegnete Lárus leise, »müsstest du doch auch wissen, dass ich während meines letzten Jahres in Deutschland fast nichts mehr mit ihnen zu tun hatte. Du hast keinen Gedanken darauf verschwendet, in Erfahrung zu bringen, warum das so war?«

»Nein«, entgegnete Leifur achselzuckend. »Ich sehe auch nicht, was das für eine Rolle spielen sollte, zumal du ja noch heute Morgen mit einer Angehörigen dieser Gruppe telefoniert hast.«

»Und es spielt auch keine Rolle, dass ich unten in der Schlucht war, als die Brücke gesprengt wurde, und mit meinem Fahrer an der Seite und einem Polizeiauto hinter mir zugesehen habe, wie sie in die Luft ging?«

»O ja, das spielt eine Rolle. Wir haben nämlich mit dem Fahrer gesprochen. Er hat bestätigt, dass du genau in dem Augenblick, als die Brücke explodierte, dein Handy betätigt hast. Du hast nicht telefoniert, sondern nur eine Nummer gewählt und anschließend das Handy in die Tasche gesteckt, ohne mit jemandem gesprochen zu haben.« Er zwinkerte Lárus zu. »Sag nicht, dass wir nicht unsere Arbeit tun.« Er stolzierte mit Friðrik und dessen Schatten im Gefolge zur Tür hinaus. Noch bevor Lárus aufstehen konnte, standen an ihrer Stelle vier schwarz vermummte, schwer bewaffnete Männer mit Skimützen in seinem Apartment. Hätte Lárus es nicht besser gewusst, hätte er in diesem Augenblick glauben können, dass er das Opfer eines terroristischen Anschlags geworden war. Im Grunde genommen kam es ihm gar nicht so abwegig vor. Er hielt es aber für sicherer, diese Meinung einstweilen für sich zu behalten.

23

Dienstag/Mittwoch

»Wer hat da was gemacht?«, fragte Stefán stellvertretend für alle. Eydís und Auðunn befreiten sich von Mützen und Handschuhen und ließen sich auf zwei Stühle fallen. Beide atmeten schwer und waren knallrot im Gesicht, am meisten Auðunn, der die ganze Zeit draußen auf der Veranda Wache geschoben hatte.

»Leifur, Friðrik und ein paar Leute vom SEK haben vor ein paar Minuten Lárus Einarsson in Handschellen abgeführt«, sagte Eydís, »den letzten Sicherheitsbeauftragten der NPC hier vor Ort.«

»Wohin sind sie mit ihm? In die Lagerhalle?«

»Nein, das glaube ich nicht«, erklärte Auðunn eifrig, »ich habe sie über einen Hubschrauber reden gehört, als sie an mir vorbeigingen. Leifur und seine Leute, meine ich, die anderen kamen hinterher und hatten Lárus zwischen sich. Und dann sind sie in zwei Jeeps gestiegen und losgedüst.«

»Und unterdessen sitzen wir hier nur ein paar Meter entfernt auf unseren Ärschen und merken nichts«, sagte Stefán ärgerlich. »Aber warte mal, wieso Lárus? Die glauben doch wohl nicht, dass der die verdammte Brücke gesprengt hat? Er war mit mir unten in der Schlucht und saß im Wagen vor mir, und wir wollten gerade wieder hochfahren, nachdem ich die Aktion abgeblasen hatte, als die Brücke vor unser beiden Augen explodierte.«

»Unser aller Augen«, warf Árni ein, doch niemand hörte ihn.

»Ich habe ihn von hinten gesehen«, sagte Stefán, »er saß da auf dem Beifahrersitz und telefonierte, als es passierte.«

»Das mit dem Handy könnte die Erklärung sein. Der Hund …« Eydís biss sich auf die Lippen. »Ich meine, Friðjón und ich, wir waren den ganzen Tag bei der Brücke, und wir haben Splitter von einem Handy gefunden. Und verschiedene andere Kleinigkeiten. Es hat den Anschein, als wäre Dynamit verwendet worden, und die Zündvorrichtung war an ein Handy angeschlossen. Genauso wie voriges Jahr in Madrid, ihr erinnert euch?«

»Mannomann«, sagte Árni, und diesmal hörten ihn die anderen und stimmten ihm jeder auf seine Weise zu. Sogar Guðni. Eydís beeilte sich mit gebührender Vorsicht, diese vorläufige Theorie etwas abzumildern.

»Das ist das, was wir *glauben*«, betonte sie. »Die Sache muss noch sehr viel genauer untersucht werden.«

»In Ordnung«, sagte Stefán, »die Ärmsten haben also endlich ihren terroristischen Anschlag bekommen, nach dem sie sich so lange gesehnt haben. Ich bin mir aber keineswegs sicher, ob sie den richtigen Mann erwischt haben. Das wird sich wahrscheinlich früher oder später herausstellen. Im Interesse von Lárus hoffentlich früher. Aber das Ganze hat auch sein Gutes, denn es bedeutet hoffentlich, dass wir dieses SEK-Gedöns erst mal los sind und hier ungestört unsere Arbeit fortsetzen können. Hast du da drinnen bei Halldór etwas Brauchbares gefunden, Eydís?«

»Wie brauchbar, wird sich noch herausstellen müssen«, antwortete sie. »Ich habe eine Menge Fingerabdrücke genommen, und im Eingangsbereich waren zwei riesige Schuhabdrücke.« Sie sah Stefán argwöhnisch an. »Ich brauche deinen rechten Schuh zum Vergleich, warst du nicht auch da drinnen?« Stefán gab das ohne ein Zeichen von Reue in seiner Stimme ohne weiteres zu. »Na, schön«, fuhr Eydís fort, »außerdem sind da noch einige Haare und natürlich noch andere Dinge. Ich hab auch höchstens erst die Hälfte geschafft. Habt ihr an die Türklinke gefasst?«, fragte sie dann, und sah Stefán und Steinþór an. »Von innen? Oder habt ihr etwas anderes angerührt?« Beide verneinten das. »Schön«, sagte sie, »dann mache ich weiter.«

»Was ist mit dem Hund? Kommt er nicht?«, fragte Stefán.

»Nein, der ist schnurstracks nach Egilsstaðir gefahren und fliegt morgen zurück nach Reykjavík. Er war stinksauer, weil er heute Abend nicht mehr weggekommen ist. Leifur hat versucht, ihn dazu zu verdonnern, dass er die Mannschaft wieder zurücktrommelt und den Brückenansatz genauer untersucht. Er hat ihm wohl alles Mögliche angedroht, aber du weißt ja, wie Friðjón ist, das hat ihm ganz und gar nicht gepasst.« Sie lächelte. »Falls er zurückkommt, dann frühestens morgen, und zwar, um unten in der Schlucht alles zu durchkämmen. Dabei muss ich ihm dann bestimmt assistieren. Ich werde also die Arbeit in Halldórs Apartment heute Abend noch abschließen und mit der anderen anfangen, bei – wie hieß er doch noch? Wessen Unterkunft sollte ich noch unter die Lupe nehmen?«

»Die von Ásmundur«, sagte Stefán.

»Ja. Ich tue, was ich kann, aber ich habe meine Zweifel daran, ob ich das alles schaffe. Eigentlich sehe ich auch keinen Grund, sein Apartment noch einmal zu untersuchen. Wir haben das schon vorgestern ausgiebig gemacht. Da hatten wir ja auch nichts anderes zu tun, in der Schlucht war ja nichts zu sehen. Aber ich kann das schon machen, wenn du unbedingt möchtest.«

Stefán kratzte sich im Nacken und wippte gleichzeitig gefährlich mit dem Stuhl. »Stell Halldórs Unterkunft erst mal zurück«, sagte er, »und auch die von Ásmundur. Schick das, was du bereits hast, nach Reykjavík und lass es so schnell wie möglich von deinen Kollegen dort untersuchen, und ebenso das, was ihr bei Ásmundur gefunden habt. Vielleicht sogar vor allem das, was ihr bei ihm gefunden habt. Ich glaube, wir hier sind uns alle ziemlich einig …«, er blickte in die Runde und ließ zur Erleichterung aller den Stuhl wieder auf seine vier Beine zurücksinken, »… dass es wohl dringlicher ist, noch ein weiteres Zimmer zu untersuchen, und zwar das von dem Portugiesen, der mit dem Leben davongekommen ist. Das muss so schnell wie möglich geschehen, und ich glaube, es könnte nichts schaden, wenn du es dir vornimmst, bevor wir darin herumwühlen.«

»Mir ist es egal«, sagte Eydís, »aber ich glaube, ich muss zunächst etwas essen. Wisst ihr, was es gibt?«

»Curry«, antwortete Stefán.

»Oh, Schnodder, mmh«, erklärte Eydís mit strahlendem Lächeln. Sie setzte sich die Mütze auf und ging hinaus. Auðunn sah Steinþór erwartungsvoll an, was den gewünschten Erfolg zeitigte.

»Na schön, dann geh du auch und iss was«, sagte Steinþór genervt.

Stefán ließ die Tür weit offen stehen und öffnete beide Fenster, bevor er das Zimmer seines Schulfreunds in Augenschein nahm. Ásmundur war nicht der Erste aus seinem Jahrgang, der starb; zwei Jahre nach dem Abitur war eine Klassenkameradin an Krebs gestorben und eine andere 2001 bei einem Autounfall. Ásmundurs Tod berührte ihn aus irgendwelchen Gründen tiefer. Sie hatten sich zwar in den letzten fünfundzwanzig Jahren aus den Augen verloren, aber sie waren früher befreundet gewesen und hatten sich, obwohl sie sehr verschieden waren, gut verstanden, bis Ásmundur nach Reykjavík ging, um Ingenieurwissenschaften zu studieren. Stefán blieb in Akureyri und trat in den Polizeidienst ein. Als er schließlich auch nach Reykjavík zog, war Ásmundur zum Studium im Ausland, und aus irgendwelchen Gründen hatten sie danach nie wieder zueinander gefunden.

»Nach was suchen wir?«, fragte Steinþór. Stefán schüttelte die Erinnerungen von sich ab und versuchte, den schwachen Leichengeruch zu ignorieren, der immer noch über der kleinen Behausung schwebte, und sich auf das zu konzentrieren, was anlag.

»Ich weiß es nicht«, sagte er, »aber wir werden es hoffentlich merken, wenn wir darauf stoßen. Ich fange mit dem Schreibtisch an, mach du dich an die Schränke.«

»Wozu das wohl gut sein soll«, brummte Steinþór missmutig, öffnete aber trotzdem den Kleiderschrank. Eine Weile arbeiteten sie schweigend, jeder in einer Ecke des kleinen Apartments, fanden aber nichts, was ihre Aufmerksamkeit erweckt hätte. Als Stefán die akkurat aufgereihte Bleistiftstummelsammlung in der mittleren Schublade sah und daneben die Schreib-, Zeichen- und Notizblöcke in ebenso akkuratem Stapel, musste er lächeln und sich wirklich zusammenreißen, um sich nicht wieder nostalgischen Gefühlen hinzugeben. Die bereits in Gebrauch genommenen Blöcke befanden sich zuoberst. Sicherheitshalber blätterte er alle durch, alle waren unbeschrieben. Er legte sie wieder an ihren Platz und machte weiter. Als er auf diese Weise den Schreibtisch durchforstet hatte, ohne irgendetwas gefunden zu haben, nahm er sich als Nächstes das Bett, den Nachttisch und die Regale vor, während Steinþór das winzige Bad und den Flur untersuchte.

»Tja, das hat wenig gebracht«, sagte Stefán und schloss das

Giebelfenster. Steinþór gab einen zustimmenden Laut von sich und trat auf die Veranda hinaus. Stefán schloss das andere Fenster ebenfalls und folgte ihm, drehte sich aber im Türrahmen um und warf noch einen Blick über die Wohnung, bevor er das Licht löschte. Dann knipste er es wieder an.

»Wo war der Brief?«, fragte er.

»Auf dem Schreibtisch. Auf der Schreibunterlage.«

Stefán zupfte mit Daumen und Zeigefinger an seiner Unterlippe. Die dunkelgrüne Unterlage war auf dem hellen Untergrund von der Tür aus gut zu erkennen.

»In einem Umschlag, nicht wahr? Einem weißen?«

»Ja.«

»Offen oder geschlossen?«

Steinþór musste überlegen. »Geschlossen, die Lasche war reingesteckt, aber er hat den Brief nicht zugeklebt. Worauf willst du hinaus?«

»Befand sich außer dem Brief noch etwas anderes auf dem Schreibtisch?«

»Nur das, was da auch jetzt noch steht. Der Ständer für die Stifte, der Locher, der Hefter und die Lampe, soweit ich mich erinnern kann.«

»Kein Schreibblock?«

»Nein, ganz bestimmt nicht. Was überlegst du? Weshalb ist das so wichtig?«, fragte er ungeduldig.

»Ich bin mir nicht sicher«, antwortete Stefán und ging wieder zum Schreibtisch. »Vielleicht ist das ja auch völlig unwichtig.« Er zog die Schublade auf und holte die Schreibblöcke daraus hervor. Beim obersten fehlte mindestens die Hälfte der Blätter, die anderen beiden waren noch nicht angerührt worden. »Hat der Hund einen Schreibblock mitgenommen?«

»Ja«, sagte Steinþór, der Stefán wieder ins Zimmer gefolgt war. »Er hat den Block an sich genommen, auf dem der Brief geschrieben wurde. Er lag zuoberst in der Schublade, als ich…« Er zögerte ein wenig, bevor er fortfuhr, und sein Gesicht rötete sich leicht. »… als ich mir das kurz angeschaut habe, nachdem wir ihn gefunden hatten. Und fang du jetzt bloß nicht auch noch an, Friðjón hat mir schon eine Predigt gehalten. Keine Ahnung, was er zu meckern hatte, ich habe doch nur den verdammten Block für ihn gefunden und in eine Plastiktüte gesteckt, wie sich's gehört.«

»Wieso hast du gewusst, dass es der richtige Schreibblock war?«

»Weil sich das, was auf der Seite vorher geschrieben worden war, deutlich durchgedrückt hatte. Ich habe es mir nicht so genau angesehen, aber die Seite war nur ungefähr bis zur Hälfte beschrieben, dann kam das Datum und die Abzeichnung mit seinen Anfangsbuchstaben. Ich kann mich erinnern, dass mir das ein bisschen komisch vorkam, der Block war noch fast neu, es fehlten maximal die Blätter, auf die er geschrieben hat. Darunter lag nämlich noch ein halb leerer Block, und ich verstand nicht, wieso er nicht den angebrochenen Block verwendet hat, und habe den deswegen extra noch einmal überprüft. Aber dort gingen die Abdrücke nicht bis zur Mitte der Seite.«

Ein neuer Block, dachte Stefán, ein unbeschriebenes Blatt. Er konnte gut verstehen, weshalb sein Freund es vorgezogen hatte, für einen derartig ungewöhnlichen und wichtigen Brief einen jungfräulichen Schreibblock zu verwenden. Es gibt Dinge, die schreibt man nicht per E-Mail oder mit der Schreibmaschine. Oder auf einen alten, halb aufgebrauchten Schreibblock.

»Du hast dir also auch den Brief angesehen?«, fragte er. »Hier an Ort und Stelle?«

Steinþór zuckte die Achseln. »Ja. Nachdem wir Ásmundur abgenommen und aus dem Haus gebracht hatten«, sagte er achselzuckend. »Aber ich bin vorsichtig vorgegangen, ich habe Handschuhe benutzt, wie es sich gehört.«

»Okay«, sagte Stefán und schloss die Augen. Er spielte immer noch an seiner Unterlippe, was Steinþór nervös machte. »Okay«, wiederholte Stefán, »wie viele Seiten hatte der Brief?«

»Wie soll ich das denn noch wissen?«, entgegnete Steinþór patzig. »Mehrere Seiten, fünf, sechs oder vielleicht sieben, sie waren ja schließlich nicht nummeriert. Hast du nicht das Fax irgendwo?«

Stefán hätte ihm am liebsten den Kopf abgerissen, hielt sich aber zurück und zog stattdessen sein Handy aus der Tasche.

»Stefán hier«, sagte er, als der Hund antwortete. »Der Schreibblock, den du mitgenommen hast, auf dem Ásmundur seinen Selbstmordbrief geschrieben hat, wie viele Blätter waren weg?«

»Weiß nicht«, blaffte der Hund, »hab nicht nachgezählt.«

»Zähl nach«, entgegnete Stefán keineswegs freundlicher. »Ich warte.«

Es war schon nach elf Uhr, als Eydís endlich Katrín und Árni grünes Licht gab, dass sie sich in Jorges Zimmer umsehen könnten, das fast noch kleiner war als die Zimmer, in denen sie selber übernachteten. Eine halbleere Rotweinflasche und eine nicht angebrochene Stange Gauloises war vielleicht das, was kriminellen Aktivitäten am nächsten kam. Darüber hinaus legte das Zimmer vor allem Zeugnis von dem ziemlich tristen Dasein seines Bewohners ab. Neben dem gerahmten Foto auf dem Nachttisch, das eine lächelnde, dunkelhaarige Frau mit drei lachenden Kindern im Arm zeigte, zog nur eines ihre Aufmerksamkeit auf sich, nämlich ein kleines Notizbuch und ein paar Din-A4-Seiten in einer der Schreibtischschubladen. Das Notizbuch schien als eine Art Tagebuch gedient zu haben, jeder Eintrag war mit einem Datum versehen. In der ersten Woche hatte Jorge viel geschrieben, er hatte keinen Tag ausgelassen, und die Einträge waren umfangreich. Mit der Zeit wurden sie aber sowohl kürzer als auch unregelmäßiger. Der letzte bestand nur aus einem einzigen Satz und stammte vom 25. Februar. Einen Tag bevor der Bergsturz niederging, und einen halben Monat nach dem vorletzten Eintrag. Sie verstanden nur ein Wort: Jesus.

Wahrscheinlich hat er Gott um Beistand gebeten, schloss Árni. Beziehungsweise seinen Sohn. Das war wohl auch nötig gewesen. Schwieriger war es, die losen Blätter zuzuordnen. Sie hielten es für das Wahrscheinlichste, dass es sich um Briefe handelte, aber es konnte auch alles Mögliche sonst sein.

»Wir müssen das übersetzen lassen«, sagte Katrín. Dem war nichts hinzuzufügen, und sie begaben sich auf demselben Weg zurück, auf dem sie gekommen waren. Sie hatte nur ein müdes Lächeln für Árni übriggehabt, als er gefragt hatte, warum sie nicht mit dem Auto fuhren. Etwa auf der Mitte des Weges stand ein kümmerlicher, verblichener Weihnachtsbaum. Er war weder groß noch klein, ohne Schmuck und total schief. Árni blieb stehen und betrachtete ihn.

»Woran denkst du?«, fragte Katrín.

Árni seufzte tief, und eine Rauchwolke entwich seinem Mund. In Kárahnjúkar herrschte Windstille.

»Das ist so trostlos«, sagte er. »Hier ist einfach alles so verdammt trostlos.«

»Schau nach oben«, sagte Katrín und klopfte ihm auf den Rücken. »Sieh zum Himmel.«

Árni folgte ihrem Rat, und ihn schwindelte. Das Schauspiel, das sich seinen Augen darbot, war unglaublich und mit nichts zu vergleichen, was er jemals gesehen hatte.

»Toll«, sagte er anerkennend, »wirklich toll. Trotzdem ist

dieser Ort das Hinterletzte.« Kaum hatte er das gesagt, als überall ringsherum Türen zu schlagen begannen, und Männer in orangefarbenen Overalls kamen von allen Seiten herbeigestürzt und rannten in Richtung der Impregilo-Kantine. Katrín und Árni hörten auf Anhieb auf, zum Himmel zu starren, und liefen hinter ihnen her. Auf dem Parkplatz vor der Kantine warteten drei Busse. Katrín ging zu einem hin.

»Was ist los?«, fragte sie.

Der Fahrer gähnte. »Arbeit«, antwortete er. »Dieses verdammte Kraftwerk baut sich nicht von alleine.«

Matthías warf Ricardo einen Blick zu und verdrehte die Augen. Ricardo tat es ihm gleich.

»Ehrlich gesagt, Róbert, jetzt reicht es mir«, erklärte Matthías. »Nicht noch einmal. Wir kommen gerade von einer Besprechung mit dem Generaldirektor, und der hat uns versichert, dass sie grünes Licht für die Wiederaufnahme der Arbeit geben. Du kannst versuchen, bei ihm vorstellig zu werden, er ist in seinem Büro, aber du kannst es genauso gut lassen. Wir machen weiter, was auch immer du faselst. Alles klar?« Er lächelte Róbert müde an, setzte den Helm auf und ging in die windstille Nacht hinaus. Ricardo folgte ihm wie ein Schatten.

»Schön ist es jetzt«, sagte Ricardo in seinem weichen, melodischen Englisch und starrte fasziniert auf das Nordlicht, das über ihren Köpfen tanzte. »Das ist wahrscheinlich das Einzige hier, was ich vermissen werde.«

»Wann reist du ab?«, fragte Matthías mehr aus Höflichkeit als aus Neugierde.

»Nächsten Montag. Mein Nachfolger kommt am Freitag. Er heißt Massimo Santanicchia. Er ist in Ordnung, ich habe schon mit ihm zusammengearbeitet. Ein tüchtiger Mann und sehr akkurat.«

»Kommt er allein?«, fragte Matthías, während er zu seinem

Jeep hinüberschlenderte. Der Schnee knirschte in der Stille auffällig laut unter seinen Füßen. Ricardo riss sich von den Nordlichtern los und folgte ihm.

»Ja«, sagte er, »Massimo ist Junggeselle. Das ist besser … an so einem Ort.«

»Vielleicht«, sagte Matthías zögerlich. »Vielleicht hast du recht.« Er sah auf einmal, dass Ricardo humpelte oder sich zumindest seltsam bewegte, keineswegs so dynamisch wie sonst. »Bist du verletzt?«

Ricardo grinste verlegen. »Nichts Ernstes. Ich habe mir den Fuß vertreten. Hier ist es überall so glatt.«

»Ja, hier muss man wirklich aufpassen«, sagte Matthías. »Also, ich werde jetzt hinunter zum Damm fahren und nach dem Rechten sehen. Was ist mit dir?«

»Ich werde schlafen gehen«, sagte Ricardo, »falls ich kann. Bis später.«

Matthías ließ den Motor an, drehte die Heizung voll auf und begann, die vereisten Scheiben des Jeeps abzukratzen.

»Schlafen«, murmelte er, »ich würde verdammt was drum geben, jetzt schlafen zu können.«

Róbert hätte sich am liebsten seinen Ärger von der Seele gebrüllt, etwas kaputtgeschlagen oder jemanden windelweich geprügelt. Doch nach diesem Tag war er völlig am Ende seiner Kräfte und froh, es ohne Hilfe ins Bett geschafft zu haben. Er hatte sich nicht einmal die Mühe gemacht, sich auszuziehen. Dieser entsetzliche lange Aufenthalt in der Lagerhalle forderte seinen Tribut, das wurde ihm erst im Nachhinein klar. Die Kälte steckte ihm noch immer in den Knochen, trotz all dem, was sich danach ereignet hatte. Der Körper würde sich wieder davon erholen, deswegen machte er sich keine Gedanken, er hatte ihn schon früher überstrapaziert, ohne dass er Nachwirkungen verspürt hatte.

Róbert kannte sich jedoch gut genug, um zu wissen, dass er mit den Nerven völlig am Ende war und dass er da etwas unternehmen musste, sonst würde es schlimme Folgen haben. Aber so sehr er auch versuchte, sich selbst den Rücken zu stärken, wie er da dick vermummt unter der warmen Decke lag, er wurde den bohrenden Gedanken nicht los, dass er letzten Endes doch ein kompletter Versager war. Seine Schützlinge schienen zumindest dieser Meinung zu sein, und sie hielten damit nicht hinter dem Berg, als der Aufruf erging, dass die Arbeit wieder aufgenommen würde. Seine sogenannten Verhandlungspartner hatten offensichtlich eine noch geringere Meinung von ihm. Sie ließen sich nicht einmal dazu herab, so zu tun, als würden sie auch nur ein Wort von dem, was er sagte, ernst nehmen, sie hauten einfach mitten in der Besprechung ab. Als sei er gar nicht existent. Und dann noch dieser grobe Flegel von einem Polizisten oder was er auch immer war. Róbert hatte versucht, ihm Paroli zu bieten und auf seinem Recht zu bestehen, aber der Kerl hatte ihm einfach ins Gesicht gelacht.

»Ich zeige den Idioten an«, murmelte Róbert in sein Kopfkissen. Die Festnahme war völlig illegal gewesen, das lag auf der Hand, und er würde Anzeige erstatten, so viel stand fest. Das war doch immerhin etwas. Und es mangelte auch nicht an Interesse bei den Medien, die meisten von den Journalisten, die er angerufen hatte, hatten sich zurückgemeldet und ihn nach Strich und Faden ausgequetscht, und seine E-Mails hatten dazu geführt, dass er sechs weitere Interviews geben musste. Bestimmt würden sich noch mehr Leute mit ihm in Verbindung setzen. Morgen, dachte er, morgen erstatte ich Anzeige. Kurz vor dem Einschlummern schreckte er wieder hoch und sprang wie von der Tarantel gestochen aus dem Bett.

»Das Dynamit!«, schrie er und ließ die geballte Faust auf

die Matratze niedergehen. Schweißperlen bildeten sich auf seiner Stirn, und sein Herz hämmerte wie wild. Er hatte keine Möglichkeit gehabt, sich um das Dynamit zu kümmern. Dann beruhigte er sich wieder. Es war dort, wo es war, am besten aufgehoben. »Das deichsele ich morgen«, sagte er beschwichtigend zu sich selber, »oder ich lasse es einfach da liegen.« Jetzt zog er sich einige Sachen aus und kroch wieder unter die Bettdecke. Die innere Kälte war verschwunden.

»Sieben Seiten«, sagte Stefán, »auf dem Block fehlen sieben Seiten, doch der Brief, der uns vorliegt, besteht nur aus sechs. Wo ist die siebte Seite?«

»Aber das beweist doch nichts«, protestierte Steinþór. »Er kann doch das erste Blatt für etwas anderes verwendet haben, oder er hat sich verschrieben und ein Blatt weggeworfen.«

»Er verwendete einen Bleistift«, sagte Stefán. »Er hätte es einfach wegradiert, wenn er sich verschrieben hätte.«

»Vielleicht hat ja auch von Anfang an ein Blatt gefehlt«, fuhr Steinþór unbeirrt fort. »Dafür kann es doch alle möglichen Gründe geben.«

»Ja, schon«, gab Stefán zu, »aber ich glaube das nicht. Dieser Brief ist irgendwie komisch, ich hatte die ganze Zeit das Gefühl, dass da irgendetwas fehlt, und zwar gleich, als ich ihn das erste Mal gelesen habe. Seite fünf, glaube ich. Hier, hört mal.« Er legte zwei Seiten nebeneinander. »Das ist Seite vier, und sie endet so: *Trotzdem trafen wir die Entscheidung, obwohl es dazu im Grunde genommen keinen Anlass gab und es eigentlich auch unverantwortlich war, die Arbeiten in der Schlucht unterhalb des Grats zu stoppen, bis eine Einsturzgefahr vollständig ausgeschlossen werden konnte. Was aber erst möglich war, wenn Norling und Haase die Ergebnisse der geologischen Untersuchungen vorgelegt hatten. Aller-*

dings …« Stefán blickte hoch. »Und dann kommt die nächste Seite, Nummer fünf in dem Brief, der uns vorliegt, und so ist die Fortsetzung: »*… besteht erheblicher Anlass zu äußerster Vorsicht, und das lässt sich auf Dauer nicht ignorieren.* Ich gehe jede Wette ein, dass da eine ganze Seite dazwischen fehlt.«

Steinþór stöhnte. Er war müde, dieser Tag war viel zu lang gewesen.

»Na schön«, sagte er, »aber wer war das? Wer hat die Seite genommen?«

»Der Mörder«, brach es aus Auðunn heraus, die Augen hinter der Brille weit aufgerissen. »Er kommt herein, bringt Ásmundur um, liest den Brief und nimmt eine Seite weg, weil sie auf ihn hinweisen könnte.« Stefán und Katrín lächelten, Guðni grinste. Árni zog die Nase hoch, er sehnte sich nach einer Zigarette.

»Was denn?«, fragte Auðunn. »Ist was verkehrt an dieser Hypothese?«

Stefán hörte auf zu lächeln. »An und für sich nicht«, gab er zu. »Es ist eine Möglichkeit. Aber man fragt sich doch unwillkürlich, wieso er nicht gleich den ganzen Brief genommen hat?«

»Weil er es natürlich so aussehen lassen wollte, als wäre es Selbstmord«, erklärte Auðunn triumphierend.

»Kann sein«, sagte Stefán, »das wäre möglich. Wir wissen, dass er sich nicht sonderlich beeilt hat, er hat sich die Zeit genommen, Ásmundur wieder aufzuhängen – eben um den Eindruck zu vermitteln, dass es Selbstmord war, genau wie du sagst. Und der Brief bestärkt uns alle ja noch in dieser Annahme. Aber es gehört eine gute Portion Kaltblütigkeit dazu, einen Mann zu erwürgen, ihn aufzuhängen und sich anschließend hinzusetzen und den Brief von A bis Z zu lesen. Denn schließlich musste er ihn ja zur Sicherheit ganz lesen, wenn er befürchtete, dass der Brief etwas enthält, was ihn verraten könnte.«

»Muss es sich genau in dieser Reihenfolge abgespielt haben?«, fragte Árni.

»Ich sehe nicht, dass es irgendeine Rolle spielt, ob er den Brief zuerst gelesen und dann Ásmundur wieder aufgehängt hat, oder umgekehrt«, entgegnete Guðni mürrisch.

»Nein, das meine ich nicht. Kann es nicht sein, dass er den Brief zuerst gelesen und Ásmundur erst danach erwürgt hat, nachdem er wusste, was darin stand?«

»Und was hat Ásmundur währenddessen gemacht?«, fragte Guðni höhnisch. »Ihm die Schultern massiert? Wir wissen, dass er nicht bewusstlos war, sonst hätte er kaum aufstehen können, oder?«

»Es wäre aber trotzdem denkbar«, warf Katrín nach kurzem Schweigen ein, »auch wenn das mit der Massage vielleicht ein bisschen übertrieben ist. Doch was ist, wenn es jemand war, den er gut kannte, dem er vertraute? Vielleicht hat er sogar jemanden angerufen, nachdem er den Versuch gemacht hat, sich zu erhängen.« Bei diesen Worten trommelte sie leicht mit den Fingern auf die Tischplatte. »Er war entschlossen, sich umzubringen. Er schreibt einen langen, ausführlichen Brief, mit dem er sich von der Welt verabschiedet, und sagt, dass er unschuldig ist. Und dann geht er hin und versucht sich umzubringen, das wissen wir, er knüpft sich auf, aber es misslingt. Er steht auf, mehr tot als lebendig, aber er lebt. Was glaubt ihr wohl, wie er sich gefühlt hat? Besteht nicht durchaus die Möglichkeit, vielleicht sogar die Wahrscheinlichkeit, dass er mit jemandem sprechen wollte? Und wer immer es gewesen sein mag, er kommt dieser Bitte nach und geht zu ihm. Sie setzen sich, unterhalten sich, und vielleicht hat Ásmundur ihm dann angeboten, den Brief zu lesen.«

»Und dieser rettende Engel liest das und denkt *Bingo*, den

Kerl bring ich am besten um, wir sind zwar eigentlich befreundet, aber scheiß drauf, wenn der Kerl so etwas über mich schreibt. Dann leiht er sich seinen Schlips aus, erwürgt ihn und hängt ihn an die Kleiderstange? Ist das etwa das Szenario, das du vor dir siehst?« Guðni gab sich keine Mühe zu verhehlen, wie albern er diese Theorie fand.

»Vielleicht nicht genau so, aber doch etwas in der Richtung«, entgegnete Katrín erstaunlich ruhig. »Ist da irgendetwas, was absolut nicht aufgeht? Das sehe ich nicht.«

»Aber ich sehe es. Wie schwer war der Mann? Ich meine Ásmundur?«, sagte Guðni und sah Stefán fragend an.

»Ich weiß es nicht. Kaum über achtzig Kilo, glaube ich, wahrscheinlich eher etwas weniger. Er war auch nicht besonders groß, und dick war er auch nicht, der arme Mann. Woran denkst du?«

»Ich überlege bloß, ob wir nicht lieber nach zwei Männern suchen sollten statt nach einem. Wird wohl kaum einfach gewesen sein, ihn da aufzuhängen, selbst wenn er nicht mehr gewogen hat.«

»Das stimmt zwar«, gab Katrín widerstrebend zu, »aber letzten Endes hätte doch jeder das Ende der Krawatte – oder etwas anderes – oben an die Stange binden und ihn hochhieven können, oder nicht?«

»Wohl kaum«, sagte Steinþór. »Ich habe mir gerade den Schrank zum zweiten Mal angesehen, und ich glaube, dass diese Kleiderstange nicht stabil genug ist, um einer derartigen Belastung standzuhalten.«

»Es ist also wahrscheinlicher, dass es zwei waren«, beharrte Guðni.

»Zwei oder einer, der sehr stark war«, wagte Árni trotz des Blicks, den Guðni ihm zuwarf, einzuschieben. »Kann man da nicht einen Versuch machen, das nachzustellen, um zu sehen, wie es abgelaufen sein könnte?«

»Kein Problem«, antwortete Guðni prompt, »komm mit, ich häng dich gerne auf.« Er gluckste vor Lachen über seinen eigenen Witz, und seine Kollegen lächelten höflich mit.

»Es könnte natürlich Matthías gewesen sein«, sagte Steinþór und gähnte herzhaft. »Der die Seite genommen hat, meine ich«, fügte er hinzu, als er nach beendetem Gähnen die Mienen der anderen sah. »Ich will damit nicht zu verstehen geben, dass er Ásmundur umgebracht hat. Später, versteht ihr, als er den Brief gelesen hat.«

»Als er den Brief gelesen hat?«, echote Stefán ungläubig. »Willst du mir damit sagen, das jemand anderes als du diesen Brief in der Hand gehabt und gelesen hat, bevor der Hund ihn erhielt? Und dass du wirklich keinen Grund gesehen hast, uns das früher zu sagen?«

Steinþór hüstelte. »Mir ist vielleicht erst gerade klar geworden, dass es eine Rolle spielen könnte«, sagte er bockig. »Er hat das Fax für mich abgesetzt, und bei der Gelegenheit habe ich ihm gestattet, den Brief zu lesen. Ich meine, das war ja schließlich der leitende Sicherheitsbeauftragte hier, und Matthías war sein Vorgesetzter – also deswegen … ja.«

»Wir müssen mit Matthías sprechen«, sagte Stefán kurz angebunden. »Katrín, das machst du, und Árni, du begleitest sie. Wo wohnt er?«

Die letzte Frage war an Steinþór gerichtet, der zur Seite blickte und etwas Unverständliches murmelte.

»Ich werde euch lotsen«, erklärte Auðunn, ungewöhnlich obenauf.

Typisch, dachte Katrín, das konnte kaum zu einem blöderen Zeitpunkt kommen. Nicht dass es überhaupt eine gute Zeit für diese ewige Plage gab, manchmal war es aber deutlich noch ätzender als sonst. Und jetzt war ein solcher Zeitpunkt. Matthías war nicht in seiner Wohnung gewesen, aber sie hatten ihn telefonisch erreicht, und nun erwarteten sie ihn jeden Augenblick.

»Bin gleich wieder da«, sagte sie zu Árni, »fang nicht an, bevor ich zurück bin.« Sie schnappte sich ihre Jacke und rannte aus dem Büro zur Toilette im Erdgeschoss. Nachdem sie die Tür abgeschlossen hatte, gestattete sie sich endlich, kräftig zu fluchen. Immer die gleiche Chose. Es begann mit leichtem Ziehen unten im Bauch, das war die Vorwarnung. Aus bitterer Erfahrung hatte sie gelernt, dass es besser war, sofort zu Vorsichtsmaßnahmen zu greifen, denn manchmal vergingen nur ein paar Stunden, bevor es richtig losging, und dann heftig. Und auch dieses Mal bildete keine Ausnahme. Sie zog den angeschwollenen, durchtränkten Tampon heraus und ließ ihn direkt ins Klo fallen. Eine Aktion, die in krassem Gegensatz zu ihren Regeln bezüglich der Entsorgung von derartigem Abfall stand. Sie holte einen neuen aus der Tasche und führte ihn ein. Sie war glimpflich davongekommen, da war bloß ein winziger Blutfleck. Das ließ sich nicht ändern, den Slip konnte sie erst wechseln, wenn sie ins Bett ging, wann immer das sein würde. Katrín war fest entschlossen, sich nach außen hin nicht das Geringste anmerken zu lassen, wie sehr es auch blutete, wie stark die Schmerzen auch sein mochten. Es war schwierig genug, sich als Frau in diesem Beruf zu behaupten, es gab genügend Behinderungen und Vorurteile, mit denen sie täglich zu kämpfen hatte; auf Menstruationswitze konnte sie gut verzichten, und sie war fest entschlossen, sich wegen dieses »Frauenproblems«, wie manche die Periode nannten, keine Blöße zu geben.

Ich muss die verdammte Spirale absetzen, sagte sie sich zum hundertsten Mal, während sie den Papierstreifen von der Binde riss und sie an ihrem Slip befestigte. Zwei Tage. Sie hatte den Mondbecher in der Hektik der Abreise doch nicht gefunden, und das bedeutete, dass ihr zwei Tage mit Binden und Tampons bevorstanden. Sie war immer gleich erstaunt, dass sie nicht ständig umkippte, wenn es am schlimmsten war. Woher kam bloß all dieses Blut, verflixt noch mal? Und dann noch mindestens drei, oft vier und manchmal sogar fünf Tage mit diesen verdammten Binden im Schritt. Katrín schätzte sich im Prinzip als realistische Person ein, sie hielt sich an die Tatsachen, blickte ihnen kaltblütig ins Auge und gab sich äußerst selten Tagträumen hin. Trotzdem ertappte sie sich hin und wieder doch dabei, den Tag herbeizusehnen, wo irgendein Damenbindenhersteller all die Versprechen hielt, die in der Fernsehreklame gemacht wurden.

Guðni klopfte vorsichtig an, dann öffnete er die Tür und betrat leise das winzige Zimmer. Die Deckenlampe war ausgeschaltet, aber die orangefarbene Leselampe über dem Kopfende brannte.

»Was liest du gerade?«, fragte er und zog einen Stuhl ans Bett.

»Ein Buch«, antwortete Helena ohne hochzublicken.

Guðni streckte die Hand aus, schob einen Finger unter das Buch und hob es hoch. »Schach zu viert«, las er. »Ist es gut?«

Helena zuckte mit den Schultern. »Ganz in Ordnung«, sagte sie zögernd, »bis jetzt auf jeden Fall noch.« Sie sah hoch. »Was willst du?«

Guðni wurde unsicher. »Mir ... ich ...«, stotterte er verlegen, »ich wollte nur gern mit dir reden und sehen, wie es dir geht.«

Helena schnaubte verächtlich und hielt sich das Buch vors Gesicht. »Das wäre dann das erste Mal.« Guðni antwortete nicht darauf. Helena ließ das Buch wieder sinken und sah ihren Vater an. »Dreimal«, sagte sie wütend. »Du hast bis heute Abend genau dreimal mit mir gesprochen. Und jedes Mal war ich es, die bei dir angerufen hat, weil ich meinen Vater kennenlernen wollte, nachdem ich Mama endlich dazu gebracht hatte, mir zu sagen, wer er ist. Es hat sich aber nicht so angehört, als wärst du ganz wild darauf, mit mir zu sprechen, deswegen habe ich nach dem dritten Versuch einfach damit aufgehört. Und warst du nicht froh darüber?«

Guðni wand sich auf seinem Stuhl. »Ich …«, begann er wieder und stand auf. »Wir sehen uns morgen früh.«

»Oder auch nicht«, murmelte Helena, als die Tür hinter ihm zugefallen war.

24

Mittwoch

Matthías stand zwar noch nicht direkt unter Verdacht, aber sie hatten ihn auch nicht zu sich bestellt, um über das Wetter zu plaudern. Sie beschlossen, einen Mittelweg einzuschlagen, vielleicht sogar einen großzügigen, teilten die Aufgaben unter sich auf und waren bereit, als er anklopfte. Sie unterhielten sich, ohne auf das Klopfen zu reagieren, gerade eben laut genug, damit man hörte, dass sie sich hinter der verschlossenen Tür befanden, bis er noch einmal, und diesmal lauter, anklopfte. Sie verstummten eine Weile, Árni ging zur Tür, ließ Matthías wortlos herein und schloss die Tür hinter ihm.

»Nimm Platz«, sagte Katrín kurz angebunden, indem sie auf den Stuhl vor dem Schreibtisch wies. Sie selbst saß auf dem Schreibtischstuhl, und Árni lehnte sich mit verschränkten Armen gegen die Tür. Matthías setzte sich. Das war die klassische Anordnung, und sie wirkte, denn Matthías fühlte sich augenscheinlich nicht wohl auf seinem Platz. Er sah sie beide mit gezwungenem Lächeln an, was ihn einige Mühe kostete, da Árni hinter ihm stand. Árni und Katrín reagierten mit forschenden und misstrauischen Blicken. Matthías' Unsicherheit wuchs zusehends, trotzdem sah er jetzt besser aus als beim letzten Mal, fand Árni. Auch wenn die Ringe unter den

Augen und die hängenden Schultern darauf hindeuteten, dass er vielleicht eine weitere Dosis von dem vertragen konnte, was ihm die Krankenschwester am Montag verabreicht hatte.

»Ihr wolltet mit mir sprechen?«, fragte Matthías nach unangenehm langem Schweigen.

»Wo ist das Blatt, das du aus Ásmundurs Brief entwendet hast?«, fragte Katrín ohne Umschweife. »Genauer gesagt, Seite fünf.«

Matthías zuckte zusammen, fuhr sich hektisch mit der Zunge über die Lippen und lief feuerrot an.

»Das Blatt, das ich… was denn… was meinst du eigentlich?«

Árni grinste hinter Matthías' Rücken und formte mit den Lippen das Wort *Bingo*. Katrín ließ sich keinerlei Reaktion anmerken, aber sie wusste es ebenso gut: Sie hatten den richtigen Mann, und er würde ihnen keine Schwierigkeiten machen.

Die Nachtluft war still, kalt und klar, und über den Himmel zuckten immer noch helle, blassrosa und grüne Flammen, als Steinþór auf dem Parkplatz innehielt und versuchte, die steifen Glieder zu recken. Er war todmüde, denn seine normale Zubettgehzeit war weit überschritten, doch die Ereignisse des Tages hatten ihn innerlich viel zu sehr aufgewühlt, als dass er gleich hätte einschlafen können. Er versuchte zwar, seinen Ärger und seine Wut auf Stefán und Auðunn zu lenken, wusste aber nur zu gut, was für einen Bock er geschossen hatte, und das war das Schlimmste. Das Ganze war ein einziger Schlamassel, der mehr oder weniger auf sein Konto ging. Nachdem er sich eine halbe Stunde im Bett herumgewälzt und vergeblich Schafe gezählt hatte, kapitulierte er und beschloss, irgendetwas Vernünftiges in Angriff zu nehmen, da es mit dem Einschlafen nicht klappen wollte. Auf der Polizeistation gab es noch genügend Papierkram, der durchgesehen, sortiert und ausgewertet werden musste.

Das Licht der Laternen auf dem Gelände der NPC und an der Straße genügte, um den Weg zur Polizeibaracke zu finden. Steinþór war noch nicht weit gekommen, als er die beiden Spuren im Schnee bemerkte und stehen blieb. Von der Hütte weg führten weitere Spuren, doch die kannte er, sie stammten von ihm selbst und von Auðunn; sie hatten am späten Nachmittag ihr Büro verlassen, als der Wind sich bereits gelegt hatte. Für die neuen Spuren konnte es jede Menge normale Erklärungen geben, praktisch jeder hätte zur Polizeistation gegangen sein können und dort angeklopft und herausgefunden haben, dass niemand anwesend war. Wahrscheinlich war es ebenso hoffnungslos wie unbegründet, diesen Spuren auf den Grund zu gehen, doch Steinþór war fest entschlossen, diesmal nichts verkehrt zu machen, falls diese Spur wider Erwarten von Bedeutung sein sollte. Er näherte sich ihr und nahm sie in Augenschein. Grobe Sohlen, dachte er, wahrscheinlich mit Stahlkappe, Schuhgröße zirka drei- oder vierundvierzig. Er stöhnte. Das engt den Kreis natürlich enorm ein, dachte er, es gibt ja höchstens drei- bis vierhundert Paar Schuhe von dieser Größe auf dem Gelände. Trotzdem, man konnte nie wissen. Vielleicht war es doch nur ein einziger Mann, der Schuhe mit genau diesem Muster besaß.

Er ging neben der Spur her und achtete darauf, genügend Abstand zu halten. Gleichzeitig hielt er Ausschau nach möglichen Indizien. Er kam sich ein bisschen albern vor, wie er da vornübergebeugt und scheinbar ziellos umherspähte, aber das war ihm gleichgültig. Erst als er schon fast vor der Polizeistation stand, sah er hoch und bemerkte die Tüte, die an der Türklinke hing. Eine gelbe, prall gefüllte Plastiktüte. Er runzelte die Stirn. Und zog sich Handschuhe an, ihm war sowieso schon kalt an den Fingern geworden.

Der Alte hat recht gehabt, dachte Katrín, es war die Seite fünf. Sie hatte Matthías aufs Geratewohl mit dieser Seitenzahl konfrontiert, auch wenn sie es nicht für aussichtsreich hielt, doch es hatte sich wirklich ausgezahlt. Es war nicht Stefáns Angewohnheit, Behauptungen aufzustellen, wenn er sich seiner Sache nicht ziemlich sicher war, und indem sie Matthías das so präsentiert hatte, war es ihr tatsächlich gelungen, ihm den Eindruck zu vermitteln, dass sie über handfeste Beweise verfügten und dass es deshalb völlig zwecklos für ihn wäre, etwas abzustreiten. Voraussetzung für die Wirksamkeit dieser Methode war natürlich, dass tatsächlich eine Seite entfernt worden war, und zwar von Matthías. In diesem Fall traf beides zu, und nach kurzen, aber nicht sehr überzeugenden Protesten gestand Matthías, den Brief gelesen und die Seite entfernt zu haben.

Das hatte Katrín nicht überrascht, wohl aber die Tatsache, dass Matthías die Seite aufbewahrt hatte und sich bereiterklärte, sie zu holen. Sie lehnte das Angebot jedoch ab und bat ihn stattdessen darum, ihnen zu sagen, wo sie zu finden war. Árni hatte es nicht weit, Matthías' Büro war nur drei Türen weiter hinten auf dem Flur, und die Seite befand sich genau dort, wo Matthías gesagt hatte. Jetzt lag sie vor Katrín auf dem Schreibtisch, zwischen Kopien der Seiten vier und sechs.

Trotzdem trafen wir die Entscheidung, las sie vor, *obwohl es dazu im Grunde genommen keinen Anlass gab und es eigentlich auch unverantwortlich war, die Arbeiten in der Schlucht unterhalb des Grats zu stoppen, bis eine Einsturzgefahr vollständig ausgeschlossen werden konnte. Was aber erst möglich war, wenn Norling und Haase die Ergebnisse der geologischen Untersuchungen vorgelegt hatten. Allerdings …* Katrín sah Matthías einen Augenblick an, bevor sie auf der gestohlenen Seite fortfuhr. Er saß vornübergebeugt auf seinem Stuhl, hatte die Hände im Schoß gefaltet und starrte niedergeschlagen auf den Boden. Die vollständige Stille trug anscheinend dazu bei, sein Unwohlsein zu steigern. Prima, dachte sie, und las weiter. *Allerdings muss ich zu meiner Verteidigung hervorheben, dass dieser Beschluss meinen Empfehlungen völlig zuwiderlief. Als ich nach der letzten Inspektionsfahrt mit Björn, Lárus und Matthías die Sache durchging, schlug ich vor, entweder weitere Untersuchungen im Hinblick auf die Sicherheit des Grats in die Wege zu leiten oder Valdimars wiederholten Forderungen nachzukommen, ihn abzusprengen, was viel einfacher und billiger gewesen wäre. Björn und Lárus stimmten mir zu, aber Matthías lehnte beides rundheraus ab. Er wies darauf hin, dass das Projekt sowieso schon hinter der Zeitplanung herhinkte und dass alle Verzögerungen, die auf unzulängliche geologische Untersuchungen zurückzuführen seien, auf das Konto der National Power Company gingen. Er wies auch darauf hin, dass Norling und Haase bereits einen Bohrkern von dem betreffenden Gelände bekommen und schalltechnische Untersuchungen gemacht hätten, deren Ergebnisse bald vorliegen würden. Daraufhin schlug ich vor, die Steilwand unterhalb des Grats mit Stahlnetzen abzusichern, um zumindest Unfälle durch Steinschlag zu verhindern. Doch das lehnte er ebenfalls ab, und zwar mit der Begründung, dass wir damit praktisch eine drohende Einsturzgefahr anerkennen würden, und zwar sehr viel eindeutiger, als ihm im Hinblick auf mögliche Prozesse lieb sein konnte, falls dieser Grat aller Wahrscheinlichkeit zum Trotz tatsächlich nachgeben würde. Letzteres fand ich überaus bedenklich, und wenn du das liest, Matthías, sollst du wissen, dass ich wirklich schockiert war, als du mich darum gebeten hast, auf der Besprechung mit den Leuten von Impregilo kein Wort darüber zu verlieren. Ich befand mich in dem Glauben, dass du sie über dieses Problem informiert hättest, denn du hattest mir zugesichert, das zu tun. Ehrlich gesagt war ich der Meinung, dass du kein Mensch wärst, der Geld über Menschenleben setzt. Vermutlich warst du genauso enttäuscht über mich, als ich deine Bitte ignorierte. Daran lässt sich nichts mehr ändern. Ich vertraue darauf, dass diese Katastrophe aber zumindest dazu führt, dass solche Unfälle in Zukunft verhindert werden können, dass sämtliche B- und C-Gebiete gründlich kontrolliert werden, bevor die Arbeiten dort weitergehen. Außerdem weise ich ein weiteres Mal darauf hin, dass für die Arbeiten an der Herdmauer sehr viel strengere Sicherheitsbestimmungen eingeführt werden müssen. Allerdings besteht erheblicher Anlass zu äußerster Vorsicht, und das lässt sich auf Dauer nicht ignorieren.*

Katrín sah von dem Brief auf. Matthías verharrte immer noch in der gleichen Haltung. Sie hatte kein Mitleid mit ihm.

»Wir können am Wochenende eine Party geben«, sagte Ricardo, »eine Abschiedsparty. Und das ist gleichzeitig ein schöner Empfang für Massimo. Wir haben dann schon alles zusammengepackt, da können wir einen richtigen Ball veranstalten.« Er breitete die Arme aus und drehte sich lächelnd im Kreis.

Susanna putzte sich die Nase und versuchte, durch ihre Tränen zu lächeln. »Das wäre schön. Aber ich weiß nicht … Ich weiß nicht, ob es passend ist.«

Ricardo hielt mitten in der Umdrehung inne. »Nein, wahrscheinlich nicht«, gab er zu, ging zum Küchenschrank und füllte sein Glas auf. Die Bestellung war gestern noch eingetroffen, zwei Kisten Chianti. Er würde sich ganz schön anstrengen müssen, die bis zum Montag zu leeren, war aber entschlossen, sein Bestes zu geben.

»Du auch noch ein Gläschen?«, fragte er und hob die Flasche.

Susanna schüttelte den Kopf. »Du weißt, ich möchte das nicht. Ein Glas, mehr nicht, und das habe ich bereits beim Essen getrunken.« Sie lächelte wieder, doch es fiel ihr genauso schwer wie zuvor. »Das Kind«, sagte sie und streichelte ihren Bauch, »vergiss nicht das Kind.«

Ricardo strahlte übers ganze Gesicht, stellte das Glas ab und nahm Susanna in die Arme.

»Wie redest du denn«, sagte er, »als würde ich das vergessen können. Es besteht keine Gefahr, dass ich das Kind vergesse.« Und wehe, wenn es mir nicht ähnlich sieht, fügte er im Stillen hinzu, ohne dass das Lächeln aus seinem Gesicht wich.

Die Situation war jetzt eine völlig andere, und entsprechend zogen sie die Zügel straffer. Árni stand direkt hinter Matthías, nicht einmal einen Meter von dessen Stuhl entfernt. Matthías spürte seine Nähe, musste sich aber umdrehen, um ihn zu sehen. Katrín dagegen lehnte sich in ihrem Bürosessel zurück und hatte die Lampe so gestellt, dass sie ins Zimmer leuchtete, und Matthías ihr nur ins Gesicht sehen konnte, wenn sie sich vorbeugte. Und nun beugte sie sich gerade vor, um genau zu sehen, wie Matthías auf das, was sie ihm im nächsten Augenblick eröffnen wollte, reagieren würde.

»Ásmundur Arason ist ermordet worden, aber das wusstest du natürlich.«

Matthías schrak zusammen und starrte sie entsetzt mit weit aufgerissenen Augen an. »Ermordet?«, stammelte er. »Aber … aber ich glaubte doch, dass er … also dass er …«

»Selbstmord begangen hätte?«, vollendete Katrín den Satz.

»Ja«, sagte Matthías unter eifrigem Kopfnicken.

»Nein«, erklärte Katrín, »er wurde ermordet. Er hat versucht, Selbstmord zu begehen, aber anscheinend hat er es aufgegeben. Und dich angerufen, nicht wahr?«

Jetzt schüttelte Matthías den Kopf genauso heftig, wie er zuvor damit genickt hatte.

»Nein«, sagte er heiser. »Das … hat er nicht getan. Ich verstehe das nicht, ich kann es einfach nicht glauben, dass er ermordet wurde, du willst nur … Was redest du da eigentlich? Wer hätte Ásmundur umbringen wollen?«

»Du zum Beispiel«, antwortete Katrín kalt. Matthías öffnete den Mund, doch Katrín bedeutete ihm zu schweigen und begann mit ihrer Darstellung. »Ásmundur ist seit Jahren einer deiner engsten Mitarbeiter, und er versucht, Selbstmord zu begehen, aber das misslingt. Er ist schwer angeschlagen, ruft dich an und bittet um Hilfe, weil du sozusagen sein bester Freund bist. Du hast es nicht weit, denn du lebst im nächsten Haus, und du machst dir seinetwegen Sorgen. Du gehst zu ihm und hörst deinem Freund zu. Er gibt dir sogar den Brief zu lesen. Und was du dort siehst, gefällt dir ganz und gar nicht.«

Matthías wollte ein weiteres Mal protestieren, aber Katrín machte unerbittlich weiter. »Du stehst auf, klopfst ihm auf die Schulter und sagst, dass alles schon wieder werden wird, dass er sich keine Gedanken zu machen braucht. Er hat sich gerade wieder etwas beruhigt, als du ihn erwürgst. Er zappelt, dein Freund wehrt sich mit Händen und Füßen und kämpft um sein Leben, doch du ziehst die Krawatte um seinen Hals so lange zu, bis er aufhört zu zappeln. Dann schleifst du ihn über den Boden und hängst ihn an der Kleiderstange auf, nimmst die Seite heraus, auf der er dir die Schuld an allem gibt, und die restlichen Blätter steckst du wieder in den Umschlag, damit alle an den Selbstmord glauben. Was für ein Glück, dass die Seiten davor und danach so gut zusammenpassten, das ließ sich ausnutzen. Dein Verstand hat einwandfrei funktioniert. Und anschließend bist du einfach wieder ganz gelassen zu deiner Hütte zurückgeschlendert, es waren ja nur ein paar Schritte, und bist ins Bett gegangen. Aber dann kam selbverständlich auf einmal der Schock, kein Wunder, dass du nicht schlafen konntest. Man erwürgt ja nicht jeden Tag seine Freunde, das geht an die Nieren …«

Matthías auf seinem Stuhl hatte angefangen unkontrolliert zu zucken, und seine Schultern hoben und senkten sich rasch.

Katrín beugte sich vor. »Wein ruhig, es wird dir gut tun«, sagte sie. »Nur schlimm, dass es Ásmundur nichts mehr hilft. Weshalb hast du ihn erwürgt? Hattest du Angst, dass man dich wegen deiner Fehlleistungen vor Gericht stellen würde? Dass der Firma ein Prozess drohte, weil du die Empfehlungen der Sicherheitsbeauftragten in den Wind geschlagen hattest? War es tatsächlich so, wie Ásmundur sagt, hast du Geld über Menschenleben gestellt? Hast du ihn lieber umgebracht als schwindelerregende Schadensersatzleistungen hinblättern zu müssen? Hast du ihn deswegen erwürgt? Hast du ihm sein Vertrauen und seine Freundschaft damit gelohnt, ihn umzubringen?«

Matthías antwortete ihr nicht, hemmungsloses Schluchzen schüttelte ihn, und er war zu keiner Antwort fähig. Katrín wartete schweigend und geduldig ab, und Árni gab ebenfalls keinen Ton von sich. Nach einigen schier endlosen Minuten ließ das Weinen nach und wich einem lauten Röcheln, als Matthías die Nase hochzog. Er räusperte sich.

»Entschuldigt bitte«, sagte er leise. »Es ist in letzter Zeit nicht einfach für mich gewesen. Das nimmt einen ganz schön mit. Wie du sagst, Ásmundur war einer meiner engsten Mitarbeiter, vielleicht sogar ein Freund, obwohl wir privat nur wenig Kontakt hatten. Björn und Halldor und di Tommasso kannte ich auch relativ gut, und dann waren da noch diese Drohbriefe und die Brücke und … nun auch noch das. Mord. Ich … ich kann das einfach nicht glauben. Absolut nicht. Aber das hat einen eben alles mitgenommen, wie gesagt, ich stehe seit ein paar Tagen irgendwie komplett neben mir. Und alles, was Ásmundur in dem Brief sagt, stimmt, auch dass er sehr enttäuscht darüber war, dass er – dass er …«

Matthías schloss die Augen, stampfte mit den Füßen auf und schlug sich mit geballter Faust aufs Knie, um nicht von neuem in Tränen auszubrechen. »Dass er diese Bitte ignorierte, wie er sich ausdrückt. Faktisch war ich unglaublich wütend, weil ich davon ausging, dass er wusste, wie wichtig es war, nicht unnötigerweise eine Angriffsfläche zu bieten. Lárus hatte das begriffen, Björn auch, doch Ásmundur …« Er schüttelte resigniert den Kopf. Katrín und Árni warteten geduldig auf die Fortsetzung. So lange er reden wollte, galt es für sie zu schweigen.

»Ásmundur hat es vorgezogen, das nicht zu tun«, fuhr Matthías schließlich fort. »Er ist zwar auf der Besprechung nicht so ins Detail gegangen wie hier in seinem Brief, aber er hat genug gesagt, um uns in Schwierigkeiten zu bringen. Nichts, aus dem wir uns nicht hätten herauslavieren können – doch der Brief, das war eine ganz andere Sache. Diese … diese Seite, die ich an mich genommen habe, die war mehr als brisant, das habe ich gleich beim ersten Lesen gesehen. Und als ich merkte, dass der Brief immer noch einen logischen Zusammenhang ergab, auch wenn ich sie entfernen würde, da habe ich der Versuchung nicht widerstehen können und sie weggenommen. Ich hätte ja immer sagen können, dass sie auf dem Boden gelegen hatte, wenn sie … wenn eure Kollegen das bemerkt hätten, aber das war ja nicht der Fall.« Nun blickte er hoch und sah Katrín direkt in die Augen. »Aber den Brief habe ich erst gelesen, erst gesehen, als euer Kollege da, wie heißt er doch noch, Steinþór? Diesen Brief habe ich erst zu Gesicht bekommen, als er ihn mir am Sonntag überreichte und bat, ihn per Fax an euch weiterzuleiten. Er hat mir gestattet, ihn zu lesen, und ich konnte wie gesagt der Versuchung nicht widerstehen, als ich feststellte, dass der logische Zusammenhang erhalten bleiben würde, auch wenn eine Seite fehlt, und da habe ich sie entfernt. Ich habe Ásmundur aber nicht umgebracht. Ich wäre niemals imstande, einen Menschen umzubringen.«

Er richtete sich auf, verschränkte die Arme und zog die Nase hoch. Mehr hatte er nicht zu sagen.

»Du lügst«, sagte Katrín leise. »Ásmundur hat dich in der Nacht angerufen und dich um Hilfe und Unterstützung gebeten, und du bist zu ihm gegangen und hast ihn erwürgt. Hast die Seite entwendet und …«

»Nein«, erklärte Matthías noch leiser, »das habe ich nicht getan.«

Ganz gleich, wie scharf Katrín ihn anging, Matthías blieb unerschütterlich bei seiner Version. Katrín vergewisserte sich, dass weder Scheren, Brieföffner oder ähnliche Werkzeuge im Zimmer herumlagen, bat ihn um einen Augenblick Geduld, nahm den Brief zur Hand und bedeutete Árni, ihr auf den Flur zu folgen.

»Er scheint ziemlich fit zu sein«, flüsterte Árni ihr draußen zu, »so gesehen hätte er ihn bestimmt ohne Hilfe aufhängen können. Es liegt auch genug vor, um ihn fürs Erste aus dem Verkehr zu ziehen, im Interesse der Ermittlung oder wie immer das heißt. Bis wir grünes Licht für die Festnahme bekommen.«

»Mehr als genug«, entgegnete Katrín ebenfalls flüsternd, »ich bin mir aber nicht sicher, ob das erforderlich ist.«

»Glaubst du ihm etwa?«, fragte Árni erstaunt und vielleicht ein wenig lauter als beabsichtigt.

»Ich weiß es nicht«, erwiderte Katrín kopfschüttelnd. »Aber darum geht es eigentlich nicht. Tatsache ist, dass er sich im Augenblick wohl kaum absetzen kann, wir würden ihn jederzeit schnappen. Sicherheitshalber können wir die Zuständigen am Flughafen in Keflavík in Kenntnis setzen, damit er das Land nicht verlassen kann, und Stefán wird dann morgen früh das Weitere veranlassen.«

»Sollten wir ihn nicht doch lieber jetzt wecken?«, fragte Árni. Wieder schüttelte Katrín den Kopf. »Er hat klar und deutlich gesagt, dass es reichen würde, ihn erst morgen früh zu informieren, egal, was wir aus Matthías herausbekommen. Er und Guðni kriegen heute Nacht ihren Schlaf, wir morgen. Und außerdem – wo sollen wir ihn denn überhaupt einsperren?«

Árni musste zugeben, dass Katríns Argumente nicht zu schlagen waren, vor allem nicht das letzte. Es gab nämlich nur eine Möglichkeit, um abzusichern, dass Matthías sich nicht aus dem Staub machen würde, und die bestand darin, ihn in irgendeinem Kabuff einzusperren und für den Rest der Nacht vor der Tür Wache zu schieben. Und Árni hatte nur äußerst begrenztes Interesse daran, diese Rolle zu übernehmen.

»Okay«, antwortete er, »sagen wir also, dass …« Er verstummte, und sie warfen einander fragende Blicke zu und lauschten. Die Außentür unten fiel geräuschvoll zu, und jemand kam die Treppe heraufgestampft.

»Hatte gehofft, dass ihr noch hier sein würdet«, erklärte Steinþór, als er keuchend und schnaufend die Treppe erklommen hatte. »Ihr seht euch das hier vielleicht zusammen mit mir an.«

Sie entließen Matthías mit der strikten Anweisung, dass er sich ohne Genehmigung der Polizei nicht vom Werksgelände entfernen dürfe. Matthías gelobte das hoch und heilig und verließ den Raum auf dem schnellsten Wege, froh über die wiedergewonnene, wenn auch begrenzte Freiheit. Jetzt standen Katrín und Árni wieder in Björns Büro, und ihre entgeisterten Blicke wanderten vom Inhalt der Tüte zu Steinþór und von einem zum anderen.

»Und hat das da einfach an der Türklinke gehangen?«, fragte Katrín schließlich ungläubig. Ihre Stimme klang etwas argwöhnisch.

»Ja, das habe ich doch gesagt«, antwortete Steinþór.

»Jetzt müssen wir wohl doch Stefán wecken, oder nicht?«, warf Árni nach kurzem Schweigen ein. »Ich meine … äh, das ist doch ein Haufen Rauschgift?«

»Nein. Er wollte ja noch nicht einmal hören, was Matthías zu sagen hätte, und da will er sich bestimmt auch nicht wegen so etwas wecken lassen. Wie er gesagt hat, es reicht, wenn sich zwei die Nacht um die Ohren schlagen müssen.« Sie lächelte Árni müde an. »Und heute Abend sind wir dran. Lassen wir ihn schlafen. Aber wir müssen wahrscheinlich die arme Eydís wecken.« Sie wandte sich Steinþór zu: »Du sagst, dass die Spur deutlich ist und die Abdrücke auch?«

»Ja«, entgegnete Steinþór, mit einem leicht gekränkten Unterton in der Stimme. »Das habe ich doch gesagt. Erstklassige Abdrücke, sogar festgefroren, was wollt ihr mehr?«

»Entschuldige«, sagte Katrín, »ich bin nur ein bisschen müde und neben der Spur. In Ordnung?« Steinþór murmelte etwas vor sich hin, was sie zu ihren Gunsten interpretierte. »Eydís muss aber so schnell wie möglich einen Abdruck von diesen Spuren machen«, sagte sie so munter, wie es ihr möglich war. »Die Tüte kann warten, wenn sie sich damit nicht mehr befassen will. Für morgen sind nämlich sowohl Wind als auch Tauwetter angesagt, und deswegen muß diese Spur unbedingt noch heute Nacht untersucht werden. Wo soll das Zeug aufbewahrt werden, hier oder bei euch in der Hütte?«, sagte sie und deutete auf die Plastiktüte.

Steinþór zuckte die Achseln. »Am besten hier, denke ich, wo es schon einmal hier ist. Ihr könnt doch abschließen?«

»Ja. Árni, geh rüber in den Schlaftrakt, weck Eydís und schick sie zu mir. Und geh dann schlafen, wir müssen nicht unbedingt zu zweit über dem herumhängen, was noch zu erledigen ist.«

Árni öffnete den Mund, um zu protestieren, aber dieser Protest löste sich in ein Gähnen auf, und er fügte sich.

»Bis morgen«, sagte er mit belegter Stimme und verließ das Büro. Steinþór ließ sich auf dem Stuhl nieder.

»Und?«, fragte er. »Was hat Matthías gesagt?«

Viktor schreckte aus dem Tiefschlaf hoch und tastete hektisch nach dem jaulenden Handy. Als er es endlich fand, zeigte die Uhr auf dem Display halb vier. Er nahm das Gespräch an.

»Viktor.« Er hörte zu, sagte an den passenden Stellen Ja und Nein und beendete das Gespräch. Schritte draußen auf dem Gang ließen ihn die Ohren spitzen und vor Schreck starr werden, obwohl er wusste, dass es keinen Anlass dazu gab. Die Schritte näherten sich rasch, das schwache Zittern des nicht sehr stabilen Fußbodens übertrug sich auf sein Rückgrat, und er spürte, wie ihm unter den Achseln und auf der Stirn der Schweiß ausbrach. Dann entfernten sich die Schritte wieder, und kurze Zeit später verstummten sie.

Viktor hörte, wie etwas weiter hinten auf dem Flur angeklopft wurde, erst leise und dann vernehmlicher. Er wartete gespannt, ohne zu wissen, worauf, und kurz darauf hörte er, dass sich die Tür öffnete. Er konnte nicht verstehen, was gesprochen wurde, glaubte aber, dass es ein Mann und eine Frau waren, der Mann wahrscheinlich auf dem Flur, die Frau stand wohl in der Tür. Nach einem kurzen Wortwechsel fiel die Tür ins Schloss, und die Schritte auf dem Flur entfernten sich. Eine weitere Tür öffnete und schloss sich, und dann war es eine Weile still. Noch einmal ging eine Tür auf, vermutlich die gleiche wie zuvor, jemand trat auf den Flur hinaus und machte sie hinter sich zu. Schritte näherten sich, und zwar sehr viel schneller als vorher, der Boden vibrierte. Wer auch immer es war, er ging an Viktors Zimmer vorbei zum Ausgang. Als einige Minuten später die Außentür zufiel, ließ Viktors Spannung nach. An diesem Ort wird man zwangsläufig zum Paranoiker, dachte er.

Er legte sich wieder hin und versuchte einzuschlafen, obwohl er wusste, dass das ohne ein Schlafmittel aussichtslos war. Er war aber entschlossen, aus diesem Teufelskreis herauszukommen, die Lage war ohnehin schon schlimm genug, wie das Telefongespräch bestätigt hatte. Er musste stark sein, er musste da durch. Und gewiss hatte der Anruf in gewissem Sinne in Aussicht gestellt, dass es klappen konnte, falls er nur seine Karten richtig ausspielte, obwohl er ansonsten in jeder Hinsicht unwillkommen und unangenehm gewesen war.

»Nachdenken«, brummte er in sein Kopfkissen, »jetzt heißt es scharf nachdenken.«

Árni steckte die Zigarette in die Bierdose, schloss das Fenster, legte sich aufs Bett und schaltete das Licht aus, zerbrach sich aber immer noch den Kopf. Das hinderte ihn nicht daran, zwischendurch immer mal wieder ein wenig einzunicken. Urplötzlich ging ihm auf, was Stefán in dem Brief gestört und ihn auf die richtige Spur gebracht hatte.

»Das verdammte Präsens«, murmelte Árni, »Grammatik für Anfänger. Das hätte mir auch auffallen müssen.« Die vierte Seite war mehr oder weniger im Präteritum geschrieben, doch auf der fünften – das heißt der fünften, die sie dafür gehalten hatten – ging es auf einmal im Präsens weiter. Darüber hinaus ergab der Satz, der aus dem letzten Wort auf Seite vier und der Fortsetzung auf Seite sechs entstand, im Nachhinein eigentlich keinen richtigen Sinn, obwohl er beim Überfliegen gerade noch durchgehen konnte: *Allerdings besteht erheblicher Anlass zu äußerster Vorsicht, und das lässt sich auf Dauer nicht ignorieren.* Ein wahres Wort, dachte Árni und schlief ein.

25

Mittwoch

Árni kapierte es einfach nicht. Als er kurz nach halb vier schlafen ging, hatte Katrín weitergemacht und bestimmt noch eine halbe, wenn nicht gar eine ganze Stunde Arbeit vor sich gehabt. Und jetzt saß sie kreuzfidel beim Frühstück und verputzte einen Joghurt, so als hätte sie einen angenehmen Nachtschlaf hinter sich, und die Uhr zeigte noch nicht einmal neun. Sie schien topfit zu sein. Er selber zwang sich bereits seine dritte Tasse Kaffee hinein, verstärkt mit zwei gehäuften Löffeln Nescafé, den er tags zuvor mitsamt den Wollsocken und der langen Unterhose erstanden hatte, und fühlte sich trotzdem wie ein Gespenst. Er trank den Kaffee aus, schlenderte zum Ausgang und mummelte sich ein, bevor er sich draußen im Schutz der Hauswand die erste Zigarette des Tages anzündete. Ein schwacher Ostwind wehte, und der Tag, der gerade angebrochen war, versprach wesentlich wärmer zu werden als der vorausgegangene.

»Na, wollen wir nicht rübergehen?«, sagte Katrín unerträglich munter. Árni, der die Zigarette gerade mal halb aufgeraucht hatte, trottete mit gequälter Miene hinter Katrín her. Auf dem Weg zum Verwaltungsgebäude schaffte er es, sie aufzurauchen. Er hätte sich zwar wahnsinnig gerne sofort die nächste angezündet, kam aber zu dem Schluss, dass das auf bessere Zeiten warten musste, und folgte Katrín ins Haus. Ein kleiner, adretter Mann um die vierzig begegnete ihnen auf der Treppe und nickte ihnen flüchtig zu. Er hatte es offensichtlich eilig.

»Kommt rein«, sagte Stefán nachdenklich, als sie ihre Nasen zur Tür von Björns Büro hereinsteckten, »kommt nur herein.« Sie taten wie geheißen und stellten sich an die Wand, da Guðni sich den einzigen Stuhl gesichert hatte. »Der Mann, dem ihr wahrscheinlich auf dem Weg nach oben begegnet seid«, sagte Stefán, »heißt Róbert Finnsson und ist leitender Vertrauensmann hier auf dem Werksgelände. Er ist zu uns gekommen, um Anzeige gegen Leifur zu erstatten, was Guðni und ich höchst amüsant finden.« Stefán schmunzelte vergnügt. »Der Grund dafür, weshalb wir ihn gestern nicht erreichen konnten, ist nämlich der, dass er einer von den rund vierzig Männern war, die praktisch den ganzen Tag in der Lagerhalle eingesperrt waren, und man hatte ihm auch das Handy weggenommen. Diese Behandlung hat ihm gar nicht gefallen, und dagegen hat er formell Strafanzeige erstattet.« Stefán strahlte übers ganze Gesicht. »Ich habe ihm versprochen, dass wir der Sache selbstredend so bald wie möglich auf den Grund gehen werden. Eigentlich wollte er das im Namen sämtlicher Leidtragenden tun, aber wir mussten ihm bedauerlicherweise klarmachen, dass das nicht so läuft. Wir haben von ihm aber eine Liste mit den Namen von allen Leuten bekommen, die mit ihm dort waren.« Stefán tippte auf ein Blatt, das vor ihm auf dem Schreibtisch lag. »Und außerdem hochinteressante Informationen über einige von denen. Damit befassen wir uns aber erst später, zunächst mal zu euch. Wie fühlt ihr euch? Habt ihr schon gefrühstückt?«

Schritte näherten sich und hielten genau vor der Tür inne. Lárus grinste schadenfroh, als er sah, wer sie öffnete.

»Ihr habt also inzwischen gecheckt, wen ich angerufen habe?«, fragte er hämisch. Friðrik sah ihn ärgerlich an.

»Weshalb hast du uns das nicht gleich gestern Abend gesagt?«

Lárus setzte eine Unschuldsmiene auf. »Ich war mir nicht sicher, das Gedächtnis kann einen ja manchmal trügen. Und der Herr General sagte doch, dass ihr eure Arbeit geleistet hättet. Wem sollte ich denn glauben, ihm oder mir?«

Friðrik fand das offensichtlich gar nicht witzig. »Haha«, sagte er, noch gereizter als zuvor. »Außerordentlich komisch.«

»Ich bedanke mich, mein Herr«, erwiderte Lárus, trat auf den Gang hinaus und setzte sich in Bewegung. Friðrik blieb ihm dicht auf den Fersen. »Ich darf wohl damit rechnen, dass mir eine Entschuldigung per Post zugestellt wird?«

»Wir brauchen uns für nichts zu entschuldigen«, erklärte Friðrik, »und du irrst dich gewaltig, wenn du glaubst, dass du so einfach deiner Wege gehen kannst. Aus diesem Haus lassen wir dich erst heraus, wenn du uns gesagt hast, wer deine Komplizen sind. Wahrscheinlich auch nicht, nachdem du das gesagt hast, auf jeden Fall nicht so bald.«

Lárus hielt abrupt inne und sah Friðrik völlig perplex an. »Du meinst das wirklich ernst, nicht wahr?«, fragte er. »Ihr glaubt also wirklich allen Ernstes, dass ich irgendetwas damit zu tun habe? Wegen der Grünen Armee? Ihr glaubt tatsächlich, dass ich hier in Island eine Truppe von sprengwütigen Umweltterroristen mobilisiert habe?« Friðriks Antwort bestand darin, ihm die Hand auf die Schulter zu legen und ihn weiterzuschieben. Lárus fügte sich. Durch unzählige winklige Korridore wurde er zu einem Büro geführt, doch die ganze Zeit umspielte ein rätselhaftes Lächeln seine Lippen.

»Hallo«, sagte er fröhlich, als er Leifur gegenüber auf einem Stuhl Platz genommen hatte. »Nett, dass wir uns wiedersehen. Sag mal, bist du jemals verliebt gewesen?«

Als auch Steinþór und Auðunn wieder zu ihnen stießen, begaben sie sich in den Konferenzraum. Steinþór wirkte reichlich unausgeschlafen, versuchte aber, sich das nicht anmerken zu lassen. Auðunn war hingegen putzmunter, er fühlte sich anscheinend sehr wohl in diesen Höhenlagen.

»Ja, Róbert hatte etliche interessante Aspekte beizutragen«, sagte Stefán, als sie sich auf ihre Plätze gesetzt hatten. »Darauf werden wir später eingehen, denn ich denke, wir sollten mit dem beginnen, was heute Nacht passiert ist, und wenn ich es richtig verstanden habe, war da so einiges. Katrín, du bist die Einzige von uns, die über alles informiert ist, am besten fängst du vielleicht einfach an?«

Er blickte entschuldigend zu Steinþór hinüber, doch der winkte ab. Seinetwegen war das völlig in Ordnung. Katrín war voll in Form und begann, die Ereignisse der Nacht schnörkellos und systematisch zusammenzufassen. Árni fand das bewundernswert.

»Aber warum zum Teufel hat er die Seite aufbewahrt?«, fragte Stefán, während er fasziniert auf das entwendete Blatt in der Plastiktüte starrte, die vor ihm lag. »Hat er sich dazu geäußert?«

»Ja«, sagte Katrín, »er wollte sie der Witwe von Ásmundur aushändigen.«

»Wie bitte?«

»Das hat er jedenfalls gesagt. Er hat die Seite entwendet, um sich selbst und sein Unternehmen zu entlasten, aber er hat es nicht über sich gebracht, sie wegzuwerfen oder zu verbrennen. Er hielt es für richtig, sie mit allen anderen Besitztümern der Witwe zuzustellen. Er fand, dass er es Ásmundur schuldig war«, erklärte Katrín achselzuckend. »So hat er sich ausgedrückt. Sobald sich die Lage wieder beruhigt hätte, wollte er ihr das zuschicken und ihr sagen, dass das Blatt versehentlich zurückgeblieben wäre oder irgendetwas in der Art, und dabei hoffte er, dass sie deswegen nichts unternehmen würde. Ich weiß nicht, es klingt schon reichlich absurd, aber er hat die Seite aufbewahrt und sie uns auch quasi umgehend ausgehändigt, als ich ihm das auf den Kopf zusagte – das passt nicht zu einem abgebrühten Verbrecher. Es sind vielleicht vor allem diese zwei Punkte, die es mir schwer machen, ihn als Mörder zu betrachten. Ich tendiere eigentlich eher dazu, ihm zu glauben.«

»Trotzdem klingt das doch alles irgendwie an den Haaren herbeigezogen«, sagte Steinþór zweifelnd. »Der Witwe diese Seite zu schicken, was soll denn der Quatsch? Er lebt im Nachbarhaus und war vermutlich Ásmundurs engster Vertrauter. Ist es nicht viel wahrscheinlicher, dass es sich ungefähr so zugetragen hat, wie wir gestern besprochen haben?«

»Angeblich hat Matthías ein Alibi«, warf Árni ein. »Wir haben das natürlich noch nicht überprüfen können, aber seinen Aussagen zufolge war er in der Nacht zum Sonntag ständig unterwegs. Unten in der Schlucht, hier im Büro, bei Ricardo, in der Lagerhalle, in der Kantine und so weiter. Er hat uns auch etliche Namen von Leuten genannt, die das bezeugen können. Aber ich weiß nicht, falls Ásmundur ihn tatsächlich angerufen hat und er zu ihm gegangen ist – wenn er nicht allzu sehr herumgeklüngelt hat, geht es im Grunde genommen doch nur um ein paar Minuten. Deswegen glaube ich, dass dieses Alibi nicht so richtig stichhaltig ist. Es ist ja auch nicht so, als hätte er kein Motiv gehabt.« Er nickte in Richtung der Seite, die vor Stefán lag. »Das da hätte ihn Kopf und Kragen kosten können, das hat er sogar selbst zugegeben.«

»Trotzdem hat er die Seite aufbewahrt und uns sofort überlassen, als wir ein bisschen Druck gemacht haben«, unterbrach Katrín ihn. »Er scheint allerdings auch ein ziemliches Nervenbündel zu sein. Könnt ihr euch erinnern, als wir hier ankamen und er die Treppe hinunterfiel? Hat ihm nicht die Krankenschwester daraufhin ein Schlafmittel verpasst? Das stimmt ziemlich genau mit dem überein, was er selber über Stress und Schlaflosigkeit gesagt hat.«

»Es passt aber auch ziemlich gut zu dem, was du heute Nacht zu ihm gesagt hast«, widersprach Árni. »Man schläft vielleicht nicht besonders gut, nachdem man seine Freunde umgebracht hat, es sei denn, man ist ein vollkommen abgebrühter Mensch. Und wie du sagst, Matthías macht nicht den Eindruck, als sei er das. Er könnte aber trotzdem Ásmundur umgebracht und deswegen die Nerven verloren haben.«

»Vielleicht«, gab Katrín zögernd zu, »aber eigentlich glaube ich das nicht. Ich denke, dass …«

»Das wird sich alles herausstellen«, schaltete sich Stefán ein und benutzte die Gelegenheit, sich über eine seiner Lieblingstheorien auszulassen. »Ich gehe wie ihr davon aus, dass Matthías kein total kaltschnäuziger Verbrecher ist. Er wirkt auf mich wie ein ziemlich normaler und rechtschaffener Mann, und die Erfahrung hat mich gelehrt, dass solche Menschen, wenn sie denn tatsächlich in ein derartiges Dilemma hineingeraten, nicht lange mit einem Mord auf dem Gewissen durchhalten. Das schaffen sie einfach nicht, früher oder später klappen sie zusammen und kommen zu uns. Gar nicht zu reden davon, wenn solche Leute auch noch wegen anderer Dinge enorm unter Stress stehen, wie Matthías in den letzten Tagen. Also – wenn er tatsächlich Ásmundur umgebracht haben sollte, wird er es uns früher oder später sagen. Eher früher, und ich muss mich da Katrín anschließen – er ist irgendwie kein sehr wahrscheinlicher Kandidat. Meiner Meinung nach hätte er, wenn er tatsächlich dafür verantwortlich wäre, gleich heute Nacht ausgepackt. Ich habe mir allerdings diese Seite, die er entwendet hat, noch einmal genau angesehen«, fuhr er mit bedeutungsvoller Miene fort, »und bin da über etwas gestolpert.« Er blickte in die Runde und lächelte ungewöhnlich selbstgefällig.

»Das Bohrloch«, sagte Árni schläfrig und war genauso überrascht über sich wie alle anderen, »da war nämlich schon ein Loch in den Grat gebohrt worden, und zwar in einer Spalte. Hervorragend geeignet für eine Dynamitladung.«

Wenn Stefán enttäuscht war, gelang es ihm, das zu verhehlen. Er setzte stattdessen ein anerkennendes Lächeln auf.

»Genau. Es war bereits ein Loch gebohrt worden. Aus irgendwelchen Gründen hat uns bislang niemand etwas darüber gesagt. Die Frage ist jetzt, wer hat davon gewusst, und wer hat gewusst, wo genau das Loch war?«

»Ich habe sie auf einer Party kennengelernt, ich fand sie süß und attraktiv und nett«, sagte Lárus, der sich bestens zu amüsieren schien. »Ich fand sie anders, wenn du verstehst, was ich meine. Und sie fand es toll und spannend, dass ich aus Island kam, und redete über die Natur, die heißen Quellen, die Vulkane, die Gletscher und all diese Klischees. Und regte sich über den Walfang auf. Ich habe ihr natürlich gesagt, dass wir gar keine Wale mehr fangen. Wir trafen uns danach immer häufiger. Ihr wisst doch, wie das ist, sie kniete sich total in all diesen Naturschutzquatsch rein, und ich war in sie verliebt. Natürlich bin ich mit nach Gorleben gefahren und habe an allen möglichen Demos teilgenommen und was da sonst noch so ablief. Und war auf den Partys mit Klaus und Nick und den anderen durchgeknallten Möchtegern-Hippies, was hättest du denn an meiner Stelle gemacht? Aber dann ging mir der Quatsch langsam auf den Geist, mit diesen Leuten konnte man kaum über etwas anderes reden als Biomöhren und vergleichbar Interessantes. Ich bin dann immer weniger zu diesen Versammlungen und Demos gegangen, aber wenn ich mich blicken ließ, habe ich die absurdesten Theorien und Phrasen kritisiert und versucht, logisch mit diesen Typen zu argumentieren. Das war natürlich vollkommen zwecklos, und bei uns beiden endete es immer häufiger mit Streit und Zoff. Wir haben uns dann getrennt, und danach hatte ich überhaupt keinen Grund mehr, mit dieser stumpfsinnigen Truppe herumzuhängen. Und damit hatte es sich. *End of story.*«

»Nicht ganz«, sagte Leifur aus dem Dunkel jenseits der Lampe. »Du hast heute Morgen von einer aus der Gruppe einen Anruf bekommen.«

Lárus zuckte ungerührt mit den Achseln. »Und was ist damit? Sie hat angerufen, was ist dabei? Sie hat im Internet gesehen, dass irgendwelche Umweltschutzspinner die Brücke hier gesprengt haben. Sie wusste, dass ich hier arbeite, ich hatte ihr nämlich neulich, nein, das war schon letztes Jahr, gleich als ich den Job bekam, eine Karte geschickt. Nur, um sie zu ärgern. Persönlich finde ich dieses Kraftwerk hier oben phantastisch. Ihr könnt fragen, wen ihr wollt, mit dieser Meinung habe ich nicht hinter dem Berg gehalten, wenn ich meine wenigen linken Freunde hier in Island getroffen habe. Genauso wenig haben sie das getan, sie haben mir Verrat an der Sache vorgeworfen. Es war aber einfach nie meine Sache, auch wenn ich irgendwann einmal dafür eingetreten bin, weil ich an eine bestimmte Frau herankommen wollte. Als sie das mit der Brücke im Internet gesehen hat, bildete sie sich wohl ein, ich hätte vielleicht meine Meinung wieder geändert und die Fahnen gewechselt. Genau wie ihr offensichtlich.«

»Du hast Matthías angerufen«, sagte Leifur schroff. »Weshalb?«

»Ich habe versucht, Matthías anzurufen, *bevor* das Ding explodierte. Ich wollte ihm Bescheid geben, dass alles in Ordnung ist, dass es ein blöder Witz war. Und die Explosion erfolgte, *bevor* ich ihn erreicht hatte, und deswegen habe ich den Anruf gecancelt. Was hättest du gemacht? Dann habe ich noch einen Versuch unternommen, ihn zu erreichen – das werdet ihr ja inzwischen auch wissen –, und das war *nach* der Explosion, aber er ging nicht dran. Später erfuhr ich, dass er im Tiefschlaf war, er hatte irgendwelche Pillen genommen und war vollkommen ahnungslos, als eure Kollegen ihn später am Tag geweckt haben.«

Leifur war keineswegs überzeugt. Das war zu perfekt, zu glatt und zu schlüssig, um die Wahrheit zu sein. Die Wahrheit war immer ein bisschen schlampiger. Er beschloss aber, dass es nichts schaden würde, Lárus in seinem Glauben zu belassen, und entließ ihn hinaus in den düsteren Tag.

Stefán starrte auf seinen Notizblock und zupfte unruhig an seiner Unterlippe, während er las, was er da hingekritzelt hatte.

»Also schön«, sagte er dann, »Eydís befasst sich mit der Plastiktüte, dafür wird sie einige Zeit brauchen, aber dabei wird hoffentlich etwas herauskommen. Ich glaube, wir sollten den Vergleich von Schuhabdrücken zurückstellen, das machen wir nur, wenn wir dazu gezwungen sind. Es macht sich nicht bezahlt, denn es gibt hier viel zu viele Schuhe mit groben Sohlen und Stahlkappen. Nichtsdestotrotz müssen wir herausfinden, woher das Zeug kommt und wer es uns gebracht hat. Und warum. Da drin ist bestimmt fast eine Million in Geld, und das Rauschgift ist vermutlich mindestens noch mal so viel wert, wenn nicht mehr. Irgendwelche Vorschläge?«

Steinþór räusperte sich. »Ich sage nicht, dass ich irgendwelche Anhaltspunkte habe, aber irgendwie beschleicht mich ein bestimmter Verdacht, ja.«

Stefán hielt sein Grinsen mühelos zurück und lüftete die Brauen.

»Und der ist?«, fragte er interessiert.

»Und der ist«, erklärte Steinþór vorsichtig, »dass sich das Rauschgift bei Halldór befunden hat und dass sein Vater da am Werk gewesen ist.«

»Wie kommst du denn darauf?«, fragte Guðni aus echter Neugier heraus. »Und wer ist sein Vater?«

Steinþór sah ziemlich unsicher aus, beschloss aber, es darauf ankommen zu lassen und dieses Mal seiner Eingebung zu folgen. »Sein Vater heißt Valdimar, er arbeitet auch hier und …«

»Und er hat die Brocken von dem Bergsturz weggeräumt«, warf Stefán ein, »zusammen mit seinem anderen Sohn, wenn ich mich richtig erinnere?«

Steinþór nickte. »Ja. Die Bagger waren da in der Nähe, als es passierte, und Valdimar und Birgir waren auf dem Weg hinunter in die Schlucht, deswegen lag es natürlich nahe, dass sie das in Angriff nahmen. Dieser Halldór hat nicht bei seinem Vater gearbeitet, aber sie hatten selbstverständlich Verbindung zueinander. Ihr wisst, was ich meine, sie waren ja schließlich Vater und Sohn. Und wenn wir davon ausgehen, dass wir damit richtig liegen, dass Halldór hier Drogen in Umlauf gebracht hat, dann liegt vielleicht die Vermutung nahe, dass der Alte einen Verdacht gehabt oder vielleicht sogar etwas gewusst hat. Vielleicht sogar sehr genau gewusst hat, was sein Sohn da trieb, versteht ihr. Möglicherweise hat er auch versucht, ihn davon abzubringen, was weiß ich. Ihm ist das aber nicht gelungen, und nach dem Tod des Jungen geht er in seine Wohnung, stellt alles auf den Kopf, bis er das Zeug findet, und bringt es uns.«

»Aber weshalb denn?«, fragte Guðni stur. »Warum zum Teufel hätte er das tun sollen? Und warum auf diese Weise?

Warum nicht einfach damit anspaziert kommen und uns die Tüte aushändigen?«

»Um … um …« Steinþór stockte und suchte nach den richtigen Worten. »Um den Ruf seines Sohnes zu schützen, nehme ich an«, sagte er schließlich und war noch verlegener geworden. »Und um zu … Wie soll ich das ausdrücken? Um zu verhindern, dass ein Schatten auf sein Andenken fällt? Etwas in der Art.«

Er erntete keine spöttischen Bemerkungen, nicht einmal von Guðni.

»Könnte sein«, sagte Stefán, »könnte sogar sehr gut sein. Es würde zumindest erklären, weshalb der Betreffende das überhaupt bei uns abgeliefert hat, statt es an sich zu nehmen und zu Geld zu machen. Das wäre wahrscheinlich passiert, wenn sich jemand das Zeug geholt hätte, der mit Halldór unter einer Decke steckt. Wir warten aber vielleicht, bis Eydís mit ihren Ergebnissen kommt, bevor wir uns den armen Kerl vorknöpfen. Wie du gesagt hast, Steinþór, er hat ja schließlich einen Sohn verloren.« Er sah auf die Uhr und schnalzte mit der Zunge. »Wir müssen uns ranhalten, die Zeit läuft uns davon. Ich wollte noch etwas zu Róbert sagen …«

Guðni prustete los. »Dieser schwule Wicht. Ein richtiger Zwerg.«

»Ich wollte etwas zu Róbert sagen«, stöhnte Stefán. »Um es kurz zu machen, die Schlägerei mit di Tommasso, von der wir gehört haben, war weder Fiktion noch Klatsch. Róbert hat in seinem Job am meisten mit diesem Mann zu tun gehabt, wegen all dieser Querelen mit den Leih-Agenturen der Arbeiter, die so viel Wirbel in den Medien gemacht haben. Er war wie gesagt im Hinblick auf alle Tarifangelegenheiten der Verhandlungspartner von Impregilo. Und ja, er ist homosexuell, und darauf hat di Tommasso ständig in unschöner Weise angespielt. Nach dem, was Róbert gesagt hat, scheint er wohl ein

Zeitgenosse gewesen zu sein, der voller Vorurteile war, was allerdings auch auf viele andere zutrifft.« Bei diesen Worten sah er Guðni scharf an, doch der grinste bloß und zog einen Stumpen aus der Schachtel. »Es endete also damit, dass ihm der Kragen platzte«, fuhr Stefán fort, »ich meine Róbert. Er hat sich auf di Tommasso gestürzt, und das ist ihm ziemlich schlecht bekommen.«

»Dem schwulen Wicht«, kicherte Guðni, und noch bevor Stefán ihn anknurren konnte, fügte er hinzu: »Aber ein schwuler Wicht, der mit Dynamit umgehen kann, das hat er zugegeben. Vielleicht hielt er die Zeit für die Rache der Schwulen gekommen und beschloss, den Spaghettifresser umzubringen.« Wieder lachte er und fand sich selbst überaus witzig, was aber auf wenig Anklang stieß. »Die Riesenrache der schwulen Zwerge. Verdammt guter Titel für einen Film.«

»Unbedingt«, sagte Stefán und ließ seinen Ärger durchklingen. »Leute, es ist schon zehn, wir müssen an die Arbeit. Róbert sagt, er sei beim Frühstück gewesen, als der Bergsturz niederging, da waren aber auch noch ein paar Dutzend andere, und er hat uns einige Namen genannt. Er hat allerdings kein Alibi für die Nacht auf den Sonntag.«

»Warum hast du ihn danach gefragt?«, warf Katrín ein. »Hatte er irgendeinen Grund, Ásmundur umzubringen?«

»Nicht, dass ich wüsste«, gab Stefán zu. »Aber da er schon einmal hier war …«

»Falls er Ásmundur tatsächlich umgebracht haben sollte, kann ich euch versichern, dass er ihn nicht selbst aufgehängt hat«, erklärte Guðni mit breitem Grinsen. »Ich bezweifle, ob er überhaupt bis zur Kleiderstange hochreicht.«

Stefán klopfte auf den Tisch. »Schluss jetzt«, sagte er, »es ist schon zehn. Wir müssen uns ranhalten. Guðni, du rufst beim Flughafen an und begibst dich mit der nächstmöglichen Maschine nach Reykjavík. Dieser Portugiese wurde bislang in künstlichem Koma gehalten, aber soweit ich weiß, wird man heute Nachmittag versuchen, ihn zu wecken. Du musst zur Stelle sein, falls er vernehmungsfähig sein sollte. Bei der Gelegenheit bringst du am besten deine Tochter nach Hause. Ich glaube, wir brauchen sie hier nicht länger festzuhalten.«

»In Ordnung«, sagte Guðni, auf einmal wieder ernst und ohne jegliches infantile Gehabe.

»Árni und Auðunn«, fuhr Stefán fort, »ihr macht euch auf den Weg und nehmt euch so viele wie möglich von denen vor, die am Samstag in der Schlucht irgendetwas gesehen haben könnten. Ihr teilt sie zwischen euch auf, auf diese Weise müsstet ihr das heute schaffen können. Nehmt eine Kopie von dem mit, was ihr da gestern Abend bei dem Portugiesen gefunden habt, und lasst euch das von jemandem übersetzen. Katrín, du musst herausbekommen, wer dieses Loch für die Geologen gebohrt hat. Und erkundige dich, wie der Stand beim Erkennungsdienst ist, sowohl bei Eydís als auch in Reykjavík. Du darfst ihnen gern ein bisschen Dampf machen, es eilt. Was du danach machst, entscheiden wir, wenn du das erledigt hast. Okay?«

»Und ich?«, fragte Steinþór. »Was soll ich machen?«

»Du kommst mit mir ins Büro. Wir müssen das, was bislang vorliegt, noch einmal durchgehen, alles was wir wissen, beziehungsweise zu wissen glauben, sowohl im Hinblick auf den Bergsturz als auch auf Ásmundur. Außerdem wirst du wohl auch der Sache mit den Prostituierten auf den Grund gehen wollen, du musst mit dem Amtmann sprechen und dich wegen der Drogen mit den Leuten beim Rauschgiftdezernat in Verbindung setzen.«

Er stand auf, schob seine Unterlagen in eine Mappe und warf einen Blick in die Runde. »Ihr meldet euch bei mir, sobald ihr irgendetwas herausgefunden habt, ansonsten treffen wir uns alle um drei Uhr wieder hier. Mit Ausnahme von Guðni, nehme ich an.«

Lárus hatte eigentlich keine Ahnung, was da abgelaufen war, was im Augenblick ablief und was er als Nächstes tun sollte. Das, was hinter ihm lag, war natürlich absurd und erinnerte eher an einen schlechten amerikanischen Reißer als an eine isländische Realität. Das Gleiche galt im Grunde genommen auch für das, was im Augenblick ablief; soweit er sehen konnte, war der silbergraue Skoda, der etwas weiter hinten in der Straße parkte, derselbe, der ihn verfolgt hatte, als er mit dem Taxi zu seiner Wohnung gefahren war, nachdem sie ihn auf freien Fuß gesetzt hatten. Er blickte auf seinen Laptop, der ihm beim Verlassen des Dezernats ausgehändigt wurde, wahrscheinlich hatten sie ihn gründlich durchforstet. Viel Spaß, dachte er. Er zog sein Handy heraus, das sie ihm ebenfalls zurückgegeben hatten, gab eine Nummer ein, cancelte den Anruf aber, noch bevor jemand antwortete. Misstrauisch starrte er abwechselnd auf den Apparat in seinen Händen, auf den Laptop und das Telefon.

»Sei doch nicht blöd«, murmelte er. Trotzdem. Die hatten ihn ziemlich schnell freigelassen. Und dann dieser Skoda. Er blickte sich um. Alles schien an seinem Platz zu sein, genau wie er seine Wohnung vor zehn Tagen verlassen hatte. Doch das schloss trotzdem nicht aus, dass sie …

»Nein, was soll das denn«, sagte er laut, »sei doch nicht bescheuert.«

Nach kurzer Unschlüssigkeit traf Lárus die Entscheidung. Er zog sich den Anorak wieder an, schnappte sich den Laptop und ging rasch hinunter zu seinem Auto, das in der Einfahrt stand. Als er kurze Zeit später in den Rückspiegel blickte, sah er den silbergrauen Skoda die Spur wechseln und hinter einem Lieferwagen verschwinden. Idioten, dachte er.

Gelber Schaumstoff schien durch sämtliche Ritzen der ungestrichenen Wohnbaracken im Impregilo-Lager zu quellen. An den Simsen, aus den Türfassungen, Fensterrahmen und sogar zwischen Wellblech und Sockel und aus den Lüftungsschächten an den Wänden drang er heraus. Als Árni genauer hinsah, kam er zu dem Ergebnis, dass es Urethan war. Er öffnete die Tür und betrat das Haus. Stiefel, gefütterte Arbeitsschuhe sowie gelbe, grüne und orangefarbene Winteroveralls lagen überall herum, und der Mief von feuchten Wollsocken, auftauenden und trocknenden Overalls und unterschiedlich stinkenden Schuhen war zwar erdrückend, hatte aber auch etwas Anheimelndes. In dem Zimmer des Mannes, mit dem er sprechen wollte, war hingegen alles ordentlich und aufgeräumt, und die Luft war rein. Der Mann hieß laut der Liste Gilberto da Silva, und obwohl das überhaupt nichts mit seinem Auftrag zu tun hatte, erkundigte Árni sich zunächst nach dem Urethan.

»Wind«, erklärte Gilberto gestikulierend und stöhnend in ziemlich holprigem Englisch. »Kommen überall rein mit Sand und Schnee. Kalt.« Er schlug sich auf die Arme und schlotterte. »Brrrh«, sagte er lächelnd. »Und Dreck. Überall Sand. Und nass, wenn Schnee schmelzen. Nicht gut Haus für *Islândia*.« Árni erwiderte sein Lächeln. Fotos bedeckten die Wand an Gilbertos Bett, die meisten von einer etwa vierzigjährigen dunkelhaarigen Frau und zwei jungen Mädchen.

»Deine Frau?«, fragte Árni, »und deine Töchter?«

»Ja. Ich wieder nach Hause. Bald. Ein Monat.« Gilberto lächelte noch strahlender.

»Du kennst Jorge?«

Das Lächeln wich einem übertrieben traurigen Gesichtsausdruck. »Ja. Jorge gute Mensch. Wir viel spielen Karten. Immer spielen.« Er sagte ihm mehr über Jorge und seinen

Freund Joaquim, die schon nach zwei Wochen in Kárahnjúkar Heimweh bekamen. An dem Morgen, als der Bergsturz niederging, hatte er aber nichts Ungewöhnliches bemerkt. Árni zeigte ihm die Kopien von Jorges letzten Eintragungen im Tagebuch und die losen Blätter. Gilberto holte seine Lesebrille vom Nachttisch, setzte sie auf und las ein paar Zeilen.

»Das Brief an Frau.« Er hob das Blatt hoch und blickte Árni über den Brillenrand an. »Will nicht mehr lesen.«

»Lies bitte alles«, sagte Árni, »und sag mir, ob da irgendetwas steht, was du seltsam findest.«

»Seltsam?«

»Ja. Vielleicht etwas, wovon du glaubst, dass es gar nicht zu Jorge passt, egal was.«

Gilberto war das zwar offensichtlich sehr zuwider, aber er ließ sich überreden. Während er den Rest des Briefes durchlas, wurde seine Miene immer besorgter.

»Was ist?«, fragte Árni gespannt, als er den Brief wieder entgegennahm. »Was schreibt er?«

»Jorge nicht glucklich«, sagte Gilberto bekümmert, »er wollen nach Hause. Er wollen nach Frau, Kinder, nach Sonne. Oder sterben, sagt er. Traurig.«

Árni stöhnte, das kam nicht unerwartet. Er reichte dem Mann die Tagebucheintragungen.

»Das Letzte da unten, was steht da?«

»Ah, *sim!*«, sagte Gilberto unter eifrigem Kopfnicken. »Das sein nur – wie sagen? Schicht tauschen. Ich jetzt frei, ja? Arbeiten von Mittag bis Mitternacht. Jorge auch. Aber Samstag, dann Wechsel. Ich und er, wir wechseln mit zwei andere. Ein Tag ganz Arbeit, ein Tag ganz frei.« Er setzte wieder die Trauermiene auf. »Jorge Pech haben.« Das war ja immerhin etwas, dachte Árni, und schrieb sich noch einen Namen auf, den Namen des Mannes, mit dem Jorge die Schicht getauscht hatte. Ein weiterer Portugiese, der Jesus hieß. Hätte Jesus überlebt, falls er zu dieser Schicht angetreten wäre? Árni stand auf, bedankte und verabschiedete sich. Gilberto begleitete ihn bis zum Eingang, und Árni bemerkte, dass er zitterte.

»Kalt?«, fragte er, während er sich die Schuhe anzog.

Gilberto nickte. »*Sim*. Ich immer kalt.«

Der Mann war gealtert. Er war in diesen wenigen Tagen gottweißwie gealtert, zehn, fünfzehn, zwanzig Jahre, überlegte Birgir, während er seinen Vater betrachtete, der mit Kaffee und einem Schmalzkringel am Tisch saß. Es kam ihm so vor, als hätte er weder das eine noch das andere angerührt. Nicht nur älter war er geworden, sondern auch viel gebeugter; das war ein ganz anderer Mann als der, bei dem Birgir aufgewachsen war. Dieser knallharte Typ, dieses Arbeitstier hatte sich in einen Jammerlappen verwandelt. Gewiss hatte er viel verloren; es nahm einen zwar schon mit, einen Bruder zu verlieren, aber bestimmt noch mehr, wenn es um den eigenen Sohn ging. Und dann noch einen Sohn wie Halldór. Und selbstverständlich hatte die Wahrheit über das Mustersöhnchen die Sache auch nicht verbessert, im Grunde genommen hatte er ihn zweimal verloren. Trotzdem verspürte Birgir kein Mitleid. Der Alte hatte die Gefahr vorausgesehen, hatte ihm ständig was von dem verdammten Grat vorgelabert und sich auch oft genug bei Ásmundur darüber beschwert, aber was war dabei herausgekommen? Nichts. Nur Gemeckere darüber, dass Ásmundur nichts unternahm, mehr nicht. Nein, dem Alten war es nicht zu verdanken, dass sie beide noch lebten, dass der Grat nicht auf sie heruntergekracht war, während sie eine von den Millionen Kipperladungen planierten, die da unterhalb von ihm ausgeleert worden waren. Ganz im Gegenteil, der Alte hatte die Schuld daran, dass Halldór tot war. Er hätte da etwas unternehmen und verhindern müssen, dass so etwas geschehen konnte. Aber Ásmundur war zumindest auch tot. Immerhin etwas.

»Komm«, sagte er entschlossen, »wir müssen uns beeilen, wenn wir das Flugzeug nicht verpassen wollen. Wir müssen die Beerdigung vorbereiten, oder soll Mama das vielleicht ganz alleine machen?« Valdimar blickte hoch, rotäugig, übernächtigt und am Ende seiner Kräfte. Man könnte glauben, er stünde unter Stoff, dachte Birgir. Aber er stand auf, der dämliche Kerl. Nickte und stand auf, nahm den Schmalzkringel und ging wie in Trance zur Tür.

»Du darfst also das Gelände verlassen?«, fragte er.

»Ja«, antwortete Birgir, »die haben irgendjemanden geschnappt, hieß es in den Nachrichten. Und diese blöden schwarzen Affen, die mich eingelocht haben, sind verschwunden. Deswegen kann ich jetzt wohl abhauen.« Er trieb seinen Vater zur Eile an, setzte sich die Mütze auf den Kopf und schob ihn zur Tür hinaus.

»Was hast du mit dem Zeug gemacht?«, fragte er, als beide im Jeep saßen. »Mit dem Dope und dem Geld?«

»Ich habe es mir vom Hals geschafft«, murmelte Valdimar und starrte mit leerem Blick durch das Seitenfenster.

»Gut«, sagte Birgir. Mehr wollte er nicht wissen. Er ließ den Motor an. Am liebsten hätte er den Alten hiergelassen, aber seine Mutter bestand darauf, dass er ihn mitbrachte.

Katrín hatte das Gefühl zu verbluten. Sobald ich wieder in Reykjavík bin, lass ich mir einen Termin geben, um diese verdammte Spirale entfernen zu lassen, nahm sie sich vor. Die Frage war bloß, was sie stattdessen verwendete. Die sogenannte Hormonspirale war wohl viel angenehmer, hatte sie gehört, die Blutungen blieben sogar fast aus, ganz im Gegensatz zu dieser blöden Spirale, die sie offensichtlich verstärkten. Das hörte sich zwar ziemlich gut an, doch trotzdem fand sie bei näherer Betrachtung die Vorstellung, nie mehr ihre Tage zu bekommen, unangenehm, wenn nicht sogar unnatürlich. Sie war jung, sie war gesund, und ihre biologische Uhr tickte. Nicht, dass sie vorhatte, weitere Kinder in die Welt zu setzen, das konnte sie sich überhaupt nicht vorstellen, aber man musste doch auch verhüten können, ohne den gesunden Hormonhaushalt des Körpers sozusagen auf den Kopf zu stellen. Die Pille hatte natürlich diesbezüglich dieselben Auswirkungen. Und ein Pessar war einfach nicht sicher genug. Blieben also nur Kondome. Trotz ihrer Beschwerden, die im Verlauf des Morgens beständig zugenommen hatten, musste sie innerlich lächeln. Das war dann Svennis Problem. Sie wusste, dass er sauer werden würde. Aber er hatte die Wahl, Enthaltsamkeit oder Kondome, bitte sehr. Sie zog den Slip hoch und warf den Abfall in den Eimer, wie es sich gehörte.

Auf dem Parkplatz vor dem Verwaltungsgebäude war die klare Luft des Hochlands zwar ein wenig durch Dieselgestank getrübt, doch Katrín ignorierte das, stand mit geschlossenen Augen da und atmete tief durch. Eydís hatte sich den Inhalt der Tüte angesehen und bestätigt, dass das weiße Pulver Amphetamin war. Sie hatte sämtliche Fingerabdrücke eingescannt und nach Reykjavík geschickt. Die Kollegen im Labor hatten ihr versprochen, sich nach Kräften zu beeilen, sowohl mit diesen Fingerabdrücken als auch mit allem anderen, was sich in Ásmundurs Wohnung befunden hatte. Von Fridjón hingegen bekam man im Augenblick überhaupt keine Reaktion.

»Dann geht es jetzt also nur noch um dieses gebohrte Loch«, murmelte Katrín und zog den Reißverschluss ihrer Goretexjacke hoch. Sie beschloss, Matthías zu fragen, wer es gebohrt hatte, er musste das doch wissen. Wenn nicht, dann würde er zumindestens wissen, wer es wusste.

Drei Portugiesen, zwei Isländer und vier Chinesen, dachte Árni, und keiner von denen hatte etwas gesehen. Er sah auf die Uhr, es war schon zwölf, der Schichtwechsel hatte stattgefunden. Sollte er zum Essen gehen oder versuchen, Jesus zu finden? Im Geiste warf er eine Krone hoch. Der Kabeljau war oben. War das ein Hinweis, dass er zum Essen gehen sollte, oder deutete das auf Jesus, den Fischer, hin? Scheiße, dachte Árni, ich bin hungrig. Jesus kann warten.

Helena schwieg zunächst beharrlich, aber als sie von der Hochebene hinunter ins Tal fuhren, fasste sie sich ein Herz und sah ihren Vater an.

»Ich will mit dir nach Reykjavík fahren«, sagte sie entschlossen. »Ich will von hier weg. Sofort.«

Guðni verschluckte sich an Tabakfetzen und prustete die Windschutzscheibe voll. Er hielt an, säuberte die Scheibe und suchte unterdessen krampfhaft nach einer angemessenen Antwort.

»Das geht nicht«, sagte er, als er wieder losfuhr. »Das weißt du ganz genau. Du bleibst hier bei deiner Mutter, das ist am besten.«

»Nein«, sagte Helena, »du verstehst mich nicht, ich muss einfach von hier weg. Ich kann hier nicht bleiben, das musst du doch einsehen? Was glaubst du, wie das hier für mich sein wird, wenn sich erst rumgesprochen hat, was ich …« Sie ballte ihre kleinen Hände zu Fäusten und senkte die Stimme. »… was ich getan habe?«

»Das wird sich nicht herumsprechen«, erklärte Guðni in der beschwichtigendsten Tonart, über die er verfügte. »Es weiß ja kaum jemand davon, nur die Jungs von der Polizei, und das wird unter uns bleiben.«

»Ich gehe jede Wette mit dir ein, dass jetzt schon das halbe Kaff Bescheid weiß«, widersprach Helena, »und die andere

Hälfte erfährt es heute Nachmittag. Glaubst du im Ernst, dass diese Armleuchter solche saftigen Storys für sich behalten können? Du spinnst wohl.«

»Die halten ihre Schnauze«, behauptete Guðni, »sonst …«

»Sonst was? Verprügelst du sie? Komm, sei realistisch. Wie ich gesagt habe, das geht bestimmt schon wie ein Lauffeuer durch den ganzen Ort. Ich gehe mit dir nach Reykjavík, Punkt, aus. Wir fahren zu Hause vorbei, damit ich ein paar Sachen mitnehmen kann, den Rest muss Mama mir nachschicken.«

Guðni hatte sehr viel gegen dieses Vorhaben einzuwenden und versuchte mit aller Macht, ihr das auszureden, kam aber nicht damit durch. Helena blieb bei ihrem Entschluss. Verdammt, überlegte Guðni, was hab ich mir da aufgehalst? Er kannte sich selbst gut genug, um zu wissen, dass das nicht gut gehen konnte. Er würde es spätestens nach einer Woche leid sein, und sie würde wahrscheinlich noch eher die Schnauze voll von ihm haben. Sie hatte keine Ahnung, was ihr da bevorstand. Sie kannte ihn überhaupt nicht. Aber sie vertraute ihm. Zählte auf ihn. Zumindest bis jetzt noch, und das war mehr, als sich von seinen anderen fünf Kindern sagen ließ. Er sah aus den Augenwinkeln zu seiner unbekannten Tochter hinüber und beschloss, dass es vielleicht richtig war, ihr eine Chance zu geben. Und sich selbst auch.

»Okay, okay, okay«, seufzte er in übertrieben resignierendem Ton, kurz bevor sie in Egilsstaðir eintrafen. »Nicht zu fassen, was du daherschwätzen kannst, du Göre. Wenn deine Mama damit einverstanden ist, darfst du mit nach Reykjavík kommen. Aber du wohnst nicht bei mir. Du kannst ein paar Tage in meiner Wohnung bleiben, bis wir ein Zimmer für dich gefunden haben. Und du wirst die Schule besuchen und gefälligst die Finger vom Dope lassen, sonst geht's *straight back to fucking Egilsstaðir*, kapiert?«

Helena lächelte zum ersten Mal, seit sie ihren Vater getroffen hatte.

»Kapiert.«

Guðni blickte in die andere Richtung und lächelte ebenfalls.

»Herein«, rief Stefán. Viktor betrat zögernd das Büro, und seine Blicke irrten zwischen Stefán und Steinþór hin und her. Er blinzelte unentwegt und befeuchtete sich die Lippen wie ein Jüngling in der ersten Tanzstunde.

»Also, ihr leitet die Ermittlung hier?«, brachte er schließlich stammelnd hervor, so leise, dass sie ihn kaum verstanden.

»Das kommt darauf an, welche Ermittlung du meinst«, antwortete Steinþór, »hier ist ja so einiges im Gange gewesen, wie du sicher weißt.«

»Ja, ja, du lieber Himmel.« Viktor wischte sich mit dem Anorakärmel über die Stirn und fuhr sich wieder mit der Zunge über die Lippen. »Also, wie ist das, wenn ich euch in einer bestimmten Sache helfe, euch wichtige – äußerst wichtige – Informationen gebe, ist es dann, wie gesagt, möglich, dass … also …«

»Nimm Platz«, sagte Stefán liebenswürdig, »und sag uns, was du weißt. Und anschließend sehen wir zu, ob wir im Gegenzug etwas für dich tun können.«

Jesus saß im orangefarbenen Winteroverall auf der Schuhbank im Eingangsbereich zur Kantine und sprühte sich Feuerzeugbenzin auf die Knie. Zur Begeisterung der zahlreichen Umstehenden zündete er sie an und wiederholte das Spiel, nachdem das Feuer ausgegangen war. Wieder und wieder. Und immer klatschten seine Kumpel, pfiffen und lachten. Árni sah dem Happening eine ganze Weile wie hypnotisiert zu, doch als Jesus sich anschickte, zum fünften Mal seine Knie anzuzünden, beschloss er, sich einzumischen.

»Jesus?«, fragte er mit portugiesischer Aussprache. Jesus blickte hoch. Er hatte braune Augen, langes, dunkelbraunes Haar und einen Vollbart. Hübsch eigentlich und leicht feminin. Sein Blick war so unschuldig, wie er nur sein konnte.

»*Sim?*« sagte er in weichem, freundlichem Bariton. Er hielt das Feuerzeug an seine Knie.

Verdammt, dachte Árni. Wie redet man mit einem brennenden Jesus?

26

Mittwoch

»Du lügst«, erklärte Katrín im Brustton der Überzeugung. »Weshalb sollte er so etwas machen?«

»Gute Frage«, entgegnete Árni achselzuckend. »Weswegen zünden sich Leute ihre Knie an? Genau das habe ich ihn gefragt. Er sagte, er hätte nichts Besseres zu tun gehabt. Wahrscheinlich war der Fußballtisch nicht frei. Er hat sich dabei köstlich amüsiert und seine Kumpels auch.«

»Und hat der Overall nicht Feuer gefangen?«

»Nein. An beiden Knien waren schwarze Flecken, aber das Feuer ging jedes Mal aus, wenn das Gas oder das Benzin oder was das war, verbrannt war.«

»Sagt bloß nicht, dass es keinen Spaß macht, hier oben in Kárahnjúkar zu arbeiten«, brummte Stefán. »Jubel, Trubel, Heiterkeit, hier ist schwer was los. Was hast du sonst noch über diesen Mann in Erfahrung gebracht, heißt er wirklich Jesus?«

»Jesus, ja. Oder Hesus, so wie die das aussprechen, sogar wahrscheinlich Chesús. Über ihn gibt es nicht viel zu sagen. Er hat die Schicht mit Jorge gewechselt, um einen zusätzlichen freien Tag zu bekommen. Das scheint durchaus üblich zu sein, obwohl es im Prinzip verboten ist. Man lässt es ihnen aber durchgehen, solange es sich in Grenzen hält.«

»Wie so vieles andere hier«, sagte Stefán. »Aber was denkst du, kommt er deiner Meinung nach als potentielles Opfer für einen Mörder infrage? Oder könnte er selbst der Mörder sein, er wusste ja schließlich am allerbesten, dass Jorge dort sein würde.«

»Er ist wohl kaum ein Mörder«, sagte Árni, »das sehe ich einfach nicht vor mir. Nicht Jesus, zum Teufel noch mal. Außerdem hat er ein Alibi, das ich allerdings noch nicht überprüft habe. Er hat mir den Namen eines Mädchens in Egilsstaðir genannt, in deren Gesellschaft er sich an dem bewussten Morgen und de facto auch die ganze Nacht befunden hat. Ihr werdet nie raten, wie sie heißt ...«

»María?«, schlug Auðunn grinsend vor.

»Nein, sie heißt Erna«, fuhr Árni ungerührt fort. »Und als potentielles Opfer kommt er genauso wenig in Frage wie Jorge. Er ist ein ganz normaler Arbeiter, einer von vielen. Einerseits ist er natürlich heilfroh, dass er die Schicht getauscht hat, aber andererseits hat er halbwegs Gewissensbisse deswegen, weil er meint, er wäre bestimmt besser davongekommen als Jorge, wenn er die Schicht übernommen hätte. Er geht nämlich zwischen den Kippern immer in den Arbeitsschuppen, sagte er.«

»Was bedeutet das?«, fragte Steinþór.

»Es kommen immer drei bis vier Kipper hintereinander«, erklärte Árni. »Sie holen Material in den Steinbrüchen oben, und vollbeladen kommen sie nicht gerade schnell voran. Deswegen sind da immer einige Minuten Pause zwischen den Fuhren. Und unser Jesus stellt sich dann immer in dem Schuppen unter, der so etwa fünfzig oder hundert Meter entfernt ist. Das hat Jorge aber nicht getan. Die Fahrer haben Jesus immer angemacht, wenn er zu spät aus seinem Schuppen herauskam, weil sie dann warten mussten, sie haben ihm sogar gesagt, er solle sich Jorge zum Vorbild nehmen. Der ging nie in den Schuppen. Und Jesus ist wie gesagt der Meinung, dass er sich im Schuppen aufgehalten hätte, als der Erdrutsch niederging, falls er auf Schicht gewesen wäre.«

»Und daraus schließen wir …?«, fragte Steinþór, dem man seine Zweifel anhörte.

»Wie ich gesagt habe, ich weiß es nicht. Vielleicht gar nichts. Oder nur, dass es sich nicht bezahlt macht, die Schicht zu wechseln, was weiß ich. Oder dass es sich bezahlt gemacht hätte, zwischen den Fuhren in den Schuppen zu gehen.«

»Oder dass irgendjemand davon ausging, dass Jesus Schicht hatte und im Schuppen war«, warf Katrín ein. »Dass er infolgedessen nicht in Gefahr war.«

»Hm, könnte sein«, sagte Stefán. »Könnte sogar gut sein. Dann müsste es aber jemand gewesen sein, der sich hervorragend auskannte und genau wusste, wann die Fuhren kamen.«

»Trotzdem geht das irgendwie nicht auf«, widersprach Árni. »Falls Jesus umgebracht werden sollte, müssen wir davon ausgehen, dass der Mörder gewusst hat, dass er immer in den Schuppen ging. Und falls jemand von den anderen umgebracht werden sollte, spielte es überhaupt keine Rolle, ob Jorge oder Jesus Schicht hatten, die Sprengung musste erfolgen, während die Leute sich genau unterhalb des Grats befanden, egal wo sich welcher Kippmann befand.«

»Ja, wahrscheinlich«, gab Stefán zu, »aber wir behalten das im Hinterkopf. Mit wem hast du sonst noch gesprochen? Und du, Auðunn? Hat da am Samstag irgendjemand etwas gesehen?«

»Nein«, antworteten die beiden unisono, »gar nichts.«

»Das ist nicht viel«, sagte Stefán. »Also dann weiter im Text. Steinþór und ich haben vorhin Besuch bekommen. Arztbesuch.« Er nahm die Kappe ab und kratzte sich am Kopf. »Und ich weiß eigentlich nicht, warum ich diesem armen Kerl nicht einfach das Fell versohlt habe, oder besser, diesem Mistkerl.«

»Die Versuchung war groß«, pflichtete Steinþór ihm bei. »Außerordentlich groß.«

Stefán stand auf, ballte die Fäuste in den Taschen und tigerte auf und ab.

»Dieser Viktor wollte einen Deal mit uns machen«, sagte er und zog eine Grimasse. »Er sagte, er sei bereit, uns Informationen darüber zu geben, wo diese fünfzehn oder zwanzig Frauen, nach denen wir gesucht haben, sich aufhielten. Als Gegenleistung wollte er die Garantie, dass er nicht zur Rechenschaft gezogen und nicht in den Zeugenstand gerufen würde. Er hatte irgendwann irgendwo gelesen, dass wir Zeugenschutz gewähren«, schnaubte Stefán. »Zeugenschutz. Was den Leuten so alles einfällt.«

»Und was hast du geantwortet?«, fragte Katrín.

»Ich habe gesagt, dass ich mehr wissen müsste, bevor ich darauf antworten könnte. Was nicht gelogen war. Auf diese Weise habe ich aus ihm herauskitzeln können, dass er Björn mit legalen Betäubungs- beziehungsweise Aufputschmitteln versorgt hat, und zwar seit Monaten in großem Stil, ausgestellt auf diese und jene Namen. Und außerdem hat er diese Frauen ärztlich betreut, ob sie nun eine Erkältung hatten oder Chlamydien, er war zuständig für die Behandlung. Er …«

»Helena hat Viktor mit keinem Wort erwähnt«, warf Katrín ein.

»Nein. Ich habe ihn auch nach Helena gefragt. Er wusste von ihr, von einem neuen Mädchen, hat er gesagt, hat sie aber nie getroffen. Angeblich bestand kein Grund dafür, weil Björn versichert hatte, es sei nicht nötig, sie vorab durchzuchecken, obwohl das bei allen anderen die Regel war. Er ging selbstverständlich davon aus, dass sie sauber war. Bleibt nur zu hoffen, dass das immer noch der Fall ist. Sie hat also

Viktors Dienste nie in Anspruch genommen. Aber ich will weitermachen. Heute Nacht wurde Viktor durch einen Anruf geweckt, und am anderen Ende der Leitung war ein Mann, den er nur dem Namen nach kannte. Er heißt Jón und war für Björn so eine Art Mädchen für alles. Sehr wahrscheinlich der Fahrer, den Helena erwähnt hat. Viktor behauptet, im Zusammenhang mit diesem Business von keinen anderen außer Björn und diesem Jón gewusst zu haben, obwohl er nicht völlig ausschließen wollte, dass noch andere involviert sein könnten. Also, Jón rief heute Nacht an, und schien ziemlich kopflos zu sein. Die Medikamentenvorräte waren sozusagen erschöpft, und mindestens drei von den Frauen bräuchten ärztliche Hilfe, bevor sie wieder verwendet werden könnten. Seine Ausdrucksweise, nicht meine«, sagte Stefán mit verzerrtem Gesicht. »Also, Viktor soll sich heute Abend um zehn Uhr in einem Haus in Kópavogur einfinden oder jemanden schicken, dem er vertraut. Um eine genauere Lokalisierung aus ihm herauszubekommen, mussten wir ihm diesen sogenannten Zeugenschutz versprechen. Was wir natürlich getan haben.«

»Und habt ihr die Adresse bekommen?«, fragte Katrín grinsend.

»Ja«, antwortete Stefán und grinste ebenfalls. »Ich habe schon mit Svavar gesprochen, er wird Leute hinschicken. Fahrer Jón bekommt heute Abend Besuch.«

»Und was dann?«, fragte Árni. »Du hast ihm Zeugenschutz versprochen, er hat gesungen und was dann?«

»Dann habe ich ihm klargemacht, was sich hinter dem Begriff Zeugenschutz verbirgt. Dass es sich hierzulande durchaus etwas anders verhält als in amerikanischen Spielfilmen. Dass er dazu dient, diejenigen zu schützen, die einer Straftat zum Opfer gefallen sind, und nicht die Täter. Und dass ich keine Vollmacht habe, ihm irgendetwas zu versprechen, und dass er damit rechnen muss, in den nächsten Tagen zu einer formellen Vernehmung bestellt zu werden, und anschließend habe ich ihn vor die Tür gesetzt.«

»Du hast ihn wirklich vor die Tür gesetzt?«, fragte Katrín verblüfft. »Er hat doch bestimmt gleich zum Telefon gegriffen und diesen Jón gewarnt?«

»Zu spät«, grinste Stefán. »Wie gesagt, unsere Leute sind bereits im Einsatz, das Haus wird observiert, Jón befindet sich dort und auch einige von den Frauen. Ich weiß nicht, worauf die eigentlich warten. Und darüber hinaus habe ich dem Doktor unmissverständlich zu verstehen gegeben, dass er so etwas lieber lassen sollte, falls er irgendwelche Pluspunkte wegen Kooperationsbereitschaft sammeln will. Habe ihm klargemacht, dass die Informationen, die er uns gegeben hat, direkt als Pluspunkte verbucht würden, dass er deswegen höchstens mit drei Jahren Gefängnis zu rechnen hätte, davon wahrscheinlich sogar die Hälfte auf Bewährung. Infolgedessen würde er nur ein paar Monate einsitzen müssen, und das wohl auch nur in einer halboffenen Vollzugsanstalt, vorausgesetzt, dass er sich anständig aufführt, uns eine formelle Aussage unterschreibt und sie vor Gericht bestätigt. Falls er jedoch einen Versuch unternimmt, die Ermittlung zu behindern, oder sich weigert, vor Gericht auszusagen, müsse er mit einer sehr viel härteren Strafe und geschlossenem Strafvollzug rechnen. Der Mann ist aber vernünftig. Und als Krimineller ziemlich unbegabt, er war mit den Nerven völlig am Ende. Ich glaube, er wird alles darauf anlegen, möglichst glimpflich davonzukommen.«

»Der kriegt doch keine drei Jahre dafür«, sagte Katrín gereizt. »Nicht, wenn er sich anständig aufführt, wie du es nennst. Höchstens eins oder zwei. Und mehr oder weniger alles auf Bewährung.«

»Vielleicht«, musste Stefán zugeben, »ich hoffe aber trotzdem nicht. Dafür sorgt allein schon die Sache mit den Pillen. Und die Approbation wird er verlieren, so viel steht fest. Nun ja, das war also die Geschichte mit dem Arztbesuch.«

Ricardo trank einen Schluck Wein und schloss die Augen. Eigentlich hätte er in seinem Büro sein sollen, um Massimos Ankunft vorzubereiten, die Berichte und Akten und Entwürfe systematisch zu ordnen und darüber hinaus zu beaufsichtigen, dass die Arbeiten bis zum Montag reibungslos weitergingen. Aber er hatte keine Lust dazu. Susanna war im Schlafzimmer, sie hatte angefangen zu packen. Dazu hatte er auch keine Lust.

Di Tommasso war tot. Barei war tot. Und auch der verfluchte Halldór war tot. Und er selbst war mit einem Batzen Geld in der Tasche auf dem Weg nach Italien. Eine enorme Summe, die er nur dafür eingestrichen hatte, ein halb fertiges Projekt im Stich zu lassen. Ein halb fertiges Kraftwerk. Ricardo wusste, dass das eine Sünde war und zwar eine ziemlich unverzeihliche, aber er konnte nicht anders, als sich innerlich einzugestehen, dass er glücklich darüber war. Er freute sich, von hier wegzukommen, er freute sich über das Schweinegeld, das er eingestrichen hatte, ohne irgendeine Leistung dafür zu erbringen.

Im Grunde genommen war es so unverdient, wie es nur sein konnte. Nicht zuletzt freute er sich aber bei dem Gedanken an die drei Männer in den glänzenden Aluminiumsärgen. Das passte doch ausgezeichnet, dachte er, dass solche Särge aus Aluminium waren, und musste unwillkürlich laut lachen.

Susanna erschien in der Schlafzimmertür und sah ihn fragend an. »Was ist so komisch?«

»Alles«, antwortete Ricardo.

»Rede doch nicht so daher«, sagte Susanna sich bekreuzigend. »Musst du so viel trinken?«

»Nein«, erklärte Ricardo mit fröhlichem Lächeln, »ich hab nur Lust dazu.«

Susanna bekreuzigte sich noch einmal und verschwand wieder im Schlafzimmer. Er hörte sie in Schubladen und Schränken kramen und trank einen weiteren Schluck. Ganz bestimmt ist es eine Sünde, hier zu sitzen und sich über den Tod von anderen zu freuen. Und über das Geld und den langen Urlaub, von dem er träumte. Ging es nicht genau genommen einfach um Habgier und Faulheit? Beides waren nichts weniger als Todsünden.

»Wahrscheinlich«, murmelte er in das Glas, und vielleicht würde er irgendwann einmal seine Sünden bekennen, irgendwann später. Er stand auf und tauschte Vivaldi mit Paganini aus.

Leifur legte das Blatt von sich und sah Friðrik an.

»Wann ist die gekommen?«

»Vor zwanzig Minuten. Mein Namensvetter – ich meine den Generaldirektor – befindet sich da oben in Kárahnjúkar. Er hat dort auch ein Büro und kann seine E-Mails abrufen. Er hat sie sofort an uns weitergeleitet, ein paar Minuten, nachdem er sie gelesen hatte.«

Leifur sah auf das Blatt, und sein Gesicht verzerrte sich. Der Stil war bekannt, der Inhalt auch.

»*Wer das Land zerstört, zerstört die Nation. Wer das Land vergewaltigt, vergewaltigt die Nation. Ihr macht weiter, wir machen ebenfalls weiter. Nehmt entweder Vernunft an und legt bis Freitagmittag die gesamte Arbeit nieder, oder nehmt die Konsequenzen in Kauf. Auge um Auge, Zahn um Zahn. Wer anderen eine Grube gräbt, fällt selbst hinein. Die Grüne Armee.*«

»Und natürlich genau wie zuvor keine Chance herauszufinden, woher das kommt?«, schnaubte Leifur.

Friðrik schüttelte den Kopf. »Noch nicht. Daran wird aber gearbeitet.«

»Ich dachte, dergleichen ließe sich heutzutage überall hin verfolgen«, meckerte Leifur grantig. »Sind denn das alles Volltrottel in der EDV-Abteilung?«

»So etwas braucht seine Zeit«, sagte Friðrik. »Wer auch immer es ist, er versteht sich darauf, seine Spur zu verwischen. Manchmal dauert es mehrere Jahre, um Hacker oder diese Typen zu finden, die Computerviren in Umlauf bringen.«

»So viel Zeit haben wir nicht«, bellte Leifur, »wir haben weniger als zwei Tage. Du bist sicher, dass Lárus das nicht geschickt haben kann?«

»Ja, sie haben ihn praktisch die ganze Zeit observiert. Er hat weder sein Handy benutzt noch E-Mails von seinem Computer geschickt. Wir haben ihn ein einziges Mal aus den Augen verloren, und zwar, als er im Hauptdezernat war.«

»Im Hauptdezernat?«

»Ja. Unser Mann ist hinter ihm ins Haus, sah ihn mit der Wache am Eingang reden, und der Mann hat dann kurz mit jemandem telefoniert und ihm anschließend die Tür zum Bürotrakt geöffnet. Laut Auskunft der Wache wollte er mit Svavar sprechen, und Svavar hat ihm gesagt, sie sollen ihn zu ihm schicken. Lárus war dann eine Viertelstunde bei ihm drinnen.«

»Und du hast keine Ahnung, was er da wollte?«

»Nein. Ich war der Meinung, dass du vielleicht besser selbst versuchen solltest, das herauszufinden.«

»Gut, mach ich. Was ist mit diesen Handys, kommt ihr da voran?«

»Nein, das hat nichts gebracht. Das eine, das von der Brücke, wurde vor drei Monaten gekauft und ist nie benutzt worden. Die Rechnung – und damit die Nummer – war auf eine Firma ausgestellt, die rundheraus abstreitet, dass dieses

Mobiltelefon in ihrem Auftrag gekauft wurde. Da das Handy eine Telefonkartennummer hatte und nicht angemeldet war, ist bei denen auch nie eine Rechnung eingegangen, die sie hätte stutzig machen können. Ich sehe keine Veranlassung, ihnen nicht zu glauben. Der Verkäufer beim Telefonanbieter kann sich natürlich nicht erinnern, wie der Käufer ausgesehen hat, es ist ja auch einige Zeit her, und außerdem wurde es mitten im Weihnachtsrummel gekauft. Also alles ziemlich ausgeklügelt«, fügte er hinzu, wobei so etwas wie ein anerkennender Ton in seiner Stimme mitzuschwingen schien.

»Und das andere Telefon, von dem aus angerufen wurde?«, fragte Leifur gereizt.

»Das wurde am letzten Wochenende gestohlen, wahrscheinlich in einer Kneipe hier in Reykjavík. Der Besitzer hat es aber erst gestern gemerkt, als wir bei ihm vorsprachen. Er war davon ausgegangen, dass er es irgendwo liegen gelassen hatte, deswegen hatte er es noch nicht abgemeldet. Das ist jedenfalls das, was er sagt, und wir haben seine Aussagen überprüft. Nichts deutet darauf hin, dass er etwas mit dieser Sache zu tun hat. Er war am Montag in Reykjavík, und hat unseres Wissens nie irgendwelche Verbindung zu solchen Kreisen gehabt. Das ist wie mit der E-Mail«, fügte er achselzuckend hinzu, »die Spur endet irgendwo im Nichts.«

Leifur stöhnte. Die Dinge liefen keineswegs so geschmiert, wie sie laufen sollten. Er sah Friðrik an. »Wo ist der Ami?«

»Als wir gestern Abend dachten, die Sache sei in trockenen Tüchern, ist er zurück zum Stützpunkt.«

»Ruf ihn an. Und gib den Einsatzbefehl an das SEK heraus, wir fliegen wieder nach Egilsstaðir.«

»Wir haben aber auch hübsche Nachrichten in petto«, erklärte Stefán, der jetzt etwas entspannter wirkte. »Svavar hat noch einmal angerufen, vor etwa einer halben Stunde. Und uns eine E-Mail geschickt. Man hat Lárus freigelassen, aber der behauptet, dass er beschattet wird, deswegen ist es vielleicht etwas übertrieben zu sagen, dass er auf freiem Fuß ist, der arme Kerl. Es hat ganz den Anschein, als wären die Herren Meisterspione etwas voreilig gewesen.«

Stefán strahlte übers ganze Gesicht. »Sie haben sich Lárus geschnappt, noch bevor sie eine detaillierte Auflistung seiner Anrufe in Händen hatten. Die hat aber ergeben, dass Lárus versucht hat, Matthías anzurufen, als die Brücke in die Luft ging. Er hat natürlich keine Verbindung bekommen, denn Matthías schlief wie ein Bär, als es passierte. Und außerdem stellte sich dabei heraus, dass Lárus selbst ein bisschen Amateurdetektiv gespielt und auf eigene Faust recherchiert hat, wenn man das so ausdrücken will. Er hat Svavar seine Ergebnisse ausgehändigt, und die hat er uns vorhin zugeleitet. Es kam mir zwar nicht so vor, als würde das viel bringen, aber vielleicht doch ein bisschen. Es handelt sich in erster Linie um Überlegungen, die wir auch angestellt haben. Einen Satz fand ich aber wirklich interessant, und zwar diesen.« Stefán wühlte in dem Stapel vor ihm, bis er fand, wonach er suchte. *»Dóri schäkert immer noch mit Signora V«, las er vor, »und Signor V ist natürlich ein routinierter Sprengtechniker, während seines Militärdienstes wurde er im wehrtechnischen Bereich eingesetzt und sprengte Brücken und Gebäude. Eifersucht?«* Stefán sah Katrín an. »Signor V ist vermutlich Ricardo Valente, der Impregilo-Boss, der jetzt geht. Hat er nicht behauptet, dass zwischen Halldór und seiner Frau alles schon längst aus war?«

»Doch, das hat er«, bestätigte Katrín. »Alles sei in schönster Ordnung, versicherte er, das kleine Frauchen schwanger und wieder brav und fügsam. Genau, wie Frauen sein sollen. Dass er beim Militär war, hat er nicht erwähnt.«

»Genau. Wir werden uns also noch einmal mit ihm unterhalten, bevor er das Land verlässt. Und auch mit seiner Frau. Aber jetzt, was gibt's mehr? Katrín, was ist mit dem Bohrloch in dem Grat?«

»Davon haben alle gewusst, soweit ich in Erfahrung bringen konnte«, antwortete Katrín. »Matthías habe ich nicht erreicht, er ist mehr oder weniger den ganzen Tag auf Besprechungen mit dem Generaldirektor gewesen, genau wie die anderen Topmanager. Ich hatte schon überlegt, da einfach aufzukreuzen, habe mich aber dann doch entschlossen, jemand anderen zu befragen. Hab diesen Pétur oder Páll erwischt, mit dem ihr bereits geredet habt, kurz bevor er auch zu dieser Besprechung musste. Also dieses Loch wurde vor etwa sechs oder sieben Wochen gebohrt, und zwar am helllichten Tag, deswegen kann jeder davon gewusst haben. Es sind natürlich nicht ganz so viele, die genau gewusst haben, wo es sich befand und weshalb es gebohrt wurde, und dass es demzufolge geradezu prädestiniert war, um den Grat abzusprengen. Pétur beziehungsweise Páll glaubte, dass es sich insgesamt um vielleicht fünfzehn bis zwanzig Personen handelt. Die Bohrtechniker wussten natürlich, wo es sich befand, und selbstverständlich auch der Subunternehmer, für den sie arbeiten. Er war für die Bohrung zuständig. Und außerdem alle in den höheren Positionen und selbstverständlich auch sämtliche Sicherheitsbeauftragten auf dem Gelände. Ich habe ihn die Namen aufschreiben lassen, und wenn ich die Liste überprüft habe, bekommst du sie.«

»Gut«, erklärte Stefán. »Also weiter zum nächsten Punkt. Ásmundur. Wenn Matthías ihn nicht umgebracht hat, um seine eigene Haut zu retten, wer dann? Irgendwelche Ideen?« Schweigen senkte sich über die Gruppe, alle dachten angestrengt nach, aber der Erfolg ließ auf sich warten. Stefán stand auf und reckte sich, brach diese Übung aber unvermittelt ab. In seinem Magen rumorte etwas, das ihm gar nicht gefiel. »Entschuldigt«, sagte er, »ich muss mal kurz verschwinden.«

Das Mittagessen, Frikadellen mit brauner Sauce, zuckergebräunten Kartoffeln, Erbsen und Rotkohl hatte lecker geschmeckt. Ebenso die Brottorte mit Mayonnaise-Salat, die er sich zum Kaffee einverleibt hatte. Möglicherweise hat Katrín doch nicht so unrecht, überlegte er, während er den Korridor so eilig entlangtrabte, dass es im ganzen Holzhaus widerhallte. Vielleicht ist das am Ende doch keine vernünftige Ernährungsweise.

Róbert hüpfte aus dem Pickup und schaute sich prüfend um, sah aber niemanden. Er hievte den Karton vom Beifahrersitz und ging zu der Baracke. Obwohl nirgends Licht zu sehen war, klopfte er sicherheitshalber an die Tür, bevor er hinter die Baracke schlich und das Fenster aufstemmte. Das ging genauso einfach wie beim ersten Mal, und er kroch hinein in das Dunkel, schloss das Fenster und leerte den Karton vorsichtig. Als alle dreißig Stangen wieder an Ort und Stelle waren, beeilte er sich zur Tür hinauszukommen und machte sie hinter sich zu. Die ersten Meter fuhr er ohne Licht.

Sein Herzschlag verlangsamte sich erst, als er wieder im Gemeinschaftsraum war. Er setzte sich mit einem Bier an einen freien Tisch. Am Nachbartisch waren einige Chinesen in ihr Kartenspiel vertieft. Weshalb spielten diese Leute andauernd Karten?

Er hatte die Idee gut gefunden, auf die ihn der Baggerführer gebracht hatte. Wer sagt, dass die aufgehört haben zu sprengen?, hatte er gefragt, und in dem Moment war die Idee geboren. Mehr Explosionen, mehr Erdrutsche, hatte Róbert gedacht, das würde vielleicht etwas in Bewegung setzen, würde die Leute dazu bringen, in Sicherheitsfragen endlich mal Nägel mit Köpfen zu machen. So waren seine Überlegungen gewesen, aber glücklicherweise hatte er den Plan doch wieder verworfen.

»Idiot«, beschimpfte er sich selbst, während er an seinem Bier schlürfte und die vier Chinesen beobachtete, die ein Spiel spielten, das er nicht kannte. Was hätte er auch sprengen sollen? Und was hätte das geändert? Jetzt hatte er eine sehr viel bessere Idee, wusste sehr genau, wie er sofortige Verbesserungen erzwingen konnte. Eigentlich hatte er das auch schon lange vorher gewusst, aber er hatte sich dagegen gewehrt, zu solchen Methoden zu greifen, weil das seiner inneren Überzeugung zuwiderlief. Wenn die Menschen jedoch weder auf Argumente noch auf legitime und häufig gestellte Forderungen hörten, zwangen sie einen einfach, so etwas zu tun.

Róbert betrachtete die eigene sexuelle Neigung oder die von anderen nicht als programmatisches Anliegen und protestierte lauthals, wenn jemand forderte, dass alle Schwulen sich outen sollten, und wenn sie das nicht freiwillig taten, müssten sie dazu gezwungen werden. Wenn Leute ihre sexuellen Neigungen unbedingt publik machen mussten, war es ihre Sache. Wenn Leute sich nicht outen wollten, sollten sie das dürfen und nicht deswegen behelligt werden. Das galt natürlich auch für Matthías. Aber wenn Leute sich weigerten, wiederholten und berechtigten Forderungen nach verbesserten Arbeitsbedingungen für die Belegschaft nachzukommen, wie Matthías es tat, war es selbstverständlich mehr als gerechtfertigt, ihnen zu drohen, die Katze aus dem Sack zu lassen.

»*A man's gotta do what a man's gotta do*«, murmelte er und blies in die Flasche. Er würde mit Matthías reden. Der einzige Mann hier auf dem Gelände, den er zu etwas zwingen konnte.

Es klopfte leise an der Tür, und Eydís steckte den hellen Bubikopf durch den Spalt. Stefán bedeutete ihr hereinzukommen. »Gibt's etwas Neues?«

»Nicht viel. Der Hund – Entschuldigung, Friðjón – ist in Reykjavík, und sie untersuchen die Fingerabdrücke und alles andere. Sie geben dir sofort Bescheid, sobald etwas vorliegt. Ich habe nur überlegt, braucht ihr mich hier eigentlich noch?«

Stefán überlegte. »Eigentlich nicht«, gab er zu. »Zumindest im Augenblick nicht. Ich fände es aber nicht schlecht, wenn du in der Nähe wärst, falls noch etwas passieren sollte.«

»Ich weiß, aber Friðjón will unbedingt, dass ich nach Reykjavík komme, bei uns ist die Hölle los.« Sie lächelte entschuldigend. »Das ist eigentlich immer so.«

»Ja, doch, das verstehe ich«, sagte Stefán. »So ist das halt.«

»Ich werde bald aufbrechen. Eines noch – ich weiß nicht, ob ihr Interesse daran habt, aber trotzdem. Es ist ja schließlich immer noch in den Schlagzeilen ...«

»Wir haben Interesse«, antwortete Stefán mit einer einladenden Handbewegung.

»Okay. Zum einen, wir wissen jetzt mit Sicherheit, dass die Brücke mit irgendeiner über ein Handy gesteuerten Zündvorrichtung gesprengt wurde, und zum anderen kennen wir die Nummern von beiden Handys, die dazu verwendet wurden. Leifur nimmt wohl gerade den einen Besitzer in die Zange. Das Beste kommt aber noch: Der Anruf, mit dem die Sprengung ausgelöst wurde, lief einzig und allein über den Sender hier oben und keinen anderen. Also war derjenige, der das getan hat, mit Sicherheit hier auf dem Gelände, hat alles beobachtet und solange gewartet, bis du von der Brücke herunter warst«, sagte Eydís und lächelte Árni aufmunternd an, doch dessen Lächeln fiel ziemlich kläglich aus. Damit war wohl die Lebensgefahr ein für alle Mal abgeschrieben. Als

Eydís zur Tür hinausging, klingelte Stefáns Handy. Das Gespräch war kurz, und Stefán zeigte keinerlei Reaktion, solange es dauerte.

»Das war Björg«, sagte er dann, »die Krankenschwester hier. Sie hat gerade einen Pillencocktail aus Viktor herausgepumpt. Sie sagt, dass ich böse zu ihm gewesen bin. Auðunn und Árni, ihr begebt euch dorthin, sie muss vernommen werden.«

Der Matsch auf dem Weg wirkte im rosa Schein der Lichter hellbraun und spritzte unter ihren Füßen in alle Richtungen.

»Mensch, da war das Eis doch fast noch besser«, knurrte Árni, als sie bei der Krankenstation eintrafen. Beim Eingang drückte sich ein junger Mann herum, doch erst direkt vor der Tür erkannte Árni den Punker vom Flughafen wieder. Statt des grünen Militärparkas trug er einen weißen Kittel, die Stahlspitze an der Unterlippe war verschwunden und der Irokesenkamm lag flach. Árni nickte ihm unwillkürlich zu, als er an ihm vorbei ins Haus ging. Er musste innerlich lächeln. Die Grüne Armee war zur Stelle.

Björg sagte ihnen, dass Viktor im Augenblick schliefe, aber er würde sich wieder erholen. Sie hatte ihn gerade noch rechtzeitig gefunden. Sie nahmen Björgs Aussage zu Protokoll, wozu sie nicht lange brauchten. Auf dem Weg nach draußen hielt Árni inne und wandte sich dem jungen Mann zu, der jetzt in dem kleinen Aufenthaltsraum saß und gelangweilt in Zeitschriften über Outdooraktivitäten und Jagdsport blätterte.

»Ich hätte dich beinahe nicht wiedererkannt«, sagte er.

Der junge Mann sah Árni erstaunt an. »Was meinst du damit?«

»So wie du auf dem Flughafen ausgeschaut hast. Kleider machen Leute, das ist offensichtlich kein Märchen.«

Der Mann lächelte. »So sagt man, ja.«

»Und du bist also die zweite Krankenschwester hier, die Urlaub hatte?«, fragte Árni neugierig.

»Ja, ich bin die zweite Krankenschwester, die Urlaub hatte. Bis heute.« Er lächelte immer noch. »Wundert dich das?«

Árni erwiderte das Lächeln und nickte. »Wahrscheinlich. Als ich dich auf dem Flughafen gesehen hab, dachte ich, du wärst viel jünger und du siehst nicht gerade wie eine Krankenschwester aus.«

»Und du auch nicht gerade wie ein Bulle«, entgegnete die Punker-Schwester ironisch.

»Nein«, gab Árni mit verlegenem Lachen zu und versuchte, nicht zu erröten, »vielleicht nicht so richtig. Wie auch immer, nett dich zu treffen.«

»Gleichfalls. Man trifft ja schließlich nicht jeden Tag einen Bullen, der den ersten Terroranschlag in Island überlebte. Du wirst in die Geschichte eingehen.«

Árni wurde noch verlegener, und die Röte ließ sich nicht zurückhalten. »Ach was«, murmelte er, machte sich aber nicht die Mühe, das Missverständnis zu korrigieren, sondern hob nur die Hand zum Abschied und eilte hinaus in den Matsch und die Dunkelheit. Auðunn war bereits draußen und trat ungeduldig von einem Fuß auf den anderen.

»Wer war das?«, fragte er, während er durch den Schlamm stiefelte.

»Er arbeitet hier auf der Krankenstation. Ich hab ihn am Sonntag auf dem Flughafen in Reykjavík getroffen, du hättest ihn da sehen sollen.« Er schüttelte den Kopf und stapfte an Auðunns Seite vorwärts. Erst beim Tannenbaum auf dem Hügel fiel bei ihm der Groschen. Er stampfte mit dem Fuß auf, dass der Matsch nach allen Seiten spritzte.

»Was soll denn das, Mensch?« Auðunn fand das alles andere als amüsant. Er versuchte, sich den Dreck von der Hose zu wischen, verschmierte ihn aber nur noch mehr und verfluchte Árni nach Strich und Faden. Árni ließ sich dadurch nicht aus der Ruhe bringen, sondern fischte sich gelassen eine Zigarette aus der Brusttasche des Overalls und zündete sie an, bevor er sich wie in Trance wieder in Bewegung setzte. Auðunn folgte ihm und schimpfte wie ein Rohrspatz.

27

Mittwoch/Donnerstag

Forelle, dachte Stefán, was gäb ich nicht um eine Forelle. Gedämpft. Ächzend zog er sich den Schirm seiner Kappe vor die Augen und ließ einen fahren, er war ja schließlich ganz allein im Sitzungszimmer. Der schlimmste Druck ließ zwar dadurch etwas nach, doch er wusste, dass das nur die Ruhe vor dem nächsten Sturm war. Und das Telefongespräch mit Svavar, das dritte an diesem Tag, war nicht dazu angetan gewesen, sein Befinden zu verbessern. Es hätte ihn zwar eigentlich nicht sonderlich überraschen brauchen, tat es aber doch, da nichts im vorausgegangenen Gespräch darauf hingedeutet hatte, dass dergleichen bevorstand. Aber Svavar hatte natürlich recht, es gab keinen Grund für sie, noch länger hier rumzuhängen, ihr Auftrag war im Grunde genommen beendet – auch wenn es keine handfesten Ergebnisse gab. Und das ärgerte ihn am meisten, aber daran war nichts zu ändern. So lief das einfach manchmal, und Stefán tröstete sich damit, dass er somit wenigstens morgen Abend wieder an Ragnhildurs Seite einschlafen und am Freitagmorgen aufwachen würde, wie er es an den meisten Tagen der letzten fünfunddreißig Jahre getan hatte. Trotzdem tat ihm der Gedanke an den Rückzug in der Seele weh.

»Ihr kommt ja überhaupt nicht voran«, hatte Svavar gesagt, und Stefán musste ihm recht geben. Nach mehreren Tagen hier vor Ort waren sie im Grunde genommen keinen Schritt weitergekommen. Sie hatten mit Dutzenden von Menschen gesprochen, und keiner von ihnen hatte irgendetwas gesehen oder gehört, was darauf hindeutete, dass es sich um eine Sprengung gehandelt hatte. Sie hatten dieses und jenes herausgefunden, vielleicht sogar ungewöhnlich viel, aber nichts Greifbares über den Bergsturz selbst oder das, was ihm vorausgegangen war.

Stefán zog eine Grimasse. Sie hatten nichts an der Hand, was darauf schließen ließ, dass de facto irgendjemand einen triftigen Grund gehabt hätte, jemanden von diesen Männern zu töten, und noch viel weniger, wer da am Werke gewesen sein könnte. Höchstens einige kaum fundierte Theorien. Hinzu kam, dass die Leute vom Arbeitsschutz einen Bergsturz keineswegs ausschlossen, und nach dem, was Svavar sagte, tendierten sie sogar eher zu dieser Erklärung als zu einer Sprengung. Den Ausschlag hatte jedoch der Bericht von Norling und Haase gegeben. Durch ihn war Svavar zu der Überzeugung gekommen, dass es jetzt reichte, und das nahm Stefán allen Wind aus den Segeln. Die Experten, denen der Bericht vorgelegt worden war, hatten vor allem den Abschnitt über den bewussten Grat sehr genau unter die Lupe genommen. Sie hatten sich Bilder und Graphen und Berechnungen aller Art angesehen, und ihren Schlüssen zufolge war es im Grunde höchst erstaunlich, dass der Grat nicht schon längst eingekracht war. Sie wiesen in dem Zusammenhang auf das Wetter der vergangenen Monate hin, der ständige Wechsel zwischen Frost und Tauwetter hatte vermutlich dazu geführt, dass er endlich nachgegeben hatte.

Abgesehen von dem Fiebergeschwätz eines Mannes, der zwischen Leben und Tod schwebte, deutete alles darauf hin, dass es ein Bergsturz und keine Sprengung gewesen war. Die entwendete Seite aus Ásmundurs Brief, die schriftlichen Beschwerden von Valdimar und die Aussagen verschiedener Männer, mit denen sie sich unterhalten hatten, all das trug nur dazu bei, diese Theorie zu stützen. Svavar wies darauf hin, dass dieselben Unterlagen gleichzeitig die Möglichkeit einer Anklage wegen sträflicher Fahrlässigkeit eröffneten, wie Matthías befürchtet hatte. Sie würden die Ermittlung auf dieser Basis weiterführen, doch das könne genauso gut von Reykjavík aus geschehen, sagte Svavar, und da hatte er selbstverständlich recht. Wenn nötig könnte man Árni oder Katrín noch einmal in den Osten schicken, aber nichts rechtfertigte die anfallenden Kosten, wenn sie alle drei weiterhin dort blieben. Das Rumoren in Stefáns Eingeweiden steigerte sich proportional zu dem Rumoren in seinem Hirn. Er ließ noch einen fahren, dann schnappte er sich seine Unterlagen, verließ das Konferenzzimmer und ging in die obere Etage.

Die Polizeibaracke war erleuchtet, und am Fenster konnte man die Silhouette einer menschlichen Gestalt erkennen. Auðunn ging in die Richtung, immer noch vor sich hin schimpfend wegen seiner Hose, während Árni Kurs auf das Verwaltungsgebäude nahm.

Im Eingang trat er die verdreckten Schuhe von sich, riss sich den Helm und die verschwitzte Mütze vom Kopf, nahm sich aber keine Zeit, den Overall auszuziehen, sondern marschierte forsch den Korridor entlang. Er war auf einmal die Selbstsicherheit in Person und riss die Tür zum Konferenzzimmer effektvoll auf. Dort war aber niemand, um diese Szene zu bewundern. Árni rannte nach oben und fand Stefán in seinem gegenwärtigen Büro. Er saß am Schreibtisch, und das Fenster hinter ihm stand weit offen.

»Und?«, fragte Stefán ungewöhnlich schlecht gelaunt, »wird der Herr Doktor überleben?«

»Ja, das wird er«, antwortete Árni. »Aber ich glaube, dass ich herausge…«

»Na, schön«, unterbrach Stefán ihn und stand auf. »Du kannst deine Unterlagen und deine Sachen zusammenpacken, wir hauen hier ab.«

Árni starrte ihn an. »Hauen hier ab? Aber … warum denn?«

»Weil wir hier nichts mehr zu tun haben«, erklärte Stefán unwirsch. »Als ihr weg wart, rief Svavar noch einmal an, um mir das mitzuteilen. Und wenn ich richtig darüber nachdenke, kann ich ihm eigentlich nur zustimmen.«

»Ja, aber … Wieso denn?«

Stefán setzte sich wieder und bedeutete Árni, ebenfalls Platz zu nehmen. Er rekapitulierte das, was Svavar gesagt hatte, und wies darauf hin, dass in Reykjavík genügend Aufgaben auf sie warteten.

»Im Grunde genommen deutet eigentlich nichts auf Mord hin«, erklärte er. »Es war ein Bergsturz, und möglicherweise sogar einer, den man hätte verhindern können, aber es war keine Sprengung. Du hast das ja heute selbst gesagt, und deswegen packen wir jetzt zusammen und machen uns unverzüglich auf den Weg. Für heute Nacht ist nämlich wieder ein Sturm angesagt, deswegen ist Eile geboten, wenn wir es nach Egilsstaðir schaffen wollen, um die erste Maschine morgen früh zu nehmen.«

Árni zog den Reißverschluss seines Overalls auf und schälte sich aus der oberen Hälfte.

»Aber was ist mit Ásmundur«, fragte er. »Und der Prostitution? Und dem Rauschgift?«

Stefán schüttelte den Kopf. »Dafür sind wir nicht zuständig. Wir wurden wegen des Bergsturzes hierher geschickt, einzig und allein deswegen. Der Mord an Ásmundur ist ein Fall für sich, und wir haben uns da nur aus dem Grunde eingeklinkt, weil wir dachten – oder besser, weil ich dachte –, dass die beiden Fälle etwas miteinander zu tun hätten. Ich glaube das zwar immer noch, obwohl ich nicht genau weiß, worin diese Verbindung besteht, aber das ist nebensächlich. Und im Hinblick darauf tappen wir letzten Endes noch mehr im Finsteren als mit dem Bergsturz. Steinþór und seine Leute werden weiter daran arbeiten ebenso wie unsere Leute vom Erkennungsdienst. Wenn sie weitere Hilfe benötigen, müssen sie die offiziell anfordern und auch dafür zahlen. Das haben sie nicht getan, und soweit ich weiß, ist der Amtmann nicht sonderlich begeistert davon, noch mehr für uns hinblättern zu müssen, als er bereits getan hat. Verständlich vielleicht, unser Aufenthalt hier kostet ganz schön was, sowohl Überstunden als auch Spesen. Solange ein sechsfacher Mord …«

»Kriegen wir Spesen?«, rutschte es Árni gegen seinen Willen heraus. Als er Stefáns Miene sah, hätte er sich am liebsten die Zunge abgebissen. »Entschuldige. Ein sechsfacher Mord, sagst du?«

»Solange ein sechsfacher Mord – und vielleicht sogar ein siebenfacher, wenn man Ásmundur mitzählt – im Bereich des Möglichen war«, fuhr Stefán fort, »war es natürlich vertretbar, aber jetzt nicht mehr. Und dasselbe gilt für die Prostitution und die Drogen und die Brücke, das liegt einfach außerhalb unseres Zuständigkeitsbereichs. Das Rauschgiftdezernat wird sich mit den Kollegen hier im Osten darum kümmern, nehme ich an, und die Sache mit der Prostitution ist mehr oder weniger aufgeklärt. Der Schauplatz hat sich ja sowieso nach Kópavogur verlagert. Die Brücke geht uns nichts an. Leifur und sein SEK sind schon wieder auf dem Weg hierher, heute kam eine neue Drohung, dass am Freitag etwas passieren wird. Insofern musst du doch einsehen, dass wir hier nichts mehr verloren haben.«

Die Nachricht von der bevorstehenden Abreise hatte Árni so aus dem Konzept gebracht, dass er sein eigentliches hochbrisantes Anliegen völlig vergessen hatte, doch jetzt schaltete er wieder in den richtigen Gang.

»Aber was wäre, wenn ich wüsste, wer hinter der Grünen Armee steckt?«, sagte er aufgeregt. »Würde das nichts ändern?«

Stefán sah ihn eine Weile mit großen Augen an, schüttelte aber dann den Kopf. »Nein«, sagte er, »aber lass hören.«

Die Reaktionen waren nicht ganz so, wie Árni gehofft hatte, der Zweifel in den Mienen seiner Kollegen überwog immer noch die Bewunderung. Stefán hatte Katrín, Steinþór und Auðunn hinzugerufen, und alle waren gleichermaßen skeptisch.

»Der Bulle, der den ersten Terroranschlag auf Island überlebt hat«, wiederholte Steinþór. »Aus diesem Satz schließt du also, dass dieser … dieser Junge, wie er auch heißen mag, der da auf der Krankenstation, hinter der Grünen Armee steckt?«

»Ja, das tu ich«, sagte Árni störrisch. »Dass ich da in dem Auto war, hat doch nur er wissen können, weil er uns da auf der Brücke beobachtet und darauf gewartet hat, dass wir weg waren, um dann zu sprengen.«

»Das hätte er doch an tausend Stellen erfahren können«, sagte Auðunn, der keineswegs überzeugt war.

»Wo denn? Wer hätte ihm das sagen sollen?«, entgegnete Árni.

»Wer auch immer«, erklärte Katrín achselzuckend. »Er hätte es ja auch einfach in den Nachrichten hören können, die haben ja schließlich oft genug den Satz wiederholt, dass die Bombe nur ein paar Sekunden später losging, *nachdem ein Auto mit zwei Insassen, darunter einem Mitarbeiter der Kriminalpolizei, von der Brücke gefahren war.*«

Sie zitierte diesen Satz ziemlich dramatisch, was Árni gemein fand. Er wies darauf hin, dass nie erwähnt worden war, wer in dem Auto gesessen hatte. »Und meines Wissens ist das hier auch nicht allgemein bekannt.«

»Trotzdem«, sagte Stefán, »wie Katrín sagt, du warst dort mit dem Fahrer, und der hätte danach mit allen möglichen Leuten sprechen können. Und du selbst hast diese Szene ja auch nicht gerade totgeschwiegen, mein Lieber.«

Árni wurde rot, ließ sich aber nicht beirren. »Auf jeden Fall habe ich *ihm* nicht davon erzählt, und ich bezweifle, dass der Fahrer, ich weiß nicht einmal, wie er heißt, mich so detailliert beschrieben hat, dass dieser Typ mich der Beschreibung nach erkennen konnte. Als es passierte, befanden sich sechs Angehörige der Polizei hier auf dem Gelände, und fünf davon Männer. Woher wusste er, dass *ich* da auf der Brücke war, und nicht du, Steinþór, Auðunn oder Guðni?«

Árni war sich vollkommen sicher, dass er recht hatte, und versuchte, die anderen mitzureißen. »Überlegt mal«, fuhr er fort, »mein Name hätte unter Umständen in den Nachrichten erwähnt werden können, aber ich habe nichts dergleichen gehört. Und der Fahrer wusste meinen Namen genauso wenig wie ich seinen. Wie auch immer, eins steht aber fest, nämlich dass ich mich bei diesem Jungen auf der Krankenstation nicht namentlich vorgestellt habe. Er ist am Sonntag mit derselben Maschine wie wir nach Egilsstaðir geflogen, brauchte aber erst heute zur Arbeit zu erscheinen. Vielleicht hat er ja eine Freundin in Egilsstaðir besucht, oder eine Oma oder einen Onkel, auf jeden Fall war er hier im Osten, als die Sprengladung in die Luft ging. Und ob das nun von Bedeutung ist oder nicht, jedenfalls sind mir da auf dem Flughafen besonders seine tollen Schuhe aufgefallen, super Bergschuhe, die überhaupt nicht zu der übrigen Montur passten. Ich habe ihn um diese Schuhe beneidet. Wo ist er vom Flughafen aus hin?

Wo war er in der Nacht? Wo war er am Montag? Was für ein Auto hat er? Wäre es nicht in Ordnung, zumindest das nachzuprüfen?«

Alle schwiegen eine Weile und dachten über das nach, was Árni gesagt hatte. Er spürte, wie sich die Stimmung veränderte, wie sich die anderen allmählich seiner Argumentation anschlossen und langsam, aber sicher zu dem gleichen Ergebnis kamen.

»Diesen Jungen habe ich schon mal gesehen«, gab Steinþór nach langem Schweigen zu, »ich meine, den hab ich hier früher schon gesehen. Mir ist aber nicht bekannt, dass er Verwandte oder eine Freundin in Egilsstaðir hat. Ich glaube, dass man davon gehört hätte, wenn so ein Typ – so ein ungewöhnlicher Zeitgenosse – dort irgendwelche Leute kennen würde. Was meinst du, Auðunn?«

Auðunn schüttelte den Kopf. »Nein, davon habe ich auch nichts gehört. Und wie du sagst, man hätte bestimmt Wind davon bekommen, wenn ein Mädchen von hier mit einem Punker aus Reykjavík zusammen gewesen wäre. Und auch, wenn er hier einen Onkel oder Bruder hätte und sich deswegen hier des Öfteren blicken ließ, wäre einem das zu Ohren gekommen.« Er sah Árni bewundernd an. Endlich, dachte Árni.

Verflucht, dachte Katrín, und wünschte Gott den Allmächtigen mit seinen Einfällen zur Hölle. Wie lange konnte man wegen eines einzigen Apfels nachtragend sein?

»Entschuldigt«, sagte sie und stand auf. »Ich muss mal kurz weg. Aber was unternehmen wir in dieser Sache? Wir werden ja wohl kaum Leifur informieren, oder?«

»Auf keinen Fall«, erklärte Stefán. »Wenn der Árni recht hat – was natürlich verdammt komisch wäre, wenn man bedenkt, was für ein Trara die hier wegen der Grünen Armee gemacht haben –, dann werden wir auf gar keinen Fall zulassen, dass ihm diese Ehre von jemand anderem geklaut wird.« Er lächelte Árni verschmitzt zu, der auf dem harten Kunststoffstuhl immer kleiner wurde. »Nein«, sagte Stefán, »du bleibst hier, mein lieber Árni, und ihr stimmt euch hier darüber ab, wie ihr vorgeht. Ich regele die Sache mit Svavar, wenn ich wieder in Reykjavík bin, ich habe das Gefühl, es macht sich nicht bezahlt, ihm das am Telefon zu erzählen.«

Verdammte Scheiße, dachte Árni, der sich trotz allem darauf gefreut hatte, aus diesem Kerker von Kárahnjúkar herauszukommen. Dennoch grinste er wie ein Idiot, als Katrín ihm anerkennend zunickte, bevor sie aus dem Zimmer rannte, als sei ihr der Teufel auf den Fersen. Hat die aber einen Druck auf der Blase, dachte er.

Guðni war überrascht gewesen, dass Helenas Mutter ihr erlaubte, nach Reykjavík zu gehen. Er hatte fast eine Stunde vor ihrem Haus in Egilsstaðir gewartet und darauf vertraut, dass sie es dem Mädchen rundheraus verbieten würde, aber da hatte er sich verrechnet. Helena kam mit zwei vollgestopften Koffern aus der Tür, und ihre Mutter begleitete sie auf die Treppe. Guðni blickte in die andere Richtung, er hoffte inständig, dass diese Frau, die er nur einmal in seinem Leben getroffen hatte, jetzt nicht auf die Idee käme, sich mit ihm zu unterhalten. Als er aus den Augenwinkeln zu ihnen hinüberschielte, sah er, dass Mutter und Tochter sich zum Abschied einen Kuss gaben, und atmete erleichtert auf, als Helena allein die Treppe herunterkam. Und jetzt saß sie hier. Bei ihm zu Hause.

Seine Wohnung in einem Mehrfamilienhaus am Fellsmúli war nicht groß, aber es gab zwei Schlafzimmer. In dem Raum, den Guðni sein Gästezimmer nannte, wenn ihm danach zumute war, stand der alte Diwan, der ihm zur Konfirmation geschenkt worden war. Der grün- und orangefarbene Bezug war immer noch so gut wie neu, fand er, als er ihn von dem Krempel befreite, der sich darauf angesammelt hatte.

»Der Staubsauger ist in der Waschküche, wenn du möchtest«, sagte er. »Und Putzlappen auch, glaube ich. Und im Schrank da in der Ecke ist ein Schlafsack.« Helena antwortete nicht, sondern setzte sich auf die Liege und starrte stumm auf die fleckige Wand gegenüber. Guðni stand unschlüssig in der Tür, die Arme voll mit dem alten Krempel, und wusste nicht, was er als Nächstes sagen sollte. Er kannte diese junge Frau überhaupt nicht und fühlte sich ihr gegenüber geradezu schüchtern – denn er hatte irgendwie Angst, sie zu enttäuschen. Das war eine völlig neue Erfahrung für ihn. Bei seinen anderen Kindern war das nie vorgekommen, aber die hatten sich auch nie bei ihm einquartiert, sondern waren im Gegenteil überglücklich gewesen, wenn sie mit ihren Müttern bei ihm auszogen oder er bei ihnen.

»Ich muss jetzt weg«, sagte er. »Am Haken im Flur hängt ein Schlüssel, wenn du noch mal rausmöchtest. Im Gefrierfach gibt es Pizza und Fertiggerichte, falls du hungrig bist.« Immer noch gab sie keinen Ton von sich, und Guðni beschloss, dass es fürs Erste genug sei. Er legte den alten Krempel auf den Wohnzimmertisch, holte das Video aus dem Apparat und steckte es mit vierzehn anderen Videos und sechzehn DVDs in eine Plastiktüte, die er in seinem Schlafzimmerschrank versteckte, bevor er die Wohnung verließ.

Jorge war wach, als Guðni ins Krankenhaus kam. Ein anderer Mann mit genau dem gleichen Schnurrbart wie Jorge saß wie angewachsen auf einem Stuhl am Bett und warf dem ungebetenen Gast vorwurfsvolle Blicke zu. Jorge erinnerte sich an nichts.

Im Grunde genommen war es schier unglaublich, überlegte Katrín, als sie sich den Sicherheitsgurt anlegte, wie dieser schmächtige junge Spund, der meistens ziemlich konfus wirkte, manchmal per Zufall auf Dinge stieß, die alles auf den Kopf stellten und entweder das, was sie bereits zu wissen glaubten, endgültig bestätigten oder völlig über den Haufen warfen, sodass alles neu überdacht werden musste. Und jetzt hatte er sich anscheinend noch übertroffen, indem er einen der seltsamsten und meistdiskutierten Kriminalfälle der letzten Jahrzehnte aus einer Mischung von Logik, Eingebung und Dusel heraus auf eigene Faust aufgeklärt zu haben schien.

Katrín hatte das am Abend vorher bei einem Glas Rotwein an der Hotelbar in Egilsstaðir Stefán gegenüber erwähnt, woraufhin der lächelnd erklärt hatte, dass das Bürschchen, auch wenn es manchmal den Eindruck erweckte, ziemlich wirr zu sein, einen durchaus hellen Kopf hätte. Es müsste sich allerdings erst noch herausstellen, ob der Knirps, wie der Hund Árni immer nannte, tatsächlich recht hatte. Die Maschine füllte sich mit Menschen unterschiedlicher Nationalitäten, deswegen wanderten Katríns Gedanken wieder zurück nach Kárahnjúkar und dem, was dort geschah. Obwohl sie es nie vor irgendjemandem zugeben würde, hoffte sie doch im Stillen, dass Árni nicht recht behielt. Und zwar nicht, weil sie etwas gegen Árni hatte, zumindest nichts Nennenswertes. Doch die Vorstellung, dass sich die Grüne Armee noch ein bisschen länger auf freiem Fuß befand, war ihr gar nicht so unlieb – vorausgesetzt, dass sich deren Angriffe weiterhin gegen tote Gegenstände richteten.

Die Propeller begannen sich geräuschvoll zu drehen, und kurze Zeit später setzte sich die Maschine mit einem leichten Ruck in Bewegung. Katrín sah ihren Sitznachbarn Stefán an, der sich augenscheinlich trotz der drangvollen Enge wohl zu fühlen schien. Das rechte Bein hatte er auf den Gang gestreckt, und das eingeklemmte linke stemmte er gegen den Vordersitz. Ein Lächeln überflog sein Gesicht. Die Maschine erhob sich schwankend in die Luft, und immer noch lächelte Stefán.

»Über was freust du dich so?«, fragte Katrín.

»Freu ich mich?«, fragte Stefán zurück und sah Katrín verwundert an.

»Ja. Du hast so strahlend gelächelt.«

»Tatsächlich?« Er versuchte, das linke Bein etwas bequemer zu arrangieren, erntete aber nur den Protest des Mannes auf dem Vordersitz. »Ach, ich habe nur an meine Ragnhildur gedacht. Ich habe eben gerade mit ihr telefoniert, sie holt mich am Flughafen ab.«

Katrín musste ebenfalls lächeln. Aus dem Fenster hinaus sah sie unter ihnen Egilsstaðir im grauen Dämmerlicht entschwinden.

Windstärke neun und Schneeregen fielen über Árni her und peitschten ihn erbarmungslos, als er sich endlich dazu aufraffen konnte, das Haus zu verlassen. Es fehlte nicht viel, und er hätte sich nach dem Schneesturm gesehnt, der vor einigen Tagen hier getobt hatte. Steinþór erwartete ihn bereits in der Polizeibaracke, er hatte sich vom Koch eine Thermoskanne mit Kaffee und Biskuitschnitten mitgeben lassen.

»Die sind wieder da«, sagte Steinþór, als Árni sich die Schneepampe aus dem Gesicht gewischt hatte. »Sind wohl heute Nacht eingetroffen, kurz bevor das Unwetter losging.«

»Merkwürdig«, sagte Árni und sah zum Fenster hinaus. »Sollten die nicht zu dieser Jahreszeit besser weiß gekleidet sein? An diesem Ort?«

Steinþór griff nach einer Biskuitschnitte und grinste breit. »Vielleicht.« Er biss ein großes Stück ab und wischte sich anschließend die Krümel von der Uniform. »Also denn, wollen wir das Ganze noch einmal durchgehen?«

Árni zog den Reißverschluss seines knisternden Overalls

auf und setzte sich. »Ist da überhaupt etwas, was wir durchgehen können? Wir observieren ihn bis morgen Mittag und dann krallen wir ihn uns. Möglichst, bevor er etwas anrichten kann. Bekommst du heute nicht Verstärkung?« Mit Schaudern dachte Árni daran, selbst bei diesem Wetter irgendwo draußen sein zu müssen, falls die Umstände es erforderten.

Steinþór goss sich etwas von der Kaffeeplörre in einen Plastikbecher. »Doch«, sagte er, »ich erwarte noch zwei Leute aus Egilsstaðir, vorausgesetzt, dass sie es bei dem Wetter schaffen, hier heraufzukommen. Sie wollen sich notfalls den Truck von der Rettungsmannschaft ausleihen. Die kommen. Ich habe trotzdem überlegt, ob wir nicht vielleicht ein wenig anders vorgehen sollten? Ich könnte bestimmt einen Durchsuchungsbefehl erwirken, dann könnten wir seine gesamten Habseligkeiten unter die Lupe nehmen, da wird sich doch bestimmt irgendetwas finden.«

Árni schüttelte den Kopf. »Das sind wir doch bereits durchgegangen. Wie ich gesagt habe, ein Durchsuchungsbefehl kann zwar nichts schaden, aber sein Zimmer knöpfen wir uns erst morgen Nachmittag vor, falls wir dann immer noch der Ansicht sind, dass er hinter der Grünen Armee steckt. Wenn wir jetzt etwas unternehmen, weiß er, dass wir ihn beschatten, und hält sich zurück. Zudem besteht die Möglichkeit, dass wir weder in seinem Zimmer noch auf der Krankenstation irgendetwas finden. Das ist eindeutig ein intelligenter Typ, und ich bezweifle sehr, dass wir bei ihm im Schrank irgendwelche Beweise finden, mit denen wir ihn festnageln könnten.«

»Na schön, in Ordnung«, brummte Steinþór. »Machen wir es so.« Er sah auf die Uhr. »Halb zehn. Ich hoffe, dass Auðunn nicht im Auto eingeschlafen ist.« Er gähnte und trank einen großen Schluck von dem Pseudokaffee. »Also, am besten nutzen wir die Zeit zu etwas Vernünftigem, oder willst du nur da rumsitzen und in der Nase bohren, solange wir warten? Wie wär's, wenn wir uns noch einmal den Fall Ásmundur ansehen würden?«

Die Zeitungen hatten es vor Redaktionsschluss nicht geschafft, Schlagzeilen über die Razzia in Kópavogur zu bringen, aber die Rundfunkstationen gingen darauf ein, obwohl diese Meldung etwas im Schatten der immer noch aktuellen Nachrichten über die Massenverhaftungen in Kárahnjúkar und den Streit über die Zulässigkeit solcher Maßnahmen standen. Außerdem rätselte man darüber, wieso das SEK zum zweiten Mal dorthin geschickt wurde. Die Opposition und diese und jene Sachverständigen kritisierten das SEK, den IKA-Präsidenten und den Justizminister scharf wegen der Festnahmen und verlangten Rücktritte, Entschuldigungen, Untersuchungen und fristlose Entlassungen. Wieder andere Sachverständige, und mit ihnen der IKA-Präsident, der Justizminister und die Regierungsparteien wiesen Kritik dieser Art scharf zurück und gaben sich jede erdenkliche Mühe, diese Maßnahmen angesichts der unerhörten Bedrohung durch eine Terrororganisation wie die Grüne Armee zu rechtfertigen. Der IKA-Chef weigerte sich, irgendwelche Kommentare zu dem erneuten Einsatz des SEK verlautbaren zu lassen, und dementierte gleichzeitig das Gerücht von einer weiteren Drohung seitens der Grünen Armee, das einigen Reportern zu Ohren gekommen war.

Svavar hingegen geizte ganz entgegen seinen Gewohnheiten diesmal nicht mit Informationen, zumal auch die Razzia in Kópavogur erfolgreich verlaufen war. Erst als die Reporter ihn noch einmal zu dem Bergsturz befragten, kehrte er zur gewohnten Manier zurück und beantwortete sämtliche Fragen in derselben Weise: Die Ermittlungen liefen weiter, bislang habe man nichts ausschließen können. Worüber sich

Stefán trotz allem freute, als er das hörte. Wesentlich unerfreulicher fand er aber Svavars Antworten auf die Frage nach dem Verbleib dieser achtzehn Frauen, von denen die meisten aus dem Baltikum stammten, zwei aus nicht näher bezeichneten afrikanischen Ländern und eine aus Rumänien. Diese Angelegenheit lag jetzt in den Händen des IKA und der Ausländerbehörde. Was nur eines bedeuten konnte: Sie würden vernommen werden, um ihre Aussagen bei den Prozessen gegen Jón und Viktor und eventuell noch andere Männer zu verwenden, die möglicherweise in die Sache verwickelt waren, und anschließend so schnell wie möglich in ihre jeweiligen Heimatländer abgeschoben werden.

»Von wo aus sie gleich wieder in den nächsten Puff in einem anderen Land geschickt werden«, brummte er voll Bitterkeit über seiner Forelle.

»Das ist ziemlich wahrscheinlich«, pflichtete Ragnhildur ihm bei, »aber was kann man da machen?«

»Machen könnte man einiges«, sagte Stefán, »wenn der Wille dazu vorhanden wäre. Aber das ist er wahrscheinlich nicht.«

Eine Vertreterin der Frauenselbsthilfe gegen sexuelle Gewalt war offensichtlich auch seiner Ansicht, als sie in der Nachrichtensendung interviewt wurde, und Katrín ebenfalls, als sich alle am Nachmittag wieder im Hauptdezernat trafen.

»Die werden bloß abgeschoben«, erklärte sie böse, »da gehe ich jede Wette mit euch ein. Direkt zurück in die dreckigen Klauen von denselben verfluchten Arschlöchern, die sie dazu gezwungen und sie nach Island verkauft haben wie Vieh. Und dann brüsten sich diese Typen noch damit, dass hier alle Ausländer gut in Empfang genommen werden und eine gerechte Behandlung erhalten. Das ist doch zum Kotzen.«

Ganz entgegen seinen Gewohnheiten widersprach Guðni ihr nicht.

Daraufhin wandten sie sich den anliegenden Aufgaben zu. Stefán delegierte die weitere Bearbeitung des Bergsturzes an Katrín, in Zusammenarbeit mit dem Amt für Arbeitsschutz.

»Das Ganze ist sowieso praktisch mehr oder weniger inzwischen deren Sache«, sagte er. »Sie werten diese Vernehmungsprotokolle und den Brief von Ásmundur und dergleichen aus, du brauchst ihnen also bloß im Bedarfsfall behilflich zu sein.«

Als der Tag verging, ohne dass sich etwas ereignete, gestattete Katrín es sich, kurz nach drei Feierabend zu machen, um vor den Kindern zu Hause zu sein. Sie warf sämtliche Prinzipien über den Haufen, hielt auf dem Heimweg bei einer Bäckerei und kaufte sowohl Schnecken als auch Schmalzkringel.

Árni beschloss, auf frittierten Fisch und Pommes zu verzichten. Er holte sich stattdessen einen Joghurt und setzte sich zur Grünen Armee. Der Junge hieß Margeir. Am liebsten hätte Árni sich woanders hingesetzt, aber Margeir hatte ihm zugewinkt, als er die Kantine betrat, und auf einen Stuhl an seinem Tisch gedeutet, deswegen war es eigentlich nicht möglich gewesen, etwas anderes zu tun, als dieser Einladung zu folgen. Sie unterhielten sich über das Wetter, das Essen, die Isolation und das SEK, über Musik und über Viktor. Margeir fand kaum Worte, die stark genug waren, um seiner Empörung über diesen Mann Ausdruck zu verleihen und über den Mord an Ásmundur, der jetzt in Kárahnjúkar in aller Munde war, über den Bergsturz und die Brücke. Und dann erzählte Margeir von sich aus, dass seinen Informationen zufolge mindestens sechs, wenn nicht sogar acht Portugiesen in diversen Bauwerken auf dem Gelände einbetoniert seien.

»Vielleicht sind es auch Chinesen, das vergess ich immer wieder«, fügte er hinzu und lachte. »Hier sind phantastische Geschichten im Umlauf, da gäbe es einiges zu recherchieren, Mensch.«

Einen Augenblick schoss Árni der Gedanke durch den Kopf, Margeir rundheraus zu fragen, wieso er gewusst hatte, dass er und kein anderer da auf der Brücke gewesen war, aber er widerstand der Versuchung. Árni verspürte einen kleinen Stich im Herzen, als sie sich nett verabschiedeten, und seine Vorfreude auf die Festnahme verringerte sich deutlich. Margeir war durchaus kein unsympathischer Mensch, fand er. Jemand, der auf die Stones, U2, Stranglers, Clash, Joy Division, die Ramones und Skunk Anansie stand, konnte doch nicht durch und durch schlecht sein, auch wenn er andere Punkbands, die Árni zum Teil gar nicht kannte, noch mehr schätzte. Scheiß was drauf, dachte er, ich schnapp ihn mir trotzdem.

Er hätte auch liebend gerne Ásta über den neuesten Stand der Dinge berichtet, als er sie anrief, bevor er ins Bett ging, aber es gelang ihm, auch dieser Versuchung zu widerstehen. Man konnte ja nie wissen, wer mithörte, und deswegen redete man am besten nur über belanglose Dinge. Es gelang ihnen, dieses unverbindliche Geplauder eine halbe Stunde lang richtig gut in Gang zu halten.

28

Freitag/Samstag

Als Stefán am Freitagmorgen zum Dienst erschien, lag eine rote Mappe mit der Aufschrift »dringend« mitten auf seinem Schreibtisch. Sie enthielt die ersten Ergebnisse der Spurenauswertung in den Unterkünften von Halldór und Ásmundur. Das kam später als erwartet, dachte er, griff zum Telefon, rief Friðjón an und wies ihn darauf hin, dass er das sofort per E-Mail an Steinþór schicken müsste, da die Ermittlung jetzt in dessen Händen lag. Der Hund knallte knurrend den Hörer auf die Gabel.

Bei Halldór hatte man zahlreiche Fingerabdrücke von diversen Personen gefunden, von denen aber nur einer registriert war. Die meisten Abdrücke gehörten offensichtlich demjenigen, der dort alles auf den Kopf gestellt hatte, sie befanden sich ebenfalls an der gelben Plastiktüte sowie an den abgepackten Drogen und den Notenbündeln. Dort hatte man aber auch die einzigen Fingerabdrücke gefunden, die in der Datenbank waren. Sie stammten von Birgir Valdimarsson, einem einschlägig bekannten Tunichtgut, achtundzwanzig Jahre alt. Stefán hätte sich ohrfeigen können, dass er bei diesem Namen nicht sofort geschaltet hatte. Zwar hatte er selber nie direkt mit dem Mann zu tun gehabt, aber er fand trotzdem, dass der

Groschen bei ihm etwas früher hätte fallen können. Er rief ihn in seinem PC auf, Birgirs Strafregister war ebenso lang wie bunt. Zwei Haftstrafen, eine für schwere Körperverletzung, die andere wegen schwerer Eigentumsbeschädigung und Diebstahls, und siebzehn Anklagen, die mit einem Vergleich vor Gericht und einer Geldstrafe endeten. Darüber hinaus zahlreiche Anzeigen, die aber niedergeschlagen worden waren, weil die Anzeige entweder auf Grund eines außergerichtlichen Vergleichs zurückgezogen oder wegen ungenügender Beweislast abgewiesen wurde. Stefán wunderte sich kopfschüttelnd über sich selbst. Die Verbindung zu Kárahnjúkar, den Baggern, Valdimar und Halldór hatte anscheinend dazu geführt, dass er diesen Birgir nicht in Zusammenhang mit dem Mann gebracht hatte, dessen Strafregister er nun auf dem Bildschirm vor sich sah. Er war nur ein Name auf dem Papier gewesen, der Name eines Mannes, der seinen Bruder verloren hatte und ihn dann auch noch aus den Gesteinsmassen ausgraben musste. Stefán griff ein weiteres Mal zum Telefon und rief Steinþór an.

»Gibt's was Neues?«, fragte er.

»Noch nicht. Wir warten hier ab. Er ist noch an seinem Arbeitsplatz.«

»Gut. Ich warte hier auch gespannt. Übrigens, Birgir Valdimarsson, klingelt es da vielleicht bei dir?«

»Selbstverständlich klingelt es da bei mir, ich kenne doch Birgir. Er ist der Sohn von Valdimar und der Bruder von Halldór. Und außerdem ein landbekannter Gewalttäter und Dieb, und bis vor kurzem war er drogenabhängig. Die klassische kriminelle Laufbahn, im Gegensatz zu seinem Bruder, der wohl etwas mehr im Kopf hatte. Du musst ihn doch auch kennen, weshalb fragst du?«

Stefán wurde immer ärgerlicher, obwohl er zu seiner Entschuldigung zumindest sagen konnte, dass er diesem Mann nie von Angesicht zu Angesicht gegenübergestanden und erst jetzt herausgefunden hatte, wer er war.

»Ja ja, selbstverständlich kenne ich den Kerl vom Namen her«, gab er zu. »Ich habe bloß nicht kapiert, dass es genau dieser Birgir war, ich hab den Mann nicht mit Halldór in Verbindung gebracht. An diesem Ort. Hätte ich vielleicht tun sollen, aber …« Er beschloss, mit diesen Entschuldigungen aufzuhören, denn es war ja schließlich Steinþór, der ihn darauf hätte aufmerksam machen können, nicht umgekehrt. »Du hast aber doch von ihm gewusst«, fuhr er fort, »und bei Halldór wird eingebrochen und jede Menge Dope gestohlen, und du bist trotzdem der Meinung, dass es der Alte war und nicht der Junkie?«

»Ja«, entgegnete Steinþór eigensinnig, »ich fand, dass das auf der Hand liegt. Hätte Birgir das Zeug genommen, hätte er es mit Sicherheit nicht abgeliefert. Simple Logik. Was ist eigentlich los?«

Stefán stöhnte innerlich, ließ sich aber nichts anmerken. Es war nicht mehr sein Fall. Er gab Steinþór kurz die wichtigsten Ergebnisse des Erkennungsdienstes durch und versicherte, dass sie ihm vollständig per E-Mail zugeleitet würden.

»Aber die anderen Fingerabdrücke«, erklärte Steinþór siegessicher, »diejenigen, die sowohl auf der Tüte als auch überall in der Hütte zu finden sind, die stammen doch bestimmt von dem Alten, oder nicht? Deswegen war meine Schlussfolgerung sowohl logisch als auch vollkommen richtig. Also ich weiß wirklich nicht, weshalb du dich beschwerst.«

»Trotzdem hat aber auch Birgir an allem herumgefummelt«, wandte Stefán ein. »Seine Abdrücke sind nicht nur an der Tüte, sondern auch an allem, was drin ist. Wie erklärst du dir das?«

»Das brauche ich nicht zu erklären, das kann er selber tun. Vielleicht hat er das Zeug und das Geld bei dem Alten gefunden und vorgehabt, sich das Ganze unter den Nagel zu reißen, und der Alte hat es verhindert. Vielleicht ist er aber auch inzwischen clean und hat seinem Vater geraten, das abzuliefern. Wie müssen uns einfach Vater und Sohn vorknöpfen, wenn sie zurückkommen.«

»Zurückkommen?«, echote Stefán.

»Ja. Sie mussten nach Hause wegen der Beerdigung. Soweit ich weiß, ist die am Montag. Aber jetzt entschuldige mich, wir hören voneinander.« Er brach das Gespräch abrupt ab, und Stefán klang das Tuten in den Ohren.

»Nicht zu fassen, was für ein Rhinozeros das ist«, brummte Stefán. Er legte den Bericht über Halldórs Apartment beiseite und nahm sich stattdessen den über Ásmundur vor. Bei ihm waren wesentlich weniger Fingerabdrücke gefunden worden als bei Halldór, was Stefán nicht überraschte. Die Überraschung stellte sich jedoch ein, als er las, dass zwei von ihnen registriert waren, und zwar von einem Zeige- und Mittelfinger ein und derselben Hand. Sie befanden sich im oberen Bereich innen an der Schranktür, und sie stammten von Birgir Valdimarsson.

Ricardo kühlte seine Stirn an der kalten Fensterscheibe und beobachtete das Geschehen draußen. Hin und wieder richtete er sich auf, um einen Schluck Wein zu trinken und den Dunst von der Scheibe zu wischen, bevor er sich wieder an sie lehnte. Er fand das sehr amüsant. Isländische Bullen mit militärischen Allüren. Er hoffte nur, dass die Grüne Armee, wer immer sie war, diesmal ordentliche Arbeit leisten würde, wie beispielsweise den provisorischen Staudamm zu sprengen oder irgendeinen Stollen durch eine anständige Bombe zu blockieren. Er bezweifelte aber, dass dieser Wunsch in Erfüllung gehen würde, diese Isländer brachten ja nie etwas anderes als Pfusch zustande. Nur nicht, wenn es ums Trinken ging, natürlich, da gab es keine Halbheiten. Was seinen eigenen Alkoholkonsum betraf, war er weit davon entfernt, es ihnen gleichtun zu können.

»Was soll ich damit machen?«, fragte Susanna plötzlich hinter ihm. Er drehte sich um. Sie hatte einen kleinen Tischständer mit der gehissten isländischen Fahne in der Hand.

»Weg damit.«

Er drehte sich wieder zum Fenster und legte die Stirn an die Scheibe. Bald würde er zu Hause sein. Dort gab es so ein Wetter nicht. Dort gab es nie so ein Wetter.

Oben auf der Polizeibaracke, mitten im Niemandsland zwischen den Camps von Impregilo und der National Power Company, wo Auðunn vor fünf Tagen bibbernd Ausschau gehalten hatte, stand jetzt ein schwarz gekleideter Mensch mit einem Karabiner und drehte sich wie ein Wetterhahn in alle Richtungen. Ab und zu musste er eine Hand von der Waffe nehmen, um sich den Schneematsch von der Skibrille zu wischen, die er über die schwarze Skimütze gespannt hatte. Auðunn hingegen saß auf der Rückbank eines Landrovers ein ganzes Stück von der Krankenstation entfernt und außer Sichtweite des Postens auf der Hütte und sämtlicher anderen SEK-Angehörigen, genau wie Árni und Steinþór auf den Vordersitzen. Sie hielten sich bedeckt. Es war sieben Minuten vor zwölf, und Árni wurde unruhig. Margeir befand sich immer noch im Büro der Krankenstation, soweit er sehen konnte, und dort saß auch Björg und strickte anscheinend, obwohl sich das auf die Entfernung trotz Fernglas bei dieser Sicht nicht hundertprozentig sicher sagen ließ. Vielleicht tat sie ja etwas ganz anderes. Zwei Minuten später hielt er es nicht mehr aus und öffnete die Tür des Jeeps.

»Was machst du denn da, Junge?«, fauchte Steinþór. »Bist du verrückt?«

»Nein, nicht ich«, entgegnete Árni. »Aber vielleicht jemand anderes.« Er schlug die Tür zu und ging mit raschen Schritten zur Krankenstation. Falls er Margeir Unrecht tat, spielte es keine Rolle. Wenn er aber recht hatte, war es möglich, dass Margeirs gegenwärtiger Standort etwas anderes und Schlimmeres ankündigte als das, was am Montag passiert war – vielleicht sogar, dass die Grüne Armee keinen Wert mehr darauf legte, Menschenleben bei ihren Aktionen zu schonen.

Er öffnete die Tür, trat sich den Matsch von den Füßen und ging in das Büro. Björg strickte tatsächlich, und Margeir saß am Computer. Sie sahen beide hoch, als er hereinkam, und nickten ihm zu. Freundlich und normal. Árni fühlte sich, als sei ihm eine Zentnerlast von der Seele genommen, aber gleichzeitig durchrieselte ihn die Enttäuschung wie ein schwacher Stromstoß, und seine Nackenhaare sträubten sich.

»Hallo«, sagte er mit unsicherer Stimme. »Wie geht's?«

»Prima, danke«, antwortete Margeir, »und dir?« Björg sagte keinen Ton, sondern sah ihn nur böse an. Sie hatte noch nicht verziehen, wie die Polizei den armen Viktor behandelt hatte, der jetzt mit einem Nervenzusammenbruch im Krankenhaus von Egilsstaðir lag und darauf wartete, von einer Begleitperson in die psychiatrische Klinik in Reykjavík gebracht zu werden. Árni stand in der Tür und trat von einem Fuß auf den anderen. Die Situation, in die er sich gebracht hatte, war ziemlich idiotisch.

»Sag mal, hast du eine Zigarette für mich?«, fragte er verlegen. »Ich habe die letzte …«

»Klar«, antwortete Margeir, ohne von seinem Computerspiel hochzusehen, »die sind in meinem Parka.«

»Rauchst du eine mit mir?«, fragte Árni und fühlte sich immer mehr wie ein Volltrottel. Guðni und Katrín würden sich schlapp lachen, und Steinþór und Auðunn ebenfalls.

»Gleich«, sagte Margeir, der auf einmal ungeduldig wirkte, »ich will erst das Spiel zu Ende spielen.«

Árni sah auf die Uhr. Elf Uhr neunundfünfzig. Er hatte das Gefühl, als legte sich urplötzlich Schweigen über alles. Totale Stille. Dann begriff er, dass genau das der Fall war; Margeir hatte aufgehört, mit der rechten Hand hektisch mit der Maus und mit der linken auf der Tastatur zu arbeiten. Nun saß er vollkommen reglos da, den Zeigefinger der rechten Hand über der Maustaste gekrümmt. Ganz entgegen seinen Gewohnheiten verzichtete Árni darauf, erst nachzudenken und dann zur Tat zu schreiten, sondern durchquerte in zwei Riesensätzen das Zimmer.

Er war zu spät. Margeir drückte die Maustaste, und einen Sekundenbruchteil später landete Árni auf ihm. Sie fielen beide polternd gegen die Wand und gingen zu Boden. Zum Glück für Árni landete er oben. Björg ließ vor Schreck eine Masche fallen, legte das Strickzeug zur Seite und zog Árni am Ohr.

»Was soll denn das, Junge? Lass Margeir in Ruhe!«

Árni gab nicht einmal einen Schmerzenslaut von sich. »*Sorry*«, sagte er keuchend und wusste nicht, ob das Margeir oder Björg gelten sollte, »aber ich konnte einfach nicht anders.« Margeir spuckte ihm ins Gesicht. Oho, also doch ein richtiger Punker, dachte Árni. Er bat Björg, zum Fenster zu gehen und zu winken. Verdammte Scheiße, immer zu spät, dachte er und war stinkwütend auf sich selber. Dann grinste er Margeir an. »Ich hab dich aber jedenfalls geschnappt.« Margeir spuckte wieder, doch diesmal konnte Árni ausweichen, und der Pflatsch landete auf dem Kopf der Grünen Armee.

»Hör zu, Jorge«, sagte Joaquim und drückte die Hand seines Freundes kräftig, »das wird schon alles wieder. Wir fahren nach Hause, nach Terena, und umarmen unsere Frauen und trinken Rotwein in der Sonne. Es wird alles wieder wie früher.«

Jorge hatte Schwierigkeiten, sich länger als einige Sekunden zu konzentrieren. Im Augenblick machte er sich Sorgen wegen seines Freundes.

»Sie werden dich feuern«, sagte er mit schwacher Stimme. »Wenn du die ganze Zeit hier bei mir rumhängst, feuern sie dich ...«

»Ich weiß«, sagte Joaquim lächelnd. »Sie haben mich sogar schon gefeuert. Aber das ist vollkommen in Ordnung, ich will wieder nach Hause. Und du bekommst zumindest eine Entschädigung. Und einen neuen, glänzenden Fuß aus Stahl, viel besser als der alte, sagen sie. Denk dir nur, du wirst reich und berühmt in Terena. Jorge, der Mann mit dem stählernen Fuß.« Sie versuchten zu lächeln, aber das Lächeln fiel nicht sehr überzeugend aus, und beide blickten woanders hin.

Jorge verspürte immer noch einen stechenden Schmerz im rechten Fuß und wunderte sich sehr darüber. Genauso wie über die Schmerzen in den Fingern, die er verloren hatte, oder die Vorstellung, dass er auf dem Heimweg war. Zwar mit einem Fuß und ein paar Fingern weniger, aber trotzdem fand er, dass er erstaunlich gut davongekommen war. Zumindest hatte er noch nie von jemandem gehört, der sich mit einem dämlichen Fuß und ein paar Fingern aus der Hölle losgekauft hatte, obwohl er viele Geschichten dieser Art kannte.

Jorge war wieder eingeschlafen, als Joaquim sich traute, ihm wieder in das strahlende Gesicht zu sehen.

Katrín traute ihren Ohren nicht.

»Hat Árni wirklich jemanden gefunden, den er bei einem Clinch unterkriegen konnte?«, fragte sie überrascht. »Was es nicht alles gibt.«

Guðni musste laut lachen, und Katrín sah ihn misstrauisch an.

»Was denn?«, fragte Guðni. »Ich fand das komisch. Darf ich nicht lachen, wenn du witzig bist? Oder wird das auch unter Macho-Allüren eingeordnet?«

Der Tag der Wunder musste angebrochen sein.

»Darfst du«, sagte Katrín und wandte sich Stefán zu. »Und was hat er da gemacht, der grüne Punker? Die Grüne Armee?«

»Eine E-Mail abgeschickt«, sagte Stefán. »Noch eine an den Generaldirektor der NPC. Der Text war etwas kürzer als sonst, nur noch die Phrasen – wer das Land ruiniert, wer anderen eine Grube gräbt, und so weiter. Aber das Attachment, das er angehängt hat, ist gefährlich, glauben sie. Sie haben es sich noch nicht genau anschauen können, aber sie gehen davon aus, dass da ein Virus oder irgendetwas drin ist, das im Computersystem des Unternehmens Schaden anrichten soll, und anscheinend ist das auch schon der Fall. Etwas, was sich von selbst geöffnet hat, wenn ich es richtig verstanden habe, man brauchte es nicht einmal anzuklicken. Und noch etwas war anders als bei den früheren E-Mails, diese hat er zum ersten Mal auch an andere Adressen geschickt, und zwar ging sie auch an irgendwelche Kontrollstellen für das Stromverteilernetz. Es handelt sich um E-Mail-Adressen, von denen nur einige wenige Eingeweihte wissen. Also hat es da entweder ein Leck gegeben, oder der Junge hat sich da reingehackt, was ich persönlich für wahrscheinlicher halte.«

»Und was bewirkt dieses Virus?«

»Das weiß ich nicht, und sie auch noch nicht. Es sind aber bereits einige Probleme im internen Netzwerk aufgetreten, und an einigen Orten gab es Stromausfall. Sie sind aber optimistisch, dass sie das in den Griff bekommen, weil sie den Computer haben, von dem es abgeschickt wurde. Wie auch immer ihnen das weiterhelfen mag.«

»Klingt eigentlich nicht besonders gefährlich, muss ich sagen.« Guðni war es anzuhören, dass er nicht besonders beeindruckt war. »Ziemlich schlapper Terroranschlag irgendwie. Ein Computervirus? Da war die Bombe besser.«

»Aber das Virus richtet vielleicht viel größeren Schaden an«, sagte Katrín, und diesmal erntete sie kein Gelächter, sondern den altbekannten Gesichtsausdruck. »Wer weiß, vielleicht fällt in halb Reykjavík der Strom aus, bevor sie das wieder in Ordnung bringen können. Und wo ist der Typ jetzt?«, fragte sie.

»Sitzt im Polizeijeep und ist mit Handschellen an Árni gefesselt«, erklärte Stefán lächelnd. »Sie sind schon fast in Egilsstaðir. Leifur ist ihnen in seinem Hummer auf den Fersen und schäumt vor Wut, aber sogar er ist nicht so blöd, sie mit Waffengewalt zu stoppen und einen Gefangenen in Polizeigewahrsam zu entführen, vor allem nicht vor der Nase der Reporter, die ihnen ebenfalls auf den Fersen sind. Leifur wird ihn selbstverständlich früher oder später übernehmen, das wird sich nicht verhindern lassen, aber der Amtmann in Seyðisfjörður hat eine Pressekonferenz in Egilsstaðir angekündigt und dabei einfließen lassen, dass wir ihn geschnappt haben und nicht die.«

»Gut«, sagte Guðni, »verdammt gut. Und was machen wir jetzt? Schnappen wir uns diesen Birgir?«

Stefán stand auf und reckte sich. »Ja, ich denke schon«, gähnte er. »Schließlich haben sie uns ja so nett darum gebeten.« Er faltete den unterzeichneten Haftbefehl ordentlich zusammen und steckte ihn in die Innentasche seines Jacketts. »Das ist doch wieder einmal typisch«, sagte er, während sie den Korridor entlanggingen, »wir hängen da tagelang in Kárahnjúkar und finden nichts heraus, und dann werden ein oder zwei Fingerabdrücke gefunden, und Bingo, ein alter Bekannter der Polizei taucht auf, der nicht genügend Verstand besaß, um sie abzuwischen, bevor er abhaute. Ich weiß gar nicht, weshalb wir uns immer so einen Stress machen, wir könnten genauso gut auf dem Arsch sitzen bleiben und darauf warten, dass der Hund seine Arbeit macht, es läuft doch immer auf dasselbe hinaus. Wenn es nicht gleich am nächsten Tag ein Geständnis gibt, dann am übernächsten Tag einen Zeugen oder Fingerabdrücke.«

»Nicht immer«, widersprach Katrín.

»Nein«, gab Stefán zu, »nicht immer. Aber verdammt oft, wenn ihr euch das mal überlegt. Wir schuften uns krumm, tage- oder sogar wochenlang, kommen nicht vorwärts, finden nichts, und auf einmal löst sich der Fall wie von selbst. Wenn ich ehrlich sein soll, gibt es mir eigentlich mehr, wenn wir selber etwas herausfinden. Wenn es so wie jetzt endet, kommt es mir immer so vor, als hätten wir Zeit und Kräfte vergeudet, die wir sinnvoller investieren könnten. Mensch, Herrgott, es ist irgendwie, als wäre man um etwas betrogen worden.«

»Was redest du denn da«, sagte Guðni, »das sind doch die allerbesten Fälle. Anfangs ein bisschen Aufregung und dann Schluss, und man kann sich in aller Ruhe ein Bier genehmigen. Stellt euch bloß vor, was für ein verdammter Zustand das wäre, wenn es hier darum ginge, ständig einen auf *Mastermind* zu machen.«

Beim Polizeirevier in Egilsstaðir wurden sie von einem großen Empfangskomitee der Medien erwartet, Kameras und Mikrofone wurden hochgehalten, und Árni wusste nicht, ob er sich darüber freuen oder ärgern sollte.

»*Sorry*«, murmelte Margeir, als sie vorfuhren, »aber ich konnte einfach nicht anders.«

»Hä?«, gab Árni von sich.

»Das hast du vorhin gesagt, als du auf mir draufgehockt

hast. *Sorry, aber ich konnte einfach nicht anders.* Das ist die Antwort.«

»Die Antwort auf was, was meinst du eigentlich?«, fragte Árni, der überhaupt nichts begriff.

Margeir sah ihn an, und aus seinen grauen Augen sprach Verbitterung. »Und ausgerechnet du musstest mich schnappen. Du erinnerst dich noch nicht einmal an die einzige Frage, die du mir wieder und wieder gestellt hast, nachdem du mich überrumpelt hattest.«

»Warum hast du das getan?«, brummte Árni.

»Sorry, aber ich konnte einfach nicht anders«, wiederholte Margeir.

»Aber warum? Warum konntest du nicht anders?«

»Das ist eine andere Frage«, entgegnete Margeir hochmütig. In dem Augenblick öffnete Auðunn ihnen die Tür und bedeutete ihnen auszusteigen. »Wer so eine Frage stellen muss, hat es nicht verdient, eine Antwort zu bekommen – er würde sie sowieso nie verstehen.« Er lehnte es ab, sein Gesicht mit einer Mütze oder einer Jacke zu verhüllen, und stellte sich den Kameras erhobenen Hauptes und mit triumphierendem Lächeln.

Birgir leistete keinen Widerstand, als sie bei ihm zu Hause in seiner Kellerwohnung im Hlíðar-Viertel anklopften, sondern zog sich einfach eine verschlissene Jeansjacke über den Pullover, nickte ihnen zu und ging lammfromm vor ihnen zum Auto. Stefán hielt es trotzdem für sicherer, ihn mit Handschellen an sich zu schließen, als sie hinten im Wagen Platz genommen hatten. Bei beiden schnitten sie tief ins Handgelenk, obwohl sie auf die größtmögliche Weite eingestellt waren.

»Du entschuldigst das, mein Lieber«, sagte Stefán.

»Kein Thema«, erklärte Birgir, »an so was bin ich gewöhnt. Glaubst du, dass ich am Montag zur Beerdigung darf?«

»Das bezweifle ich«, antwortete Stefán, nicht mehr ganz so freundlich. »Ich glaube, dass niemand daran interessiert ist, mit dir da hinzugehen, höchstens ich. Aber ich muss zu einer anderen Beerdigung.«

Svavar war im siebten Himmel und versuchte auch gar nicht, das zu verbergen, denn dazu bestand gar kein Grund. Die einzigen Zeugen dieses Freudenausbruchs waren ja die drei, die in Kárahnjúkar gewesen waren. Árni war noch in Egilsstaðir, der Flug für ihn war erst für den nächsten Tag gebucht.

»Großartig«, sagte Svavar, »einfach großartig.« Stefán befürchtete schon, dass er vor lauter Freude in die Hände klatschen würde, aber der Anblick blieb ihnen erspart. »Einfach genial. Kein Massenmord, Prostitution aus der Welt geschafft und den Rauschgiftvertrieb möglicherweise auch, zumindest für den Augenblick. Der Mord ist aufgeklärt und die Grüne Armee in Gewahrsam. Mehr kann man ja wohl kaum erwarten, oder?« Er nahm Cognacgläser aus dem Schrank und reihte sie auf dem Tisch auf, bevor er die Flasche holte.

»Ist das nicht ein bisschen zu früh?«, fragte Stefán in zweifelndem Ton.

»Ach was, Mensch«, sagte Guðni, »es ist doch schon nach fünf.«

Stefán zog eine Grimasse. »Du weißt sehr genau, was ich meine. Wir haben noch kein einziges Wort aus Birgir herausbekommen. Das Einzige, was wir haben, sind zwei Fingerabdrücke an der Schranktür.«

»Vergiss nicht die Abdrücke auf der Krawatte«, erinnerte Svavar ihn. »Der Hund, Entschuldigung, Friðjón hält es durchaus für möglich, dass er sie durch irgendwelche Zaubertricks deutlicher machen kann. Was bislang an Bruchteilen zum Vorschein gekommen ist, könnte zu Birgirs Fingerabdrücken passen.«

»Ist es nicht so, wie du sagst?«, fragte Katrín vorsichtig. »Es handelt sich um einen bekannten Gewalttäter, er weiß vermutlich von seinem Vater oder glaubt zu wissen, dass Ásmundur dafür verantwortlich war, dass der Grat nicht abgesprengt wurde, und er schreibt ihm deswegen die Schuld am Tod seines Bruders zu. Ein Glück für Matthías, dass Birgir nicht den Abschiedsbrief gelesen hat, nachdem er den armen Mann aufgehängt hatte, sonst hätte er ihn womöglich auch umgebracht.«

Stefán hob das Glas und schnupperte vorsichtig an dem Cognac, trank aber nicht. »Doch, ja«, sagte er, »so hat es sich vermutlich zugetragen, ich bin mir eigentlich hundertprozentig sicher. Aber ich fände es trotzdem besser, wenn wir ihn wirklich festnageln könnten, bevor wir darauf anstoßen. Meistens ist es kein gutes Omen, wenn man sich zu früh freut.«

Svavar klopfte ihm väterlich auf die Schulter, was irgendwie absurd wirkte, denn er war einen Kopf kleiner als Stefán.

»Ganz ruhig, mein lieber Stefán, da kann nichts schieflaufen. Wie Guðni gesagt hat, es ist schon nach fünf, es ist Freitag, und das Wochenende steht bevor.«

»Und wie du heute Morgen selber gesagt hast, geht es nur darum, zu warten«, fügte Guðni hinzu. »Auf die Fingerabdrücke vom Schlips oder auf ein Geständnis. Oder beides, was natürlich am besten wäre. *Salute, amigos!*« Er kippte sich den Cognac wie einen gewöhnlichen Schnaps herunter und kaute gründlich nach. »Verdammt gut«, sagte er zufrieden. »Ich muss jetzt aber los. Habe mein Töchterlein zum Abendessen in den Grill im Hotel Saga eingeladen.« Er zwinkerte Katrín zu. »Das ist wohl das Mindeste, wenn man bei Damen Eindruck schinden will.«

Katrín hatte ebenfalls größte Lust, nach Hause zu ihren Kindern zu gehen, die sie auch zum Essen eingeladen hatte, allerdings in ein wesentlich billigeres Lokal. Sie bezweifelte aber, ob ihre beiden den Grill-Room im Hotel Saga dem Steakhouse vorziehen würden, im Augenblick jedenfalls noch nicht. Dennoch folgte sie Stefán in sein Büro und setzte sich ihm gegenüber.

»Wart ihr eng befreundet, du und Ásmundur?«, fragte sie.

»Das waren wir, ja«, seufzte Stefán. »Aber wie gesagt, das ist viele Jahre her.« Er verstummte, und Katrín schwieg eine Weile mit ihm.

»Es war irgendwie unwirklich da oben in Kárahnjúkar«, sagte sie schließlich. »Es war so … so groß. Und unübersichtlich. Und seltsam. Und diese Stimmung da oben …« Sie schüttelte sich. »Ich weiß nicht, als Frau würde ich da nicht arbeiten wollen.«

»Obwohl du einiges wegstecken kannst«, lächelte Stefán, der wieder etwas munterer war. Sie erwiderte das Lächeln. »Aber nein«, fuhr Stefán fort, »es stimmt, was du sagst, das kann auf die Dauer wohl kaum erstrebenswert sein, auch nicht für Männer, denke ich. Auf jeden Fall nicht für Männer aus südlichen Ländern. Doch man weiß ja nie, das Hochland fasziniert viele, sogar im Winter.«

»Ja«, sagte Katrín, »und zu denen gehöre ich gewiss auch. Aber es ist eine Sache, dort privat unterwegs zu sein und die gute Luft und die unberührte Weite zu genießen …« Für einen Augenblick bekam ihr Gesicht einen träumerischen Ausdruck, doch sie kehrte gleich wieder auf den Boden der Tatsachen zurück. »Es ist aber eine ganz andere Sache, dort oben Wochen und Monate festzusitzen und in Zwölf-Stunden-Schichten zu arbeiten, egal wie das Wetter ist. Aber was weiß ich, manche finden das vielleicht sogar spannend. Zum

Beispiel Birgir und sein Bruder und ihr Vater, hieß er nicht Valdimar?«

»Ja. Halldór war Mitarbeiter der NPC, und Birgir arbeitete für seinen Vater, der dort mit seiner eigenen Firma Subunternehmer war. Er war auch schon bei vielen anderen Kraftwerkprojekten dabei. Soweit ich weiß, gehört er wohl zu diesen Leuten vom alten Schlag, die ihr eigenes kleines Unternehmen haben und notfalls in jedem Bereich einspringen können. Das hat ihn Herzblut gekostet, im wahrsten Sinne des Wortes«, sagte er seufzend. »Was der Mann in den letzten Tagen wohl durchgemacht hat und auch seine arme Frau. Was ist los?«

Katrin war blutrot geworden und starrte ihn mit offenem Mund an. »Wie heißt der weiter, der Vater?«

»Halldórsson, glaube ich. Wieso?«

»Und wie heißt sein Unternehmen?«

Stefán kratzte sich am Kopf. »Daran erinnere ich mich im Augenblick nicht, aber ich kann nachschlagen.«

»Tu das«, sagte Katrín, »ich bin gleich wieder da.«

Sie rannte aus dem Zimmer, und während Stefán hörte, wie sich ihre Schritte auf dem Korridor entfernten und wieder näherten, blätterte er im Kárahnjúkar-Ordner.

»Hier«, sagte Katrín atemlos und reichte Stefán eine Din-A4-Seite mit zahlreichen Namen. »Das ist die Liste, die ich von diesem Pétur oder Páll bekommen habe, dem Stellvertreter von Matthías, kurz bevor wir nach Hause geschickt wurden. Da sind alle drauf, die von dem gebohrten Loch gewusst haben, alles Leute von Impregilo und der NPC. Hier steht aber auch noch: VH-Tiefbau. Warum wird einem hier nie etwas gesagt?«

Stefán starrte sie an. »Du meinst?«

»Ich meine letzten Endes nichts. Aber es wäre vielleicht angebracht, diesen Valdimar zu fragen, wer dafür zuständig war, dieses verflixte Loch zu bohren. Es wird doch wohl nicht Birgir gewesen sein?«

»Wie soll denn das zusammenpassen?«, fragte Stefán und sah sie zweifelnd an. »Weshalb sollte er zunächst seinen Bruder umbringen und dann Ásmundur, um sich für dessen Tod zu rächen? Jedes für sich genommen wäre denkbar, aber nicht beides zusammen. Es ist einfach nicht stimmig. Er ist keineswegs unterbelichtet, und er ist kein Spinner, dieser Mann, soweit ich sehen kann.«

»Nein«, musste Katrín zugestehen, »das ist er nicht. Ach, ich weiß nicht, was mir da durch den Kopf ging. Wir sollten aber vielleicht trotzdem ein paar Gedanken darauf verschwenden.«

»Können wir machen«, stimmte Stefán ihr zögernd zu. »Ich sehe aber nicht, dass das letzten Endes irgendetwas bringt. Wie wir die Dinge auch drehen und wenden, am Ende wird nichts anderes dabei herauskommen, als dass es sich um einen natürlichen Bergsturz gehandelt hat.«

»Ja, wahrscheinlich«, sagte Katrín. »Schönes Wochenende.«

Árni landete mittags auf dem Inlandflughafen von Reykjavík. Er war ziemlich übernächtigt und verkatert nach der Einladung bei Steinþór am Abend vorher, aber unendlich froh, Kárahnjúkar entronnen und wieder in die Zivilisation und Ástas Arme zurückgekehrt zu sein. Und auf dem Weg nach Hause durfte er die ganze Zeit der Held sein. Dort allerdings warteten dreißig Pappkartons auf ihn, die so schnell wie möglich ausgepackt werden sollten.

»Und du kannst damit anfangen, die Esszimmergarnitur auseinanderzuschrauben«, sagte sie. »Meine steht in der Garage bereit. Möchtest du einen Kaffee?«

»Ja, danke«, antwortete Árni müde lächelnd. »Und mach ihn bitte stark, ich habe es nötig.«

Ásta lächelte ihn verschmitzt an. »Hab ich dir jemals schlechten Kaffee gekocht?«

»Nein«, musste Árni zugeben.

»Was moserst du dann?« Sie ging zu ihm und umarmte ihn. »Diese Kartons kriegen keine Beine«, sagte sie, »sie werden auch morgen noch da sein.« Wenn Árni an irgendeinen Gott geglaubt hätte, wäre er auf die Knie gefallen, um ihm zu danken. Stattdessen ging er ins Bett und träumte gar nichts.

Lárus hielt den Jeep an der Straßengabelung an, wo sich der Weg hinunter zur Brücke mit der Piste kreuzte, die in nördlicher Richtung am Kárahnjúkar-Massiv entlangführte. Er stieg aus und blickte sich um. Der Himmel war blau und wolkenlos, und die Sicht war so, wie sie nur an einem klaren isländischen Wintertag im Hochland sein kann. Tief unter ihm wälzte sich der Gletscherfluss in seinem gigantischen steinigen Bett, bis er in der Felswand knapp nördlich davon verschwand. Die eigentliche Dimmugljúfur-Schlucht sah man wegen des provisorischen Staudamms nicht. Hinter ihm lag das kahle Hochplateau, und im Westen erhoben sich das Dyngjufjöll-Massiv und Herðubreið, die Königin der isländischen Berge. Im Südosten ragte der Snæfell majestätisch zum Himmel und machte seinem schneeigen Namen alle Ehre. Wenn er seine Augen mit der Hand beschirmte, konnte er im Süden den riesigen Gletscher ausmachen, der wie eine bedrohliche Wolkenwand anzurücken schien. Die Rentierherde hingegen war sehr viel näher, sie hob sich im schnellen Lauf gegen den Gletscher ab, schien aber nicht so recht zu wissen, wohin es gehen sollte. Natürlich war das Ganze hier eine Schande, und im Grunde genommen sogar ein Verbrechen. Aber das Gehalt war gut, Verdammt gut.

Lächelnd stieg Lárus wieder in seinen Jeep. Matthías hatte

ungewöhnlich ungeduldig am Telefon geklungen, aus irgendwelchen Gründen schien es ihm jetzt auf einmal unter den Nägeln zu brennen, eine umfassende Überprüfung sämtlicher Sicherheitsangelegenheiten in die Wege zu leiten. Und diese Aktion sollte unter Lárus' Regie stattfinden. Was auf jeden Fall eines bedeutete: noch mehr Geld.

29

Montag

Stefán war gerade von Ásmundurs Beerdigung zurückgekehrt und hatte sich an seinem Schreibtisch niedergelassen, als leise an seine Tür geklopft wurde.

»Entschuldigung«, sagte der alte Mann, der seinen Kopf zur Tür hereinstreckte, »störe ich?«

Stefán schüttelte verneinend den Kopf. »Komm nur herein«, sagte er. Irgendwie kam ihm dieser Mann bekannt vor, doch erst nachdem er die wenigen Schritte, die er bis zu Stefáns Schreibtisch brauchte, getan hatte, erkannte er ihn. »Valdimar?«, fragte er und streckte seine Hand aus. Valdimar nickte und gab ihm die Hand, bevor er sich setzte. Stefán betrachtete ihn eingehend, wahrscheinlich war er gar nicht einmal so alt. Er ging zwar gebückt, aber er war kein gebrochener Mann. Noch nicht.

»Mein Beileid«, sagte Stefán.

Valdimar nickte. »Vielen Dank. Du kommst wohl auch von einer Beerdigung?«, fragte er, indem er auf Stefáns schwarzen Anzug deutete, den einzigen, den er besaß.

»Ja, Ásmundur und ich waren früher einmal befreundet.« Er räusperte sich. »Was kann ich für ich tun?«

»Befreundet mit Ásmundur«, murmelte Valdimar, »dann

passt es ja eigentlich. Leitest du nicht die Ermittlung in … in diesem Mordfall? Und damit im Fall meines Sohnes?«

»Nur zum Teil«, antwortete Stefán vorsichtig. »Der Fall gehört eigentlich in den Zuständigkeitsbereich unserer Leute in Egilsstaðir, und formal gesehen sind alle Ermittlungen in Mordfällen dem Staatsanwalt unterstellt. Aber trotzdem, hier in Reykjavík kann man sagen, dass ich … dass ich in irgendeiner Form diese Ermittlung leite.«

»Ich scheiß was auf Formalitäten«, erklärte Valdimar. »Die brauchen wir nicht. Oder vielleicht doch? Vielleicht ist es ja besser.«

»Was kann ich für dich tun?«, wiederholte Stefán, als Valdimar keine Anstalten machte, fortzufahren.

»Du kannst mir zuhören«, sagte Valdimar nach einer Weile, »und das niederschreiben, was ich dir sagen werde. Meinetwegen kannst du es auch aufnehmen. Und wenn wir schon bei den Formalitäten sind, ist es nicht vielleicht besser, dass noch eine andere Person anwesend ist, um alles zu bezeugen, oder wie ihr das nennt? Es spielt auch eigentlich gar keine Rolle, wie so etwas heißt, aber könnte das so eingerichtet werden?«

Stefán zögerte. Er hatte den Verdacht, dass ihm das, was der Alte ihm zu sagen hatte, nicht gefallen würde. Das war aber kein Grund, ihm die Anhörung zu verweigern, nicht in diesem Beruf. Er rief Katrín an und bat sie, in sein Büro zu kommen und ein Aufnahmegerät und einen Stuhl mitzubringen.

»Mein Name ist Valdimar Halldórsson«, begann Valdimar und streckte den Kopf so vor, als befürchte er, dass das Mikrofon sonst nicht aufnehmen würde. »Seit vierunddreißig Jahren betreibe ich das Unternehmen VH-Tiefbau, das mit Planierraupen, Baggern und dergleichen auf Projekte im Erdbau spezialisiert ist. Diverse Bohrungen können wir ebenfalls durchführen, aber nur in geringem Maße. Ich bin als Subunternehmer am Kárahnjúkar-Projekt beteiligt, und zwar mit einem relativ großen Auftrag. Wenn es sich ergab, habe ich zusätzlich noch den einen oder anderen anfallenden Nebenauftrag übernommen. Hauptsächlich sind wir für die Erdarbeiten auf dem Grund der Schlucht zuständig, zu beiden Seiten dieses provisorischen Staudamms, und außerdem für die Unterschotterung von Wegen und Gebäuden – doch das spielt eigentlich keine Rolle. Ein bestimmter Bereich unten in der Schlucht hat mir sehr viel Kopfzerbrechen bereitet.« Valdimar räusperte sich. »Könnte ich vielleicht ein Glas Wasser bekommen?«

Als er seine Kehle befeuchtet hatte, fuhr er in derselben monotonen Stimmlage fort. »Also, ein bestimmter Bereich hat mir sehr viel Kopfzerbrechen bereitet, wie gesagt, da unten auf dem Boden der Schlucht. Da war dieser Grat aus Palagonittuff mit Basalteinschlüssen, und zwar direkt über einer Verwerfung im Gestein. Dieser Grat war außerordentlich zerklüftet und befand sich genau oberhalb der Stelle, wo wir am häufigsten zu tun hatten, mein Sohn und ich und andere von meinen Angestellten. Da ich der Meinung war, dass er eine Bedrohung für unsere Sicherheit darstellte, habe ich mich wiederholt beim leitenden Sicherheitsbeauftragten Ásmundur Arason beschwert und verlangt, dass dieser Grat abgesprengt würde, aber er hat sich dagegen gestellt und nichts unternommen. Zum Schluss konnte ich das nicht mehr hinnehmen und beschloss, zu anderen Mitteln zu greifen.«

Er räusperte sich noch einmal und trank einen Schluck Wasser. Stefán und Katrín lauschten wie hypnotisiert diesem Vortrag, den Valdimar offenbar sehr sorgfältig einstudiert hatte.

»Mitte Februar habe ich mir Dynamitstangen besorgt,

ich glaube, es waren etwa fünfzehn oder zwanzig Kilo, dazu Zündkapseln und alles, was ich benötigte. Das war wesentlich einfacher, als es an so einem Ort wie Kárahnjúkar eigentlich sein sollte oder im Grunde genommen an welchem Ort auch immer, aber das ist eine andere Sache. In der Nacht auf Samstag, den siebenundzwanzigsten Februar, habe ich das Dynamit mitsamt den Zündkapseln in diesem Bohrloch mitten in der Spalte angebracht, und dieses Loch hatte ich auf Ásmundurs Weisung hin einige Wochen vorher für irgendwelche ausländischen Geologen selbst gebohrt. Ich habe aber auch noch Dynamit an anderen Stellen angebracht. Die Zündschnüre legte ich bis zu dem Weg, der knapp oberhalb dieses Grats liegt, direkt hinter der zweiten Kurve, denn dort kann einen niemand beobachten, höchstens jemand, der gerade auf diesem Weg unterwegs ist oder sich auf der anderen Seite der Schlucht befindet. Bei diesem Wetter brauchte ich da aber keine Befürchtungen zu haben.

Diese Nacht hatte ich aus zwei Gründen gewählt – einerseits musste das Wetter die Sicht behindern, und andererseits deswegen, weil hier an den Wochenenden doch immer etwas weniger los ist, auch wenn an sämtlichen Tagen der Woche gearbeitet wird. Den genauen Zeitpunkt wählte ich aus zwei Gründen – er musste zwischen Mitternacht und Mittag liegen, weil mein Freund Jesus immer die Nachtschicht hatte und ich wusste, dass er zwischen den Fuhren immer in den kleinen Arbeitsschuppen ging, sogar dann, wenn er in der Ferne schon den nächsten Kipper den Hang herunterkommen sah. Jorge dagegen hatte die Schicht von Mittag bis Mitternacht, und er blieb immer an Ort und Stelle und suchte meist Schutz unter einem Felsvorsprung. Und es musste gegen acht sein, denn das ermöglichte es mir, ein bisschen mehr Zeit zu gewinnen, ohne dass irgendein Verdacht aufkam. So glaubte ich zumindest.

Ich halte manchmal Besprechungen – ach, Besprechung ist eigentlich zu viel gesagt –, ich trommle manchmal sämtliche Jungs, die für mich arbeiten, zum Frühstück zusammen, und dann besprechen wir die Lage und die Weltpolitik und die isländische Politik über einer Tasse Kaffee oder spielen eine Runde Karten. Meine Leute in den Steinbrüchen setzen sich auch für eine Viertelstunde oder zwanzig Minuten ab, und währenddessen werden keine Wagen beladen, die müssen solange warten. Ihr nehmt das doch ganz sicher auf?«

»Ja«, bestätigte Stefán nickend.

»Gut. An diesem Morgen habe ich meine Jungs noch etwas länger als gewöhnlich festgehalten, bis ich die Gewissheit haben konnte dass auch der letzte Kipper seine Fuhre abgeladen hatte und Jesus im Schuppen war. Ihr müsst bedenken, dass man oben vom Weg nicht in die Schlucht hinuntersehen kann, höchstens einen schmalen Streifen auf der gegenüberliegenden Seite. Außerdem ist da außer uns nie jemand, keine Menschenseele. Nur der Kippmann, die Baggerführer und die Kipper, wenn sie mit ihrer Ladung kommen. Aber weiter. Als ich diese Gewissheit hatte, sagte ich den Jungs, sie bräuchten sich bei diesem Wetter nicht zu beeilen, und sie schienen auch nichts dagegen zu haben, die Pause noch ein bisschen zu verlängern. Ich schlich dann aus dem Haus und zu meinem Wagen, den ich so geparkt hatte, dass er von den Fenstern der Kantine aus nicht zu sehen war, und fuhr zu den Zündschnüren. Ich stellte die Scheinwerfer ab, stellte den Zündkontakt her und sprengte. Anschließend sammelte ich die Zünduhr und die noch herausstehenden Zündschnüre ein und kehrte so schnell es ging zurück ins Camp. Das hat insgesamt kaum fünf Minuten gedauert, unser Camp ist ja ganz in der Nähe der Schlucht, und dann habe ich alle wieder an die Arbeit getrieben.«

Valdimar musste mehrmals heftig schlucken, und seine

Stimme klang auch nicht mehr so monoton und sicher wie anfangs. »Dann machte ich mich selbst auf den Weg zur Arbeit und Birgir mit mir. Ihr könnt euch nicht vorstellen, was für ein Schock das für mich war, als ich entdeckte, dass Jesus nicht in seinem Schuppen war. Dann strömten Leute herbei, und einige sagten, dass vielleicht noch andere unter den Gesteinsmassen begraben sein könnten, weil da wenige Minuten vorher irgendwelche Ausländer zusammen mit ein paar Isländern auf dem Weg in die Schlucht gewesen waren. Ich war zu Tode erschrocken, denn ich erinnerte mich auf einmal, dass mein Halldór am Abend vorher gesagt hatte, er würde uns vielleicht am nächsten Tag unten in der Schlucht besuchen. Er hatte aber keinen genauen Zeitpunkt genannt und auch nicht, dass er dort mit anderen Leuten unterwegs sein würde.«

Valdimar zog ein Taschentuch heraus und schnäuzte sich gründlich, trank einen Schluck Wasser und schnäuzte sich noch einmal.

»Ich hoffte, nein, ich beschloss, dass das alles Unsinn war, mein Junge war nicht dort, er konnte gar nicht dort sein. Meine Frau und ich haben vor vielen Jahren eine Tochter verloren, unsere Dísa. Halldór lag da noch in der Wiege, und Birgir war noch nicht geboren. Das war furchtbar, furchtbar für mich, aber noch viel schlimmer für meine Frau, und ich durfte gar nicht daran denken, was …« Valdimar zog die Nase hoch. »Nun denn. Ich versuchte immer wieder, ihn anzurufen, aber er antwortete nicht. Ich klammerte mich an die Hoffnung, bis wir ihn fanden. Danach habe ich weitergebaggert, weil ich wusste, dass Jesus auch irgendwo dort sein musste. Ich war ihm schließlich schuldig, ihn da herauszuholen, das war wohl das Mindeste. Und außerdem musste ich einfach irgendetwas tun. Aber es war nicht Jesus, den wir fanden, sondern Jorge. Sie hatten die Schicht getauscht, doch davon wusste ich nichts. Ich wollte nicht, dass irgendjemand zu Schaden käme. Ich wollte meinen Halldór nicht umbringen.«

Valdimar verstummte und sah auf seine Hände. Stefán wartete eine Weile, bevor er seine Hand nach dem Aufnahmegerät ausstreckte, doch da blickte Valdimar hoch und schüttelte den Kopf.

»Ich bin noch nicht fertig«, sagte er. »Die Geschichte ist noch nicht zu Ende. Leider.« Er verstummte wieder, während er sich seine Worte überlegte, und diesmal ließ Stefán das Band laufen. Sie saßen nur da und schwiegen mit ihm, bis Valdimar bereit war, weiterzumachen.

»Es war nicht meine Absicht, meinen Halldór umzubringen«, wiederholte er, »das könnt ihr euch vermutlich auch denken. Und auch niemand anderen, keine Menschenseele. Aber das habe ich getan. Ich war in dem Glauben, an alles gedacht zu haben, es ging mir darum, Menschen das Leben zu retten, indem ich die Gefahr beseitigte, aber stattdessen … Stattdessen habe ich Menschen das Leben genommen. Ich hätte vielleicht doch meinem Birgir vertrauen und ihn hinzuziehen sollen, aber ich wollte ihn nicht in Schwierigkeiten bringen. Wie ihr wisst, hat er eine Vergangenheit und muss sehr auf der Hut sein. Was man daran sehen kann, dass ihr wegen irgendwelcher Fingerabdrücke sofort zu dem Ergebnis kommt, dass er Ásmundur umgebracht hat, und ihn einsperrt. Aber nicht er hat deinen Freund Ásmundur umgebracht, das habe ich getan. *Ich* habe es getan. Ich weiß, dass es nicht zu rechtfertigen ist, aber so denkt man vielleicht nicht immer, nicht, wenn man gerade einen Sohn verloren hat, gerade seinen eigenen Sohn umgebracht hat. Für mich war Ásmundur daran schuld, nicht ich. Ich ging in der Nacht zu ihm …«

Valdimar schlug die Hände vors Gesicht, und als er fortfuhr, vermied er es, Katrín oder Stefán in die Augen zu blicken.

»Er ließ mich herein und begann damit, wie leid ihm das alles täte, es sei ihm nicht klar gewesen, wie gefährlich der Bergkamm war. Er habe sich dafür eingesetzt, ihn abzusprengen, sei aber damit nicht durchgekommen, und dergleichen mehr. Entschuldigungen, endlose Entschuldigungen. Er sagte, dass er die Schuld an allem trüge, und damit hatte er zumindest recht. So waren meine Gedanken in dieser Nacht. Er sagte mir, dass er versucht hätte, sich zu erhängen, aber es sei schiefgegangen. Das fand ich bedauerlich und beschloss deshalb, ihm dabei behilflich zu sein. Anschließend habe ich ihn wieder an die Stange geknüpft. Und jetzt kannst du das Gerät ausschalten und meinen Birgir wieder freilassen, damit er seiner Mutter über diese furchtbaren Schicksalsschläge hinweghelfen kann. Ich hatte ihn gebeten, um meinetwillen übers Wochenende Stillschweigen zu bewahren, damit ich meinem Halldór das letzte Geleit geben konnte, und das hat er getan, der gute Junge. Wie er das ausgehalten hat, weiß ich nicht, und genauso wenig, wie ich es geschafft habe, die ganze Zeit zu schweigen. Ihr könnt euch nicht vorstellen, wie ich mich gefühlt habe, als ich erfuhr, dass sechs Menschen unter den Gesteinsmassen, die ich ausgelöst hatte, begraben worden waren. Wie ich mich fühlte, als ich herausfand, dass ich … dass ich …«

Stefán schaltete das Aufnahmegerät aus und sah Katrín an. Es stimmte natürlich, sie waren nicht imstande, sich in das Innenleben eines Mannes hineinzuversetzen, der feststellen muss, dass er seinen eigenen Sohn umgebracht hat. An einer Erfahrung dieser Art war ihnen auch nicht gelegen. Valdimar bekam das Schluchzen wieder unter Kontrolle, das ihn kurze Zeit geschüttelt hatte, und sah Stefán direkt in die Augen. Augen und Nase waren vom Weinen gerötet, aber er saß nicht mehr ganz so gebeugt da, nachdem er sich von dieser Zentnerlast befreit hatte.

»Ihr könnt meinen Birgir also jetzt freilassen«, wiederholte er.

»Dabei gibt es nur ein kleines Problem«, sagte Stefán bedächtig, »und das ist die Sache mit den Fingerabdrücken. Wie du sehr richtig gesagt hast, haben wir Birgirs Abdrücke in Ásmundurs Wohnung gefunden, und nicht deine.«

»Was soll's?«, sagte Valdimar achselzuckend. »Birgir ist oft genug drinnen bei Ásmundur gewesen, zusammen mit mir und Dóri. Wir haben uns unterhalten oder Karten gespielt. Ásmundur und ich kannten uns nämlich auch bereits seit langem, und wir sind immer bestens miteinander ausgekommen, bis dieser elende Grat ...« Er schüttelte resigniert den Kopf. »Ich habe Handschuhe getragen, so einfach ist die Sache. Und jetzt seht zu, dass ihr meinen Birgir freilasst, worauf wartet ihr noch? Seine Mutter braucht ihn. Reicht es nicht, dass sie ihren Halldór zu Grabe tragen musste, und zwar durch mein Verschulden? Was soll der armen Frau denn noch aufgebürdet werden?«

Stefán stoppte das Band. Es war vielleicht sogar noch schwieriger, sich alles zum zweiten Mal anzuhören. Alle vier saßen geraume Zeit da, ohne ein Wort zu sagen. Dann fischte Guðni einen Stumpen aus der Brusttasche, biss das Ende ab und spuckte in Richtung des Abfalleimers, traf aber nicht.

»Der Kerl lügt doch wie gedruckt«, erklärte er, »das ist doch klar wie Kloßbrühe. Ich meine, das hört man doch gleich, das hat er geübt, richtiggehend einstudiert.«

»Ganz deiner Meinung«, sagte Árni. »Auf jeden Fall, was Ásmundur betrifft. Es war mit sehr großer Sicherheit Birgir, der ihn umgebracht hat.«

»Vielleicht«, sagte Stefán seufzend. »Vielleicht war es Birgir, der sich aufmachte, um seinen Bruder zu rächen, und nicht Valdimar, um seinen Sohn zu rächen. Vielleicht ist es ja auch gar nicht komisch, dass es einstudiert klingt, das ist ihm wahrscheinlich unablässig im Kopf herumgegangen, seitdem er herausfand, was er getan hatte. Am meisten wundert mich – genau wie ihn selbst auch –, dass er es so lange ausgehalten hat, bevor er seinem Herzen Luft machte. Er wollte aber unbedingt zu der Beerdigung, das ist jedenfalls keine Lüge.«

»Aber was ist mit Ásmundur?«, beharrte Árni. »Kaufst du ihm das ab? Valdimar ist zwar kein Schwächling, aber ich sehe einfach nicht, wie er Ásmundur ohne Hilfe einfach so aufhängen konnte. Für Birgir wäre es ein Kinderspiel gewesen. Sollen wir wirklich glauben, dass der Alte solche Kräfte hat? Kann man nicht beweisen, dass er das einfach nicht geschafft haben kann?«

»Nein«, sagte Katrín, »das glaube ich nicht. Mir ging gerade genau das Gleiche durch den Kopf. Wir können eventuell mit irgendwelchen Versuchen nachweisen, dass er gar nicht imstande ist, ein solches Gewicht in dieser Höhe zu halten, während die andere Hand die Schlinge knüpft, aber wir können nicht beweisen, dass er das nicht vor einigen Tagen geschafft hätte, noch dazu im Affekt. Wir können nicht präzise dieselben Umstände rekonstruieren, und er kann immer behaupten, dass er nach den Strapazen der letzten Tage geschwächt ist.«

»Aber die Fingerabdrücke?«, bohrte Árni weiter. »Was ist mit den Fingerabdrücken?

Katrín schüttelte den Kopf. »Die bringen uns wenig. Der Alte hat die an der Schranktür erklärt, und Birgir hat genau dasselbe ausgesagt – sie haben da manchmal mit Ásmundur Karten gespielt. Und übrigens, die an der Krawatte, die Friðjón hervorzaubern wollte, sind absolut unbrauchbar, sie reichen nicht als schlüssiger Beweis aus, wir können noch nicht einmal die von Ásmundur festmachen. Wir haben also nichts Konkretes an der Hand, was Valdimars Version widerlegen würde.«

Sie überlegten noch eine ganze Weile hin und her, aber trotz angestrengter Versuche gelang es ihnen nicht, einen brauchbaren Schwachpunkt in der Geschichte zu finden.

»Man kann es natürlich auch irgendwie verstehen«, sagte Árni schließlich. »Valdimar ist sowieso wegen sechsfachen Totschlags auf dem Weg in den Knast und hat zudem seinen eigenen Sohn umgebracht – natürlich möchte er, dass sein anderer Sohn nicht auch noch verurteilt wird, wenn es irgendwie zu vermeiden ist. Einfach nur wegen seiner Frau oder wegen des Unternehmens…«

»Es ist aber trotzdem Scheiße«, schnaubte Guðni, »und sogar verdammte Scheiße, wenn wir einen Mörder laufen lassen müssen, weil ein anderer Mörder ihn deckt.«

»Wenn du glaubst, dass du einen von denen oder sogar beide dazu bringen kannst, ihre Aussage zu ändern, kannst du es gern versuchen«, erklärte Stefán schroff. »Ich würde mir natürlich sehr wünschen, dass es dir gelingt, habe aber meine Zweifel daran, selbst wenn du die Sache in die Hände nimmst. Valdimar ist ein geradliniger Kerl der alten Schule, dem seine Ehre über alles geht. Er ist kein Krimineller, und er ist ein guter Vater. Oder richtiger gesagt, das hat er zumindest sein wollen, der arme Kerl, auch wenn er mit seinen Bemühungen darum nicht viel Erfolg gehabt hat. Wie gesagt, sehr erstaunlich, wie lange er das alles mit sich herumgetragen hat, das muss schrecklich gewesen sein. Falls er in Bezug auf Ásmundur gelogen hat, wird er das auch weiterhin tun, egal, was passiert. Birgir dagegen hat keine Probleme damit, die Schnauze zu halten, egal, was er auf dem Gewissen hat. Leider.«

Er lüftete den Schirm seiner Kappe und sah alle der Reihe nach an.

»Ich hab euch schon am Freitag gesagt, dass der Cognac verfrüht ist, und ich sehe auch jetzt keinen Grund, ihn hervorzuholen. Wir sehen uns morgen früh, es gibt genug zu tun.

Zwei Fälle von Körperverletzung im Stadtzentrum und eine in einem Privathaus und eine Vergewaltigung in einer Disco.« Er stand auf und breitete die Pranken aus. »Die Schlägereien im Zentrum wurden von einer Videokamera aufgezeichnet, für die in dem Privathaus gibt es drei Zeugen und außerdem ein Geständnis. Wie gesagt, der normale Trott. Da ist aber auch noch die Anzeige gegen Leifur, um die kümmere ich mich«, sagte er und strahlte übers ganze Gesicht. Im nächsten Augenblick gingen die Lichter im Hauptdezernat am Hlemmur aus, genau wie in halb Reykjavík.

30

Montag

Massimo Santanicchia stand auf dem glitzernden Harschschnee unter den letzten Strahlen der Abendsonne und atmete tief durch. Nie in seinem Leben hatte er eine Luft wie diese eingeatmet, nie einen Himmel wie diesen gesehen. Hier war gut sein, beschloss er, hier würde er sich wohl fühlen, in dieser unglaublichen Natur, in dieser unendlichen Weite. Wie Ricardo aus freien Stücken dieses Märchenland verlassen konnte, überstieg sein Begriffsvermögen. Aber er hatte natürlich seinen zweiten Mann auf Grund eines schrecklichen Unfalls verloren, das musste ihm wohl ziemlich nahegegangen sein. Das konnte die Erklärung sein. Er fand jedoch keine Erklärung dafür, wieso irgendjemand auf die Idee kommen konnte, an diesem Ort, der auf Erden nicht seinesgleichen hatte, ein Kraftwerk zu errichten. Das wiederum war aber nicht seine Sache.

Massimo ging rasch und entschlossen zu seiner neuen Unterkunft und öffnete eine Flasche Rotwein, eine von acht, die Ricardo ihm hinterlassen hatte. Angenehmer Zeitgenosse, dieser Ricardo.